1949—2019

# THE ODE TO CONSTRUCTION

# 建设长歌

## 住房和城乡建设辉煌 70 年

70 YEARS OF BRILLIANT ACHIEVEMENTS
IN HOUSING AND URBAN-RURAL
CONSTRUCTION

中国建设报社 编

中国建筑工业出版社

图书在版编目（CIP）数据

建设长歌：住房和城乡建设辉煌70年 / 中国建设报社编. —北京：中国建筑工业出版社，2019.12
ISBN 978-7-112-24494-2

Ⅰ. ①建… Ⅱ. ①中… Ⅲ. ①新闻报道–作品集–中国–当代 Ⅳ. ①I253

中国版本图书馆CIP数据核字（2019）第264130号

责任编辑：封　毅　宋　凯　张瀛天　张智芊
责任校对：姜小莲

建设长歌
住房和城乡建设辉煌70年
中国建设报社　编
*
中国建筑工业出版社出版、发行（北京海淀三里河路9号）
各地新华书店、建筑书店经销
北京锋尚制版有限公司制版
北京富诚彩色印刷有限公司印刷
*
开本：880×1230毫米　1/16　印张：23½　字数：686千字
2019年12月第一版　2019年12月第一次印刷
定价：218.00元
ISBN 978-7-112-24494-2
（35154）

# 编委会名单

# 目录

# 目录

# 目录

# 介绍保障和改善民生情况

## 住房和城乡建设领域保障和改善民生取得显著成就

**本报讯** 9月26日，庆祝中华人民共和国成立70周年活动新闻中心举办第二场新闻发布会，请教育部部长陈宝生、民政部部长黄树贤、人力资源和社会保障部部长张纪南、住房和城乡建设部部长王蒙徽、国家卫生健康委员会主任马晓伟介绍“满足人民新期待，在发展中保障和改善民生”情况，并回答记者提问。

王蒙徽介绍说，中华人民共和国成立70年来，特别是党的十八大以来，在以习近平同志为核心的党中央坚强领导下，住房和城乡建设事业取得了举世瞩目的成就，为我国经济社会发展和改善民生作出了突出的贡献。具体主要体现在以下四个方面：

一是人民群众的住房条件显著改善。中华人民共和国成立70年来，党和国家始终高度重视解决人民群众的住房问题。经过长期的努力，我们基本上解决了近14亿人口的大国城乡居民的住房问题。城镇人均住房建筑面积由1949年的8.3平方米提高到2018年的39平方米，农村人均住房建筑面积提高到47.3平方米。住房制度改革不断深化，保障性安居工程加快推进，累计建设各类保障性住房和棚改安置住房8000多万套，帮助2亿多群众解决了住房困难，建成了世界上最大的住房保障体系。

二是城市建设日新月异。城镇化进程波澜壮阔，创造了世界城市发展史上的奇迹。城市数量由1949年的132个增加到2018年的672个，城镇化率由10.6%提高到59.6%。改革开放以来，城市基础设施建设步伐加快，道路长度增加了15倍，建成区的绿地面积增加了19倍，污水和生活垃圾处理能力分别提高263倍、395倍，燃气、自来水普及率分别达到96.7%和98.4%，城市承载能力不断增强，人居环境更加生态宜居。

三是农村面貌焕然一新。中华人民共和国成立以来，社会主义新农村建设深入推进，乡村的面貌发生了巨大的变化。特别是党的十八大以来，围绕打赢脱贫攻坚战，大力推进农村危房改造，支持1794万农户改造了危房，700多万户建档立卡贫困户实现了住房安全有保障。加快推进美丽宜居乡村建设，加强村庄规划建设管理，村容村貌明显提升，推进农村垃圾、污水治理，农村人居环境持续改善。加强传统村落保护，6819个村落列入中国传统村落保护名录，形成了世界上规模最大的农耕文明遗产保护群。

四是建筑业发展水平不断提高。建筑业总产值比中华人民共和国成立初期增加了4000多倍，从业人员占全国就业人口的比重超过7%，建筑业在国民经济中的支柱产业地位显著增强。为推动城乡建设发展提供了有力的支撑。改善了城乡生产生活条件，工程建设技术水平不断提高，港珠澳大桥、北京新机场等一大批重大工程建设达到了国际先进水平。建筑业“走出去”的步伐加快，在“一带一路”建设中发挥了重要作用。

回顾成绩，我们倍感自豪；展望未来，我们充满信心。站在新的历史起点上，我们将坚持以习近平新时代中国特色社会主义思想为指引，坚持以人民为中心的发展思想，坚持新发展理念，进一步保障和改善民生，不断推动住房和城乡建设事业高质量发展，为全面建成小康社会、实现中华民族伟大复兴的中国梦作出新的更大贡献。

当澳门澳亚卫视记者问到“70年来在住房保障工作方面取得的成就和进展是怎样的？下一步还有哪些考虑和计划？”这一问题时，王蒙徽表示：中华人民共和国成立70年来，我国住房保障制度不断完善，保障能力也显著提高，我们现在已经建成了世界上最大的住房保障体系。大家知道，从中华人民共和国成立到改革开放初期，我们实行的是福利分房制度。实际上我们的住房供应是不能满足需要的，住房短缺问题也非常突出。改革开放初期，我国城镇人均住房建筑面积才6.7平方米。

改革开放以来，我们积极地探索推进城镇住房制度改革。1994年，国务院作出了深化城镇住房制度改革的决定。在这个基础上，我们同时加快了保障性住房建设，来解决城镇中低收入家庭的住房困难问题。到了2007年，全国建设廉租房和经济适用住房等保障性住房，一共是1000多万套。2008年开始，我国开始大规模实施城镇保障性安居工程，到2018年，全国累计开工建设各类保障性住房和棚改安置住房约7000万套，还有2200多万困难群众领取了公租房租赁补贴。也就是说，我们帮助了约2亿群众解决了住房困难问题。特别是党的十八大以来，全国开工建设的各类保障性住房和棚改安置住房4000多万套，惠及了1亿多住房困难群众。到现在，城镇低保和低收入家庭基本实现了应保尽保，新市民的住房困难问题也得到了缓解，城镇中低收入家庭的住房条件明显改善，人民群众的获得感、幸福感和安全感也不断增强。

下一步，我们将加快完善住房保障体系和住房市场体系，加快解决城镇中低收入居民，特别是新市民住房问题，促进实现全体人民住有所居。主要想做以下四方面工作：

一是进一步做好公租房保障工作。我们将健全公租房申请、轮候、准入、退出等工作机制，逐步推广政府购买公租房运营管理服务，不断提高公租房管理服务水平。

二是大力发展和培育住房租赁市场。我们将总结推广12个城市住房租赁试点的经验，落实各项支持政策，增加租赁住房有效供应，着力解决新市民等群体的住房问题。

三是因地制宜发展共有产权住房。我们将总结北京、上海共有产权住房试点的经验，鼓励人口流入量大、房价较高的大中城市，结合本地实际发展共有产权住房。

四是稳步推进城镇棚户区改造。我们将坚持尽力而为、量力而行，重点改造老城区内脏乱差的棚户区和国有工矿区、林区、垦区的棚户区。加大配套基础设施建设，严格工程质量安全监管，加快工程进度和分配入住，让群众能够早日住上新居。 **（宗　边）**

（刊登于《中国建设报》2019年9月27日1版）

# 为祖国发展筑基 为民生改善助力

## ——热烈庆祝中华人民共和国成立 70 周年

历史发展的航程波澜壮阔，时代奔腾的大河川流不息。70年前的今天，中华人民共和国宣告成立，中华民族迎来了浴火重生的朝阳。站在时间的节点抚今追昔，奋斗之路筚路蓝缕，东方巨人一扫落后屈辱，走向繁荣富强；立足时代的潮头展望未来，发展之势浩浩汤汤，伟大祖国始终革故鼎新，接续创造辉煌！

70年沧桑巨变，70年腾飞跨越。中华人民共和国成立特别是党的十八大以来，在中国共产党的坚强领导下，在中国大地改天换地、彪炳史册的人间奇迹中，我们更加深刻地认识到建设的意义、奋斗的价值、梦想的伟岸以及信仰的力量。一批批重要设施的建成、重点工程的兴建，一座座新城的崛起、老城的新生，改变了祖国大地的面貌，搭起了支撑国民经济发展的骨架，筑起了国家建设发展的基石，也为改善城乡人民生活水平、提高生活环境质量打下了坚实的基础。

70年来，我们这个近14亿人口大国的城乡居民住房问题基本解决，我们建成了世界上最大的住房保障体系，8000多万套各类保障性住房和棚改安置住房让2亿多群众实现了安居梦想，正在向全体人民住有所居的目标大踏步迈进。

70年来，我国波澜壮阔的城镇化进程，让城市面貌发生了翻天覆地的变化。城市道路长度、建成区绿地面积、污水和生活垃圾处理能力等都以难以想象的速度增长和提高，城市更加生态宜居，生活更加幸福美好。我们用几十年时间走完了发达国家几百年才走完的路，创造了世界城市发展史上的奇迹。

70年来，我国的村镇建设取得了巨大成就，美丽宜居乡村建设加快推进，农村人居环境持续改善，路通了、山绿了、村靓了、民富了、百姓乐了。特别是党的十八大以来，围绕打赢脱贫攻坚战，大力推进农村危房改造，支持1794万农户改造了危房，700多万户建档立卡贫困户实现了住房安全有保障。

70年来，“中国建造”焕发出强大的创造力，建筑业在国民经济中的支柱产业地位显著增强，为推动城乡建设发展提供了有力的支撑。随着工程建设技术水平的不断提高，港珠澳大桥、北京大兴新机场等一大批重大工程建设达到了国际先进水平，享誉海内外的“中国路”“中国桥”让建筑业在“一带一路”建设中发挥了重要作用。

这一系列伟大成就，是在中国共产党的坚强领导下取得的。特别是党的十八大以来，以习近平同志为核心的党中央高度重视住房和城乡建设事业发展，习近平总书记对住房和城乡建设工作多次作出重要指示和批示，为住房和城乡建设发展指明了方向。

这一系列伟大成就，是我们坚守以人民为中心的根本立场结出的硕果。住房和城乡建设一切工作都是为了人民，坚守以人民为中心的根本立场是住房和城乡建设各项工作的出发点和落脚点。城镇中低收入家庭住房条件的明显改善、城市建设高质量的发展、城市管理服务水平的不断提高、农村危房逐渐消失、环境面貌极大改善，这些实实在在的工作成绩，保证了人民群众拥有更多获得感、幸福感、安全感。

这一系列伟大成就，是我国集中力量办大事的制度优势的体现。一个个充分展示中国力量的超级工程的建成，惠及2亿多群众的保障性住房和棚改安置住房的建设，就是我们为了同一个目标，集中各方面力量，全局一盘棋、上下一条心，各负其责、高效执行、有力推进，而办成的大事，充分彰显出中国制度的优势。

这一系列伟大成就，是我们不断深化改革、加快创新步伐的成果。改革创新是推动住房和城乡建设事业高质量发展的根本动力，我们坚定不移推进全面深化改革，加快城乡建设管理观念创新、政策创新、制度创新和技术创新，既注重整体谋划、系统推进，又鼓励地方探索、大胆创新，坚持破除体制机制障碍，推进治理体系和治理能力现代化。

这一系列伟大成就，是住房和城乡建设部党组带领全系统广大干部职工共同努力奋斗创造出来的成果。一代代建设者的奉献和拼搏，成就了事业的时代华章，建筑工人、城管队员、环卫工人……他们把美好蓝图变为生动现实，用辛劳汗水践行初心使命，一个个不同岗位昼夜的奉献，让中国的发展如日之升，一张张朴实的面孔，让祖国建设永葆生机。

志之所趋，无远弗届。住房和城乡建设事业是党和国家事业的重要组成部分，事关经济社会发展大局，事关人民群众切身利益。新时代要有新作为，我们坚信，在以习近平同志为核心的党中央的坚强领导下，在习近平新时代中国特色社会主义思想的科学指引下，住房和城乡建设系统广大干部职工将团结一致、拼搏进取、砥砺奋斗，在祖国大地上书写更新更美的图画，开创住房和城乡建设事业高质量发展新局面。

（刊登于《中国建设报》2019年10月1日1版）

# 在新时代赓续奋斗精神

本报评论员

70年砥砺奋进，70年春华秋实。

当10月1日的金色阳光开始照耀神州大地，北京，天安门广场，中华人民共和国第一面五星红旗冉冉升起的地方，再次吸引了全世界的目光。习近平总书记在庆祝中华人民共和国成立70周年大会上的重要讲话中指出："中国的昨天已经写在人类的史册上，中国的今天正在亿万人民手中创造，中国的明天必将更加美好。"

"却顾所来径，苍苍横翠微。"从贫穷走向富庶，从封闭走向开放，从落后走向进步……70年来，中国人民在中国共产党的带领下，走过了其他国家几百年的现代化发展历程，全世界无不惊诧：中华人民共和国用改天换地的双手，拨快了走向现代化的"北京时间"。"无论是在中华民族历史上，还是在世界历史上，这都是一部感天动地的奋斗史诗。"

一切伟大成就都是接续奋斗的结果。70年岁月峥嵘，神州大地留下了几代建设者追逐梦想、不懈奋斗的足迹。人民群众的住房条件显著改善，城市建设日新月异，农村面貌焕然一新，建筑业发展水平不断提高……回顾成绩，我们倍感自豪。住房和城乡建设系统奋斗者以创造历史的激情、实现梦想的能力、续写奇迹的信心，一茬接着一茬撸起袖子加油干，书写了无愧于时代、无愧于人民、无愧于历史的业绩，为人民共和国繁荣富强贡献了力量。

奋斗者最美丽。习近平总书记对"最美奋斗者"评选表彰和学习宣传活动作出重要指示时强调，在我国社会主义革命、建设、改革的非凡历程中，一代又一代奋斗者顽强拼搏、不懈奋斗，涌现出无数感天动地的英雄模范。他们用智慧和汗水、甚至鲜血和生命，为国家富强、民族振兴、人民幸福书写了可歌可泣的壮丽篇章。在这份278名个人和22个集体的"最美奋斗者"名单中，我们看到了"宁肯一人脏，换来万户净"的掏粪工时传祥，"一心为乘客，服务最光荣"的公共汽车售票员李素丽，"辛苦我一人，方便千万家"的水电修理工徐虎，“老老实实做人，结结实实盖房”的项目经理范玉恕；我们也看到了桥梁专家茅以升，建筑设计大师、院士何镜堂，国家荣誉称号“文物保护杰出贡献者”“敦煌女儿”樊锦诗……伟大出自平凡，平凡造就伟大，他们身上都闪耀着奋斗者的光芒，他们在人民心中最美丽，他们的精神将激励我们为住房和城乡建设事业继续奋斗。

唯有奋斗谱新篇。百舸争流，奋楫者先。70年，我们又站在了一个新的历史起点上。当前，我国正处在全面建成小康社会决胜阶段，住房和城乡建设系统肩负的任务光荣而艰巨，面临的考验复杂而严峻。推进住房和城乡建设领域绿色发展、提升城乡品质、补齐租赁住房和城乡基础设施短板、促进房地产市场平稳健康发展、推进建筑业供给侧改革、改革建设项目审批制度、脱贫攻坚、全面加强党的建设……方方面面、件件宗宗，都需要我们攻坚克难，寻求突破，努力奋斗。我们要坚持以习近平新时代中国特色社会主义思想为指引，不断提高政治站位，站在党和国家事业发展全局的高度谋划，开创住房和城乡建设事业新局面。新长征新使命，历史性地落在新一代奋斗者的肩上，新时代必将是大有可为的时代。

最是奋斗动人心。“自信人生二百年，会当击水三千里。”奋进新时代、踏上新征程，我们不敢有丝毫的自满，但怀有无比的自信。我们要把庆祝共和国华诞的自豪感、幸福感化为继续奋斗的力量，投入推进住房和城乡建设事业的具体工作之中。展望未来，决胜全面小康、开启强国征程，中华民族伟大复兴绝不是轻轻松松、敲锣打鼓就能实现的。唯有不驰于空想、不骛于虚声，坚守爱国情怀、坚定奋斗意志，才能到达梦的彼岸。我们要始终牢记为人民谋幸福、为中华民族谋复兴的初心和使命，大力弘扬求真务实、狠抓落实的好作风，崇尚实干，力戒空谈，在其位、谋其政，干其事、求其效，践行以人民为中心的理念，发扬吃苦耐劳、无怨无悔、无私奉献和勇于担当、敢于斗争的精气神，以永不懈怠的精神状态和一往无前的奋斗姿态，咬定青山不放松，把党中央决策部署细化分解为一项一项的具体工作、一件一件的具体安排、一个一个的具体行动，踏石留印、抓铁有痕，破解一个又一个难题，朝着“两个一百年”奋斗目标奋勇向前。

历史照亮未来，征程未有穷期。对祖国母亲的最好献礼，就是书写新的辉煌历史；对复兴伟业的迫切追求，就是脚踏实地的扎实奋斗。让我们更加紧密地团结在以习近平同志为核心的党中央周围，增强“四个意识”，坚定“四个自信”，做到“两个维护”，保持永不懈怠的精神状态、砥砺迎难而上的奋斗精神，推进我国住房和城乡建设事业高质量发展，为中国更加壮美的时代画卷增添新的绚丽色彩！

（刊登于《中国建设报》2019年10月9日1版）

# 辉煌成就

# 中国建造：为中国梦筑基

尚丹宁

中华人民共和国成立70年来，中国建筑业为国家的经济社会发展、城乡建设和民生改善作出了重要贡献。中国建筑业的发展也经历了一个不断壮大、创新、跨越的辉煌历程，实现了建筑强国梦。特别是党的十八大以来，在以习近平同志为核心的党中央的坚强领导下，建筑业发展的能量空前释放，“中国建造”成为光彩夺目的“国家名片”。

## 披荆斩棘　砥砺前行

中华人民共和国成立之初，一穷二白，百废待兴。建设者是改变国家面貌的先锋。

8万军工集体转入建筑业，成为建设国家的生力军。这些为建立中华人民共和国流血牺牲的功臣们不忘初心，又在建设中华人民共和国的战场上为人民立下新功。

在当年的祖国大地上，不断展现一幅幅宏大壮丽的建设图景：日日夜夜灯火通明，车水马龙人流如潮，机器轰鸣响彻大地。《人民日报》发表的著名作家刘白羽的散文《从富拉尔基到齐齐哈尔》，就再现了当时火热的场景。来自全国四面八方的几万建设大军，奋战在富拉尔基，让这个亘古荒凉的小渔村在极短时间内发生了翻天覆地的变化。作家那火热的文字热情地赞颂了建设者们战天斗地的英雄气概和创业精神，成为当时热议的话题，深深地感动了许多热血青年。

这一时期的大规模建设，为国家经济社会的发展打下了坚实的基础。成片的房屋拔地而起，一座座水库大坝矗立深山峡谷，一条条道路连通四面八方，一座座桥梁使天堑变通途，祖国大地有了新的容颜。156项重点工程、中华人民共和国成立十周年北京十大建筑、南京长江大桥等是其中的杰出代表。在这个时期，建筑业的基本管理体制初步建立，为今后的发展奠定了基础。

改革开放后，中国建筑业又开始了新的征程，发展迅猛。从解放思想、加快改革，到全面创新、转型升级，再到调整结构、供给侧改革，迈向高质量发展阶段，中国建筑业一路披荆斩棘，砥砺前行，蓬勃发展，高奏凯歌。

1980年4月2日，邓小平同志在谈到建筑业和住宅问题时指出，建筑业是国民经济的三大支柱产业之一，为建筑业改革和快速发展指明了方向。

20世纪80年代初，“三天一层楼”的“深圳速度”，创造了当时中国高层建筑历史上的奇迹，拉开了中国建筑业不断刷新纪录、创造奇迹的序幕。

“鲁布革”工程建设中的现象曾让人百思不解：用的是同样的工人，我们与国外公司的差距为何那么大？后来明白了：原因在于管理，中国工人可以出高效率。“鲁布革冲击”，开启了我国建筑业生产方式和建设工程管理体制的深层次改革。

此后，“中国建筑工程鲁班奖（国家优质工程奖）”的设立，“项目法施工”的实施，现代企业制度的建立，都极大地促进了建筑业的繁荣和快速发展。

1998年3月《中华人民共和国建筑法》实施，随后一批法律法规和规范陆续发布，使当时快速发展的中国建筑业走上了法制化、规范化的轨道。

进入21世纪，中国正式加入WTO引发了人们“与狼共舞”的担忧和争论。后来的事实证明，此举加快了中国建筑业进军国际市场的进程。

党的十八大以来，以习近平同志为核心的党中央高度重视建筑业的发展，作出了一系列的重大部署。党中央提出深化供给侧结构性改革，使建筑业进一步改革转型、向高质量发展。2017年，《国务院办公厅关于促进建筑业持续健康发展的意见》发布，提出“中国建造”这一理念，中国建筑业迎来了前所未有的发展机遇。

70年来，中国建筑业历经了无数坎坷与挫折，基本建立起了完整的市场经济体系；掌握了当代最新的建筑科技与施工技术；逐步形成了合理先进的施工管理体制；新的产业工人队伍正在生成。建筑业对社会经济的贡献与日俱增，已经无可辩驳地成了国家的支柱产业，实现了几代建设者渴望的建筑强国梦。

## 光彩夺目的“国家名片”

党的十八大以来，建筑业进入新的发展阶段，展现出建筑强国的强大实力。

当前，建筑业在国民经济中的比重不断提高，其支柱产业地位逐步确立并日益稳固，对整个国民经济发展的推动作用日益突出。2018年全年全社会建筑业实现增加值61808亿元，比2017年增长4.50%。自2009年以来，建筑业增加值占国内生产总值的比例始终保持在6.5%以上，2018年达到了6.87%的较高点。2018年建筑业总产值持续增长，达到235085.53亿元，比2017年增长9.88%。2018年，建筑业总产值占固定资产投资的比重连续两年保持扩大态势，达到36.98%。

建筑业对国民经济其他行业的发展起到了重要的拉动作用。建筑业需要消耗建材、冶金、机械、化工、纺织、轻工、电子、交通、电力等50多个行业、2000多个种类、3万多种规格的产品，带动上下游产业发展。据测算，每增加1亿元的建筑业营业收入，将带动社会其他产业增加2亿元以上的营业收入。

2018年年底，建筑业从业人数5563.30万人，比2017年末增加26.40万人，增长0.48%。建筑业从业人数占全社会就业人员总数的7.17%，比2017年提高0.04个百分点，占比再创新高。建筑业在吸纳农村转移人口就业、推进新型城镇化建设和维护社会稳定等方面持续发挥着显著作用，功不可没。

中华人民共和国成立70年来，建筑业设计建造能力不断提升，一大批举世瞩目的巨型工程成为祖国大地上的“擎天柱”“架海梁”。更有许多支撑起百姓幸福生活的超级工程。南京长江大桥、三峡大坝、南水北调、青藏铁路、杭州湾跨海大桥、港珠澳大桥、2008北京奥运会“鸟巢”工程、中国尊、上海中心大厦等成为我国强大综合国力的标志和可以夸耀的“国家名片”。

当前，中国建筑业已经在超高层、桥梁、铁路、隧道、地铁等建造技术方面，具有了领先世界的综合实力。在深基础施工、超高层建筑模架施工、大跨度滑移技术、多塔连跨大跨径桥梁施工等重要领域施工技术已跻身世界先进行列。高速、高寒、高原、重载铁路施工和特大桥隧建造技术迈入世界先进行列。离岸深水港建设关键技术、巨型河口航道整治技术、长河段航道系统治理以及大型机场工程等建设技术已经达到世界领先水平。一批具有自主知识产权、居国际先进水平的建筑施工设备，如大型地铁盾构机、大型挖泥船等，打破了国外成套施工设备的垄断，成为中国地铁建设、海岛吹填等工程的推进利器。

面对数字技术对建筑业发展的深刻广泛影响，BIM（建筑信息模型）技术、大数据技术、装配式建筑、智能建筑、物联网、区块链等，正塑造建筑业新的竞争优势。

目前，世界上建成及在建的高度超过500米的超高层建筑前十名中有7座是中国大陆建造，世界上最长的高速铁路运营里程在中国境内完成。中国高度、中国效率、中国创造的建造技术，引领着我国建筑业不断攀登世界高峰。

我国对外承包工程业务正在蓬勃发展，建筑业对外承包工程占全国“走出去”比重达到47%，“中国建造”成为我国推动“一带一路”建设的亮丽品牌。

2018年，我国对外承包工程业务完成营业额1690.40亿美元，比2017年增长0.27%。我国内地共有69家企业入选2018年度全球最大250家国际承包商榜单，入选数量比2017年度增加了4家。入选企业共实现海外市场营业收入1141亿美元，比2017年增长了15.6%，占250家国际承包商海外市场营业收入总额的23.7%，比2017年提高2.6个百分点。目前，超过4000家企业开展对外承包工程业务，业务遍布190多个国家和地区。近年来，在稳固亚洲和非洲市场基础上，在拉美、中东欧等地稳步推进，在西欧、澳大利亚、美国等发达国家市场取得重大突破。一些大型企业通过兼并收购等方式拓展海外业务，提高属地化管理水平。

曾经以低端劳务输出为主的中国对外工程建设，今非昔比。“中国品牌”“中国标准”“中国方案”越来越多地走出国门，出现在海外的工程建设中。

70年的辉煌成就，激励中国建筑业广大从业者以习近平新时代中国特色社会主义思想为指导，牢记初心和使命，发扬改革创新精神，勇于破解发展难题，以建筑业高质量发展，助力中华民族伟大复兴。

（刊登于《中国建设报》2019年8月19日1版）

# 勘察设计：绘就壮美蓝图

任 佳

工程勘察是工程建设的先导，工程设计是工程建设的灵魂。中华人民共和国成立特别是改革开放以来，我国工程勘察设计从无到有、从小到大、从弱到强，历经“学习起步、锻炼队伍”“独立自主、砥砺前进”“改革开放、全面发展”“进入新时代、高质量发展”发展过程，发生了巨大变化。党的十八大以来，在习近平新时代中国特色社会主义思想指引下，我国工程勘察设计行业不断迈出新步伐，取得新成就。

前进与发展，变革与创新，一代代工程勘察设计者攻坚克难，为共和国的城乡建设绘就了壮美蓝图。

## 艰辛开拓 工程勘察设计发展壮大

中华人民共和国成立伊始，百废待兴，国家发展对工程建设需求很大，我国工程勘察设计历经创建队伍、学习模仿、建章立制的过程，从对大屋顶的推崇到注重功能、简化装饰，倡导建筑符号由繁至简，再到后来提倡“适用、经济、美观”的建筑方针。这一时期的建筑风格受苏联影响颇深，涌现出梁思成、杨廷宝、陈登鳌、张鎛等一批建筑大师，开创了中国现代建筑创作先河。

1956年1月，《人民日报》发表了题为“加快设计进度，提早供给图纸”的社论，提出“成立专业设计机构，是培养和壮大设计力量，提高技术水平和效率的基本措施”，将设计摆在突出位置。随后，工程勘察设计机构开始改组。1958年，各地设计院开展技术革命与技术革新运动，掀起由民用转工业、由土建转工艺的热潮。1973年，《建筑制图标准》等5项国家设计标准规范颁布，工程设计有据可依。

20世纪50年代初，杭州人民大会堂、大连人民文化俱乐部等建筑竣工，这是建筑师的“第一笔”。1959年，在中华人民共和国迎来十周年大庆之际，以人民大会堂等十大建筑为代表的一大批建筑落成。历经风雨，至今这些建筑依旧雄姿勃勃。这一时期的建筑，加入了中国民族性元素，如坡屋顶、斗拱、装饰彩画等，无不体现着建筑师对于中国传统文化的传承与尊重，传统与现代的衔接自然得体。

与此同时，一批关系国民经济发展的重大工程加快实施。钱塘江大桥是著名桥梁专家茅以升主持设计和建造的中国第一座公铁两用现代化大桥。在几代人的精心养护下，为我国公路、铁路交通事业的发展和经济繁荣发挥了重要作用。

成昆铁路全长1100公里，包含427座隧道和991座桥梁，桥隧总长接近40%。成昆铁路沿线山势陡峭、深涧密布，中国工程师先后进行了1500平方公里的地质测绘，线路确定历时13年。在技术非常落后的年代，成昆铁路的修建成功，创造了中国乃至世界铁路建设史上的奇迹。

## 改革创新　取得深刻变革和卓越成就

改革开放后，我国工程勘察设计迎来了创新的春天，建筑设计逐渐从封闭走向开放，鼓励大胆创新、活跃的建筑设计思路，建筑风格多元并存，呈现出生动活泼的局面。特别是以“工效挂钩”为主要内容的技术经济承包责任制在全国推行，成为建筑设计发展史上的里程碑。

一大批工程勘察设计项目和成果涌现。广州白天鹅宾馆、三峡工程、南水北调、上海杨浦大桥等房建、水利、铁路、桥隧建设相继启动，工程勘察设计者有了更广阔的实践舞台。

广州白天鹅宾馆以岭南园林与现代高层建筑融为一体，中庭以壁山瀑布为主景的焦点，形成别有洞天的岭南风情，将历史气息与文化内涵融入建筑空间。

西安阿房宫宾馆在建筑造型上吸取了西安古城墙、城楼的传统形式，既表现传统文化神韵，又表现出强烈的时代气息。

三峡工程以开放式设计原则为理念，在满足泄洪安全、地质深层抗滑稳定研究、高强度混凝土浇筑等方面实现了创新。

青藏铁路的设计解决了“冻土施工、环境保护、高原生理”三大难题。

上海杨浦大桥全长7658米，602米长的主桥犹如一道横跨黄浦江的彩虹，设计精巧、造型优美、气势恢宏。挺拔高耸的208米主塔似一把利剑直刺穹苍，塔的两侧32对钢索连接主梁，呈扇面展开，如巨型琴弦，弹奏着巨龙腾飞的奏鸣曲。邓小平同志亲自为大桥题写桥名，他在94岁登上杨浦大桥时感慨地说：“喜看今日路，胜读万年书！”

进入21世纪，我国工程咨询设计“敞开怀抱”与国际接轨。世界建筑设计领域最权威的英国皇家建筑师协会接受中国建筑师为其联合会员，我国建筑设计师逐步走向世界。齐康、张锦秋、何镜堂、马国馨、程泰宁等一大批设计大师，带领新一代的年轻建筑师和工程师们，运用现代建筑的语言，秉持既有时代精神又蕴含中国风貌的设计理念，创造出具有中国风度和中国气派的大国建筑。上海世博会场馆、北京2008年奥运会场馆等体现了国际一流的设计水准。

几十年来，依托改革创新，我国勘察设计行业发生了根本性变革，管理体制进行了社会化探索。勘察设计企业在市场化改革的大潮中，完成政企分离，由行政隶属管理转变为自主经营、自负盈亏、自我发展。

## 继往开来　新时代迈出新步伐

党的十八大以来，我国工程勘察设计行业迎来新的发展机遇。以习近平同志为核心的党中央明确“适用、经济、绿色、美观”的新时期建筑方针，为工程勘察设计工作指明了方向。在新时期建筑方针指引下，建筑更多关注人文和绿色。崔愷、孟建民、庄惟敏、梅洪元、张宇等新一代建筑师活跃在行业前沿，创作出一大批优秀建筑作品。

“中国尊”构思源于中国传统礼器之重宝——“尊”的意象，建筑高耸入云，表现出顶天立地之势。外形自下而上自然缩小，最终形成中部略有收分的双曲线造型，体现出庄重的东方神韵。

北京新机场主航站楼，行云流水般的曲线塑造出了惊艳的“凤凰”造型，屋面呈现出自由曲面之美。

港珠澳大桥设计使用年限120年，抗16级台风和8级地震，被业界誉为桥梁界的“珠穆朗玛峰”，被外媒称作“现代世界七大奇迹”之一。

……

随着改革开放的深化，我国工程勘察设计行业不仅为国家创造了财富，也壮大了行业队伍，提升了综合实力。截至2018年年底，行业从业人员已达447.3万人、年营业收入51915.2亿元。

我国工程勘察设计行业不断进行新技术革新，将现代信息技术与先进的管理理念相融合，建立计算机集成化系统，向多媒体、集成化、智能化方向发展。勘察钻探机具从20世纪50年代的蚌壳式手摇钻、竹尺，到现代采用航测遥感技术、测量机器人、GPS等先进的测量、勘探和航测、遥感仪器设备，勘察手段日益先进。岩土工程技术服务体系逐步与国际接轨，解决复杂岩土工程问题的技术水平达到世界先进。智能化设计技术提升建筑的使用功能、绿色建筑的设计理念深入人心。随着CAD、BIM技术的推广应用，勘察设计水平实现新跨越。执业资格考试注册制度使我国注册建筑师、注册土木工程师走向世界舞台。“全过程工程咨询”与“建筑师负责制”的推行，推动设计师在全生命周期中充分发挥作用。

工程建设标准体系不断完善，将专利和专有技术再创新转化为工程标准，有的已在国际工程中采用，有的已上升为国际标准。“一带一路”为勘察设计行业发展带来新机遇，拓宽了企业“走出去”的市场空间。

当前，勘察设计行业仍然面临着不少困难和短板，如资源的合理配置、管理体制机制不完善的问题，进一步建设现代企业制度、优化建筑市场环境、完善行业法律法规等工作任重而道远。下一步，在总结经验的基础上，要打好全过程工程咨询服务改革的攻坚战、工程总承包体制改革的攻坚战，实现工程建设管理制度的变革，建立设计、采购、施工深度融合管理机制。同时，进一步深化工程体制改革，实现传统工程勘察企业结构性的变革，建立起与国际接轨的岩土工程服务体系，为绿色城市、智慧城市提供全方位的咨询服务。

迈入新时代，我国工程勘察设计行业肩负着新的使命。我们深信，在习近平新时代中国特色社会主义思想的指引下，勘察设计行业一定能够乘风破浪，实现高质量发展。

（刊登于《中国建设报》2019年8月20日1版）

# 工程建设：当惊世界殊

胡春明　高洋洋

2019年4月12日，北京，第十六届中国土木工程詹天佑奖颁奖大会举行，共有30项科技创新工程获奖。2019年，是中国土木工程学会设立中国土木工程詹天佑奖20周年，在总计16届的评选中，共有463项工程获此殊荣。这些工程都践行着詹天佑先生“兴国阜民”的遗愿，成为支撑共和国经济繁荣的骨骼。

站在中华人民共和国成立70周年的节点上回望，成立之初的中华人民共和国一穷二白、百废待兴。经过70年的奋斗，沧海桑田，换了人间，一幅幅宏大壮丽的工程画卷在世人面前徐徐展开。特别是党的十八大以来，在以习近平同志为核心的党中央坚强领导下，我国工程建设成就令世人瞩目，高楼林立，公路成网，铁路密布，大坝矗立，西气东输，南水北调，高铁飞驰，巨轮远航，飞机翱翔，天堑变通途。

## 丰碑巍峨　气贯长虹

建成一座能够容纳一万人开会的大会堂需要多久？中国人民的回答是：10个多月！

佐证这个震撼世界的答案的就是60年前落成的中华人民共和国成立10周年“北京十大建筑”之一——人民大会堂。全国30余位顶尖建筑师数易其稿，上万名建筑工人施工，1959年国庆前夕，一座巍峨壮观的雄伟建筑，奇迹般地崛起在天安门广场西侧。从此，这座人民的殿堂肩负起了国家的使命与光荣，见证着中国一步步走向伟大复兴。

她是祖国美丽的女儿。新华社在推出的微视频《人民的殿堂》中说：“一甲子光阴流转她见证历史也把自己书写成史诗。”2016年国庆前夕，人民大会堂入选“首批中国20世纪建筑遗产”名录。如今，漫步在宏阔庄严的天安门广场上，朝晖夕霞之中，这座人民的殿堂依旧壮丽典雅，岁月沧桑不掩绝代风华，她骄傲的身姿跻身于世界经典建筑之林毫不逊色。

与人民大会堂同时列入“北京十大建筑”的还有：中国革命博物馆和历史博物馆（现中国国家博物馆）、中国人民革命军事博物馆、农业展览馆、民族文化宫、民族饭店、北京工人体育场、北京火车站、华侨大厦、钓鱼台国宾馆。十大建筑有着鲜明的时代特征和民族特色，集现代风格与民族传统于一体，确立了北京城市新格局。20世纪50年代的十大建筑，犹如10颗璀璨的明珠，在当代中国的建筑史上留下了光辉一笔。

此后，北京又分别在20世纪八九十年代和21世纪初评选出3批“十大建筑”，其中有人们熟悉的国家图书馆、中央广播电视塔、首都机场3号航站楼、“鸟巢”（国家体育场）、中国国家大剧院等，这些工程见证着首都北京的发展，也成为中国大型公共建筑水平的代表。

2016年3月12日，上海中心大厦完工。这是工程师们关于垂直城市的大胆想象，第一次在超高层建筑中使用双层玻璃幕墙，打造东方“空中花园”，创造更为环保、舒适的未来空间。它螺旋上升的外形，苍劲超拔、雄心勃勃，豪气干云，象征着不可遏制的崛起。

回溯到1985年，以创造“三天一层楼”的“深圳速度”闻名于世的深圳国贸大厦建成。此后，每年新建的高层建筑数量不断上升。根据世界高层建筑与都市人居学会（简称“CTBUH”）的数据，在刚刚过去的2018年，全球共新建143栋200米以上的高层建筑，中国独占88座，这一数字是第二名美国（13座）的近7倍。实际上，在建造200米及以上的建筑方面，中国连续23年保持着最高产的地位。截至2018年，中国超过200米的高楼已经有686座，占到全球1478座的将近一半。

## 地上地下　飞驰无阻

1969年10月1日，北京第一辆地铁机车从北京古城站驶出。经过4年零3个月的紧张施工，北京地铁一期工程建成通车。

中华人民共和国成立初期，北京常住人口还不到300万人，机动车也仅有5000多辆。北京地铁一期工程建成后，一直处于试运营状态，地铁的主要任务仍是战备。而截至2018年年底，北京常住人口超过2100万人，机动车的保有量突破570万辆，地铁也从最初的以战备为主转变为城市主要的交通方式，北京轨道交通全路网年客运总量达到38.5亿人次，日均客运量达1054.4万人次，居全国首位。北京现有22条地铁线路，运营里程超过600公里。预计2019年年底，北京的轨道交通运营总里程将近700公里。计划到2020年，建成24条地铁线路、590个车站、800公里的里程，一个立体的地铁网络将覆盖整个北京城。

地铁在城市交通中的作用举足轻重，输送客流庞大，缓解拥堵，为市民出行带来了极大便捷。“超级工程”北京地铁网络只是中国城市轨道交通快速发展的一个缩影。截至2018年年底，全国共有42个城市开工建设轨道交通工程，在建规模约5000公里；运营城市32个，运营总里程约4860多公里。北京、上海、广州的城市轨道交通承担城市公共交通客运比例均超过了50%，已经真正成为城市公共交通的骨干力量。地铁、轻轨、单轨、有轨电车、市域快轨、磁悬浮等多制式轨道交通体系全面铺开，超大断面地铁车站暗挖法、长距离穿越江河湖海及复杂建（构）筑物、软土或喀斯特地区地铁建造技术，北京地铁燕房线全自动运行系统研发、应用，上海、武汉、长沙、杭州等城市的地铁运用物联网、大数据推进智慧工地建设，彰显了中国地铁科技创新的成就。无论是建设速度还是建设规模，中国已经成为世界上最大的城市轨道交通建设、运营市场。

不仅在地下，在地上，中国高速铁路飞速发展。2019年，全新的京张高速铁路将在老京张线建成110周年之际实现全线通车。作为世界首条智能高速铁路，其设计时速为350公里，是老京张铁路当初设计时速的10倍。自2008年我国第一条京津城际高速铁路建成通车起，至2018年，10年间全国高速铁路里程达2.9万公里，跃居世界第一位，是世界其他国家高铁总里程的两倍。截至2019年一季度末，我国高铁已累计运送旅客超过100亿人次，累计完成旅客周转量3.34万亿人公里。2018年，全国铁路营业里程达到13.1万公里，铁路完成旅客发送量33.7亿人次，运量接近全球人口的一半。

2018年，我国高速公路总里程突破14万公里。世界十大港口（以集装箱吞吐量计）中，中国占了7个，上海港名列世界第一。

2019年6月30日，北京大兴国际机场主体工程完成竣工验收，“钢铁凤凰”般的世界最大单体航站楼展露出美丽身姿，将于今年国庆前通航。1978年，中国运输机场数量仅为78个；截至2018年6月，运输机场数量已达232个，旅客年吞吐量达到“千万级”的机场已达32个。

## 穿山越海 无远弗届

习近平总书记在中国科学院第十九次院士大会、中国工程院第十四次院士大会上的讲话中指出：工程科技是推动人类进步的发动机，是产业革命、经济发展、社会进步的有力杠杆。

100年前，詹天佑先生修建老京张铁路时，之所以创新性地设计“人字形”路线，就是囿于当时施工技术打不了太长的隧道。1000多米的八达岭隧道，还是先生与工人并肩战斗、排除万难的结果。而新京张高速铁路八达岭隧道全长12公里，两次下穿八达岭长城世界文化遗产核心区，同时建设一座地下车站——八达岭长城站，最大埋深达102米，单体总建筑面积超过4万平方米，是目前世界埋深最大的高速铁路地下车站。

今天的中国，成就足以告慰先辈：鄂拉山隧道是世界最长的高原冻土公路隧道；函谷关隧道是世界上最长的湿陷性黄土隧道；青藏铁路新关角隧道全长32公里，是世界高海拔第一长隧；港珠澳大桥沉管隧道是世界上最长最大的海底沉管隧道……逢山凿洞，从钢钎大锤的手工劳作，到风枪电瓶车等小型机械运用，再到凿岩台车、盾构机，中国的隧道施工技术日新月异，征服各种世界级的复杂地质，实现了隧通天下的梦想。

改革开放特别是党的十八大以来，中国建造了无数令人叹为观止、全球少有的各类顶尖工程。在见识了上海大厦的“高度”、高铁的“速度”、地铁的“密度”之后，我们会发现，中国还在桥梁、隧道、水利、电站、港口、机场等建设领域，走在了世界的前列。比如，多项指标“刻度”居世界第一的三峡大坝，世界海拔“高度”最大的铁路工程青藏铁路，标志着中国工程“跨度”的杨泗港长江大桥，代表着中国工程“深度”的洋山深水港码头，代表着中国工程“难度”的全球首堆示范工程——福清核电站5号机组，年吞吐量可达亿人次的北京大兴国际机场以及南水北调、西气东输、西电东送……每一项“超级工程”的背后，都是中国超级的工程科技能力的体现。“志之所趋，无远弗届，穷山距海，不能限也。”

2018年10月23日上午，港珠澳大桥开通仪式在广东珠海举行，习近平总书记出席仪式并宣布大桥正式开通。港珠澳大桥跨越伶仃洋，东接香港，西接广东珠海和澳门，总长约55公里，是粤港澳三地首次合作共建的超大型跨海交通工程。港珠澳大桥是世界最长的跨海大桥，其隧道沉管在海平面以下13~48米不等的深度进行海底无人对接，对接误差控制在两厘米以内。

目前，我国公路、铁路桥梁总量已超过百万座。在世界桥梁排行榜上，各类型桥梁前十名中超过半数都是中国桥梁；珊瑚礁、地震带、强台风……众多“建桥禁区”难题先后被攻克；苏通长江公路大桥，将世界斜拉桥最大主跨纪录890米增至1088米，世界第一高的北盘江大桥，垂直高度达565米……一项项纪录被刷新。世界桥梁顶级奖项中，中国桥梁早已成为获奖常客。在业界流传这样一句话：世界桥梁建设20世纪70年代以前看欧美，20世纪90年代看日本，21世纪看中国。

“一桥飞架南北，天堑变通途”。当年，举全国之力建设的武汉长江大桥，是长江上第一座桥梁。之后，长江上有了中国自行设计和建造、号称“争气桥”的南京长江大桥。而今，长江上的大桥已经超过百座，在世界上大江大河之中，论桥梁数量和密度，长江都是“老大”。

“神女应无恙，当惊世界殊！”

（刊登于《中国建设报》2019年8月22日1版）

# 质量安全：为民固本安生

胡春明　冯路佳　程晓丽

2017年2月23日至24日，习近平总书记到北京市考察城市规划建设和北京冬奥会筹办工作。23日下午，习近平在考察北京新机场建设时指出，新机场建设涉及10多个村的群众搬迁安置，这是一项重要民生工程，要在标准和质量上把好关。他强调，新机场是首都的重大标志性工程，是国家发展一个新的动力源，必须全力打造精品工程、样板工程、平安工程、廉洁工程。每个项目、每个工程都要实行最严格的施工管理，确保高标准、高质量。要努力集成世界上最先进的管理技术和经验。

24日上午，习近平在考察北京城市副中心时指出，站在当前这个时间节点建设北京城市副中心，要有21世纪的眼光。规划、建设、管理都要坚持高起点、高标准、高水平，落实世界眼光、国际标准、中国特色、高点定位的要求。不但要搞好总体规划，还要加强主要功能区块、主要景观、主要建筑物的设计，体现城市精神、展现城市特色、提升城市魅力。在北京城市副中心行政办公区建设现场指挥部工程安全体验培训中心，他强调，安全生产必须落实到工程建设各环节各方面，防止各种安全隐患，确保安全施工，做到安全第一。

习近平总书记的重要指示，为我国工程质量和建筑施工安全监管工作指明了方向。

## “物勒工名，以考其诚”——法规制度是保障质量安全的根本

2014年8月，住房和城乡建设部印发的《建筑工程五方责任主体项目负责人质量终身责任追究暂行办法》要求：建筑工程竣工验收合格后，建设单位应当在建筑物明显部位设置永久性标牌，载明建设、勘察、设计、施工、监理单位名称和项目负责人姓名。

这个办法可以称为现代版的“物勒工名”。“物勒工名”是一种春秋时期开始出现的制度，其实质就是一种质量责任体系，要保障建筑质量和安全，必须靠法治，而不是人治。设立永久性标牌目的是成为百年名作的颂碑，让更多的建筑精品与建造者一起传之不朽。

这是我国完善建筑质量和安全制度的一个范例。

我国在建筑质量保障制度建设方面不断完善。中华人民共和国成立之初，工程质量监督管理采取的是自我管理自我约束的企业自检自评的质量检查制度。改革开放后，自检自评制度

已不能适应新形势的需要。1984年，工程质量监督管理方式进行了改革。全国各省、市、县陆续建立工程质量监督站，逐步形成了相当规模的监督队伍，代表政府对工程质量实行强制监督管理，从而形成了“施工单位自检、建设单位抽检和政府监督相结合”的质量监控体系。

1993年《建设工程质量管理办法》发布后，国家对工程质量监督的广度和深度得以扩展。实施“核验制”，对常见质量通病的治理取得了较好效果，群众对工程质量的投诉逐年减少、房屋垮塌事故逐年下降，新世纪以来基本杜绝了房屋垮塌事故。

《中华人民共和国建筑法》《建设工程质量管理条例》《建设工程勘察设计管理条例》的出台，奠定了我国工程质量管理的法规基础。建设工程质量由等级核验制转为竣工验收备案制，进一步厘清了监管责任和主体责任。

《中共中央国务院关于进一步加强城市规划建设管理工作的若干意见》（2016年）、《国务院办公厅关于促进建筑业持续健康发展的意见》（2017年）、《中共中央国务院关于开展质量提升行动的指导意见》（2017年）等则进一步完善了工程质量管理监督体系。

建筑安全管理，也同样经历了从行政命令和指令的形式向制度和法规管理方式的转变。

1984年，我国建立了工程质量安全监督制度。此后，随着《建筑安全生产监督管理规定》《中华人民共和国建筑法》《中华人民共和国安全生产法》的颁布及《实施工程建设强制性标准监督管理规定》《建筑工程施工许可管理办法》等部门规章和一批规范性文件的出台实施，我国的建筑施工安全监管法规制度建设在实践中不断取得重大突破。

2004年《建设工程安全生产管理条例》施行，确立了建筑施工安全监管的基本体制，明确了建设活动各方主体的安全责任，并对执法监管的手段、措施等作了相应规定。同时，《安全生产许可证条例》颁布，确立了建筑施工企业的安全生产行政许可制度；2007年《生产安全事故报告和调查处理条例》施行，进一步规范了事故报告和调查处理机制，完善了事故责任追究制度。

党的十八大以来，各级住房和城乡建设主管部门认真贯彻执行党中央、国务院的方针政策和决策部署，工程质量管理工作取得显著成效，工程质量总体受控、工程质量水平稳步提升；在建筑施工安全监管方面，一系列规范性文件的出台，提升了施工安全保障能力，全国住房和城乡建设系统安全监管法规制度体系更加完善，逐渐形成了适合我国建筑业发展的施工安全监管工作体系，取得了振奋人心的工作成就。

## 传承“工匠精神”——重视质量安全是我国的历史传统

2017年10月，有“万里长江第一桥”之称的武汉长江大桥迎来了60岁生日。如今，这座我国首座公铁两用长江大桥每天有300多列火车、10万余辆汽车通行；60年的时间里，它历经7次较大洪水、77次轮船碰撞，依然巍然挺立。2017年4月发布的“体检报告”显示，目前全桥无重大病害，无变位下沉，24805吨钢梁和8座桥墩无裂纹、无弯曲变形，百万颗铆钉未发现松动……

如此过硬的质量是如何炼成的？

2017年，年近九旬的赵煜澄老人在接受媒体采访时透露，1955年他任武汉长江大桥施工组织设计小组组长，有一个细节让他记忆犹新，从中可看出当年施工的严苛：大桥钢梁拼装两个月后，有的铆钉出现松动，原来是铆钉与铆钉孔之间有了1毫米间隙。于是，钢梁拼接当即停工，先期铆合的1万多颗铆钉全部被拆掉，直至4个月后新的铆钉完全填满眼孔、间隙小于0.4毫米，且试验结果高出国家指标5%时，相关工程才重新启动。

这种视工程质量为天的精神，我们在李冰修建的都江堰上见过，在李春建造的赵州桥上见过；也在茅以升设计的钱塘江大桥上见过，也在詹天佑设计的京张铁路上见过；更在20世纪50年代北京的“十大建筑”上见过——这其中闪耀的是“工匠精神”的光芒！

党的十九大报告提出：建设知识型、技能型、创新型劳动者大军，弘扬劳模精神和工匠精神，营造劳动光荣的社会风尚和精益求精的敬业风气。“工匠精神”是有信仰的踏实和认真，需要人们树立对工作执着热爱的态度，对所做的工作、所生产的产品精益求精、精雕细琢。建筑业是最能体现“工匠精神”的行业，对产品精雕细琢、追求完美和极致的“工匠精神”，对建筑业提高工程品质、促进行业健康发展至关重要。

1987年4月，原中国建筑业联合会发布决定，设立中国建筑工程鲁班奖（以下简称“鲁班奖”）。2008年6月，此奖更名为中国建设工程鲁班奖（国家优质工程）。截至2017年11月，共有2000多家企业承建的2246个工程项目获鲁班奖，109项获鲁班奖（境外工程）。

鲁班奖创立30多年来，广大建筑业企业以精益求精、追求卓越的鲁班精神创建了一个又一个精品工程，充分彰显了中国建筑业的水平，也见证了改革开放以来国家天翻地覆的巨大发展变化。

## 打造中国建造品牌——科技创新是保障质量安全的基础

2019年8月10日凌晨，超强台风“利奇马”袭击上海，中国第一高楼——上海中心大厦防风抗台的阻尼器开始运作。

上海中心大厦的阻尼器名叫“上海慧眼”，它是我国首个自主研制开发的世界上首个电涡流摆式调谐质量阻尼器，也是国际上首次将电涡流阻尼用于超高层建筑的风阻尼器。位于上海中心126层的“上海慧眼”，是个重达1000吨的“超级巨无霸”，是目前世界上最重的摆式阻尼器质量块。这是一种削减强风下高层晃动的专业工程装置：质量块和吊索构成一个巨型复摆，它会向主体结构晃动的反方向摆动，能消减大楼晃动。

8月11日，“利奇马”离沪北去，“上海之巅”安然无恙。

科技进步是建筑质量和安全的基石。建筑业改革开放最为显著的成就，应该是建筑科技的进步。在政府的推动下，企业快速、成套地引进国际先进的技术、工艺和新型材料，并结合实际，不断进行创新、改造和完善。建筑技术创新能力不断增强，建筑业10项新技术、BIM、绿色建造、装配式建筑等先进适用技术得到大力推广，工程建设工业化、信息化、绿色化技术水平明显提升，建筑业持续健康发展基础不断夯实。

城市轨道交通建设构造技术日益成熟并广泛应用，复杂地质、周边环境条件下系列工法成套施工技术，高风险工程体系化管控技术以及盾构装备制造产业化，轨道交通全自动智能运行等一系列具有自主知识产权的建造技术、工程装备、系统设备和系统集成技术，实现了从国际跟跑到领跑的跨越。数字化、智能化的研发和应用稳步推进，逐步在国际同行中占领新高地。

全国城镇新建建筑工程普遍实行抗震设防，取消不设防区，7度设防区增加到国土面积的58%。汶川灾后重建工程经受住了九寨沟7级地震的考验，相比2013年芦山7级等历史同级别地震，房屋倒塌和人员伤亡明显减少。减震隔震技术发展加快，云南、新疆等地震高烈度区建成一批学校、医院减震隔震建筑，全国累计建成减震隔震建筑近6000栋，大大加强了学校和医院的安全保障。

建筑施工安全生产技术日新月异，移动互联网、物联网、大数据、VR/AR、人工智能等新技术与安全生产的融合日渐深入。“多媒体安全培训工具箱”“一站式VR安全培训体验馆”“建筑企业安全生产管理云平台”“建筑施工企业实名制安全准入系统”等安全生产信息化创新应用成果的落地实施，为安全管理带上了科技创新“防护罩”，“智慧工地”确保建设工程的安全生产，提升施工现场管理效率。

住房和城乡建设部历来高度重视建筑施工安全教育培训工作，建立、完善了施工企业三级安全教育、入场安全教育等制度，全面开展了3类人员及特种作业人员的考核培训及继续教育工作，创建农民工业余学校，大力推进以农民工为重点的全员建筑安全教育培训，对于预防和减少建筑施工安全事故发挥了重要作用，取得了积极成效。

习近平总书记在2019年新年贺词中指出：“中国制造、中国创造、中国建造共同发力，继续改变着中国的面貌”。而工程质量安全事关人民生命财产安全，是建筑业发展的立身之本。中华人民共和国成立以来，逐步建立健全法律法规制度，不断完善工程质量保障体系和建筑施工安全监管体制机制，保证了工程质量持续稳定提升和建筑行业安全发展，保障了人民群众安居乐业和社会和谐稳定，有力推进了建筑业持续健康发展。初心不变，未来可期。住房和城乡建设系统广大干部职工将认真贯彻落实习近平新时代中国特色社会主义思想，认真贯彻落实党中央、国务院有关决策部署，牢固树立质量第一、安全至上发展理念，着力提高建筑质量和安全生产的法治化、信息化、标准化水平，为民固本安生。

（刊登于《中国建设报》2019年8月23日1版）

# 绿色建筑：添彩美丽中国

任 佳

在气候变化巴黎大会开幕式上，国家主席习近平发表题为《携手构建合作共赢、公平合理的气候变化治理机制》的重要讲话，带着中国人民节能减排的丰硕成果和实践经验，向世界发出绿色发展的邀请。

“修之于天下，其德乃普”。绿色建筑集节地、节水、节能、节材和环境保护要求于一身，是建设“美丽中国”的重要载体。党的十八大以来，我国绿色建筑快速发展，标准逐渐提高，从单纯节能到绿色环保，取得了显著成就。

## 从试点示范、快速发展到转型提升

绿色建筑是中国城镇化进程中的一场革命，对人们理念、生活方式的转变及行业发展均产生了深远影响。20世纪60年代，美籍意大利建筑师保罗·索勒瑞首次将生态与建筑合称为“生态建筑”，这是绿色建筑概念的萌芽。在1992年举行的联合国环境与发展大会上，与会者第一次比较明确地提出了“绿色建筑”的概念。经过20余年的发展，绿色建筑充分吸纳了节能、生态、低碳、可持续发展、以人为本等理念，内涵日趋丰富成熟。

1986年，城乡建设环境保护部出台《民用建筑节能设计标准（采暖居住建筑部分）》，明确通过增加墙体保温性能达到节能30%标准的要求，被业内称为“一步节能”，实现了我国建筑节能标准“零”的突破。1996年，该标准经过修订后将节能率提高到50%。2001年，《中国生态住宅技术评估手册》出版；2003年，《绿色奥运建筑评估体系》发布；2004年，中央经济工作会议提出要大力发展节能省地型住宅，全面推广和普及节能技术，制定并强制推行更严格的节能节材节水标准；2005年，建设部印发《关于发展节能省地型住宅和公共建筑的指导意见》，明确提出建筑节能、节地、节水、节材和环境友好等方面的目标和任务。这一时期，绿色建筑的发展以试点引导为主，绿色建筑的理念引起社会各界关注。

2005年，在北京召开的绿色建筑大会正式提出我国开始发展绿色建筑，这是绿色建筑发展的一个“里程碑”。2006年，《绿色建筑评价标准》颁布实施，明确了我国绿色建筑的定义、内涵及技术要求。这一年，中国绿色建筑与节能专业委员会成立，受到了全球同行的关注。2007年，《绿色建筑评价标识管理办法》印发，参照国际通行做法，构建我国绿色建筑评价体系。

2008年，首批6个项目获得中国绿色建筑设计评价标识。

党的十八大以来，遵循“创新、协调、绿色、开放、共享”五大发展理念，绿色建筑进入快速发展阶段。2013年，国务院办公厅以1号文的形式转发了国家发展和改革委员会、住房和城乡建设部制订的《绿色建筑行动方案》，首次在国家层面明确了绿色建筑发展目标。从2013年开始，绿色建筑逐步从单体建筑走向城市新区并实施绿色生态城区建设，部分地区在城镇新建建筑中全面执行绿色建筑标准。2014年，《国家新型城镇化规划（2014~2020年）》发布，将绿色建筑发展列为新型城镇化主要指标，明确提出到2020年我国城镇绿色建筑占新建建筑比重达到50%，同时提出了“十三五”绿色建筑发展目标要求。2015年，中央城市工作会议明确提出了新时期我国建筑方针“适用、经济、绿色、美观”，将绿色纳入其中。发展绿色建筑成为国家战略。

住房和城乡建设部深入贯彻落实党的十九大精神，对《绿色建筑评价标准》进行了修订，重新构建安全耐久、健康舒适、生活便利、资源节约、环境宜居五大评价指标体系，推动绿色建筑转型提升，更加注重品质，注重提升人民群众获得感、幸福感和安全感。

## 绿色建筑成就斐然

我国绿色建筑虽然起步晚，但发展迅速，已基本形成了目标清晰、政策配套、标准完善、管理到位的体系。截至2018年年底，全国城镇建设绿色建筑面积累计超过25亿平方米，绿色建筑占城镇新建民用建筑比例超过40%，获得绿色建筑评价标识的项目达到10139个。一批示范项目和标杆项目，为绿色发展树立了标杆。

在北京玉渊潭南岸有一座8层高的浅紫色楼房，这座貌不惊人的节能示范楼，受到国际建筑界广泛赞誉。空调排风能量回收、墙体保温、遮阳板等10余项先进节能技术和产品应用其中。楼上的“空中花园”还采用自动喷灌系统等，实现雨水全回收，降低高层室温，减少了大楼的制冷能耗。

“三星绿建标杆”上海中心大厦，采用了先进的照明节能技术及智能照明控制系统，恪守绿色节能标准，降低大厦的能源消耗。运用涡轮式风力发电技术，聚集大量风能。收集、贮存、净化、利用4个环节保证雨水能够按清洁程度分层次用于大厦不同地点，分布式能源技术大大提高了能源利用率。

标准体系逐步建立。目前，绿色校园、绿色生态城区、绿色工业建筑、绿色办公建筑、绿色医院建筑等均发布了国家或行业评价标准。全国20余省市也出台了地方性绿色建筑评价标准。同时，《民用建筑绿色设计规范》《建筑工程绿色施工规范》《绿色建筑运行维护规范》《既有建筑绿色改造评价标准》等标准规范的制定，涵盖了建筑设计、施工、运行、改造不同阶段，为绿色建筑的发展提供了技术支撑。

技术不断进步。随着国家科技专项、住房和城乡建设部科技计划支持绿色建筑基础性研究，绿色建筑规划设计、既有建筑绿色化改造、绿色建造等共性关键技术取得突破，绿色建筑材料和产品性能不断提升。绿色建筑与互联网融合，运用物联网、云计算、大数据等技术，提高节能、节水、节材的效果，降低温室气体排放。

立法工作有序推进。《中华人民共和国建筑法》《中华人民共和国节约能源法》《中华人民共和国可再生能源法》《民用建筑节能条例》等10余部法律法规，为绿色建筑的发展提供了保障。住房和城乡建设部启动了绿色建筑管理规定立法研究工作，天津、河北、辽宁、江苏、浙江、重庆等地制定了绿色建筑地方法规，绿色建筑进入法治化轨道。

绿色建筑的实施主体在地方。各地结合实际出台了一系列扶持政策。财政奖励、税费返还、容积率奖励、贷款利率优惠等措施的出台，激发了绿色建筑发展活力。

站在新的起点，我们将认真贯彻党的十九大关于推动绿色发展的部署，在习近平新时代中国特色社会主义思想指引下，坚持以人民为中心，推动高质量发展，真正把“绿色”融入建筑全生命周期，使建筑与环境和谐统一，最终造福于人类。

（刊登于《中国建设报》2019年8月26日1版）

# 科技创新：引领高质量发展

任 佳

高耸入云的上海中心大厦、目前世界上最长的跨海大桥港珠澳大桥、四通八达的城市地铁线路……一次次验证了科技进步产生的巨大创造力。

中华人民共和国成立特别是党的十八大以来，我国工程建设领域科技发展突飞猛进，科技创新格局发生了历史性转变，地下空间、超高层建筑、大跨度空间钢结构、大型复杂索膜结构、绿色施工等领域的技术逐步走在世界前列。

## 从肩扛手抬到世界领先

中华人民共和国成立之初，我国物资匮乏、生产条件落后，工程建设主要靠肩扛手抬。随着工程建设技术的不断进步，二十世纪六七十年代，一批新型技术投入建设应用。如浙江人民体育馆屋盖采用椭圆平面的双曲抛物面索网，首都体育馆屋盖结构采用双向正交斜放钢网架，在当时均属全国首创。

1982年，深圳国贸大厦建设刷新了当时国际上单层最大面积滑模技术成功应用的纪录，创造了“三天一层楼”的“深圳速度”。这一时期，建设主管部门组织科研院所和高校持续开展工程建设领域关键技术攻关，攻克了结构安全与抗震、防火、抗风雪灾害、超高层及大跨建筑施工等重大技术难题。此后，又大力开展新技术、新工艺、新材料、新设备的推广应用，连续3次发布和推广建筑业10项新技术，组织开展绿色施工科技示范工作。

在政府的推动下，建筑业企业积极引进国际先进施工技术、施工工艺和新型材料，结合国内实际不断推进自主创新。目前，我国工程建造技术和装备已达到国际先进水平，部分国际领先，并实现了BIM建筑工程信息化管理，建立了自主知识产权的应用系统和标准体系。

党的十八大以来，习近平总书记把创新摆在国家发展全局的核心位置，高度重视科技创新，围绕实施创新驱动发展战略、加快推进以科技创新为核心的全面创新，提出了一系列新思想新论断新要求。工程建设技术不断发展进步，特别是绿色建造技术和建筑工业化技术体系的研发和应用快速发展。

“雄安第一标”雄安市民服务中心项目采用了先进的智慧建造技术，所有建造资源和活动都实现了数字化。通过应用国内最先进的装配式建造技术，实现了工业化建造，钢结构模块化建筑集成度达到85%、精度达到了毫米级，建成了包括“无人”酒店、“无人”超市在内的智慧园区，打造了“雄安品质”。

从肩扛手抬到“深圳速度”，再到“雄安品质”，我国工程建设不断迈出新步伐，跨上新台阶。中华人民共和国成立以来，一代代工程科技人员，传承“工匠精神”，用智慧、心血与汗水，创造了一项项代表世界先进技术水平的重大工程，彰显了大国风范和大国气度。与此同时，我国工程建设科技创新人才队伍逐渐壮大。2018年，建筑业企业工程技术人员704.7万人，是1999年同类型人数的11.5倍，年均增长13.7%；工程技术人员占建筑业企业从业人员的比重为12.7%，比1999年提高了9.7个百分点。

## 科技进步托起超级工程

早年间的攀枝花市体育馆预应力网壳屋盖，后来的北京奥运羽毛球馆工程最大跨度93米的弦支穹顶结构，其设计施工难度都分别达到了当时的世界之最。

目前，建筑施工技术已不可同日而语。绿色建造技术得到大力推广，装配式混凝土结构、钢木混合结构和钢结构建筑不断加快发展，标准化设计、工厂化生产和信息化管理相继应用，智能化技术产品逐步在建筑中应用普及。此外，软土地基处理技术、超深地下空间开发技术、新型模架技术、超高层结构施工技术和复杂大跨度空间建筑建造技术实力增强。施工装备不断更新换代，新型建筑材料不断涌现，施工工艺不断改进，建造技术日新月异。在“天眼”、中国散裂中子源等工程的建设过程中应用了大量当今世界领先的建造技术，攻克了众多技术难题。

超高层建造技术不断取得重大突破。全球首创的“空中造楼机”智能化施工装备，取得了微凸支点的多塔机整体迴转集成平台、磁力缓降逃生系统、一梯多笼循环电梯等一系列装备的重大突破，在武汉绿地中心、北京中国尊等地标建筑中成功应用后，提高工效30%以上。广州新电视塔主体结构全部采用高强钢，总重不到5万吨，外筒大约3万吨，攻克了焊接量大、高空作业、三维精度控制世界级施工技术三大难题。上海中心大厦工程，是世界上首次在软土地基上建造重达85万吨的单体建筑，在基坑深31米的巨大空间里，没有使用水平方向的支撑，全部采用环梁支撑。我国超高层建造技术的突飞猛进，使中国企业在国际超高层建造领域牢牢占据制高点。

工程建设施工技术水平实现新跨越，高速、高寒、高原、重载铁路施工和特大桥隧建造技术迈入世界先进行列，离岸深水港建设关键技术、巨型河口航道整治技术以及大型机场工程等建设技术已经达到了世界领先水平。3D打印技术、施工机器人从梦想变成现实。盾构技术已实现国产化，打破了国外垄断，部分技术国际领先。

2018年，我国自主制造的盾构机销量达到650台。据统计，全国地铁工程中使用的盾构机有600余台，加上在城市市政管网、越江隧道及煤炭、公路、引水、铁路等领域的广泛应用，目前国内全断面隧道掘进机的保有量近3000台，已成为世界上最大的盾构机研发、制造、销售和使用国。

桥梁、隧道、港口的建设也是科技创新施展的舞台。从20世纪60年代的南京长江大桥、改革开放后在长江上建造的多座大桥，到杭州湾跨海大桥、胶州湾大桥、港珠澳大桥等，中国桥梁技术实现了历史性跨越，尤其是大跨悬索斜拉桥梁、深水复杂桥梁、高墩大跨桥梁技术已达到世界先进水平。隧道工程从山岭隧道发展到跨江穿江越海隧道，从修建一般地区隧道到修建高原冻土、复杂地质隧道，从以人工施工到以机械化智能建造，建造长度不断刷新纪录，长大隧道、黄土隧道、浅埋暗挖等技术已世界领先。

我国城市轨道交通的建设规模与速度，令世界瞩目。目前，我国地铁建造的新技术、新工艺、新工法都走在了世界前列。从北京地铁一号线的“明挖法”开始，“盖挖法”“暗挖法”“浅埋暗挖法”“盾构法”“冻结法”“装配式法”等一系列建造新技术不断涌现。

工程机械制造行业蓬勃发展。我国自主研发的86米长钢制臂架泵车，被誉为“世界泵王”，以此为代表的多项工程机械制造技术世界领先。我国工程机械业务营收全球份额，从2004年的2.7%提升至2019年的16%，超越了制造强国瑞典和德国。

一次次历史性的创举，一批批超级工程的建成，有力彰显了科技创新的实力与辉煌。展望新时代，广大科技工程建设者将继续发扬创新精神，用科技破解发展难题，助力建筑业高质量发展。

（刊登于《中国建设报》2019年8月28日1版）

# 村镇建设：旧貌换新颜

马晓丽

清晨，陕西省渭南市大荔县柳池村的王树乾推着小型清运车，挨家挨户收集村民分类放在门口的垃圾，然后将其运送到村东指定区域，等着镇里的大型清运车转运。像他这样的镇村保洁员，大荔全县还有2100名，这是该县自2013年开始为推进美丽乡村建设而采取的一项举措。而此时，在江苏省南京市，从事教育工作的林女士正和家人一起，陪伴86岁的老父亲驱车前往70公里外的高淳区桠溪镇，去找寻记忆中的“乡愁”。这是一处整合了丘陵生态资源而形成的集观光休闲、娱乐度假、生态农业为一体的农业综合旅游观光景区，2010年被世界慢城组织正式授予中国首个“国际慢城”称号……

中华人民共和国成立特别是党的十八大以来，在党中央、国务院的坚强领导下，村镇建设取得了巨大成就，乡村面貌发生了翻天覆地的变化，在祖国辽阔大地上呈现出一幅幅特色鲜明、生机盎然的锦绣画卷。

## 广袤大地创奇迹

中华人民共和国成立后，随着乡村经济恢复，乡村建设事业逐步发展起来，1949年到1957年每年约新建农房1.2亿平方米，农民的居住条件有了明显改善。党的十一届三中全会召开后，我国的村镇建设驶入快车道，逐步走上了有目标、有规划、有步骤的发展轨道。“有了粮，有了钱，先盖房”，是20世纪80年代后中国农村的普遍现象，广大农民多年来一直梦想的“楼上楼下，电灯电话”美好憧憬成为可能。这一时期的农房建设开始活跃起来，建设规模不断增大。1979年12月，原国家建委、原国家农委等部门联合召开了全国农村房屋建设工作会议，这是中华人民共和国成立30年来第一次召开的专门研究农村建房大政方针的全国性会议。

随后，异军突起的乡镇企业带动农村产业结构、社会结构快速转变，农村的非农生产要素开始向乡镇流动，主要的经济活动开始向乡镇集中。星罗棋布的小城镇成为乡镇企业存在和发展的载体，成为农村剩余劳动力的蓄水池、城乡物资交流的枢纽、农村精神文明建设的基地。中山市的小榄镇、绍兴市的柯桥镇、昆山市的淀山湖镇、奉化市的溪口镇……一批批规划合理、环境优美的小城镇不仅给富裕起来的农民提供了就业良机，而且具有了营造现代文明生活环境的经济实力。

1998年，《中共中央关于农业和农村工作若干重大问题的决定》提出：发展小城镇，是带动农村经济和社会发展的一个大战略。作为全国村镇建设行政管理部门，原建设部依据中央的决策部署和农村发展实际，适时提出了一系列政策和措施，《村庄和集镇规划建设管理条例》《建制镇规划建设管理办法》《村镇规划建设标准》《关于加强小城镇建设的若干意见》《小城镇综合改革试点指导意见》相继出台。为了加强村镇工匠从业资格管理、规范建筑工匠在村镇从事房屋建筑活动，1996年，建设部颁布《村镇建筑工匠从业资格管理办法》。这些政策法规确保村镇建设一开始就走向了有序的发展轨道。2004年，建设部会同国家发改委等6部门，确定了1887个重点扶持发展的全国重点小城镇，有力地推动了小城镇的率先发展，也为促进县域经济发展和小城镇改革夯实了基础、提供了新的路径。

## 环境治理结硕果

2005年12月，《中共中央、国务院关于推进社会主义新农村建设的若干意见》提出，扎实稳步推进社会主义新农村建设。村庄规划和人居环境治理成为这一时期村镇建设的“重头戏”。

2003年，浙江省启动“千村示范、万村整治”行动，拉开了农村人居环境建设的序幕。截至2017年，浙江省累计约2.7万个建制村完成村庄整治建设，占浙江省建制镇总数的97%；生活垃圾集中收集有效处理建制村全覆盖，11475个村实施生活垃圾分类处理，占比41%；90%的村实现生活污水有效治理，74%农户的厕所污水、厨房污水和洗涤污水得到了治理。安吉、桐庐、富阳、德清等一系列美丽乡村成为浙江省实施乡村振兴战略的代表。2005年8月，时任浙江省委书记的习近平同志一行来到安吉县天荒坪镇余村调研，提出了“绿水青山就是金山银山”的重要论断。余村逐步关停矿石开采，进行生态修复，蓝天白云、绿水青山又回来了。

长期从事村镇建设管理工作的李兵弟，至今仍然保留着2005年2月4日习近平在《人民日报》上发表《把握“两个趋向”提高解决“三农”问题的能力》一文的报纸。他回忆说：“那是2005年，社会主义新农村建设刚刚提出，尚未全面推进。习近平同志文中写到执政为民重‘三农’，以人为本谋‘三农’，统筹城乡兴‘三农’，改革开放促‘三农’，求真务实抓‘三农’，至今对各地农村实际工作都具有重要的指导意义。”

## 乡村振兴谱新篇

党的十九大提出，实施乡村振兴战略。按照产业兴旺、生态宜居、乡风文明、治理有效、生活富裕的总要求，2018年伊始，中共中央、国务院发出《关于实施乡村振兴战略的意见》《乡村振兴战略规划（2018~2022年）》两个重磅战略文件，为当前和今后一个时期村镇建设指明了方向。

住房和城乡建设部党组高度重视，要求各级村镇建设部门进一步提高政治站位，从推动高质量发展的角度，从增强群众幸福感获得感安全感的角度，从打赢三大攻坚战的角度，统筹谋划新时代村镇建设。

近年来，村镇建设成效显著。据统计，2013—2016年，村庄生活污水治理率从9%提高到20%，年均提高3.7%；2017年以来，对城乡生活垃圾乱堆乱倒形成的非正规垃圾堆放点开展两轮摸底排查，排查出的2.4万个规模较大的堆放点已完成65%整治任务；全面推进农村生活垃圾收运处置体系建设，截至2018年年底，农村生活垃圾收运处置体系已覆盖全国84%行政村；截至目前，中央累计安排2622.52亿元补助资金、支持了2827.49万户进行农村危房改造；数千万贫困农民告别原来的破旧危房，住上了安全房。

住房和城乡建设部全力改革创新乡村规划，树立符合农村实际的编制理念和方法，建立县域统筹的乡村建设规划编制机制，推行以村委会为主体的村庄规划编制方法，大幅提升乡村规划的覆盖率和实用性。在总结各地经验的基础上，会同有关部门印发《关于开展特色小镇培育工作的通知》提出，到2020年，我国将培育1000个左右各具特色、富有活力的休闲旅游、商贸物流、现代制造、教育科技、传统文化、美丽宜居等特色小镇。

一些“网红”特色镇不断呈现。安徽省巢湖市半汤镇坚持“把农村建设得更像农村”的设计理念规划建设“三瓜公社”，打造南瓜电商村、冬瓜民俗村、西瓜美食村，将农旅、文旅、商旅“三旅”融合，走上美丽建设的乡村振兴之路。

近年来，传统村落快速消失的局面得到遏制，保护机制初步建立。2012—2019年，先后有5批共6819个具有重要保护价值的村落列入中国传统村落名录。住房和城乡建设部还启动了我国传统民居全面调查工作，《中国传统民居类型全集》《中国传统建筑解析与传承》分省卷已经出版。

农民生产生活条件得到明显改善，扶贫成效得到社会各界一致好评。精准实施定点扶贫攻坚，不断加大对红安、麻城、大通、湟中4个定点扶贫县的帮扶力度，大力推进建档立卡贫困户危房改造和贫困村人居卫生条件改善工作。部领导亲自调研、选派挂职干部、实施精准帮扶，实现4县全覆盖。加强政策倾斜和沟通协调，大别山片区一批重大项目相继开工。帮助兰考县率先实现脱贫。

今年年初，住房和城乡建设部就“在城乡人居环境建设和整治中开展美好环境与幸福生活共同缔造活动”印发指导意见，提出以群众身边、房前屋后的人居环境建设和整治为切入点，广泛深入开展“共同缔造”活动。截至6月，住房和城乡建设部联合有关部门共举办4期美好环境与幸福生活共同缔造活动试点培训。浙江、河南、贵州、陕西和北京等开展“共同缔造”活动基础较好、积极性高、较为成熟的试点村村干部、帮扶团队专家和所在县住房和城乡建设部门负责人等参加了培训。截至4月底，全国有17个省共上报758个“共同缔造”活动试点，其中农村社区试点722个，涉及230个地级市、636个县。

壮丽70年，村镇建设在党中央、国务院的领导下，向党和人民交出了一份建设和改造数百万村庄、发展数万个小城镇、持续改善农村人居生态环境、城乡一体化和谐发展的美好答卷。奋进新时代，在习近平新时代中国特色社会主义思想指引下，坚定不移实施“乡村振兴战略”，村镇建设必将在中华民族伟大复兴的道路上书写壮丽篇章！

（刊登于《中国建设报》2019年9月2日1版）

# 农村危房改造：安居圆梦暖心房

刘月月

"新房里啥都有，不漏风不漏雨，住得很舒坦。""草儿绿，花儿红，环境美，人健康，我越活越年轻。"……在辽阔的祖国大地上、在美丽的乡村田野，越来越多的农民用质朴的语言描绘着幸福的生活，用勤劳的双手创造着美好的明天。这一切都得益于农村危房改造工作。

党中央、国务院高度重视农村危房改造工作，作出一系列重要决策部署，住房和城乡建设部会同有关部门，从2008年起开展农村危房改造试点工作，并从贵州省试点逐步扩大到全国。2015年11月，中央部署打赢脱贫攻坚战，自此农村危房改造成为解决贫困户基本住房安全的一项惠民政策，也是实现脱贫攻坚总体目标的重要举措之一。截至目前，中央累计安排2622.52亿元补助资金、支持了2827.49万贫困农户改造危房，数千万贫困农民住上了安全房。

## 聚焦贫困户，助力脱贫攻坚战

2013年12月，住房和城乡建设部、国家发展改革委、财政部联合制定了《农村危房改造绩效评价办法（试行）》，从资金安排、政策措施、工程实施、监督管理、电子档案、工程进度、质量安全、农户满意度、信息公开等多个方面对各地农村危房改造工作进行评价。同时，要求加强危房改造补助资金管理，将绩效评价结果与次年任务资金分配相挂钩。

帮助住房最危险、经济最贫困农户解决最基本的安全住房，是农村危房改造始终坚持的基本原则。2014年，住房和城乡建设部组织开展农村危房现状调查，通过与国务院扶贫办等部门信息比对，确定了"十三五"时期完成585万户建档立卡贫困户等4类重点对象危房改造的任务。2016年，住房和城乡建设部牵头印发了《关于加强建档立卡贫困户等重点对象危房改造工作的指导意见》，把4类重点对象放在农村危房改造优先位置，以保障其住房安全为目标。为实现贫困户的精准管理，住房和城乡建设部组织实行"一户一档"农村危房改造农户档案管理制度，批准一户、建档一户，农户档案录入农村危房改造信息系统中。

针对农村危房改造过程中出现的对象认定不准确、深度贫困户无力建房、补助资金拨付和使用不规范等问题，在2017年发布的《关于加强和完善建档立卡贫困户等重点对象农村危房改造若干问题的通知》中，住房和城乡建设部等三部门要求，对危房改造对象认定标准和程序、贫困户"住房安全有保障"的认定标准和程序予以明确和细化，并要求从提升改造效果、实施到户技术指导、简化申请审批程序等多个方面提升农户的满意度。

2018年，为进一步规范农村危房改造工程建设与验收、保障农村危房改造基本安全，住房和城乡建设部印发了《农村危房改造基本安全技术导则》，为农村危房改造基本安全划出底线，并要求各地在参照执行的同时，结合实际细化，针对不同结构类型农房，制定既能保证安全又不盲目提高建设标准的地方标准，切实让农村困难群众住得安全又不增加负担。

2018年11月，住房和城乡建设部、财政部在《农村危房改造脱贫攻坚三年行动方案》中，明确了危房改造工作的指导思想、基本原则和目标任务。同时，要求倾斜支持“三区三州”等深度贫困地区，探索支持农村贫困群体危房改造长效机制，逐步建立农村贫困群体住房保障制度，确保2020年前完成现有200万户建档立卡贫困户存量危房改造任务。

按照党中央、国务院的部署，在住房和城乡建设部及相关部门的合力推动下，10多年来，农村危房改造进展顺利，取得了显著成效，数千万贫困农民告别原来的破旧危房，住上了基本安全房。很多地方结合农村危房改造同步开展抗震、节能、人畜分离和改厕等改造，改善基础设施、公共服务设施，不但提高了居住舒适度，而且改善了农村人居环境。此外，农村危房改造还发挥了拉动内需、带动相关产业发展和扩大就业的积极效应，累计拉动直接投资1万多亿元，创造了约50亿工日就业。

## 定点帮扶，幸福生活共同缔造

2017年11月至2018年1月，国务院扶贫办委托第三方机构对《中共中央国务院关于打赢脱贫攻坚战的决定》中明确的101项任务开展中期评估。对于住房和城乡建设部牵头负责的农村危房改造任务，评估组给予高度肯定。据悉，101项任务中有18项获得全“A”，农村危房改造任务就是其中之一，被评为优秀等次。住房和城乡建设部村镇建设司荣获“中央和国家机关脱贫攻坚先进集体”称号。

根据中央单位定点扶贫结对统一安排，住房和城乡建设部定点帮扶湖北省红安县、麻城市和青海省大通县、湟中县。住房和城乡建设部高度重视定点扶贫工作，成立部主要领导任组长的扶贫攻坚领导小组，定期召开会议研究部署定点扶贫工作；印发定点扶贫计划，明确帮扶措施；完善帮扶工作机制，推动定点扶贫工作。2015年9月，住房和城乡建设部将实施危房改造、率先解决贫困户住房安全问题作为重要帮扶举措，对定点帮扶市县予以政策支持、技术指导和咨询服务，用真心、动真情、出真招，全力以赴推动定点扶贫工作向纵深发展。

按照“县里计划改造多少户，中央任务就支持多少户”的帮扶思路，协调湖北省住房和城乡建设厅、青海省住房和城乡建设厅支持4县贫困户改造危房；组织有关人员和专家进行现场指导，印制7万份农村危房改造政策明白卡发到4县贫困户手中，让贫困户及时了解了农村危房改造政策。据统计，2016年至2018年，共安排中央补助资金3.43亿元，不折不扣支持4县2.8万户贫困户改造危房。目前，红安县、大通县和湟中县建档立卡贫困户存量危房已全部实施改造，麻城市今年年底也将完成改造任务。

大通县共有8.9万多户贫困户。在住房和城乡建设部的帮扶下，超过6.8万户贫困户已经住上了新房。大通县住房和城乡规划建设局新农村建设办公室副主任马平介绍说：“按照每户4.5万元的补助标准，贫困户不用自己花钱就能住上新房。如果没有政府的帮扶，很多贫困户一辈子都不可能靠自己的努力盖上新房。有的贫困户住进新房后，娶上了媳妇，开始了新生活，人生和命运都发生了翻天覆地的变化。危房改造也给村庄的整体面貌带来巨大变化。现在，草房、土坯房已经不见踪影，取而代之的是砖房、琉璃瓦。”大通县不但激发基层内生动力，让贫困户找到主人翁的地位，还通过发倡议书、带领企业家和行业协会入户参观等措施，激发社会力量多方参与危房改造，成为“美好环境与幸福生活共同缔造”的示范。

在2017年定点扶贫考核中，4县对住房和城乡建设部帮扶工作的满意度均为“好”。村镇建设司有关负责人表示，下一步，将按照中央单位定点扶贫工作部署和住房和城乡建设部党组工作要求，充分发挥好牵头单位职责，落实好各项帮扶措施，下大力气帮助4个定点扶贫县打好打赢精准脱贫攻坚战。

## 因地制宜，稳步推进危房改造

为确保高质量按期完成农村危房改造任务，全国各地积极对标中央要求，按照住房和城乡建设部及相关部门的要求和安排部署，结合实际情况，因地制宜、统筹规划、整合资源、完善政策措施、创新工作机制，推动危房改造稳步向前推进。

“坐在家里就能看星星、晒太阳。”住在贵州大山里的农民最爱用这句话来形象地描述过去的居住状况。自2008年7月正式启动农村危房改造试点工作以来，截至2018年年底，贵州省共有330多万农户圆了“安居梦”。该省不断丰富优化农村危房改造内容，在农村危房改造工作中同步推进改厨、改厕、改圈的“三改”工作，并充分发掘各地的住宅文化、民俗文化，与特色村庄建设统筹谋划，让农村住房成为一道亮丽的风景线。

2009年至2017年，云南省统筹实施农村危房改造约309万户，农房质量得到整体提高、抵御自然灾害能力进一步增强，农村危房改造房成为百姓的“保命房”。丽江市宁蒗县在2012年5.7级地震后，未经改造农房受损率达58%，改造后农房仅2%中度或轻微受损。2018年8月13日、14日两次5.0级地震中，通海县绝大部分农房经受住了考验，无严重损毁倒塌。

针对四类重点人群数量庞大、居住分散、一线排查和统计工作难度大的问题，陕西省开发建设“陕西省农村危房改造信息监管平台”。该平台打通了陕西省农村危房改造的数据“孤岛”，纵向与住房和城乡建设部信息系统对接，横向与省扶贫、残联、民政部门互联互通，实现了贫困人口信息“一个标准、一个口径、一套数据”的全过程精细化监管。

山东省出台了《山东省乡村建设工程质量安全管理办法》，以政府规章的形式明确了各级政府和业务主管部门对农房建设与危房改造工作的监管职责、监管程序和问责追究等内容。

针对农村危房改造工作中技术力量不足的问题，海南省各市、县根据海南省住房和城乡建设厅的要求，广泛发动辖区内房地产开发企业以及各工程项目勘察、设计、施工和监理企业，相继掀起“千企帮万户”志愿下乡活动高潮。

湖南省严格农房设计管理制度，实现“户户有设计”，并将设计方案引入建房审批环节，做到“无设计不审批”。

新疆创新培训方式，通过“小工带农户”“大工带小工”、邻里互助建房、4类重点人员跟班学习等方法，实现“以建代培、以建促训、培训+转移”等目标，让大部分农户成长为农村工匠、大部分农村工匠成长为项目经理，累计促进农村富余劳动力转移约150余万人次。

针对“底数不清、鉴定不准”的“老大难”问题，甘肃省以逐户“过筛子”精神和与问题“对着干”态度，组织开展农村危房改造“回头看”和存量危房“拉网式”排查鉴定，锁定目标、精准施策、靶向治疗，基本准确建立了全省存量危房台账。

今年以来，住房和城乡建设部与相关部门对农村危房改造脱贫攻坚工作进行了再动员、再部署。2月，《关于印发农村危房改造激励措施实施办法的通知》，加大了对农村危房改造工作积极主动、成效明显地区的激励支持；4月，扶贫攻坚领导小组2019年第二次全体会议，要求以“决战决胜”的精神状态做好贫困地区农村危房改造等工作；5月，会同国务院扶贫开发领导小组办公室在河南省信阳市召开农村危房改造脱贫攻坚工作推进会，强调建档立卡贫困户等4类重点对象既有危房存量是2020年前脱贫攻坚住房安全有保障需要完成的硬任务，必须在今年年底前全部开工，2020年如期完成。

在党中央的坚强领导下，住房和城乡建设系统全力以赴、攻坚克难，持续推进农村危房改造工作，不但让贫困户住上了安全房、圆了安居梦，而且提振了农民生产、生活的精气神，增强了打赢脱贫攻坚战的信心和决心。祖国大地上，土坯房、茅草房……不见了踪影；乡村田野里，一座座新农房拔地而起，在阳光照耀下温暖着越来越多农民的心窝。

（刊登于《中国建设报》2019年9月3日1版）

# 传统村落保护发展：“中国方案”获世界称赞

肖正华

“乡愁是沿着泥瓦飘飘的炊烟，是十八弯向家门口的山路，是妈妈手里的糯米团，是后院那棵永不结果的龙眼树……”这一曲由传统村落引发的乡愁，让人不自觉陷入沉思、心生情愫。作为农耕文明的重要遗产，传统村落一直是中华儿女寄托乡愁的重要载体。党中央、国务院高度重视传统村落保护发展工作，改革开放特别是党的十八大以来，已有6819个具有重要保护价值的村落被列入中国传统村落名录，得到抢救性保护，重新焕发出勃勃生机。

目前，我国的传统村落已成为世界上规模最大的农耕文明遗产保护群。法国、俄罗斯等国以及联合国教科文组织，近年来纷纷对我国传统村落保护发展工作取得的成就给予高度评价。面对如何更好保护发展传统村落这一全球性难题，“中国方案”和“中国智慧”正在持续影响世界。

## 以国家的名义

在广袤的中华大地和青山绿水间，曾经散落着数以万计历史悠久且各具特色的传统村落，描绘了一幅幅“桑叶隐村户，芦花映钓船”的农耕文明的美妙画卷。但在快速推进的城镇化进程中，这些村落有的在推土机的轰鸣声中消失，有的被破坏或改建，这引发了无数国人对何处寄托乡愁乡思的由衷感叹。

保护发展传统村落刻不容缓。20世纪80年代，我国启动传统村落保护工作。在2003年“中国历史文化名镇名村”评选中，将传统村落列为保护发展的特定对象。

2012年，住房和城乡建设部等三部门就传统村落保护与发展工作印发首个《关于加强传统村落保护发展工作的指导意见》，强调传统村落保护发展的重要性和必要性，并从基本原则和任务、做好传统村落调查工作、建立传统村落名录制度、推动保护发展规划编制实施、加强监督管理等方面作了较为全面的部署。同年，住房和城乡建设部、原文化部、国家文物局、财政部联合成立了传统村落保护和发展专家委员会，中央财政也提出计划用3年时间集中投入超过100亿元推动传统村落保护工作。

也在这一年，住房和城乡建设部、原文化部、财政部组织开展了全国第一次传统村落摸底调查，在各地初步评价推荐的基础上，经传统村落保护发展专家委员会评审认定并公示，确定将第一批共646个村落列入中国传统村落名录。

在此后有关“三农”工作的一系列重要会议和重要文件中，传统村落保护发展多次被重点提及，我国由此迈入了以国家的名义来保护和发展传统村落的新时代。截至目前，住房和城乡建设部已会同有关部门分5批将6819个具有重要保护价值的村落列入中国传统村落名录，一大批非常有价值的传统村落，在国家层面以及相关部门的高度重视和推动下，得以抢救性保护发展。

## 让传统村落重现生机

2015年1月20日，习近平总书记来到洱海边的大理市湾桥镇古生村村民李德昌家。房子雕梁画栋，院落干净整洁，植物生机勃勃，看到一家七口“四代同堂”，他十分高兴。总书记说：“这里环境整洁，又保持着古朴形态，这样的庭院比西式洋房好，记得住乡愁。”

类似古生村这样的村落，如今之所以还能够让人们记住和留恋，正源于近年来我国对传统村落保护发展工作的持续加强。2012年以来，在加强保护发展传统村落顶层制度建设的同时，我国也在努力防止传统村落保护发展走“回头路”，防止肆意破坏以及无序发展等现象反弹。2016年，住房和城乡建设部等七部门印发《中国传统村落警示和退出暂行规定（试行）》要求，对因保护不力、造成村落文化遗产保护价值严重损害的情形提出警告，实施警示和退出制度。

在宣传传统村落文化价值方面，由中宣部、住房和城乡建设部等部门联合发起、原中央电视台组织拍摄的百集大型纪录片《记住乡愁》，以传统村落为载体，生动展现了传统村落的自然环境、人文景观、民风民俗、文化积淀等，2015年1月1日起在原中央电视台中文国际频道播出，至今已播出第五季，引起了强烈社会反响，营造了全社会共同参与保护发展传统村落的良好氛围。

为不断加强数字化保护，2017年，住房和城乡建设部启动了中国传统村落数字博物馆建设。该馆分为综合馆和村落馆，综合馆展示中国传统村落整体历史、文化、艺术、科学等价值，村落馆逐个展示中国传统村落全貌，目前已完成165个中国传统村落建馆工作。

安徽省黄山市财政每年安排600万元专项资金投入传统村落保护与利用，同时积极引导社会资本以租赁、承包、联营、股份合作等形式投资保护利用，形成了民企独资保护开发的“宏村模式”、政府主导国企经营的“西递模式”及国企开发村企合作的“唐模模式”等。

云南省红河哈尼族彝族自治州建水县在全县启动了“拯救老屋行动”，在坚持“保护第一、利用第二”原则的同时，积极开展农村人居环境整治。通过对环境的改善和提升，培育旅游业态，通过农家乐休闲旅游和民宿业的发展，促进老屋的活化利用，让老房子保值、增值，实现乡村旅游与传统村落保护的良性互动和发展共赢。

浙江省丽水市松阳县在传统村落保护发展过程中，特别注重培育传统工匠，通过组织开展全县工匠队伍调查，分工种建立工匠资源库，大力发展传统村落和古建经济。同时，该县还全面梳理并建立有条件可利用的老屋资源库，供艺术办、旅委、招商局等职能部门进行招商引资，并想方设法推动传统村落的多形式活化与利用。

## “中国方案”走出国门

在党中央、国务院高度重视和社会各界的共同努力下，我国传统村落快速消失的局面得到遏制。调查显示，列入中国传统村落名录的村落没有发生拆并现象，没有发现严重破坏问题，村民保护意识明显增强。传统村落中大量危旧甚至濒危遗产得到保护修缮，越来越多的传统村落生产生活条件有了明显改善。

人居环境的改善和提升带动传统村落逐步恢复活力，一些地区的传统村落实现了产业复兴，许多传统村落成为旅游热点，增加了农民收入。以湖南湘西花垣十八洞村、河北阜平骆驼湾村为例，通过借鉴传统村落保护与发展的先进经验，保持自然风光和原汁原味的风貌，发展乡村旅游业，吸引外出人员返乡就业，探索出了精准扶贫和脱贫的好路子。

如今，传统村落已成为中华儿女寄托乡愁和弘扬优秀传统文化的重要载体。所有中国传统村落都建立了村落文化遗产档案，很多村落还挖掘整理了村史、村志、乡规、族训，将保护文化遗产和传承优秀传统美德要求写入村规民约，还兴建了传统文化活动场所，教育村民，感染和熏陶各地游客。

2019年5月27日，在肯尼亚首都内罗毕举行的首届联合国人居大会上，作为典型代表，浙江省松阳县向来自全球100多个国家的3000多名代表讲述了“活态保护、有机发展”的松阳版传统村落保护发展故事。2019年6月11日，联合国教科文组织对眉山传统村落的保护和发展进行实地调研，同时结合其他地区的案例，总结了12条经验，在“历史村镇的未来”国际会议上向全球进行推广，以此推动全世界历史村镇的保护发展。传统村落保护发展的“中国方案”正不断迎来国际赞誉。

传统村落保护发展事业，功在当代，利在千秋。我们坚信，在习近平新时代中国特色社会主义思想指引下，我国传统村落保护发展工作必将进一步助力中华民族伟大复兴，不断完善的“中国方案”也必将在世界舞台上得到更多肯定和认可，为人类文化遗产保护发展事业作出新的、更大贡献！

（刊登于《中国建设报》2019年9月5日1版）

# 农房建设：让梦想照进现实

李玉清

“农家女儿巧梳妆，父女双双逛新村，（党的）十八大精神暖人心，幸福的歌儿唱不完……”甘肃省平凉市草峰镇党委书记连勇刚说，村民自编自演的《逛新村》表达了广大农民群众见证住房条件改善、村容村貌改变以及过上幸福生活的喜悦之情。

农房，是广大农村居民安身之所。有房住、住得好，是所有家庭的梦想。中华人民共和国成立特别是党的十八大以来，我国农村住房面貌发生了历史性巨变，实现了“从农民个人自主修建，到政府统一规划，再到美丽宜居乡村建设；从最初的‘不透风、不漏雨’，到注重规范设计和确保质量安全，再到整体风貌打造和‘美好环境与幸福生活共同缔造’”，极大地增强了广大农民的获得感、幸福感和安全感。

## 从“有房住”到“住得好”

中华人民共和国成立70年来，在国家政策的支持下，数亿农民通过自筹资金、自主修建等方式解决了住房问题。截至2016年年底，99.5%的农户拥有了自己的住房，36.2%的农村住房配建了水冲式卫生厕所，“住有所居”的目标基本实现，而且住房条件越来越好。

1962年年初，在原建筑工程部的号召下，各地建筑设计工作者为农民提供住宅设计方案，建成的农房受到了广大农民的欢迎。1963年，原建筑工程部在北京召开农村建筑设计工作会议，提升了农村建筑设计水平。当年，全国用钢筋混凝土构件建成的农村住宅总计达2.03万多间。

改革开放后，我国农村迎来了建房热潮，农民住房条件有了大幅改善。到1984年，我国土草房比例降低至23%，70%的农房变成了砖瓦房。进入21世纪以来，社会主义新农村建设稳步推进，农村住房面貌发生了历史性变化，“土坯变砖瓦、平房变楼房、散居变小区”在不少地方变为现实。截至2017年年底，全国农村住房建筑总面积达256亿平方米，农村住房中90％以上为永久性、半永久性建筑结构，砖混结构和混凝土结构的农房占比超过70％。在面积不断增加、建设水平越来越高的同时，农村住房设施设备也在不断完善，基本实现了“沼气进厨房、电话进客厅、太阳能进浴室、互联网进书房、垃圾桶进村庄”，农民幸福指数明显提升。

## 从“各管各”到“有引导”

随着农村住房建设数量呈几何式增长，国家不断加强对农房建设的管理和指导。1979年年底，原国家建委、原国家农委等部门联合召开了中华人民共和国成立以来第一次全国农村房屋建设工作会议，确定了“全面规划，正确引导，依靠群众，自力更生，因地制宜，逐步建设”的农房建设方针，并在原国家建委内成立农村房屋建设办公室。这标志着我国长期自发进行的农房建设，逐步走上了有引导、有规划、有步骤的发展轨道。

1982年，新成立的城乡建设环境保护部内设乡村建设局，各省、自治区、直辖市成立了村镇建设管理机构，农村住房建设“各管各”局面至此结束。从1982年至1987年，中央财政拨专款1.3亿元、地方财政拨专款1.24亿元，用于支持村镇规划编制工作。这一时期基本结束了农村住房建设的自发状态，有效遏制了农房建设乱占耕地的行为，规范了农房建设管理。

进入新世纪，我国村镇建设迈入美丽乡村建设新阶段，农村住房建设工作也面临着新要求、新挑战和新机遇。2016年12月，住房和城乡建设部印发《关于切实加强农房建设质量安全管理的通知》，针对农村住房面积增大、层数增加、改扩建明显增多、质量安全问题凸显等问题，提出全面推动农房建设实行“五个基本”，即“建设具有基本的建设规划管控要求、基本的房屋结构设计、基本合格的建筑工匠、基本的技术指导和管理队伍、基本的竣工检查验收”，不断提高农房建设管理能力和水平，力争到2020年实现“农房建设普遍有基本的管理”。

各地纷纷组织专业人员下乡，提供到户技术咨询和指导服务，有条件的地区还加大对农村建材市场的检查和监管力度，对钢材、水泥等主要建材进行抽检，为建房农户提供建材质量检测和咨询服务。四川省强化“全过程”监管，对农房建设安全选址、勘察设计、现场施工和竣工验收等重点环节进行现场监管和指导，并积极推行购买第三方技术服务，弥补基层一线监管指导的不足，确保新建农房质量安全。

2019年2月，住房和城乡建设部办公厅印发的《关于开展农村住房建设试点工作的通知》提出，运用共建共治共享的理念和方法，坚持政府引导、村民主体的基本原则，在尊重农民安居需求和农房建设实际的基础上，通过农村住房建设试点工作，提升农房建设设计和服务管理水平，建设一批功能现代、风貌乡土、成本经济、结构安全、绿色环保的宜居型示范农房，改善农民居住条件和居住环境，并探索建立支持农民建设宜居型农房机制、农房设计力量下乡服务机制以及农村建筑工匠培养和管理制度。

福建省泉州市永春县呈祥村对原来全无风貌的水泥屋顶、裸墙房屋进行改造，针对农村存在的“房堵窗、户封门，缺人气、缺生机”现象，以打造“无裸房示范乡”样板村为目标，主要实施农房“平改坡”、建设小庭院、环境绿化美化、铺设沥青路面，全村农房“平改坡”166栋，改造后村庄风貌得到了明显提升。

浙江省瑞安市江桥村结合村庄规划发展定位，以打造具有历史文化底蕴、旅游开发价值、江南水乡韵味的现代化美丽村庄为目标，规划建设了一批宜居型农房。同时，以农房建设为带动，有序推进村居环境综合整治，率先试点土地流转，成立“江桥生态农庄”合作社，每年举办一次荷花文化节，发展特色旅游，逐步实现乡村振兴。

## 从“重建房”到“提品质”

为科学指导农村住房建设，住房和城乡建设部深入各地调查研究，指导各地不断提升农村住房建设水平。全国绝大部分省、区、市组织了建筑师、工程师下乡，设计出上百套符合当地农民生活习俗的民居图集，并编制出相关的农房建设指南，免费发放给建房农民，有效提升农房建设品质，居住舒适性大幅提升。

在广东和福建，两省组织规划师和设计师下乡进村，与村民共同研究制定规划、建设美丽宜居乡村，建立村民参与的管护机制，探索出政府、村集体、村民、乡贤共谋共建美好宜居家园的成功经验。截至2017年年底，全国5万多个行政村建成了“宜居宜业”的美丽乡村。不少地区将农房建设、村庄环境整治与产业发展相融合，带动了特色产业发展。贵州省推进“一村一景”和“一村一品”，全省整治后的村寨开展乡村旅游超过2000个以上，不仅整体改善了人居环境，还增加了农民收入。浙江省通过环境整治、发展农家乐等产业，2016年建成农家乐特色村3246个，解决了15万人的就业问题。

与此同时，住房和城乡建设部大力推广装配式钢结构农房建设，“升级”农房建造技术，提高农房建设效率，提升农村绿色宜居水平。青海省玉树州杂多县在2016年“10・17”地震灾后恢复重建中，积极建设新型轻钢结构装配式农房，共建成牧民住房2979户、建筑面积17.874万平方米。西藏自治区拉萨市堆龙德庆区古荣乡在高海拔生态功能区生态搬迁安置农房建设中采用轻钢梁柱体系装配式建筑和集装箱建筑，所有部件由工厂制造，大量减少现场作业，提高环保水平，达到了生态保护的目的。“整个建设过程无粉尘，无噪声、污水污染，无二次装修造成的大量建筑垃圾污染，真正做到了绿色健康。”相关负责人说。

2019年2月22日，住房和城乡建设部印发《关于在城乡人居环境建设和整治中开展美好环境与幸福生活共同缔造活动的指导意见》提出，各地坚持以人民为中心的发展思想，坚持新发展理念，以群众身边、房前屋后的人居环境建设和整治为切入点，广泛深入开展“共同缔造”活动。

“山水格局，绿野寻踪；浅街深院，宜居宜商；雅居美庐，悠然自得；江南底蕴、休闲圣地。”谈到正在开展的“千村示范、万村整治”工程，浙江省余姚市梁弄镇横坎头村党委书记张志灿描绘出了这个小村庄的美好憧憬，宛如一幅清新秀丽的江南山水画。

展望未来，在习近平新时代中国特色社会主义思想指引下，高品质的农房建设伴随着“整洁、舒适、安全、美丽”的农村人居环境，将使广大农民的获得感、幸福感、安全感更加具体、更加充实、更可持续，为早日实现中国梦提供助力。

（刊登于《中国建设报》2019年9月6日1版）

# 住房发展：让全体人民住有所居

陈月芹

住房发展事关人民群众切身利益，事关经济社会发展全局。中华人民共和国成立70年来，我国住房发展取得巨大成就，城镇住房制度、法规政策、供给模式、设计建设等均发生了历史性变革。特别是党的十八大以来，在以习近平同志为核心的党中央坚强领导下，我国住房制度改革不断深化，人民群众居住条件显著改善，向着住有所居的目标一步步迈进。

## 筒子楼的记忆

中华人民共和国成立初期，我国城镇住房十分短缺。由于当时政府资金不足，新建住房需要一定时间，对现有住房的统筹安排成为解决住房困难的主要渠道。彼时，城市里的许多人都住在瓦片平房里，缺少独立卫生间，公共厕所数量也很有限。

数据显示，1950年，全国城市住房存量总面积只有4亿平方米，城市人口6169万，人均住房面积5.5平方米，住房条件十分简陋。但在低租金福利分配制度下，住房建设资金投入多、回收少，住房建设发展缓慢。到了改革开放初期，我国城镇居民人均住房面积约6.7平方米，仍有近一半城镇居民无房可住。

筒子楼是那个时代的记忆。每个单间大约只有十几平方米，三代人挤在逼仄的房间里，生活和居住非常局促。这种砖混结构的楼房一般有三五层，每层都有狭长的楼道或简易的外走廊，楼道里常年光线昏暗，空气里弥漫着厕所的气味。

据著名学者杨绛回忆，1977年她和丈夫钱钟书住在单位分配的筒子楼里，“南北二墙各裂出一条大缝”，当时的居住条件可从中窥见一斑。

## 破冰之问：房子可否成为商品

1978年10月20日上午，邓小平同志视察北京前三门新建的公寓住宅楼。据随行人员回忆，当时邓小平询问居民住房可否成为商品，现场的同志没有人敢回答。但这一问却为此后的住房制度改革破了冰。

1980年4月，邓小平同志提出住房商品化的构想。随后，我国启动城镇住房制度改革，先后进行了鼓励个人和单位集资建房、公房出售、提租补贴等改革试点。1980年6月，中共中央、国务院批转《全国基本建设工作会议汇报提纲》，允许私人建房、买房和拥有自己的住房。1982年，试行公有住房的补贴出售。1988年1月，国务院召开第一次全国住房制度改革会议，启动了“提租补贴”试点。1991年6月以后，按照《国务院关于继续积极稳妥地进行城镇化住房制度改革的通知》部署，采取分步提租、积极组织集资合作建房、新房新制度、发展住房金融业务等多种措施，推进城镇住房制度改革。

这一阶段，诸多实践纷纷迈出“第一步”。1979年10月15日，中国第一个商品住宅项目——广州“东湖新村”获得政府批准并开始动工。1980年1月8日中国第一家房地产公司——深圳经济特区房地产公司成立。1985年4月，建设银行深圳分行向南油集团85户“人才房”发放我国第一笔个人住房按揭贷款。1988年4月，在宪法修订中“禁止土地出租”被改为“土地使用权可以依照法律规定转让”，随后《土地管理法》也做出了相应的修改。

1990年，上海房改方案出台，开始建立住房公积金制度。1991年，住房信贷业务起步，建设银行、工商银行成立房地产信贷部。这些实践和政策的出台，为此后开展的住房制度改革奠定了基础。

## 住房制度改革持续深化

1994年，国务院出台《关于深化城镇住房制度改革的决定》，明确要建立与社会主义市场经济体制相适应的新的城镇住房制度，实现住房商品化、社会化。在积极推进租金改革、稳步出售公房的同时，开始推进住房公积金制度，加快经济适用房建设，城镇住房制度改革进入全面推进阶段。

1998年，国务院下发《关于进一步深化城镇住房制度改革加快住房建设的通知》，城镇住房制度开始进行根本性改革。之后，我国逐步停止住房实物分配，实行住房分配货币化。城镇住房制度改革的突破性进展，使市场配置住房资源的基础性作用得到发挥，住房建设进入快速发展期，居民住房消费的积极性不断释放，以住宅为主的房地产市场迅速发展，商品住房逐步成为满足城镇居民住房需求的主要渠道，居民住房条件明显改善。

自此，中国住房制度迈入全新的时期。随后，城市土地出让全面实行招拍挂的制度逐步建立，城市土地稀缺性凸显。短期内诸多助推因素使中国房地产进入发展的快车道。期间我国住宅和房地产投资以及市场交易额，平均每年增幅都维持在两位数以上。

随着城镇化的快速发展，我国城镇人口迅速增长，住房需求持续上升，商品住房价格不断上涨，城镇低收入家庭的住房困难问题逐渐凸显。2008年，我国大规模推进城镇保障性安居工程，加快廉租住房、经济适用住房、棚户区改造等各类保障性住房建设。我国住房保障制度逐步建立并不断完善，解决了大量城镇低收入和中等偏下收入家庭、外来务工人员、新就业职工等住房困难群众的住房问题。

党的十九大报告指出，坚持房子是用来住的、不是用来炒的定位，加快建立多主体供给、多渠道保障、租购并举的住房制度，让全体人民住有所居。这为当前和今后一个时期的住房发展指明了方向。要坚持“房住不炒”的定位；坚持完善住房市场体系和住房保障体系这“两个体系”；坚持落实城市主体责任；坚持调结构、转方式；保持政策的连续性、稳定性，防止大起大落。

“安得广厦千万间，大庇天下寒士俱欢颜”。70年住房发展砥砺前行，人民居住条件发生了翻天覆地的变化，不断深化的住房制度改革，正在让百姓的安居梦照进现实。

（刊登于《中国建设报》2019年9月18日1版）

# 住房保障：为安居梦托底

张忠山

“往日的工人村，硬像个大破窑。华中最大的棚户区，住得人发毛。我的好婆婆，您家莫急躁。国家出钱建高楼，把棚户区来改造。欢天喜地搬新居，鞭炮冲云霄！”在武汉市青山区，吴传发老人用湖北慢板唱出了老工业棚户区改造前后的沧桑巨变，也唱出了居住条件改善给群众带来的获得感、幸福感、安全感。

中华人民共和国成立70年以来，我国城镇人均住房建筑面积由1949年的8.3平方米提高到2018年的39平方米，住房保障作出了巨大贡献。回顾70年的历程，住房保障不断走向健全，在中国甚至世界住房发展史上留下了浓墨重彩。当前，随着我国住房保障立法加快推进，让全体人民住有所居的目标正在逐步实现。

## 从“忧居”到“有居”

在中国人的传统里，房子不仅是居住落脚的地方，也是生活的容器和心灵的港湾，承载着人们对美好生活的无限向往。从中华人民共和国成立到改革开放前，我国实行城镇住房实物分配、低租金使用的福利性住房制度。这在特定历史时期发挥了积极作用。但随着城镇人口快速增长，住房建设仅依靠国家财政投入，难以实现良性循环。当时在全国很多城市，住房短缺问题日益突出。

在煎熬中等待福利分房，曾是几代中国人的集体记忆。转机发生在改革开放前后，1979年，邓小平同志提出解决住宅问题的路子能不能宽一些，之后明确提出了住房商品化的构想。这一时期，部分城市陆续开始进行住房制度改革探索，“提租补贴”“出售公房”“住房金融”等新鲜词儿，成为人们茶余饭后谈论的话题，也为之后的住房制度改革探了路。

试点城市的探索为解决住房问题打开了一扇窗，但对于大多数人来说，等待福利分房仍是一场看不见尽头的马拉松。为了缓解住房短缺问题，上海、武汉等城市出现了“鸳鸯楼”“解困房”等具有社会保障性质的过渡住房。“现在觉得解困房的条件还是艰苦，但从那时候的居住标准来讲，能满足一般生活需要就已经很好了。”武汉市房管局原局长蓝宾亮表示。

住房问题，既是民生问题也是发展问题。虽然住房制度改革的方向是住房商品化、社会化，但改革的初衷和主线仍是解决住房短缺问题，实现“住有所居”，这体现在历次的住房制度改革中。

1994年，国务院印发《关于深化城镇住房制度改革的决定》，提出建立以中低收入家庭为对象、具有社会保障性质的经济适用住房供应体系和以高收入家庭为对象的商品房供应体系。1998年，国务院印发《关于进一步深化城镇住房制度改革加快住房建设的通知》，提出全面停止住房实物分配，对最低收入住房困难家庭提供廉租住房，对中低收入住房困难家庭供应经济适用住房。

从等房到买房，从蜗居到择居，一夜之间，住房小区如雨后春笋般拔地而起。20世纪90年代的住房制度改革解开了束缚在房子上的绳索，人们逐步实现从“忧居”到“有居”的转变。在房地产市场发展的同时，具有中国特色的住房保障体系也逐步形成，财政、土地、金融和税费减免等支持政策不断完善。从廉租房、经济适用房、公租房、棚户区改造再到共有产权房，住房保障能力不断增强。

## 建成世界最大的社会保障体系

2018年，习近平总书记在庆祝改革开放40周年大会上宣告，我国建成了包括养老、医疗、低保、住房在内的世界最大的社会保障体系。中华人民共和国成立特别是党的十八大以来，我国在住房保障领域的成就也得到了国际社会的充分认可。联合国人居署执行主任谢里夫认为，中国政府制定的住房保障政策、相关案例以及倡议，在实践中得到了最佳证实，应该复制到世界其他城市以解决住房问题。

千百年来，“住有所居”是每个中国人的梦想。中华人民共和国成立70年来，住房保障工作发挥了重要的托底作用，成为经济社会发展的安全网、稳定器、助推剂。1994年至2007年，全国共建设廉租住房、经济适用住房等保障性住房1000多万套。自2008年大规模实施保障性安居工程以来，到2018年年底，全国城镇保障性安居工程合计开工约7000万套，约两亿困难群众圆了安居梦。

在安徽省合肥市，龚益平老两口就是住房保障的受益者之一。“老房子里照不到阳光，晒被子都要拿到路边去。我住这里一直没有家的感觉。”龚益平每月有3000元退休金，除去医保后每月有近1000元的看病花销后所剩不多，加上老伴儿没有工作，多年来，龚益平家身处“夹心层”，既买不起商品房，也达不到申请廉租房和公租房的条件。

2013年，住房和城乡建设部等3部门联合印发通知，公租房与廉租房房源并轨统筹使用。合肥也加快住房保障“提标扩面”，降低保障门槛，这让龚师傅一家迎来了希望。2018年，龚师傅通过摇号分到了位于蜀山区的公租房。今年8月，了解到龚师傅每周要定期去医院，当地房屋管理部门主动帮他们调换到了离老城区医院最近的公租房项目。龚师傅说：“我一直盼望有这样一个好房子住，盼了多少年了。”

截至2018年年底，全国有3700多万困难群众像龚益平一样住进了公租房，累计近2200万困难群众领取了租赁补贴。此外，经济适用住房、拆迁安置住房、棚户区改造等也发挥了重要作用。其中，棚户区改造一举多得，为缓解城市内部二元结构矛盾、改善社会治安环境等发挥了重要作用，截至2018年年底，上亿居民实现“出棚进楼”。

住房保障事业的发展，不仅促进了以人为核心的新型城镇化，而且优化了城市功能，提升了城市综合承载力。到2018年年底，有390多万新就业无房职工、810多万稳定就业外来务工人员享受到公租房保障。通过棚户区改造，1500多万农民住进了配套完善的安置房小区，实现了就地城镇化。

住房保障取得历史性成就，但也面临新形势和新挑战。例如，新型城镇化的发展和产业结构的调整，使城乡人口结构发生巨大变化，新市民群体的保障需求不断增加，住房保障要解决区域和结构分布不均等问题。此外，保障对象的识别和分配方式不够精准，一些保障房选址配套有待优化、运营管理能力也有待提高，而这些都将在住房保障体系发展过程中逐步得到解决。

## 加快健全住房保障体系

“只要还有一家一户乃至一个人没有解决基本生活问题，我们就不能安之若素。”让全体人民住有所居，习近平总书记始终念兹在兹。早在2013年，习近平总书记在中共中央政治局第十次集体学习时强调，各级党委和政府要加强组织领导，落实各项目标任务和政策措施，努力把住房保障和供应体系建设办成一项经得起实践、人民、历史检验的德政工程。

面对新形势和新挑战，住房保障工作如何落地？去年年底召开的全国住房和城乡建设工作会议指出，2019年住房和城乡建设系统的重点工作之一是以加快解决中低收入群体住房困难为中心任务，健全城镇住房保障体系。“在‘保基本’的过程中，也有一个质量改善、配套齐全、让老百姓生活得更加安心体面的过程，做到安全、绿色、更有质量。”国务院发展研究中心市场经济所所长、研究员王微表示。

“来社区之前我一直住在附近村里的民房，环境和居住条件很差，下雨天回家弄的满脚的泥，特别是晚上回来黑灯瞎火，很没有安全感。”说到近几年的居住变化，刘迎春难抑激动之情。5年前，刘迎春加入进城务工大军，来到陕西省宝鸡市。受益于覆盖面越来越广的住房保障政策，他从远郊的村里搬进了当地有名的安居工程——金河尚居社区，居住条件完全不输当地的商品住宅小区。

今年5月初，全国公租房工作座谈会在宝鸡召开。当记者一行来到金河尚居社区参观时，刘迎春正高举球拍跟邻居们打羽毛球，不远处还有居民们搭起了舞台，欢快的陕北鼓舞跳了半晌。这里的居民多是外来务工人员，居住品质能够得到保障的原因除了完善的生活配套和丰富多彩的社区生活外，就是居民们还能享受多种职业技能培训……

在刘迎春这类新市民居住条件改善的背后，新的住房保障体系正在形成。

公租房保障是政府的重要职责，为困难群众提供可负担的租赁型住房，是世界各国普遍采用的方式，也是保障困难群众居住权的重要途径。今年5月初，住房和城乡建设部等4部委发布《关于进一步规范发展公租房的意见》，要求各地将规范发展公租房列入重要议事日程，坚持既尽力而为又量力而行，在国家统一政策目标指导下，因地制宜发展公租房。

共有产权住房是配售型保障房的主要形式。近几年，北京、上海等城市深入推进共有产权住房试点。2017年，北京制定《共有产权住房管理暂行办法》，明确未来5年供应25万套共有产权住房的目标。2018年，上海印发《关于进一步完善本市共有产权保障住房工作的实施意见》，将共有产权保障住房供应对象扩大至非户籍常住人口。

稳步推进棚户区改造是住房保障工作的重要内容。到2018年年底，在全国城镇保障性安居工程合计开工的约7000万套保障性住房中，棚改安置住房占4500多万套，在改善住房困难群众居住条件方面发挥了重要作用。未来，推进棚改将严格把好棚改范围和标准，积极推进地方政府棚改专项债券发行工作，抓好项目建设管理。

回望历史，为了实现全体人民住有所居，1995年起国家开始实施安居工程。党的十八大以来，我国进入历史上保障性安居工程规模最大、时间最长、投资最多的建设时期。住房保障工作的发展和成就，成为一代代共产党人初心和使命的有力注解。进入新时代，在以习近平同志为核心的党中央领导下，住房保障体系将和住房市场体系一起，共同托举起全体人民“住有所居”的安居梦。

（刊登于《中国建设报》2019年9月19日1版）

# 住房市场：谱写美好居住新篇章

王建业

最近，赵括心情不错，“刚买了婚房，精装修、智能家居、明厨明卫”。相比赵括，赵括的爷爷更难掩兴奋之情，“当年，我是在结婚很多年之后，才分到一间十几平方米的房子，没有厨房、卫生间，条件很简陋，但也没得挑。赵括这一代人太幸运了。”其实，爷孙两代人住房条件的变化，也是无数中国家庭居住条件不断改善的缩影。

中华人民共和国成立70年特别是改革开放以来，我国房地产市场从无到有、从小到大，为解决群众住房问题闯出了新路子。进入新时代，平稳健康发展的房地产市场，为人民群众改善居住条件，推动住有所居目标的实现，谱写了新篇章。

## 住房市场制度确立

中华人民共和国成立初期，上海、北京、武汉等一些大城市人口增加速度比住房增加速度快一倍以上，住房条件十分简陋。据1952年调查，武汉有36.58万人居住在棚屋中，约占全市人口的38%，有的区域人均使用面积仅1.08平方米。在上海，1956年还有100余万人住棚屋。20世纪70年代，大量知识青年回城，城镇人口在短时期内快速增长，住房短缺不仅是突出的民生问题，也成为严重的社会问题。

“解决住房问题能不能路子宽些，譬如允许私人建房或者私建公助，分期付款，把个人手中的钱动员出来，国家解决材料，这方面潜力不小。”1978年9月，邓小平同志如是谈道。按照邓小平同志的指示，1979年，国家城建总局选择西安等5个城市试点，以土建成本价出售住房；1980年，中共中央、国务院批转《全国基本建设工作会议汇报提纲》，准许私人建房、买房和拥有自己的住房；1982年，国家建委、国家城建总局选择郑州、常州、四平、沙市4个城市，开展新建住房补贴出售试点，由政府、单位、个人各负担房价的三分之一。

1994年，国务院作出《关于深化城镇住房制度改革的决定》，要求建立与社会主义市场经济体制相适应的新的城镇住房制度，实现住房商品化、社会化；加快住房建设，改善居住条件，满足城镇居民不断增长的住房需求。1998年，国务院下发《关于进一步深化城镇住房制度改革加快住房建设的通知》，要求逐步停止住房实物分配，实行住房分配货币化；建立和完善以经济适用住房为主的住房供应体系。

随着一系列政策的出台，房地产市场逐渐成为满足群众日益增长的美好居住需要的主要渠道。在这一历史进程中，土地商品化是实现住房市场化的关键。从城市土地有偿使用制度建立、城市土地流转制度建立、土地储备制度建立，再到实施土地招拍挂制度，关于土地使用权的一系列改革，为房地产市场的发展壮大提供了条件。

## 住房供给大幅提升

1987年12月1日下午，深圳会堂人头攒动，议论纷纷。政府官员、企业家、经济学家等聚集在一起，共同期待着即将发生的历史事件。经过十几分钟的竞逐，拍卖官挥下枣红色的拍卖槌，中华人民共和国第一次国有土地使用权拍卖，就被定格在了那一刻。

在深圳会堂拍下东晓花园项目地皮的深圳经济特区房地产公司，便是中国的第一家房地产公司。1980年年初，该公司成立后不久，万科、绿地、碧桂园、万达、保利等一批知名房企也相继成立。

在城镇化的推动下，购房需求持续释放，房企数量迅速增加。国家统计局数据显示，2000年我国房地产开发企业数量为27303家，2004年激增到59242家，增长约116.98%。之后，我国房地产开发企业数量一直保持较高的增长速度，2017年我国房地产开发企业达到95897家，相比2000年增加了68594家，增长率为251.23%。

大量房企的相继成立，直接带动了社会就业。2000年房地产开发企业平均从业人数为971942人，2004年便增加到1585428人，同比增加了约61.3万人的就业量。之后，房地产开发企业平均从业人数也保持了较高的增长速度，2017年，房地产开发企业平均从业人数为2830960人，相比2000年增加了约186万人的就业量。

同时，房企的投资规模也不断扩大。2000年房地产开发企业本年完成投资额为4984.10亿元，2004年便增加到了13158.25亿元，增长164%。此后，房地产开发企业年度完成投资额不断增加，2018年房地产开发企业年度完成投资额达到120263.51亿元，相比2000年增加了约11.5万亿元。

在市场化探索中，房地产企业的发展并非一帆风顺。1997年的亚洲金融危机、2008年的全球金融海啸……都给房地产企业带来巨大考验。但我们欣喜地看到，大浪淘沙之后，房地产企业的风险意识更加强烈、治理能力愈加成熟、管理体系更趋现代化。

相关数据显示，2018年，我国共计156家房企销售额超过100亿元人民币。其中，碧桂园全年销售额突破7000亿元，万科全年销售额突破6000亿元，恒大全年销售额达到5824亿元。此外，不少房企在稳固“基本盘”的前提下，开始多元化探索，养老产业、现代农业、新能源汽车等领域成为房企的投资热点。

房地产企业的稳步发展极大缓解了我国住房短缺的局面，改善了人民群众的居住条件。2018年，我国的商品房销售面积为171654.36万平方米，相比中华人民共和国成立初期每年新建住房1100多万平方米，增加了近17亿平方米。2018年，全国城镇人均住房建筑面积39平方米，相比1949年的8.3平方米增加了30.7平方米。

## “租购并举”逐步落地

住房租赁是城镇住房供应体系的重要组成部分。发展住房租赁市场，对促进经济发展、民生改善特别是解决新市民住房问题，具有十分重要的意义。

2015年，住房和城乡建设部发布的《关于加快培育和发展住房租赁市场的指导意见》提出，积极推进租赁服务平台建设，大力培育发展住房租赁经营机构，完善公共租赁住房制度，拓宽融资渠道，推动房地产开发企业转型升级。此后，《关于加快培育和发展住房租赁市场的若干意见》《关于在人口净流入的大中城市加快发展住房租赁市场的通知》《利用集体建设用地建设租赁住房试点方案》等一系列文件陆续出台，住房租赁市场加快发展。

租赁住房建设加快推进。越来越多的城市将新建租赁住房纳入住房发展规划，尤其是人口流入量大、住房价格较高的特大城市和大城市，积极盘活存量土地，加快租赁住房建设，完善生活配套，大力支持产业发展，有效促进了职住平衡。

住房租赁市场全面发展。住房租赁试点稳步推进，专业化、机构化住房租赁企业发展迅速，住房租赁信息服务与监管平台不断完善，越来越多的群众享受到便捷高效的租赁服务。

政策支持力度不断加大。住房和城乡建设部会同有关部门制定金融、财政、土地等配套政策；《住房租赁条例》立法工作加快推进；租赁双方特别是承租人的合法权益，得到了有效保障。

党的十九大报告提出，坚持房子是用来住的，不是用来炒的定位，加快建立多主体供给、多渠道保障、租购并举的住房制度，让全体人民住有所居。展望未来，在习近平新时代中国特色社会主义思想指引下，具有中国特色的住房发展道路，必将越走越宽广。

（刊登于《中国建设报》2019年9月20日1版）

# 住房公积金：支持职工住房消费

陈月芹

住房公积金制度是我国住房制度的重要组成部分，也是我国结合国情、借鉴国际经验作出的一项制度创新。党中央、国务院高度重视住房公积金制度改革，住房和城乡建设部会同有关部门，不断加强住房公积金法规和制度建设，同时指导各地逐步扩大住房公积金归集规模、提高资金使用效能、切实规范业务管理、全面提升服务水平、有效管控资金风险，为解决居民住房问题、推动实现住有所居发挥了重要作用。

## 从统一分配到共建“资金池”

在计划经济体制下，国家实行“统一管理，统一分配，以租养房”的公有住房实物分配制度，即福利分房制度。城镇居民的住房主要由所在单位解决，各级政府和单位统一按照国家的基本建设投资计划进行住房建设。住房建设资金主要靠政府拨款，少量靠单位自筹。但由于投入产出不能实现良性循环，投入越多，亏损越多，住房供应严重不足，住房短缺矛盾突出。住房制度加快创新，从国家统一分配、统一管理模式到国家、单位、个人多方共建的新模式，探索建立一个“资金池”。

改革是从上海试点开始的。1991年2月，上海正式出台以“推行公积金，提租发补贴，配房买债券，买房给优惠，建立房委会”为主要内容的具有中国特色的住房公积金制度改革方案，提出由国家、单位、个人三方筹集资金，发放住房建设贷款，支持单位住房建设。这一制度打破了长期以来住房由国家和单位统包的格局，建立了一种全新的住房筹资机制，使得一大批职工和居民家庭居住条件得到明显改善。到1993年年底，有104个地级以上城市效仿上海建立了住房公积金制度。

“住房公积金推行后，不仅为住房建设提供了长期稳定的资金来源，也促进了住房消费增长，推进了住房分配货币化进程，同时，提高了职工买房的支付能力，促进了住房金融市场的发展壮大。”时任上海市建委副主任的叶伯初这样评价公积金制度。

在总结试点城市经验的基础上，1994年7月18日，国务院印发《关于深化城镇住房制度改革的决定》，首次提出全面推行住房公积金制度。

1998年，国务院印发《关于进一步深化城镇住房制度改革加快住房建设的通知》，要求全面推行住房公积金制度。1999年，国务院出台《住房公积金管理条例》，提出停止住房建设贷款，将贷款投向调整为发放个人住房贷款、支持职工住房消费，住房公积金制度正式纳入法制化轨道。

## 系统管理和监督体系逐渐形成

住房公积金制度的推行，改变的不仅是住房条件，也在影响居民的住房观念。经过28年的发展与完善，住房公积金已形成比较系统的管理和监督体系。截至2018年年末，全国住房公积金服务网点有3439个，从业人员有4.38万。

党的十八大以来，住房公积金业务快速发展，运行总体平稳。一方面，对热点城市开展窗口指导，抑制房地产泡沫，切实防范风险。另一方面，督促各地管好用好住房公积金，会同相关部门先后出台多份政策文件，放宽租房提取条件，全面推行异地贷款，提升资金使用效率。截至2018年年末，住房公积金缴存总额145899.77亿元，提取总额87964.89亿元，缴存总额扣除提取总额后的缴存余额为57934.88亿元；发放个人住房贷款总额85821.32亿元，个人住房贷款余额49845.78亿元，保障性住房建设试点项目贷款余额46.11亿元，国债余额19.71亿元；缴存余额扣除个人住房贷款余额、保障性住房建设试点项目贷款余额和国债余额后的结余资金为8023.28亿元。

多年来，住房公积金制度缴存扩面持续推进，非公经济缴存职工已成为缴存扩面主力。2018年，住房公积金实缴单位291.59万个，实缴职工14436.41万人。新开户职工中，城镇私营企业及其他城镇企业、外商投资企业、民办非企业单位和其他类型单位的职工占比达72.92%。

2018年，住房公积金多渠道保障住有所居，持续发挥效用。住房公积金大力支持租赁住房消费，住房租赁提取730.40亿元，同比增长64.22%，住房租赁提取人数766.44万人，人均提取金额0.95万元，住房租赁提取在各类提取中增速最快，住房公积金帮助职工通过租赁解决住房问题的力度进一步加大；同时，住房公积金贷款重点满足基本住房需求，支持中低收入职工购买首套普通住房，当年发放的个人住房贷款中，中低收入群体占95.73%，首套住房贷款占85.91%，144平方米（含）以下普通住房占89.45%。

住房公积金信息化建设持续推进，服务质效提升明显，切实保障职工合法权益。积极贯彻落实国务院推进“互联网+政务服务”相关要求，真正实现“让信息多跑路，让群众少跑路”工作目标，加快建成住房公积金综合服务平台，为缴存单位和职工提供多渠道在线服务，提取和贷款审批效率大幅提升。2018年年末，全国443个住房公积金管理中心及分支机构完成住房公积金基础数据标准贯彻和住房公积金结算应用系统接入工作，212个设区城市基本建成综合服务平台，147个设区城市实现业务系统与转移接续平台直连，平台全年共办结住房公积金转移接续业务38万笔，转移接续资金108亿元。

## 改革持续推进

党的十八大以来，国家高度重视住房公积金制度改革。相关部门强调，要改革住房公积金制度，研究设立国家住宅政策性金融机构，这为住房公积金制度改革提供了根本遵循。

按照党中央、国务院的决策部署，围绕党的十九大关于“加快建立多主体供给、多渠道保障、租购并举的住房制度，让全体人民住有所居”要求，住房和城乡建设部重点推进建立自愿缴存机制、加强政策执行监督、全面提升服务效率、继续推进双贯标工作、建立联合惩戒机制、开展风险隐患排查、建立统计分析制度等工作，加快住房公积金制度改革步伐。

2019年5月，住房和城乡建设部印发《关于建立健全住房公积金综合服务平台的通知》，要求各地充分认识建设服务平台的重要意义，从全面加强组织领导、合理确定资金投入、严格规范线上服务、统一管控各类渠道、妥善对接政务平台、强化安全保障机制和加大监督指导力度7个方面建立健全服务平台。

为让“数据多跑路，群众少跑腿”，福建、河北、重庆、江西等地不断加快信息化建设，在规范流程、提升效能、优化服务等方面下苦功，先后推出网上服务大厅、手机APP、微信公众号等综合服务平台，实现“不见面审批”“最多跑一次”等便民服务。

进入9月，多地住房公积金新政开始正式实施，在提取环节、额度期限、用途拓展、异地使用等方面均有细化规定。买房、租房、装修、大病医疗，甚至加装电梯……住房公积金的使用范围变得越来越广。

经过近30年发展，住房公积金在推动城镇住房制度改革、提高居民居住水平、促进房地产市场稳定发展等方面发挥了重要作用。未来，随着我国住房制度改革进一步深化，住房公积金制度不断优化，将更好地发挥“资金池”的互助性优势，惠及更多城镇职工。

（刊登于《中国建设报》2019年9月23日1版）

# 城市建设：让群众过得更幸福

林红兵

城市建设既关乎城市形象，也关系到群众的生活质量。中华人民共和国成立70年，特别是党的十八大以来，我国城市建设力度越来越大、速度越来越快，市民总是在不经意间就发现自己生活的城市每天都在发生新变化——巨龙般飞驰的地铁、正在崛起的高耸地标、四通八达的路网共同勾勒出全新的城市版图；绿茵环绕、山水相映，处处呈现出错落有致的美妙景观；小区里井然有序的智能垃圾桶、街角处不经意出现的花园、不远处把城市景点串起来的绿道让人舒适外有一份自在……天变蓝了，水变清了，马路宽了，环境美了，基础设施更完善了，城市越来越方便、越来越宜居，人们的生活因城市的美丽而变得更加精彩。

## 城市之“舞”：轨道延展幸福的华尔兹

地铁开到哪里，城市的触角就会延伸至哪里。一条条开往春天的地铁满载市民的期盼。在许多城市，地铁线就是幸福线。

日前，伴随着刀盘轰隆的旋转声，4号“巨无霸”盾构机在四川成都轨道交通世纪城站——海昌路站1号风井接收端破土而出。这标志着成都轨道交通18号线的所有隧道全部打通，实现全线“洞通”。这条全长66.71公里的线路，是连通成都主城区和成都天府国际机场的一条复合功能线。它既是国内首条设计时速140公里的轨道交通线，也是国内在建最长的城市轨道交通线路。

近年来，随着我国城镇化速度加快，很多城市都处在城镇化、都市圈发展的重要节点，随着城市骨架拉大、人口聚集，居民对长距离、快速出行的需求更加迫切。城市轨道交通的建设大大改善了居民出行条件，改变了城市的格局、商业分布、居家版图，成为城市空间有序扩张的“助推器”。

我国城市轨道交通发展整体起步较晚。北京市第一条地铁在1971年开始试运营，是我国最早开通地铁的城市。截至20世纪末，我国只有少数一线城市开通了地铁，而进入21世纪后，随着中国经济发展基础的稳固，许多城市争先恐后迈入地铁时代。

事实上，快速、便捷的城市轨道交通已成为许多城市推进国家新型城镇化建设、公交优先发展战略的首选，轨道交通还大大拉近了城市间的距离。未来轨道交通将是推进城市群之间相互融合的“利器”。截至2018年年末，我国内地已有34个城市拥有城市轨道交通运营线路，总里程约5500公里。随着各地城市轨道交通骨干线路的建成以及网络规模的不断扩大，轨道交通已成为许多城市公共交通的骨干，其对提升城市公共交通供给质量和效率、缓解城市交通拥堵、改善城市环境发挥了重要作用。以上海市为例，通过完善以轨道交通网络为核心的公共交通出行链，2017年中心城区轨道+公交的出行比重由2013年的31.0%提高至33.2%；2018年工作日轨道交通日均客运量已突破1100万人次。

轨道交通像一条条动脉，连接着城市的各个角落，为城市带来活力；它又像一个个符号，标志着城市现代化的进程；它更像一张大网，承载着无数行色匆匆的都市人的梦想。

## 城市之“韵”：<br>感受水文明脉动

水是城市的灵魂。水生态建设是许多城市推进生态文明建设的切入点。绿水青山就是金山银山。随着水环境治理顺利推进，居民也越来越多地感受到城市的气质和风韵。

一台打桩机正将一根根木桩打入泥水中，水面仅露出40厘米左右的木桩，这些木桩连同河岸一起围成一个小水池，将河道水隔开。这是日前在浙江省嘉兴市区三元路与三官塘交叉口桥下的一幕。在得知施工人员正在进行湿地建设、今后将发挥净化水质的作用后，在三元路附近做白铁生意的高师傅连声叫好：“太好了，现在嘉兴水质真的好得多了，可以打九十几分。”近年来，嘉兴市政府下大决心治水，实施“五水共治”，嘉兴河道水质实现大改观。2012年底，嘉兴市全市水质Ⅴ类水和劣Ⅴ类水占80.6%，到2018年底，Ⅴ类水和劣Ⅴ类水仅占2.7%。

给城市一片绿水青山是最大的民生。近年来，不少城市改变过去“头痛医头”的做法，统筹推进水环境全流域同步治理、引入社会资本和先进的施工理念，让专业的人做专业的事。随着黑臭水体治理的推进，过去荒芜废弃的垃圾场变成了湿地公园，没人愿意靠近的臭水沟“逆袭”成为了“网红打卡地”，城市的痛点变成了亮点。

古人依水筑城，在现代社会水是城市的命脉。污水治理是做好水文章的枢纽。回顾治理污水的发展进程，20世纪六七十年代，我国开始自行投资兴建了一批污水处理设施和污水处理厂。2002年以后，我国城市污水处理无论在数量还是质量方面都得到了迅速的发展。随着我国污水处理市场化改革在探索中前进，2014年以来，PPP模式逐渐兴起，污水处理行业迎来跨越。截至2018年6月底，全国设市城市、县累计建成污水处理厂3802座，污水日处理能力达1.61亿立方米。我国城市污水处理的能力以及处理率已经居于世界前列。污水处理能力的提高成为持续推进城市水环境改善的硬件保障。

绿水青山就是金山银山。生态环境的持续改善，让市民百姓真正享受到了绿色带来的财富和魅力，拥有一条水清、岸绿的生态河成为许多城市靓丽动人的“绿色名片”。

## 城市之“美”：<br>垃圾分类引领“新时尚”

作为生态文明的重要抓手，垃圾分类是建设“美丽中国”的应有之义。垃圾分与不分，不仅与市民素质有关，与城市管理有关，还是一个城市文明程度的标杆。

晚上7时一到，广东省深圳市南山区“互联网+”垃圾分类督导系统——“E嘟在线”的打卡页面上，逐渐变成蓝色一片，每一个闪动的蓝色图标，就代表一名垃圾分类督导员上岗了。这一幕，也是深圳近年来切实做好垃圾分类、大力推行“集中分类投放+定时定点督导”住宅区分类创新模式的一个缩影。

作为全国先行实施生活垃圾强制分类的46个城市之一，深圳每天产生的生活垃圾超过两万吨，给城市持续健康发展带来巨大压力。为此，深圳采用社会力量、专业力量相结合的工作思路及“大分流、细分类”的推进策略，不断完善顶层设计，建立分流分类、宣传督导、责任落实三大体系，努力提高回收利用率和居民参与率。深圳为全国其他城市系统推进垃圾分类、破解垃圾分类难题、引导居民积极准确参与，贡献了可借鉴、可复制的经验。

创造优美人居环境，让城市更文明，社会更和谐，市民更幸福。城市环境的改善，“垃圾围城”是一个绕不开、躲不开的难题。我国城市垃圾每年产生量已经大于两亿吨。破解垃圾围城的必由之路是垃圾减量化、无害化、资源化。实现“三化”，垃圾分类是前提。

党中央高度重视垃圾分类工作，习近平总书记多次就垃圾分类工作进行实地调研，作出重要指示批示。2017年3月，国家发展和改革委员会、住房和城乡建设部发布《生活垃圾分类制度实施方案》，要求在全国46个城市先行实施生活垃圾强制分类。截至2018年年底，134家中央单位、27家驻京部队和各省直机关已全面推行垃圾分类，特别是住房和城乡建设部要求的46个重点城市公布实施方案，建立市区两级的工作协调机制，各城市都开展了垃圾分类示范片区建设。其中，北京、上海、厦门、深圳等城市已初步建成生活垃圾分类收集、运输、处理体系。2019年6月6日，住房和城乡建设部联合多部门发出通知，在46个重点城市先行先试基础上，自2019年起全国地级及以上城市全面启动生活垃圾分类工作。

作为住房和城乡建设领域当下最受关注的“热点”，垃圾分类正在成为城市新时尚。打赢打好生活垃圾分类的攻坚战、持久战，需全面动员、全面参与，久久为功。垃圾分类正在理念和行为方式上悄然改变人们的生活。

## 城市之“画”：“颜值”诠释生活品质

*城市不是钢筋水泥的堆砌，它获得何种评价，在于无数人生活在其中的感受。城市的“颜值”就是让绿色福利开放式地惠泽生活。*

2019年9月25日，北京大兴国际机场正式投运。气势磅礴的林海簇拥着机场航站楼和机场高速公路等重要通道，穿过森林去机场的美好蓝图已成为现实。机场重要廊道两侧是今年北京绿化建设的重点，2019年北京启动了南中轴路沿线绿化景观提升工程，以改善沿途道路景观。机场高速公路绿色通道建设工程全长约29公里，总面积达6472亩。

整洁优美的城市绿化环境不仅展示着一个城市的形象，更是提升人居环境的关键环节。中华人民共和国成立以来，和几乎全国其他所有城市一样，北京的园林绿化建设经历了从无到有、从量变到质变、从单一到多样、从荒芜到茂盛、从零星点缀到满眼皆绿的美丽嬗变。近年来，通过实施一大批重大生态工程，北京绿化资源总量快速增长，绿色生态版图大幅拓展，城市生态格局发生深刻变化，近70%的市域国土空间被森林植被和公园绿地覆盖，形成了“山区绿屏、平原绿网、城市绿景”的大生态格局。当年的沙漠化边缘城市实现了华丽转身。

城市园林绿化是提高城市居民生活质量、实现城市可持续发展的客观需要。从全国范围看，我国园林绿化行业在计划经济下开始发展，并伴随中国市场经济地位的确立和改革开放的不断深入，逐步走上产业化发展的道路。1992年，国务院颁布《城市绿化条例》，园林绿化行业的发展步入法制化轨道，对园林绿化行业的健康、快速发展产生了重要促进作用。2001年，国务院召开全国城市绿化工作会议，并专门下发《关于加强城市绿化建设的通知》，使得各级政府对城市绿化工作的重视程度大大提高，全社会广泛参与城市绿化的热潮开始形成，园林绿化建设进入蓬勃发展时期。截至2017年年末，我国城市建成区绿化覆盖率40.9%；建成区绿地率37.1%；公园绿地面积68.8万公顷，人均公园绿地面积达14.1平方米。

有一种生活，在园林深处。出门抬头见绿，步行不远就是公园，可健身、休闲、游玩、亲近自然……如今，越来越多的城市老百姓正享受着这样的生活。

## 城市之“诗”：“慢下来”的惬意

*脚步慢下来，才能望得见山，看得见水，畅享生活的惬意，体悟生活的真谛。一条条城市绿道既是生态廊道，又是展现厚重历史文化的“橱窗”。*

日前在微信朋友圈晒的热图里，江苏各地的一条条城市绿道，悄然成为城市建设的新亮点、市民生活的新话题。

全长23.6公里的南京明城墙绿道，穿越城市山林，串连起小桃园、古林公园、秦淮河风光带和月牙湖公园等多个景点，成为南京市民日常健身休闲的好去处。环绕苏州古城一周的古城河绿道，一边是波光粼粼的护城河，一边是古老沧桑的老城墙，绿树碧水之间，装点着粉墙黛瓦。即将竣工的扬州邗江路绿化景观改造工程，将人行道建在风光带中，让市民畅享城市的鸟语花香。

生活就是诗意地栖居。近年来，随着城镇化进程的不断加快，身处钢筋水泥构筑起的大都市，一些人选择逃离喧嚣、远避山林，更多人则从心底呼唤山水自然的回归。山水与城市、自然与人文、传统与现代和谐地融为一体，才是老百姓所向往的美好生活。正在各地火热推进的绿道建设，正是与这种发展理念契合——城市的各个部分被当作一个整体来经营，公园、绿地、江河、社区被绿道依次串联在一起。相关统计显示，截至2018年年末，全国共建设绿道5.6万公里，仅2018年一年就新增绿道1.4万公里。

绿道的存在不仅是一种情怀，也是城市发展的必然，是“大景区”、“大花园”的“毛细血管”，打通了区域之间、城乡之间的生态廊道。在绿道上可运动健身，可休闲娱乐，可旅游观光，可科普教育，城市绿道的建成也改变了市民的休闲方式。

城市绿道的建成使用，让许多城市添了一道亮丽风景。有了绿道，城市居民真正与生活的城市休戚与共、相依相契，绿色发展方式和生活方式也更加深入人心。

回首中华人民共和国的城市建设史，仿佛聆听一曲史诗般波澜壮阔同时兼具美丽曼妙细节的“交响乐”。70年来，城市市民的生活环境越来越好，城市功能品质全面提升，人民群众的获得感、幸福感持续增强。70年的蜕蛹化蝶，城市发展中每一个侧面、每一个节点、每一个年轮的细微变化，无不印证着中国人逐梦前行的铿锵足音。

（刊登于《中国建设报》2019年9月27日1版）

# 城市管理：绘就美好生活

吴晓鹏

天朗气清，惠风和畅。登上632米的上海中心大厦，举目四眺，东方明珠、金茂大厦等经典建筑，铺展成一幅壮阔画卷。

与这些宏大景观一起打动人心的，还有纵横交错的弄堂、街道，与百姓生活息息相关的衣食住行。这些，在城市管理智慧网格的密织下，被梳理得井井有条，让人备感温暖和谐。

城市，让生活更美好！城市管理，让人民的生活更美好！中华人民共和国成立70年特别是党的十八大以来，城市面貌日新月异，各地城市管理工作不断锐意创新、走深走实。2018年11月6日，习近平总书记在上海浦东新区城市运行综合管理中心视察时强调，城市管理搞得好，社会才能稳定、经济才能发展。一流城市要有一流治理。提高城市管理水平，要在科学化、精细化、智能化上下功夫。这一殷切嘱托，为新时代城市管理“为谁管、怎么管、谁来管”，擘画了一条通衢大道。

## 为谁管——贯彻以人民为中心的根本定位

“让城市成为人民追求更加美好生活的有力依托。”如今听来，这句话语耳熟能详。然而鲜为人知的是，由于经济社会发展水平以及思想观念等原因，这一“以人民为中心”的城市管理定位，在我国却足足经历了数十年的探索与实践：

1949年至1978年，“变消费型城市为生产型城市”“围绕工业化新建、改建、扩建城市”为定位；

1979年至2012年，“弥补市政住宅‘欠账’，加快建设第三产业”“提高城市竞争力，树立经营城市观念”为定位；

党的十八大以来，“让城市成为人民追求更加美好生活的有力依托”，成为新的定位。

城，所以盛民也；民，乃城之本也。坚持人民城市为人民，是我们做好城市工作的出发点和落脚点。城市的核心是人，关键是12个字：衣食住行、生老病死、安居乐业。

党的十八大以来，城市管理工作不断聚力聚焦，从加快补齐城市基础设施短板、公共服务短板、生态环境短板，到大力发展交通、学校、医院、养老、文化、环保等公共服务设施；从尊重群众对城市发展的知情权、参与权、监督权，到创新各种渠道、平台、活动……人们欣喜地看到，各地的城市管理工作，正不断看齐城市管理新定位，不断顺应城市工作新形势、改革发展新要求、人民群众新期待，更加注重为人民群众“绣”出一副充满获得感、幸福感的美好生活图景。

2016年，住房和城乡建设部首次倡导城市管理“721工作法”，即70%的问题用服务手段解决、20%的问题用管理手段解决、10%的问题用执法手段解决。“721工作法”彰显着城市管理以人为本的精度、柔度和温度……

从济南城管的“西瓜地图”“白菜地图”，到宁波城管的“杨梅地图”“橘子地图”，一系列各具特色的城管利民便民举措无不体现着以人为本的根本定位——由“堵”变“疏”，为民服务用心用情，小到背街小巷的治理，大到城市功能区规划，再到全面治污治堵，特别是“河长制”“垃圾分类”等一系列创新手段的运用，让“望得见山、看得见水、记得住乡愁”从诗意图景一步步走向现实生活。在现实生活中，在大小城市里，人民已经成为城市建设和管理的中心，“管好城市为人民”已经深入人心，成为社会共识。

## 怎么管——探索有效治理的方法路径

城市管理，纷繁而复杂，如何有力落子？2017年全国“两会”期间，习近平总书记在参加上海代表团审议时指出：“城市管理应该像绣花一样精细。”

绣花，落脚在一个“绣”字。绣的是精细精准、不跳针脱线；绣的是稳扎稳打、不急躁冒进。这一方法论从根本上破解了“怎么管”的难题。

党的十八大以来，在党中央、国务院的决策部署下，与“怎么管”息息相关的两大支撑性决策相继出台——建强一支固定的、统一的、专业的城市管理队伍；陆续出台一批适用性强、专业性强的城市管理规章制度。

2014年，党的十八届四中全会通过了《中共中央关于全面推进依法治国若干重大问题的决定》，明确提出理顺城管执法体制，加强城市管理综合执法机构建设，提高执法和服务水平；

2015年，时隔37载，党中央重启城市工作会议，明确要求：抓城市工作，一定要抓住城市管理和服务这个重点，不断完善城市管理和服务，彻底改变粗放型管理方式，让广大人民群众在城市生活得更方便、更舒心、更美好；

2016年，住房和城乡建设部启动了全国城市管理执法队伍“强基础、转作风、树形象”专项行动；

2017年，国务院常务会议审议通过《城管执法统一制式服装和标志标识管理办法》，要求至2017年年底实现全国执法制式服装和标志标识统一；

2018年，城市管理立法研讨会在北京召开；

近3年来，住房和城乡建设部全面组织开展城市管理执法干部培训，全国5000余名处级以上干部参加了轮训，城市管理执法队伍的政治素质和业务能力得到有效提高，城市管理效率和水平得到明显提升；

……

促落实，务求纲举目张；解问题，重在抓铁有痕。政策、规章是城市管理的“纲”，是“绣花”的图样、规范；队伍、科技就是“绣花”的巧手、妙手。用“绣花”的队伍、“绣花”的思维、“绣花”的姿态来管理城市，城市面貌发生了喜人的变化。

近年来，针对部分城市在管理中存在着方式简单粗放、效能较低的状况，住房和城乡建设部注重发挥现代化科技的巨大作用，在全国推广了数字化城市管理新模式，以数字城管作为新型智慧城市的基础平台，形成了较为完备的标准体系，在更新城市管理理念、提高城市管理效能等方面发挥了重要作用。

各地在城市管理智慧化升级方面也做出了有益探索，精细化治理有了越来越多的智能化支撑。

成都。二环高架路上，一辆道桥巡检车正向前行驶。车上的摄像头实时监测路面情况，并通过5G切片技术及AI分析能力，智能判别沉陷、积水、坑槽、裂缝、破损、网裂、拥包等道路主要病害，由4K超高清视频迅速回传至成都市城市管理委员会道桥监管服务中心大屏，中心立即派出工作人员进行维修。

秦皇岛。海港区一处井盖被路人移动时，秦皇岛市数字化城市管理监督指挥中心的监测系统立即发出响亮的报警声。“这种智能井盖应用物联网技术，实现了城市突发事件的预测、预警、预判、预防……”相关负责人说。

随着“怎么管”的思路越来越清晰，方法越来越多样、有效，越来越多的城市通过综合利用物联网、大数据、云计算等信息化技术手段和各类监测监控手段，实现了感知立体化、数据集约化、服务智能化的智慧城管创新模式，扩展了城市管理的“维度”，提升了城市管理的“精度”，提高了广大人民群众生活的美好程度。

## 谁来管——确立党建引领的共治共享格局

晨光微露，上海市闵行区古美路街道又开始了美好的一天。作为一个在城镇化快速推进中形成的街道，这里常住人口16万，本地人、“新上海人”、外地人各占1/3，以前不但管理难度让人挠头，而且社区治理架构断层化、资源碎片化、力量分散化等“痛点”、“难点”，也一度让城市管理者们发愁不已。

面对基层治理的挑战，近年来，管理者们逐渐找到了解决问题的“金钥匙”：让党建引领社区共治，共建共享“融乐家园”。

他们坚持因地制宜，积极探索“片区党建”新模式，瞄准片区治理的疑难杂症进行集中攻关；他们注重红色引领，全力搭建“物业党建”新平台，真正做实服务居民“最后一百米”；他们培育特色品牌，着力打造居民区“党建风景线”，让39个居民区形成一道道靓丽的党建“风景线”，培育出“唯有家乡不厌看”的真挚情愫，营造了“此心安处是吾乡”的和谐画卷。

居民们满怀喜悦与自豪，给古美路街道的社区党建取了个充满诗意的名字——“城市家园党建”。

坚持城市管理工作的党建引领，最大限度地团结和激发共建共享共治的力量，这正是党的十八大以来城市管理工作的发力点、聚焦点所在。这样的思路与举措亦得到了广大人民群众的高度认可与踊跃参与。

像“城市家园党建”这样的生动案例，还有很多。也正因为如此，城市管理才能不断提升到“像绣花一样”的精细程度，使得我国城市面貌日新月异，人民生活质量不断提高。

近年来，各地积极发挥党在城市管理中的灵魂作用，通过多种渠道，采取多种方法，在坚持党的绝对领导的前提下，推动城市管理从单一的政府管理行为向“政府主导、公众参与、多元共治、共享成果”的“大城管”共治模式转变。

2015年12月，习近平总书记在中央城市工作会议上指出：“只有让全体市民共同参与，从房前屋后实事做起，从身边的小事做起，把市民和政府的关系从‘你和我’变成‘我们’，从‘要我做’变为‘一起做’，才能真正实现城市共治共管、共建共享。”

南京积极探索城市治理体制改革创新，扩大城市治理社会公众参与，在全国首创成立了城市治理委员会。

针对高校多、大学生多等特点，武汉组织百万大学生参与城市管理志愿服务主题活动，全社会参与城市环境治理的氛围日益浓厚。

宁波市城管部门发起成立的宁波市城管义工协会，构建起公众参与城市管理的有效渠道，目前已累计组织动员100余万人次、提供超250万小时的义务服务。

目前，在住房和城乡建设部部署开展的“市容环境大扫除，干干净净迎国庆”活动中，“大城管”共治模式再次迸发出巨大能量，一批困扰大家许久的环境“脏乱差”问题得以解决，有效提升了城市市容市貌品质，进一步增强了广大人民群众的获得感、幸福感和安全感。

回望历史，展望未来，我们可以清晰地看到，随着城市管理精细化水平的提升，通过苦练以“科学化、精细化、智能化”为主要内核的“绣花”功夫，“让城市成为人民追求更加美好生活的有力依托”的蓝图梦想正在我国千万座大小城市化为现实成果，一幅壮美和谐的画卷正在徐徐展开。

（刊登于《中国建设报》2019年9月30日1版）

# 城市，让生活更美好

张正贵

70年披荆斩棘，70年经天纬地。中华人民共和国成立70年来，中华儿女创造了人类发展史上的“中国奇迹”，为世界文明进步作出了巨大贡献。在规模最大、速度最快的城镇化进程中，我国城市建设发挥了重要作用，为经济社会发展和人民生活改善夯基蓄势，成为社会主义现代化建设的重要引擎。

8月21日，习近平总书记在甘肃兰州考察时强调，城市是人民的，城市建设要坚持以人民为中心的发展理念，让群众过得更幸福。这为我国城市发展指明了方向。做好城市建设管理工作，推动城乡建设事业高质量发展，使命光荣，责任重大。

## “因为是人民政府，所以真给人民服务”

中华人民共和国成立之前，北京的许多街道，尤其是劳动人民聚居的地区大多没有下水道。龙须沟所在的第七区（现为东城区）长期存在臭沟、粪场、坟地、苇坑四大公害。

1950年2月，北京市决定修建龙须沟下水道工程。几个月后，龙须沟铺设了下水管线，沟上铺了柏油路，马路两边竖起了路灯，这一带的居民还用上了电灯、自来水，生活有了大变化。1952年，北京市相关部门又对龙须沟下游常年积水的洼地、苇塘进行了整治，并依势修成了龙潭湖公园。

经过3年努力，北京市掏挖整修了全部旧有下水道，加上新建的，全市绝大部分地区都有了下水道干线，总计受水面积达全市总面积的94.5%，为迅速排水创造了条件。

治理龙须沟“惊动”了北京城的老百姓。通过这件事，老百姓了解了共产党，了解了党的方针。以此为题材创作的话剧《龙须沟》，于1951年2月在北京人民艺术剧院首演，引起了强烈反响。

“因为是人民政府，所以真给人民服务。”《龙须沟》作者老舍先生后来在一篇文章中如是说。龙须沟的治理，在某种意义上成为时代变迁的一个缩影。

## 城市崛起　史无前例

城市是人类文明的标志，是人们经济、政治和社会生活的中心。城镇化程度是衡量一个国家和地区综合实力的重要标志，也是社会组织程度和管理水平的重要反映。

中华人民共和国成立之初，百废待兴，生产、生活物资严重匮乏，发展工业是当务之急，当时的规划建设基本上围绕工业生产展开。

1954年6月，原建筑工程部在北京召开第一次城市建设会议，明确了与工业建设相适应的“重点建设，稳步前进”的方针。1955年6月，国务院发布设置市、镇建制的决定；同年11月，国务院第二次公布城乡划分标准。

1962年七八月间，根据中共中央政治局常委会的决定，周恩来主持召开了第一次城市工作会议；1963年九十月间，中共中央、国务院召开了第二次城市工作会议；1978年3月，国务院召开了第三次城市工作会议。这3次城市工作会议，都在特定历史条件下对推动城市建设发展发挥了重要作用。

2015年12月，时隔37年后，中央城市工作会议在北京召开。习近平总书记在会上发表重要讲话，分析城市发展面临的形势，明确做好城市工作的指导思想、总体思路、重点任务。会议从中央层面为城市建设搭建顶层设计，为今后一段时期的城市工作指明了方向、画好了蓝图、提供了遵循。

伴随着波澜壮阔的改革开放，我国经历了世界历史上规模最大、速度最快、涉及人数最多的城镇化进程。2011年，我国城镇化率首次超过50%，城市和乡村人口比重发生历史性的结构转换，标志着我国从一个传统的农业大国逐步转变为城镇化水平超过全球平均水平的城市型国家。2018年年末，我国常住人口城镇化率达到59.58%，比1949年年末提高48.94个百分点，年均提高0.71个百分点。

世人惊叹，中国用几十年时间走完了发达国家几百年才走完的路，创造了“中国奇迹”。

这期间，5亿多人口从农村进入城市，有效解决了大量农村剩余劳动力就业问题，维护了社会稳定和经济持续发展。

这期间，城市在国民经济和社会发展中的作用和地位不断提升，成为国民经济发展的主要载体，成为参与全球竞争的前沿阵地，成为改革和转型发展的重要引擎，成为让人民生活更美好的宜居家园。

这期间，我国有20多个城市获得“联合国人居环境奖”，北京、上海、广州、深圳、南京等城市成功举办了APEC、奥运会、世博会、亚运会、大运会、青奥会等重大国际活动，成为展示国家形象的重要窗口。

这期间，长三角、珠三角、京津冀等城镇群和一批中心城市发挥了带动国家区域发展、参与全球竞争的核心作用；中小城市、小城镇的快速成长和美丽乡村建设，促进了城乡协调发展。

## 基础设施　先导先行

城市建设一头连着城市发展，一头连着百姓民生。城市基础设施和市政公用事业为居民生产生活提供公共服务，在城市经济发展和社会生活中具有基础性地位和先导性作用。

70年来，城市基础设施和公用事业或从无到有如集中供气、集中供热、生活垃圾无害化处理、城市轨道交通等，或由少到多、由低到高如城市供水、排水、园林绿化等，为城市人居环境持续改善和城市经济社会发展提供了有力支撑。

改革开放以来，我国城市道路长度增加13.5倍，轨道交通运营里程增加189倍，建成区绿地面积增加17.7倍，城市生活垃圾无害化处理能力提高328倍。

在垃圾处理方面，截至2018年，我国城市生活垃圾无害化处理率达到98.2%，卫生填埋和焚烧发电并举的技术格局基本形成，生活垃圾分类处理正在成为全社会的新时尚。

在城市排水与污水处理方面，1980年，全国仅有污水处理厂35座，日均污水处理能力70万立方米。1984年，我国第一座大型城市污水处理厂在天津建成并投入运行。此后，我国城市污水处理事业快速发展，到2016年，全国已建成排水管道57.79万公里，建成污水处理厂2048座，日均处理能力达1.49亿立方米。

更应该看到的是，每一个城市建设项目的“N通一平”和建成竣工，每一座城市天际线的延伸扩展，每一座城市的品质提升，都得益于体制机制的变革和创新。

推进公用事业价格制度改革和收费制度完善，出台城市供水价格管理办法，完善城市污水和垃圾处理收费政策等，促进了市政公用事业市场化，提高了企业经营管理能力和公共服务水平。

开征城市建设维护税、公用事业附加、基础设施配套费，实行基础设施有偿使用，建立和完善稳定的城市建设维护资金，保障了城市基本公共服务供给，保证了城市正常运行。

不断发展和完善以银行融资为主的金融市场，建立政策性银行，实行政策性业务与商业性业务分离，发展商业性银行，为城乡发展建设做好重要资金保障。

积极稳妥拓宽投融资渠道，充分利用市场机制，积极引导社会资金投入到城市建设中。

## 人间烟火味　最抚凡人心

20世纪80年代初，北京市民老杨大学毕业从南方分配到北京某高校工作。单位在海淀区北三环外大钟寺附近选择一块空闲地，盖了几排简易平房作为临时集体宿舍，安顿各地来京的年轻人。周边还是成片农田环绕，大钟寺的新居民们常常在田头岸边散步；取暖、烧饭用的是蜂窝煤，第一个取暖季，老杨险些煤气中毒。

后来，学校统一安排年轻职工租住海淀区玉泉路某部队大院，老杨家与人合住上了筒子楼，享受集中供暖了，不过烧饭用的是摆在楼道里的煤油炉，两岁多的小儿子手指不小心被烫了个泡。后来，想办法搞到一个没有户头的煤气罐，但每次换气总是颇费周折。

20世纪90年代初，单位在石景山游乐园附近盖房，老杨家分到50平方米的两居室，终于在来京同学中先行一步“独立门户”了。新家用上了管道燃气，还接上了私人电话，但因为住在顶层6楼，自来水因水压不稳时常断水，有时洗澡都成了难题。

21世纪初，老杨家在丰台区南三环洋桥附近有了一套100平方米的房改房，现代家居生活设施一应俱全，小区环境也不错，但小区傍凉水河的黑臭水体总是散发出刺鼻的气味。

凉水河是北京南城的一条大河，全长68公里，流域面积633平方公里，流域人口450万人。当初，伴随城市快速发展，凉水河沿岸逐渐小区林立，但污水处理能力没跟上，大量污水直排凉水河。

2013年，凉水河综合治理正式启动。凉水河慢慢变清，渐渐有水鸭徜徉、青蛙欢歌……

这两年，凉水河边建起了不断延伸的绿道，还有小亭翼然而立，昔日杂草丛生的水岸一天天演变，一座狭长的湿地公园不知不觉露出生动的身姿。老杨得空就与家人去作一番亲水之游，还用手机上下载的应用软件认识了形形色色的花草林木。经过治理，凉水河由一条污水横流的“伤心河”变身为水清岸绿的“爱心河”。

“雄关漫道真如铁，而今迈步从头越。”进入新时代，在习近平新时代中国特色社会主义思想指引下，我国城市发展焕发勃勃生机和无穷力量，不断奏响更加优美的华丽乐章。

（刊登于《中国建设报》2019年10月1日1版）

# 大师心声

# “铸盾报国”的毕生追求和使命

## ——访国家最高科学技术奖获得者钱七虎

任　佳

“只有把个人的理想与国家和民族的前途命运紧密结合，才能有所成就、实现人生价值！”82岁的钱七虎虽两鬓染霜，却目光炯炯、声如洪钟。他是我国现代防护工程理论奠基人、防护工程学科的创立者，也是国家最高科学技术奖获得者、中国工程院首届院士，从事防护工作60余载，用毕生心血为共和国铸就坚不可摧的“地下钢铁长城”。这位“年轻的”老人用铿锵有力的字句和最朴实的话语，向记者倾情讲述了自己“铸盾报国”的毕生追求和使命。

### 成长——与祖国、人民命运相依

1937年，在一艘逃难的小渔船上，钱七虎出生了。他的童年，在炮火硝烟中度过。国破民弱的苦难深深地刻在了年少的钱七虎心里。中华人民共和国的成立，让钱七虎看到了希望。依靠人民政府的助学金，他顺利完成了中学学业，并有了自己的梦想：成为一名工程师，报效祖国！在面临出国求学还是在国内读军校的抉择时，钱七虎义无反顾地选择了后者：“我这个乡下的穷孩子，如果没有党和国家，连中学都上不起，组织需要我去哪儿我就去哪儿！”他以“全优”成绩从哈尔滨军事工程学院毕业后，被派往苏联留学。

1965年，钱七虎学成回国。他一头扎进了我国防护工程领域的教学研究工作中。当时，我国正面临严峻的核威胁环境。他说：“国家选派我出国学习防护工程，就是信任我，我要时刻不忘这份沉甸甸的责任。”为祖国设计打不烂、炸不毁的“钢城坚盾”，是钱七虎一生未曾动摇的目标，也是毕生的事业追求。

钱七虎从事防护工程研究和人才培养工作60余载，建立了我国现代防护工程理论体系，解决了核武器空中、触地、钻地爆炸以及新型钻地弹侵彻爆炸等若干工程防护关键技术难题，先后获得了全国科学大会重大科技成果奖、国家科技进步奖、何梁何利基金科学与技术进步奖等多个奖项。

## 践行——峥嵘岁月　立下卓越功勋

奋斗一甲子，铸盾六十年。对祖国、对地下防护工程的深厚感情伴随他的人生历程。钱七虎始终放眼国际前沿，急国家之所需，制定了我国首部城市人防工程防护标准，提出并实现全国各地地铁建设兼顾人防要求，组织编制全国20多个重点设防城市的地下空间规划，参与南水北调、西气东输、港珠澳大桥等重大工程的战略咨询，提出能源地下储备、核废物深地质处置、盾构机国产化等战略建议，多次赴现场解决关键性难题。

1992年，珠海机场扩建迫在眉睫，却被炮台山拦住去路。炸掉它，是最佳方案。消息一出，咨询者一拨接一拨地涌入珠海，却又一拨接一拨地走了。这次爆破的难度实在太大，爆破总方量超过1000万立方米，要求一次性爆破成功，一半土石方要一次性定向爆破抛入大海、一半要松动破碎，必须确保1000米内两处村庄的安全……一筹莫展之际，钱七虎带领团队七赴珠海，反复试验，最终设计出科学可靠的爆破方案。那一年的12月28日，1.2万吨炸药在38秒内分33批精确起爆。直到今天，被称为“亚洲第一爆”的炮台山爆破，仍保持着直列装存峒室爆破世界最大爆炸当量纪录。

20世纪90年代，钱七虎针对未来城市发展需要开发利用地下空间的趋势，着手开展了相关研究，主持了中国工程院的咨询课题，在课题成果的基础上又组织撰写了我国第一部关于城市地下空间开发利用方面的专著。而今，他先后参与组织编制与主持评审了全国20多个重点设防城市的地下空间规划。

21世纪初，钱七虎建议在长江上修建越江隧道。随后上马的南京长江隧道工程是当时在建长江隧道中地质条件最复杂、技术难题最多和施工风险最大的，人称“万里长江第一隧”。专家委员会主任的重担，众望所归地落在了钱七虎的肩上。设计单位提出采用“沉管法”的建设方案，但钱七虎调查发现，南京所在长江段由于长江上游建设三峡电站后泥沙含量大为减少，江底冲刷大于淤积，“沉管法”存在较大隐患。由他提议并经反复论证，盾构开掘成为最终建设方案。后来，钱七虎又攻克盾构机突发故障停工等一系列重大难题。2010年5月，南京长江隧道全线通车运营。这项工程获国家科技进步奖、鲁班奖等10多个奖项。

2018年10月，港珠澳大桥正式通车，这背后也有钱七虎的贡献。港珠澳大桥海底隧道全长6.7公里，其中海底沉管最后接头的下沉对接是工程施工中的难题。钱七虎作为专家组成员，综合考虑洋流、浪涌、沉降等各方面因素，提出了合理化建议。最终，沉管顺利完成最后对接。

## 风骨——先生之风　山高水长

耄耋之年的钱七虎，退休后比以前更忙碌。作为国家多个重大工程的专家组成员，他积极为决策部门出谋献策，也常常作为顾问受邀到工程一线指导项目建设。从事防护工程数十年，科研之路常常遇到很多困难。钱七虎刚回国时，国家正处于困难时期，国内对于大型防护门的变形研究尚处于空白状态。他回忆道：“当时，没有大型计算机，就用穿孔纸进行数据输入。由于穿孔机打孔不圆，经常引起停算，我后来索性进行手工穿孔。”

钱老说：“只有不畏艰难，才能攀登高峰；只有不断前进，才能有所创新。科学道路上有很多困难，人生道路上也会有很多挫折，只有把个人的志愿和理想与国家、民族的事业结合起来，正确处理个人和组织、集体的关系，才能不断前行。”

在防护工程领域，钱七虎是一个令人高山仰止的名字。然而对于名利，钱老看得格外淡薄。钱七虎被授予“国际岩石力学学会会士”称号，是第一位获此殊荣的中国专家。在他担任中国岩石力学与工程学会理事长之后，改变了中国国家小组主席由该学会理事长兼任的一贯做法，让年轻人来担任这一要职。他还主动放弃了被提名竞选国际岩石力学学会主席，把机会留给年轻人。

2019年1月8日，为表彰钱七虎在我国国防和人防工程各时期建设发展中作出的杰出贡献，相关部门授予他2018年度国家最高科学技术奖。仅仅1个星期后，他就把800万元奖金捐献，用于资助西部和少数民族贫困学生上学。钱七虎的举动让很多人为之动容，但钱老自己却轻描淡写："我今天取得的一切成就，都跟国家的培养分不开。我自己的工资已经够用了，能资助一些学生上学也算我回报社会和报答党恩。"

回顾科研生涯，钱七虎说，一个人只有把个人的理想与国家民族的前途命运联系在一起，才能有所成就。"我是经历过战火硝烟的人，我深知，国家不强，没有强大的国防，就要受欺负。跟党走，是我一生中最正确的选择。"

先生之风，山高水长……

（刊登于《中国建设报》2019年9月9日1版）

# 重要的是得体，不是豪华与新奇
## ——访中国工程院院士关肇邺

胡春明

## 意匠清华

2018年11月在清华大学举办的“意匠清华七十年——关肇邺院士校园营建哲思”展览显示，历经百年鼎革方有今日恢宏人文气象的清华大学校园，已跻身全球最美校园之列。这是数代清华人殚精竭虑、孜孜营建的心血积累。在对清华校园作出卓越贡献的建筑家中，论时间跨度之长、作品数量之盛、规划筹谋之妙、设计淬冶之精，关肇邺院士堪称厥功至伟。

1948年，关肇邺因听了一场梁思成先生题为《中国建筑的特征》的演讲，放弃了燕京大学一年的学历，正式转入清华大学建筑系开始学习。从此，他在水木清华园里的建筑生涯开始了。

1952年，关肇邺毕业留校任教。1956年春，当时26岁的他担负起清华大学教学主体楼群的设计重任，在既缺乏指导又缺助手的情况下，完成了这组7万多平方米大型建筑群的方案设计。清华主楼建成后，其独特的简约古典风格成为全国高校竞相效仿的样板。2009年，这一作品入选中国建筑学会评出的“建国60周年优秀建筑创作300项”。

关肇邺与清华大学图书馆更是有着不解之缘。吴良镛先生在《关肇邺选集》一书的序言中写道：“在关先生的创作生涯中，清华大学图书馆设计是很关键的。”

清华大学图书馆旧馆于1919年和1931年分两次建成，面积约7700平方米，分别由美国著名建筑师墨菲和我国著名建筑师杨廷宝担当设计。1982年，关肇邺在清华大学图书馆三期工程逸夫馆的设计中，创造性地解决了“新”与“旧”、“主”与“次”、“群”与“己”、“文”与“质”等多重矛盾，达到了“为今人服务，为先贤增辉”的设计目标。这组建筑被公认为中国当代建筑创作的经典，先后获得1993年建设部优秀设计一等奖、国家教委优秀设计一等奖、国家工程设计金奖、首都20世纪90年代十佳建筑奖等荣誉。2000年，关肇邺又领衔设计了清华大学图书馆四期的扩建工程，2006年，设计了新西阶教室，都完美地延续了清华的文脉。

从1992年设计清华大学理学院开始，关肇邺在20年的时间里，先后完成了清华西区内的生命科学楼、天文台改造、化学楼加建和医学院一、二期建筑的设计，最终把清华西区打造成红砖坡顶、具有整体和谐风貌、广被称道的清华“红区”。出自他笔下的清华建筑，兼具科学精神与人文魂魄，严谨沉稳而不失巧思灵动；融贯中西智慧与古今意匠，谦逊平和而愈增清华庄严。

## 和而不同

关肇邺设计的清华图书馆三期，与一期和二期风格一致，浑然一体，对校园的核心建筑大礼堂形成衬托之势，是中国近代建筑史中的一项杰作。第三期新馆面积2万多平方米，约为前两期建筑面积之和的3倍，体量巨大，如何处理新老建筑的关系是突出的难题。

关肇邺将三期新馆5层的高大体量退到后面，而把与老馆相同的二层部分放在前面，继续加强了对礼堂的衬托作用；主要入口没有按一般做法置于明显突出的位置，而是隐退到庭院之内，以避免对老馆入口形成抢夺或压倒的态势；外观采用与清华园老区统一协调的红砖灰瓦，门窗形式作了必要的调整和创新，取消了挑檐下复杂的牛腿等装饰；几个主要入口处采用了大面积玻璃和砖拱形设计。这样，新馆就在空间、尺度、色彩和风格上保持了清华园原有的建筑特色，富于历史的连续性，但又不拘泥于原有的建筑形式，透出一派时代气息。

正是这样一个“争当配角”的设计为关肇邺赢来了诸多好评，有建筑师将之誉为“神品”。关肇邺在《建筑学报》上撰文“重要的是得体，不是豪华与新奇”，阐明他的设计理念。清华图书馆三期是对这个理念最好的诠释。

关肇邺在设计清华图书馆四期时，仍然采用红砖墙、坡屋顶，与前三期保持一致，拱形门廊亦保留了清华的文化元素。靠近三期的一侧（南面）采用玻璃幕墙，从里面可以看到三期建筑，延续文化传统。而大门则朝向北边开，下沉广场斜向45度角的拱门与对面杨廷宝设计的明斋入口恰成对称，依然是得体与和谐的理念。

同样的设计理念也体现在北京大学图书馆的扩建设计中，但却以截然不同的形式表现出来。北大图书馆位于燕园中心区，周围都是大屋顶的传统式建筑。原有图书馆建于20世纪70年代，是实用主义的方盒子、平屋顶，在燕园的整体环境中显得突兀。在关肇邺看来，新设计应对整体环境起到统领作用，采用大屋顶形式是理所当然的。但设计竞赛进行的1995年，北京刚刚取消了“夺回古都风貌”的硬性指令，之前的若干年间北京的每栋新建筑几乎都被带上古典屋顶，否则很难获得批准，建筑界对此颇有争议。因此，在北大图书馆扩建的竞标中，竟然只有关肇邺一人的方案作了古典大屋顶的处理。关肇邺勇于不跟风设计大屋顶，不为别的，只因为这个地点需要这样一座统领全局的建筑，并与环境协调。

“我始终怀疑把‘创新’作为衡量一个建筑设计优劣的主要标志的观点。重要的是得体，而不是豪华与新奇。只有有助于建筑的完美之‘新’，才是有意义的。”关肇邺说，回顾中国传统文化的发展，其核心价值观在“和谐”二字。“和谐”反映到建筑设计上，就是建筑并不是独立存在的个体，而是要和周边其他建筑发生着关系，不仅要满足它的使用功能，还有很重要的一点就是能否带来审美感受。和谐不等于对早期建筑的简单模仿，新建筑也应该有自己的特点，和而不同。

关肇邺的重要设计作品还包括海南大学教学办公建筑群，西安欧亚学院图书馆、教学楼、办公楼，河北省博物馆，徐州汉画像石馆，中国工程院办公楼……出于对不同环境条件的应对，这些建筑虽然大多内容相近，都属于文化教育类，但形象均各呈面貌，初看上去很难判断是出自一人之手。但细读关肇邺的每件作品，建筑师的精神气质还是不自觉地流露其中——那是一种并不奢华却文雅的气质。不追求外形的新奇突出，不夸张炫耀，着重于总体的和谐，在朴素的外貌风格中表现更深层的思想内涵，经得起时间的考验和风霜的磨砺。

## 壮心犹烈

关肇邺1995年当选中国工程院院士，2000年获首届“梁思成建筑奖”“中国工程设计大师”称号。他设计的北京地铁东四十条站获20世纪80年代“首都十佳建筑奖”，清华大学理学院楼群获1997年度“首都建筑汇报展十佳建筑”、教育部2000年度优秀设计二等奖，北京大学图书馆获1998年度“首都建筑汇报展十佳建筑”、教育部2000年度优秀设计一等奖、世界华人建筑师协会“优秀建筑设计奖”，海南大学第二教学楼获海南省优秀设计一等奖，清华医学院获北京市第十三届优秀工程设计一等奖、2008年建设部优秀设计一等奖，埃及亚历山大图书馆国际设计竞赛方案获国际建筑师协会授予的特别奖等。

仅仅用建筑作品来体现关肇邺大师的成就是远远不够的。在关肇邺自己看来，他首先是一名教师，其次才是一名建筑师。作为清华大学建筑学院的资深教授，教学工作实际占用了他大量的时间，也使其建筑创作的类型、规模、深度等受到很大限制，关肇邺对此却甘之如饴。

1984年，关肇邺晋升教授，开始培养研究生。为了对每个学生都能全面充分指导，他每年只收一名硕士研究生、一名博士研究生，同时在读的不超过5人。就在这为数不多的弟子当中，若干人已经成为中国建筑界新一代的领军人物，蜚声中外。

关肇邺要求自己以及学生们能够跳出建筑学的小圈子，站在文化和社会高度看待建筑。关肇邺曾借用《画论》的分级法来谈建筑，将建筑分为4等：产品、作品、精品、神品。欲达到“神品”水平，只是努力学习建筑还不够，还有赖于多种外国文化的熏陶滋养，以及思想、品格、情感、胸襟等的全面提高。

关肇邺年届九旬，至今仍然壮心不已。1996~2000年，关肇邺以《天安门广场空间改造》为题，完成了国家自然科学基金项目，对天安门广场的空间布局提出了创造性的改进方案。2018年，《天安门广场优化改造设计研究》一书正式出版。关肇邺在清华园的第十二个作品——动振楼改造项目将在2021年完工，届时逢清华大学110年校庆，将为校庆献上一份最好的礼物。

（刊登于《中国建设报》2019年9月10日1版）

# 记录民族复兴轨迹与文化传承

## ——访中国工程院院士何镜堂

任 佳

他是上海世博会中国馆总设计师，被称为“中国馆之父”，尤为擅长文化、博览建筑和校园规划及建筑设计；他长期从事建筑设计和教学、科研工作，并创立了“两观三性”建筑理论。他，就是著名建筑学家、中国工程院院士、华南理工大学建筑学院名誉院长何镜堂。

建筑成就了何镜堂，也记录了激荡向前的中国。近日，记者有幸采访了这位建筑设计领域的传奇人物。君子温如玉，满头银发的何院士逻辑清晰、从容而有风度。

### 用建筑记录时代

为何80多岁还能保持旺盛的创作热情?“因为我太热爱建筑专业了，至今还能适应繁重的工作量。有时也感到辛苦，但一个满意的创作构思或作品又使我精神振奋。我选择了一条设计与研究、创作与教育相结合的道路，一条辛苦但快乐的路。”何镜堂微笑着说。

1938年生于鱼米之乡广东东莞的何镜堂，自小就对绘画有浓厚兴趣。“少年时代，我常常带着干粮和画板跟哥哥到郊外写生，逐渐培养了我的艺术兴趣。而我又喜欢数理化，想当工程师，听老师说建筑师是半个艺术家、半个科学家，正合我心意。”1965年，何镜堂凭着勤奋刻苦，成为当时华南工学院第一位建筑学研究生。

一个人始终是和国家共命运、和时代同呼吸。“我刚好经历了国家不同历史时期，感谢这个时代给了我机会。”45岁时，何镜堂全家从北京搬到广州，开始人生真正的事业。“当时觉得还有15年就要退休了，一定要抓住每一分每一秒，在钟爱的建筑设计领域做出一点成绩来。所以，在听到深圳科学馆招标的消息后，我第一反应就是机会来了。”回忆起和夫人李绮霞通宵赶制设计方案的场景，何镜堂至今记忆犹新。而中午参加竞标，当晚就被通知中标，也让何镜堂对改革开放和国家未来发展充满信心。

“我的建筑类型与时代发展和需求是相吻合的。高校大发展阶段时，我积极响应；大型国际会议、各地博物馆图书馆等文化建筑蓬勃时，我也全力投入。后面还做了中国馆等重大公共建筑，用建筑记录时代。”何镜堂告诉记者，自己前进道路上的每一步，都离不开祖国和时代的馈赠。

“从建筑行业来说，改革开放之前，我们是保守封闭的；改革开放之后，中国走出去、引进来，几十年不断融合，很多新理念、新材料、新技术的应用，都慢慢和国际接轨。目前，中国建筑师已完全具备和国外同台竞争的实力。”

## “两观三性”的建筑论

2018年，上海合作组织青岛峰会主会场青岛国际会议中心引起广泛关注。青岛奥帆基地，依山面海处，这座恢弘大气的建筑犹如一只舒展两翼、凌空飞翔的海鸥，与山、城、海、港、堤融为一体，尽显大国风度。这是继上海世博会中国馆、侵华日军南京大屠杀遇难同胞纪念馆扩建工程等作品之后，何镜堂院士团队的又一力作。

如何完成建筑的文化表达？通过数十年的创作、研究，何镜堂总结出“两观三性”的建筑思想，即建筑要有“整体观”和“可持续发展观”，建筑创作要体现“地域性”“文化性”“时代性”的和谐统一。“整体”研究建筑与周边城市环境、自然环境的关系，“可持续发展”研究绿色建筑设计及技术应用，注重建筑与特定地域环境的关系，以“文化性”为指导重点研究建筑的文脉传承问题，以“时代性”为指导研究现代建筑材料与技术对设计的影响。

何镜堂有一本介绍自己人生历程的画册：1983年中标第一个项目——深圳科学馆，1999年当选中国工程院院士，2010年设计建成上海世博会中国馆……“建筑师是个晚熟的职业。”就像美国建筑大师弗兰克·盖里、华裔建筑师贝聿铭那样，何镜堂的建筑人生，大器晚成、厚积薄发。

东方之冠——上海世博会中国馆的成功在于对传统建筑元素在时代背景下的升华。他主持设计时已是中国工程院院士，年近七旬，“如果我没有去竞标，就坐在评委席了。”何镜堂用“古意新风”来诠释中国馆，他说：“我们的方案里有一种气在，响应了正在慢慢升腾的民族自信。”作为中国的“第一件展品”，承载了中国民众的无限期望。通过几轮智慧激荡，何镜堂将中国馆主题定为“中国特色时代精神”。如何完成这一精神表达？他选择用“中国器”，整体像一个稳健的大鼎，也像中国的粮仓。用现代主义手法体现建筑风格，又保留中国韵味。

何镜堂说：“好的建筑是有感情的，应记录民族复兴轨迹与文化传承。”对侵华日军南京大屠杀遇难同胞纪念馆扩建工程，他和团队在设计时把主题设定为从战争到和平，这是希望人们可以在参观后感到震撼，永远记住这个历史事件，最终把人类带向共同的文明道路。扩建工程的设计采用了一系列空间的序列：从战争到屠杀，抗争到反思，再到和平。人们可以在建筑中体验感受这一空间序列。“建筑的最高境界是它的文化，一个有影响力的建筑不仅能完成功能，更重要的是它的精神和生命力，它是有灵魂的。”将理性与感性完美融合，是何镜堂走进建筑殿堂的原因，也是他毕生的追求。

## 为激变的中国而设计

耄耋之年，何镜堂仍奔走在建筑创作和人才培养的一线。他用自己的个人魅力和凝聚力，时刻提醒团队成员：一个建筑师的素养既包括专业技能，也包括其创作哲理和人品、合作精神。

“光靠一个人是做不出建筑的。我感恩社会给我机遇，感恩我的学生帮助我。我有一批非常好的学生，我教他们建筑，他们使我变得年轻。”他的大半辈子都在一边教书育人，一边做设计研究，如今已是桃李满天下。从他60岁生日起，他的学生们都会从世界各地赶来为他庆祝，于是，生日会与学术研讨会“合二为一”。许多学生都会在这一天向何镜堂请教、汇报。

“建筑没有绝对正确的，没有一百分的，没有唯一的。所有因素，从社会经济、政治到科学、文化、技术，都对建筑有影响。”何镜堂说，他时常告诫团队，不要怕输，输多了总会赢的。“重大工程都有投标，从20世纪90年代开始，我们就参加各种投标。无论是大学还是博物馆，我们都通过这个方式去参与，不能保证一定中标，但是在这个过程中我们展现了自己的水平，至于结果，没有那么重要。”

《何镜堂传》作者周莉华认为：“何院士热爱建筑，拥有强烈的历史使命感和一种担当精神，有一种纵身时代、建功立业的豪情，自己认准的事情，不计毁誉，力求做到极致。”

一个人的人生长度是有限的，但是它的容量和纯度是不可估量的。何镜堂坦言，自己的人生不是一帆风顺的，其中也经历过迷茫艰辛，凭借热情、智慧、汗水，抓住每一个机会，才最终有所作为。他认为，建筑这门科学与其他学科不同，也与纯艺术不同，它是技术和艺术、物质和精神的结合，是艺术的科学、科学的艺术。建筑师既要掌握作为科学家、工程师所必须懂的逻辑分析能力，也要有艺术的、文化的一面。

最后，何镜堂寄语当代建筑师：“建筑师是有历史责任的，建筑设计要紧跟社会的需求与时代的发展。我们要有文化自信，不能一味地跟着外国文化走。要始终走一条跟当地的环境、文化相结合，同时也是创新、现代的道路。”

（刊登于《中国建设报》2019年9月11日1版）

# 建构自己的话语体系
## ——中国工程院院士程泰宁谈建筑创作

任　佳

年过八旬的中国工程院院士、全国工程勘察设计大师、东南大学建筑设计与理论研究中心主任程泰宁，是中国第三代建筑大师群的代表人物之一。在梁思成、杨廷宝、童寯等中国近代建筑设计先驱身后，他以南京长江大桥、加纳国家大剧院、南京博物院、浙江美术馆等作品，在中国的建筑历史进程中留下了自己的印记。

2019年5月，这位大师的建筑作品展——“境”，在中国国家博物馆展出。作品展以视频、模型、图片、文字等多种形式，呈现了他从业以来主持设计的近20个精品项目。程泰宁指出：立足本土，进行跨文化的对话，是中国现代建筑发展的必由之路。传统不等于中国，现代也不等于西方，中国建筑的未来在“前方”，而不是“西方”或“后方”。我们要“立足此时、立足此地、立足自己”，探索“现代”与“中国”的契合，寻找中国文化精神，力求在创作中有所突破和创新，要创造既符合建筑基本原理，又能为世界所了解、所共享的建筑理论体系。只有这样，我们才能真正在世界建筑舞台上获得话语权。

### 具有东方智慧的建筑理念

1956年，程泰宁毕业于南京工学院（现东南大学）建筑系，从业以来主持设计国内外工程150余项，多项作品获得国家、省部级奖。其中，杭州黄龙饭店、杭州铁路新客站入选“中华百年建筑经典”；加纳国家剧院、马里共和国议会大厦入选国际建协（UIA）《廿世纪世界建筑精品选》。2004年，程泰宁获中国建筑师最高奖“梁思成建筑奖”。

此次作品展展出的精选项目包括杭州黄龙饭店、建川博物馆战俘馆、温岭博物馆、江阴国乐中心、杭州西站等，呈现出这位大师在不同地域、不同文化、不同建筑体例中的创作实践，展现了他对中国当代建筑创作实践与理论建构的深层思考。

其建筑创作思想，即以“语言”为手段，以“意境”为美学特征，以“境界”为哲学本体，这一具有东方智慧的建筑理念，是他建筑创作上求变创新的理论支撑。

“做建筑不是遵循先做立面、平面这些惯例性流程。在设计之初，就抱定一个想法，把自然环境、历史文化、结构形式、经济因素、安全性能、甚至是市场定位等诸多因素综合考虑进去。”程泰宁说，以南京博物院的改扩建工程为例，“最大的设计难点在于兼顾新老融合。老大殿是具有深厚历史人文积淀的古老建筑，必须要陪衬它、突出它；而新馆是新建的，必须有自身的独立形象。后来，我们把老大殿‘身高’整体抬高3米，突出形象，希望新馆的面貌与老馆融合。这种融合绝不是把老馆屋顶拆旧立新，我们希望不仅仅是在建筑‘语言’上、形式上，更应该在一种气质上、调性上将老与新、传统与现代进行融合。当时使用了中国传统的竹简、青铜等雕刻手段，让二者的气质、调性融会贯通。”

## 在建筑创作中彰显中国特色

创作出具有中国特色、中国风格、中国气派的作品，关键在于立足于自己的文化体系。程泰宁认为，从近些年一些已建成或正在设计的建筑作品中能够明显地看到，创作有中国特色的现代建筑成为越来越多建筑师的愿望。这是多年来中国建筑师与世界建筑文化交流反思的结果，也是中国国力不断增强、人们对中国文化强大生命力有了进一步认识的结果。

“愿望虽然美好，实践起来却是长久之功。”程泰宁说，这些年我们能明显感受到中国建筑师的进步，但也常常发现，有些设计方案虽然着力强调中国文化理念，文本上也有多种多样对中国文化的解读，但是多数设计对“中国”的理解还是停留在形式、语言层面，只是通过对汉字、纹样、坡屋顶、马头墙等具象演绎来表达中国特色，还有的设计方案理念与实际脱节，未能摆脱对流行理念的模仿，更有少数方案追求夸张和新奇。

他认为，如何在建筑创作中彰显中国特色、中国气派，还有待理论与创作深度结合的反复实践。但在认清方向以后，就要坚定地走下去。

## 建筑师要“术以载道”

作为中国第三代建筑大师群的代表人物，程泰宁长期工作在第一线，致力于中国现代建筑发展道路的探索。如今他虽已80多岁高龄，但仍坚持自己画草图，享受做设计的乐趣。

在程泰宁心中，建构我们自己的以东方哲学和美学思想为基础的理论体系，是值得我们重视并加以研究的重要课题。建筑师们需要从不同角度加以探索，让多样化理念与不断求变的创作实践相结合，促进中国现代优秀建筑作品的不断涌现。

“现在，人们很关注建筑形式，什么‘欧陆风’‘现代风’‘新中式’。其实，脱离了时代和环境去评价一种建筑是没有意义的。对形式的固化理解、对某种固有形式的跟风，正是今天‘千城一面、万楼一貌’的重要原因。”程泰宁如是说，“在设计四川建川博物馆不屈战俘馆时，想要突出的是压抑、扭曲、悲怆的氛围与意境，这是我对战俘人群的理解。有的观众在参观战俘馆时能流泪，这是参观者与设计者产生了情感共鸣。所以，我非常希望中国建筑师能更自觉、更充分地去表达。好的设计能让人去回味，引发思考。”

“中国文化中有‘文以载道’一说，中国的建筑师其实要学会‘术以载道’。”这是程泰宁的心声。

几十年来，150多座建筑作品、一万多张建筑手稿以及100多万字学术论著……程泰宁从未停下脚步，在不同地域、不同文化、不同类型的建筑项目中，他与他的作品相互塑造、相互成全，充分诠释了“建筑是一生的邀请”……

（刊登于《中国建设报》2019年9月12日1版）

# 见证一个建筑师的梦想
## ——访中国工程院院士王小东

胡春明　龚后雨

### 梦想开始的地方

1963年，王小东从西安冶金建筑学院（现西安建筑科技大学）建筑学专业毕业，他的毕业志愿填写的是“新疆”。王小东之所以选择新疆，缘于一颗浪漫的心。他被新疆奇异的戈壁、雪山、森林、牧场吸引，放弃了留在东部大城市工作的机会。

刚到新疆，他就爱上了这里的山山水水、风土人情，喜欢新疆的辽阔和胸怀。他时常背着画夹四处写生，天山南北、大街小巷，人文建筑、自然风光，都成了他笔下的一幅幅图画。此后，他在新疆一直不间断地画水彩画，这种习惯一直保持到现在。

2013年，《新疆五十年：王小东水彩画集》出版。他说：“我喜欢一天1000多公里的驰骋，看茫茫戈壁，享受‘千里暮云平’的遐想。在建筑创作的时候，这一切就是时空和背景，它们是息息相关的，我不可能和这些脱离，它们是深深地根植于灵魂中的。”

王小东向记者展示了一幅他刚到新疆不久创作的水彩画，画的是以博格达峰为背景的城市，名为“一个建筑师的梦”。他说：“当然，其中不少建筑是我虚拟的。那是天山雪峰脚下的一座城市。这个梦想已经实现了，但不是我个人的功劳，自己仅仅是起到了一些作用吧！”

广阔的新疆大地就像徐徐铺开的画布，静待追梦人涂抹理想。

1973年，乌鲁木齐要建烈士陵园，这是王小东到新疆后承担的第一个大型建筑项目。王小东回忆说，当时不像现在，花岗岩可以现场切磨。那时候每一块石头都得画出来，哪一面磨光、哪一面有榫头都是画，乌鲁木齐没有雕塑厂，画完的石头只能送去北京加工好了再运回来。

在设计烈士陵园时，王小东首次尝试将地域特色与建筑本身相结合，设计的是由10朵汉白玉雕雪莲花组成的花圈。“尽管烈士陵园的工程不大，但我觉得这是一个创作，所以也参与了全过程。那时经常做梦，梦到它建成后的样子。”他说。

自此以后，王小东开始了正式的建筑设计生涯。

1980年是王小东建筑设计生涯的一个重要节点。在吐鲁番招待所及外贸楼的设计中，他考虑了吐鲁番的特殊的文化、材料、自然等条件，决定把新的招待所放在葡萄架里面，成为当地一个颇具特色的建筑。这是他首次对新疆建筑的风格、地域性等进行初步探讨，受到了中外建筑大师的肯定，这又促使王小东在自己的建筑创作中坚定了一种信念——自觉地将现代建筑和地域特点、民族文化结合起来。

## 在传统与现代之间

1984年，王小东被任命为新疆建筑设计研究院院长，承担起了更繁重的任务。但他向上级主管领导反复强调自己的精力是“三三制”——1/3管理、1/3作设计、1/3作研究，最终得到了各方的支持。王小东的理念是决不能因为其他事物放弃建筑创作和理论研究，“远离了自己一生的喜爱和追求，这是无法想象的”。

他的执着，他的探寻，他的理想主义，都在他的建筑创作中得以展现，佳作不断问世。王小东设计的新疆友谊宾馆三号楼获1985年新疆维吾尔自治区优秀设计奖、1986年建设部优秀设计奖三等奖，新疆昆仑宾馆新楼获1986年新疆维吾尔自治区优秀设计一等奖，库车龟兹宾馆获1995年新疆维吾尔自治区优秀设计一等奖等。

1999年，当了16年院长的王小东退休了，成立了自己的工作室。卸任了“官员”身份，他可以专心致志地作设计了。

在乌鲁木齐有一个颇具民族特色的宏伟建筑群——新疆国际大巴扎，这是大多数游客必到的景点，也是王小东的得意之作。在他看来，国际大巴扎项目处在二道桥、民族风情一条街这个环境之中，所以要求这个建筑必须要有浓郁的民族和地域特色，并担负着带动二道桥商圈发展的责任，同时，还要起到扩大就业人数、改变城市面貌和个人行为的作用。从结果看，新疆国际大巴扎的设计理念和目的完全得以实现。该项目获得2004年第三届中国建筑学会建筑创作优秀奖。

在另一个重要作品新疆博物馆的设计上，王小东则突破了民族和地域文化的局限，表达了更广阔的时空理念。在他看来，新疆位于亚洲腹地，在上下五千年、纵横几千里的时空中，形成了多民族、多宗教信仰、多文化的特征，只能以“西域文明”的统称来诠释。所以，新疆博物馆的文化内涵应是一种更宽广、更深厚的“西域时空”文脉。新疆博物馆项目获得2007年新疆维吾尔自治区优秀设计一等奖。

“在传统与现代之间，我首先考虑现代，对于传统则多从原型、观念中来表达；在全球化和地域之间我立足于地域、本土，但不拒绝当代建筑大师的探索和创造，更不能拒绝先进的技术和理念。这就是我在新疆博物馆创作过程中，也可以说是我创作生涯中价值取向的准则。”王小东说。

王小东的其他获奖作品还有新疆地质矿产博物馆、康城大酒店等。2007年，王小东获第四届梁思成建筑奖，并当选中国工程院院士。

在王小东的建筑设计生涯中，喀什老城区的抗震改造和风貌保护是最让他感到自豪的行动。喀什的老城区人口和房屋密集，原有建筑根本无法抵挡地震破坏烈度，但是很多居民都不愿意离开祖祖辈辈生活的大街小巷，“搬进楼房连烤馕都不方便”。为此，王小东花了10年时间研究喀什老城区抗震改造和风貌保护。他组织团队研究得出结论：居民不用搬迁就可以在原址上恢复房屋，并解决抗震问题。此项研究的实施很好地解决了喀什历史街区改造和保护的问题。

王小东说，保护历史文化名城是建筑人、规划人的天职，这项工作必须去做，为保护新疆民居遗产留下一份珍贵的资料，投入再多的时间和精力都值得。

2005年，王小东荣获国际建筑师协会授予的“罗伯特·马修奖”（改善人类居住环境奖）。

## “学术理想与追求就是我的诗和远方”

走进新疆建筑设计研究院王小东的工作室，只见四周全是放满书的书柜，案头一摞摞、一排排的书籍整齐摆放，王小东埋首其中。见到记者进来，他才站起来，热情地打招呼。

王小东说，他前半生钻研建筑设计，后半生专心研究理论，“学术理想与追求就是我的诗和远方。”

读书，是王小东每天生活中必有的一部分，不论多忙多累，他每天都坚持读书。1963年，王小东毕业坐火车来新疆的时候，甚至连衣服被褥都没带，行囊里全是一捆捆的书。他说，阅读很重要，文化的积淀决定了一个人的价值观和鉴赏力。王小东还特别喜欢看电影，因为他觉得从中可以看到社会审美观的变化。他也喜欢拍照，照片成为他建筑设计和研究的宝贵参照物。

王小东说："根据我几十年来的观察，一个成功的建筑师，并不完全是由学校培养出来的，他应该从小受到良好全面的素质教育，有丰富的知识，善于和人交流，同时还应是一个学者型的理想主义者——即通过建筑关心和造福社会，造福人类。由此我体悟到，所谓文化的建筑，主要是指建筑师的整体文化素养和社会文化素养。而建筑师在他的作品中体现出尊重人、尊重环境、尊重社会、尊重历史的同时，还应具有积极的价值观和高水平的鉴赏力。"

在50多年建筑设计生涯中，他坚持的恰恰是要找回家园、童心、诗意、幻想。他的工作室墙上挂着一幅书法作品"眠云"，可视为他"人活着要有诗意"的写照。

他的著作一如他的设计作品，丰富而深邃。《中国古建筑文化之旅·新疆》《西部建筑行脚》《伊斯兰建筑史图典》《建筑微言》《喀什高台民居》……都折射出这位建筑大师的风采。

王小东正在着手中亚城市及建筑的全面系统研究，这是他多年来的夙愿。据王小东学术助理谢洋介绍，王小东自1989年至今先后4次去中亚实地考察、调研，并逐步着手收集资料。2006年，他编写的《伊斯兰建筑史图典》一书中就有关于中亚城市和建筑的论述。2016年9月，"一带一路"建筑发展论坛上，王小东又编写了会议资料"中亚名城"，并做了学术报告。随着我国"一带一路"倡议的实施，他深感对中亚城市与建筑文化的系统研究迫在眉睫，任务艰巨而又使命重大。

2018年年初，王小东将该项研究提上议事日程，并排出今后5~10年的科研工作重点。2019年年初，王小东与西安建筑科技大学合作，科研团队正式开始运作。虽然年过八旬，王小东现在仍然每天工作，由他亲自执笔的"中亚五国城市与建筑文化"课题研究大纲目前已撰写过半，计划2020年年初完成20万字的文稿和1000余幅图片的定稿。

王小东表示，中亚五国城市与建筑文化研究意义重大，它是在更广阔的西域和世界范围进行学术探索，研究成果将为"一带一路"倡议提供背景资料，并填补我国在此领域的学术研究空白。

（刊登于《中国建设报》2019年9月13日1版）

# 健康　高效　人文
## ——中国工程院院士孟建民谈建筑的属性

任　佳

“我所倡导的‘本原设计’不是从狭义的技术层面来界定建筑师的思想空间。而是以开放的态度，在各个层面与领域探求‘建筑服务于人’及追求建筑‘全方位人文关怀’的本原问题。”中国工程院院士、全国工程勘察设计大师孟建民对记者说道。在细雨濛濛的上海，眼前的孟院士身着一袭棉麻质地的黑色中式衣衫，古朴而有风度，谦和兼具理性，颇为亲切。

孟建民现任深圳市建筑设计研究总院有限公司总建筑师、中国建筑学会常务理事，他以独特的设计理念和设计手法赢得了业界的赞誉。孟建民倡导我国建筑设计要走自己的原创之路，建立基于民族文化传统、融入更多本土元素的设计理念，形成个性化的设计。对于擅长的医疗建筑设计，他更是坚持走原创之路，从“医院城”到“医院街”，再到医院“全方位关怀”，无不彰显着原创的风采。

## 建筑师的责任与情怀

孟建民生于20世纪50年代末。对于大多数20世纪五六十年代出生的建筑师来说，改革开放是他们接受建筑教育、形成自己的建筑追求和特征的关键时期，也是中国建筑发展的重要节点。这一时期，经济繁荣、创作环境开放，建筑师获得越来越多的创作机会。

改革开放初期，孟建民开始接受中国建筑大师的教育及西方建筑思潮的熏陶。此后在深圳工作的近30年间，他又赶上了中国建筑快速发展的时代。孟建民对建筑充满情怀，对国家的建筑发展有一种发自内心的责任感。中国工程院院士崔愷曾这样形容孟建民：“从老孟的代表作品中，能感受到他出色的设计功底。他善于平衡建筑造价、施工质量、过程控制，建筑设计严谨而有特色。”

## 建筑的使命是服务于人

人，始终是孟建民在建筑设计时首要考虑的因素。孟建民反对华而不实，他认为当前建筑设计行业出现了快题式设计、快餐式思考以及超常规建造等急功近利的行为，导致一些建筑量大而质次。而解决这些问题的关键，在于设计者要真正将建筑落实到使用者身上，不要为了设计而设计，要从人的角度出发，让建筑服务于人。

对此，孟建民提出"本原设计"理念。他将人类学思考的三个基本层面引入建筑，从生物层面、社会层面和文化层面出发，提出"本原设计"的三要素：健康、高效、人文，由此引发当下我国建筑界的关注与共鸣。

"人的健康与空气质量、水的质量以及声、光、电等诸多环境因素密切相关。"孟建民说。他和团队运用全过程设计理念，在注重经济性的前提下协调各方专业，设计打造了空气、照明和声学等均保持优良的室内环境，让使用者更健康、更舒适。

"高效"是评价建筑性能的重要因素，强调从投资、策划、设计、建造、使用、运营、维护等多方面去考量建筑物整体的生命周期。

"人文"则是建筑在精神层面上得以升华的关键要素。在建筑创作中关注当地的历史、人文、气候、文脉等因素，同时充分发挥现代新材料、新结构的特性，探索出民族化和人性化的建筑设计之路。

## 建筑师要有独特视角

从业40年，孟建民一直坚守在建筑创作的第一线。他的建筑作品具有城市宏观研究的独特视角，他也因此成为中国改革开放以来建筑创作的代表人物之一。他出版了《本原设计》《新医疗建筑的创作与实践》等学术著作，被授予"全国工程勘察设计大师"称号，先后获得"梁思成建筑奖""光华龙腾奖·中国设计贡献奖金奖""南粤百杰人才奖"等。

孟建民主持设计的玉树抗震救灾纪念馆，曾荣获"中国建筑设计金奖"。他从尊重藏民的文化信仰角度出发，以藏传文化元素传递人文关怀，抚慰人们灾后的心灵创伤，使该纪念馆成为当地藏民日常祈福的重要场所。在设计香港大学深圳医院时，他运用了诊疗中心模式和立体生态系统，创新设计的"医院街"还受到了中外各界的高度赞誉。他还主持设计了渡江战役纪念馆、深港西部通道口岸旅检大楼、合肥政务文化中心、昆明云天化集团总部等200多个项目，获得"国家优秀设计奖""中国建筑设计金奖""世界华人建筑师协会金奖"等80余项各类专业奖。

"建筑师要因地制宜，根据特定的环境来定位，采用适合当地的建筑语言来适应、表现、响应环境。"孟建民说。以他主创的深圳基督教堂为例，该教堂背靠青山，与自然交融。教堂场地位于山丘南坡、东西高差约12米的地段上。为结合从西向东起坡的建筑地形，他将建筑形体相对应地由东向西凸起，因此增加了建筑的雄伟和挺拔。在平面布局上，教堂的主礼堂和附礼堂是重要的功能空间，设计上采取纵向叠加的方式，将主堂置于附堂之上，均满足了通透、明亮、宽敞的设计要求。

"建筑是一门遗憾的艺术，因为建筑没有最好，只有更好，任何建筑都有改进的空间。"在谈到自己的作品时，孟建民说道，"建筑不可能十全十美，在设计完成后，随着使用功能、规格的变化，它也是流变的。建筑只有相对的好、相对的合理，我们只能尽力将遗憾减少。"

对于当今国内一些城市过分追求地标建筑的现象，孟建民认为需要检讨和反思。他说："地标建筑有存在的必要，但不能完全以外在的形式体现。建筑应该是有内涵的，与生活、美学、人的心理密切相关。我们鼓励建筑师要多观察、多体验。"

对于未来，孟建民看得更长远、更宽广。他希望未来能多做一些更有价值、更有意义的事情来造福社会。

（刊登于《中国建设报》2019年9月17日1版）

# 清新的建筑：多元和现代
## ——访梁思成建筑奖获得者黄星元

胡春明

“我们看到星元的设计大多表现为：在圆满地满足了建筑功能、技术先进合理的基础上，与环境有良好的利用和结合，表现出一派健康、明朗、朴素、清新的风格，不夸张，不虚饰，实是继承了现代主义的理论内核并结合了我国实际条件的产物。”这是中国工程院院士、清华大学教授关肇邺为《黄星元建筑作品集》一书所作序里的一段描述。

## 建筑创作始于工业建筑

1963年，黄星元毕业于清华大学建筑系，分配至中国电子工程设计院工作，从此踏入工业建筑设计之门。

在人们普遍认为建筑专业难以有所发挥、只能跟着工艺走的工业建筑领域中，他凭着扎实的建筑专业功底和脚踏实地、探索创新精神，面对全新的现代生产技术条件，在与各专业配合协调中确立了建筑师的重要地位。黄星元是一位卓越的建筑设计大师，在工业建筑设计领域有着特殊的贡献，在一些重点工程中担任总设计师，从建筑方案构思开始与工艺专业配合，直到取得功能完善的平面布局、造型新颖简洁的建筑形象。在50余年的创作生涯中完成了许多国家重要工程，涉足广泛，不但高产而且精品很多。

黄星元认为，工业建筑是生产活动的空间，公共建筑是人的生活活动空间，工业建筑更能反映建筑空间的真实性，表现出功能的适用、建筑艺术的简约和新颖的陌生感，从而在整体上表达了工业建筑的现代性。工业建筑特有的建筑语汇构成工业建筑群体的宏大场景，是其他建筑类型所不能比拟的。改革开放以来，面对新的机遇和挑战，黄星元在工业建筑领域积极探索，创作了一批优秀的工业建筑，给人耳目一新的感觉。

1987年，我国从日本东芝公司引进生产线和成套设备，建设上海永新彩色显像管工程，黄星元担任总设计师。最初日方提供的工艺区划是平面铺开的一层方案，占地面积大，布置松散。黄星元分析了建设用地紧张的现状和工艺的可调整空间，提出总装厂房为两层的建筑方案，将办公楼设在厂前区，围合成绿地广场，绘制了准确的透视图和建筑外框图，引起日方工艺设计人员极大的兴趣，经过商谈取得共识，促成日方配合修改了原设计工艺流程。经过不断深化，从建筑方案设计开始，终于完成了一项由中方建筑师主导的功能合理、布局紧凑、建筑形象新颖的工业建筑设计，做到了节约用地、增加绿地、空间丰富，是一组整体感强、排列有序的建筑群体，项目受到国内外好评，1992年获得国家优秀设计金质奖。

1992年，黄星元主持了大连华录电子有限公司总体布局和建筑方案设计，这是从松下电器引进的国家重点工程。工程用地是丘陵地段，高差28米。黄星元在总体设计中，将主厂房、办公楼、大餐厅及辅助建筑布置在逐步升高的三个台地上，创造了富有层次的建筑空间环境，各台地间用连廊和引桥相连，大体量的主厂房、流畅的办公楼和半圆形的大餐厅组合穿插，以远山为背景，构成了一幅现代工业建筑的宏大场景，工程获得1994年国家优秀设计金质奖、1996年建筑学会创作奖。上海永新和大连华录两个工程项目，同时获得中华人民共和国成立60周年中国建筑学会创作大奖。

## 累足成步　意象成真

黄星元在工业建筑领域成就卓著，但实际上，他的民用建筑作品更多。尤其是2000年退休后，他仍然活跃在建筑设计第一线。虽然设计工业建筑的机会渐少，但是设计民用建筑的机会更多。黄星元一直认为，从建筑学角度来看，工业与民用建筑只是不同的建筑类型，本质都是空间的设计，对象、具体手法或有不同，基本的技术支撑和艺术表现是相通的，都是现代主义建筑理念的自然结果，扎实的基本功同样起着决定性作用。在开拓公共建筑设计领域的过程中，黄星元出色完成了大量优秀的民用设计。同时，在设计实践中培养锻炼了一批年轻建筑师。他常说，建筑师是常青树，是成熟者的行业，在不断思索中充满人生的意义和乐趣。

1994年，黄星元设计的海南广场会议中心方案中标，该项目是海南省政府办公建筑群体，兼具会议中心功能。他在设计中着力表现朴实无华、自然愉悦的海南地域文化。会议中心主立面采用柱廊、架空引桥、白墙、遮阳构架的建筑手法，构成亚热带建筑与土生土长的自然环境很好的结合。多功能厅采用的梯形构架，隐含了地方传统建筑的信息。广场前的8根列柱，成为街区的界面，构成广场空间的深度，也隐含了海口市老街建筑特有的中西文化合璧的抽象语汇。整体建筑表现了政府办公建筑既庄重又祥和、亲民、宜人的风貌。该工程获得2001年国家优秀设计铜质奖、中国建筑学会建国60周年建筑创作大奖。

黄星元1997年设计的三亚山海天大酒店获得海南省2001年优秀设计一等奖，他的其他重要作品还有：北京中关村科技园普天大厦、大连华信（国际）软件园、大连海事大学办公商业综合体、大连芝麻街商业中心等，建筑设计作品涉及现代工业建筑、民用建筑等众多领域。2000年，黄星元获原建设部中国工程设计大师称号，2009年获梁思成建筑奖。我国著名建筑评论人杨永生这样评价他：“黄总的作品给我们的印象始终是简洁而不简单，明快而不妩媚，朴实而不显摆，尺度得当而不乱方寸，使人感到亲切而又耐看。”

## 清新的建筑

“当一片白云在碧蓝的天空飘过，建筑的整片幕墙上便也有云影轻轻掠过。当四季的变迁让山峦披上青红黄绿，建筑也因此有了春夏秋冬般行走着的生命。当此刻站在另一座山头远望这片山，群山的影像好似复印在建筑的表面，青黛的山色若现若隐，仿佛与背后的大山连为一体。整个建筑充分尊重自然并有机融合到周边环境中，清新飘逸，向人们展示了自己独特的、额外的魅力。”

这是一位建筑师对2014年竣工的大连华信（国际）软件园的品鉴，语言充满诗意，一如建筑本身。

黄星元说，这个项目自设计开始，就力求以面对当代的姿态，用新材料、新技术、新理念来建造新的建筑。在功能、空间序列、时代文化传递方面，实践现代建筑在中国落脚的合理性。

该软件园总部大楼位于连绵山丘半山腰的台地上，远远望去建筑表面整体透明、轻盈、干净，走近建筑并仰视直至天空，建筑是消隐的。空间体块的构成、抽象简约的手法，应对当今办公空间规模的巨大化，表现出可操作的灵活性。室内空间的开放性、垂直空间的流动性，宽走廊相联着大小会议室和咖啡厅，都适宜于北方寒冷地区室内高效舒适的工作模式。采光和通风分离化的单元式幕墙，确保建筑外观的整体统一和自然通风调节的便利，把山地环境引入室内，阳光泻下，山风流动，人通过建筑与自然共生。

2014年，大连华信（国际）软件园工程竣工，黄星元为此编著了专著《清新的建筑》，记录了该工程从选址、方案设计、工程设计、工程施工到建成的全过程，并发表了有关建筑理念和思考文章。借此机会，他进一步阐明了“清新的建筑”表达的是什么：一是与环境和谐的建筑，入得其中有愉悦的体验，而不是满眼沉重的形式表现；二是用对材料，选好建造方式，简单明确，一目了然，把建筑的功能性、技术性融入建筑美学；三是在建筑整体上表现出清澈、轻盈、简雅和真诚。走一条轻装前进的设计路径，从容专注地只为完成建筑设计本身。

我们回顾黄星元的设计历程，就会发现简约、流畅、干净、明快始终伴随着他的建筑创作生涯，一如“清新建筑”言简意赅的表述。

黄星元表示，面对新时代的到来，中国建筑师应当努力走出建筑理论的焦虑，实事求是，轻装前进，在继承优秀传统文化和跨文化的际遇中，认真思考交流才会有新的发现，并且表明建筑师在社会分工中对于建筑艺术的追求、工匠精神的秉承。归根结底，建筑师是以建筑作品与使用者对话的，作为成熟的建筑师，引领大众正确的审美价值取向是一种社会责任，多元的、理性的发展才是进步的路径，清新的建筑也是一种选择。

（刊登于《中国建设报》2019年9月24日1版）

# 回归建筑设计的本原
## ——访梁思成建筑奖获得者刘力

胡春明

首都北京的长安街，被称为“神州第一街”，沿途分布着各个历史时期闻名于世的建筑，可以说是一座活的“建筑博物馆”。在这些著名的建筑中，有一位建筑师的五个作品名列其中：北京华南大厦、北京图书大厦、北京恒基中心、西单文化广场和全国人大机关办公楼。这位建筑师就是全国工程勘察设计大师、梁思成建筑奖获得者刘力。这些建筑见证着北京历史的变迁和时代的辉煌，也为刘力大师的建筑人生书写了浓墨重彩的一页。

### “建筑师不是雕塑家”——建筑形态是功能和理性逻辑的自然流露

“任何行业，如果忘掉本原，就会缺失主体或改变性质。那么，建筑设计的本原是什么？就是‘盖房子’，就是‘得体地解决生产、生活空间并给予一定的精神功能。’”在接受记者采访时，刘力开门见山地表明了自己的建筑设计的观点。

刘力说，建筑艺术是实用的艺术，既然要实用就有制约。比如我们做会议室的设计，高度要达到一定的标准，而一般住宅的层高就不能太高，那样显得空旷而且浪费空间，这是功能的制约。还有技术的制约。正因为建筑艺术受制于功能、技术、经济以及建筑师的认知等种种制约，从而造就了建筑艺术创造的广阔天地。正如京剧舞台上用马鞭代替真马，造就了京剧艺术身段和舞姿的魅力一样。建筑师的功底是在制约中升华，而不是绘画的大笔一挥。一个好的建筑师应该有良好的修养，那就是在种种制约下设计出精彩作品。“建筑师不是雕塑家，视觉效果对于建筑来说虽然重要，可不是最重要的。建筑师营造的是一种环境，人能够进入，并且参与其中。这个环境造好了，建筑才算成功。”

### 拙匠——精益求精，做有哲理的建筑

刘力1963年毕业于清华大学建筑系，现任北京市建筑设计研究院顾问总建筑师。在50多年建筑设计实践中，他参与了数百项大型公共建筑设计，主持建成百余项，涵盖宾馆、住宅、剧场、教学楼、实验楼、大型商场、体育馆、办公楼、博物馆、美术馆、俱乐部及建筑

综合体等领域。他的代表作品有北京炎黄艺术馆、中央戏剧学院排演场、北京图书大厦、北京昆仑饭店、北京恒基中心、北京动物园大熊猫馆、突尼斯青年之家、南京新街口百货大楼等，先后荣获国家和省部级以及中国建筑学会等颁发的多种设计奖项。

刘力的微信名是“拙匠”，来源于梁思成的一本“大师小书”——《拙匠随笔》。刘力是梁思成先生的学生，又获得过梁思成奖，所以给自己起了这个名字。刘力说，像梁思成先生这样一位伟大的建筑家就不能说他是匠人，他只是非常谦虚。社会分工不同，社会发展和进步需要创新人才，也需要卓越的工匠。刘力认为，建筑师和工匠共同之处是对工作的精益求精。

在大量的建筑设计实践中，刘力总结出了自己的建筑设计原则，并贯彻始终，那就是：现代不追风、传统不堆砌、绿色不忽悠。

“‘现代不追风’就是你要了解国情、周围环境、使用功能等，适度超前，不要到处追风。从中国的国情来说，应该是适度的超前、与时俱进，一旦追风，投入的成本就会增大。”刘力说，他本人还是很喜欢现代的建筑风格。20世纪80年代的时候，所有房子都是直上直下的，他设计的北京动物园熊猫馆是圆形的，造价并不高。当时设计之初的考虑是因为熊猫馆是熊猫用的房子，不是人用的房子。所以要体现出熊猫的浑圆，并且让参观的路线最短。所以说建筑艺术讲出道理来，形式就能成立，如果是纯形式一般不会太成功。

“传统不堆砌”，是指不一味堆砌传统符号，而是注重建筑的意境。很多中国建筑师对传统的理解并不是很深，业主要求传统和地域特色时，只能拼命堆砌很多符号，但是缺乏对这些东西的理解。建筑完成后发现这些房子的符号确实很多，但是整体风格就不尽如人意了，显得不伦不类，而且品格低下。比如，某地有一处建筑，塑造了三个巨大的“福寿禄”真人形象，这就太庸俗了，失去了建筑抽象语言的意味。

刘力在设计炎黄艺术馆时，也采用了传统建筑“大屋顶”的元素。当时北京建筑界提倡“古都风貌”，在这个时代背景下，刘力觉得，保留传统元素固然是个趋势，但不像移植一些传统符号那么简单。“其实它不是大屋顶，是墙。”刘力解释说，展示美术作品的炎黄艺术馆，希望内部光线是“洗墙”的。所谓“洗墙”，是指光线沿着墙面倾泻下来，而不是从另外的角度照射到墙上。要在一个多层建筑空间内实现“洗墙”效果，最合理利用自然光的方式，就是上层楼板应该向内收缩，形成倾斜的缝隙，便于光线由上至下的通透。这就自然形成了下大上小的倾斜外墙，“大屋顶”便由此而来。“建筑的形式一定要是从功能延伸出来的，建筑形式是合理空间的自然流露。”刘力说，光做表面文章，就会使之肤浅。

“绿色不忽悠”，则指不是在建筑方案的设计中“忽悠”各种绿色节能环保的指标，而是要尊重环境，强调建筑物在总体环境中的把握，从建筑功能出发，采用符合建筑物实际的节能绿色技术，创造建筑物的优质整体环境。

## 文化自信——诗意地解决设计问题

建筑艺术虽然是第二位的，但是作为建筑师要把艺术最大限度融入建筑之中。刘力说，做设计的时候都有建筑艺术的问题，不要把建筑艺术局限为好看就行了，要重视人的参与，从这个意义上讲，建筑艺术无所不在、无所不包，就在于建筑师的灵性、感觉，有没有空间概念。

刘力特别推崇梁思成先生提出的“建筑意”，即建筑的意境，创造情调。建筑大师熊明的“现代生活，传统情调”，刘力更是奉为圭臬。在创作中，他注意传统和现代的结合，反对模仿和复制，注意创造有文化深度且富有哲理的“中而新”建筑。

刘力在设计恒基中心时，最大的特色是建筑顶部的设计，他将顶部做成了亭式结构。当时香港开发商要西洋古典，北京方面要“大屋顶”，他只好折中。他考察了周围很多建筑的屋顶，从北京火车站到中粮广场周围，还有海关大楼，全都是大屋顶，如果这个项目还如此会显得我们的建筑理念太贫乏了。所以，他主张做一个很中性的设计，具有中国特色又兼具西洋风范。之后，他又提出来加四面钟的设计，亭顶不做弧度，简洁而美观，得到首都规划建设委员会的肯定。这个项目后来被评为20世纪90年代北京十大建筑之一。

建筑设计是创造性的劳动，刘力强调，创新意识必须坚定，反对因循守旧，要努力创作有内涵、有哲理的建筑。因此，从每个建筑作品的设计开始，他都要提出研究的新课题和设计的新突破。在昆仑饭店的公共空间设计中，他提出了采用室内街串联各公共使用空间的构思，改变了20世纪80年代前大部分饭店采用的“轴线构图”原则，使五星级酒店公共空间更富人情味，突出以人为本。在突尼斯青年之家工程中，他研究的是中国书法艺术在建筑布局中的运用。在北京动物园大熊猫馆的设计中，他研究“运用拓扑原理创造园林建筑个性”。北京图书大厦采用中国牌楼的意向，整体建筑体现了“中而新”的思想。

刘力强调，中国的建筑师要有文化自信，并把这种自信变成自觉，主动地应用到建筑设计实践中去。中国建筑要面向未来，应从五千年中华文明中汲取具有强大生命力的中国传统建筑风格和元素，坚持以人为本的建筑本原，既重“形”，更传“神”，融贯中西，努力建造体现地域性、文化性、时代性和谐统一的有中国特色的现代建筑。例如，中国传统建筑有一个很大的特色：穿堂而过，比如故宫，这是中国建筑组织空间很重要的一个特点。所以，这样一种理念和现代建筑结合在一起就是一种出路。

刘力在《给青年建筑师的信》中说：“希望青年建筑师能够不断探索、追求，诗意地解决设计问题，造就更多的有创意、充满建筑意的作品，如此，功力必不唐捐。”

（刊登于《中国建设报》2019年9月25日1版）

# 我与这片土地已血脉相连
## ——访中国工程设计大师孙国城

胡春明　龚后雨

## 设计的机场遍布天山南北

在新疆建筑设计研究院见到孙国城时，82岁的大师正在工作室内忙碌，办公桌上摊着一张大幅机场设计图。

“我现在正在着手于田、昭苏、塔县3个机场的设计。”孙国城对记者说。加上这3个机场，从1972年设计的第一个乌鲁木齐地窝堡国际机场算起，他在新疆共设计了19个机场，遍布全疆。

这真是一个令记者惊讶的数字！

孙国城是苏州人，1956年大学毕业后被分配到北京。一年后，他主动报名来到遥远的新疆，开始了建筑设计生涯，自治区展览馆是他的第一件重要作品。

1972年，孙国城接受国家民航总局邀请，设计乌鲁木齐国际机场航站楼，原因正是总局看到了他1965年设计的自治区展览馆，才点名由他设计。

孙国城说，突然来了这样的机遇，特别兴奋。虽然没有做过这类设计，但当时心气特别高，要做就要做国内一流，至少不低于广州白云机场和上海虹桥机场的水准。

只有十几天的时间，孙国城凭着几年前对上海虹桥机场的点滴记忆，又找到几张白云机场的照片，开始一张张地画图纸。

孙国城说，当工艺流程解决后，候机楼的造型总不能让他满意，怎么设计都跳不出白云机场和虹桥机场的模式。正在煎熬之际，他看了一场样板戏——电影芭蕾舞剧《白毛女》。当看到以水平方向舒展列队的士兵作背景、主人公大春挺拔跳跃旋转时，孙国城突然茅塞顿开，当晚回去摊开设计草图，立即勾画出了候机楼与指挥塔台关键性立面层次。他把候机楼当成了列队的“士兵”，把“大春”设计成了赫然挺立的指挥塔，形成一低一高、一静一动的态势，纵横对比突破了大一统的平面化造型，产生了简约灵动的美感。

鉴于新疆戈壁浩瀚，机场空间广阔无垠，规模不大的候机楼略显渺小。因此，孙国城将航空调度和候机室组成一个大方块，候机楼自成一个小方块，并将指挥塔尽量靠近候机室。这样，一个平展，一个高耸，浑然一体。乌鲁木齐机场的设计让孙国城一举成名，这座老建筑至今仍是全国许多建筑学院教材中必不可少的案例。

1998年，孙国城又从方案到施工图连贯地设计了乌鲁木齐机场T2航站楼。T2基本保留了老机场建筑形态与主要建筑语汇，使用了最现代的装饰材料与艺术表现手法，使得整体建筑更趋向完整、简洁、大气，气势恢宏。

喀什、伊宁、库尔勒、阿勒泰……孙国城的机场设计作品不断问世。因地域辽阔，新疆的支线机场特别多，而孙国城设计的机场占新疆机场数量的90%以上。

## 依然不过时的人民会堂

1984年，自治区决定盖一座能容纳3000人的大会堂。当时有人提出，规模这么大的会堂，新疆设计水平有限，不如扩建人民剧场。当时改革开放不久，少有人了解新疆周边国家和地区的建筑情况，而孙国城早在三年困难时期就钻研过东欧和苏联的建筑。当一位自治区领导问到孙国城，他胸有成竹地说："在东欧和苏联，3000人以上的大会堂就有好多个，新疆的设计力量也没问题。"很快，自治区下达了建造3000人会堂的任务书，指派孙国城设计，并要求"20年不落后"。

"10天拿出设计方案，一年半竣工。这么大的工程，这么紧的时间，设计院组织了一场设计会战，我一直没日没夜地画图，前后画了1000多张设计图。"孙国城回忆说，1985年10月1日，自治区30年大庆前，人民会堂如期交付使用，自治区领导来看时都说超过了他们的想象。

在人民会堂的设计中，孙国城努力使设施现代化与传统文化密切融合。以架空联廊相连的自由组合，既有利分区使用，又符合维吾尔传统建筑中不对称的特征。宽敞明亮的大厅与宽扁形观众厅直接相连，比之传统剧院的层层进厅简捷得多。人民会堂的外墙屋檐上采用了中国古代传统建筑的琉璃砖，四角饰以简约的伊斯兰风格的装饰，完全体现了时代风貌、地域特征和文化特色。孙国城特意在前厅设计了一个很大的喷水池，让大会堂偏于干燥的大气环境有了温润之气。这里还安装了新疆第一部手扶电梯。

最让孙国城得意的是升降舞台的设计。"开会时舞台升上去，就成了主席台；演出时放下来就行了。这种设计当时在全国都是罕见的。当时参观过北京人民大会堂的人过来看，对这个设计赞不绝口。人民大会堂的舞台不能升降，每次演出都要费力搭台。"现在谈起来，孙国城还感到自豪："那时候，经常有内地同行来新疆参观人民会堂，20世纪80年代，新疆的建筑设计在全国都是领先的。"

人民会堂为他赢得了全国声誉。1993年，获得第一届中国建筑学会建筑创作优秀奖。

随着新疆的快速发展，人民会堂已不仅仅是自治区召开重要会议的场所，更成了市民喜欢的文化活动场所。30多年过去，人民会堂非但没有过时，反倒愈来愈耐看，被市民排在乌鲁木齐"十大建筑"之首，从中可以看出孙国城设计的前瞻性。

## 此时　此地　此建筑

孙国城自20世纪50年代来到新疆后，就满腔热情投入到自己钟爱的建筑设计工作中。一有时间，他就坐着大卡车或毛驴车深入天山南北农牧区，走访调查少数民族民居和传统建筑，撰写了很多有重要价值的调查报告。

在完成人民会堂设计之后的岁月里，孙国城完成了大量建筑作品。1985年的新疆科技馆获1996年全国城乡建设优秀设计三等奖；1997年的新疆海德酒店（交通银行大厦）获2000年建设部优秀设计三等奖；2003年的新疆迎宾馆9号楼获2005年建设部优秀设计三等奖；2005年的新疆民族歌舞学校获2009年全国工程勘察设计行业优秀设计二等奖。此外，还有自治区人大常委会办公楼、乌鲁木齐天山百货大楼、北京人民大会堂新疆厅……进入21世纪后，大发展、大建设的新疆也为孙国城的建筑设计不断开拓新领域，行业的竞争也前所未有的激烈。近年来，孙国城带领的团队有多件新作品获得社会好评。一大批建筑以不同风貌出现在人们面前，每一座都诉说着孙国城的灵动、严谨与创新。

孙国城推崇这样一种建筑观，即“此时、此地、此建筑”。此时，即是现代的，建筑设计应该有强烈的时代感，应该能够反映当代的生产力，并运用当代技术物质手段去营造，而不是机械仿古；此地，建筑是固定的，带有地域性，它必须是就地生长、植根开花的；此建筑，则是指建筑是世界上独一无二的工业产品。在21世纪，建筑必须以人为本，努力以降低能源消耗、造福和美化自然环境为其终极理想。他说，世界的气候地理乃至资源条件的差别是客观存在的，各个国家和民族的生存环境和文脉不可能相同。因此，强调地域建筑会使人更结合实际。只有深入挖掘地域内涵，而不是热衷于抄袭模仿，才能真正创造出“此时、此地、此建筑”。为本国、本地区民族的生存环境作出贡献，也就为世界作出了贡献。

自治区人大常委会办公楼大面檐部采用立体的连续尖拱，不仅令人耳目一新，且与起伏的天山山峦遥相呼应；中银广场大厦是一座超过140米高的现代建筑，裙楼却设有简约的伊斯兰风格尖拱窗；喀纳斯机场借鉴了图瓦族民居的坡顶，库车机场的唐式建筑宣示了中原文化的影响，而塔城机场则是向双塔和红楼文化致敬。在孙国城设计的这些作品中，我们都见到了“此时、此地、此建筑”的影子。

1989年12月，孙国城被建设部授予首批“中国工程设计大师”称号。孙国城现任新疆建筑设计研究院顾问总建筑师，主持工作室工作。令人惊奇的是，年逾八旬的他全然没有龙钟之态，坚持到工作室上班。工作人员说，他每天的时间是以分秒计算的，上下班或到施工现场几乎是一路小跑，连年轻人都跟不上他的步伐，加班到深夜甚至工作到黎明更是家常便饭。

当年一起从苏州来疆的同学大都已南归，虽然儿子住在上海，自己的亲戚大都在国外，孙国城却更喜欢新疆，喜欢那首歌里唱的“最美的还是我们新疆”。

“在新疆工作了60多年，和这片土地已经血脉相连，离不开了。”他深情地说。

（刊登于《中国建设报》2019年9月18日1版）

# 抱朴归真 “梅”迎“寒”开
## ——全国工程勘察设计大师梅洪元谈建筑创作

任 佳

“建筑师应秉持平凡的心态，追求原真的品质，抛却浮夸和浮躁，去完成建筑创作。”全国工程勘察设计大师，哈尔滨工业大学建筑设计研究院院长、总建筑师梅洪元说。他以平凡、原真、多维的地域建筑创作态度，影响了很多人。“我很庆幸选择了建筑学这个挚爱一生的专业。时至今日，面对每一个项目的创作，依旧充满热情、乐此不疲，创作时内心每每溢满激情与欢愉。”这位大师向记者娓娓道来他的建筑坚守与情怀。

### 建筑师的坚守——三十余载寒地建筑研究

梅洪元是我国寒地建筑工程设计领域学术带头人、寒地建筑国际协作研究协会主席、中国建筑学会寒地建筑学术委员会主任委员，三十余年坚持在中国东北地区第一线从事寒地建筑设计与科学研究，创新发展了寒地建筑设计理论、设计方法与技术措施。他主持设计了寒冷地区博览建筑、文化建筑、体育建筑、教育建筑等60余项各类型重大建筑工程，主持承担了中国国家科技计划和欧盟研究计划等17项国内外科研课题。

谈及寒地建筑创作的特点，梅洪元说：“在寒地建筑所面对的各种自然环境要素中，气候起着主导作用，对于严酷气候环境的适应直接影响到寒地建筑的布局、形态与空间。”他和他的科研创作团队倡导共融、开放、和谐的设计原则与多种技术整合的适用技术观，以基于环境特质的创新意识、植根地域的建筑语言与体现建构逻辑的审美表征，真实展现寒地建筑原生于自然环境的生命力，实现对严酷气候环境从被动适应转为主动利用。

2018年3月，梅洪元和团队的以“天山绿脉·时代学府”为理念的设计方案，在与14家设计机构的竞争中脱颖而出，成功中标新疆大学新校区项目。其规划呈“两轴线、一中心”格局，校园四区环抱中心的设计展现了大学历史的传承，依山、傍水、观城建立了与自然共融共生的整体结构，实现了“校中有景、景中有校”的空间意境，凸显了“生长于山地、根植于气候、承袭于历史、着眼于未来”的设计考量，充分展现了新疆辽阔壮美的山地自然风光。

“在当代的建筑语境下，寒地建筑所涉及的领域非常广阔，已不仅仅是技术问题，更是环境问题、经济问题与社会问题的有机关联。建筑通过减少大量的视觉信息，回归设计的本原，用材料、空间、颜色、光线等最基本的建筑语言来重塑对地域景观的体验和对建筑文化传承的理解。”梅洪元说。

## 返璞归真——新常态下的建筑修养

在新常态下，我们应认识到中国建筑创作语境所发生的深刻变革，“适用、经济、绿色、美观”成为指导未来建筑发展的重要方针。梅洪元告诉记者，“绿色”是建筑的一个重要维度，建筑设计将会由粗放型转向内涵型。但是回顾改革开放以来的城镇化进程，繁荣与发展背后还有很多问题，存在建筑创作脱离环境、偏离现实的偏差，典型现象比如“新、奇、特”建筑流行、建筑风格模仿与移植、强调经济效益、环境意识淡漠、人性关怀缺失、割裂建筑与自然之间的共生关系。

对此，梅洪元提出“返璞归真”的建筑创作理念。他认为，变革时代，我们应以“繁而至简”的思想，倡导关联学习之法、恪守建筑设计之本、回归建筑教育之源，认清问题本质、找到明晰路径，促进建筑真正从“狭义”走向“广义”。“新常态下，建筑师要积极面对建筑创作转型，以博大的胸怀、开阔的视野、平和的心态去提升建筑修养，从‘文化传承、环境友好、人文关怀’的角度去建构建筑、环境、社会与人的和谐共生；提升建筑品质，以‘回归真实、回归现实、回归朴实’的态度，去回应建筑创作转型的当代诉求。”

用“现代性、在地性、人本性”的表达，呈现建筑创作的本真属性是梅洪元的创作追求。2022年冬奥会崇礼太子城会展酒店片区项目的中标，促使他笃力践行。小镇尺度、滑雪胜地的特质，国际标准、国际赛事的基底，寒地建筑、冰雪活动的主题，令他燃起全心创作的热情。

梅洪元及团队在项目设计中，将东方文化底蕴与国际现代风格相融合，600米长的“空中漫步道”纵贯东西，如蜿蜒的“中国龙”活力盎然、生机勃勃。建筑色彩源于自然，屋面浓墨重彩，掩映于层叠起伏的植被中。主会厅似如留白，虽无浓墨，可为精彩。活力涌动的冰雪小镇在四季变幻的斑斓色彩中绽放着冬奥魅力。设计方案大气中不失自然灵动，连绵起伏、一脉相承的建筑形象营造了现代建筑与自然山水相依相生、与东方文化交相辉映的空间意境，起承转合间展现文化，疏密错落间与山水相生。2022年冬奥会，太子城冰雪小镇会展中心必将“因冰雪而生长、因自然而灵动、因崇礼而世界”。

## 雪域莲心——唯有热爱　不负岁月之约

“好的建筑就像优美的文章一样，应该具备‘信、达、雅’的特质，准确无误、通顺畅达、优美自然。”回顾建筑设计之路，建筑创作与建筑教育是两条并重的主线贯穿于梅洪元的职业生涯。或许是长期以来学习、工作与生活在东北这片寒地黑土的缘故，他喜爱原真、质朴、厚重的建筑风格，对于理性的建筑有着深深的情结。

世人皆知莲孤傲，解得莲心又是谁？全国第十三届冬季运动会主场馆新疆冰上运动中心地处1650米高海拔地区，备受业界瞩目。项目由3个竞赛场馆和两个非竞赛场馆组成，各个场馆整体连接起来，犹如一朵盛开的雪莲花。梅洪元及团队从新疆独特的雪山、戈壁等特色风貌中提取设计灵感，以纯净的白色屋顶勾勒出自然雪貌的造型意向，以层状处理的横向线条模拟戈壁独有的岩层地貌，以细密的回纹图案镂雕水平遮阳板对地域特色进行抽象呼应。整体建筑群仿佛掩映于皑皑白雪之中，体现了“天山脚下冬运雪乡”的意境。

“我们所面临的不是建筑产业的衰退，而是建筑产业的升级。如何理性应对建筑的时代转型，需要我们进行思维上的转变，对于新时期的建筑设计应该有一个全新的理解与认识。”梅洪元说。

“建筑不是单纯的物质存在，而是包纳我们生命活动中鲜活的感性认知。我们所关注的建筑问题不仅仅是工程技术，而深层的意义和本原是其与社会、文化的关联。未来的中国建筑设计应更多从现实出发，立足本土、关注生活，从‘速度’的洪流中走向‘理性’的思索，一定会获得更多精彩的掌声。”

年虽与时驰，意不与日去，长存心底的那份热爱，将让我们不负岁月。梅洪元寄语建筑界同仁：“不驰于空想，不骛于虚声，真实、真切、真正地去做该做的事情，将让我们无悔年华。志之所趋，无远弗届。祝愿所有人都能到达更远的远方……”

（刊登于《中国建设报》2019年9月26日1版）

# 建筑师要实现多元平衡

## ——访全国工程勘察设计大师陈雄

任 佳

“我国航空业的快速发展对机场设计提出了许多新要求，机场航站楼作为一种对城市和公众影响力大、功能和流程复杂、系统和设备众多、技术和材料新颖、投资和规模都较大的交通建筑类型，是多学科、多专业协同一体化设计的建筑典型。”全国工程勘察设计大师陈雄对记者表示。

### 好的建筑要好用、好看、好建、好管

1979年，陈雄就读于华南工学院（现华南理工大学）建筑系，毕业后在广东省建筑设计研究院深耕多年，在交通建筑、大跨度体育建筑设计方面硕果累累。

作为广东省建筑设计研究院副院长、总建筑师的他，主持完成的主要设计项目有广州白云国际机场迁建工程及航站楼工程、广州亚运馆、广州新白云机场T2航站楼及配套工程、深圳机场卫星厅航站楼、潮汕机场航站楼、珠海机场T2航站楼、湛江机场迁建工程航站楼……凭着一件件亮丽的作品，他在国内外的工程设计类评选中屡屡获奖，并发表多部专著，获得“当代中国百名建筑师”称号，并于2016年当选为全国工程勘察设计大师。

什么样的建筑是好的建筑？陈雄说，好的建筑是好用、好看、好建、好管。建筑师的设计要体现项目的价值，对业主、使用者负责，实现多元平衡。

“改革开放以来，城市建设快速发展，交通建设也与时俱进，规模更加宏大，建筑的功能性日趋复杂。交通建设项目追求个性和现代性，有很多都成为了城市的标志性建筑。这些建筑吸取国际的先进理念与经验，在功能、交通流线、造型等方面具有时代的特征。”陈雄说。

新时代，建筑“以人为本”的观念正在逐步深入人心。陈雄认为：人们在评价一个机场建筑时，关心的已不仅仅是它的外观，还有如何以最短的路径、最快的方式乘机。建筑设计师们在设计思想上应以理念创新和技术创新为指导，努力体现以人为本和可持续发展的原则，设计出新型的现代建筑。

陈雄所在的广东省建筑设计研究院机场院从1998年白云老机场迁建至今，做了20多年专业机场设计，在这一过程中积累了丰富的经验。他带领团队通过与国际公司的合作，突破了我国传统机场设计理念，不仅团队的设计思维和技术积累日趋成熟，还为我国培养了一批

专业人才。

“新白云机场是我们的一个重要转折和契机。”陈雄说。建筑师们在机场设计中结合中国国情，探索新工艺、新材料、新技术的应用，实现设计与施工高科技的完美融合。如，新白云机场采用首次在我国制造及应用的屋面箱形压型钢板技术，世界上单面最高、面积最大的点式玻璃幕墙技术，大面积三维曲面的金属屋面板技术，国内首次在航站楼大面积采用张拉膜技术等。

## 不断探索新的建筑语言及体验

广州新白云机场崭新的T2航站楼与T1航站楼融为一体，成为白云机场新的“双子星”。T2航站楼去年正式启用，号称“世界级巨无霸枢纽”，融入了多种建筑和结构元素，功能强大且美观实用。T2航站楼建筑形态采用适度非线性三维，既实现了建筑造型与空间建构的要求，也为工程造价控制和缩短施工周期提供技术可行性。拱形屋面造型连续流畅，主楼和连接楼连接一气呵成。

“T1航站楼的设计，建筑师并没有刻意提出一个具体的符号或主题，只是强调一种现代、简洁、流畅、精致的设计风格。在T2航站楼的创作过程中，建筑师抽取白云元素，形成‘云’的主题。建筑的造型和空间设计都表达出‘白云—云端漫步—行云流水’的动感，表达出‘轻盈、漂浮、流动’的感觉，与机场航站楼的功能特征非常吻合。可以说，它赋予了T2航站楼灵魂。”陈雄介绍说。

除机场建筑创作外，陈雄不断探索新的领域和建筑语言，力求精益求精。他和团队设计的广州亚运馆造型新颖独特，以“飘逸彩带”为主题，将4个运动馆巧妙分开又连接在一起，柔美有型。运动的瞬间抽象为有节奏、连续跃动的曲线组合，最终凝固成建筑。飘动起伏、炫目而流畅的建筑形态彰显了亚运会主场馆的独特标志性。探索使用风格前卫的有机连续组合曲面，用三维曲面形式塑造新的建筑及空间体验。

## 岭南建筑的笃定推行者

作为一名“华南建筑人”，陈雄从这里走向社会，走进自己的建筑人生。“华南建筑教育历来深受现代主义建筑思潮的影响，老师们强调形式服从功能，重视平面布局和功能流程，造型风格现代。教学注重实践，注重技术和全面发展，强调‘上手快’，着重培养学生的动手能力。”谈及母校，陈雄这样说。

他对岭南建筑创作的实践与思考，主要包括结合气候及环境、结合庭院与自然、体现地域气质、集约资源与空间构成、持续追求品质和创作要随时代发展。

陈雄表示，广东省建筑设计研究院与日本佐藤设计机构合作的代表项目珠海横琴发展大厦和广州科学城科技人员公寓，就是将传统岭南建筑设计手法与现代建筑相结合。珠海横琴发展大厦项目结合周边山、水、绿地的环境进行总体设计，融合传统岭南建筑的中庭设计手法，在顶层设计了空中花园。广州科学城科技人员公寓融入绿色景观规划的建筑设计，充分考虑气候条件及周边环境，设置了地面架空层和交错的空中花园。这些“灰空间”是建筑间的通风之路，确保建筑平面布局上的通风通畅，同时也提供给住户交往与休闲的空间。

在惠州市金山湖游泳跳水馆设计中，他和团队以建筑与自然的合奏为形态，巧妙利用丘陵、水与山谷的特殊性，布局平缓起伏，在青山绿水衬托下，建筑呈现出多姿多彩的表情。创新的流动屋顶造型就像馆内流动的池水，波浪起伏的外形又与背后连绵的山境相映成趣。用创新的设计理念、鲜明的建筑空间形象、寻求差异化的特点，塑造出独特的游泳跳水馆，使其成为人们构筑和实现梦想的舞台。

“石蕴玉而生辉，水含珠而川媚。”有坚定的信念、高尚的情操，人自然也就散发着光辉。陈雄对工作敬业、严谨、执着，得到了多方赞誉。

“建筑设计是一场劳心劳力的智力活动。建筑师需要一再坚持，尽管在设计过程中有所妥协。建筑师是长跑运动员，而不是短跑选手，因为一个作品的设计和实施往往少则一两年，长则几年甚或十几年。”陈雄说，“建筑师应该善于与各方合作，必须协调解决众多的矛盾和冲突，这是一种能力，也是一种责任。惟有如此，才能做出好的作品。”

（刊登于《中国建设报》2019年9月27日1版）

# 实现建筑与结构的协调之美

## ——对话全国工程勘察设计大师丁洁民

任　佳

"洁民的结构设计作品在保持深入明晰、理性逻辑思考的同时，融入了丰富而简练的感性元素，努力追求建筑和结构的和谐统一。"中国工程院院士沈祖炎曾这样评价丁洁民的作品。实现建筑和结构的协调之美，正是丁洁民在结构工程设计工作中孜孜不倦的追求。

丁洁民，现任同济大学建筑设计研究院（集团）有限公司总工程师、同济大学土木工程学院博士生导师，是全国工程勘察设计大师、英国结构工程师协会资深会员，获得2017年度结构工程师世界大会（SEWC）终身荣誉会员奖、2018年度英国结构工程师学会金质奖章、2019世界高层建筑与都市人居学会杰出贡献奖。

作为一名结构工程师，他长期活跃在设计、生产一线，坚持科研与生产相结合、理论与实践相结合，专注于结构工程多个技术领域的研发，致力于持续创新以实现卓越设计，在超高层和大跨度等关键技术领域取得多项创新成果。记者近日在上海与丁洁民大师深度对话，畅谈建筑与人生。

### 勇攀结构设计科研高峰

从业20余年，丁洁民主持和参与的高层、超高层和大跨度建筑已经近百项。上海中心大厦、同济大学教学科研综合楼、深圳腾讯滨海大厦、2010上海世博会主题馆、援非盟会议中心、大连北站、常熟市体育中心体育馆……这些耳熟能详的标志性建筑，不仅获得了社会和大众的广泛好评，还赢得了国内外专业机构的高度认可，已获得45项国内外的重量级设计大奖。

2010年，同济大学教学科研综合楼获全国优秀工程勘察设计银奖。2015年，日喀则桑珠孜宗堡（宗山城堡）保存与再生工程获亚洲建筑师协会建筑奖金奖，上海世博会主题馆和西班牙馆获全国优秀工程勘察设计行业奖一等奖。2016年，上海中心大厦获国际桥梁与结构工程协会杰出结构大奖和世界高层建筑与都市人居学会最佳高层建筑奖。

丁洁民十分注重科研与生产、理论和实践的结合。在项目实践中完成的科研课题，多次荣获国家、住房和城乡建设部、教育部以及上海市科技进步奖。其中，《高层建筑钢结构成套技术》获“国家科技进步二等奖”和“建设部科技进步一等奖”,《上海中心大厦工程关键技术》获“上海市科技进步特等奖”等。

2013年，丁洁民被中国建筑学会授予“中国建筑学会当代中国杰出工程师”称号。2018年，出于其一系列地标性建筑的结构设计和技术创新方面的杰出贡献，他获得“含金量”颇高的“英国结构工程师学会金质奖章”。英国结构工程师学会拥有超过100年的历史，是结构工程领域具有广泛影响力的国际性学术组织。金质奖章旨在表彰结构工程师的突出成就，从1922年首次颁发到2018年，全世界共有52人获奖，其中包括丁洁民在内共有三位华人获奖。

在这些荣誉的背后，是丁洁民和其团队对建筑结构设计持续不断的求索。2008年，同济大学建筑设计研究院被确定为开展上海中心大厦的施工设计团队。作为项目的结构专业负责人，丁洁民首先想到的是为这个“超级工程”的攻坚克难申请课题，让严谨的实验和计算来为设计建造保驾护航。

2009年3月，上海市科委批准了由丁洁民牵头的“500米以上超高层建筑设计关键技术研究”课题。针对上海中心大厦软土地基的超大超深基础工程设计、高效率的巨型结构体系和构造设计、气动力造型的巨型悬挂式幕墙结构体系和构造设计等一系列从设计到建造的结构关键技术和难题，他组织专项设计，有针对性地制定专项技术生产、研究路线，分课题数量达到58项。最终，课题取得了超高层设计建造技术的系统性成果，确保了上海中心大厦整个结构工程顺利、高效地实施，并在后续500米以上超高层建筑的结构设计中起到了重要示范作用。上海中心大厦是我国综合国力和科技创新的一次集中展示，具有里程碑意义，其先进的建设理念、创新的结构设计和施工，彰显了我国超高层建造技术国际领先的综合实力。

## 结构展现建筑之美

合理的结构形态是力学规律的外在表现，以结构技术手段来参与建筑形态构成，能为超高层、大跨度建筑形态赋予合理的内涵、带来崭新的面貌。

“结构展现建筑之美要求结构布置要与建筑相协调，通过结构构件的有序排列产生节奏感和韵律美，重视细部节点设计的精细化。”丁洁民说，“实际工程中，在已有条件的限制下如何寻求建筑与结构的统一非常重要。结构设计应从结构体系、结构布置、构件造型和细部构造等方面与建筑美学相吻合，来表现建筑的美感。”

2005年，他承担了北京奥运会乒乓球馆（北京大学体育馆）的设计任务。因屋面为异型旋转复杂曲面，难以解析与建模，丁洁民和团队借鉴了工业制造领域较为成熟的NURBS找形技术成功克服了难题。这也是国内最早将NURBS找形技术运用到结构工程中的实际案例之一。

2015年建成使用的上海交响乐团音乐厅是国内最专业的音乐厅之一，它的双曲马鞍形屋盖结构也是采用了该技术来实现建筑造型、结构受力和声学控制的和谐统一，是一次结构与建筑的精妙融合。

又如复旦大学体育馆设计，建筑造型为矢跨比较小的扁壳，并在扁壳上方布置倾斜的拱，建筑跨度为71米。屋面主骨架结构采用三管桁架，其布置方式为“骨脊”，双向传力、互为面外稳定支撑，既可以满足建筑内部空间要求，又能够使结构具有刚劲的骨感。“飞杆—斜拉索”为膜材支撑骨架结构，每个单元成倒角锥形，能将屋面荷载传递给横向桁架，同时使室内空间结构主次明晰、轻盈美观。屋面覆盖材料采用透光的膜材，白天可以将自然光引入室内、节约能源，夜晚在灯光的作用下也能够展现建筑的轻柔之美。

## 践行“适用、经济、绿色、美观”

“建筑的设计质量好坏，关键在于建筑设计与结构设计两者之间能否完美结合。在设计建筑物的时候，除了追求建筑美学以及新颖的外形之外，一定要注重建筑结构的安全性和合理性，以确保在满足建筑物基本功能和建筑表现的基础上，可以抵御一定的自然灾害。”丁洁民对记者表示。

如何实现建筑与结构的协调设计？丁洁民认为，要遵守我国新时期“适用、经济、绿色、美观”的建筑方针，以此为基本原则，采用一定方法配合建筑创作，彰显建筑的表现力。他进一步阐述了八字建筑方针如何用于大跨度、超高层建筑设计。

“适用”指所选结构体系需能满足建筑的空间要求，同时结构选材应满足建筑功能需求，应根据使用功能选择合适的材料。比如游泳馆湿度较大，可采用防腐性能较好的铝合金结构；在气候恶劣地区，为了赋予建筑内部独特外观并给人以温暖亲切感，可采用木结构。

结构体系要受力合理、传力直接，在一定跨度条件下能够将造价控制在合理的范围内，这是“经济”的要义。在满足适用要求的条件下，尽量选用受力效率较高的结构体系，结构分析设计准确科学，结构模型尽可能与实际受力结构一致，考虑节点构造和结构体系的关系、节点实际刚度对结构整体受力的影响。

实现“绿色、美观”，是说结构设计要巧妙地利用自然光，将自然光引入室内，节约能源、提高能源利用效率。协助增强建筑的光影效果和艺术表现，选择节能环保、易回收绿色材料，使建筑符合绿色节能和空间美观的要求。

“超高层建筑设计的科研机会往往千载难逢，再大的困难我们也必须上。”这是丁洁民经常说的一句话。凭借这股冲劲和韧劲，他带领团队不断攻克设计难题，创造了多个行业第一。此外，结合高铁站台建筑设计，他承担了“大跨度建筑钢结构设计施工技术深化研究”课题，该系列研究成果已在全国许多高铁站工程设计与施工中得到应用，取得了良好的社会和经济效益。

“当你攻克一个重要的项目难题，以为你站在山顶上的时候，回头一望，另外一个更高的山上已经站着人，所以你必须一直努力。”正是凭借这种信念，丁洁民从未停下前进的脚步……

（刊登于《中国建设报》2019年9月30日1版）

# 厅长访谈

# 新时代要有新作为
## ——全国人大代表，甘肃省住房和城乡建设厅党组书记、厅长苏海明的“两会”心声

查炎平　任　旭

党的十九大报告指出，中国特色社会主义进入了新时代，这是我国发展新的历史方位。“新时代要有新作为。”在全国人大代表，甘肃省住房和城乡建设厅党组书记、厅长苏海明看来，有幸处于新时代，更有责于新时代，建筑业要拥有作为“决胜全面建成小康社会的中坚力量”的奋斗初心和决心。

## 以人民为中心　服务即发展

思想是行动的先导。以人民为中心，以服务为己任，是苏海明不断强调的发展理念。群众事，无小事，要把关乎群众利益的事时刻放心上、抓手上、扛肩上。如此，工作才能有目标、也有抓手，干事有氛围、也有劲头。

据苏海明介绍，近年来，绿色发展理念在甘肃建筑业发展中得到了极为深入有效的贯彻落实。这与甘肃省下定决心治理人民的“心肺之患”息息相关。为此，甘肃省树牢绿色发展理念，加强制度设计、强化政策引导，大力发展绿色建筑，力控扬尘污染，积极探索推进建筑垃圾治理，为甘肃省打赢污染防治攻坚战、打造让甘肃人民引以为傲的“兰州蓝”新名片贡献了力量。

“过去，我们的市民都是出去‘躲污染’，现在则是邀请亲友来‘游兰州’。治污不仅没有影响经济发展，反而加快了发展速度。甘肃建筑业也在民生受益和环境保护中闯出了一条新的发展路径，而且是一条契合新时代发展要求的更绿色、更科学、更集约的新路径。”苏海明说。

他再三强调，在新时代下，政府需要增强服务意识，服务也是生产力。而要做好服务工作，就要坚持从群众中来、到群众中去的工作方法。只有到群众中间，了解群众情况，才有发言权。因此，他认为调查研究是重中之重。调查研究将为政策的制定提供充分的数据支撑和决策参考，使政策能够更好地服务群众、服务企业。

## 优化营商环境　拓宽发展路径

新时代要有新作为，从做好服务的定位出发，优化营商环境，转变发展方式，培育行业做大做强是新时代赋予政府的重大任务，苏海明表示。他重点提了三个方面的内容。

一是关于建筑业企业资金链短缺的问题。针对建筑业企业资金需求量大、使用周期长、融资难的问题，苏海明认为政府有责任协调金融机构，加大对建筑业企业的支持力度。通过银企座谈等方式，充分了解企业运行情况和资金需求，加大信贷支持，加大对优质建筑业企业的贷款投放力度，多措并举拓宽融资渠道，全力扶持经济实体的发展。按照“政府搭台、政策引导、市场运作、银企双赢”的方式方法，搭起资金桥，缓解银行放贷难、企业贷款难问题，更好地推动行业持续健康发展。

二是关于高层次人才和新兴专业人才极度缺乏的问题。苏海明说，随着新业务、新模式、新技术的不断出现，能够适应建筑业变革、适应企业转型、适应新业务要求的高层次人才和新兴专业人才越来越短缺。“我以前在企业干，这种感受特别明显，尤其是在甘肃。”他表示。“其实最重要的是转变思想观念。有人说，一个地区的发展，需要的除了政策和资金，还有一个关键因素就是能打胜仗的‘官兵’。我认为甘肃当前迫切需要的就是用先进思想武装过的‘官兵’。”针对于此，他提出“人才走出去、思想运回来”的观念。随着“一带一路”倡议的推进，建筑业企业“走出去”步伐不断加大。在苏海明看来，实现“走出去”，不仅仅是企业承接工程的“走出去”，更是人才的“走出去”。

据苏海明介绍，在他任职于建筑业企业时，下了大功夫在北京、上海等先进地区设立办公地点，为企业储备高端专业人才提供地缘优势。同时，鼓励工作人员扎根于这些先进地区，利用日益发达的信息互联技术，源源不断地将新思想、新思维输送回来。苏海明表示，这种方式对于新时代下建筑业解决“人才流失”问题或也不失为一种探索与尝试。

三是关于建筑业转型升级的探讨。转型，往哪里转？升级，如何升级？这是大家都在思考的问题。苏海明认为，在供给侧结构性改革趋势下，加快产业结构调整，逐步实现标准化设计、工厂化生产和装配式建造，加快形成企业集团化、专业覆盖宽、产业链条长、产品附加值高的建筑业发展新格局，鼓励建筑企业由单一行业总承包资质企业向多行业、多元化方向发展。

同时，他表示，技术和人才是建筑业转型升级的根本推动力。信息化等技术的研发和应用力度必须加大，使之成为整合各要素的黏合剂。同时，现代产业工人队伍的培育和建设必须提上日程，拥有一大批高素质技术工人是行业可持续发展的重要保障。

苏海明表示，他认为建筑业转变生产方式的重要途径之一是要促进建筑业企业由竞争向竞合转变。竞合是一种合作共赢战略思维，要充分发挥政府、市场、资本、各企业的自身优势，提升资源整合能力，实施集约化经营，提高建筑产业链运营效率，在共赢中实现行业和企业高质量与高效益发展。

（刊登于《中国建设报》2019年3月8日5版）

# 落实共同缔造理念
# 以大格局新思路引领新发展
## ——访湖南省住房和城乡建设厅厅长鹿山

张忠山

## 多措并举　提高新型城镇化质量

**中国建设报：** *2019年《政府工作报告》提出要促进区域协调发展，提高新型城镇化质量。长株潭城市群是湖南省经济发展的核心增长极，湖南省推出了哪些举措？*

**鹿　山：** 推进长株潭城市群一体化发展，是湖南省委省政府落实习近平总书记关于城市群发展的重要论述的关键性举措。省委书记杜家毫亲自谋划推动，召开省委常委会专题研究，要求把长株潭城市群打造成长江中游乃至全国城市群发展的璀璨明珠。我厅以新型城镇化为抓手，全力支持长株潭城市群一体化发展。目前，长株潭城市群一体化在规划、交通、产业、环保、公共服务等重点领域推进力度加大，成效逐步显现。

一是构建了合作机制框架。去年10月，长沙市、株洲市、湘潭市共同签署《长株潭城市群一体化发展合作机制》《长株潭城市群一体化发展行动计划（2018~2019年）》《长株潭城市群一体化发展联席会议制度》3个纲领性文件，分别解决了三市合作方向的问题、如何落地见效的问题、如何加快推进的问题，并从高层决策机制、专项推进机制、工作落实机制三个层面构建了全面合作框架。

二是推进规划融合。前期编制了长株潭城市群区域规划、长株潭绿心保护规划，促进了三市城市规划工作的协同。下一步，将从新型城镇化的角度指导三市新一轮空间规划的编制，进一步强化专项规划的指导融合，比如交通规划、市政设施规划的衔接等。

三是推进交通共建。全力支持打造“长株潭半小时交通圈”，构建域内联通、域外便捷的长株潭一体化综合交通网络，加快推动建设“三干两轨四连线”、城际公交等长株潭重要交通基础设施项目。

四是推进产业协同。依托长株潭国家自主创新示范区，促进产学研结合，共同组建跨区域的技术转移中心和产业技术创新战略联盟，开展重大关键共性技术联合攻关。根据全省优势产业链发展布局，推动三市产业融合发展、错位发展。其中，长沙市着力建设创新谷、株洲市大力建设动力谷、湘潭市积极建设智造谷。

五是推进环境共治。促进三市在污染防治攻坚战中联防联控。坚持源头化、流域化、系统化、数字化的思路，指导三市开展城镇污水治理，共同推进湘江保护与治理省政府“一号工程”、长株潭城市群生态绿心地区保护工作等。

六是推进民生共享和信用联动。新型城镇化不仅是解决人的居住和就业问题，还要解决政府管理问题，比如医疗教育、电力电信等如何统一协调等问题。一方面，要促进公共服务设施互联互通、共建共享；另一方面，完善信用激励和惩戒联动机制，推动三市间住房和城乡建设系统的信用信息平台互联互通、信用信息共享交换，加快建立三市诚信信息互认制度。

**中国建设报：** *4月8日，湖南省高规格召开了全省推进城乡环境基础设施建设现场会。未来，湖南省住房和城乡建设厅在推进城乡环境基础设施建设方面有哪些工作计划？*

**鹿　山：** 此次召开的全省推进城乡环境基础设施建设现场会，是近年来湖南省委省政府第一次高规格、大规模为单个省直部门专门召开的会议，在全国其他省份也是少有和罕见的。会议由省长许达哲主持，8位省领导出席，各市州党委政府主要负责人、分管负责人、住房和城乡建设等各省直部门主要负责人参加了会议，并现场考察了长沙市餐厨垃圾无害化处理厂、生活垃圾深度综合处理项目以及岳麓污水处理厂。

根据会议部署，省委省政府将以供水、供气、污水和垃圾治理、黑臭水体整治为主要内容的城乡环境基础设施建设作为打好污染防治攻坚战、加强生态文明建设的重要抓手，作为贯彻中央“六稳”部署特别是稳投资、促进环保产业发展的重要举措，作为坚持以人民为中心发展思想、树牢正确政绩观的实践检验。

今后一段时期，推进环境基础设施建设，将成为湖南省统筹推进城乡人居环境建设、城市更新、老旧小区改造的主要抓手。在工作中，以“市县提质增效、乡镇填补空白”为目标，突出老旧城区、老旧小区等地段，加大省级财政奖补力度，大力推进全省城乡环境基础设施建设，实施安全供水、气化湖南、污水治理、垃圾治理、黑臭水体整治、智慧建设增效六大工程，做好做实城乡人居环境建设、城市更新、老旧小区改造的“里子工程”。

此次会议由我厅具体负责承办，为抓好城乡环境基础设施建设，我厅将突出抓好三个方面的工作。一是做好顶层设计。统筹编好规划，统筹市场运作模式，统筹技术标准，统筹政策支持。二是搭建合作服务平台。搭建政企、银企合作平台，吸引企业进入城乡环境基础设施建设领域。建立项目服务平台，建立部门联动机制和城乡环境基础设施动态项目库，实行专家咨询委员会制度，推进实施项目全过程咨询。三是强化督导考核。将城乡环境基础设施建设任务分解纳入河（湖）长制、生态环境等各类考核，分年确定考核重点和要求，定期对各地进展情况评估督导。

## 主动作为　推动建筑业转型升级

**中国建设报：** *推动建筑业转型升级是贯彻高质量发展、绿色发展的必然要求。近年来，湖南省住房和城乡建设厅在推动建筑业转型升级方面采取了哪些措施？在加快完善装配式建筑技术和标准体系等方面取得哪些进展？*

**鹿　山：** 在建筑业转型升级方面，我们始终坚持以规模化、工业化、信息化、国际化为方向，开拓创新、久久为功，促进建筑业加快升级。规模化重点是做大、做强、做优建筑产业，逐步解决建筑企业数量多、散而乱以及发展不平衡不充分问题。2018年，全省实现建筑业总产值9581.44亿元，同比增长13.7%，即将升级为万亿元级产业。工业化以发展装配式建筑产业、推行工程总承包、全过程咨询为重点。信息化以推广应用BIM（建筑信息模型）技术为抓手，推动BIM技术应用到规划、设计、施工、运维等全过程。2018年，我省发布了建筑工程信息模型和BIM技术交付标准，BIM技术应用步入全国先进行列。国际化主要是推动建筑业加快“走出去”。着力构建完善“政府+协会学会+科研院校+企业”的大住房和城乡建设格局体系，重点推进系统联盟和行业联盟建设。

在发展装配式建筑方面，装配式建筑产业是湖南省委省政府20个重点扶持的新兴产业链之一。我省装配式建筑发展起步于20世纪90年代，是国内发展装配式建筑较早的省份之一。经过20多年的探索和实践，形成了比较成熟的研发体系、制造体系、施工体系、材料体系，在推进过程中形成了一系列具有本土特色的做法和措施，涌现了一批如远大住工、三一集团、中民筑友等全国装配式建筑领军企业，装配式建筑产能、规模及企业综合实力突出。

在完善技术和标准体系方面，一是对现行装配式建筑国家标准、行业标准以及我省地方标准进行全面梳理，先后编制和发布装配式建筑相关地方标准、规程、导则13本，设计标准图集9本，完善了技术标准体系。二是鼓励装配式建筑龙头企业和社会团体编制企业标准和团体标准，从省新型城镇化引导资金中共安排500多万元用于补助企业编制标准费用。三是组织全省装配式建筑龙头企业投入4300万元，率先在全国研发省级装配式建筑全产业链智能建造集成新技术，建立全省统一的装配式建筑设计、生产、施工、监管、运维全过程智能建造平台和大数据信息化监管平台，为实现全省装配式建筑标准化设计、自动化生产、智慧化施工、信息化监管、智能化运维奠定良好基础。

**中国建设报：** *在推动实施工程建设项目审批制度改革等方面，湖南省住房和城乡建设厅的基本思路和做法是什么？进行了哪些实质性改革？在支持民营企业发展方面推出了哪些政策？*

**鹿　山：** 在工程建设项目审批制度改革方面，湖南省虽然不是试点省份，但我们自我加压、主动作为，比照试点要求，在省内率先推动改革。

一是坚持问题导向，聚焦解决突出问题。全面深入开展流程优化大调研，摸清项目审批有关痛点、难点、堵点问题，有针对性地提出改革措施。如统一了全省的审批流程、运作模式及审批时限要求，疏通堵点；并联了部分行政审批、技术审查、中介服务事项，取消了一批备案或证明事项，精简了部分申报材料，消除痛点；打造覆盖全省的项目审批系统，实现“单点登录、全网通办”，解决难点。

二是主动作为，结合我省实际，率先推动审批制度改革。制定印发《湖南省人民政府办公厅关于推动工程建设项目审批制度改革的指导意见》，提出工程建设项目审批工作时限分别压减至“120/100/70/60”的改革总体目标，有针对性地提出推动“串联变并联”“多审变一审”“事前变事后”“线下变线上”“无序变统一”“多窗变一窗”6大改革举措及33项改革具体任务。

三是在省级层面率先出台《工程建设项目审批工作指南（试行）》。从行政相对人整体办理流程最优的角度出发，推动流程优化和再造。2019年2月，《工程建设项目审批工作指南（试行）》正式出台，明确全省统一的各审批阶段的“办事指南、申请表单、申报材料、中介服务清单、审批流程指导图”，使全流程审批时限压减一半以上、申报材料精简1/4以上、精简后的申报材料有近一半可系统共享，无需申请人重复提交，实现“跑动次数较少、审批时间较短、申报材料较简”的改革目标。

在支持民营企业发展方面，2018年以来我厅先后4次召开专题民营企业座谈会，研究大力支持民营建筑企业发展的政策和措施，逐步推出了系列举措。

一是降低制度性交易成本。持续开展工程建设领域保证金清理规范工作，推进银行保函、工程担保替代现金保证金，释放建筑业企业流动资金压力。进一步推动行业审批告知承诺、电子化审批、“最多跑一次”等简政放权改革，减轻行业负担。牵头抓好工程建设项目审批制度改革，加速社会投资项目的落地投产。

二是营造有利于建筑业民营企业和民营经济健康发展的公平竞争的市场环境。出台《湖南省建筑市场信用管理暂行办法》，强化市场信用监管。开展“三包一挂”专项整治，破除各种不合理门槛和限制，建立统一开放的招标投标市场，督促各地及时清理建筑市场政策中对民营企业设置的附加条件和歧视性条款。

三是推进建筑业民营企业做大做强。出台《湖南省人民政府办公厅关于促进建筑业持续健康发展的实施意见》，其中22项具体举措惠及建筑业民营企业。2019年，我厅将建设全省“互联网+智慧工地管理系统”，并免费提供给建筑企业等使用，促进企业实现信息化管理水平的跨越式发展。开展“建筑强企”命名活动，出台专门配套支持政策，支持包括民营企业在内的“湖湘建造”品牌企业发展。持续开展“建筑业人才培训百千万工程”，为民营企业发展提供人才保障服务。

## 精准施策 满足群众住有所居

**中国建设报：**构建房地产市场平稳健康发展长效机制是党中央、国务院作出的重大决策。湖南省在“因城施策、分类调控；坚决防范化解房地产市场风险；着力构建房地产市场平稳健康发展长效机制”方面，采取了哪些具体措施？

**鹿 山：**2018年以来，省委主要领导亲自部署和调度、省政府持续发力，加强房地产市场调控。

一是统一调控的思想认识。2018年6月，《湖南日报》头版连续发表5篇署名“晨风”的评论文章，全面打响了我省“反炒房”战斗。同时，及时制止个别城市随意调整房地市场政策的行为，统一全省上下对房地产市场调控的认识。

二是抓好房地产市场调控。2018年7月，我厅出台“湘十一条”房地产调控新政，以“反炒房”为基调，提出了实施分类调控、打击投机炒房等11条措施。长沙市推出6·25调控政策，从限购、限售、人才新政、企业购房等方面大幅收紧了房地产调控政策；岳阳、湘潭、娄底、郴州等地采取建设限价商品房、加快新建商品房入市供应、加强新建商品房销售管理等措施，切实稳定了房地产市场。

三是加强房地产市场监管力度。2018年，我厅出台了房地产市场主体“失信黑名单”管理办法，联合省委宣传部等九部门印发了《湖南省打击侵害群众利益违法违规行为治理房地产市场乱象专项行动方案》，组织开展长株潭地区整顿规范房地产市场秩序交叉检查。2019年，又印发了《湖南省住房和城乡建设厅关于进一步加强房地产市场调控促进房地产市场平稳健康发展的通知》，严肃房地产调控工作纪律，稳地价、稳房价、稳预期。

当前，我省逐步形成省市分工明确、上下联动的房地产市场平稳健康发展长效机制。市州层面，落实城市主体责任制，坚持党政同责、一城一策，“有些地方吃糖，有些地方吃药”，由城市根据经济社会发展水平、人口和住房供求情况，在住房、土地、金融、税收、市场监管等方面，择机推出相应调控举措，确保房地产市场平稳运行。省级层面，加强政策统筹和考核问责，督促城市将稳地价、稳房价、稳预期的要求落到实处。2019年，我省将指导和支持长沙市制定房地产长效机制“一城一策”试点工作方案，并形成可复制、可推广的经验，尽快在全省建立和完善房地产市场平稳健康发展长效机制。

**中国建设报：**中华人民共和国成立70年来，人民群众居住水平不断提升。进入新时代，湖南省在住房保障、棚户区改造、发展租赁住房方面如何坚持以人民为中心、实现人民群众对美好生活的向往？

**鹿 山：**截至2018年12月，湖南省共开工建设各类棚改安置房254万套、公租房105万套，极大改善了城市低收入群体的住房条件，有效发挥了稳增长、惠民生的积极作用。我省连续两年被国务院评为棚改工作真抓实干、成效明显地区，全国仅两个省份蝉联此项殊荣。2018年，长沙市在国务院大督察中棚改工作经验获得了表扬。目前，我省城市仍有大量棚户区亟待改造，仍有大量低收入群体和新市民的住房条件亟待改善，住房保障工作任重而道远。我们将继续坚持尽力而为、量力而行的原则，用好用足棚改政策，持续推动住房保障工作走向深入。

一是稳步推进棚户区改造。2019年，全省计划实施棚改任务8万套，重点改造老城区脏、乱、差的棚户区和C、D级危房。在完成任务基础上，鼓励市州提前完成2020年棚改任务，探索多种筹融资模式，吸引、鼓励、支持社会资本参与棚改工作中来，调集各方力量，充分发挥棚改“稳投资、稳增长”的效能。二是重新启动公租房建设。长沙、常德、岳阳三市已经启动公租房新建计划。三是抓好公租房分配管理。落实公租房租赁补贴扩面政策，进一步完善公租房分配方式，加大对重点群体、重点产业困难职工和新市民的精准保障力度。四是推进有机改造。结合棚户区改造和公租房建设管理，完善水、电、路、气等配套基础设施和生活服务设施，大力推进城市有机更新，提高城市人文关怀和精细化服务水平。

（刊登于《中国建设报》2019年4月23日6版）

# 百姓安居就是我们的初心

## ——访陕西省住房和城乡建设厅党组书记、厅长韩一兵

龚后雨

中共中央总书记、国家主席、中央军委主席习近平在前不久召开的“不忘初心、牢记使命”主题教育工作会议上强调，为中国人民谋幸福，为中华民族谋复兴，是中国共产党人的初心和使命，是激励一代代中国共产党人前赴后继、英勇奋斗的根本动力。

陕西省住房和城乡建设厅党组书记、厅长韩一兵日前在接受本报记者专访时说：“让更多的老百姓住上舒心的好房子，安居乐业，就是我们住房和城乡建设人永不改变的初心，是我们永远不能忘记的光荣使命。”

### 探索保障性住房新模式

“不敢想。”

5月30日傍晚，在陕西省铜川市安居工程锦绣新城小区锦园组团5号楼2单元103室，当记者询问80岁的吕建珍老人住在这里有什么感想时，他回答了这样3个字。

原来，老人曾是一名煤矿工人，过去一家5口人住在不足20平方米的简易工棚房里，冬天寒冷、夏天闷热，不仅拥挤不堪，还摇摇欲坠，随时有倒塌的危险。2015年，老两口搬入这个50平方米的新房子，只花了3万多块钱。为了照顾腿部有疾病的老人，政府还专门给他们分配到一楼。这些都是老人以前想都不敢想的。

作为资源枯竭型城市，铜川市不算经济账，全力解决煤矿工人等特殊群体的住房困难问题。锦绣新城项目规划总建筑面积601万平方米，总投资120亿元，其中保障性住房达350万平方米、4.5万户，可解决棚户区、沉陷区、滑塌区及城中村改造、外来务工人员等符合保障条件的困难群众15万人的住房问题。

铜川市保障性住房建设只是陕西省的一个缩影。韩一兵告诉记者，陕西省始终把解决中低收入困难群众的住房问题作为城市建设发展的重中之重。党的十八大以来，全省累计开工建设保障性安居工程174.66万套，改造各类棚户区112.25万套，累计发放租赁补贴86.4万户，完成投资3186.26亿元，使281.52万户城镇中低收入住房困难家庭、外来务工人员和城镇新就业职工的住房问题得到有效解决，11.4万户城镇低保住房困难家庭实现应保尽保。

记者了解到，陕西省在保障性住房建设和管理中，将政策、土地、资金、质量、分配、管理6个关键要素总结为引领陕西保障性住房工作的“六大模块”，不断探索保障性住房建设和管理的新举措、新模式。陕西省在全国较早开展廉租住房、公共租赁住房“两房”并轨试点；较早组建了省级融资平台陕西省保障性住房建设工程有限公司，支持市县项目建设；较早在全国开展“和谐社区·幸福家园”创建活动；较早与国开行合作推进棚改，探索棚改货币化安置办法；较早规范保障房资产管理，出台《陕西省租赁型保障房资产管理办法（试行）》；较早编制完成全省“十三五”城镇住房发展规划和住房保障规划。陕西省还成立了省、市、县三级政府保障性住房管理中心，建立了以“一网两库五平台”为核心的住房保障信息系统，形成了省、市、县、街道、社区五级管理体系。

## 和谐社区　幸福家园

“我们太幸福了。”

在西安市曹家堡公租房书香林苑小区18号楼2908室，房主房小平激动地告诉记者。

房小平原本是西安起重工具厂的职工，因为儿子脑瘫，生活一直很困难，一家3口人长期租住在一间18平方米的小平房里。

“现在好了，政府给我家分配了廉租房，60多平方米的新房子每月租金只要190多块钱。小区要啥有啥，生活很方便，物业服务人员还定期上门给我儿子理发，不收一分钱。”房小平的眼里充满感激和满足。

总建筑面积54万平方米的书香林苑小区是西安保障性住房项目之一，共有6584户。记者在采访中了解到，小区是陕西“和谐社区·幸福家园”创建示范小区之一。小区内羽毛球场、儿童乐园、乒乓球场、图书馆、休闲驿站、康复理疗室等配套设施一应俱全。闭路监控系统、周界防范系统、停车场管理系统、室内安防系统、门禁系统、火灾自动报警系统、电表自动抄送系统等智能化管理系统可以与任何一个商品房小区媲美。

“让保障对象住得进、稳得住、有尊严，一直是我们认真落实以人民为中心发展思想的主要目标。”韩一兵表示。

2014年以来，陕西创新开展“和谐社区·幸福家园”创建活动，坚持以服务群众为中心，以居民自治为方向，以健全配套设施、完善公共服务、改善人居环境和强化社会保障为重点，积极践行共建、共治、共享理念，努力统筹各类资源，从政府职责、小区管理、服务管理、环境管理和住户满意5个维度，科学制订了63项评价指标，确保“和谐社区·幸福家园”创建活动取得实效。目前，全省已有214个小区被命名为省级“和谐社区·幸福家园”，440个小区被命名为市级“和谐社区·幸福家园”，住房保障对象的获得感、幸福感、安全感明显提升。

“钢筋水泥是冰冷的，但我们的服务是温暖的、有温度的，尤其是对我们的住房保障对象，更要体贴入微，充分体现出党和政府的关怀。”韩一兵说。

## 安居路上一个也不能少

“好着呢。”

在渭南市大荔县下寨镇新堡村，66岁的刘爱玲大姐笑着对记者说。她带着记者参观她的新家，喜悦之情溢于言表。

刘爱玲的老伴儿因为耳聋被定为三级残疾，家庭经济比较困难，是建档立卡贫困户，几十年来，三口之家一直住在22平方米的土坯房里。2018年，她家的房子被鉴定为D级危房，政府出面给她家盖了新房。

“50多平方米的新房子，我家只拿出16000元，政府拿了27000元，您瞅瞅，这房子多敞亮啊。”刘爱玲高兴地说。

“中华人民共和国成立70年了，改革开放也40多年了，我们要高度重视解决广大农村地区的住房问题，缩小城乡差别，特别是要尽快彻底进行农村危房改造，让广大农民群众也能充分享受到祖国发展、社会进步带来的红利，安居路上，一个也不能少。”韩一兵对记者说。

自2009年被纳入全国农村危房改造试点省份以来，陕西先后投入98.96亿元，累计改造农村危房91.83万户，使农村贫困群众住房安全问题得到有效保障，全面改善了农村居民生活、生产条件，提高了村民生活质量。

记者了解到，陕西在农村危房改造工作中亮点突出、措施得力。其中，大荔县坚持“能加固绝不重建”的原则，分类型、分工艺开展危房加固改造，按照“地下整牢靠、地上捆结实、房外墙修复”的思路，对C级危房全部实行加固改造，用较少的投入、较短的工期，既解决了群众住房安全问题，又保留了农房传统风貌，提高了群众满意度。安康市汉滨区针对集中在山大沟深、交通不便的山区的危旧房，引进轻钢结构装配式建筑，运输方便，拆卸灵活，施工安全，整洁美观，综合成本下降6.3%，从户型设计到竣工入住仅需20天。

2018年，陕西完成建档立卡贫困户危房改造7.89万户，超目标任务31.5%，年度脱贫对象4.0254万户全部入住新房。陕西还建立全省农村危房改造信息监管平台，实现与住房和城乡建设部以及省扶贫、残联、民政等部门纵向、横向互联互通，达到认定、帮扶、脱贫、管理“四个精准”，受到广泛好评。

陕西在大力推进农村危旧房改造工作的同时，高度重视农村人居环境改善，农村生活垃圾治理、卫生改厕等工作取得显著成效。截至2018年9月底，全省84.63%的行政村生活垃圾得到有效治理，无害化卫生厕所普及率达40.66%；村庄绿化覆盖率达29.06%；自来水普及率达95.3%；通村道路硬化率达97.73%，村庄内部道路硬化率达63.91%，昔日脏乱差的贫穷村庄变成了环境优美的和谐家园。

波澜壮阔70年，百姓安居是初心。中华人民共和国成立70年来，陕西城乡面貌发生了翻天覆地的巨大变化，城镇居民人均住房面积从1978年以前的5.3平方米提高到2017年的32.7平方米。2017年年底，陕西农村人均住房面积达30.43平方米，比10年前增加了30%。

“我们将永葆初心，坚持以人民为中心的发展思想，扎实办好造福三秦百姓的民生实事。”韩一兵说。

（刊登于《中国建设报》2019年6月14日1版）

# 建设美丽幸福西藏　造福西藏各族群众
## ——访西藏自治区住房和城乡建设厅厅长斯朗尼玛

龚后雨　刘　帝

2019年是中华人民共和国成立70周年，也是西藏民主改革60周年。60年来，西藏社会制度实现了跨越式发展，现代化建设日新月异、突飞猛进，社会面貌发生了翻天覆地的历史性变化，经济社会发展取得了巨大成就。西藏农牧民群众从住房和城乡建设事业发展中的获得感、幸福感、安全感不断增强，过上了幸福美好安康的生活。住房和城乡建设领域作为民生领域的重要组成部分，从城镇基础设施建设、住房保障、人居环境改善等方面为西藏民生改善作出了积极贡献。日前，本报记者赶赴拉萨，专访西藏自治区住房和城乡建设厅厅长斯朗尼玛。

### 改善居住条件　提升幸福指数

斯朗尼玛介绍说，60年来，西藏城乡居住生活条件全面改善，农牧民群众住上了安全适用宽敞房屋，幸福指数大幅提升。这60年，是西藏人民群众得实惠最多、获得感显著增强的60年。2018年，全区城镇居民人均自有住房面积达32.05平方米，农牧民人均自有住房面积达38.58平方米。

城镇住房保障体系不断健全。西藏住房保障从无到有，从基本保障到全面覆盖，构建了“以周转房、公共租赁住房（廉租住房）和棚户区改造为主”的城镇保障性住房供应体系，城镇低保、低收入家庭基本实现应保尽保，寺庙僧舍危旧房以及特色小城镇全部纳入棚改范围，环卫工人、公交司机、新就业职工、进城务工农牧民以及外来务工人员纳入城镇住房保障范围，逐步建立和完善了具有西藏特点、多层次的住房保障体系，为全区全面建成小康社会、实现“住有所居”的目标奠定了坚实基础。截至2018年年底，新建（收购、改造）公共租赁住房、周转房、棚户区等各类城镇保障性安居工程近39万套，总建筑面积2467万平方米。

农牧区住房质量全面提升。60年前，西藏实行“政教合一”制度，全区城镇区域是以寺庙为中心、以“三大领主”庄园为主体形成的居住区，西藏90%以上的群众没有自己的住房，农牧民基本过着游牧不定居生活，农牧民住房大都十分简陋，居住条件极差。60年来，在党中央的亲切关怀和特殊支持下，西藏自治区不断加大农牧民住房建设和改造力度，西藏农牧民居住条件不断改善。从2005年开始启动农牧民安居工程，完成46.03万户安居工程建设；2013年，全区实施农村危房改造，截至2018年年底，西藏自治区建档立卡贫困户等4类重点对象危房存量为18213户，其中2018年改造完成农村危房1.67万户、落实中央补助资金2.22亿元，2019年9月底前将全面完成存量改造任务。同时，全力推进边境小康村农房建设，完成边境小康村住房建设近2.8万户，建筑面积175.87万平方米，完成总投资29.94亿元。

## 注重生态文明 构建生态安全屏障

西藏高原地处地球第三极核心区，保护好西藏高原生态环境具有重要战略意义，构建国家重要生态安全屏障意义重大。斯朗尼玛介绍说，西藏自治区高度重视生态文明建设，不断致力于加强生态环境保护，着力构建国家重要生态安全屏障，坚持"绿水青山就是金山银山、冰天雪地也是金山银山"的理念，全面落实《西藏生态安全屏障保护与建设规划》，实施天然林保护、退耕还林、退牧还草工程，全面落实大气、水、土壤污染防治。认真贯彻落实习近平总书记"加强民族团结、建设美丽西藏"的重要批示指示精神，在住房和城乡建设领域，采取有力措施，全面加强生态文明建设，城市更加环保，乡村更加美丽。西藏高原的天常蓝、水长清、地更绿，仍是地球最洁净的地区之一。

城镇供水安全卫生。自20世纪60年代以来，西藏自治区陆续建成了药王山自来水厂和北郊自来水厂及部分地区所在地水厂。进入21世纪，国家加大了对自治区县城以上城镇饮用水设施建设的投资力度，极大改善了城镇供水设施严重滞后的状况。截至2018年年底，自治区共建有67座自来水厂，配套供水管网长度2733.87公里，县城及以上城镇日供水量达到48.05万立方米，市（地）所在地城镇供水普及率达到92.8%。

城镇燃气绿色清洁。20世纪80年代中期，西藏自治区城镇基本用上了干净、清洁的液化石油气，逐渐替代了以柴草为主，煤炭、汽油、煤油、电为辅的生活燃料格局。近年来，随着经济的快速增长，全区燃气事业有了长足发展。截至2018年年底，全区共有各类液化气加气站122家（含LPG汽车加气站），气体储存容量总量约9600立方米。燃气已经成为经济发展和人民生活不可缺少的重要能源之一，极大方便了千家万户居民生活。

垃圾污水处理有效。西藏自治区不断加大垃圾污水治理，从"十五"时期开始建设生活垃圾无害化处理设施，截至2018年年底，全区已建成107座生活垃圾填埋场、89座生活垃圾转运设施，县城及以上城镇生活垃圾无害化处理率达到90%以上。从"十一五"时期开始建设城镇污水处理设施，目前已建成污水处理厂17座，日处理30.5万吨，在建污水处理厂49座，配套污水管网1200余公里，全区市（地）所在地城镇污水处理率达到88.97%。同时，充分借鉴内地部分省、县、乡垃圾污水处理工艺技术，加大垃圾污水技术工艺高原适应性研究，推进城镇垃圾污水高效处理技术在高原的应用。

城镇供暖快速推进。西藏自治区自"十二五"时期大力实施城镇供暖工程，重点推进高寒高海拔县城的供暖工程建设，着力改善城镇居民生产生活条件。拉萨市率先示范，贯彻落实"送暖入户"政策，加快推进城市供暖工程建设。截至2018年年底，拉萨等4个市地所在地、9个高海拔县城、68个乡镇实现了集中供暖，供暖面积约3000万平方米；9个县城、54个乡镇正在加快建设供暖工程，设计供暖面积约180万平方米。

城镇供暖快速推进。西藏自治区自"十二五"时期大力实施城镇供暖工程，重点推进高寒高海拔县城的供暖工程建设，着力改善城镇居民生产生活条件。拉萨市率先示范，贯彻落实"送暖入户"政策，加快推进城市供暖工程建设。截至2018年年底，拉萨等4个市所在地、9个高海拔县城、68个乡镇实现了集中供暖，供暖面积约3000万平方米；9个县城、54个乡镇正在加快建设供暖工程，设计供暖面积约180万平方米。

人居环境大力改善。从2010年开始，西藏自治区陆续开展了5389个行政村（居）人居环境综合整治，2018年制订了《西藏自治区农牧区人居环境整治三年行动实施方案》，结合自身实际，确定了23个示范点（2

个国家级、7个自治区级、14个地市级示范点），有序推进村庄整治提升工程。

## 打造特色小镇 推进边境小康村建设

斯朗尼玛告诉记者，党的十八大以来，在中央城市工作会议和城镇化工作会议精神的指导下，西藏城镇化发展迎来了大好发展机遇，特色小镇建设快速推进。鲁朗国际旅游小镇、昌都市芒康县曲孜卡乡、林芝市工布江达县巴河镇、山南市错那县勒乡等20个首批确定的特色小城镇示范点建成运行，打造了具有民族特色、区域特色、文化特色的小镇，进一步促进物流、人流在小镇聚集，进一步发挥中心城市的辐射效应，增强小镇对周围地区的吸引力，不断缩小城乡差别。

深入贯彻落实习近平总书记治边稳藏重要论述和给隆子县玉麦乡群众的重要回信精神，坚持屯兵与安民并举、固边与兴边并重，西藏自治区全面启动了边境小康村建设，完成了4个边境市（地）、21个边境县和628个边境村规划编制，已开工建设545个边境小康村，竣工81个。指导推动玉麦小康乡的规划编制、农房设计、风貌管控等工作，并推动玉麦边境小康乡规划建设，目前56户农房建设已完工、56户农牧民迁入新居。

斯朗尼玛告诉记者，西藏住房和城乡建设系统始终坚持以人民为中心的发展思想，推动实施以“神圣国土守护者、幸福家园建设者”为主题的乡村振兴战略，进一步激发务实担当的魄力、增强奋发有为的朝气活力，不断推进住房和城乡建设事业高质量发展，以维护祖国统一、加强民族团结作为着眼点和着力点，以改善民生、凝聚人心作为出发点和落脚点，切实让人民群众从住房和城乡建设成就中增强获得感、幸福感和安全感，为实现西藏自治区同全国一道全面建成小康社会作出积极贡献。

（刊登于《中国建设报》2019年7月5日1版）

# 描绘大美青海的绚丽画卷
## ——访青海省住房和城乡建设厅厅长王发昌

马晓丽　龚后雨

今年是中华人民共和国成立70周年，也是青海解放70周年。70年来，青海省住房和城乡建设职工用辛勤的汗水和智慧，在全省大地上描绘出了绚丽多彩的画卷，创造了青海城乡建设历史上最辉煌的成就。日前，本报记者赶赴西宁，专访了青海省住房和城乡建设厅厅长王发昌。

王发昌介绍说，中华人民共和国成立前，青海省建设事业几乎是一片空白，城镇建设速度极度缓慢，城镇主要市县所在地规模较小、职能单一，空间分布大部分集中在青海东部地区，城市发展水平很低，省会西宁市市区人口不足5万人，面积不足5平方公里，没有一辆公共汽车，没有一条自来水管，没有沥青路面，没有像样的桥梁，市容破旧不堪，市面萧条冷落。

中华人民共和国成立后，在党和人民政府的坚强领导下，青海各族人民经过辛勤耕耘，城乡建设日新月异。尤其是改革开放以来，青海省紧紧抓住西部大开发的历史机遇，充分利用国家进一步加大对民族地区的支持力度制定的一系列优惠政策，建设事业突飞猛进，取得了跨越式发展，城乡面貌发生了巨大变化。

## 服务大局能力有效提升

近年来，青海省住房和城乡建设系统主动跟进新型城镇化发展的空间布局、功能定位、发展方向，积极融入国家“一带一路”和向西开放战略，攻坚克难，行业自身发展取得显著成效，服务大局能力得到有效提升。通过实施分类调控房地产市场，积极培育住房租赁市场，房价收入保持在合理区间，房地产市场保持平稳运行态势。坚持绿色发展理念，积极推动建筑业转型升级，行业发展再上新台阶。

据统计，仅2012～2018年，青海省住房和城乡建设领域累计完成固定资产投资2570亿元，占同期全社会固定资产投资的1/6左右，全行业年吸纳就业人员31万多人，占全省就业人员比重18%以上。建筑业、房地产业、勘察设计业、城市公用企业累计缴纳税收388.7亿元，年均完成税收占全省比重达19%，累计完成全行业增加值占全省地区生产总值20%左右，占全省地方财税收入的31.67%，有效地发挥了住房和城乡建设行业在带动产业、扶持企业、扩大就业和增加收入方面的作用。

## 城市承载功能不断优化

王发昌介绍说，青海省各级住房和城乡建设部门牢固树立以人民为中心的发展理念，坚持把加强城市基础设施建设、优化服务管理体系作为工作的重点，有效地提高了城市的承载能力。

中华人民共和国成立初期，面对各城镇基础设施基本空白的状况，青海省积极开展城镇基础设施建设，组织成立了西宁市自来水公司，启动铺设排水管网，组织环卫专业队伍统一清运城市垃圾，但由于资金投入不足，收效甚微。

改革开放后，青海省基础设施建设投资迅速增加，1979～2012年，累计完成全社会固定资产投资9094.1亿元，是1950～1978年累计完成投资额的135倍，城镇基础设施建设长期落后的局面得到明显改善，截至目前，城市、县城建成区面积增长了约1/5。全省拥有城市县城公共供水厂54座、污水处理厂51座、生活垃圾填埋场49座。全省城市县城供水普及率达到98%，污水处理率达到76.05%，生活垃圾无害化处理率达到86.79%，建成区绿地率达到22.5%，燃气普及率达到80.43%。一批城镇重点市政公用基础设施项目相继建成运营，解决了一些严重制约城镇发展的“瓶颈”问题，城镇面貌发生了巨大变化，有力地提升了城镇形象。

## 民生工程持续发力

改革开放尤其是党的十八大以来，青海大力实施幸福民生战略，城镇棚户区改造、老旧住宅小区综合整治项目和农牧民危房改造等项目顺利实施，棚户区改造和农牧民危旧房改造任务进入收尾阶段，城乡困难群体住房条件得到持续改善。目前，全省城镇人均住房面积已从中华人民共和国成立初期的6.07平方米提高到36.5平方米，累计开工建设各类城镇保障房70.62万套，全省近170多万城镇居民住房条件得到改善。

目前，青海农牧民人均住房面积已经提高到35.7平方米，共组织实施农牧民危旧房改造38万户，155万农牧民搬入新居。同时，还实施了既有居住建筑节能改造1278万平方米，建成农牧区被动式太阳能暖房130万平方米，全省绿色建筑占新建建筑比重达到28%。累计建设高原美丽乡村1500个，占全省总数的36%，并在16个县、125个行政村开展了农牧区生活污水治理试点，贵德县、门源回族自治县被列为全国农村生活污水治理示范县。传统村落保护建设进一步加快，123个村入选中国传统村落名录，累计投入5.22亿元完成65个传统村落保护，乌兰县茶卡镇等6个镇被列为国家级特色小镇。

## 人居环境显著改善

王发昌表示，青海省住房和城乡建设系统牢固树立生态保护优先理念，坚决扛起生态保护政治责任，多举措推进生态文明建设向纵深发展，全省人民群众的获得感、幸福感、安全感明显增强。

近年来，青海组织开展了城市黑臭水体整治环境保护专项行动，地级以上城市26处黑臭水体初步达到了“长治久清”评估标准。生活污水、生活垃圾处理能力不断增强。全省城市县城污水处理能力达到87.24万立方米/日，再生水能力16.3万立方米/日；42座生活垃圾填埋场通过无害化达标评定，占比达到总数的85.72%。格尔木市餐厨垃圾处理厂投入运营，德令哈市生活垃圾分拣热解处理中心和海东市餐厨垃圾处理厂项目建设工作有序推进，西宁市垃圾焚烧项目完成选址。生活垃圾分类工作加速推进，西宁主城区各党政机关、中小学校、市区两级试点小区全部展开，试点居民小区达到58个，覆盖25万市民。果洛藏族自治州全面启动全域无垃圾试点工作。农牧区启动生活污水治理试点，并先后实施了1200个高原美丽乡村、80个美丽城镇建设，通过加强传统村落、历史文化名镇名村保护等措施，实现了改善城乡人居环境与推动经济发展、传承传统文化、保护绿水青山的有机统一，城乡人居环境品质明显改善，人民群众对美好生活环境的需求得到了有效满足。与此同时，可可西里成功申遗，打造了青海一张“金名片”，极大地提升了青海在国际上的影响力、知名度和美誉度。

## “一优两高”引领未来

谈及未来发展，王发昌充满信心。他告诉记者，党的十九大之后，青海作出了实施“一优两高”的战略部署，即坚持生态保护优先，推动高质量发展、创造高品质生活，为新时代开辟谋划青海经济社会发展指明了方向。住房和城乡建设工作与人民群众生活息息相关，今后，青海住房和城乡建设系统将重点抓好以下几个方面工作：

一是坚持绿色发展，助力高品质生活。以习近平新时代中国特色社会主义思想特别是关于青海工作的重要讲话精神为指导，深入理解青海最大的价值在生态、最大的责任在生态、最大的潜力也在生态的重要论述，把生态文明建设摆在更加突出的位置来抓，以建设国家清洁能源示范省和以国家公园为主体的自然保护地体系示范省为契机，积极开展绿色建筑行动，并立足环境改善，筑牢生态环境基础，做足“亲水近绿”文章，在全省逐步推广“城市双修”和城市设计试点经验，提升城市生态保护、风貌特色、公共服务配套及辐射带动能力。

二是推动城镇带动战略，促进城乡统筹发展。积极推进“大西宁战略”，将省会城市西宁打造成为具有突出特色的“高原美丽城市”。积极推动城市规划区内城镇积极融入城市发展，逐步发挥城市基础设施辐射带动效应，有效改进西宁、海东周边城乡接合部面貌。持续推进美丽城镇建设，以美丽城镇建设标准为依据，补齐公共服务基础设施短板，形成完备的规划建设管理长效机制。

三是改善居住水平，不断完善住房保障体系。在住房建设方面，将从市场层面推动房地产业健康有序发展。引导产品向养老地产、旅游地产转型，促进房地产业在发挥青海气候、地理特点，形成青海独特优势上有所作为。在城镇住房保障方面，将不断加强保障性住房运营管理，有效发挥保障房对困难群众的住房兜底作用。

四是以高质量发展为目标，全面推进建筑业转型发展。进一步加强事中事后监管，进一步规范办事指南和流程，提高办事效率。开展装配式建筑、钢结构建筑试点，积极推进国家装配式建筑产业基地建设，发展以钢结构和装配式混凝土结构建筑为主的装配式建筑体系，推进青海城镇及农牧区、生态保护区房屋建设方式转型升级，为全国生态保护地区、高原地区房屋建设打造示范样板。

五是深化行业改革，推动营商环境改善。积极推进工程审批制度改革，开展建筑业企业资质告知承诺许可试点工作，激发建筑业企业市场活力。进一步推行行政执法“双随机、一公开”制度，做好政务信息公开，畅通群众投诉举报渠道，调动社会监督力量，规范住房和城乡建设行业行政执法。同时，进一步加快推进施工图联合审查、住房公积金制度、工程审批制度等改革事项落地见效。

70年的发展令人鼓舞，70年的成就来之不易。王发昌表示，这些成就的取得得益于住房和城乡建设部以及青海省委、省政府的正确领导，离不开各方面的关心和支持，凝结着历届厅领导班子和广大干部职工的辛劳和智慧，相信青海的住房和城乡建设事业将会有更加美好的前景。

（刊登于《中国建设报》2019年7月31日1版）

# 做建设美丽新宁夏的主力军

## ——访宁夏回族自治区住房和城乡建设厅厅长马汉文

龚后雨　乔　静

塞上江南，美丽宁夏。宁夏回族自治区成立60多年来，特别是党的十八大以来，全区城乡面貌发生了翻天覆地的巨大变化，人民群众安居乐业，人居环境焕然一新，一个宜居宜业宜游的新宁夏展现在人们眼前。而这一切，离不开住房和城乡建设人的努力和奉献。日前，记者赶赴银川，对宁夏住房和城乡建设厅厅长马汉文进行了专访。

### 坚持“房住不炒”　推动房地产市场平稳健康发展

**记　者：**党的十九大提出，让全体人民住有所居。宁夏房地产市场发展现状是怎样的？下一步的发展方向是什么？

**马汉文：**房地产市场，一头连着民生，一头连着经济。1998年以来，伴随着国家住房制度改革和发展，我区房地产市场实现从无到有，特别是进入21世纪后，全区房地产市场发展迅速。经过多年宏观调控政策的引导，目前全区房地产市场保持总量基本平衡、结构基本合理、价格基本稳定的运行态势，不仅有效拉动了国民经济增长，对改善居民居住条件、提高居民生活质量、提升城市品位形象也发挥了积极作用。

截至2018年年底，全区城镇住宅面积约为1.62亿平方米，城镇居民住房套户比（成套住房与家庭户数之比）为1.17，人均居住建筑面积达到34平方米，接近全国平均水平，位居西北各省区前列。全区房地产企业已超过800家，群众居住条件大幅改善、住房品质明显提升，“住有所居”目标基本实现。在此过程中，住房公积金制度也日趋成熟，全区缴存职工达到62.72万人，住房公积金累计缴存总额818.26亿元，个人住房贷款发放536.78亿元，个贷率达82.23%，有力支持了居民住房消费。

今后，我们将认真贯彻中央经济工作会议提出的“房子是用来住的、不是用来炒的”定位，针对目前全区房地产市场基本饱和的现状，以“稳地价稳房价稳预期”为目标，继续保持政策的连续性和稳定性，加强房地产市场供需双向调节，改善住房供应结构，支持合理自住和改善性住房需求，抓好房地产领域风险防控和处置，推动全区房地产市场平稳健康发展。

## 聚焦“住有所居”<br>着力解决中低收入群体住房困难

**记　者：** 住房问题是最大的民生。在实现“住有所居”的过程中，宁夏是如何解决城乡低收入群体住房问题的？

**马汉文：** 习近平总书记强调，全面建成小康社会，一个都不能少。城乡低收入群体的住房问题，始终是我们关注的重点。2007年，按照中央决策部署，我区启动了保障性安居工程建设，建立了“自治区负总责、市县抓落实、相关部门分工负责”的工作推进机制，连续多年将保障性住房建设纳入自治区民生计划，在全国率先建立廉租住房配建制度，并制定保障性住房建设地方标准，实现城市低收入住房困难家庭廉租住房制度全覆盖。

10多年来，全区共实施保障性安居工程69.06万套，其中改造各类棚户区住房42.08万套、建设保障性住房26.98万套、组织入住公租房（含廉租房）17.68万套，帮助180多万城市住房困难群众改善了居住条件。

在解决好城市中低收入群体住房问题的同时，我们也没有忘记农村群众的住房安全问题。2009年以来，宁夏作为全国农村危房改造试点省（区）之一，在地方各级财力非常薄弱的情况下，坚持聚焦脱贫攻坚，千方百计筹集资金，加大政策扶持引导力度，创新整村推进模式，积极推进农村危窑危房改造。自治区政府连续4年将农村危窑危房改造列入为民办的重点实事之一，建立了逐户建档、对图销号和区市县乡四级联动一线督导等工作机制，把危窑危房改造作为地方财力优先保障的重点项目，先后将补助标准从户均0.5万元提高到2.8万元。截至2018年，全区累计完成农村危窑危房改造45万户，兑现补助资金56亿元，全区建档立卡贫困户实现了全覆盖，160多万农村贫困群众住进了安全房、舒心房，圆了安居梦。

## 贯彻高质量发展理念<br>发力新型城镇化建设

**记　者：** 中共中央、国务院在2014年发布了《国家新型城镇化规划（2014~2020）》，请问宁夏在城镇化及城市建设方面，都取得了哪些成就？今后的工作重点是什么？

**马汉文：** 相对于发达地区，宁夏城镇化进程起点较低，长期以来城镇化水平始终低于全国平均水平，且城镇数量少、规模小、功能相对单一、整体水平较低，2000年全区城镇化率仅为32%。党的十八大召开以后，自治区按照中央推进新型城镇化的总体部署，坚持以人为本，科学谋划、系统推进，加快新型城镇化进程，分别于2014年、2016年召开全区城镇化和城市工作会议，制定出台工作实施意见和发展规划，对城镇化和城市工作进行全面安排部署，明确了城市建设由规模扩张向品质提升转向的总体目标。经过近年来的不断发展，目前全区城市（县城）建成区面积已达630.22平方公里、建制镇建成区面积达168.77平方公里，全区城镇人口379.9万人，城镇化率58.9%，比2000年时提高26个百分点。

在城镇化进程中，全区城市发展水平得到明显提升。截至2018年，全区建成城市道路3800公里，人均拥有道路面积25平方米，位居全国前列。建成城市公共供水厂48座，供水能力达到124.36万立方米/日，城市用水普及率达到94.67%，银川市成为西北地区第一个获得国家节水型城市称号的城市。全区设市城市、县城污水处理率分别达到93%、84%。

城市生态也得到有效治理和保护。截至2018年，全区共建成城市公园131个，城市建成区绿地率达到37.2%，银川、吴忠等7个城市及贺兰、彭阳等6个县城获得国家园林城市（县城）称号，银川市唐徕渠环境综合整治工程、固原清水河综合整治工程等13个项目获得中国人居环境范例奖，银川市获得中国人居环境奖和2014亚洲都市景观奖，中卫市开发保护黄河湿地恢复与治理项目获得迪拜国际改善居住环境最佳范例奖。城市黑臭水体整治也取得了阶段性成果，“以克论净、深度保洁”环卫模式成为全国品牌。全区生活垃圾处理从无到有，生活垃圾收运系统逐步完善，总处理能力达到5814吨/日，县县具备垃圾无害化处理能力，城市生活垃圾无害化处理率达到98%以上。

今后，全区城镇化和城市建设将深入贯彻高质量发展理念，以推进区域协同发展为重点，着力推动银川、石嘴山、吴忠、宁东在内的银川都市圈同城化、一体化发展，进一步做强固原、中卫区域中心城市，做精一批特色县城和重点城镇。

## 布局美丽乡村建设　促进城乡融合发展

**记　者：**党的十九大提出实施乡村振兴战略。经过多年发展，宁夏农村面貌发生了怎样的变化？未来发展方向是什么？

**马汉文：**我区乡村建设发展主要经历3个重要阶段：第一阶段，从改革开放至20世纪90年代初期，农村建设逐步恢复和繁荣，农民住房建设迅猛发展；第二阶段，从20世纪90年代中期至21世纪初，农村建设进入调整发展时期，受城镇繁荣带动，农村人口开始大规模向城市流动；第三阶段，从21世纪初至今，城乡关系进入“工业反哺农业、城市支持农村”时期，我区新农村建设进入提升发展阶段，部分地区出现城乡融合发展态势。

在这一历史进程中，自治区先后组织实施了“千户农宅建设示范工程”“塞上农民新居”“幸福村庄”“优美环境、洁净城乡”综合整治等工程，建设了一批设施齐全、基础配套的农村新型社区，一大批旧村得到有效整治，为后期美丽乡村建设打下了坚实基础。

2014年，自治区启动实施了美丽乡村建设工程，明确以城乡一体化为战略方向，积极构建布局合理、功能完善、质量提升的美丽乡村发展体系，大力实施规划引领、农房改造、收入倍增、基础配套、环境整治、生态建设、服务提升、文明创建八大工程，统筹推进美丽乡村建设。

目前，全区累计建成美丽小城镇104个、美丽村庄588个，整治旧村1820个，新修农村道路1.85万多公里，村庄集中供水覆盖率达84%，有线电视实现“户户通”，部分镇村采用天然气供暖或集中供热，先后拨付奖补资金26亿元，建成了一批田园美、村庄美、生活美、风尚美的美丽乡村，全区一半以上农村人口受益，农村发展水平明显提升，广大群众有了更加美丽的新家园。

今后，宁夏将按照“产业兴旺、生态宜居、乡风文明、治理有效、生活富裕”的乡村振兴总要求，力争到2020年，全区所有乡镇和90%以上规划村庄达到美丽乡村标准，让农村群众有更多的获得感、幸福感。

2018年，在自治区成立60周年之际，习近平总书记为宁夏题词：建设美丽新宁夏，共圆伟大中国梦。这为宁夏各族人民指明了前进的方向。住房和城乡建设工作关系到百姓安居乐业，关系到城市高质量发展和乡村振兴，我们必须凝心聚力，守初心，担使命，做建设美丽新宁夏主力军。

（刊登于《中国建设报》2019年8月29日1版）

# 抒写建设美丽新疆的宏伟篇章
## ——访新疆维吾尔自治区住房和城乡建设厅厅长李宏斌

胡春明　龚后雨

“中华人民共和国成立70年来，尤其是改革开放40多年来，在党中央的坚强领导下，新疆住房和城乡建设系统的广大干部职工砥砺奋进、铸就辉煌，使新疆城乡面貌发生了翻天覆地的变化。回顾发展历程，我们倍感骄傲和自豪，更加坚定了中国特色社会主义道路自信、理论自信、制度自信、文化自信，更加坚定了在新时代继续把改革开放推向前进、为实现中华民族伟大复兴中国梦不懈奋斗的决心和信心，为建设中国特色社会主义新疆、实现社会稳定和长治久安总目标贡献应有力量。”日前，新疆维吾尔自治区住房和城乡建设厅厅长李宏斌在接受记者专访时表示。

### 统筹推进，城乡面貌焕然一新

李宏斌说，新疆住房和城乡建设系统坚决贯彻落实党中央决策部署和自治区党委、政府的工作要求，积极谋划，统筹推进住房和城乡建设事业高质量发展。改革开放以来，新疆住房和城乡建设事业不断发展，城镇住房体制、建筑业体制机制、城乡规划建设管理体制等改革深入推进，城乡面貌焕然一新。

目前，新疆城镇化率为49.38%，比1978年的26.07%上升了23.31个百分点；人民居住条件显著改善，城镇人均住房建筑面积由11.9平方米提高到32.5平方米，农村人均住房建筑面积由18.2平方米提高到29.2平方米；住房质量安全得到极大提升，建成农村安居房238万余户，近千万农牧民搬离土坯房，住进了抗震性更好的安居房。城乡建设成就斐然，城市基础设施建设步伐加快，城市综合承载力不断增强，生态环境明显改善；城市建成区面积从167.5平方公里扩大至1091平方公里，增长了5.5倍；拥有国家园林城市15个、国家园林县城19个、国家节水型城市2个，获中国人居环境范例奖19个；全区建筑业不断发展壮大，建筑业总产值增加125倍，建筑业增加值占GDP比重达到7.3%，在国民经济中的支柱产业地位进一步增强。

李宏斌说，新疆住房和城乡建设系统在工作实践中抓住关键、突出重点、发挥最大优势，带动整体发展，抓好丝绸之路经济带核心区建设，着力增强城乡发展整体性和系统性。

承担国家“一带一路”工程建设标准化课题研究项目，推动新疆建筑业企业积极拓展市场，参与“一带一路”建设。

实施好乡村振兴战略。坚持把农村安居工程与改善农村人居环境有机结合，突出农村安居房特色风貌，带动村容村貌整体改观。按照自治区农村人居环境整治三年行动实施方案，制订《自治区农村生活垃圾专项治理三年行动方案》《自治区改善村容村貌三年行动实施方案》《农村厕所粪污处理技术规程（试行）》。

助力发展旅游产业。加强历史文化名城名镇名村、街区、建筑和国家美丽宜居小镇、村庄的创建、申报、确认和管理工作，目前全区共有历史文化名城11个、名镇4个、名村4个、文化街区17个、历史建筑189个。指导各地围绕民族风情、自然风光、历史文化等资源，加强风貌设计、城市设计、城市“双修”工作，统筹城市建筑布局、协调城市景观风貌，体现地域特征、民族特色和时代风貌，提高城乡旅游吸引力。

## 攻坚克难，建设事业改革成效显著

李宏斌说，新疆住房和城乡建设系统针对南北疆以及城乡间发展不平衡不充分的矛盾，紧紧围绕全心全意满足人民群众对美好宜居环境的需求，抓住重点、精准施策、制订任务分解方案、细化考核标准，坚决打好三大攻坚战，努力推进住房和城乡建设事业改革发展。

坚决打好防范化解重大风险攻坚战。防范化解房地产市场风险，因城施策、因地制宜，加强房地产市场分类调控，坚决抑制房价过快上涨、下跌。防范化解棚改融资风险，严控地方政府债务风险。开展专项行动，防范住房公积金个贷逾期风险，将个贷逾期率控制到0.39‰。防范行业安全生产风险，严格建筑施工安全生产和质量控制全过程监管。组织开展供水、供暖、供气专项检查和危桥、危大工程等重大风险隐患排查整治，确保市政基础设施安全运营。加强行业应急体系建设，编制行业应急预案，完成应急指挥中心和指挥平台建设。

坚决打好污染防治攻坚战。截至2018年，全区污水再生利用设施设计规模92.73万立方米/日，2018年全区污水再生利用量8364.37万立方米、污水再生利用率为12.02%。

打好精准脱贫攻坚战。紧扣“两不愁、三保障”中“住房安全有保障”目标，聚焦深度贫困地区农村建档立卡贫困户等4类重点对象，强化顶层设计，健全工作机制，组织开展基础数据核实，建立“实名制”台账，基本实现建房数据精准到户、到人；全力推进脱贫攻坚住房安全有保障工作，2019年计划完成9355户建档立卡贫困户住房安全有保障任务，可全面告别农村建档立卡贫困人口住危房的历史，2019年上半年已开工9351户、开工率99.96%，竣工5186户、竣工率55.44%。

不断改善人居环境，提升城乡建设管理水平。加强城镇供水安全管理，提升城镇污水、垃圾处理设施建设和规范化管理水平。

推动建筑业改革发展。全力推进建筑信息模型（BIM）技术应用，提升建筑节能水平，稳步推进装配式建筑发展，积极推动建筑产业现代化，2018年完成建筑业总产值2200亿元，吸纳就业近70万人。持续研究解决工程建设领域保证金问题，共清理各类违规收取的保证金22.4亿元。

## 聚焦总目标，高质量发展民生

李宏斌说，新疆住房和城乡建设系统聚焦社会稳定和长治久安总目标，埋头苦干、扎实工作，高质量发展民生。

推动城镇居民住有所居。“十三五”期间全区棚户区改造任务为119.08万套，其中2016年～2018年已完成90.19万套，2019年计划实施棚改14.69万套，2019年上半年已开工7.79万套（占年度任务的53.03%），完成投资142.21亿元。2018年3万套公共租赁住房已全面开工建设，竣工2.4万套。2019年计划新开工建设公共租赁住房5.097万套，已开工1.75万套，完成年度开工任务的34%，完成投资3.81亿元。

推进农村安居工程建设。2011年11月，住房和城乡建设部会同国家发展和改革委员会、财政部印发《新疆农村安居工程建设规划（2011~2015年）》，确定了“十二五”期间全区农村安居工程建设总任务为150万户。2011年以来自治区连续5年将农村安居工程列为“民生建设年”重要民生工程予以大力推进。截至2015年年底，累计投入资金1212.4亿元，建成农村安居房150万户。

截至2018年年底，全区累计建成农村安居房238.2万余户，约990万各族群众入住新居。农村安居工程的实施，切实改善了各族农民群众的住房条件，已成为各族群众看得见、摸得着的“得民心工程、惠民生工程、促民安工程”。

李宏斌说，已建成的农村安居房经受住30余次5级以上地震的考验，特别是在新源、和静交界处6.6级地震、于田7.3级强烈地震和皮山6.5级破坏性地震中，各地新建农村安居房完好无损。农村安居工程有力地保障了各族农民群众生命财产安全，赢得了各族群众的衷心拥护。

## 寻求突破，谋划美好未来

李宏斌介绍说，2015年，习近平总书记为新疆维吾尔自治区成立60周年题写贺匾——建设美丽新疆、共圆祖国梦想，道出了新疆各族人民的共同心声，凝聚了全国人民的美好祝愿和期盼，为新疆住房和城乡建设事业发展指明了方向。

新疆未来住房和城乡建设工作将坚决贯彻落实以习近平同志为核心的党中央治疆方略，坚持社会稳定和长治久安的总目标，坚持以人民为中心的发展思想，坚持稳中求进工作总基调，坚持新发展理念，按照高质量发展要求，统筹推进住房和城乡建设领域稳增长、促改革、调结构、惠民生、防风险工作，着力实现5个突破：一是在深化改革上实现突破；二是在市政基础设施建设“补短板”上实现突破；三是在“绿色住建”上实现突破；四是在改进城市管理，加强智慧城市建设上实现突破；五是在构建住房和城乡建设法治化、标准化上实现突破。

李宏斌表示，2019年是决胜全面建成小康社会的关键时期，住房和城乡建设事业与人民对美好生活的向往紧密相关，新疆住房和城乡建设系统将大力弘扬求真务实、狠抓落实的好作风，崇尚实干，力戒空谈，在其位、谋其政，干其事、求其效，发扬吃苦耐劳、无怨无悔、无私奉献和勇于担当、敢于斗争的精神，以永不懈怠的精神状态和一往无前的奋斗姿态，把自治区党委的决策部署和自治区人民政府的安排要求，细化分解，抓铁有痕、踏石留印，推进住房和城乡建设事业高质量发展，抒写建设美丽新疆的宏伟篇章，以优异成绩迎接中华人民共和国成立70周年，为全面建成小康社会收官打下坚实基础。

（刊登于《中国建设报》2019年9月9日1版）

# 聚焦民生　践行“初心”

## ——访黑龙江省住房和城乡建设厅党组书记、厅长杨春青

龚后雨　郭春光

在祖国的东北之北，有一块形似飞翔着的天鹅的土地，这片美丽而富饶的黑土地，就是独具魅力的黑龙江省。中华人民共和国成立70周年来，特别是改革开放以来，勤劳勇敢的黑龙江建设者奋楫争先，开拓创新，让城乡面貌翻天覆地、焕然一新。

“为百姓排忧解难，为城市强筋壮骨。”日前，黑龙江省住房和城乡建设厅党组书记、厅长杨春青在接受本报记者专访时，对住房和城乡建设工作的总体定位做出这样言简意赅的表述。

杨春青说，住房和城乡建设工作与民生息息相关，涉及居民住房、物业服务、生活垃圾处理、供热、供水、供气、绿化、市政道路等诸多方面，必须始终遵循习近平总书记有关指示精神，牢固树立以人民为中心的发展理念，将为民服务解难题、守住民生底线摆在突出位置。

记者了解到，黑龙江省始终坚持把推进回迁安置、改造老旧小区、确保供水安全、提升供热质量等作为住房和城乡建设系统践行“初心”和“使命”的具体行动，加快科学谋划和组织推进，深入开展专项整治，着力解决了一批群众的操心事、烦心事、揪心事。

### 推进回迁安置，让群众搬进新房子

杨春青告诉记者，针对部分建设项目被征收拆迁房屋居民长期不能回迁安置的棘手问题，黑龙江省住房和城乡建设厅深入开展棚改逾期未回迁安置问题专项整治和房地产“烂尾楼”专项整治。

建清单，跟进展。黑龙江省组织各地全面排查梳理，列出逾期未回迁安置项目清单，逐项目明确整改措施、整改时限；建立月报制度和销号机制，逐项目跟踪进展，对哈尔滨市桦树二期、安埠商圈等重点难点项目进行跟踪督办，对整改进展缓慢的市县下发督办函，进行集中约谈。

出政策，强指导。黑龙江省先后印发了《关于做好回迁安置和加快不动产权证办理工作的意见》《关于完善防范化解全省房地产领域信访问题政策措施的意见》《关于完善棚改工作的意见》《棚改突出问题防范及专项整治工作方案》《关于开展全省房地产“烂尾楼”专项整治的工作方案》等文件，指导市县实现分类施策、精准化解。

拓渠道，筹资金。黑龙江省积极与财政部门沟通，争取债券支持，给予棚改逾期未回迁安置项目优先保障。2019年全省共发行棚改一般债券和专项债券151.04亿元，其中有48.85亿元用于支持仍存在资金缺口的棚改逾期未回迁安置项目。

通过集中强力推进，2019年以来，全省逾期未回迁安置项目完成回迁安置12777户，其中哈尔滨市绿地世纪城、牡丹江北太平路地段、北安市蓝景园、桦南县亿丰时代广场项目等棚改项目回迁安置11992户，哈尔滨市万达文化旅游城等非棚改项目回迁安置785户。

## 改造老旧小区，让群众住有好环境

近年来，黑龙江省持续深入推进老旧小区综合改造，着力提升物业服务水平，从“硬件”和“软件”两方面统筹解决影响居民生活环境的问题。

建台账，定计划。黑龙江省建立省级老旧小区改造台账、物业服务问题台账。2019年向国家上报老旧小区改造计划436个项目，共计2049栋、963.72万平方米，预计投资11.56亿元，惠及12.4万余户百姓。

定方案，保实施。指导市地编制《年度城市老旧小区综合整治改造实施方案》，逐项统筹改造内容、明确改造时序，确保按时竣工；印发了《全省城镇住宅小区物业服务管理专项整治两年行动方案》，明确整治内容、整治阶段、整治措施等，指导市地开展专项整治工作。

抓管理，强督导。黑龙江省建立了全省老旧小区改造督查通报工作机制，开发了全省城市老旧小区综合整治改造管理系统，实现了对市地计划落实和项目进展情况的信息化管理。

齐齐哈尔市龙沙区纸厂小区，最早楼房建成于1978年，居住的都是原国有造纸厂职工，属于典型的老旧小区。企业改制后，小区长达5年之久处于无物业管理状态，因年久失修，楼房漏雨、墙体长毛透寒、上下水管线时常堵塞不通。小区私搭乱建，环境脏乱差，该小区居民经常上访。2016年，齐齐哈尔市启动了该小区改造工作，当年对该小区拆违1800余处；2017年，又对小区进行全面改造升级，小区面貌大为改观。

截至2018年年底，全省累计改造城镇老旧小区1.08亿平方米、投资147.3亿元，受益居民130万户、400余万人。

## 确保供水安全，让群众喝上放心水

城镇供水质量安全直接关系着人民群众身体健康、生命安全和社会稳定。聚焦城镇供水水质不达标、间歇供水等问题，黑龙江省从四方面入手，抓好供水安全保障工作。

抓专项行动。自2018年以来，持续推进城镇供水水质提升三年行动，各地围绕补齐供水设施短板，积极推进项目建设。2019年上半年，已开复工供水设施项目10项，完成投资0.88亿元。哈尔滨市2018～2019年度计划投资3.5亿元，改造325处泵站或区域老旧二次供水设施，解决9.77万户居民“吃水难”问题。绥化市采取统一规划、统建统管的方式，先后投资3000多万元、改造并网59个小区泵站、惠及居民6万多户。

抓督查考核。黑龙江省加强供水系统运行规范化、标准化管理，对全省76个市县实行全覆盖供水水质专项督查，每季度向社会公开县级以上城市水质信息。

抓资金投入。黑龙江省省级财政安排一般债券资金6.56亿元，用于全省县级以上城镇供水水源地、净水厂、管网及二次供水设施新建改造。

抓问题整改。黑龙江省紧盯中央环保督察反馈问题，督促各市县着力解决饮用水水质不合格、出厂水水质不合格、管网漏失率较大、二次供水管理粗放等问题。

到2018年年底，黑龙江省县以上城市共有运行的净水厂170座，日综合生产能力696.9万立方米，年供水总量约13亿立方米，供水管网总长2.03万公里，设市城市和县城供水普及率分别达到98.48%和88%。

## 提升供热质量，让群众住上暖屋子

黑龙江地处高寒地区，供热是事关人民群众冬季生活的大事。黑龙江省住房和城乡建设厅紧紧围绕“居民室温达标一户不落”的任务目标，把脉供热关键环节，落实重点任务工作，提升居民供热满意度。

科学规划指导。组织各地做好城镇供热专项规划编制工作，启动实施城镇供热“一网多源”和智慧供暖，强化技术服务指导。

开展专项整治。梳理上个供暖季暴露出的热源不足、热网老旧、小锅炉效能低等影响供热质量的突出问题，集中组织开展“冬病夏治”活动，保障今冬供热效果。

开展执法检查。针对供热市场黑恶乱行为治理、供热信访投诉处理、供热运行安全隐患等情况，组织各地自查和省市抽查，加强供热行业监督管理。

确保供热用煤。针对近几年全省煤炭保供方面的严峻形势，会同相关部门建立了热煤保供机制，明确企业主体责任和政府保供责任，加强对供热储煤情况监控，保障供热用煤需求。

提升服务水平。组织开展全覆盖“访民问暖”活动，发动主管部门、社区和供热企业共同开展入户测温、征求意见等工作，全省累计走访、测温超过10万户，不仅把热源送到居民家中，更是把党和政府的温暖送到千家万户。

## 改善城乡环境，让群众从“安居”变“宜居”

杨春青表示，要让群众从“安居”变“宜居”，不断提升生活品质，棚户区改造、垃圾和污水治理等工作是重中之重。

黑龙江是全国老工业基地、商品粮生产基地、木材生产基地、煤炭生产基地、石油生产基地，自中华人民共和国成立至改革开放初期，始终秉承“先生产，后生活”的思想，在为国家作出巨大贡献的同时，城市基础设施建设和城镇居民住房条件相对落后，大量城镇居民居住在安全隐患大、配套基础设施缺失、环境卫生差、屋内阴暗潮湿的棚户区中。

自2008年开始，黑龙江省委、省政府作出了大规模推进棚户区改造的重大决策部署，省、市、县三级联动，合力攻坚推进棚改工作，到2018年年底，全省棚改已累计开工建设329.5万套，累计完成投资4400多亿元，近千万住房困难群众住房条件得到明显改善。

道外区东棵街棚户区是哈尔滨较大规模的集中连片棚户区，区域内老旧危房集中，道路、排水等城市基础设施破损严重，卫生条件差，火灾隐患大，群众改造愿望强烈。

在省委书记张庆伟直接关怀下，哈尔滨将东棵街棚改项目搬迁改造作为“一号工程”，抽调一大批优秀干部，成立了搬迁验收、协议会签、困难救助等共20个工作组，全力推进项目征收。2019年7月，仅用20天就完成了1737户居民的搬迁工作，创造了全省较大规模棚改项目房屋征收的新纪录，用实际行动回应了广大人民群众的关切期盼。

近年来，黑龙江认真贯彻落实习近平总书记关于垃圾分类工作的重要指示精神，始终坚持高位推动，自觉将垃圾分类工作作为一项重要民生实事来抓。省委、省政府多次开展实地调研，召开会议部署，扎实推进垃圾分类活动。

记者获悉，黑龙江近年来不断统筹推进农村生活垃圾治理，明确农村生活垃圾“三分类”原则，即分为“可堆肥垃圾、不可堆肥垃圾、有害垃圾”，确定了2020年农村生活垃圾减量40%的工作目标。目前，全省8967个行政村已有2774个达到国家治理要求，6722个行政村已配备专兼职保洁员34312人，双鸭山市、鸡西市、绥化市所辖县（市、区）已实现村庄保洁全覆盖。

黑龙江省省长王文涛高度重视城镇生活污水处理，多次实地调研污水处理现状和存在问题，并针对黑龙江城镇生活污水处理设施建设和运行情况全国排名靠后的实际，自2019年年初以来，多措并举，高位推进，取得良好效果。

杨春青表示，黑龙江省住房和城乡建设系统在省委、省政府正确领导下，认真贯彻党中央、国务院对住房和城乡建设工作的要求，特别是党的十八大以来，以习近平新时代中国特色社会主义思想为指导，全面落实中央城市工作会议精神，着力推进“建住房、打基础、强管理、改面貌”，百姓住房条件进一步提升，城乡环境面貌进一步改善，市政基础设施综合承载能力进一步增强。在第二批“不忘初心、牢记使命”主题教育中，黑龙江省住房和城乡建设系统将聚焦民生，努力进一步增强广大人民群众的获得感和幸福感。

（刊登于《中国建设报》2019年9月25日1版）

# 发挥“三地”优势
# 推进浙江住房和城乡建设高质量发展
## ——访浙江省住房和城乡建设厅党组书记、厅长项永丹

周 丽

中华人民共和国成立70年来，祖国发生了翻天覆地的变化，取得了历史性成就。其中，住房和城乡建设成绩斐然，为经济发展、社会进步、民生改善作出了重要贡献。围绕“壮丽70年·奋斗新时代”主题，浙江省住房和城乡建设厅党组书记、厅长项永丹接受本报记者的专访。

### 干在实处永无止境　打造宜居宜业省份

70年来，浙江住房和城乡建设工作取得巨大成就。特别是党的十八大以来，浙江坚持以习近平新时代中国特色社会主义思想为指导，自觉践行“干在实处、走在前列、勇立潮头”的新使命，在“八八战略”的指引下，深入实施新型城市化战略，大力推进城乡一体化，住房和城乡建设工作不断取得新进展，人居环境、基础设施、城乡面貌、生活品质、改革创新都迈上了新台阶。

首先，浙江省坚持以“最多跑一次”改革全方位优化营商环境。浙江是全国工程建设项目审批制度改革试点省，已全面建成并应用工程项目建设管理审批系统，项目报批全流程提交材料从原来的240多件减至80件以内，全流程审批时间由原来的200多个工作日压缩至100个工作日以内；着力打破“数据孤岛”，实现建设行业服务平台与全省公共数据对接交换；网上政务审批服务做到申报零资料、受理零窗口、办件零人工、领证零上门、存档零纸件。浙江省建设领域办事事项全部实现“最多跑一次”。

其次，浙江省坚持以“三个不带入”全省域优化城乡人居环境。根据省委“决不把脏乱差、污泥浊水、违章建筑带入全面小康”的战略部署，浙江省打出“三改一拆”“四边三化”“五水共治”和小城镇环境综合整治等系列组合拳。2018年，全省拆除违法建筑2.05亿平方米，实施旧住宅区、旧厂区、城中村改造2.63亿平方米，受益群众130.93万户；新（扩）建25座城镇污水处理厂，新增日处理能力72.7万吨，完成210个城镇生活小区“污水零直排区”改造和2210公里配套管网建设。浙江省农村生活污水处理设施运维管理走在前列，808个日处理能力、30吨以上农村生活污水处理设施，实现标准化运维；推进“厕所革命”，新

建改造农村公厕52861座，建立“三有四无”长效保洁机制；完成城镇危旧房改造19717幢、1289万平方米，完成农村危房治理改造20.3万户；高标准建成绿道5800公里，基本实现“省域万里绿道网”。

再其次，浙江省坚持以“住有安居”为初心加快完善住房保障体系。截至2018年年底，全省城镇住房保障已累计让城镇住房困难家庭350多万户、870多万人受益，城镇住房保障受益覆盖率超过22%，人均住房保障面积达到18~20平方米。公共租赁住房基本实现了上年度城镇人均可支配收入80%以下的住房困难家庭“应保尽保”。

最后，浙江省坚持以“建筑强省”为目标大力推动建筑业转型发展。2018年，全省建筑业总产值近2.88万亿元，占全国建筑业总产值的12%；建筑业增加值占全省GDP的5.5%，实现利税总额1358亿元；建筑业吸纳就业人口800万人；特级企业达到80家，建筑业外向度约为50%，城镇绿色建筑占新建建筑的比例达到94%，居全国前列。

## 新时代新使命　勇立潮头方显担当

党的十九大吹响了中国新时代的号角。浙江是革命红船的起航地、改革开放的先行地、习近平新时代中国特色社会主义思想的重要萌发地。全省住房和城乡建设系统广大干部职工时刻牢记和践行习近平总书记赋予浙江的“干在实处永无止境，走在前列要谋新篇，勇立潮头方显担当”新期望，全面落实习近平总书记关于住房和城乡建设工作的重要指示精神，以“八八战略”再深化、改革开放再出发为新起点，坚持新发展理念，主动顺应社会主要矛盾的变化和群众日益增长的美好生活需要，落实好长三角一体化发展等国家战略，以新型城市化统筹推进城乡一体化，秉持“创新精神、担当意识、百姓情怀”理念，坚持“高质量、可执行、补短板、有规则、重持续”的工作导向，推进住房城乡建设高质量发展。

新时代，浙江省将以“更舒适居住条件”为己任，高质量构建住房“市场和保障”两个体系。浙江省坚持房地产市场调控和城镇住房保障“两手抓”，进一步完善多主体供给、多渠道保障、租购并举的住房制度。到2022年，全省城镇居民人均住房面积达到45平方米以上，租赁住房占新增住房15%以上。今后几年，要按照“稳地价、稳房价、稳预期”要求，落实好“一城一策”、城市政府主体责任的长效调控机制；着重解决城镇中低收入居民、新就业职工和在城镇稳定就业外来务工人员的住房困难问题。2019年要全面完成全省11个设区市“一城一策”制定工作。目前，浙江省已建立了重点房地产企业监测制度，全省有86家规模较大的房地产开发企业（总部）纳入监测范围，并与阿里团队共同研发了房地产核心业务信息系统，强化市场分析和监测。

新时代，浙江将以“功能提升”为抓手，高质量加速“城乡建设”美丽蝶变。通过“抓重点、补短板、保安全、促转型”，不断促进城乡物质更新与功能复兴，提升以人为核心的城乡一体化进程。到2022年，城镇生活垃圾资源化利用率基本达到100%，污水处理率设市城市达95%以上、县城达94%以上、建制镇达72%以上，新建建筑节能率达75%以上。今后几年，着力建设“没有城市病”的城市和全域美丽的村镇，建成相互配套、协调高效的城镇污水处理管网系统，全面推行城镇生活小区“污水零直排区”建设标准，加大轨道交通和自行车道、步行道系统建设力度。2019年，新增日污水处理能力60万吨，完成100座污水处理厂清洁排放改造和800个“污水零直排区”小区创建；新增主城区停车位10万个；新建绿道1000公里以上，建成省级园林式居住区（单位）100个以上，建成50个优质综合公园、50条绿化美化示范路和50条街容示范街。加快塑造江南特征、别样风采的浙江特色城乡空间和人居环境，加强建筑设计管理，全面推行城市设计，提升历史文化名城名镇名村街区保护与利用水平，打造“浙派民居”，绘就现代版“富春山居图”。

新时代，浙江将以“共同缔造”为导向，高质量推进老旧小区改造。老旧小区改造是加快城市有机更新、创造美丽环境的“重头戏”，也是扩大有效投资、完善社区治理的有力之举。浙江总体思路是2019年试点先行，2020年全面启动，2022年整体收尾，全面完成三年行动方案确定的改造任务。经过前期调查，全省现有改造需求的老旧小区4707个，涉及138.86万户居民、5.17万幢楼房、建筑面积1.17亿平方米。下一步，浙江将根据改造标准、改造模式、实现场景等，把老旧小区改造分为基础整治、综合提升、未来社区三大类型，按照“美好环境与幸福生活共同缔造”的理念，积极推动老旧小区功能完善、空间挖潜、服务提升，推行“综合改一次”，努力打造有完善设施、有整洁环境、有配套服务、有长效管理、有特色文化、有和谐关系的“六有”宜居小区。由居民集体决定“改不改”“改什么”“怎么改”“如何管”。同时，发挥市场力量，拓展资金筹措，鼓励小区通过物业（房改）维修基金、小区公共收益、居民自筹、个人或单位捐资等渠道筹措资金。在老旧小区改造中，重点关注“一老一少一新”等群体，按照“能改则改、愿改尽改”的要求，推进老旧小区加装电梯，截至2019年6月底，累计竣工加装电梯534台，在建施工260台，通过审批237台，合计1031台。

新时代，浙江将以“两个零”为目标，高质量推进垃圾分类处置。习近平总书记指出，垃圾分类关系广大人民群众生活环境，关系节约使用资源，也是社会文明水平的一个重要体现。垃圾分类工作就是新时尚。浙江确定了垃圾分类“一三五、三步走”和2020年年底实现“零增长”“零填埋”的总体目标，推行“源头减量、回收利用、制度创制、能力提升、文明风尚”五大专项行动。近年来，全省注重抓设施建设、末梢动能“两头”，编制城镇生活垃圾处置设施建设行动方案，加大生产、流通、消费和分类等环节的管控力度，初步形成了政府主导、市场参与、居民自治的良好工作格局。2018年城镇生活垃圾年均增长率控制在2%以内，实现了逐年递减。2019年上半年，已有8个县（市、区）基本建立生活垃圾分类体系；200个垃圾分类省级高标准示范小区建设全部启动；全省设区市城区垃圾分类收集覆盖率达到82%，县以上城市建成区垃圾分类收集覆盖率达到58%；全省城镇生活垃圾增长率为1.5%。争取到2020年全省新建成生活垃圾处理设施74座，日处理能力达到9.67万吨，力争成为全国第一个实现生活垃圾“零填埋”的省。

新时代，浙江将以“百千工程”为载体，高质量推进美丽城镇建设。建设美丽城镇是我省持续深化“千村示范、万村整治”工程、促进城乡融合发展的重要举措。到2020年100个左右小城镇率先达到美丽城镇示范要求，2022年300个左右小城镇达到美丽城镇示范要求，2035年高质量全面建成美丽城镇。自2016年率先启动小城镇环境综合整治工作以来，目前全省1191个小城镇已全部完成整治任务，完成投资1500亿元以上，为美丽城镇建设奠定了良好基础。美丽城镇建设以实施“百镇示范、千镇美丽”工程为载体，把全省小城镇打造成为功能便民环境美、共享乐民生活美、兴业富民产业美、魅力亲民人文美、善治为民治理美的幸福家园。美丽城镇建设有以“十个一”为标志的基本要求，即一条快速便捷的对外交通通道、一条串珠成链的美丽生态绿道，一张健全的雨污分流收集处理网、一张完善的垃圾分类收集处置网，一个功能复合的商贸场所、一个开放多元的文体场所，一个优质均衡的学前教育和义务教育体系、一个覆盖城乡的医疗卫生和养老服务体系、一个现代化的基层社会治理体系和一个高品质的镇村生活圈体系。9月6日，浙江省委、省政府召开现场推进会，全面启动美丽城镇建设工作。

新时代，浙江将以“中国建造”标杆省份为标尺，高质量推进建造方式转型。建筑工业化、产业现代化是未来建筑产业发展的方向和目标。到2022年，建筑产业主要指标全国领先，建成“中国建造”标杆省份；新开工装配式占新建建筑比例达到30%以上，新建钢结构住宅占新建装配式住宅面积达到15%以上。今后几年，要大力提升绿色建造水平，提高钢结构住宅占比，深化设计和施工深度融合，培育一批有影响的工程总承包和全过程咨询企业，积极参与“一带一路”建设，形成一批国际市场竞争力强的外向型建筑企业。推进大型建筑业企业向综合型企业转型，积极培育一批市政公用、交通水利、电力工程等领域的高等级资质企业。大力发展绿色建筑，推行既有建筑绿色节能改造。强化工程建设安全监管，建立“事前管标准、事中管检查、事后管处罚、信用管终身”的监管机制。2019年，新增市政、公路等特级企业2~3家，力争对外承包营业额达到100亿美元以上，开工装配式建筑面积达6000万平方米以上，占新建建筑面积的比例不低于23%，新建钢结构住宅占新建装配式住宅面积12%以上。深化工程质量提升行动，加强品牌工程建设，提高住宅工程品质；强化安全监管，落实“两个责任”，加强城市轨道交通工程等重大风险源管控，防范较大及以上安全事故发生。

（刊登于《中国建设报》2019年9月26日1版）

# 砥砺奋进新时代　继往开来谱新篇

## ——访山东省住房和城乡建设厅厅长王玉志

周　丽

北大槐树街是济南有名的老街巷，也是唐朝开国元勋秦琼的出生地。多年来，这条街道土坯草房连片，住房条件很差，被称为“棚户村”。2010年，北大槐树街启动了棚户区改造，经过7年的建设，4000多户居民喜住新居，周边生活配套日趋完善，老城区焕发出了新活力。

中华人民共和国成立70年，特别是党的十八大以来，无数个类似北大槐树街的故事在齐鲁大地上演。山东省住房和城乡建设厅厅长王玉志表示，进入新时代，根据习近平总书记提出的“走在前列、全面开创”的总要求，山东省住房和城乡建设厅坚持以人民为中心的发展思想，奋力打造美丽宜居、百姓安居的新山东。

## 从政治高度做好群众住房工作

党的十九大报告提出，坚持房子是用来住的、不是用来炒的定位，加快建立多主体供给、多渠道保障、租购并举的住房制度,让全体人民住有所居。王玉志表示，山东以群众获得感为标尺，致力于住有所居、百姓安居，全力做好群众住房工作。山东省城镇人均住房面积由中华人民共和国成立初期的4.2平方米提高到现在的37.5平方米；商品房销售额由1996年的37亿元增加到2018年的10066亿元；累计开工建设公租房（含原廉租住房）45.23万套、经济适用住房72.8万套、限价商品住房12.3万套；累计发放城镇住房保障家庭租赁补贴20余万户、改造老旧小区5148个、196万户；棚户区改造规模连续4年居全国首位，600余万套（户）居民“出棚进楼”。

“山东逐步形成了以市场为主导、住房保障为补充，与城镇居民住房需求相适应的住房制度。”王玉志表示，接下来山东将重点做好以下五方面工作：

一是坚决守住房地产市场调控底线。牢牢把握“房住不炒”定位，保持政策的连续性和稳定性。严格执行差别化调控措施，积极构建促进房地产市场平稳健康发展的长效机制。加快建设房地产市场监测体系，进一步整顿规范市场秩序。指导济南、青岛稳妥实施“一城一策”方案，适时组织其他城市研究制定“一城一策”。

二是培育发展住房租赁市场。完善开通住房租赁服务平台，指导有关城市研究制定优惠政策，增加租赁住房有效供应。大力培育住房租赁企业，指导青岛市做好住房租赁市场发展试点工作，不断提升公租房的管理运营服务水平。

三是大力推进棚改项目开工建设。对尚未开工的项目进行集中摸排，跟进督促，确保新开工任务全面完成。用足用好专项债券额度，对进度迟缓市县进行实地督导、督办。

四是扎实推进老旧小区改造。拓宽资金筹集渠道，充分运用“共同缔造”理念，重点改造小区水电气路及光纤等配套设施，有条件的加装电梯，配建停车设施，在此基础上引导发展社区养老、托幼、医疗、助餐、保洁等服务。有序开展既有多层住宅加装电梯试点，探索建立小区后续长效管理机制，创新小区治理模式。

五是规范物业和公积金行业管理。扎实开展文明行业创建“标准建设年”活动，加强物业行业事中事后监管，扩大公积金受益范围，加强政策宣传和执法检查，提高在线服务效率。

## 从战略高度提升城市品质

城市品质是城市发展质量和城市精神品位的统一体，是一个地区发展环境、承载能力、特色魅力、文明程度的重要体现。党的十八大以来，山东省围绕城市建设管理，出台了一系列政策措施，推动城市转型发展，为进一步提升城市品质打下良好基础。截至2018年年底，山东省常住人口城镇化率61.18%，全省人均城市道路面积24.47平方米，人均公园绿地面积17.84平方米，城市（县城）用水普及率、燃气普及率分别达到99.27%、98.47%。4个城市获得联合国人居奖，8个城市获得中国人居环境奖，10个城市被评为国家历史文化名城，10个城市被评为省级历史文化名城。

“提升城市品质，是贯彻落实新发展理念、推动城市高质量发展的必然要求。”王玉志表示，在即将全面建成小康社会的门槛上，城市建设不仅要满足“有”了，更要追求“好”了，推动城市建设从规模扩张、空间拓展转变到功能完善、内涵提升上来，走高质量发展的路子。

2019年8月15日，山东印发了城市品质提升三年行动方案，强调要精致建设、精细管理、精美呈现，实现城市市容整洁有序、生活交通便利安全、公共空间明显增加、环境质量大幅改善、特色魅力充分彰显，群众获得感、幸福感、安全感显著增强。据王玉志介绍，山东将重点抓好以下3个方面工作：

首先，坚持生态优先，建设绿色优美环境。“人人渴望推窗见蓝、开门见绿，骑车能够从树荫中穿行，闲暇时能够到公园、广场等公共空间休闲交流、放松身心、强健体魄。”王玉志表示，按照城市品质三年行动方案要求，山东将加快推动绿道建设，2019年建成2000公里绿道，到2021年建成绿道5000公里，初步构建全省绿道主体框架，形成连续的绿色长廊。此外，山东还要加快改善空气环境质量，巩固提升水体环境质量，加快推进垃圾分类，全面改善人居环境。

其次，坚持以人为本，提供优质公共服务。王玉志认为，城市的核心是人，衣食住行、生老病死、安居乐业，一刻都离不开城市服务，生活方便不方便、生活质量高不高，老百姓都有最直接的体验。所以，要加快构建“15分钟”活动圈，改造提升居住环境；完善车位建设补贴、差异化停车收费等优惠政策，多渠道缓解停车难；大力建设街角游园、口袋公园等小型公园，想方设法增加绿色空间；加快改进物业服务，让发展成果惠及更多群众。

最后，坚持风貌提升，塑造城市特色魅力。“国内不少城市，许多建筑单独看都很漂亮，但是集中在一起整体看就像一堆火柴盒，缺乏美感和韵律。”王玉志认为，山东历史文化底蕴深厚，地域特质明显，要加快重点区域城市设计，强化公共空间和街道设计，增强街区活力和特色，形成城市独特的文化积淀和气质，塑造城市品牌形象，提升城市的感知度和美誉度。

## 从全局高度推进乡村振兴

实施乡村振兴战略是以习近平同志为核心的党中央对“三农”工作做出的重大决策部署，是新时代做好“三农”工作的总抓手。王玉志表示，乡村振兴是全面建设社会主义现代化强国的必然要求，更是推动山东乡村发展的迫切需要。党的十八大以来，习近平总书记要求山东打造乡村振兴的“齐鲁样板”，全省村镇建设发生历史性变革，村镇面貌发生了翻天覆地的变化。

截至目前，山东累计完成危房改造40多万户，新改农厕900多万户，在全省累计评选打造4000多个村镇建设试点，其中，全国重点镇207个、中国历史文化名镇4个、历史文化名村11个、传统村落125个。

据王玉志介绍，山东省委、省政府明确提出建设“三生三美”融合发展新格局，展现具有山东特色的现代版“富春山居图”。农村垃圾处理、厕所革命、村容村貌提升等方面都与住房和城乡建设工作紧密相关，其中，美丽村居建设是乡村振兴的重要抓手，是打造乡村振兴“齐鲁样板”的重要内容和有效载体。乡村振兴战略为住房和城乡建设工作提供了更加广阔的空间和舞台。

“乡村振兴要注重强化规划引领，做到高点定标、突出各地特色、健康有序推进、注重改革开路。”王玉志表示，接下来山东将着重从以下3个方面，推动乡村振兴战略在齐鲁大地落地生根、开花结果。

一是深入开展美丽村居建设“四一三”行动（到2020年，初步形成4大风貌区和10条风貌带，打造300个省级美丽村居建设试点）。完成首批56个省级试点任务，抓好第二批100个试点，建立完善“点对点”联系村庄机制。举办美丽村居建筑设计大赛，启动“志愿同行”活动，开展多层次专业培训，引入高水平设计团队，推出一批优秀设计成果。二是提升农村改厕质量。分东、中、西地区开展农村改厕提升试点，鼓励企业或个人成立农村厕所管护服务组织、建立维护队伍，健全完善维修服务、清运服务、利用处理3项制度和后续长效管护机制。三是扎实推进农村危房改造。建立农村危房改造动态保障机制，将4类重点对象新增危房及时纳入改造范围，实现应保尽保。创新保障方式，加快改造进度，坚决完成住房和城乡建设领域脱贫攻坚任务。

王玉志表示，在山东省委、省政府的坚强领导下，在住房和城乡建设部的精心指导下，山东省住房和城乡建设厅将以只争朝夕的敬业精神和时不我待的奋进态度，担当作为、狠抓落实，勇做新时代泰山“挑山工”，全力打造百姓安居、美丽宜居新山东，以优异成绩向祖国、向人民、向历史交上一份满意的答卷。

（刊登于《中国建设报》2019年9月27日1版）

# 牢记初心使命
# 奋力描绘美丽天津新画卷
## ——访天津市住房和城乡建设委员会主任蔡云鹏

尚丹宁

中华人民共和国成立70年来，天津市住房和城乡建设领域发生了深刻的变化。特别是党的十八大以来，天津市住房和城乡建设系统深入学习贯彻习近平新时代中国特色社会主义思想以及习近平总书记对天津工作提出的"三个着力"（着力提高发展质量和效益、着力保障和改善民生、着力加强和改善党的领导，加快打造美丽天津）重要要求、视察天津的重要指示精神，紧紧围绕京津冀协同发展战略，稳中求进、攻坚克难，服务推进高质量发展，使人民群众获得感、幸福感、安全感更加充实。

日前，天津市住房和城乡建设委员会主任蔡云鹏在接受记者采访时表示，展望未来，天津市住房和城乡建设系统有信心、有决心，在以习近平同志为核心的党中央的坚强领导下，牢记初心使命，撸起袖子加油干，不断创造新业绩。

## 以新理念为引领　助推高质量发展

蔡云鹏说，我们紧紧抓住重要历史性窗口期，把住房和城乡建设工作放在新时代发展大势中去把握、放在京津冀协同发展大局中去谋划、放在全市高质量发展整体工作中去推动，不折不扣地落实好党中央的决策部署和市委的工作要求。

深化区域协同发展。强化产业协同，积极服务北京非首都功能疏解产业和企业来津落户，加快未来科技城等承接平台建设。树立全局观念，主动服务雄安新区发展。强化环保联防联控，抓好扬尘综合治理、污水处理厂建设等工作，不断拓展京津冀生态容量空间。强化建筑市场开放共享，实现统一市场准入条件、统一工程承发包机制、统一信用信息平台、统一建设工程标准。强化建设标准协同，2019～2021年将会同北京市、河北省住房和城乡建设部门开展海绵城市、施工安全等5个领域、19部协同标准合作编制。提升城市载体功能。目前，天津已有6条地铁线投入运营，运营里程达到220公里，基本形成覆盖中心城区主要居住区、商业区和交通枢纽，联通滨海新区的网络化运营格局。当前，正在积极推进8条线路、186公里建设工作，在施线路、开工面积均位居全国前列。计划到2023年，建成513公里。完善城市路网，重点加强机场、轨道交通等重大枢纽、重点城镇、重要公路联系中心城区的骨架路网建设，到2020年中心城区路网总长度增至1880公里，道路面积率达到17%。

蔡云鹏说："保护好、发展好、利用好小洋楼是我们责无旁贷的责任。"按照习近平总书记"要爱惜城市历史文化遗产，在保护中发展，在发展中保护"的重要指示精神，天津加强对历史风貌建筑的维修养护、日常监管、宣传保护，如今庆王府、民园等已成为天津旅游地标、特色，小洋楼历史文化价值得到充分释放。2019年启动了《天津市历史风貌建筑保护条例》修订工作，从源头上加强保护。筹集60幢小洋楼，重点引进智能产业、科技创新产业、金融服务业、高端服务业的领军企业和知名企业家。目前，已与阿里巴巴、联想等25家企业正式签约，实现了历史风貌建筑与新兴产业有机融合，焕发了小洋楼的新活力。

## 以为民服务为宗旨 持续保障和改善民生

蔡云鹏说："我们全力满足人民对美好生活的向往，牢牢守住民生底线，让全市老百姓共享改革发展成果，是我们一以贯之的目标。"

举全市之力推进棚户区改造。天津市委、市政府将棚户区改造作为改善群众居住条件的民生补短板工程，连续列入全市20项民心工程之首。2017年启动了三年市区棚户区改造，通过统筹全市地块平衡、统筹全市发债能力、统筹建设安置房源，到2019年年底将完成147万平方米，实现成片棚户区改造清零，圆了百姓的"安居梦"。"下一步，我们将坚持一切往前赶，全力以赴推进零散棚户区改造。"

做精做细老旧小区改造。从群众身边最盼望解决的急事难事做起，自2012年开始，开展老旧小区提升改造，起到了先行先试、探索新路的作用。2012年到2015年，对2186个小区、6920万平方米进行居住功能综合提升改造，113万户居民直接受益。2017年到2019年，重点围绕居住安全，对3069个片区、8311万平方米老旧小区及远年住房进行改造，127.58万户居民直接受益，促进了新旧居住区的均衡发展。

统筹做好农村困难群众危房改造。自2013年启动以来，紧紧抓住危房认定、危改质量和资金3条主线，相继制定了危房改造补助对象认定办法、加强危房改造质量安全管理等文件，建立涵盖"五个基本"的危改质量体系，严控危改补助资金管理，累计完成改造3.02万户。计划2019年年底完成6000户，2020年改造3800户，让农村困难家庭真正住上"安心房""暖心房"。

## 以住有所居为目标 完善房地产市场调控

蔡云鹏说，天津按照党的十九大关于"加快建立多主体供给、多渠道保障、租购并举的住房制度"的精神，健全工作机制，完善相关制度，确保群众住有所居。

完善住房体系。加快建立以商品住房、租赁住房为主的住房市场体系和以共有产权住房、公共租赁住房为主的住房保障体系。截至2018年年底，全市共计建设保障性住房84.3万套、6050万平方米，发放住房租赁补贴14.8万人次，满足了广大中低收入家庭改善住房条件的迫切愿望。

深化房地产市场调控。坚持"房子是用来住的、不是用来炒的"定位，调控目标不动摇、力度不放松。建立房地产相关信息共享机制，加强房地产市场监测分析和研判；强化房地产市场监管，严厉打击房地产开发企业、代理销售机构违法违规销售行为，形成有效震慑；压实属地区政府和相关部门责任，实行因地制宜、因时制宜、精准施策，确保实现稳地价、稳房价、稳预期和房地产市场平稳健康发展。

加快培育发展住房租赁市场。先后出台《天津市人民政府关于培育和发展住房租赁市场的实施意见》《关于加强企业自持租赁住房管理的通知》等文件。通过"限地价、竞自持"的方式，在新建商品住宅地块中累计新增租赁住房建设规模80余万平方米。支持租赁企业开展分散式、集中式住房租赁业务，精准匹配市场需求。严密监测住房租金变动情况，合理引导住房租赁市场预期，积极稳控住房租金水平。

## 以改革创新为动力　引导行业做优做强

蔡云鹏说："我们以高度的思想自觉和责任担当，进一步解放思想、改革创新，打通理顺堵点难点，推进行业改革向纵深发展，增强发展活力和创新活力。"

营商环境得到全面改善。全面落实工程建设项目审批制度改革试点任务，强化"一张蓝图、多规合一"项目策划生成机制，优化天津市工程建设项目联合审批系统，通过"政务一网通"平台，实现信息资源共享，工程项目审批时间压减一半以上。深入推进"一制三化"改革，61项权利事项分别下放到滨海新区及各功能区，减少17项许可和服务类事项，减少比例达到50%；减少各类申请材料455项，减少比例达到46%。停止外地建筑企业进津登记，取消建设工程合同备案，招投标环节实现"零梗阻"。

地铁投融资取得历史性突破。2019年5月，地铁7号线、11号线PPP项目投资总额达约525亿元，创造了该领域引入社会资本规模最大的案例。2019年年底前4号线、8号线将通过PPP落实总投资约490亿元，进一步为天津地铁发展注入强大活力。采用建设—运营—移交运作模式，有力助推轨道交通产业调整升级，改善和提升广大民众的地铁出行体验。

建筑业持续快速发展。制定《关于促进建筑业持续健康发展的实施意见》，以提高建筑品质为核心，促进设计、采购、施工等各阶段工作的深度融合和资源高效配置，推动建筑业转型升级。引导建筑业企业规模化集约化发展，锻造综合竞争实力，实现企业专业和等级的合理布局。2012年到2018年建筑业总产值达到2.85万亿元。

## 以绿色宜居为导向　推动可持续发展

蔡云鹏说："我们坚持以人为核心，把绿色发展、生态宜居理念贯穿住房和城乡建设全过程，打造美丽天津，提升百姓的幸福指数。"

全面推进绿色建筑发展。瞄准国际化大都市标准，把节水、节地、节材、节能环保的绿色发展理念融入建筑全生命周期。制定《关于加快推进被动式超低能耗建筑发展的实施意见》等政策，创新绿色建筑激励机制，率先在全国实施居住建筑四步节能设计标准、公共建筑三步节能设计标准。截至2018年年底，实施居住建筑节能改造6900余万平方米、绿色建筑1.37亿平方米，累计获得绿色建筑评价标识项目347项。

加快海绵城市建设。坚持规划先导，编制市区两级专项规划及实施方案，划定建成区20%面积区域为重点建设区，编制地方技术规程近20部，3部纳入京津冀区域协同工程建设标准体系合作项目清单。坚持示范引领，通过PPP建设模式吸引社会资本23亿元，以国家海绵城市试点建设为契机，带动形成一批样板工程。

大力发展装配式建筑。出台《关于大力发展装配式建筑的实施方案》，先后印发《关于加快促进装配式建筑产业基地和产业示范园建设发展工作的通知》等文件。注重示范项目引领，建成双青新家园保障房项目、中加生态示范区等一批代表性示范项目。目前，天津拥有6个国家级装配式建筑产业基地，形成了全产业链发展模式。

当前，天津正处于高质量发展的关键时期。蔡云鹏说，要以习近平总书记来津视察为强大精神动力，形成团结一心、干事创业的强劲势能。坚守初心和使命，以锐意进取、开拓创新的精气神和埋头苦干、真抓实干的自觉行动推动住房和城乡建设事业迈上新台阶，创造新辉煌。

（刊登于《中国建设报》2019年9月30日1版）

# 不辜负时代赋予河南的战略机遇
## ——访河南省住房和城乡建设厅党组书记、厅长吴浩

程晓丽

从“百废待兴”到“百业兴旺”、从传统农业大省到新兴工业大省、从乡村型社会到城市型社会……中华人民共和国成立70年来，有着8000年历史文化底蕴、曾经苦难深重的中原大地——河南，已发展成为开放包容、宜居宜业的“中原福地”。城乡巨变的背后，凝结着广大住房和城乡建设系统工作者的辛勤汗水和默默付出。站在新时代的新起点，放眼中原更加出彩的新蓝图，河南省住房和城乡建设事业如何乘势而上、趁势而为？

“让居者心怡、来者心悦，不辜负时代赋予河南的战略机遇。”日前，河南省住房和城乡建设厅党组书记、厅长吴浩道出了全省住房和城乡建设人坚定不移的奋斗目标、始终不改的初心情怀。

## 品质提升 “点赞”多了

2014年，习近平总书记在调研指导河南工作时做出了打好产业结构优化升级、创新驱动发展、基础能力建设和新型城镇化“四张牌”的重要批示。在喜迎中华人民共和国70华诞之际，习近平总书记再次来到河南视察指导工作，就推动经济高质量发展、实施乡村振兴战略、高度重视生态保护工作、切实保障和改善民生、推动文化繁荣兴盛、开展好主题教育提出明确要求，殷切希望河南在中部地区崛起中奋勇争先，谱写新时代中原更加出彩的绚丽篇章。

“新型城镇化”是牵引城乡建设高质量发展的“牛鼻子”，必须立足河南省情和新形势、新要求，探索生态型、融合型、适度型、集约型、高效型的新型城镇化发展之路。对于总书记的重要指示，河南省住房和城乡建设系统结合该省实际，深入贯彻落实。

作为全国第一人口大省、传统农业大省，河南省在城镇化进程中面临区域人口密度较高、产业发展水平较低、资源环境容量有限、城市承载能力偏弱和公共服务保障能力不强等难题。对此，吴浩认为，河南省的发展，绝不能简单照搬外省经验“比葫芦画瓢”，不能因循老路“一本经念到底”，要打破既定规则，坚定不移地制定、执行能够惠及河南科学持续发展的长远战略。

为落实中央城市工作会议精神、着力打好“四张牌”，2016年12月，河南省启动实施百

城建设提质工程，以县级城市为主体，统筹推进城市基础设施、公共服务、生态保护和产业发展，打造一条具有时代特征、符合河南特点的新型城镇化路子。

“首先要做到规划先行。”吴浩介绍说，河南省先后制订实施了《县城规划建设导则》和《城乡一体化示范区建设导则》，作为全省城乡建设的制度要求，同时也是建设美丽城乡的“规划图”。目前，先期启动的79个市县，已全部完成总体规划编制，完成各类专项规划3000多项。去年新纳入的44个县总体规划和专项规划已启动编制，将推进城市设计全覆盖。

有了“规划图”，在建设过程中如何与打造文明城市相融合、与脱贫攻坚相融合？经过不断调研、探索，答案逐渐清晰：坚持地上与地下、宜居与宜业、硬件与软件、老城与新城并重，同时还要坚持分步实施、加强服务指导。

据了解，3年来，河南省累计开工建设城市道路、学校医院、社区服务、文化场馆和游园绿地等项目近两万个、投资超过1.4万亿元；累计创建国家级园林城市达50个，许昌市成功创建国家生态园林城市，11个市县成功创建全国文明城市；统筹脱贫攻坚和百城建设提质分批推进，首批选取43个市县和两个省辖市老城区先期启动，2018年又将其他16个省辖市老城区和另外18个非贫困县纳入实施范围，今年起全域推进实施。据统计，2018年全省完成农村危房改造18.58万户，是国家下达任务的3倍多。河南省还被住房和城乡建设部、财政部确定为2018年农村危房改造工作积极主动、成效明显的省份之一。

谈及诸多工作成效，吴浩欣喜地算了一笔账：自百城建设提质工程推进以来，河南省常住人口城镇化率年均提高1.6个百分点以上，返乡创业人员达135万人，农村劳动力省内转移1817万人、占60%以上。

## 环境改善 “颜值”高了

“城漂亮了、路干净了、人文明了，给人一种眼前一亮的感觉。”这是人群中听到最多的感叹，生长于斯的吴浩同样感同身受。

良好的生态环境是最普惠的民生福祉，创造美丽宜居的人居环境、实现人民对美好生活的向往，是住房和城乡建设系统职责所在、使命所系。吴浩就任以来，时刻把习近平总书记关于住房和城乡建设的重要论述和坚持生态发展指导思想作为工作的重要遵循，把“五大发展理念”贯穿工作始终，坚持以县域为单元，统筹布局县城、中心镇、行政村基础设施和公共服务设施建设，推动城镇基础设施向农村延伸、公共服务向农村覆盖；组织开展农村住房建设试点，提升农房建造水平，开展乡村绿化美化行动，推进庭院花园化，改善农村居住环境；高度重视传统村落保护发展，培育发展了以信阳市新县田铺大湾、登封市杨家门村等为代表的一大批传统村落示范村。目前，河南省累计公布省级传统村落807个，其中204个列入中国传统村落名录。据吴浩介绍，河南将重点打造豫西北太行山片区、豫中环嵩山片区两个传统村落保护发展示范片区，积极培育一批传统村落保护发展示范点，因地制宜、因势利导，把别具风格的传统村落改造好、保护好，弘扬中原传统农耕文化，留住传统村落中蕴含的文脉传承和浓浓乡愁。

“像河南这样的人口大省和传统农业大省，农村人居环境的改善是一场硬仗，更是一场持久战。”针对农村人居环境条件差、基础弱、投入大、文明素质低等现状，吴浩高度关注，省住房和城乡建设厅坚持以农村生活垃圾、污水治理为突破口，连续两年将农村生活垃圾治理列入全省重点民生实事强力推进，按照“五有标准”（有齐全的设施设备、有成熟的治理技术、有稳定的保洁队伍、有长效的资金保障机制、有完备的监督制度）和“扫干净、转运走、处理好、保持住”四个环节，积极开展农村人居环境整治，并印发实施农村生活污水治理方案和技术导则，指导济源、巩义、兰考、新密等市县开展国家级农村生活污水治理示范，确定100个乡镇和村庄开展省级示范，并编制《农村生活污水处理设施水污染物排放标准》，组织县市、区编制县域农村生活污水治理专项规划。目前，累计有76个涉农县（市、区）农村生活垃圾治理通过省级达标验收。省住房和城乡建设厅联合省内有关部门加大对已完成农村垃圾治理省级达标验收县（市）的监管，适时开展复查，稳固垃圾治理成果，对治理效果反弹严重的，将实施警告退出机制。

## 改革创新　成效“亮”了

河南既是人口大省，更是建筑业大省，但与国内建筑业强省相比，还存在发展不平衡、不充分、龙头企业较少、产业效能较低等问题。新时代，河南建筑业如何突破转型？如何实现更高质量发展？如何实现由大变强、打出品牌？这些问题引发了吴浩的共鸣：当前建筑业需要进一步深化改革，加快转型升级步伐。河南省将继续大力实施企业改革、发展装配式建筑、加强科技创新、人才队伍培养等攻坚行动，切实让众多的“河南建筑”走出中原、走向世界。

吴浩如数家珍详细介绍了有关情况：2019年年底全省开工装配式建筑将超过1300万平方米，郑州、新乡以及7家企业已开展国家装配式建筑示范和产业基地建设；临颍县规划建设“3+20”装配式建筑产业园，全县装配式建筑占比达到35%。全省新建建筑节能设计标准执行率达100%，多数市县全面执行绿色建筑标准，绿色建筑占新建建筑比例超过40%，并在中部地区率先开展超低能耗建筑试点示范。

“加强科技创新和人才培养，也是推进建筑业改革创新的一项重要任务。”吴浩表示，目前，全省有53家建筑业企业被认定为省级工程技术研究或企业技术中心，超过400项科研课题获得国家或省级荣誉。去年，全省新增3个省级产业技术创新战略联盟、10家省级工程技术研究中心、3项省级科技进步奖。河南省勘察设计行业涌现出院士4人、全国勘察设计大师24人，设有院士工作站的勘察设计单位有5家。培训现场专业人员和一线工人11.7万人，被住房和城乡建设部确定为全国新时期建筑产业工人队伍培育试点省。

多年来，河南住房和城乡建设厅着眼战略全局，不断推动建筑业创新发展，取得了显著成效：2018年，全省建筑业完成总产值1.136万亿元、同比增长12.6%，位列全国第八、中部第二；完成税收439亿元、同比增长18.1%；全省施工总承包特级企业32家，拥有综合设计甲级单位4家、综合勘察甲级单位11家，数量居全国第7位，累计73项工程荣获“鲁班奖”。林州获“中国建筑之乡”称号，长垣防腐、项城防水等已在全国形成品牌效应。

放眼历史沉淀和文化厚重之中原，亿万中原儿女正昂首阔步迎来千年未有之巨变，大河上下，正迸发出勃勃生机。住房和城乡建设事业展现了高质量发展的软硬实力，绽放了快速健康、科学持续的发展魅力和永续动力，让改革红利真正得到了释放。

谈及未来发展，吴浩满怀信心：全省住房和城乡建设系统广大干部职工将深入学习贯彻习近平总书记视察河南重要讲话精神，不忘初心、牢记使命，深刻领会习近平总书记关于推动经济高质量发展的重大要求，加快质量变革、效率变革、动力变革，牢固树立以人民为中心的发展思想，加快郑州国家中心城市、洛阳副中心城市和区域中心城市建设，构建以中原城市群为主体、大中小城市和小城镇协调发展的现代城市体系，继续全面推进百城建设提质工程和保障性安居工程，加快建筑业转型升级、旧城改造、乡村振兴、城乡一体化发展和“放管服”改革等重点工作推进力度，以住房和城乡建设高质量，为中原更加出彩增添靓丽底色，让古老的中原大地成为真正的创业之都、宜居之地、幸福家园。

（刊登于《中国建设报》2019年10月1日1版）

# 团结奋进收获春华秋实 绿色发展建设亮丽北疆

## ——访内蒙古自治区住房和城乡建设厅党组书记、厅长冯任飞

马晓丽

9月中下旬，在北京召开的两个会议间隙，记者见到了内蒙古自治区住房和城乡建设厅党组书记、厅长冯任飞，提出专访要求后，冯任飞欣然接受。冯任飞对记者说，中华人民共和国成立70年特别是改革开放以来，在党中央的坚强领导下，在党的民族政策光辉照耀下，内蒙古自治区的城乡建设面貌发生了翻天覆地的变化。如今的内蒙古，城镇化水平快速提升，城市功能日趋完善，农村牧区人居环境不断改善。一座座现代化城市拔地而起，一个个干净整洁村庄星罗棋布，祖国北部边疆处处都是欣欣向荣的景象。

党的十八大以来，习近平总书记两次考察内蒙古。在庆祝自治区成立70周年之际，习总书记欣然题词“建设亮丽内蒙古、共圆伟大中国梦”。习近平总书记参加了十三届全国人大一次和二次会议内蒙古自治区代表团审议，并作了重要讲话。2019年7月，习近平总书记到内蒙古就经济社会发展、生态文明建设和开展“不忘初心、牢记使命”主题教育情况进行考察调研并发表重要讲话。“全区各族人民受到了巨大的鼓舞。”冯任飞说。

## 民生工程有保障　房住不炒稳发展

内蒙古坚持把住房保障工作作为一项重大的民生工程、发展工程加以推进，不断完善住房保障政策、扩大住房保障范围，实现了城镇低保、低收入住房困难家庭的应保尽保，将城镇中等偏下收入住房困难家庭和新就业无房职工、城镇稳定就业外来务工人员纳入住房保障范围，进一步完善保障方式，强化审核分配管理。截至2018年年底，全区共有37万户住房困难家庭享受到公租房保障。

冯任飞介绍说，2008年实施棚户区改造以来，内蒙古大力实施城市棚户区、国有工矿棚户区、中央下放煤矿棚户区、国有林区（场、站）棚户区（危旧房）、国有垦区危房改造工程在内的共5类城镇棚户区改造工作。阿尔山林区棚户区、包头北梁棚户区、赤峰铁南棚户区改造任务已基本完成，乌兰察布集宁区棚户区改造正在加快推进。巴彦淖尔市探索出一条棚户区改建（扩建、翻建）的新路。截至2018年年底，全区实施各类棚户区改造193.9万套，累计完成投资4029亿元，500多万居民出棚进楼，实现了安居梦。

坚持政府主导、社会参与、群众支持的思路，扎实推进老旧小区改造工作。统筹实施建筑节能推广、老旧管网改造、环境整治、配套设施建设工作，受到了群众的欢迎和赞誉。截至2018年年底，全区累计完成老旧小区改造6863个、10212万平方米，投入改造资金187亿元，取得了显著的经济效益、社会效益和环境效益。

冯任飞向记者说，内蒙古坚持“房子是用来住的、不是用来炒的”定位，加大房地产市场调控力度，强化城市政府主体责任，实施一城一策，深入开展房地产市场秩序专项整治，加大住房结构调整力度，促进全区房地产市场平稳健康发展。截至2018年年底，全区有房地产企业4100多家，近年来每年完成房地产开发投资1000亿元左右，商品房销售面积年均2000万平方米左右。全区城镇居民住房条件有了明显改善，截至2018年年底，全区人均住房面积达到34.7平方米，比1981年人均住房面积增加了27.4平方米。

## 城市建设日新月异 精细化管理制度领航

冯任飞介绍说，中华人民共和国成立70年来，特别是党的十八大以来，内蒙古城镇化持续发展。2018年内蒙古常住人口城镇化率为62.7%，比1978年提升41个百分点，高于全国城镇化率3个百分点。城镇体系逐步完善，城镇空间布局日趋合理，“一核多中心、一带多轴线”的新型城镇体系基本构建成型，大中小城市和小城镇协调发展，截至2018年年底，全区共有20个设市城市、69个县城、388个建制镇。

城市综合承载能力显著增强。截至2018年年底，全区城市用水普及率99.3%，比1990年提高23.3个百分点；人均道路面积22.75平方米，比1990年增加16.25平方米；人均公园绿地面积18.52平方米，比1990年增加15平方米；城镇生活污水处理率97.42%，比1990年提高73.3个百分点；生活垃圾无害化处理率99.79%，比1990年提高82个百分点。已创建9个国家园林城市、8个国家园林县城，有13个项目获得中国人居环境范例奖。城市轨道交通实现零的突破，呼和浩特市地铁在建总里程49.5公里。城市地下综合管廊建设稳步推进，已经建成廊体78.24公里，包头市成为国家首批地下综合管廊建设试点城市。稳步推进海绵城市建设，13个城市完成了海绵城市专项规划编制工作。历史文化的传承与保护不断加强，自治区政府已经公布17条历史文化街区，各盟市已经确定370个历史建筑。城市生态环境不断改善，自治区有4个城市被列为全国“城市双修”试点，14个城市被列为自治区“城市双修”试点。

在实施城市精细化管理方面，推动出台了《内蒙古自治区人民政府关于深入推进城市精细化管理实施意见》《内蒙古自治区推进城市精细化管理三年行动方案（2018~2020年）》，制定印发《内蒙古自治区城市精细化管理标准》。建立了自治区城市精细化管理厅际联席会议制度，组织建设了全区数字化城管执法平台，全区城市市政市容、环境卫生、空间秩序和交通管理、应急管理能力全面提升，市民满意度明显提高。

## 村镇面貌焕然一新 农牧区危改成效显著

据冯任飞介绍，中华人民共和国成立以来，特别是改革开放后，内蒙古农村牧区基础设施和公共服务设施建设大规模推进，农村牧区人居环境显著改善。特色小城镇和美丽宜居、特色景观旅游等示范村镇建设速度进一步加快，全区共创建143个国家级重点镇、46个中国传统村落、37个国家级特色景观旅游名镇（名村）、17个国家级美丽宜居小镇（村）、12个国家级特色小城镇、7个国家级历史文化名镇（名村）。截至目前，全区生活垃圾得到治理的行政村达到7598个，占行政村总数的68.31%。2019年将在全区33个牧业旗建设完成5万户的户厕改造任务。

农村牧区危房改造取得显著成效。内蒙古自治区党委、政府高度重视农村牧区危房改造工作，脱贫攻坚战实施以来，按照中央“两不愁三保障”的要求，加快解决贫困农牧民住房困难问题，内蒙古住房和城乡建设厅及时出台了危房改造地方标准《脱贫攻坚农村牧区危房改造管理规范》，精准实施农村牧区危房改造。2009~2018年，全区共完成农村危房改造128.6万户，完成投资176.3亿元，约320万农牧民告别了危房，改造后的房屋经受住了通辽、阿拉善、乌海等多次地震考验。2019年，内蒙古将再完成1.8万户“四类重点对象”的危房改造，建档立卡贫困户危房将全部“清零”。

在开展农村牧区危房改造期间，内蒙古实施了符合本地区农村传统养老习俗、符合农村经济社会发展水平的“互助养老幸福院”模式，实现了农村牧区60岁以上有生活能力、无生产能力的低保户、五保户、残疾人贫困户和其他贫困户住房保障，探索出了“集中居住、分户生活、社区服务、互助养老”的农村互助养老模式，深受广大农牧民欢迎。

## 建筑业积极转型<br>行业改革持续推进

内蒙古通过管理体制改革，调整优化结构，强化市场监管、扶持骨干企业发展，积极促进建筑业转型升级，出台《关于促进建筑业持续健康发展的实施意见》，全区建筑业在产业规模、经济效益、综合实力、技术创新能力等方面显著增强，企业总数大幅增加，队伍规模不断扩大，高资质企业明显增多，建筑业在自治区经济中的支柱地位进一步增强。近5年来，建筑业增加值占自治区GDP的比重保持在6.6%以上，2018年全区建筑业总产值5533亿元，建筑业增加值1322亿元，区内企业完成产值1040亿元，企业数量达到5000余家，从业人员78万人。

内蒙古不断加快推动建筑业的转型升级，深化建筑业改革，出台了《关于大力发展装配式建筑的实施意见》，稳步发展装配式建筑、绿色建筑、超低能耗建筑，积极推广BIM技术，推动建筑业与信息化、工业化深度融合。1984年至2019年，全区荣获中国建设工程鲁班奖（国家优质工程）工程项目50项，荣获“草原杯”工程质量奖工程项目661项，荣获优质样板工程项目1774项。创建国家标准化示范工地130余个，自治区标准化示范工地3500余个，建筑业形成了争先创优的良好局面。

全面开展了工程建设项目审批制度改革，内蒙古自治区人民政府出台了《关于工程建设项目审批制度改革工作实施方案》，内蒙古住房和城乡建设厅制定了《内蒙古自治区工程建设项目审批流程图示范文本》等19项配套文件，全区已累计精简和规范审批事项189项。自治区本级工程建设项目审批管理系统已正式上线运行并与国家对接，盟市已全部完成与国家和自治区系统的数据对接。初步建成了全区工程建设项目审批信用信息管理平台。实现了2019年6月底前将审批时间压缩至120个工作日以内的目标，为进一步优化自治区的营商环境做出积极努力。

## 坚持生态优先绿色发展<br>打造亮丽内蒙古

冯任飞表示，内蒙古自治区住房和城乡建设系统将深入学习贯彻习近平新时代中国特色社会主义思想和习近平总书记考察内蒙古的重要讲话精神，在推动内蒙古高质量发展过程中作出新的更大贡献。冯任飞向记者畅谈了工作思路：

一是坚持以人民为中心的发展思想，不断加大对困难群众的住房保障力度。持续推进城镇棚户区改造，扎实落实2018~2020年棚改攻坚计划，重点改造老城区内脏乱差的棚户区和国有工矿区、林区、垦区棚户区，因地制宜地采取拆除新建、改建（扩建、翻建）等多种方式实施棚户区改造。进一步扩大公租房保障范围，对“新市民”和住房困难重点群体给予住房保障。认真落实“两不愁三保障”部署要求，扎实推进农村牧区危房改造工作，确保完成脱贫攻坚危房改造目标任务。

二是坚持生态优先绿色发展，持续提升城乡建设管理水平。通过城市“双修”“微改造”，提升城市生态宜居水平，通过以规范化、标准化、法治化、智慧化为着力点的城市精细化管理，推动城市逐步从规模扩张向品质提升转变。按照自治区打赢蓝天、碧水、净土保卫战的决策部署，切实减少污染物排放。

三是坚持“共同缔造”理念，着力改善城乡人居环境。坚持新发展理念，以群众身边、房前屋后的人居环境建设和整治为切入点，积极解决群众的烦心事、揪心事和操心事。大力倡导“共同缔造”理念，在老旧小区改造、既有居住建筑节能改造、城市生活垃圾分类、厕所革命等工作中，发动群众“共谋、共建、共管、共评、共享”，凝聚推动工作的正能量。

四是坚持实施创新驱动，加快住房和城乡建设行业改革发展。顺应新时代发展要求，深入推进住房和城乡建设领域的供给侧结构性改革，通过创新驱动来推动行业的改革转型。统筹协调城市的生态、生产、生活三大功能，引导房地产业走产城融合发展之路。积极推动工程建设项目审批制度改革工作，2019年年底前将建设工程项目审批时限压缩到100个工作日之内，为优化自治区营商环境作出积极贡献。

70年团结奋进，70年春华秋实，在新起点上，内蒙古住房和城乡建设系统将深入学习贯彻习近平新时代中国特色社会主义思想，全面落实习近平总书记考察内蒙古重要讲话精神，增强“四个意识”，坚定“四个自信”，做到“两个维护”，坚持走生态优先、绿色发展之路，扎实推动住房和城乡建设事业高质量发展，为把祖国北部边疆这道风景线打造得更加亮丽而努力奋斗！

（刊登于《中国建设报》2019年10月9日1版）

# 在更高起点更高层次更高目标上推动广东住房和城乡建设事业新发展

## ——访广东省政协副主席、省住房和城乡建设厅厅长张少康

周　丽

位于深圳市罗湖区布心路的东晓花园，经常引得过往游客驻足观看一番。小区大门旁边的墙上镌刻着“中国土地拍卖第一锤”，告诉人们它是1987年我国首个土地使用权拍卖地块建成的住宅社区。

中华人民共和国成立70年来，作为改革开放的排头兵、先行地、实验区，广东省的城乡建设面貌发生了翻天覆地的变化。从东晓花园到无数拔地而起的高品质住区，人民群众的获得感幸福感安全感不断提升。

东方风来满眼春。进入新时代，广东省住房和城乡建设厅以“敢为人先”的奋斗精神，努力开创新局面，勇于攀登新高峰。

### 塑造高质量人居环境

中华人民共和国成立以来，广东省城市建设坚持尊重和顺应城市发展规律，将城市现代化建设与传统岭南历史文化街区、建筑的保护并重，在南粤大地上建成一座座“人美、花美、城美”的具有岭南特色的现代化城市。特别是党的十八大以来，广东省全面推进城市基础设施再升级、城市建设品质再提升，污水和垃圾的处理能力和地下综合管廊建设等方面工作长期居于全国前列。

城市的核心是人，城市工作做得好不好、老百姓满意不满意、生活方便不方便，城市管理和服务状况是重要评判标准。广东省政协副主席、省住房和城乡建设厅厅长张少康认为，金杯银杯不如老百姓的口碑，老百姓说好才是真的好，城市建设归根到底是要为居住其中的居民服务。接下来，广东省将紧紧围绕“老百姓最关心的事”展开工作：

一是坚决打赢污染防治攻坚战。对照“长治久清”的目标要求，加快推进黑臭水体治理，大力推进生活污水处理设施建设和提标改造，全力推行生活垃圾分类工作，加快建立生活垃圾分类投放、分类收集、分类运输、分类处理体系。

二是城乡建设品质再提升。积极推进海绵城市、地下综合管廊等新型基础设施建设，不断提升城市承载能力。大力提升城市设计和建筑设计管理水平，推进老旧小区改造，重点解

决供水、供电、供气、停车难等问题，积极推动有条件的老旧小区加装电梯。用“绣花”功夫做好历史文化名城、名镇、名村、街区、历史建筑和传统村落保护利用工作，全力推进粤港澳大湾区历史文化遗产游径建设。加快社区体育公园建设，打造“15分钟城市居民活动圈”，积极提升城市空间品质。加快补齐农村垃圾和镇级污水处理设施短板，提高农房设计和建设质量，加快推进农村人居环境整治。

三是城市管理再精细。开展城市建设管理和人居环境质量评价工作，推动实施“一年一体检，五年一评估”的城市体检制度。建立智能化城市建设管理信息平台，将城市建设管理事项纳入城市网格化管理体系。推进建设行政执法工作规范化建设。开展“美好环境与幸福生活共同缔造”活动试点，引导各方主体共同参与社区治理，提高住宅小区业主委员会组建率。

## 营造高水平发展环境

“党的十八大以来，我们认真贯彻落实党中央、国务院决策部署，多主体供给、多渠道保障、租购并举的住房制度不断完善，实现了房地产市场总体平稳健康发展。”张少康表示。

据了解，党的十八大以来，广东累计开工商品房9.12亿平方米，竣工4.21亿平方米，建成环境优美、配套齐全的宜居社区2544个，居民人均住房建筑面积达38.5平方米。全省累计改造农村危房82.5万户，新开工保障性住房18.6万套，棚户区改造安置住房28.7万套，39万户住房困难群众住进了公租房，共新增解决超过126.1万人住房困难问题。全省累计新发放个人住房公积金贷款4306.44亿元，支持98.37万户职工家庭圆上了安居梦。

“接下来，广东要不断提升‘住有所居’水平。”张少康强调，要落实城市政府主体责任制，积极开展“一城一策”试点，做好稳地价、稳房价、稳预期工作，促进房地产市场平稳发展。加快完善住房保障体系，全面培育和发展住房租赁市场，做好公租房建设及分配入住管理，因地制宜发展共有产权住房，帮助城镇“夹心阶层”和各类人才实现住有所居。围绕“湾区通”工程，完善便利港澳居民在大湾区内地购房（租房）政策措施，推动港澳来粤就业创业青年人才纳入当地人才安居政策体系，探索建立跨界、城际住房机制。

随着科技与建筑业的不断融合，提升建筑业现代化水平，成为广东接下来的重点工作之一。张少康表示，广东将完善推广建设科技成果应用机制，积极推动绿色建筑、旧城改造、装配式建筑、轨道交通、建筑废弃物资源化利用等重点领域的技术研发和成果应用。大力发展以装配式为代表的现代建造技术和方式，推广绿色建设模式，推广超低能耗绿色建筑，开展建筑产业工人队伍培育示范，推动建筑产业再革命。深化粤港澳建筑及相关工程专业服务合作，构建港澳建筑领域专业人士和机构来粤执业便捷通道，构建三地建筑业企业携手“走出去”的“大平台”，共同参与“一带一路”建设。

“切实加强城市安全管理水平是营造高水平发展环境的重要一环。”张少康表示，接下来广东将落实安全生产责任，加强房屋市政工程风险防控，推进工程质量管理标准化与工程质量问题治理，坚决遏制重特大生产安全事故。加强建设工程消防设计安全管理，制定消防设计审查验收有关制度、标准和程序。加强城镇供气、道路桥梁、环卫设施和城市公园等风险排查和隐患治理。

## 构建高效率营商环境

党的十八大以来，广东通过全面深化改革，紧紧围绕治理能力和治理体系现代化要求，攻难点、治痛点、疏堵点，深化“放管服”改革，有效提高工作水平，改善行业形象，让权力在阳光下运行，更好地方便企业群众，服务经济社会发展。

据了解，广东省住房和城乡建设厅权责清单中的行政许可事项从2014年的24项减少到9项，2018年涉企省级行政许可办理量由2017年的2.64万件下降至1.45万件，下降率达45%。全面开展工程建设项目审批制度改革，建成省工程建设项目审批系统，实现部门地市与国家及省的系统数据对接。在全国率先放开施工图设计文件审查机构数量，提高审图效率。广州、深圳两个试点城市平均审批时限由改革前的200多个工作日压缩至政府投资类90个工作日以内、社会投资类50个工作日以内，珠海、佛山、东莞、中山等审批时限也在原审批基础上实现了50%左右的压缩。

“简政放权、放管结合、优化服务是处理好政府与市场关系的重大改革之举，对扩大就业、壮大新动能、经济稳中向好起到了重要支撑作用。”张少康表示，广东将认真贯彻党中央、国务院决策部署，坚定不移推进改革开放，把深化“放管服”改革、优化营商环境作为促进“六稳”的重要举措。

一是优化工程建设项目审批管理。推进工程建设项目审批制度全流程全覆盖改革，做到审批流程、信息数据平台、审批管理系统、监管方式“四统一”。支持深圳深化工程建设项目勘察设计质量监管体制改革，加快建立国家、省、市三级互联互通的工程建设项目审批管理系统，全力确保各地工程建设项目平均审批时限压减至100个工作日以内。

二是深化工程招投标管理改革。对标国际通用商务规则，建设择优竞价的招投标体系，探索建立强化招投标环节职务犯罪预防工作的长效机制，推动形成公正法治化营商环境。

三是推行行政许可“放管服”改革试点。试点下放已委托广州、深圳实施的省级行政职权事项。优化“告知承诺制”审批程序，大力推动省级审批的建筑业企业资质证书电子化，全力推动“人工智能+机器”智慧审批工作。

四是加强市场信用体系建设。加快出台建筑市场信用管理措施，建设全省建筑业企业资质和人员资格动态监管系统，实行信用分级分类管理。

新时代开启新征程，新作为成就新梦想。张少康表示，在广东省委、省政府的坚强领导下，广东省住房和城乡建设厅将聚焦主业，勇于担当，认真履职尽责，为广东实现“四个走在全国前列”、当好“两个重要窗口”作出更大贡献！

（刊登于《中国建设报》2019年10月10日1版）

# 凝心聚力 努力提升人民群众居住品质

## ——访吉林省住房和城乡建设厅党组书记、厅长孙众志

龚后雨 牛兆锋

关东神韵，白山松水。70年风雨兼程，70年硕果累累。70年来，吉林省的经济全面发展，社会进步明显，民生改善取得巨大进步。吉林省住房和城乡建设事业作为经济和社会发展的排头兵，有力地支撑了全省社会经济发展，成绩斐然，一代代建设者顽强拼搏，无私奉献，用智慧和汗水，谱写了宏伟的建设篇章。

日前，吉林省住房和城乡建设厅党组书记、厅长孙众志在接受本报记者专访时介绍说，在20世纪90年代以前，吉林省居民居住的房屋以砖瓦房为主，质量差、使用功能不全、人均住房面积小，广大人民群众住房困难问题突出。截至2017年年末，吉林省城镇居民人均住房建筑面积由1985年的4.6平方米增加至29平方米，增长近6倍。广大人民群众的居住条件显著改善、居住品质显著提高，人民群众获得感、幸福感、安全感不断增强。

## 强力推进 保障性住房让百姓更安居

从2006年开始，吉林省通过大规模实施城市棚户区、煤矿棚户区、林业棚户区、国有工矿棚户区、国有垦区危房改造和廉租住房、公共租赁住房保障，有效解决了困难群众的住房问题，基本建立了具有吉林特色的住房保障体系，为城市发展和产业集聚提供了强有力的住房保障支持。

孙众志介绍说，吉林省通过实施各类棚户区改造，有效解决了中低收入群体的住房困难问题。截至2018年年末，吉林省已累计改造各类棚户区235.2万套，受益群众达212.1万户、616.3万人，47.5%的城镇户籍人口通过棚户区改造解决了住房困难问题。

吉林省从2008年开始实施廉租住房保障，2010年实施公共租赁住房建设，2014年廉租住房和公共租赁住房并轨运行。截至2018年年末，吉林省累计开工建设公共租赁住房33.62万套，已分配入住32.03万户，分配率95.27%，累计为63.36万户发放住房租赁补贴，实现了应保尽保，有效解决了困难群众的住房问题。

记者了解到，党的十八大以来，吉林省加大工作力度，持续攻坚克难，下功夫啃下“硬骨头”。全省保障性安居工程建设计划任务120.15万套，实际改造123.29万套，完成计划任务的102.6%；计划建成72.45万套，实际建成94.29万套，完成计划任务的130.14%，占全省

已建成保障性安居工程总量的48.85%。

吉林省还把中等偏下收入无房家庭，环卫工人、公交司机等特定行业群体和符合规定条件的引进人才、高技术人才、新就业大学生等新就业无房职工纳入住房保障范围，已累计实施保障1.7万户，有效解决了新市民等特定群体的住房困难问题。

可以说，吉林省保障性住房覆盖面之广、建设量之大、受益群众之多，走在了全国的前列。

一是有效拉动了经济增长。通过实施棚户区改造，直接完成投资3400亿元，带动相关联产业完成投资7500余亿元。有效拉动了房地产业、建筑业、建材业和化工、运输等30多个相关联产业发展，充分发挥了投资拉动作用，增加了地方财税收入，推动了全省经济的平稳健康发展。

二是促进了城市循环经济发展。通过实施棚户区改造，腾出了大规模建设用地，促进了城市存量土地的有效利用，为地方产业发展、城市基础设施建设、重大项目建设、各类开发区和园区建设等提供了用地保障，为经济发展创造了巨大空间，助推了地方经济发展。同时，各地通过政策性金融贷款、有效利用民间资本和土地出让收益，滚动实施棚户区改造，基本实现了县域内的棚改资金平衡，为县域经济发展奠定了良好基础。

三是完善了城市整体功能。通过实施棚户区改造，加快了城市基础设施建设，完善了城市功能，提升了城市品位，改善了城市人居环境，大幅提升了城市综合承载能力，为实施吉林省特色城镇化创造了条件。

四是促进了社会和谐稳定。通过实施棚户区改造，促进了社会就业和农村劳动力转移，有效解决了困难群众的住房问题，实现了住有所居、安居乐业，密切了党群干群关系，提高了人民群众的幸福指数，增强了社会凝聚力，促进了社会和谐稳定发展。

## 合力攻坚　农村危房改造见成效

孙众志告诉记者，农村危房改造是脱贫攻坚工作重中之重，是贫困群众最关心、最迫切、最现实的生活需要。吉林省把农村危房改造作为乡村振兴的重要发力点，凝心聚力，合力攻坚，截至2018年年末，吉林省共改造农村危房54.3万户，解决了约170万农村贫困人口“住房安全保障”问题，让贫困农户感受到了党中央的关怀和温暖，让住房最危险、经济最困难的弱势群体共享改革的红利。

不仅要让农民群众住上安全房，还要改变农村居住环境，让农民住上宜居房。孙众志介绍，近年来，吉林省大力开展农村“厕所革命”和垃圾治理，乡村面貌发生巨大变化。

2015年7月16日，习近平总书记在延边朝鲜族自治州视察时指出，随着农业现代化步伐加快，新农村建设也要不断推进，要来个“厕所革命”，让农村群众用上卫生的厕所。吉林省委、省政府高度重视，把这项工作当做改善农村人居环境、推进新农村建设和实施乡村振兴战略一项重要任务来抓。截至2018年年末，吉林省共改造农村厕所45万户。

2018年，按照中央统一部署，吉林省全面启动农村生活垃圾治理三年行动。截至目前，全省共有5730个行政村对生活垃圾进行处理，占全省行政村总数的61.3%。累计投入资金7.58亿元，建设转运站434座，购置环卫车辆1701辆，配备垃圾收集设施38.3166万个，月收运处理垃圾11.75万吨。

## 勠力同心　推进城市高质量发展

进入新时代，我国社会主要矛盾已经转化为人民日益增长的美好生活需要和不平衡不充分的发展之间的矛盾，城市发展方式也随之转变，孙众志介绍说，吉林省坚持把新发展理念贯穿到城市建设全过程，着力解决重地上轻地下、重形象轻功能等问题，切实转变观念，着力治理“城市病”，促进城市高质量发展。

切实提升城市建设的系统性。探索建立健全城市建设及基础设施规划体系，做好与国土空间规划等相关规划的衔接。落实好住房和城乡建设部关于城市建设管理和人居环境质量评价工作，推动实施“一年一体检，五年一评估”的制度。

全面推进绿色建筑发展。着力引导绿色建筑由点到面、由单体到区域、由浅绿到深绿发展。稳步推进海绵城市建设。白城市作为国家首批海绵试点城市，在全国第一个实现全面完工，第一个总结完整经验模式，为如何在全省推广海绵城市建设、如期完成国家2020年年底前建成区20%达到海绵城市建设要求提供了宝贵经验。

打好城市黑臭水体治理攻坚战。截至目前，吉林省99处黑臭水体已基本消除黑臭90处，占总数的90.9%，累计完成投资78.09亿元。

加大历史文化名城保护力度。鼓励采用微改造的“绣花”功夫，以小规模、渐进式节奏，积极稳妥推进历史城区、历史文化街区人居环境改善。推进既有建筑保留利用和更新改造，开展工业建筑、工业厂房保护和再利用工作。目前，长春市、吉林市、集安市均编制完成了历史文化名城保护规划，将保护内容、范围、建设控制要求纳入总体规划中。

开展城市管理三年提升行动。2018年，吉林省政府办公厅印发了《吉林省城市管理效能提升三年行动方案》，计划利用3年时间，在全省实施城市管理效能提升“六项行动”，即整洁行动、畅通行动、拆违行动、绿化提升行动、老旧小区综合整治行动和城市管网安全运行提升行动。预计到2020年，全省各市县实现市容环境整洁清新、城市秩序规范有序，违法建设得到遏制，生态环境持续改善，老旧小区面貌大为改观，管网安全状况明显改善，城市管理科学化、精细化、智慧化水平大幅提高，人民群众满意度显著提升。

孙众志表示，吉林省住房和城乡建设厅将继续深入贯彻落实习近平总书记在中央城市工作会议上的重要讲话精神，坚持稳中求进工作总基调，围绕中心、服务大局、开拓创新、勇于担当，在白山松水的美丽大地上，续写住房和城乡建设事业新篇章。

（刊登于《中国建设报》2019年10月11日1版）

# 以高度的答题意识勇担新使命
## ——访湖北省住房和城乡建设厅党组书记、厅长李昌海

胡春明　邵　凯

"70年砥砺奋进，70年春华秋实。湖北省住房和城乡建设事业取得了历史性成就，在新时代的改革发展新征程中，湖北省住房和城乡建设人将以高度的答题意识，勇担住房和城乡建设事业发展新使命。"日前，湖北省住房和城乡建设厅党组书记、厅长李昌海在接受记者专访时表示。

## 沧桑巨变，住房和城乡建设事业实现历史新跨越

李昌海深有感触地说，中华人民共和国成立70年来，是住房和城乡建设事业蓬勃发展的70年，也是湖北省城乡面貌发生天翻地覆变化的70年。70年来，湖北省住房和城乡建设工作紧紧围绕社会主义现代化建设伟大实践，紧扣发展和民生两大主题，谱写了一曲荆楚大地统筹城乡发展、绿色发展和高质量发展的壮丽篇章。

城乡统筹发展实现新突破。李昌海介绍说，湖北省城乡规划工作起步于20世纪50年代。1984年，随着国务院《城市规划条例》的颁布，湖北省城市规划工作进入了一个新的历史时期，先后完成了各大中小城市总体规划与村镇3轮总体规划、控制性规划的编制与修订工作。创新完善城乡规划体系，科学合理布局生产、生活、生态空间。坚持城乡统筹，协调推进新型工业化、城镇化、信息化、农业现代化和绿色化。深入推进国家新型城镇化综合试点，建设绿色、人文、智慧的现代化城市，打造了一批以产业为支撑的宜居宜业特色小镇，广大乡村呈现出一幅"绿满荆楚美如画，水光山色与人亲"的美丽画卷。

居住条件向"住有宜居"转变。李昌海告诉记者，中华人民共和国成立之后的计划经济时期，湖北省和全国一样，实行"统一管理，统一分配，以租养房"的公有住房实物分配制度，存在住房数量有限、质量不高、租不养房、分配不公等问题。从20世纪90年代开始，湖北省进行了城镇住房制度改革。

党的十八大以来，湖北省坚持"房子是用来住的，不是用来炒的"定位，积极稳妥实施房地产市场长效管理机制，全省房地产市场保持平稳健康发展。1979年，全省城市居民人均实有住宅居住面积仅为3.9平方米，而目前全省城镇人均住宅建筑面积已经达到45平方米、

城镇住宅成套率达86.8%。

健全住房保障体系，积极推进棚户区改造，加大政府投资公租房建设力度。截至2018年年底，全省累计开工各类保障性住房224万套（户），改善了800万住房困难群众的居住条件，住房保障覆盖城镇常住人口的比例达22.6%；改造农村危房94.6万户。

建筑业跻身全国先进行列。李昌海介绍说，中华人民共和国成立之初，湖北省建筑业完全按照国家下达的计划施工生产。改革开放后，湖北省把建筑业作为城市经济体制改革的突破口，实施了一系列重大改革，使其率先进入市场。

1978年，全省建筑业总产值只有11.11亿元；到了2018年，建筑业总产值已突破1.5万亿元，是1978年的1000多倍。产业规模连续5年保持全国第三、中部第一。绿色建筑规模化发展，全省106个项目获得绿色建筑标识，建筑面积达1368万平方米，并建成投产装配式建筑生产基地21个。全省有74项工程获鲁班奖、57项工程获詹天佑奖、266项工程获全国建筑工程装饰奖。

目前，湖北省已形成拥有较高专业水平、门类齐全的工程勘察设计行业，涉及范围包括21个工程勘察设计子行业。全省工程勘察设计行业总体竞争力居全国前列，“湖北设计”正在大展风采。

城乡人居环境不断优化。计划经济时期，由财政拨款的市政公用事业发展缓慢。为改变政府包办和市政公用事业发展投资渠道单一、管理粗放、效率低下的局面，湖北就市政公用事业改革进行了积极探索。通过改革，城镇基础设施建设投入增长强劲，1978年，全省城市建设固定资产总投资只有6915万元，改革开放以后，城镇基础设施建设投资以年均10%以上的速度增长。2018年，全省建成城市生活污水处理厂150座，建设地下综合管廊250公里、海绵城市263平方公里，整治城市黑臭水体123条，建成生活垃圾焚烧项目11个、城镇公厕3435座。

李昌海说，通过70年来的改革发展，湖北城乡面貌发生了翻天覆地的变化。

新型城镇化水平稳步上升。1978年，湖北城镇化率仅为18%左右，至2018年年末已达60.3%，城镇人口比例超过乡村人口，实现了历史性跨越，湖北从农业大省步入以城市型社会为主的新成长阶段。

乡村环境持续改善。近年来，湖北住房和城乡建设系统深入贯彻落实国家乡村振兴战略，以“四个三重大生态工程”为主战场，城乡垃圾无害化处理、乡镇污水治理取得了显著成效。目前，全省建成垃圾中转站1987座、末端处理设施147座，生活垃圾日处理能力达4.2万吨，农村生活垃圾有效治理率达到85%以上。新建、改扩建乡镇污水厂835座，已有806座进入通水调试或试运行，建成主支管网8831公里。开展湖北省美丽宜居乡村示范项目建设，首批97个村列入省级美丽宜居乡村示范项目培育名单。

## 不忘初心，精准对接新时代住房和城乡建设事业新使命

李昌海深有感触地说：“党的十八大以来，习近平总书记多次就党的初心和使命作出重要论述。全省住房和城乡建设部门党员干部必须深刻领悟历史使命，时时拷问职责使命，以强烈的使命担当、深厚的人民情怀，答好时代考题，交出优异答卷。”

李昌海认为，住房和城乡建设部门党员干部要答好时代考题，首先要精准对接使命。

一要为全面深化改革提供更多的住房和城乡建设素材。坚持转职能、转作风、提效能，推动住房和城乡建设部门行政审批“三集中”改革向市、县延伸，深化“一网覆盖、一次办好”和“互联网+放管服”改革。要在提升改革整体效能上加码加力，鼓励各地各部门比学赶超，推进改革举措迭代升级、改革成效螺旋式提升。

二要在推进高质量发展中走出具有住房和城乡建设特色的新路子。要坚持以新发展理念为引领，坚持不懈抓重点、补短板、强弱项，全力做好稳增长、促改革、调结构、惠民生、防风险各项工作。

补齐城市功能性设施、市政基础设施和生态文明建设短板。到2020年，城市公共供水普及率99%，城市燃气普及率98%，城市污水处理率95%、县城90%，城市建成区70%降雨就地消纳和利用，城市建成区绿地率38.9%，城市生活垃圾无害化处理率达到100%，县城

生活垃圾无害化处理率达到98%。

推动建筑业发展质量变革、效率变革、动力变革。加快建筑产业现代化体制机制研究，开展工程总承包（EPC）试点示范，促进装配式建筑发展。紧盯市场调结构，引导和支持企业向大土木建设发展，向城市轨道交通及水治理、地下空间开发、环保等国家重点投资领域拓展，提升“湖北建造”品牌的含金量和影响力，推进企业深度参与“一带一路”建设。

三要在服务实施国家战略中展现更大的住房和城乡建设担当。牢牢把握中部崛起、长江经济带发展战略机遇，坚决贯彻落实党中央和省委、省政府重大决策部署，着力念好“住治服”三字经，打好“三大攻坚战”“长江大保护十大标志性战役”，推进“四个三重大生态工程”，真抓实干、砥砺奋斗，有力推动全省住房和城乡建设事业高质量发展。

目前，湖北全省还有农村4类重点对象存量危房7.5万户，已开工7万户，竣工5.9万户。要实行“硬账硬结”，精心组织，抢抓工期，规范管理，确保年底前全面完成改造任务。

加强顶层设计，分类研究制订房地产市场、城乡基础设施建设、城市公用设施运营管理、建筑工程质量安全监管等风险防范化解专项方案，明确每个部位管理重点，做到项目化落实、清单化明责、时序化推进。

乡镇污水处理设施建设项目年底前全部建成并投入运行。设区城市焚烧发电厂要开工建设，设市城市要建成餐厨垃圾处理设施，农村要完成存量垃圾清零，实现剩余60%的行政村生活垃圾无害化处理全达标，确保90%的行政村达到“五有”标准，并通过国家对农村垃圾治理验收。

四要在保障和改善民生上下功夫。切实解决好民生实事、“关键小事”。坚持应保尽保，优先满足困难群众住房需求。

到2020年，全面完成国有工矿棚户区、垦区危旧房改造，基本完成城镇棚户区改造，新开工各类棚户区改造70万套左右。优化保障性住房供应结构，继续实施城镇保障性安居工程，因地制宜稳步推进公共租赁住房建设，加快培育和发展住房租赁市场。

积极创新城镇老旧小区改造投融资机制。积极发展社区养老、托幼、医疗、助餐、保洁等服务。推动建立小区后续长效管理机制。

全面开展“擦亮小城镇”行动。力争用5年左右时间，全省小城镇普遍做到“街面净、线理顺，招牌靓、马路平，货入店、车停正，垃圾治、污水清，花草鲜、环境美，设施全、人文润”，打造一批舒适宜居、各具特色的美丽城镇。

## 勇于担当，以过硬能力素质圆满完成住房和城乡建设事业新答卷

李昌海表示，全省住房和城乡建设部门党员干部要深入贯彻落实习近平总书记在推动中部地区崛起工作座谈会上的重要讲话精神。打造“推动中部地区高质量发展的重要动力源”，湖北住房和城乡建设部门面临的挑战越来越多，责任越来越重，迫切需要锻造一支具有铁一般信仰、铁一般信念、铁一般纪律、铁一般担当的住房和城乡建设铁军。

让“政治硬”成为干部队伍厚重底色。要保持政治定力，进一步树牢“四个意识”，坚定“四个自信”，坚决做到“两个维护”，做到旗帜鲜明讲政治。

让“作风硬”成为干部队伍突出本色。要着力破除“浮”的问题，树立从严从实、动真碰硬的作风，事事认真负责，提高工作质量。

让“本领硬”成为干部队伍显著亮色。要增强能力不足的危机感，练就“几把刷子”，使自己的能力素质跟上时代节拍，与岗位职责相匹配。

李昌海表示：“只要我们坚定信心跟党走，常怀赶考之心、常秉赶考之志，铆足十二分干劲，打起十二分精神，以‘等不起’的紧迫感、‘慢不得’的危机感、‘坐不住’的责任感，撸起袖子加油干，就一定能创造出无愧历史、无愧时代、无愧人民的更大业绩。”

（刊登于《中国建设报》2019年10月14日1版）

# 以新气象新担当新作为助力东北振兴

## ——访辽宁省住房和城乡建设厅党组书记、厅长魏举峰

尚丹宁

金秋时节，辽沈大地洋溢着丰收喜悦，激荡奋进力量。

中华人民共和国成立70年来，辽宁省住房和城乡建设事业取得了巨大成就。特别是党的十八大以来，伴随着全省经济社会发展，辽宁省住房和城乡建设系统在习近平新时代中国特色社会主义思想指引下，在辽宁省委、省政府的正确领导下，始终坚持以人民为中心的发展思想，以共建共治共享的工作理念，大力推进住房和城乡建设领域供给侧结构性改革和“放管服”改革，攻坚克难、砥砺前行，走出了一条具有辽宁特色的住房和城乡建设事业发展之路，取得了突出成就。

在深入推进东北振兴座谈会上，习近平总书记从党和国家事业发展大局出发，对推进新时代东北全面振兴、全方位振兴作出重大部署，对坚持和加强党对东北振兴的全面领导提出明确要求，为辽宁省住房和城乡建设系统立足新方位、找准新坐标、展现新作为，指明了努力方向，注入了信心动力。

近日，记者对辽宁省住房和城乡建设厅党组书记、厅长魏举峰进行了专访。

### 宜居辽宁

目前，辽宁省在住房保障、宜居乡村建设、装配式建筑等方面成绩突出，城市承载能力大幅提升，历史文化遗产得到有效保护。这些突出成就使人民群众的获得感、幸福感更加充实，使辽宁变得越来越宜居。

辽宁省住房保障实现重大突破。魏举峰说，截至2018年年末，全省通过公共租赁住房为34万户各类住房困难家庭提供了住房保障。从2005年率先在全国开展大规模棚改，全省已累计改造各类棚户区179.6万套，500多万住房困难群众通过棚改改善了居住条件。目前，全省城镇居民人均住房建筑面积达到31平方米，住房保障覆盖面超过22%，住宅小区物业服务覆盖面超过85%。特别是党的十八大以来，全省总投资55.7亿元，改造老旧小区4258个，涉及居民132.5万户，改造面积8838.7万平方米。同时，推进多主体供给、多渠道保障，确保房地产市场平稳健康发展。

宜居乡村建设使辽宁的乡村发生了翻天覆地的变化。魏举峰说，在解决城市居民住房问题的同时，辽宁省把农村危房改造工作列为脱贫攻坚的重要内容，自2012年按照国家统一部署，明确了实施范围，确定了4类重点对象。辽宁省人民政府出台关于开展宜居乡村建设的实施意见，开展以4项整治、4项改造、6项提升和1个打造为主要内容的“百千万宜居乡村创建工程”，其中88个乡镇成为全国重点镇、13个乡镇获批国家级特色小镇，20个省级特色乡镇获批，农村“户分、村收、镇运、县区处理”垃圾处理体系基本建立。完成农村危房改造23.33万户，使4.23万户建档立卡贫困户实现“住房安全有保障”。城镇功能基本完善，公共服务和基础设施建设水平日趋城市化，人居环境得到极大改善，乡村居民幸福感大幅提升。

目前，装配式建筑已在辽宁蓬勃发展。魏举峰告诉记者：“作为全国第一批试点省份，我们起步早、积极探索、先行先试，扶持企业快速成长，促进建筑业做大做强。”尤其是党的十八大以来，建筑业规模快速扩张，在国民经济中的比重不断提高，全省各种类型建筑业企业1.3万余家，从业人数达到130万人，其支柱产业地位逐步确定，支柱产业支撑作用愈发明显。2018年，建筑业增加值占GDP的比重达到8.3%，全省新建装配式建筑面积845万平方米。2017年，沈阳市被评为全国装配式建筑示范城市，大连三川建设集团股份有限公司等6家企业获评全国装配式建筑示范基地。

现在，辽宁城市的承载能力大幅提升。魏举峰强调：“我们大力实施城市基础设施建设，城市功能逐步完善，生态环境显著改善。”全省共排查70条城市黑臭水体，已基本完成整治任务66条，其余4条预计2019年年底前完成主体整治工程。沈阳、葫芦岛分别获得国家第一批、第二批城市黑臭水体治理示范城市，获得国家资金支持6亿元和4亿元。全省县以上城镇污水处理厂共141座，计划提标改造56座，已基本完成主体工程，55座已通过环保验收或第三方检测，1座正在开展第三方检测。因地制宜推进地下综合管廊建设。供热面积由1985年的1048.9万平方米增长至2018年年底的13.4亿平方米，省辖市集中供热率达到97%。供水能力由1980年的291万立方米/日，增长到1058.52万立方米/日，县级及以上城市供水普及率达到97.72%，彻底告别了“三峰供水”模式的历史。城镇燃气管网由1980年的2462公里发展到目前约33725公里，城市燃气普及率达到97%。截至目前，全省累计开展生活垃圾分类居民小区2561个、公共机构4107个、相关企业4850个。城市生活垃圾无害化处理能力不断提高，62座城市生活垃圾处理设施日处理能力达到25762吨。出台推进“厕所革命”实施方案，全省新建改造城镇公厕1672座。2010年、2015年，沈阳、大连先后正式迈入地铁时代，线路总长分别为114公里和130公里，为建设美丽辽宁、宜居辽宁提供了重要保障。

目前，辽宁的历史文化遗产保护取得成效。省政府出台了《辽宁省历史文化名城名镇名村及历史文化街区保护管理暂行办法》。魏举峰特别指出，全省共设立国家级风景名胜区9处、省级风景名胜区14处。辽宁在保护原有自然文化的基础上，大力推进城市历史文化遗产保护工作，逐步建立了“点（历史建筑）、线（历史文化街区）、面（历史文化名城）”相结合的城市历史文化遗产保护体系。

## 未来可期

当前，辽宁全省上下认真贯彻习近平新时代中国特色社会主义思想和党的十九大精神，深入学习领会习近平总书记关于东北振兴的重要讲话精神，坚持新发展理念，解放思想、锐意进取，瞄准方向、保持定力，深化改革、破解矛盾，扬长避短、发挥优势，以新气象新担当新作为助力东北振兴。

在这新的历史起点上，魏举峰表示，辽宁将深入贯彻落实习近平新时代中国特色社会主义思想，从国家发展大局的高度深刻认识东北振兴的重大意义，落实党中央关于东北振兴的一系列决策部署，聚焦省委、省政府中心工作和人民群众关心的热点难点问题，进一步发挥住房和城乡建设工作在改善民生、拉动经济、促进城乡统筹可持续发展中的重要作用，力争实现全省“住有所居、居有所安、建有所成”。

在“住有所居”方面，保持房地产业平稳健康发展，到2020年，全省城镇居民人均住房建筑面积达到32平方米以上，推进因城施策、一城一策，落实城市主体责任。保障性安居工程建设体系逐步健全，到2020年，全省城镇居民住房保障覆盖面达到23%。城乡生活水平差距逐步缩小，到2020年，全省解决500万存量农业转移人口市民化，解决300万新增人口城镇化。

在“居有所安”方面，要使城市基础设施建设基本完善，到2020年，用水普及率达到99.5%，燃气普及率达到97.5%，集中供热率达到97%，污水处理率达到95%，市、县生活垃圾基本实现无害化处理，城市生活垃圾焚烧比例不断提高。建成1~2个海绵城市试点；创建国家节水型城市1个、省级节水型城市3个，节水型企业（单位）和节水型小区（社区）135个。加强“宜居乡村”全面建设，创建100个“宜居示范乡”、1000个“宜居示范村”、1万个“宜居达标村”。到2020年，建成一批“环境整洁、设施完善、生态优良、传承历史、富庶文明”的宜居乡村，农村群众享受与市民等同的基础设施和公共服务水平。要使城镇布局科学合理，形成“以城市群为主体形态，以都市区建设为带动，以重点县城、新城新区为突破口，以节点城市、重点镇和特色镇建设为补充”的城镇体系结构，城乡人居环境进一步优化，社会保障能力明显增强。

在“建有所成”方面，要让全省建筑业总产值占GDP比重保持稳定，高资质等级企业规模不断扩大，发展特级企业2家、一级企业100家，保持万家建筑业企业总量。规范设定施工许可和竣工验收阶段46个审批事项清单，制定了审批流程示范文本，明确审批时限。如期搭建启动省级审批管理系统，实现与国家和各市（本溪除外）系统数据对接。实现建设工程施工、监理的全过程电子招标，市场交易行为更加规范。工程质量投诉量逐年下降，大中型项目工程一次验收通过率稳步提升。每年争创两项以上中国建设工程鲁班奖和国家优质工程。建筑安全生产形势保持平稳。建筑节能要初显成效。到2020年，城镇居住建筑普遍执行节能率75%设计标准；绿色建筑占当年新建建筑比例达到50%。保持勘察设计业持续发展。到2020年，勘察设计企业数量超过900家，从业人员达到7万人，实现年营业收入500亿元。

## 久久为功

当前，辽宁住房和城乡建设系统深入学习贯彻习近平总书记在辽宁考察时和在深入推进东北振兴座谈会上的重要讲话精神，切实用总书记重要讲话精神武装头脑、指导实践、推动工作。

魏举峰说：“全面建成小康社会、实现第一个百年目标以及辽宁住房和城乡建设系统确定的目标任务，需要我们围绕中心、服务大局，干在实处、走在前列，奋力开创辽宁住房和城乡建设事业高质量发展新局面。”

辽宁要促进房地产市场平稳健康发展。坚持“房子是用来住的、不是用来炒的”定位，落实城市政府主体责任，以稳地价、稳房价、稳预期为目标，继续坚持调控不放松，坚决遏制投机炒房行为，着力建立和完善房地产市场长效机制，坚持因地制宜，重点加强对热点城市的调控，继续指导沈阳制定“一城一策”方案，建立房屋网签备案制度，实现一手房、二手房、租赁房、抵押房“四房网签”全覆盖，进一步培育发展住房租赁市场。

还要稳步推进棚户区改造、早期棚改小区基础设施维修改造，大力推进农村危房改造。做好早期棚改小区维修改造居民满意度评价，同步建立维修管护长效机制。严格工程质量安全监管，加快分配入住，确保按时、保质保量完成目标任务。

积极开展城镇污水处理提质增效三年行动。严格贯彻落实《辽宁省贯彻落实住房和城乡建设部等部委城镇污水处理提质增效三年行动方案（2019—2021）》，督促各地尽快编制年度目标，建立基础项目库，积极开展城市排水管网排查改造工作，推进城市生活污水集中收集率逐步提高，到2021年实现“三个基本消除，一个显著提高”的目标。

扎实推进水污染防治。抓好中央环保督察“回头看”反馈意见整改工作，以辽河流域综合治理为重点，巩固和提升城市黑臭水体整治效果，编制重点镇污水处理设施建设规划，分类指导重点镇污水处理设施建设，加快推进城市黑臭水体整治和污水处理厂达标改造。

深入推进生活垃圾处理。贯彻落实习近平总书记关于生活垃圾分类和“厕所革命”工作的重要指示精神，加快城乡垃圾处理设施建设，全面启动生活垃圾分类工作，大力推进垃圾焚烧处理设施建设，督促尽早建成并投入使用，促进垃圾源头减量化、资源化利用。推进餐厨废弃物处理设施和收运体系建设，规范建设建筑垃圾处理消纳场。深入抓好非正规垃圾堆放点整治，确保农村生活垃圾处置体系覆盖85%的行政村。积极探索研究适宜辽宁实际的城镇公厕建设新模式，因地制宜，推进城镇公厕建设改造，逐步实现城镇公厕均衡化分布。通过大数据、“互联网+”“厕所云”平台等方式，方便群众就近寻找厕所。

积极稳妥推进装配式建筑发展。明确夯实发展目标，2020年全省装配式建筑占新建建筑面积的比例力争达到15%。完善装配式建筑发展的顶层设计，落实装配式建筑发展的相关政策，发挥沈阳、大连的辐射引领作用，带动各地共同发展，加快装配式建筑项目的落地，促进产业链培育。开展钢结构装配式住宅建设试点，在试点地区明确一定比例的工程项目采用钢结构装配式建造方式，推动建立成熟的钢结构装配式住宅建设体系。

持续抓好住房和城乡建设领域安全生产。严守安全生产红线，严格各方责任落实，强化重大安全风险防控，开展工程质量安全监督检查，对部分城市燃气违章占压清理进行现场核查，加大事故查处和打击违法违规行为力度，确保安全生产总体形势平稳。

魏举峰表示，要很好地完成工作任务，必须致力于绿色城乡发展，强化“重实干、强执行、抓落实”的工作作风，确保各项政策措施落实落细做到位，以住房和城乡建设事业的优异成绩为实现东北全面振兴、全方位振兴助力。

（刊登于《中国建设报》2019年10月15日1版）

# 不等不靠不要，努力描绘住房和城乡建设事业江西新画卷
## ——访江西省住房和城乡建设厅党组书记吴昌平

程小红

踏遍青山人未老，风景这边独好。

中华人民共和国成立70年特别是党的十八大以来，“物华天宝、人杰地灵”的江西大地发生了翻天覆地的变化，事关人民福祉的住房和城乡建设领域尤为明显，为当地的经济发展、社会进步、民生改善作出了重要贡献。

“多年来，在住房和城乡建设部的精心指导和省委、省政府的正确领导下，我省住房和城乡建设事业实现了跨越式发展。我们始终秉承感恩奋进、担当实干的作风，不断推动全省住房和城乡建设事业高质量发展、改善民生。进入新时代，我们将继续锐意进取、努力担当作为，不断开创住房和城乡建设事业高质量发展新局面，为描绘好新时代江西改革发展新画卷作出积极贡献，以更优异成绩庆祝中华人民共和国成立70周年。”江西省住房和城乡建设厅党组书记吴昌平表示。

## 多措并举，住房保障成效显著

“住房是民生之要，实现了‘住有所居’，才能进一步满足人们对美好生活的向往，社会才有和谐稳定的基础。”在吴昌平看来，住房保障始终是住房和城乡建设工作的重中之重。“大力推进保障性安居工程建设、让更多的住房困难群众尽快实现‘安居梦’，是广大建设者的使命和担当。”

多年来，为切实解决群众的住房问题，特别是城镇中低收入家庭住房难题，江西省住房和城乡建设厅先后启动了经济适用房、廉租房、公租房建设以及棚户区改造、农村危房改造、渔民上岸安居工程等一系列工作，惠及上千万住房困难群众。

据统计，2016年以来，在计划资金安排方面，江西省累计支持26.05万建档立卡贫困户等4类重点对象完成了危房改造。截至2018年年底，江西省已累计改造棚户区166.7万套，让400万左右群众“出棚进楼”；已建设公租房、经济适用房共88万套，发放住房租赁补贴10万户，让250万左右困难群众实现了“住有所居”。

谈及住房保障下一步工作，吴昌平说：“虽然江西的住房保障攻坚战一直打得比较漂

亮，但相比其他做得更好的兄弟省份，还有一定差距。下一步，我们将继续努力、多措并举，力争在2020年年底前基本完成现有城镇棚户区、城中村和危房改造，做到‘应改尽改’；继续完善公租房分配方式，优先定向保障环卫工人、公交司机等行业困难职工和城镇贫困群众的住房需求，实行政府兜底保障，做到‘应保尽保’；此外，我们还准备将符合条件的支出型贫困低收入住房困难家庭和住房困难新市民纳入住房保障范围，以实现‘应帮尽帮’。同时，还将以增强住房困难群众获得感、幸福感、安全感为目标，通过健全配套设施、完善公共服务、改善人居环境和强化社会保障，不断提升服务水平，把公租房小区打造成和谐幸福平安社区。”

## 城市双修，让城市变得更宜居

人民群众对美好生活的向往，不仅体现在“有房住”，更体现在“住得好”。为满足人民群众“住得好”，通过“城市双修”（生态修复城市修补）不断改善人居环境，是近年来住房和城乡建设事业备受社会各界关注的内容之一。

2017年3月，江西省景德镇市被住房和城乡建设部列为“城市双修”试点城市。在该市广大住房和城乡建设者的精心努力下，这座城市里的不少老城区、老厂区很快得到更新再利用，社区公共服务短板等问题及时得到解决，水系被修复、绿地公园不断增加。一系列看得见、摸得着的实际行动，不仅保住了“瓷都”的历史文化传统，彰显了城市特色风貌，更让“瓷都”活力再现。

值得庆贺的是，景德镇市在“城市双修”领域的实践，被住房和城乡建设部认定为成功打造了“城市双修”3.0版，成为新时代高质量发展可供参考的城市样本。“这只是江西省在改善城乡人居环境上的一个缩影。”吴昌平介绍说，多年来江西省在城市园林绿化、黑臭水体整治、城镇污水处理、垃圾处理等工作上投入了大量时间、精力和财力，也都取得了较好的成效。

目前，江西省城市建成区绿化覆盖率已达45.22%，绿地率达42.1%，两项指标均列全国第二。另外，江西已排查出的32个城市黑臭水体已完成整治26个。农村生活垃圾治理也高分通过国家考核验收，实现了生态环境和城乡环境“各美其美、美美与共”。

据统计，仅在2019年上半年，江西累计清理垃圾死角21万余处；对335条道路的沿街建筑立面进行了改造；累计整治违法广告牌近9万块、违规防盗窗4万余处、违章搭建近4万处。“在改善城乡人居环境问题上，我们相信长年累月、锲而不舍才能久久为功，除了以上这些，我们还持续在城市的‘脏’‘乱’‘堵’上精准发力。”吴昌平介绍说。

## 加速补短板，助力民生改善

高品质的生活，既离不开持续向好的人居环境，也离不开不断完善的基础设施。多年前，江西省九江市都昌县城的老百姓有三难：走路难，点灯难，用水难，尤其是道路，狭窄到“左手买火柴，右手买酱油”的程度。目前，这些难题都得到了很好的解决，切实为人民群众的日常生活带来了方便。

“以推进城市功能与品质提升三年行动为契机，这些年，江西省一直在加快补齐基础设施建设短板。2019年全省计划实施项目8218个，截至6月底已累计开工项目4487个，开工率54.6%，完成投资1693亿元。”吴昌平介绍说。

在海绵城市建设方面，江西省萍乡市海绵城市建设经验曾被中央电视台《焦点访谈》专题报道，并入选中共中央组织部“贯彻落实习近平新时代中国特色社会主义思想、在改革发展稳定中攻坚克难”的生动案例；在地下综合管廊建设方面，江西省已开工建设115.6公里，累计形成廊体83.7公里，其中景德镇市地下综合管廊建设更是在全国第二批15个试点城市的绩效考核中名列第二；在“厕所革命”方面，截至2019年6月底，江西省完成公厕选址2965座，完成率71.5%，改建公厕完工501座，完成率31.2%。

可观的数据纵然让人欢喜，背后却是无数建设者的不懈努力与无私奉献。“民生是民心的基础，为了江西的民生事业，我们一直在尽最大的努力。进入新时代，更要牢记使命，不忘初心，敢于担当，绝不会因为江西省的经济总量稍差，就甘于落后。各方面工作，我们都在拼命努力往前赶，不等、不靠、不要。”面对困难，以吴昌平为代表的江西省广大住房和城乡建设者们从来不抱怨。

## 创新服务，建筑业发展稳步向前

住房和城乡建设事业的高速发展，一方面来自广大住房和城乡建设者的辛劳付出，另一方面也来自住房和城乡建设管理部门的高质量服务。“高质量服务，既是住房和城乡建设事业高质量发展的重要保障，也是住房和城乡建设事业高质量发展的必经之路。”吴昌平说。

以服务建筑业发展为例，自2018年以来，江西省牢牢抓住改革创新这根主线，用改革创新的利器解决服务中的难点、堵点和痛点问题，先后推出了“改进作风、简政便民、服务发展”十项措施、房屋建筑和市政基础设施工程建设项目审批等一系列改革，促使住房和城乡建设领域服务效能全面提升，赢得了社会各界广泛“点赞”。

在高质量服务的助力下，江西省建筑业总产值每年增速高于全国平均增幅，排在全国前列。高质量服务在助力江西省建筑业一步步做大做强的同时，也让该省建筑业在转型升级道路上走在了全国前列。2019年8月初，《江西省推进钢结构装配式住宅建设试点工作方案》获住房和城乡建设部批复。同时，江西省还以乡村振兴和农村危房改造为契机，狠抓项目落实，确定了第一批12个钢结构试点工程项目，总建筑面积超50万平方米，今年将全面开工。

“推动高质量发展是新时代发展的重要特征和历史使命。我们将继续坚持全面贯彻党的十九大精神和全国住房和城乡建设工作会议精神，切实把推动住房和城乡建设事业高质量发展作为工作的根本遵循，加满油、把稳舵、鼓足劲，希望通过一批示范项目的建设，不断总结摸索江西省钢结构装配式住宅建设的经验和路径，努力形成可复制可推广的江西发展模式。”吴昌平表示。

（刊登于《中国建设报》2019年10月16日1版）

# 在江淮大地上书写高质量的答卷

## ——访安徽省住房和城乡建设厅党组书记、厅长赵馨群

胡春明　卜建民

“70年风雨兼程，70年砥砺前行。在党中央的坚强领导下，在历届省委、省政府的团结带领下，安徽省住房和城乡建设系统的广大干部职工锐意进取、真抓实干，全力推进建设事业改革和发展，取得了令人瞩目的成就。特别是党的十八大以来，安徽建设者以习近平新时代中国特色社会主义思想为指引，坚持以人民为中心的发展思想，在江淮大地上精心耕耘，书写高质量答卷，全省建设事业发生了翻天覆地的变化。”安徽省住房和城乡建设厅党组书记、厅长赵馨群在接受记者采访时说。

### 城乡面貌焕然一新

赵馨群说，中华人民共和国成立前夕，安徽省城市道路狭窄，对外交通仅有少量的土公路，市内公共交通全是人力车；城市用水水质较差，城市防洪排涝设施简陋，环境卫生条件恶劣。中华人民共和国成立70年来特别是改革开放以来，安徽城市基础设施水平显著提高，城市整体功能明显加强，人居环境显著改善，城市面貌发生了翻天覆地的变化。

截至2018年年底，全省城镇化率提高到53.5%。2018年，全省城市基础设施投资930亿元，分别是1952年、1978年的26842倍和4482倍；全省城市供水普及率99.75%、燃气普及率98.56%、人均城市道路面积22.95平方米、人均公共绿地面积14.67平方米、建成区绿化覆盖率42.50%，分别为1978年的1.4倍、32.9倍、10.9倍、4.3倍和3.2倍；城市污水处理设施、生活垃圾处理设施从无到有，并逐步形成一定规模。全省城市基础设施水平和人均拥有量接近全国平均水平，较好满足了城市经济、社会发展和人民生活需求，为推动全省工业化、城镇化发展作出了重要贡献。

赵馨群介绍说，近年来，安徽省城市管理工作坚持以人民为中心的发展思想，以城市管理执法体制改革为契机，进一步完善体制、强化服务、优化管理、规范执法，不断加强城管执法队伍建设，深入推进全省“强基础、转作风、树形象”专项行动，集中行使住房和城乡建设等领域行政处罚权，全面建成运行市县数字化城管平台，全省城市管理水平得到显著提升。

安徽持续加强城市市容环卫管理，城市生活垃圾处理能力不断提高，共建成生活垃圾无害化处理设施88座，无害化处理能力为41480吨/日，2018年年底设市城市和县城生活垃圾处理率分别达100%和98.86%。

自20世纪80年代起，安徽多次开展了历史文化遗产调查评价工作，积极组织申报历史文化名城和中国历史文化名镇、名村。现有历史文化名城15个、历史文化名镇21个、历史文化名村45个。各地以历史文化名城、名镇、名村保护为中心，加强保护机构建设，完善保护措施，保护工作不断走向规范化、制度化，维护了历史文化遗产的整体风貌完整，尽可能地抢救保护了一大批宝贵的历史文化遗产。

赵馨群说："我们坚持以对历史负责的担当精神、对发展负责的开放格局，以'慎砍树、不填湖、少拆房，保留村庄原始风貌'为前提，通过抢救修复、基础设施提升、文化资源开发等形式，真正让群众受益，努力实现'让居民望得见山，看得见水，记得住乡愁'。"

## 人居环境显著改善

赵馨群说，中华人民共和国成立70年来，安徽追求绿水青山的脚步从未停歇，城镇园林绿化工作取得了较大进展，对改善城镇生态环境、美化城镇面貌、完善城镇功能、促进城镇优居、有效促进社会经济的发展、提高城镇综合效益等均起到了积极作用，在城镇园林绿化总量和园艺水平等方面取得了显著成绩。截至2018年年末，全省城镇绿地面积164544公顷，其中，公园绿地面积36138公顷，公园989个，全省城市建成区绿地率38.83%、绿化覆盖率42.5%、人均公园绿地14.67平方米；县城建成区绿地率33.24%、绿化覆盖率37.50%、人均公园绿地13.56平方米。

赵馨群说，让群众"住有所居"一直是安徽住房和城乡建设系统的奋斗目标。全省认真贯彻落实党中央、国务院各项决策部署，大力推进以棚户区改造、公共租赁住房为主的保障性安居工程建设，全省住房保障工作取得了明显成效。

截至2019年8月底，全省累计开工建设各类保障性安居工程362.8万套。其中，保障性住房88.3万套，包括公共租赁住房（含廉租住房）82.9万套、经济适用住房等5.4万套；棚户区改造新开工274.5万套，其中，城镇棚户区259.5万套、国有工矿棚户区6万套、林区垦区和中央下放煤矿棚户区9万套。共有258.8万户城镇住房困难家庭居住条件得到改善，其中86.1万户居民享受了住房保障政策，172.7万户棚户区居民改善了居住条件。2016年以来，安徽棚户区改造已累计开工107.34万套，提前一年完成全省城镇住房保障"十三五"规划确定的105万套棚改工作目标。

安徽自2009年实施危房改造以来，累计完成128万户农村危房改造，其中2016~2018年，完成农村危房改造40.9万户，建档立卡贫困户占比75%以上。

## 做大做强优势产业

赵馨群说，安徽始终坚持"房子是用来住的、不是用来炒的"定位要求，将党的十九大提出的加快建立多主体供给、多渠道保障、租购并举的住房制度作为根本指导思想，贯穿于促进房地产市场平稳健康发展全过程。全省坚持"一城一策"、因城施策，紧紧围绕稳地价、稳房价、稳预期的调控目标，夯实城市主体责任，建立健全科学的监测体系，着力调整商品房供应结构，支持刚需自住型和改善型住房需求。

2014年以来，全省累计房地产开发投资28977.1亿元；竣工商品住宅224.1万套，20167.6万平方米；销售商品住房39756.4万平方米，约400万个家庭购买新房。截至2018年年底，全省城镇常住居民人均住房建筑面积，由2014年末的35.1平方米提高至41.2平方米。

赵馨群说，70年来，安徽建筑业也取得了长足发展，在国民经济中的比重不断提高，支柱产业地位逐步确立并日益稳固，对整个国民经济发展的推动作用日益突出。

1952年，安徽开始建立国营建筑企业，全年建筑业总产值0.1亿元。1978年，全省建筑业总产值7.1亿元。2018年，全省建筑业总产值7888.5亿元，比中华人民共和国成立初期增长了78884倍，年均增长18.6%；比改革开放初期增长了1110倍，年均增长19.2%。2018年，全省建筑业增加值2201.2亿元，占生产总值的7.3%。1952年，全省各类房屋建筑竣工面积只有10万平方米；1978年，全省完成竣工面积322万平方米；2018年，全省建筑业企业共计完成竣工面积15894万平方米，是中华人民共和国成立初期的1589.4倍，改革开放初期的49.4倍。

安徽省建筑业企业数量从1952年的7家到2018年的1.5万余家；建筑业企业类型从单一的国营企业到国有、民营、外商投资等不同所有制企业并存；工程类别从单一房屋建筑向房屋建筑、市政、水利、公路、铁路等不同类别发展。目前，全省一级及以上资质施工总承包企业437家，其中，特级资质企业31家（40项）、监理综合资质企业8家、专业甲级资质企业114家。全省建筑业从业人数从1978年的22.2万人，增加到2018年的186.79万人，在吸纳农村转移人口就业、推进新型城镇化建设和维护社会稳定等方面发挥着显著作用。建筑劳务用工制度改革的实施，尤其是建筑劳务资质的取消，催生了庞大的建筑劳务队伍。目前，全省经工商登记的建筑劳务企业数量达2.3万家，是2016年改革前的7.9倍。

## 寻求突破　展望未来

赵馨群说："我们将以习近平新时代中国特色社会主义思想为引领，认真学习贯彻落实党的十九大精神，坚持以人民为中心的发展思想，坚持稳中求进，坚持新发展理念，按照高质量发展要求，统筹推进住房和城乡建设事业健康发展。"

赵馨群说，安徽未来住房和城乡建设工作将在关系国计民生的重点领域攻坚克难，从解决"有没有"向解决"好不好"转变，落实新发展理念，致力于绿色发展，推动住房和城乡建设事业高质量发展。

一是推进城市管理社会化、法治化、智能化、专业化，实现城市管理执法体制基本理顺。全面推进生活垃圾减量化、资源化、无害化，全面启动地级城市开展生活垃圾分类工作，加快推进以焚烧为主要方式的生活垃圾处理设施建设，到2025年，所有设区市基本建成生活垃圾分类处理系统，城市生活垃圾全部无害化处理，县城生活垃圾基本实现无害化处理。

二是稳步推进城镇棚户区改造，加强公租房运营管理服务，加强住房保障体系建设。按照"保基本、全覆盖、分层次、可持续"的要求，逐步形成以政府为主、多主体供给、多渠道保障、租购并举的住房保障体系，不断增强困难群众对住房保障的获得感、幸福感和安全感。

三是开展农村危房鉴定和改造，确保困难群众不住危房。

四是抓好"稳地价、稳房价、稳预期"目标的落实，切实落实城市主体责任制，稳妥推进房地产长效机制实施。进一步规范和加强房屋网签合同备案工作，指导城市政府制定实施住房发展规划，严格市场监管。

五是以建筑业供给侧结构性改革为主线，深化工程建设管理改革；以优化建筑业发展环境为重点，规范各方责任主体行为；以提升建筑业综合竞争力为目标，推进建筑业转型升级。

六是加大城市生态修复和城市功能修补力度，通过黑臭水体治理、园林绿化的提升，恢复青山绿水；拿出"绣花功夫"，提升城市功能，推进绿色发展，减少对资源的消耗，满足人民群众对美化生活的向往。

赵馨群表示，住房和城乡建设事业与人民生活密切相关，安徽要大力弘扬求真务实、甘于奉献的精神，勇于担当、扎实工作，把党中央和安徽省委、省政府的决策部署精心安排、落到实处，努力推进住房和城乡建设事业高质量发展，以优异成绩庆祝中华人民共和国成立70周年，并为决胜全面建成小康社会贡献力量。

（刊登于《中国建设报》2019年10月17日1版）

# 落实改革精神　回应人民期盼
## ——访山西省住房和城乡建设厅党组书记、厅长王立业

汪　汀

中华人民共和国成立70年来，尤其是党的十八大以来，山西省城乡面貌发生了历史性巨变。全省城镇人均住房面积达到34平方米，累计改造农村危房91.01万户，城市桥梁数量达到1314座，城市绿地面积达48235万平方米，319万农村贫困人口解决了基本住房安全问题……

有志者，事竟成。山西省住房和城乡建设系统70载的不懈奋斗，让广大人民群众的满意度和获得感不断提升。展望未来，又有哪些目标将要实现？近日，山西省住房和城乡建设厅党组书记、厅长王立业接受了中国建设报的专访。

**中国建设报：**前不久，习近平总书记在甘肃兰州考察时指出，城市是人民的，城市建设要坚持以人民为中心的发展理念。请问，山西省对提升城市品质、改善人居环境制定了哪些目标？

**王立业：**中央城市工作会议指出，城市工作要把创造优良人居环境作为中心目标，努力把城市建设成为人与人、人与自然和谐共处的美丽家园。山西省委、省政府高度重视城市品质提升和人居环境改善工作，2019年9月6日印发了《山西省城市品质提升行动方案（2019—2022年）》（以下简称《行动方案》），启动实施6大工程、19项行动，为未来3年全面提升城市品质工作明确了路径。下一步，我们将抓好《行动方案》的落实，全面提升城市的宜居性和承载力。通过实施“两下（管线下地、广告下墙）、两进（停车进位、进库）、两拆（拆除违建和不必要的围墙）”专项整治工程，实现城市干净整洁、清洁有序的整体风貌环境；通过实施城市设计与特色塑造工程，降低城市建设强度，打造城市特色片区，形成城市山、水、城交融一体的特色景观风貌；通过实施生态空间建设工程，构建城市全域生态网络格局，形成高品质的城市生态空间，建设美丽宜居公园城市；通过实施道路交通优化工程，完善城市交通设施、疏通城市微循环，形成畅通的城市交通环境；通过实施居住环境改善工程，完善城市基础设施和公共服务设施，改善城市卫生环境，建设良好的人居环境；通过实施城市管理精细化工程，推进城市精细管理、精准管理、智慧管理，全面提升城市管理水平。

同时，认真落实住房和城乡建设部关于加快老旧小区改造的总体部署，做好老旧小区的调查摸底和认定工作。建立老旧小区台账、编制改造内容清单、合理制定改造标准，在充

分征求居民意愿的基础上，确定改造的具体内容，建立“一区一档”。确定统一的、科学合理的改造标准，确保改造效果，明确必须改造的内容和选择性改造的内容。将推进老旧小区改造试点工作与住房和城乡建设部“美好环境与幸福生活共同缔造”活动相结合，激发居民支持改造、参与改造的热情，建立健全多元筹资、组织实施项目推进的工作机制，按照“实施一批、谋划一批、储备一批”的工作原则，统筹安排符合条件的老旧小区改造时序，简化老旧小区改造工程项目的手续办理流程，明确办理时限，优化项目建设环境，促进改造工作加快实施。

**中国建设报：**近年来，城市生活污水和垃圾问题成为我国城市发展面临的突出“难点”，山西在解决这一问题上有哪些目标和打算？

**王立业：**习近平总书记强调，垃圾分类工作就是新时尚，要加快建立分类投放、分类收集、分类运输、分类处理的垃圾处理系统，形成以法治为基础、政府推动、全民参与、城乡统筹、因地制宜的垃圾分类制度。山西省委、省政府将城市生活垃圾和污水治理作为促进生态环境改善、建设良好居住环境的重要抓手，在今年制定的《山西省改善城市人居环境攻坚行动方案（2019—2022年）》中明确提出：到2020年，城镇生活垃圾无害化处理能力大幅提高，设区城市生活垃圾实现全焚烧、“零填埋”，设市城市生活垃圾焚烧处理能力全覆盖，设市城市餐厨垃圾处理设施全覆盖、垃圾“零填埋”。力争再完成两个设区市和12个县（市）的新建扩建污水处理设施建设；在在建的两个设区市生活垃圾焚烧设施和6个设区市餐厨垃圾处理设施建成投运的基础上，力争再建成5个设区市和4个县（市）的生活垃圾焚烧设施以及11个县级市的餐厨垃圾处理设施。城镇生活污水收集处理能力将得到显著提升，设区城市将全部实现建成区生活污水全收集、全处理，城镇生活污水处理率达到92%以上，设区城市污泥无害化处置中心全部建成，实现污泥“零填埋”，全省污泥无害化处置率要达到95%以上。

同时，我们对标厦门、上海、宁波、深圳等先进城市，坚持高起点、高标准、适度超前的原则，起草了《山西省城市生活垃圾分类管理规定》，计划年内正式出台，推动全省生活垃圾分类工作制度化、规范化。针对终端设施建设这一制约我省生活垃圾分类工作的短板，我们将未开工的生活垃圾焚烧和餐厨垃圾处理设施纳入省政府“13710”工作督办系统，指导各市围绕前期设计、手续办理、资金筹措、要素保障等，全力推进项目，争取早日开工建设；对于已开工项目，指导各市做好项目跟进服务，加快建设进度，确保按时建成投运。针对城市生活垃圾分类社会氛围不浓的问题，我们将深入开展宣传工作，进一步扩大生活垃圾分类试点覆盖面，指导各市、县（市、区）选择一批条件成熟的公共机构、小区、学校等开展试点，及时推广全国、本省生活垃圾分类工作中的好经验、好做法，积极发挥典型示范引领作用，以点带面、逐步推开。

**中国建设报：**人民居住条件不断改善，是中华人民共和国取得的辉煌成就之一，在住房建设方面，山西下一步有哪些打算？

**王立业：**党的十九大报告指出，要坚持房子是用来住的、不是用来炒的定位，加快建立多主体供给、多渠道保障、租购并举的住房制度，让全体人民住有所居。山西省委、省政府坚决贯彻这一决策部署，加强房地产市场分类调控，着力防范市场风险，加快培育住房租赁市场，房地产市场保持了平稳发展的态势。

下一步，我们将统筹推进房地产市场平稳健康发展、实施保障性安居工程、提升公积金便民化服务水平3项重点工作，让人民群众居住条件持续得到更大提升。围绕“稳房价、稳地价、稳预期”，加强房地产市场调控，坚决防范化解房地产市场风险，不断规范房地产市场秩序。进一步完善住房保障体系，积极争取专项债券，稳步推进棚户区住房改造，持续规范发展公共租赁住房，因地制宜探索发展共有产权住房，积极做好保障性安居工程与商品住房市场系统衔接。2020年，再开工改造各类棚户区住房两万套，再发放城镇住房保障家庭租赁补贴6万余户，力争在“十四五”规划期间全面消除现存城市集中连片棚户区。深化住房公积金“最多跑一次”改革，优化内部流程，精简办事环节，提升服务效率；继续加大住房公积金归集扩面力度，让住房公积金制度惠及更多新市民，不断增强人民群众获得感、幸福感和安全感。

同时，坚决落实好习近平总书记在解决“两不愁三保障”突出问题座谈会上的重要讲话精神，进一步改善农村住房条件和居住环境，推动农村宜居水平再上台阶。全面开展住房安全性鉴定，规范危房改造标准，持续抓好专项整治，确保危房改造开展顺利。到2020年年底，全省存量农村危房实现“静态清零”，新增农村危房做到“动态保障”，农民群众住房安全水平明显提升。

**中国建设报：**在村镇建设方面有哪些工作将着力推进？

**王立业：**习近平总书记指出，农村环境整治要因地制宜、精准施策，一件事情接着一件事情办，一年接着一年干，建设好生态宜居的美丽乡村，让广大农民在乡村振兴中有更多获得感、幸福感。下一步，我们将认真贯彻习近平总书记关于乡村振兴和改善农村人居环境工作的重要指示精神，按照山西省委、省政府的决策部署，全面做好村镇建设各项工作。

稳步开展建制镇生活污水治理，加快重点镇生活污水处理设施建设，今年完成75个重点镇的生活污水处理设施和配套管网建设。“由点带线，从线到面”，梯次推动汾河、桑干河流域建制镇生活污水治理，通过污水处理设施、配套管网和改厕改浴同步规划、同步设计、同步建设，逐步提升全省建制镇生活污水治理水平。

全面推进农村生活垃圾治理，加快农村生活垃圾收运体系建设，实现集中收集转运和有效治理。继续开展非正规垃圾堆放点整治，加大对城镇生活垃圾违法违规向农村转移的监督检查力度。持续推广农村生活垃圾“四分法”，实现有效源头减量和资源化利用，打造一批干净、整洁、宜居的美丽乡村。

践行共同缔造的乡村建设理念，总结推广灵丘县利用“共同缔造”先进理念推动乡村风貌整治的工作方法，在全省开展“共同缔造”工作试点，打造一批精品村庄。积极推广设计师下乡服务，引导专业设计单位和技术人员下乡驻村指导。编制全省乡村建筑风貌设计导则和农村建设设计导则，加强对各地乡村建筑风貌整治的指导。结合农房建设试点工作，建设一批特色鲜明、功能实用的宜居型示范农房。

**中国建设报：**作为重要的支柱产业，建筑业的作用和贡献非同一般，作为建筑大省，山西制定了怎样的目标，将采取哪些措施，实现向建筑强省的转变？

**王立业：**党的十八大以来，在以习近平同志为核心的党中央坚强领导下，我省建筑业持续快速发展，国民经济支柱产业地位显著增强。下一步，我们将继续按照党中央、国务院和省委、省政府的决策部署，加快建筑业改革步伐，促进行业转型升级、做大做优。到2020年年末，全省建筑业企业年度完成建筑业产值突破4500亿元，具有行业引领作用的骨干建筑业企业达到80家。到“十四五”末期，全省建筑产业规模进一步扩大，建筑市场秩序进一步规范，建筑信息化水平不断提升，行业竞争力进一步提升，形成具有我省特色的“山西建造”品牌。

以促进建筑业提质增效为目标，以培育“排头兵”队伍、提升企业综合竞争力为手段，坚持服务与监管并重，营造公平、公正的企业发展环境。积极培育建筑业骨干企业，引导督促企业发挥带动引领作用，促进全省建筑业在科技创新、绿色施工、装配式建造等方面不断提高。推进工程项目实施方式变革，积极推广工程总承包，大力培育全过程工程咨询企业，促进全省建筑业提质增效。开发建设“智慧建筑”监管服务平台，形成集建筑市场监管、建筑用工管理、信用等级评价、质量安全监督、工程担保管理、建材价格发布等功能于一体的综合信息化管理服务平台，促进监管服务效能不断提升，企业诚信经营意识进一步增强，建筑市场秩序逐步规范，企业发展环境不断优化。

助力能源革命综合改革试点建设，开展绿色建筑专项行动。推广绿色建筑方式，新建居住建筑全面执行节能75%标准，在设区城市推进绿色建筑集中示范区建设，绿色建筑占新建建筑面积比例要超过50%，装配式建筑面积占城镇新建建筑面积的比例力争达到15%以上，开展超低能耗、近零能耗被动式建筑试点示范。

继续推进工程建设项目审批制度改革，将工程建设项目审批管理系统和投资项目在线监管平台纳入政务一体化平台，统一入口、互联互通，破解三平台矛盾，实现有机融合。不断完善“多规合一”“一张蓝图”的基础数据，建立“多规合一”的规划数据库，为后续推动“一张蓝图”业务协同提供数据支持。压茬推进改革涉及相关地方性法规、政府规章、行政规范性文件的“立改废释”工作，建立依法推进改革的长效机制。推进“一个窗口”线上线下的深度融合，促进数据信息充分共享、审批流程高效顺畅，逐步实现“最多跑一次”，最终完成“不见面审批”。

下一步，山西住房和城乡建设系统将坚持以习近平新时代中国特色社会主义思想、习近平总书记视察山西重要讲话精神为指导，认真落实住房和城乡建设部的工作部署，坚持以人民为中心的发展思想，坚持新发展理念，按照高质量发展要求，围绕建设“资源型经济转型发展示范区、打造能源革命排头兵、构建内陆地区对外开放新高地”的三大目标，统筹推进住房和城乡建设领域稳增长、促改革、调结构、惠民生、防风险工作，不断深化拓展“不忘初心、牢记使命”主题教育成果，为推动全省转型发展作出贡献，为全面建成小康社会打好基础。

（刊登于《中国建设报》2019年10月21日1版）

# 披荆斩棘　奋力书写住房和城乡建设事业贵州新华章

## ——访贵州省住房和城乡建设厅党组书记、厅长宋晓路

高洋洋

天下山水之秀聚于黔中。

贵州是山的王国，因山而名、因山而美、因山而贵。党的十八大以来，与大山相伴的贵州人，孕育出了“团结奋进、拼搏创新、苦干实干、后发赶超”的新时代贵州精神，由此取得了一系列可圈可点的辉煌成就，为服务国家战略、推动当地经济社会发展、改善民生作出了重要贡献。

“中华人民共和国成立初期，贵州省的城市化率还不到10%，到2018年这一指标达到了47.52%；1949年贵州省仅有贵阳1个建制市，到2018年全省共有15个建制市。中华人民共和国成立70年来，尤其是党的十八大以来，贵州省城乡面貌发生了翻天覆地的变化，人民群众的居住条件得到明显改善、城市交通路网日趋发达、一批世界级‘明星’工程拔地而起……”接受本报记者专访时，谈及70年来的辉煌成就，贵州省住房和城乡建设厅党组书记、厅长宋晓路有很多话要说。

一向敢于担当、勇于奉献的贵州建设人一路披荆斩棘，靠努力拼搏的实干精神取得了一系列惠及民生的成绩，现已成为推动当地经济社会跨越式发展不可或缺的中坚力量。

### 想方设法让群众“有房住”且“住得好”

“不要说70年前，就是改革开放初期，贵州还有很多人住在岩洞、土坯房、茅草房里。现在走进贵州的农村，最直观的变化就是这些土坯房、茅草房全都不见了，到2019年年底危房改造也将全部完成，这对经济底子相对薄弱的贵州而言，是很了不起的成就。”宋晓路说。

在保障性住房建设方面，截至2018年年底，贵州累计实施各类城镇保障性安居工程近300万户，累计完成投资额约4000亿元，住房保障对象从2007年年底的0.83万户增加到195万户，住房保障覆盖率近30%。在农村危房改造方面，截至目前，贵州已累计改造完成农村危房约330万户，解决了约1200万农村人口住房安全问题。

除此之外，贵州近年来一直在积极推进老旧小区改造工作。2000年以前，贵州建成的老旧小区有2486个，涉及16659栋楼、332799户。2019年拟改造381个小区，涉及4052栋楼、

78683户。为做好这些老旧小区的改造工作，贵州在全省选了10个试点项目，将城镇老旧小区改造与“美好环境与幸福生活共同缔造”工作相结合，计划给予省级财政补助资金1000万元，待这些试点小区完成施工后，形成可复制可推广经验，“以点带面”推进全省老旧小区改造。

事实上，作为未来住房和城乡建设领域的重头戏，老旧小区改造涉及方方面面的问题，这就需要想方设法采取多元化措施，共同发力。对此，宋晓路表示：一是积极向国家申请政策支持和补助资金倾斜；二是开展全覆盖的明察暗访工作，检查各地改造方案制订情况、存量摸底工作开展情况、体制机制建立情况和试点工作推进情况；三是加强宣传引导，全方位、多角度地宣传城镇老旧小区改造工作的重要意义、方法步骤和改造成效，宣传“美好环境与幸福生活共同缔造”理念；四是探索建立多元化的老旧小区改造资金筹措体系；五是引入社会资本，探索形成市场化的资本运营及回收体系。

## 千方百计改变和提升城乡人居环境

长期以来，由于地理环境及地方习俗等因素，贵州农村地区人畜混居现象较为常见。为提升农村居住环境，贵州制定了人畜混居整治技术手册，针对分层混居和同层混居等不同情况，实施了新建独立圈舍、新建集中圈舍、原址整治等整治措施，同时采取引导群众参与、政府统筹补助、分类分步推进的方式，统筹实施人畜混居整治工作。根据计划，2019年年底前贵州将基本消除农村人畜混居现象。

农村环境整治不能仅是政府部门唱“独角戏”，还需要村民及其他社会力量的共同参与。为巩固脱贫成果、激发贫困群众内生动力，贵州实施了“美好环境与幸福生活共同缔造”试点示范工程。“我们充分学习了一些对口支援省份的经验做法，比如，以励志超市为载体，引导群众通过积分兑换日常用品等方式参与共同缔造活动。目前，贵州已有16个村制订了积分卡、积分标准等工作制度，成立了8家励志超市。另外，我们还动员企业参加，初步形成了政府、企业、村民共同参与村庄治理新模式。”宋晓路说。

贵州通过大力实施“城市双修”改善和提升人居环境。2017年起，安顺市、遵义市分别被列为第二批、第三批国家“城市双修”试点城市。截至目前，安顺已启动实施78个项目，完成投资约67亿元；遵义已启动实施35个项目，完成投资约64亿元。

“过去，安顺的母亲河——贯城河污染严重，部分河道出现季节性黑臭水体等问题。通过实施‘城市双修’一系列的综合整治，河道的防洪、治污、水质、滨水景观等方面得到显著提升，打造出了蓝绿交织、水城共融的城市滨水廊道，成为市民日常休闲游乐的重要公共空间，大大提升了安顺城市文明形象。在城市修补方面，我们要求各地大力实施城市有机更新，修补完善城市功能设施、空间环境和景观风貌。例如，遵义毛主席旧居文化印记工程在吸收遵义历史名城特色的基础上，通过更新改造，将周边环境较差的旧居地区打造成以历史文化旅游为核心的城市纪念公园。”宋晓路说。

此外，为了让城乡环境更美好、更宜居，贵州目前已建成小城镇生活污水处理设施436个、生活垃圾处理设施437个，极大提升了小城镇人居环境质量。截至2019年8月底，全省约67%的行政村生活垃圾得到治理；全省524个非正规垃圾堆放点已整治验收，占比74%，整治进度居全国前列。

更值得一提的是，贵州还率先在全国开发了省级农村生活垃圾收运体系数字化监控平台，对农村生活垃圾收运车辆实施自动定位监测。目前，已有83个县区及贵安新区855个垃圾中转站、4539辆垃圾收运车、89008个垃圾收集点接入全省监测平台，实现了数据自动采集、问题自动预警的监管模式。

## 系统性保护传承历史文化和民族特色

贵州历史文化资源比较丰富，目前有遵义和镇远两座国家历史文化名城，另外还有8个历史文化名镇和16个历史文化名村。“这些资源在传承历史文化和民族文化、促进地方经济社会协调发展等方面发挥了重要作用。经过多年努力，我省历史文化保护体系目前已经逐步建立。”宋晓路说。

在制度建设方面，贵州出台了《贵州省历史文化街区保护管理办法》，各市、州均制定了历史建筑保护管理办法，部分历史文化名城、名镇、名村还制定了地方法规或相关管理制度，比如，《黔东南苗族侗族自治州镇远历史文化名城保护条例》《贵阳市青岩古镇保护条例》《安顺市西秀区旧州古镇保护暂行办法》《松桃苗族自治县寨英历史文化名镇保护管理办法》《江口县云舍历史文化名村保护管理办法》《隆里古城保护管理暂行办法》等。

此外，贵州还在规划编制审批、历史文化街区核定以及历史建筑确定等方面做了大量工作。截至目前，经贵州省政府批复实施的历史文化名城、名镇、名村保护规划共36个，正在修编（编制）的16个。2016年12月起，历史文化街区核定工作在全国开展，经普查，贵州共有历史文化街区潜在资源12条，已核定公布7条。在历史建筑确定方面，目前贵州33个城市公布了历史建筑896处，2020年年底将全面完成历史建筑确定。同时，为更好地探索历史建筑保护利用经验，2019年6月，贵州选取遵义、安顺开展省级历史建筑保护利用试点工作，以形成可复制、可推广的经验。

“下一步，贵州将从3个方面开展历史文化领域保护和传承工作：一是历史文化街区划定和历史建筑确定。2020年年底将全面完成非历史文化名城县历史建筑确定工作，2020年6月底前将完成省级历史建筑保护利用试点（遵义、安顺）探索，形成可推广的试点经验。二是历史建筑测绘、建档。2019年年底前制定完成贵州历史建筑测绘、建档工作三年行动计划，2021年完成历史建筑的测绘建档工作，并将省级历史建筑档案数据库与住房和城乡建设部连网。三是历史文化名城、名镇、名村保护规划修编和备案。2019年年底将完成规划期限为2020年的保护规划报备，2020年将完成规划期限为2035年的保护规划编制、报批及备案。”宋晓路说。

除历史文化名城外，贵州在保护发展传统村落方面也做出了不少努力。截至目前，贵州724个村落入选中国传统村落名录，数量居全国第一。为保护传统村落，贵州率先出台全国第一部传统村落保护和发展省级条例，率先对地方政府履行传统村落保护不力提起行政公益诉讼，率先出台全国第一部传统村落消防安全技术导则，并搭建贵州传统村落数字博物馆。同时，贵州因地制宜探索多种保护发展路径，逐步建立了申报世界文化遗产保护模式、政府主导旅游开发模式、数字博物馆保护模式、生态博物馆保护传承模式、村企合作保护模式和村民自治保护模式。

“过去70年来，虽然贵州在住房和城乡建设事业上取得了巨大成就，但由于在一些领域底子差、基础薄，未来还有很长的路要走。”对于接下来贵州住房和城乡建设事业的工作目标，宋晓路表示：首先要完成现有台账内剩余农村危房改造任务，基本消除农村老旧住房透风漏雨现象，确保按时打赢脱贫攻坚住房安全保障这场硬仗；其次，要高标准推进城乡发展一体化，加快山地特色新型城镇化进程，加快构建大中小城市和小城镇协调发展的城镇格局；再其次，着力塑造一批彰显时代特征、民族特色、地域特点的山水城市，建设一批体现自然风光、民族风情、特色风物的绿色小镇和小城镇，打造一批具有生产效益、生活品质、生态价值的美丽乡村；最后，深入实施“四在农家·美丽乡村”6个小康行动计划，在城乡统筹发展中努力实现“城市让生活更美好”“乡村让城市更向往”的愿景。

（刊登于《中国建设报》2019年10月22日1版）

# 砥砺奋进攻坚克难
# 绘就住房和城乡建设事业河北新蓝图
## ——访河北省住房和城乡建设厅党组副书记、副厅长桑卫京

高洋洋

春雷响，万物长。

中华人民共和国成立以来，尤其是党的十八大以来，面对风云变幻的国际形势和艰巨繁重的改革发展稳定任务，以“自力更生、奋发有为”为代表的时代精神犹如一声声强劲的春雷，响彻中华大地。70年来，伟大的中国共产党带领伟大的中国人民把中国特色社会主义事业不断推向前进，创造了许许多多举世瞩目的成就，蓬勃发展的住房和城乡建设事业就是其中浓墨重彩的一笔。

“70年攻坚克难带来沧桑巨变，70年艰苦奋斗成就伟大史诗。如今，全天下的中华儿女都在为祖国的繁荣昌盛和日益强大而感到由衷地自豪。我所在的燕赵大地在这70年里发生了翻天覆地的变化，城乡面貌日新月异，城市综合承载能力不断增强，人民的居住生活水平大幅度提升。尤其是党的十八大以来，随着京津冀协同发展、雄安新区规划建设、北京冬奥会筹办等国家战略的落地实施，燕赵大地的住房和城乡建设事业更加呈现出蓬勃发展的态势，不断取得的辉煌成就为这片土地的经济社会发展作出了不可磨灭的贡献。”河北省住房和城乡建设厅党组副书记、副厅长桑卫京表示。

### 千方百计保障和改善民生

“中华人民共和国成立以来，特别是党的十八大以来，我们在改善民生方面采取了一系列措施并取得了不错的成效。”对于河北省住房和城乡建设行业这些年在保障和改善当地民生方面作出的不懈努力，桑卫京感慨良多。

为尽快改善城乡居民的居住条件，河北省大力推进棚户区改造、老旧小区改造和农村危房改造工程。截至2018年年底，全省累计改造棚户区住房164.7万套，461.4万人实现“出棚进楼”；保障性安居工程住房累计开工288.7万套，累计为25.7万户发放住房租赁补贴，让上千万居民实现了安居梦。从2018年起，河北省计划利用3年时间改造完成老旧小区5739个。这一计划如全部完成，将惠及141万户居民。据统计，目前，该计划2019年的开工率已达到96%。

在推进农村危房改造工作方面，2009年以来，河北省已累计改造完成农村危房102万户。2018年，河北省还被住房和城乡建设部、财政部评定为农村危房改造工作积极主动、成效明显的省份之一。“我省将各地新增的4类重点对象21335户危房户全部纳入2019~2020年度改造计划，做到‘应改尽改、不落一户’。另外，还通过推行精准防贫机制，对贫困边缘户危房改造给予支持，对其他6086户唯一住房为危房的农户进行改造，力争2020年没有人再住在危房中。”桑卫京说。

除了通过实施上述系列工程解决“有房住”的问题，冬季供暖关系广大人民群众生活，同样是一项重大民生工程、民心工程。为此，河北省通过大力实施气代煤、电代煤的“双代”工程，实现了采暖季农村“双代”运行平稳，气、电、洁净煤稳定供应。“在这方面，我们一是坚持提前安排任务计划，按照‘宜气则气、宜电则电’原则，科学谋划各年度改造任务，为工程施工争取了时间；二是坚持精准推进工程建设，实现了采暖季气、电保障充足，供需平衡，避免了发生‘气荒’‘电荒’等问题；三是坚持全省‘一盘棋’，开辟绿色通道，帮助市、县解决供暖工程建设穿越高速公路、铁路、河流等问题。”桑卫京总结说。

## 建管结合提升城市品质

随着我国城镇化率不断提高，越来越多的人选择在城市安家落户，城市环境的优劣直接影响着人们日常生活的方方面面。为此，在完善城市基础设施方面，河北连续2年将市政老旧管网改造列为重点推动的20项民心工程，截至2019年8月底，累计完成供水、供热、燃气等老旧管网改造4831公里，占河北老旧管网总量的62.5%，有力促进了当地市政公用行业整体水平的提升。截至2018年年底，河北93座“南水北调”城区地表水厂全部实现水源切换，所有县实现集中供水；城市集中供热和清洁能源供热率达到94%、燃气普及率达到97%。

在园林城市建设方面，河北取得的成绩也很突出，其中国家园林城市（县城、镇）达到40个，国家级和省级园林城市占比达94%，城市建成区绿地率达37.27%、人均公园绿地面积达13.68平方米。

要想让城市品质能够“永葆青春”，除了建设，还离不开平时的精细化管理。桑卫京介绍说：“党的十八大之后，我省坚持‘绿水青山就是金山银山’的发展理念，集中开展了以‘治违、治脏、治乱，提升园林绿化和城市管理水平’为主要内容的‘三治两提’综合整治工作，城市容貌有了较大改进，城市管理效能不断提升。为进一步提升城市管理水平，我们还借助信息化技术，现已实现全省数字城管平台在市县的全覆盖。”

另外，鉴于“县多”“县小”的实际情况，近年来，河北提出走“小县大县城”道路，大力实施县城建设攻坚行动、县城建设品质提升行动。围绕培育中心城市、都市卫星城、特色小城镇等目标，因地制宜、突出地方特色，在产城教融合、基础设施、园林绿化、公共服务、环境容貌、建筑管理等方面取得了积极成效，县城承载能力逐步提升，人居环境得到显著改善。

## 强抓落实服务国家战略

根据河北省委2017年年底提出的战略，当前和今后一个时期，抓好“三件大事”排在全省经济社会发展基本思路的第一位。这里的“三件大事”就是指推进京津冀协同发展、规划建设雄安新区、筹办北京冬奥会。河北省委书记王东峰曾表示，要把这“三件大事”作为重大政治任务，举全省之力有力有序有效推进。

“河北住房和城乡建设系统广大干部职工自觉强化大局意识、看齐意识，始终与中央和省里决策部署同频共振，全力服务京津冀协同发展、雄安新区规划建设和冬奥会筹办。”桑卫京说。以服务京津冀协同发展为例，河北省住房和城乡建设厅始终坚持房子是用来住的、不是用来炒的定位，狠抓环京津、环雄安新区热点区域房地产市场管控，着力加强“两环”热点地区房地产市场走势和调控效果的跟踪分析，保持房地产市场平稳健康发展。

在雄安新区规划建设上，河北省住房和城乡建设厅加大政策支持力度，按照省里统一安排，有序向雄安新区下放相关行政管理事项。同时，积极与住房和城乡建设部汇报对接，争取国家在棚户区改造、地下综合管廊、海绵城市建设等方面给予支持，并开展“绿色建筑发展示范区”建设。该厅还开展了雄安新区住房制度研究，协助编制排水防涝、地下空间等专项规划，指导白洋淀流域做好城镇污水处理厂建设和运营，为区域环境保驾护航。

此外，为服务好2022年冬奥会筹办工作，河北省住房和城乡建设厅围绕打造精品工程、百年工程的目标，对房屋建筑和市政基础设施项目实行“一项目一台账”和全过程监管，尽全力把好冬奥会项目工程的质量安全关。

## 砥砺奋进践行高质量发展

党的十九大勾画了全面建成社会主义现代化强国的时间表和路线图，2020年，我国将实现全面建成小康社会的第一个百年目标。桑卫京表示，河北住房和城乡建设系统广大干部职工将坚持以习近平新时代中国特色社会主义思想为指导，全面落实习近平总书记对河北工作重要指示，围绕河北省委总体思路，再创住房和城乡建设事业新辉煌。

在城市建设水平提升上，河北将继续推进市政基础设施改造工作，到2020年年底，完成城市（含县城）供水、供热、燃气、排水老旧管网改造，城乡生活垃圾处理设施建设、城市厕所新建改造等三年行动计划任务，继续提升城市、县城污水处理率，确保与城市人口规模要求相适应。

在城市绿色发展上，河北将全面推行绿色建筑标准，城镇建设用地范围内新建民用建筑要全部符合绿色建筑标准，政府投资建筑和大型公共建筑按照二星级及以上绿色建筑标准建设，不断提升城镇绿色建筑占新建建筑比例；同时，还将大力发展超低能耗建筑，鼓励超低能耗建筑集中连片建设，并稳步推进装配式建筑发展，逐步提升装配式建筑占新建建筑的比例。

“在住房建设上，我们将统筹实施棚户区改造、老旧小区改造、城中村改造三年行动计划。2020年年底完成‘十三五’计划改造棚户区75万套目标；对2000年及之前建成的环境条件差、配套设施不全或破损严重、管理服务机制不健全的居住小区以及住宅楼分批实施改造，2020年年底将改造完成现有老旧小区5739个；加快推进城中村改造，优化完善城市功能布局，完善城市配套服务设施，改善人民生活环境。”桑卫京说。

为进一步提高精细化管理水平，河北未来将抓好城市环境容貌提升，推广先设计、后整治的做法，聚焦重点部位，高标准编制城市容貌整治设计方案；开展美丽街区、精品街道和绿美河道创建活动；加强历史文化名城名镇名村保护，继续开展历史文化街区认定和历史建筑普查、挂牌工作，实施历史文化街区人居环境改善工程；强化城市管理综合执法，建立健全城市精细化管理标准体系；实施城市深度保洁，提升机械化清扫率，开展洁净城市创建活动。

（刊登于《中国建设报》2019年10月23日1版）

# 建设美丽的“天府之国”
## ——访四川省住房和城乡建设厅党组书记、厅长张正红

胡春明

“中华人民共和国成立70年来，在党中央的坚强领导下，四川省住房和城乡建设事业经历了从无到有、从小到大、从弱到强的历史巨变，焕发出勃勃生机；从革命老前辈、全国著名作家马识途首任四川省建设厅厅长开始，一代又一代四川建设人担当实干、攻坚克难、不断创新，开创出四川省住房和城乡建设事业欣欣向荣、蓬勃发展的一片天地。这正如马识途老前辈给四川省住房和城乡建设系统的题词所言：安得广厦千万间，大庇人民尽欢颜。波澜壮阔七十载，四川住建展风采。”四川省住房和城乡建设厅党组书记、厅长张正红在接受本报记者专访时表示。

### “天府之国”旧貌换新颜

张正红说，四川省住房和城乡建设系统坚决落实党中央、国务院决策部署和省委、省政府的工作要求，积极谋划，统筹推进住房和城乡建设事业高质量发展。改革开放以来，尤其是党的十八大以来，四川省住房和城乡建设事业不断发展，城乡规划建设管理、住房、建筑业等体制、机制改革不断深入推进，城乡面貌焕然一新。古之“天府之国”，今朝更好看。

中华人民共和国成立初期，四川仅有成都、重庆等稍具规模的城市，少有人口聚集的镇乡，随着重点工业项目入川和“三线建设”推动，促进了城市的培育形成；改革开放后大批农民工进城，推动城市发展；再到21世纪初西部大开发和“两化”（新型工业化、新型城镇化）互动开始的新型城镇化快速发展，已形成了由1个特大城市、6个百万人口大城市、8个中等城市、138个小城市和1531个小城镇构成的城镇体系，科学城镇体系逐步形成。

70年前，四川几乎没有污水垃圾处理、排水防涝等市政设施，城市道路里程少、标准低、质量差，仅有成都、重庆两市有相对规范的供水设施。如今，市政基础设施实现飞跃式发展。截至2018年年末，全省城市排水管道达到4.3万公里；城市污水处理能力708.8万吨/日，处理率93.6%；城市生活垃圾无害化处理能力2.5万吨/日，处理率99.3%；城市供水能力达到1441.7万立方米/日，供水普及率95.7%；城市道路长度达到1.78万公里，建成和在建地下综合管廊495公里；乡镇污水处理设施数量和污水处理能力分别比“十二五”末提高了

2.3倍和2.9倍。全省35个设市城市已建成海绵城市面积359.6平方公里，消除城市易涝点198个，对1042个老旧小区实施了海绵化改造，新建和改造了199个海绵化公园，整治和治理河道湖泊184个，新建和改造排水防涝管网3380公里。103个城市建成区黑臭水体已整治竣工84个、整治竣工率81.6%。

张正红说，历届省委、省政府高度重视小城镇工作。20世纪90年代初期，省委开始统筹考虑乡镇企业发展，带动小城镇建设。“九五”“十五”期间，全省开始了以“小城镇、大战略”为标志的小城镇建设热潮。党的十八大以来，四川大力推动“百镇建设行动”，每年选取100个基础条件好、发展潜力大、特色优势明显的小城镇进行重点培育。目前，全省共有277个小城镇被列为全国重点镇、20个镇入选“中国特色小城镇”，数量居全国前列。

“古镇古村落是活着的历史文化遗产，更是留住‘乡愁’的重要载体。四川古镇古村落是巴蜀文化的精髓，是天府之国富庶之源泉，也是中华优秀传统文化的有机组成。”张正红说，只有真正让传统文化与现代生活有机融合、相互承接，才能让古镇古村落历久弥新，焕发出新的活力。改革开放以来，历届省委、省政府高度重视历史文化保护。1982年，成都被列入首批国家级历史文化名城，之后四川积极推动历史文化名城名镇名村申报工作，截至2018年年底，全省已拥有8个国家级历史文化名城、26个省级历史文化名城、31个国家级历史文化名镇、56个省级历史文化名镇、6个国家级历史文化名村、15个省级历史文化名村，形成了历史遗迹和革命史迹交相辉映的历史文化体系。党的十八大以来，四川省住房和城乡建设系统认真贯彻落实习近平总书记关于坚定文化自信、加强历史文化保护系列重要讲话精神，进一步加大了历史文化名城保护工作力度。截至2019年6月，全省34个历史文化名城保护规划已全部编制完成，共划定历史文化街区78条和历史建筑847处。2019年，省政府印发《关于加强古镇古村落古民居保护工作的意见》，要求加大保护修缮力度，传承优秀传统文化。截至2019年6月，全省共有国家级传统村落333个、省级传统村落869个。开展“最美古镇古村落”评选和培育创建工作，评选出首批最美古村落40个。

## 人居环境显著改善

中华人民共和国成立初期，四川城镇居民住房与全国一样实行供给制。改革开放后，特别是1998年实施住房制度改革以来，坚持市场化方向，住房有效供给量逐年增加，满足了城镇居民不同层次住房需求。70年间，四川城镇居民人均住房面积由中华人民共和国成立初的3.6平方米提高到2018年的41平方米，高于全国平均水平。截至2018年，全省累计建设公租房（含廉租房）、经适房、限价房、改造棚户区334.8万套，共计94万人享受到公租房租赁补贴，22.1%的城镇家庭享受到各类住房保障。四川省委、省政府先后出台《加强农民工服务保障十六条措施》《加强农民工住房保障工作的指导意见》等政策，累计30多万农民工享受到住房保障。

张正红说，2009年，四川大力推动城乡环境综合治理，城乡容貌秩序不断改观，为“美丽四川·宜居乡村”建设奠定了坚实基础。目前，全省农村卫生厕所普及率近70%，全省4.6万个行政村中有近4万个配备了保洁员，近50万个村民小组中有20多万个配备了保洁员，在全国率先实现90%行政村建立了垃圾处理机制。2011年，《四川省城乡环境综合治理条例》颁布实施。

中华人民共和国成立初期，全省设市城市公园仅有14个、公共绿地总面积仅为约92公顷。改革开放以来，四川城市园林绿化工作不断加强，尤其是20世纪90年代起，全省坚持以园林城市建设为抓手，持续引导各地加强园林绿化建设、生态环境保护、建设行为管控以及节能减排推广。截至2018年，全省共培育创建国家和省级园林城市27个、县城32个、镇28个，省级园林村51个，设市城市和县城公园总数达到1032个、公园绿地面积达到约4.6万公顷、设市城市人均公园绿地面积约为13平方米。

张正红说，党的十八大以来，在习近平生态文明思想指引下，四川通过狠抓城市园林绿化，促进城镇宜居品质大幅提升、生态环境质量不断改善，特别是成都大力推动公园城市建设，并充分考虑生态价值，取得成效。2018年4月，习近平总书记在深入推动长江经济带发展座谈会上指出，天府新区生态环境很好，要取得这样的成效是需要总体谋划、久久为功的。

## 让人民安居乐业

“2008年，汶川大地震后，在党中央的坚强领导和全国党政军民的大力支持下，我们迅速展开了一场气壮山河、艰苦卓绝的特殊战斗。震后100日内解决了1200多万受灾群众的过渡安置问题，坚持民生优先、科学重建，强化规划引领，统筹推进住房重建和城镇重建，促进了灾区发展振兴。”张正红说。

到2011年9月，震后重建和维修城乡居民住房540多万户，原址和异地重建城镇38座，汶川县、北川县、青川县、映秀镇、汉旺镇、水磨镇等一批布局合理、功能配套、环境优美、极具时代特色的新城镇重建全面完成，实现了“家家有房住”的重建规划目标。此后的芦山地震，四川进一步探索走出了一条中央统筹指导、地方作为主体、灾区群众广泛参与的恢复重建新路，城镇基础设施显著改善，圆满完成三年重建任务。

农村住房安全得到保障。中华人民共和国成立之初，随着农村经济和农业的逐步恢复，四川掀起了农房和村庄建设第一个高潮，农房建设量每年平均达1000万平方米。改革开放后，农房建设逐步历经茅草房、土坯房、红砖平房、二层小楼等形式，虽然极大改善农民居住条件，但农房建设一直沿用千百年来“亲帮亲、邻帮邻”传统方式，质量安全缺乏监管。2009年，四川在大力推进农房灾后恢复重建的同时启动实施农村危房改造工作；2017年，四川在总结多年来农村房屋建设工作经验的基础上，在全国率先出台农村住房建设管理办法、农村建筑工匠管理办法，建立农房质量监管体系。截至2018年年底，全省累计完成农村危房改造190.5万户，农村人均住宅建筑面积达48.7平方米，农村住房安全得到有力保障。

经过70年的发展，四川建筑业已走进全国前列，一批像四川华西集团有限公司、四川路桥建设股份有限公司等具有较强竞争力的企业脱颖而出。2018年，全省建筑业完成总产值1.45万亿元，占全国建筑业总产值的5.5%，全国排名第5位；实现建筑业增加值3223.7亿元，占全省GDP比重7.9%；建筑业缴纳地税总额477.4亿元，占全省总税收收入的8.9%，建筑业已成为拉动四川经济最为强劲的行业之一。

## 展望未来 谋求突破

张正红说，站在新的历史起点上，新时代四川必须以“践行习近平生态文明思想，推动住房和城乡建设事业高质量发展”为工作主线，坚决打好防范化解房地产风险、精准脱贫住房建设、污水垃圾污染防治三大攻坚战，努力防范化解住房和城乡建设领域风险；抓牢垃圾分类、厕所革命、农房建设、老旧小区改造4件民生实事，提升群众幸福感、获得感。

四川住房和城乡建设系统将持续抓好五大重点工作，推动住房和城乡建设事业再上新台阶：一是贯彻省委“一干多支”发展战略，着力构建“五区协同”发展格局；二是以高质量发展要求引领城市建设，提升城市品质；三是着力提升乡村宜居水平，留住乡愁；四是建立住房保障长效机制，保持房地产市场平稳健康发展；五是加快“放管服”改革，推动建筑业做强做精。

张正红说：“回头看看走过的路，回顾四川住房和城乡建设事业取得的辉煌成就，我们更加坚信，只要不忘初心、牢记使命，坚决贯彻以习近平同志为核心的党中央决策部署，就一定能取得更大的胜利！”

（刊登于《中国建设报》2019年10月24日1版）

# 积极作为　跑出福建住房和城乡建设事业的“加速度”

## ——访福建省住房和城乡建设厅党组书记、厅长林瑞良

程小红

70年峥嵘岁月，70年砥砺前行，在全国各族人民的共同努力下，重新站起来、富起来、并一步步强大起来的当代中国，不断爆发出化沧海为桑田、化腐朽为神奇的磅礴力量，接连创造了一个又一个世界奇迹。

中华人民共和国成立70年来，在党和国家各项事业实现突飞猛进发展的同时，各个地方的成就和发展同样吸引了无数世人的眼光，尤其体现在日新月异的城乡面貌上。以福建省为例，数十年来，特别是党的十八大以来，福建省在住房和城乡建设领域不断跑出“加速度”，不仅为助力当地经济社会发展作出了积极贡献，还不断助推新时代新福建在经济高素质、生态高颜值的新征程上奋勇向前。

“住房和城乡建设事业民生性、社会性强，与人民的切身利益和生产生活息息相关，直接影响群众的获得感、幸福感和安全感，同时也是衡量经济社会发展水平高低的一个重要标准。”福建省住房和城乡建设厅党组书记、厅长林瑞良介绍说，中华人民共和国成立70年来，福建省一步一个脚印，扎实推进住房和城乡建设事业各项工作，取得了一系列非凡成就。“特别是党的十八大以来，我省更是以解决事关人民群众切身利益的‘头等大事’和‘关键小事’为着力点，全力推动住房和城乡建设事业高质量发展。”

## 由点到面，城乡面貌焕然一新

“过去的6年，是福建省住房和城乡建设事业投入最多、发展最快、城乡面貌改变最为显著的6年，也是群众获得感、幸福感、安全感最强的6年。这6年，福建省住房和城乡建设行业对助推经济平稳增长作出积极贡献，累计完成房地产投资约2.7万亿元、占同期固定投资约20%，经济发展对房地产业依赖程度呈下降趋势，在固定投资中占比由2012年年底的22.7%下降到近年来的15%左右；累计完成建筑业总产值5万亿元、年均增长17.4%，高于全国平均增长水平7.8个百分点，2018年产值居全国第七；建筑业税收贡献表现突出，税收收入在全省国民经济细分行业中仅次于房地产业、金融业和批发零售业，位居第四位。”林瑞良颇为感慨地说。

事实的确如此，6年来，福建省住房和城乡建设事业再一次提档提速，全省开展了“点线面”攻坚、宜居环境建设、美丽乡村建设、民生基础设施补短板、农村人居环境整治等行动，扎实推进“城市双修”、综合管廊、海绵城市建设等近20项住房和城乡建设部部署的试点工作，已累计安排各类建设项目超4万个，完成投资近万亿元。

其中，新建改造市政道路、绿道以及雨水、污水、供水、燃气管网4.3万公里、约占总长度的42%。城市（县城）生活污水、垃圾无害化处理率分别达93.02%、99.8%，新增建成区园林绿地1.3万公顷，实现省级及以上园林城市（县城）全覆盖。累计6700多个村庄开展美丽乡村建设，创建600多个示范村，全省乡镇生活垃圾转运系统、行政村生活垃圾常态化治理机制实现全覆盖，超过90%的乡镇覆盖生活污水处理设施。

同时，人民的居住条件也明显得到改善。6年来，福建省新建商品住宅2.9亿平方米，累计开工建设保障性安居工程58.9万户、连续10年超额完成国家下达任务；住房公积金新增缴存额和发放贷款实现翻番，满足职工购房需求；全省人均城镇住房面积从2012年的38.2平方米提高到2018年的43.1平方米，高于全国平均水平；完成农村危房改造6.5万户，确保贫困户住房安全有保障。

百尺竿头，更进一步。林瑞良表示，下一步，福建将牢记习近平总书记关于“建设‘机制活、产业优、百姓富、生态美’新福建”的嘱托，落实好住房和城乡建设部的各项工作要求，着力从深化住房制度改革、补齐民生基础设施短板、推动乡村建设、加快建筑业转型升级、提升历史文化保护水平、推进工程建设项目审批制度改革6个方面，进一步加快高质量发展步伐，以更大力度、更实举措、更好作风推动住房和城乡建设工作取得新成效。

## 共同缔造，人居环境建设再上新台阶

“经过若干年的建设，目前我国的城乡建设已由单纯注重数量扩张转向注重人居环境的改善和更好满足民生的需求，更加注重城乡的环境、品质、生态以及生命力。其中，城镇老旧小区改造既是民生工程，也是发展工程，还是打造共建共治共享的社会治理体系的重要抓手。”林瑞良表示。

近几年来，福建在老旧小区改造提升中累计投入超过100亿元，改造了7600栋、35万户。其中，福州市鼓楼区老旧小区环境综合整治获得2017年“中国人居环境示范奖”，厦门市入选2017年住房和城乡建设部老旧小区改造试点城市。

“通过老旧小区改造，福建居民的居住条件和环境得到改善，群众获得感、幸福感、安全感显著增强，我们的工作因此也得到了群众充分肯定及赞许。我们到厦门调研时，小区里的群众都非常热情自然地跟我们打招呼，很多群众还能直接叫出地方领导的名字。”林瑞良说。在老旧小区改造过程中，福建一直遵循住房和城乡建设部近年来倡导的“美好环境与幸福生活共同缔造”理念，真正以党建引领为思路、以老百姓为中心、以老百姓的需求为导向进行老旧小区改造，不仅进一步密切了党群关系，也广泛团结了社区群众。

“我认为，下一步在全国各地的住房和城乡建设工作中，都应该持续坚持‘共同缔造’理念，不单要在物质形态方面满足老百姓的利益需求，更要在非物质形态方面让他们感受到党的关怀、政府的温馨，并与政府一道形成合力。”林瑞良十分看重“共同缔造”在老旧小区改造提升中的经验作用。

作为国家生态文明试验区，在加快推动生态文明建设、人居环境建设上，福建除了老旧小区的改造提升，在治污治涝等方面力度也很大，尤其是市场化推动污水垃圾治理，福建走在了全国前列。数据显示，目前福建城市污水垃圾治理市场化程度达80%，超过90%的县已推出以县域为单位的农村污水垃圾治理市场化项目。另外，福建全省城市包括县城，垃圾无害化处理率达99.8%，生活垃圾焚烧处理能力占总无害化处理能力63.5%，均高于国家“十三五”指标要求并提前完成。

“垃圾分类作为习近平总书记亲自推动、部署落实的一项‘关键民生小事’，在住房和城乡建设部的有力指导下，福建省垃圾分类工作由点到面、建章立制、逐步启动、成效初显。尤其是厦门起步较早，处于全国领先水平，已连续5个季度在住房和城乡建设部组织的46

个重点城市考评中排名第一。”林瑞良自豪地说。

此外，作为全省人居环境建设的亮点，为加快建设“十五分钟城市居民活动圈”、拓展公共活动空间、服务附近百姓休闲游憩健身、促进城乡绿色协调发展，让人民群众共享生态文明建设成果，福建还建设和改造提升了一大批综合性公园、郊野公园、滨水绿地、绿道等。截至2018年年底，福建共建成公园1075个、绿道5800公里；建成区绿地率达40.17%、绿化覆盖率43.86%、人均公园绿地面积14.63平方米。

## 多管齐下，历史文化遗产保护成效明显

“古人不见今时月，今月曾经照古人。”与那明月一同从古时款款而来的，还有承载着城市与乡村独特记忆的历史文化遗产，它们久经岁月的洗礼，无声无息地铺陈在苍茫大地，一如既往地深沉、隽永。

“习近平总书记曾在福建工作近18年，先后就加强历史文化保护工作作出了一系列重要指示批示，一直引领并指导着福建历史文化保护工作走向深入，使全省历史文化名城街区、名镇名村、传统村落和历史建筑保护利用工作不断取得新成绩。对于历史文化遗产的保护和利用，福州市三坊七巷、泉州市中山路、漳州市香港路一台湾路、厦门的鼓浪屿等，地方同志做了大量工作，陆续得到老百姓的高度肯定。特别是这几年，通过与乡村振兴的结合，保护老建筑、活化老建筑，让老百姓从经济发展方面得到了好处，也让老百姓真正找回了归属感，外出打工的老百姓也陆陆续续开始回乡创业就业。”林瑞良说。

在认清了“真宝贝”、意识到“真宝贝”的价值后，福建在历史文化遗产保护上一直坚持“留旧”“留文”“留魂”，坚持一任接着一任干，一张蓝图绘到底，在全国历史文化保护利用方面交出了一份份亮丽的成绩单。例如，福建土楼、厦门鼓浪屿先后被列入世遗，全部历史文化名城、60%街区、70%名镇名村、90%中国传统村落均已完成保护规划编制等。在此基础上，福建传统村落保护还争取中央补助资金6.845.46亿元、省级财政投入4.1亿元重点扶持75个镇村保护发展，并带动社会资本和村民投工投劳，累计投入保护发展资金50亿元以上，打造了永泰嵩口镇、屏南龙潭村、南靖塔下村、尤溪桂峰村、泉港土坑村、福安廉村等一批示范点。

除坚持“应留尽留、应保尽保，坚持活化传承、有效利用”外，针对历史文化遗产的保护，福建始终坚持技术先行、强化服务，并紧紧扭住人才这个关键点、薄弱点，成立了省、市、县三级专家服务队伍，着力培育设计、施工、工匠3支队伍，组建规划设计、能工巧匠、艺术文化、产业运营、华侨乡贤5支服务团队。近年来，福建先后扶持了一批古建修缮龙头企业，着力集中建设一批构配件材料生产基地，制定完善了一批古建修缮技术标准，还建立健全了古建修缮技艺传承人和传统工匠名录。

“让专业人做专业事，才能形成全社会共同参与的保护发展格局。”林瑞良深有感慨地说，“作为一个文化底蕴深厚的省份，福建的历史文化街区如三坊七巷、中山路等，其中的很多建筑骨架和元素都被从福建走出去的建筑业企业、房地产企业移植到北京等地。我认为，这也是历史文化遗产另一种很重要的保护和利用路径，未来仍然值得推广。以点带面，奋勇当先，广大福建住房和城乡建设者将一如既往努力拼搏，在住房和城乡建设事业发展道路上跑出我们的‘加速度’”。

（刊登于《中国建设报》2019年10月25日1版）

# 建设人民更加满意的美丽宜居家园
## ——访江苏省住房和城乡建设厅厅长周岚

王　璇

中华人民共和国成立70年来，尤其是党的十八大以来，江苏在时代的快速更迭中一直致力于经济社会发展和美好城乡建设的统筹协调，不断提升城乡建设水平，打造宜居宜业的城乡环境，城乡面貌发生了翻天覆地的变化，呈现出一派欣欣向荣的新景象。

“让城市融入自然、村庄焕发现代气息、人民拥有美好的生活家园，是江苏按照新发展理念，推动城乡建设高质量发展的导向。”江苏省住房和城乡建设厅厅长周岚说。

## 绘出“住有宜居”新蓝图

“住房问题，既是民生问题也是发展问题，关系人民安居乐业和经济社会发展全局。”在周岚看来，切实解决住房问题，是一件能增进民生福祉的大事。

改革开放以来，在国家经济体制改革和住房制度改革方针的指引下，江苏积极探索、勇于实践、大胆创新，率先在全国进行住房制度改革试点，全面实行具有互助性质的住房公积金制度，充分发挥市场对资源的配置作用，住房市场得到快速发展。

2008年，江苏提出构建“系统化设计、制度化安排、规范化建设、长效化推进”的住房保障体系，构建了住房保障健全率7项指标，制订行动计划和中长期规划，明确重点任务，积极探索住房保障共有产权模式，因地制宜实施棚改货币化安置、政府购买棚改服务，实施公共租赁住房和廉租住房并轨运行，积极探索“外来务工人员享受新市民同等待遇”“租售并举”“阳光担保”等新模式，有效缓解低收入（含低保）、中低收入住房困难家庭和新就业、外来务工人员住房困难问题。截至目前，全省建成各类保障性住房318万套，超过900万城乡住房困难群众实现“出棚、解危、安居”。

随着住房制度改革不断深化、住房公积金制度不断完善，房地产市场快速发展，为住房建设注入强大动力。到2018年年底，全省城镇人均住房建筑面积达到46.9平方米，比1978年增加了41.2平方米，基本实现了住有所居的目标。

周岚表示，江苏将以习近平新时代中国特色社会主义思想以及对住房和城乡建设工作的指示批示精神为指引，认真落实习近平总书记对江苏“七个更”的重要指示，努力探索宜居住区建设，在对新建住房更加注重健全功能、提升品质的同时，更加注重对既有住宅加大提质改造力度，改善住区环境、完善基础设施和配套服务，努力化解老城区居民楼无电梯、住区缺管理、配套不齐备、环境不整洁等痛点难点问题，持续推进省级适老化住区建设和省级宜居住区建设等民生工程。同时，积极培育住房租赁市场，加快构建租购并举住房市场新体制，满足老百姓不同层次住房需求。

## 让城乡空间“由内而外”美起来

悠久的文化积淀、秀美的自然山水、发达的社会经济条件，造就了江苏独具特色的地域文化和人居环境。一边是高楼林立、车水马龙的现代化都市，处处可感勃勃生机；另一边是袅袅炊烟、鸡犬桑麻的错落乡村，时时展露静谧悠然。如何在广袤的江苏大地上，打造出让城乡居民更加满意的生活空间和居住环境？

周岚说：“人居环境的持续改善和提升是我们建设工作者的目标追求，江苏先后实施的村庄环境整治行动和城市环境综合整治‘931’行动，为城乡人居环境改善工作开了个好头，实现了18.9万个自然村环境整治全覆盖，消除了8万多个城市环境脏乱差问题。”

目前，江苏全省累计获得“联合国人居奖”“中国人居环境奖”的城市数量和创建国家生态园林城市、国家园林城市的数量，均位居全国首位。截至2018年，全省城市（县城）绿地面积总量3309.53平方公里，其中建成区园林绿地面积2073.30平方公里、公园绿地面积564.39平方公里、城市（县城）建成区绿化覆盖率和绿地率分别为42.95%和39.68%、人均公园绿地面积达到14.43平方米，城市建成区绿化覆盖率、绿地率、人均公园绿地面积三大指标在全国保持领先。此外，针对快速城镇化时期，城市发展中遗留下来的一些“水体黑臭”“雨后看海”等“城市病”问题，江苏扎实推进黑臭水体整治、海绵城市建设和易淹易涝片区整治。

在乡村，江苏建成了1000个以上省级美丽宜居村庄，带动市、县共同建成1万多个美丽宜居村庄；通过特色田园乡村136个试点村庄建设，积极探索乡村振兴的“江苏样本”，重塑了乡村吸引力，推动了要素、资源向乡村流动，一幅幅乡村振兴的美好蓝图正在江苏乡野大地上化为壮美现实。针对苏北地区农民住房条件普遍不高、广大农民群众迫切期盼改善住房条件的现实情况，2018年，江苏省委、省政府启动实施苏北地区农民群众住房条件改善工作，计划3年完成30万户农民群众住房条件改善，显著改善群众的住房条件和人居环境，提升公共服务水平和文明程度，真正让农民过上与时代同步的现代生活。

## 力推“江苏建造”品牌遍地“开花”

建筑业是江苏国民经济的支柱产业、富民强省的优势产业。从立足省内到出征特区、抢滩上海、演绎“京”彩，从布局华夏到扬帆海外、践行“一带一路”倡议，江苏建筑人的足迹不仅踏遍全国，更走向了世界。从个体工匠到集体队伍，从建筑民兵到铁军劲旅，从农民工到产业工人，江苏建筑队伍先后出省支援“大三线”“小三线”和大庆、新疆、西藏等地建设，打响了江苏“建筑铁军”的行业品牌。

周岚表示，自改革开放以来，江苏建筑业保持了快速稳健的发展态势，经济总量不断跨越、结构实力不断增强、产业效益不断提升，对外开放度持续增强，江苏正由“建筑大省”向“建筑强省”迈进。党的十八大以来，江苏建筑业深入贯彻新发展理念，把高质量发展要求落到实处，积极推进建筑业转型升级和工程建设组织实施方式改革，扎实推动各项任务落地见效，呈现出结构优化、领域拓宽、创新提升的良好态势，走出了一条建筑产业迈向中高端、建筑业企业迈向高精尖、发展方式迈向现代化的“转型出关”之路。工程建造方式也正逐步向精细化、信息化、绿色化、工业化融合方向发展，同时大力推行精益建造、数字建造、绿色建造、装配式建造4种新型建造方式。截至目前，江苏绿色建筑数量、节能建筑规模、国家级可再生能源建筑应用示范项目数量均为全国第一。

现如今，江苏建筑产业规模、建筑业总产值长期保持全国第一，2018年突破3.4万亿元，特级资质企业达到80家，建筑业增加值占全省GDP比重5.5%，带动就业近860万人，对农民纯收入的贡献度超过35%，“江苏铁军”遍布120多个国家和地区。

“在习近平新时代中国特色社会主义思想的指引下，在江苏省委、省政府的坚强领导下，江苏正在努力实现从‘建筑大省’向‘建筑强省’的跨越，着力推动建筑产业在‘总量最大’的基础上向‘实力最强’迈进，奋力打造‘江苏建造’金字招牌，为建设‘强富美高’新江苏、谱写江苏高质量发展新篇章作出更大贡献。”周岚说。

## 在高质量发展中结出“惠民”果实

党的十九大勾画了全面建成社会主义现代化强国的时间表和路线图，2020年，我国将实现第一个百年目标，全面建成小康社会。行百里者半九十，城乡建设高质量发展越到关键时刻，越要把准方向、鼓足干劲，站在新的历史起点上，江苏正蓄势待发。

“党的十八大以来，江苏在全国住房和城乡建设领域已形成了总体领先、重点领域率先的优势地位。但对照党的十九大要求，对照新时代社会主要矛盾的新转变，对照2017年12月习近平总书记对江苏工作的要求，我省住房和城乡建设领域发展不平衡、不充分问题仍不同程度地存在。”周岚在介绍成绩的同时，也不忘直面问题，并提出发展思路。

周岚介绍说，当前和今后一个时期，全省住房和城乡建设工作将聚焦老百姓需求最迫切、得益最直接的民生问题，以系统化思维丰富完善住房和城乡建设领域改革发展思路和举措，精准施策，推动实现“六个迈进”，即“住房工作在实现‘住有所居’的基础上向‘住有宜居’迈进、市政基础设施在‘补齐短板’的基础上向基本现代化迈进、城市管理在强化精细管理的基础上向‘共建共治共享’的城市治理方向迈进、城市在完善功能的基础上向品质提升迈进、建筑产业在‘总量最大’的基础上向‘实力最强’迈进、乡村在人居环境改善的基础上向美丽宜居迈进”，为江苏实现“扎实做好全面建成小康社会各项工作的基础上，积极探索开启基本实现现代化建设新征程”这一目标作出更大、更多贡献。

（刊登于《中国建设报》2019年10月29日1版）

# 建设美丽宜居新海南

## ——访海南省住房和城乡建设厅党组书记、厅长霍巨燃

龚后雨

椰风海韵，白云蓝天。海南省位于祖国最南端，是中国唯一的热带岛屿省份，美丽的五指山、清澈的万泉河和蜿蜒1944公里的海岸线把海南装点得美丽妖娆。

中华人民共和国成立70年来，特别是1988年4月建省办经济特区以来，琼州大地发生了翻天覆地的变化。从过去落后的边陲海岛发展为全国改革开放重要窗口，从基础设施极为薄弱的落后地区发展为生态环境优美、交通便捷、宜居宜业宜游的现代化海岛。

"我们住房和城乡建设系统要对标定位，不辱使命，不断推动住房和城乡建设事业高质量发展，建设美丽宜居新海南。"海南省住房和城乡建设厅党组书记、厅长霍巨燃日前在接受本报记者采访时表示。

### 不当"房地产加工厂"

霍巨燃告诉记者，近年来，海南省委、省政府坚决贯彻落实党中央、国务院决策部署，全省上下思想高度统一、行动坚决，始终坚持"房子是用来住的、不是用来炒的"定位，决不当"房地产加工厂"，以壮士断腕的决心调整产业结构，破除经济发展对房地产的依赖。从服务于海南自贸区（港）建设大局出发，通过实施"两个暂停"、全域限购、加强引导管控、完善住房体系等一系列政策措施，以及开展市场整治和风险防范，建立房地产调控长效机制，促进经济结构调整和房地产业转型发展。目前海南省房地产"一业独大"局面有所改善，经济结构调整取得阶段性成效，经济运行总体平稳；房地产调控初步达到了预期目标，房地产秩序总体良好，房地产市场风险总体可控。

为促进房地产业提质增效、转型发展，海南加快实施新一轮分税制财政体制方案，把与房地产关联度最大的土地增值税、契税两个税种收入大部分集中于省级，如省和三亚的分享比例由原来的35：65调整为65：35，把其他产业产生税收的大部分留给市县，倒逼市县产业转型升级。

彻底扭转简单以GDP增长率论英雄的政绩导向，海南从2018年起，取消除海口、三亚、洋浦、儋州、文昌、琼海、澄迈之外的12个市县GDP、工业产值、固定资产投资考核，加大

市县经济发展质量、发展后劲、创新发展以及生态保护、生态文明建设等方面的考核力度，督促市县加大经济结构调整和生态保护力度，降低对房地产的依赖。

经过努力，海南省经济结构调整取得阶段性成效。房地产调控初步达到了预期目标。房地产市场运行总体稳中有降，房地产开发投资增速从2015年增长19.0%，下降至2019年1~9月的下降28.1%；商品房销售面积从2017年的2292.61万平方米、同比增长52.0%，下降至2019年1~9月的584.95万平方米、同比下降48.6%。岛外购房比重明显下降，销售对象由岛外居民为主转变为岛内居民为主，逐步回归居住属性。

“我们将坚持房地产调控目标不动摇，力度不放松，政策不走样。”霍巨燃表示。

## 构建城镇住房保障供应体系

霍巨燃告诉记者，海南省委、省政府始终坚持把保障性安居工程建设作为重要民生工程，按照国务院及相关部门的决策部署，同步推进、同步落实。全省初步形成分层次、多渠道、广覆盖的城镇住房保障供应体系。

2008年以来，中央下达海南省各类城镇保障性安居工程建设计划50.05万套，累计开工55.50万套，建成51.33万套，分配入住49.04万套。通过大力推进城镇保障性安居工程建设，有效满足了住房困难群众基本住房需求，据统计，截至目前，全省保障性安居工程已覆盖约38%的城镇常住人口家庭。

不断健全政策法规体系。2008年以来，海南省先后出台了《海南省人民政府关于加快发展保障性住房的意见》及《海南省保障性住房管理暂行办法》等系列政策，形成了全省保障性住房建设、管理的法规政策体系。

多措并举推进棚户区改造。通过发行棚改专项债、引进社会资本、运用政策性银行贷款、使用公积金增值收益等方式解决棚改融资难问题，如2019年拟发行37亿元棚改专项债，目前已发行8亿元。因地制宜推进棚改货币化安置，稳妥实施棚改购买服务等多种形式推进棚户区改造。

完善制度确保分配公平公正。长期以来，海南省住房和城乡建设厅通过调研检查等多种方式，指导各市县制定和完善了各类保障性住房的管理制度，全力督促推进市县信息公开工作，让群众了解保障性住房建设、分配和管理的情况，接受群众、社会和媒体监督，确保住房保障工作的阳光运行。

加强基础配套和公共服务设施建设。在保障性安居工程计划审批和开工建设过程中，海南省住房和城乡建设厅督促各市县不断完善保障性安居工程基础设施配套和公共服务设施规划建设，同步规划、建设和交付使用。2008~2018年，争取中央保障性安居工程配套基础设施建设补助资金、专项补助资金、奖励资金等109.94亿元，省级财政投入资金31.52亿元，通过加大资金投入，促进各项工作顺利开展。

强化保障性住房建设监督与管理。一是逐步建立完善城镇保障性住房建设管理机制，积极推进并实施政府购买服务，逐步建立市场化、专业化、规范化的保障性住房建设和运营管理主体机制，推进信息化、智能化技术成果的应用，提升保障性住房居住品质；二是按照安全质量标准化、监督规范化和监管信息化的要求，开展日常监督检查，加强保障性住房质量安全监管。

霍巨燃表示，海南未来将全面梳理现有住房保障政策法规，逐步完善并建立与海南自贸区（港）建设发展相适应的住房保障政策法规体系，满足新形势下中低收入群体多样化住房保障需要，实现保障对象“住得起、住得进、稳得住、有尊严”。

## 释放美丽乡村建设活力

自2016年以来，海南按照“规划引领、示范带动、全面推进、配套建设、突出特色、持续提升”的总要求，积极推进美丽乡村建设。截至2018年年底，全省共创建668个美丽乡村，其中星级美丽乡村384个，64个村庄列入中国传统村落保护名录。美丽乡村正成为全域旅游的金字招牌和国际旅游岛建设的新亮点。

顶层设计，规划引导。海南省政府对美丽乡村建设高度重视，加强顶层设计，进行整体布局。省政府出台《关于支持美丽乡村建设的若干意见》，成立美丽乡村建设领导小组，明确责任分工。制定《海南省美丽乡村建设三年行动计划（2017~2019）》和建设标准、考核办法，计划到2019年年底建成不少于1000个美丽乡村示范村。

改善人居，整治环境。自2008年以来，累计完成约30万户农村危房改造，惠及困难群众120多万人，持续开展城乡环境综合整治，2017年全省农村生活垃圾治理工作通过国家十部委验收，全省城乡环境卫生状况得到较大改善。全省已建成生活垃圾处理设施21座，其中填埋场16座、焚烧发电厂5座，准备再建焚烧发电厂8座；已建成转运站264座、垃圾收集点12500个，市县95%以上的村庄配备了垃圾收集桶和车辆等收运设施；村级保洁员约1.9万人，农村清扫保洁覆盖率95%以上；城乡垃圾无害化处理率92%以上。

加强管理，风貌管控。加强农村规划建设管理工作。设立乡镇规划建设管理机构，发挥农村危房改造示范带头作用，实施“一表一证”农房报建制度，引导农房建设规划报建工作步入规范化轨道。

因地制宜，积极探索。坚持走差异化、特色化的发展道路，各市县美丽乡村建设结合自身村庄情况、资源特点、交通区位、历史文化等特征，突出优化村庄建设布局、整体风貌塑造、优势产业发展、传统文化培育等重点，建成的美丽村庄各具特色。创建出了如企业+农民模式（保亭槟榔谷、什进村模式）、政府+合作社+农民模式（琼海北仍村模式）、政府+企业+农民模式（琼中什寒村模式）、企业+政府+农民+金融模式（白沙罗帅村模式）、企业+政府+农民+社会力量（白沙杷樵村模式）、综合投入建设模式（海口市施茶村模式）等多种行之有效的发展模式，海南美丽乡村建设发展活力不断释放。

## 把制度创新作为发展不竭动力

海南位于中国改革开放最前沿，是中国最大经济特区，正在加快建设自由贸易试验区和探索建设中国特色自由贸易港。

霍巨燃告诉记者，制度创新是海南自贸区（港）建设的核心和关键。习近平总书记“4·13”重要讲话和中央12号文件明确要求，海南全岛建设自由贸易试验区，要以制度创新为核心。为全国创造出可复制、可推广、可持续的经验，是党中央和习近平总书记的明确要求及赋予海南的政治任务，事关服务国家重大战略。

近年来，海南省住房和城乡建设系统锐意进取，推陈出新，不断探索新方式、新制度，海南省委深改办（自贸办）对外已公布四批42项海南自贸试验区制度创新案例中，海南省住房和城乡建设厅占3项：

一是推行施工图审市场化和“多审合一”。率先将图审机构向市场完全开放，允许本省具有甲级设计资质的企业经资格认定后从事图审业务，并由一家房屋建筑类图审机构负责气象、人防、消防等所有施工图技术审查，各部门直接认可一家图审机构出具的审查合格证，解决了审查机构垄断和各部门多头审查问题，提高了图审效率和质量。

二是应用建筑信息模型（BIM）技术开展电子招投标。率先在全国实现BIM技术在招投标领域应用，探索BIM技术全生命周期覆盖。2018年5月16日，全国首个应用BIM技术的电子招投标项目——万宁市文化体育广场体育馆、游泳馆项目，在海南省人民政府政务服务中心顺利完成招标投标工作。该项目招标控制价3.16亿元，总建筑面积56496.48平方米，建筑造型新颖、结构施工复杂，通过BIM技术在招标投标阶段的应用，实现从技术、造价、管理多维度优选施工单位，确保重大项目高质量实施。

三是推行建筑工程施工许可告知承诺制。对建筑面积在1000平方米以下且不超过5层的房屋建筑取消施工图审查，率先在全省范围实行建筑工程施工许可告知承诺制审批，实现施工许可证1个工作日发放。截至2019年9月11日，全省共有373个项目通过“告知承诺制”审批取得施工许可证。

据霍巨燃介绍，近年来，海南省住房和城乡建设厅坚持问题导向、需求导向，务实求变、务实求新、务实求进，适时推出一批住房和城乡建设领域的制度创新案例，通过制度创新带动其他常规工作，从而实现以创新促改革，以改革促发展。

一是牵头做好全省工程建设项目审批制度改革。加强组织实施，成立了以省长为组长的省工程建设项目审批制度改革工作领导小组，领导小组办公室设在省住房和城乡建设厅。牵头起草并由省政府印发了《海南省工程建设项目审批制度改革实施方案》，做好省级层面顶层设计，开展2019年全省工程建设项目审批全流程、全覆盖的改革。省级层面已初步实现统一审批流程、统一信息数据平台、统一审批管理体系、统一监管方式的“四个统一”。

二是率先推行“二维码”资质证书和实行告知承诺审批。运用“互联网+政务服务”模式，应用电子签章、二维码等技术工具，率先在全国住房和城乡建设领域推行“二维码”资质证书，涵盖行业全部证照（9项），对海南省住房和城乡建设厅审批的勘察、设计、建筑业、监理、检测、造价、房地产开发等企业资质证书均添加二维码，只要扫一扫便可了解企业资质相关信息，实现住房和城乡建设领域资质证书“即批即得、自主打印”，减少盖章、制证等烦琐环节和手续，为企业参与招标投标、资质申报、监督检查等带来便利。

三是在工程建设领域引入工程质量保险制度改革。制定实施《海南省房屋建筑工程质量潜在缺陷保险试点工作方案》，将海口市、儋州市作为全省推行房屋建筑工程质量潜在缺陷保险的主要试点地区，鼓励其他市县开展质量潜在缺陷保险试点。新建住宅工程项目作为质量潜在缺陷保险主要试点对象，鼓励其他条件成熟的新建公共建筑开展工程质量潜在缺陷保险试点。

（刊登于《中国建设报》2019年11月4日1版）

# 地方
# 画卷

江苏

# “苏”写高质量跨步新时代

施嘉泓　王　璇

中华人民共和国成立以来，江苏在历史巨变中，一直努力追求城乡人居环境建设的和谐发展，百姓居住环境、居住空间和生活方式的巨大改善，在中国经济社会发展进程中留下了深刻印记。

在这里，住房从“蜗居”到宜居，从曾经福利分房时代的“等、靠、要”到如今迈入住房商品化的新时期，基本实现了住有所居。安全舒适的住房条件，让百姓收获了满满的幸福感。

在这里，公共基础设施从无到有、从弱到强，服务功能与建设水平得到全面提升，江苏在人居环境、道路交通、供水、供气、综合管廊等公用基础设施、公共服务方面不断改善，城市面貌焕然一新。

在这里，“人道我居城市里，我疑身在万山中”的意境被真切体现，江苏各地加快推进“城市公园绿地十分钟服务圈”规划建设，真正实现市民出行“300米见绿，500米见园”，公园绿地的可达性大大提高，公园绿地更加近民、便民、惠民。

在这里，乡村逐渐被唤醒，经过不懈努力，江苏村镇发展取得了超出预期的综合效应，带动了居民增收致富和城乡资源要素有效流动，成为推动城乡发展一体化的有力保障。

在这里，建筑业持续发力，江苏从建筑大省步入建筑强省，建筑队伍不断壮大，建造技术不断创新，建筑市场不断开拓，建筑产业不断升级，走出了属于自己的一条转型之路。

## 住房发展篇

### “广厦千万间　百姓俱欢颜”

1985年，为应对下放人员返城住房问题，江苏省南京市建成了占地近70万平方米、可容纳3万人、7000户的“南湖新村”。1986年，常州、镇江入选全国城镇住房租金改革试点，标志着江苏拉开城镇非住宅公有房屋租金改革的序幕。

短短30年，江苏城镇居民人均住房面积比改革开放初期增长了8倍多，城镇保障性住房覆盖率达到24%以上，住房保障体系健全率达到90%以上，基本实现了“住有所居”。2016年的全省“民生幸福工程六大体系”公众满意度调查显示，各地群众对住房的满意度位列六

2012年，全省最大集中建设的大型保障房片区南京岱山保障房项目交付使用，图为岱山灵动之星幼儿园

项民生工程之首。

改革开放40年来，在国家经济体制改革和住房制度改革方针的指引下，江苏积极探索、勇于实践、大胆创新，率先在全国进行住房制度改革试点，全面实行具有互助性质的住房公积金制度，充分发挥市场对资源的配置作用，住房市场得到快速发展。

进入21世纪以后，住房制度改革不断深化，住房公积金制度不断完善，房地产市场快速发展，为住房建设注入强大动力，住宅小区的规划设计、环境和设施配套更加注重“以人为本”，新建住宅小区大量采用新技术、新工艺、新装备、新材料，住房品质进一步提升。商品住房的供给不断满足了老百姓的住房需求。2009年，全省城镇人均住房面积已超过30平方米，为政府做好住房困难家庭保障托底提供了强大的支撑。

“棚户区改造结硕果，党和企业功不可没”，“我离不开这个团体，在这个小区我感到很自豪很幸福”……现如今的江苏，有越来越多的百姓正在感受着住房条件改善所带来的幸福感和获得感。

2008年，江苏提出构建“系统化设计、制度化安排、规范化建设、长效化推进”的住房保障体系，构建了住房保障健全率七项指标，制定行动计划和中长期规划，明确重点任务，积极探索住房保障共有产权模式，因地制宜实施棚改货币化安置、政府购买棚改服务，实施公共租赁住房和廉租住房并轨运行，积极探索“外来务工人员享受新市民同等待遇”“租售并举”“阳光担保”等新模式，有效缓解低收入（含低保）、中低收入住房困难家庭和新就业、外来务工人员住房困难问题，改善了800多万住房困难群众居住条件，得到了老百姓的较高评价，为促进社会和谐发展作出了积极贡献。

在基本实现住有所居基础上，江苏以党的十九大精神为指引，认真落实习近平总书记对江苏“七个更”的重要指示，努力探索宜居住区建设，对新建住房更加注重健全功能、提升品质，对既有住宅持续推进有机更新，改善住区环境、完善基础设施和配套服务，努力化解老城区居民楼无电梯、住区缺管理、配套不齐备、环境不整洁等痛点难点问题，加大既有住区提质改造力度，同时，积极培育住房租赁市场，加快构建租购并举住房市场新体制，满足老百姓不同层次住房需求。

## 城市面貌篇

### 城市建设服务美好家园

城市是见证巨变、参与巨变的载体，而“人性化”是衡量民生的标尺。不断提升城市功能，打造宜居宜业的城市环境，为百姓创造舒适宜人且富有活力的生活空间，是江苏一直以来的追求。

悠悠70载，江苏城市建设经历了从无到有、从小到大、从大到优三个阶段。从1949年中华人民共和国成立至今，江苏的城镇化率从12.4%提升到69.6%，城镇人口从800.8万人增长到5521.0万人。起初，全省城市建设整体上明显滞后于经济社会发展，道路交通、供水排水、城市照明、污水处理、居民用气等市政公用基础设施与服务基本处于严重短缺状态，城市建设支撑城市生产生活的基础非常薄弱。随着城市化进程的加快，江苏贯彻经济建设为主的方针，城市数量不断增多，市政基础设施逐步完善并引导区域一体化发展、市政服务功能逐步增强、城市面貌日新月异。2012年，江苏城市道路人均拥有量、自来水普及率、燃气普及率、污水处理率等方面已处于全国领先水平。

随着城市化战略的深入推进，江苏城市布局不断优化，通过撤县建市使城市数量增加到35个。全省城市建设按照“适度超前”的发展导向，倡导“城市家园”建设理念，稳步实施高质量发展，市政基础设施呈现提档升级，以人为本功能继续增强，城乡统筹建设发展不断加强，城乡面貌日益彰显地域文化特色……天然气、绿色交通、综合管廊、城市家具等新型市政基础设施，在城市发展过程中逐一涌现，并被不断推广普及。城市建设伴随着阔步向前的有力步伐，人居环境更加舒适、美观，城市品质不断提升。

如今的江苏，仍在持续推动人居环境升级，着力打造品质城市“升级版”，目前已显现出不俗成效，该省共有扬州、张家港、南京、昆山、徐州5座城市获得联合国人居奖，获得中国人居环境奖的城市数量达到15个。

## 园林绿化篇

### 春风又绿江南岸

园林绿化作为城市中有生命的基础设施，是城市生态空间的重要基底，承担着维护生态平衡、改善生态环境、传承历史文化的重要功能。江苏物华天宝，人杰地灵。苏南名园之典雅、花卉盆景之精巧，已成为祖国民族文化之瑰宝。

中华人民共和国成立之后，江苏风景园林事业焕发出勃勃生机，凋敝寥落的历史名园得以修复，屡遭破坏的风景名胜得到保护，园林绿地渗透到城市的每个角落。

自党的十八大以来，江苏秉承生态节约理念，坚持量质并举发展，园林绿化建设成效显著。全省各地积极推动生态节约理念在城市园林绿化规划、保护、建设、管理等各个环节的落实，应用乡土适生植物，实施资源循环利用，修复城市自然生态，园林绿地的生态效益持续提升，惠民便民功能不断增强，园林园艺水平和园林绿地管养水平稳步提高。截至2018年，全省城市（县城）绿地面积总量3309.53平方公里，其中建成区园林绿地面积2073.30平方公里、公园绿地面积564.39平方公里、城市（县城）建成区绿化覆盖率和绿地率分别为42.95%和39.68%、人均公园绿地面积达到14.43平方米，城市建成区绿化覆盖率、绿地率、人均公园绿地面积三大指标在全国保持领先。

以园林城市创建为抓手，全省城市园林绿化全面增量提质，城市风貌特色进一步彰显。江苏在全国率先实现了设区市国家园林城市全覆盖，生态园林城市建设有力推进，全省城市园林绿化事业均衡发展。截至2019年8月，全省拥有国家生态园林城市5个、国家园林城市24个、国家园林县城10个、省级生态园林城市5个。

## 乡村活力篇

### 乡愁被唤醒在“希望的田野”

江苏的乡村，既有“采菊东篱下，悠然见南山”的安逸闲适，也有“木欣欣以向荣”的蓬勃发展。

作为中华民族的发源地之一，早在旧石器时代晚期，江苏的宁镇山脉、宜溧山地等地就已经出现了原始聚落，并在此后的数千年发展演进中逐渐形成具有鲜明地域性的文化特质和聚落景观。中华人民共和国成立后，社会经济“百废待兴”，伴随着一系列制度改革的落实，乡村发展“欣欣向荣”，农民收入“节节攀升”，镇村建设“日新月异”，江苏大地上发生了翻天覆地的变化；改革开放以来，江苏从住房条件改善、人居环境提升、基础设施建设、历史文化保护、空间特色塑造等方面入手，通过多种举措持续推进镇村建设发展，带动镇村产业发展、文化传承、人居环境改善、社会治理水平提高，推动乡村振兴。

改善乡村人居环境，江苏一直在路上。“十一五”以来，江苏全面实施村庄环境整治及其改善提升行动，全省累计整治18.9万个自然村，基本覆盖了城镇建成区以外所有自然村，建成了1000多个省级美丽宜居村庄、带动市县共同建成1万多个美丽宜居村庄，重塑了乡村吸引力，推动了要素、资源向乡村流动，为乡村振兴汇聚了新动能。为加强传统村落的保护力度，江苏省人民政府发布了《江苏省传统村落保护办法》，支持100多个省级重点传统村落的保护与发展工作。在此基础上，创新实施特色田园乡村建设行动计划，目前全省已公布三批共136个省级特色田园乡村试点村庄，其中首批省级试点村庄建设取得积极成效，一幅幅乡村振兴的美好蓝图正在江苏乡野大地上化为壮美现实。同时，为积极发挥小城镇连接城乡的节点带动作用，江苏省加强省级重点中心镇规划建设，近年来，共支持83个具有培育潜力的重点中心镇和特色小城镇开展试点示范。

此外，针对苏北地区农民住房质量普遍不高、广大农民群众对改善住房条件的期盼相当迫切强烈的现实情况，2018年，省委省政府启动实施苏北地区农民群众住房条件改善工作，计划三年完成30万户农民群众住房条件改善，显著提升群众的住房条件、人居环境、公共服务和文明程度，真正让农民过上与时代同步的现代生活。

通过持续努力，伴随着快速城镇化进程，江苏村镇在精明收缩的基础上实现了巨大飞跃。一方面，乡村人口不断减少、空间格局不断优化，2012~2018年，建制镇数量从823个下降到678个，行政村数量从14837个

兴化市东罗村

下降到14035个；另一方面，建设发展水平不断提升，截至2018年年末，建成22个全国特色小城镇、30个全国特色景观旅游名镇（村）、12个国家美丽宜居小镇、29个国家美丽宜居村庄，数量位居全国前列。

## 建筑业改革篇

### 铁军突起打造“江苏建造”品牌

建筑产业迈向中高端、建筑业企业迈向高精尖、发展方式迈向现代化……这是近年来江苏建筑业的发展趋势。从1960年总量占全国建筑业产值比重的0.65%，到2018年占比13.1%，江苏的建筑业产业不断升级，从以房屋建筑施工为主的单一结构，到横向拓展、纵向延伸的多元化产业结构，江苏建筑业经济总量不断跨越、结构实力不断增强、产业效益不断提升，向建筑强省迈出坚实步伐。

历经70年的砥砺前行，江苏建筑业从小到大、由弱变强，在促进区域经济发展、推动工业化和城镇化、吸纳劳动力就业等方面发挥了重要作用。与中华人民共和国共同成长的江苏建筑业，积极投入中华人民共和国成立后的生产建设，抢抓改革开放的时代机遇，在新发展理念指引下，见证了新时代的伟大发展成就。

随着波澜壮阔的改革发展，江苏建筑队伍不断壮大，从个体工匠到集体队伍，从建筑民兵到铁军劲旅，从农民工到产业工人，江苏建筑队伍先后出省支援“大三线”“小三线”和大庆、新疆、西藏等地建设，打响了江苏“建筑铁军”的行业品牌。同时，建造技术也在不断创新，从肩挑背扛、一刀一锹的手工作业，到新技术、新材料、新装备的广泛应用，从依靠经验“传、帮、带”，到大批工法、标准、发明专利的形成。大力推行精益建造、数字建造、绿色建造、装配式建造等新型建造方式，推动工程建造方式向精细化、信息化、绿色化、工业化方向发展。

此外，江苏建筑业的市场竞争力也在不断增强，建筑市场不断开拓。从立足省内到支援边疆、出征特区、抢滩上海、演绎“京”彩，从布局华夏到扬帆海外、践行“一带一路”倡议，走出了一条勇攀高峰、锐意进取的跨越发展之路。

今天，江苏建筑业深入贯彻新发展理念，把高质量发展要求落到实处，扎实推动建筑业改革发展各项任务落地见效，呈现出结构优化、领域拓宽、创新提升的良好态势。2007年以来，江苏省建筑业产值总量、结算收入、增加值、税收总额等主要经济指标已连续12年位列全国第一，截至2018年年底，江苏建筑业总产值达到34053.9亿元，从业人数834.09万人，特级资质企业数量占全国第一。

（刊登于《中国建设报》2019年10月9日8版）

获得2018年联合国人居奖的城市——徐州

# 三晋大地经巨变 表里山河展新颜

山西

70年栉风沐雨，70年砥砺前行。

中华人民共和国成立70年来，山西省住房和城乡建设事业在党中央、国务院和中共山西省委、省政府的坚强领导下，在住房和城乡建设部的有力指导下，经过一代又一代干部职工的艰苦奋斗、奋力拼搏，始终与时代同步、与祖国同行，各项工作都取得了巨大成就，城乡面貌发生了翻天覆地的变化。

党的十八大以来，山西省住房和城乡建设系统高举习近平新时代中国特色社会主义思想伟大旗帜，坚持“一个指引、两手硬”的工作思路和要求，围绕全省建设“资源型经济转型发展示范区”、打造“能源革命排头兵”和构建“内陆地区对外开放新高地”三大目标，改革创新、奋发有为，在“两转”基础上不断拓展新局面，全省住房和城乡建设事业在高质量发展的道路上不断前行。

## 城市篇

中华人民共和国成立特别是党的十八大以来，山西省认真贯彻党中央关于城市发展的各项决策部署，全面推进城市建设发展，大力实施市政基础设施建设，在建立适应市场经济条件要求的城市建设新思路、新机制上，进行了许多有益的探索实践，形成了一套适合山西省情发展的新路子。2015年中央城市工作会议召开后，山西省住房和城乡建设系统深入贯彻会议精神，坚持以人民为中心的发展思想，坚持人民城市为人民，在建设与管理两端着力，转变城市发展方式，完善城市治理体系，提高城市治理能力，着力解决城市病等突出问题。全省城市建设管理工作取得新成效，设施水平不断提高，保障能力明显提升，人居环境进一步改善，承载能力和辐射带动作用大大加强。

与中华人民共和国成立初期相比，山西省城市数量从4个增加到22个；城市道路长度由166.83公里提高到8621.8公里，增加了51倍；城市桥梁数量从11座提高到1314座，增加了118倍；城市绿地面积增加了4040倍；城市污水处理和生活垃圾无害化处理设施从无到有，目前已有40座城市生活污水处理厂、27座城市生活垃圾无害化处理厂；城市集中供

热面积达到55161万平方米，城市燃气用气人口达到1139万人。

## 城市人居环境持续改善

认真贯彻落实党的十八大提出的“人居环境明显改善”和中央城市工作会议提出的“城市工作要把创造优良人居环境作为中心目标”总体要求，2015年作出了实施改善城市人居环境工作重大部署，成立了省长任组长的领导小组，制定了《山西省改善城市人居环境规划纲要（2015~2017年）》，实施了“设施提升、城市安居、城中村改造、环境提质”四大工程，省财政设立改善城市人居环境奖补资金，每年安排3亿元，重点对城市供水、供气、供热等重点项目给予奖补。2019年6月，出台《山西省改善城市人居环境攻坚行动方案（2019~2022年）》，启动了新一轮改善城市人居环境工作。截至2018年年底，全省“四大工程”累计完成投资9470亿元，占同期固定资产投资22%。

## 基础设施建设持续发力

多层次、多方面提升城市建设特别是基础设施建设质量，形成适度超前、相互衔接、满足未来需求的功能体系。2013~2018年，全省城市（含县城）市政基础设施建设累计完成投资超过2983亿元，供水普及率、燃气普及率、供热普及率、污水处理率、生活垃圾无害化处理率大幅提升。

## 垃圾污水处理不断加强

将城镇生活垃圾、污水处理作为城市基础设施建设和人居环境改善的重要抓手，多措并举、强力推进。出台一系列加强城市生活垃圾处理的政策文件，制定《全省城市生活垃圾分类工作的实施意见》，在全省推广城市生活垃圾分类。截至2018年年底，全省城市（含县城）基本实现生活垃圾无害化处理能力全覆盖。

## 园林绿化水平不断提高

深入贯彻“绿水青山就是金山银山”的理念，持续开展园林城市创建活动，全省城市园林绿化实现量质同步提升。截至2018年年底，全省城市（含县城）建成区绿化覆盖面积达7.78万公顷，比2012年年底的6.04万公顷提高了28.84%，建成区绿化覆盖率、绿地率、人均公园绿地面积三大指标比2012年年底均有较大提高；全省园林城市（县城）达到68个，其中国家级28个。

### 城市管理能力全面提升

以健全城市管理体制、提高城市管理水平、切实加强市政设施运行管理为目标，不断推进城市管理目标、方法、模式现代化。深入开展城市管理执法体制改革，11个设区城市和90个县（市、区）均实现了城市管理领域的大部门制；9个设区城市、32个县（市）、17个区建成数字化城市管理平台并投入使用，市级和县级覆盖率分别达到81.8%和41.9%，城市管理的科学化、精细化和智能化水平得到显著提升。

## 建筑业篇

中华人民共和国成立以来，建筑业作为山西省传统支柱型产业，在自身不断发展壮大的同时，对全省国民经济发展、城乡环境建设和民生改善作出了重要贡献。截至2019年6月底，全省建筑、勘察、设计、监理企业已超过5200家，行业队伍由中华人民共和国成立初期几千人的工程队发展到如今具有百万从业者的产业大军。2018年，全省建筑业完成产值首次突破4000亿元，达4071.5亿元，与改革开放初期相比增长了386倍；建筑业增加值首次突破1000亿元，达1152.8亿元，占GDP比重由改革开放初期的3.1%提升至目前的7%左右。

### 行业主体发展壮大

2012年起，山西省着力培育省内骨干建筑业企业，取得了明显成效。全省特级企业由2012年年底的5家5项特级资质增至目前的20家32项，完成产值占比由2012年的13.8%增至2018年的25%，推动了全省产值持续快速增长。2013年至今，山西省勘察设计单位累计荣获国家级奖项476项，参与编制国家技术标准163项、国家标准设计2册，为全省乃至全国建筑业发展作出了重要贡献。2018年，山西省出台了13条支持民营企业发展措施，扶持5家民营建筑业企业联合组建山西民企建设投资集团，并成立山西建设工程集团。企业发展迅速，为其他民营企业发展开辟了新路径。

### 质量安全监管不断强化

2014年，山西省在全国率先实行建筑工程质量终身负责制，强化建设、勘察、设计、施工、监理、图审及检测七方责任主体工程质量终身责任，建立质量终身负责制信息档案。2013年以来，全省共获得中国建设工程鲁班奖12项、国家优质工程奖22项。建立健全施工安全监管和双重预防机制，持续做好安全生产教育培训和宣传工作，严肃事故责任追究。近年来，全省房屋

建筑与市政基础设施工程生产安全事故起数和死亡人数明显下降，全系统安全生产平稳运行。

### 行业改革持续深化

近年来，山西省开展了一系列建筑市场违法违规行为专项整治，健全“双随机、一公开”执法检查机制，制定建筑市场信用评价标准，实行差别化监管。建立建筑市场“黑名单”管理制度，引导构建以诚信为导向的市场选择机制，全省建筑市场环境得到不断优化，促进了建筑业平稳健康发展。大力发展装配式建筑，推进建造方式变革。建成装配式建筑产业基地12个，产能1520万平方米，累计在建装配式建筑687.31万平方米。全省新建建筑节能标准执行率多年保持100%，地热能、光伏及空气源热泵、工业余热等多种可再生能源建筑应用模式不断涌现。积极推进“绿色建筑集中示范区”建设，22个市共划定绿色建筑集中示范区96.72平方公里，示范区内新建建筑全部达到绿色建筑标准。报请省人大颁布了《山西省城乡环境综合治理条例》，制定出台一系列政策措施，调增绿色施工“三项费用”取费政策，全面实行绿色施工承诺，加强施工扬尘治理网格化管理，建设全省“智慧工地”扬尘治理信息监管平台，开展无人机“四不两直”检查，有效控制建筑工地施工扬尘污染。

## 住房篇

党的十八大以来，山西省认真贯彻落实党中央、国务院决策部署，加强房地产市场分类调控，积极化解房地产库存，着力防范市场风险，加快培育发展住房租赁市场，强化市场监管，扎实开展专项检查和整治，房地产市场进入平稳发展阶段。截至2018年年底，全省房地产开发企业2643家，年度房地产开发投资1376.6亿元，占固定资产投资比重22.8%，比1990年提高了20.49个百分点。全省城镇人均住房面积达34.01平方米，是改革开放初期的7.24倍。

### 去库存成效明显

印发《关于加快化解房地产库存的若干意见》《山西省化解房地产库存工作方案》等一系列房地产去库存政策措施，努力保持房地产库存稳定在合理区间。截至2018年年底，全省商品房待售面积984.8万平方米，较2015年年底的1816.1万平方米减少831.3万平方米。

### 防范化解市场风险

以省会太原市为重点，完善政策储备，加强宏观调控，努力稳地价、稳房价、稳预期，坚决防止房地产市场大起大落，全省房地产市场总体保持平稳发展态势。太原市率先出台加强预售审批、加强网签管理、控制二手住房短期交易转让、降低公积金贷款额度、提高二套房贷款条件等一系列政策措施，坚决遏制投资炒房，抑制房地产泡沫，防范化解房地产市场风险。

### 租赁市场日益规范

加强政策指引，出台《关于加快培育和发展住房租赁市场的实施意见》《山西省发展住房租赁市场的实施方案》，明确发展住房租赁市场的政策措施，建成山西省住房租赁综合服务平台。截至今年8月底，已培育住房租赁企业42家，开展改建租赁试点项目12个，住房租赁市场向规范化、专业化方向发展。

### 市场监管不断强化

扎实开展房地产市场专项检查和整治，加大对房地产违法违规项目的打击和整改力度。起草制定《高校物业服务标准》《场馆物业服务标准》《住宅室内装饰装修管理办法（试行）》，健全物业服务标准体系，提升物业服务行业发展水平。出台《关于加快推进住宅全装修工作的实施意见》，住宅全装修工作全面铺开，向纵深推进。

### 住房保障打造“民心”工程

山西省委、省政府认真贯彻落实党中央、国务院的决策部署，紧紧围绕让广大城镇居民住有所居的目标，自2014年起实施廉租住房和公共租赁住房并轨运行，并将煤矿棚纳入工矿棚统一实施改造，切实构建起包括公共租赁住房、经济适用住房、限价普通商品住房和各类棚户区住房改造四大类，覆盖城镇中低收入住房困难家庭、新就业无房职工、外来务工人员以及各类棚户区居

民的多层次、全方位住房保障体系。从2004年到2018年，全省城镇保障性安居工程累计开工264.21万套、建成223.06万套，累计投资4779.93亿元，约660万户城镇中低收入住房困难群众和棚户区居民住房条件得到了有效改善。自2008年起，全省通过向城镇低收入住房困难家庭发放租赁补贴方式，实现了对这一群体应保尽保。

### 住房公积金数据互联共享

党的十八大以来，全省住房公积金监督管理部门认真落实党中央、国务院和省委、省政府“放管服效”决策部署，紧紧围绕住房公积金“最多跑一趟”改革目标，扎实推进“互联网+公积金”服务。各市住房公积金管理中心以贯彻《住房公积金基础数据标准》和《接入住房公积金银行结算数据应用系统接口标准》为契机，建成住房公积金综合服务平台，完成与全国住房公积金异地转移接续平台的直连，公积金服务实现了由柜面到网上、由人工到智能、由群众跑腿到信息跑路的转变。在此基础上，扎实推进全省住房公积金管理机构、各协作银行、政务部门之间的信息共享，建成省住房公积金数据互联共享平台，有效解决了缴存职工办理公积金业务来回跑、不方便的问题，杜绝了利用虚假材料骗提骗贷住房公积金的行为，进一步加强了风险防控，保障了资金安全。

## 村镇篇

中华人民共和国成立特别是十一届三中全会以来，山西省农村经济持续快速发展。伴随着改革开放的进程，全省乡村面貌发生了翻天覆地的变化，村镇建设模式、农村人居环境面貌和农民生活方式都发生了很大变化。农村环境脏乱差问题得到有效解决，乡村治理水平稳步提升，农民群众对乡村建设的参与程度越来越高。

党的十八大以来，山西省认真贯彻党中央、国务院关于全面建成小康社会的决策部署，深入实施乡村振兴战略，在坚决打赢脱贫攻坚战、持续改善农村人居环境上狠下功夫。全省农村生活垃圾治理、乡村治理和风貌整治、历史文化名镇名村及传统村落保护、农村危房改造等工作取得了明显成效。

### 农村生活垃圾治理稳步推进

山西省实施了乡村清洁“人员队伍、清扫保洁、垃圾收集处理、村容整饰、长效管理机制”五个全覆盖，打造了干净整洁有序的乡村环境。2013～2017年，全省每年投入10亿元用于乡村清洁工程。2018年，省财政将乡村清洁工程补助资金转为乡村环境治理补助资金，每年安排3.46亿元，用于推动农村生活垃圾收运体系建设，其中49个县（市、区）已经建成。到2019年年底，除深度贫困县外，其余县（市、区）也将全部建成。大力推广农村生活垃圾分类“四分法”，岢岚、灵石、长子3个县确定为全国示范县；阳曲、灵丘等18个县确定为省级试点县。全省1448个村庄开展了生活垃圾分类工作，农村生活垃圾源头减量和资源化利用取得了良好效果。

## “共同缔造”成果鲜明

在乡村治理和风貌整治工作中，山西省坚持共同缔造的理念方法并使其贯穿于农村人居环境整治全过程，将设计理念与村民需求有机结合，打造了一批特色鲜明、风貌彰显的美丽宜居乡村。大同市灵丘县在农村人居环境整治中，由县委、县政府主导，邀请设计团队驻村指导，党员干部带头示范，县乡村三级联动，共同参与农村人居环境整治，整县提升、整村打造，形成了独具特色的晋北乡村建筑风貌。2019年7月，山西省研究总结了相关经验，向住房和城乡建设部呈报了《灵丘县美好环境与幸福生活共同缔造实践探索经验的报告》。住房和城乡建设部将灵丘县做法列入共同缔造经验交流材料汇编，并在全国共同缔造培训班上推广学习。

## 村镇保护力度空前

山西省委、省政府将历史文化名镇名村和传统村落纳入“黄河、长城、太行”三大旅游板块统筹发展，取得了良好成效。目前，全省共有中国历史文化名镇名村111个，总数排名全国第一；中国传统村落550个，总数排名全国第五；16个村入选首批中国传统村落数字博物馆，是北方汉民族地区古镇古村数量最多、风貌最完整、集聚度最高的省份，是华夏农耕文明的典型代表。山西省还形成具有地方特色的传统村落、传统院落、传统建筑保护立法框架，在传统村落保护立法方面取得了重大突破。

## 农村危房改造成效显著

山西省部署打赢脱贫攻坚战以来，省委、省政府高度重视农村危房改造工作，将其纳入实现全省脱贫攻坚住房安全保障工作、为农民办的“五件实事”和改善农村人居环境“四大工程”重点推进。截至2018年年底，全省累计完成农村危房改造任务91.01万户，使319万农村贫困人口解决了基本住房安全问题。2019年，山西省6.9万户存量危房改造任务将全面完成，年底全省农村危房改造将实现“静态清零”。根据任务需求变化，山西省还将持续做好“动态保障”，确保全面完成贫困户住房安全保障的目标。在住房和城乡建设部组织的历次绩效评价中，山西省农村危房改造稳居全国第一梯队。2019年，山西省被列入工作表彰激励省份；灵丘县受到国务院表彰，并获得500万元奖励资金。

站在新的历史起点，回顾山西省住房和城乡建设事业70年历程，无一不是坚持中国共产党的领导、坚持发展中国特色社会主义的成果。全省住房和城乡建设系统将更加紧密地团结在以习近平同志为核心的党中央周围，提振信心、负重前行，奋力谱写住房和城乡建设事业高质量发展新篇章，向着全面建成小康社会、不断塑造美好形象、逐步实现振兴崛起的宏伟目标奋勇前进，为实现“两个一百年”奋斗目标、实现中华民族伟大复兴的中国梦作出新的更大贡献。

（山西省住房和城乡建设厅供稿，
刊登于《中国建设报》2019年10月10日4版）

陕西

# 栉风沐雨七十载 三秦大地展新姿

王珺　何蓉

70年风云际会，70年光辉历程，70年辉煌巨变。70年来，随着中华人民共和国成长的脚步，沐浴着改革开放的春风，陕西省住房和城乡建设行业演绎了一段又一段激扬奋进、改革创新的动人故事。70年来，三秦大地上，无数三秦儿女挥洒汗水，燃烧激情；无数建设者不惧艰难险阻，披荆斩棘勇往直前。

70年，长河流淌，斗转星移。在住房和城乡建设部和陕西省委、省政府的领导下，陕西坚持示范引领，大胆先行先试，大力推进住房和城乡建设事业发展，创造了住房和城乡建设事业健康快速发展的新模式，走出了一条具有陕西特色的城乡统筹发展之路，书写了浓墨重彩的崭新篇章。

## 住房和城乡建设事业成就巨大　人民群众住房条件日益改善

住房，在老百姓心中，不仅是遮风挡雨的住所，更是承载希望的港湾。陕西这个历史悠久的农业省份，老百姓对住房的感情更加炽烈、更加深厚。

1978年以前，陕西主要实行实物福利分房制度，城镇居民住房水平较低，人均住房使用面积仅为5.3平方米。随着改革开放的春风洒遍三秦大地，住房改革也迎来了快速发展的20年。1980～1988年，陕西提出进一步推进城市住宅商品化试点，开展房地产经营业务；1988～1998年，陕西从改革公房低租金制度入手，将完全由国家和单位实物分配住房逐步改变为国家、集体、个人共同负担住房费用。

1993年，陕西开始建立住房公积金制度，公积金在支持住房消费、助力职工实现“住有所居”发挥了重要作用。2018年，住房公积金贷款人数和规模分别位列西部省份第三、西北第一。截至2019年6月底，公积金缴存人数达到475.68万人，是制度建立当年的36倍，累计发放1732.01亿元个人住房公积金贷款，275万城镇职工利用住房公积金实现了安居梦。

1998年7月3日，《国务院关于进一步深化城镇住房制度改革加快住房建设的通知》印发，提出加快经济适用住房建设，逐步推动住房商品化、社会化，极大地调动了市场主体投资建设商品房的积极性，也加快了陕西房地产业的发展步伐。全省70%的公房产权落实到个

人，城镇居民“住有所居”的目标基本实现。城镇居民人均住房建筑面积从1998年的12.35平方米提高到2018年的39平方米，住房品质明显提升。

70年来，陕西省委、省政府始终把解决中低收入群众住房困难作为“推动经济发展，促进社会和谐，富裕三秦百姓”的一项重要民生工程，积极探索和建立城镇住房保障制度，大规模推进保障性住房建设。陕西保障性安居工程建设工作一直位于全国前列，形成新模式、新经验。

2008年起，陕西进入了全面构建住房保障制度体系的重要时期。通过多年努力，初步建立起城镇住房保障制度，基本形成了由廉租住房（现并轨统称“公租房”）、经济适用住房、公共租赁住房、限价商品房4类保障性住房和商品房组成的“4+1”住房供应体系。陕西大胆尝试，利用模块化理论，从保障房建设的政策、土地、资金、质量、分配、管理六大关键环节入手，创造了保障性住房建设和管理的陕西模式；率先在全国开展廉租房、公共租赁住房“两房”并轨试点，有效改善了城镇中低收入家庭的住房条件。

2011年，陕西率先组建了省级融资平台——陕西保障性住房建设工程有限公司，突破了保障性安居工程建设资金瓶颈；率先建立了“月排名、季点评、年终考核”的工作机制，对市县进行考核排名，全面加快推进陕西住房保障工作开展。

2012年，陕西省、市、县三级相继成立保障性住房管理中心，建立了省、市、县、街办和社区五级联网的住房保障信息工作平台，专职负责保障性住房分配和后续管理工作。

2014年，陕西率先在全国开展保障性住房“和谐社区·幸福家园”创建活动，不仅让保障性安居工程项目成为城镇的一道靓丽风景线，更令入住群众感到舒心。

截至2018年年底，全省累计开工建设304.68万套保障性安居工程，其中88.16万套公租房、62.62万套购置型保障房（包括经济适用房和限价商品房）、153.9万套各类棚户区改造住房，累计发放118.62万户租赁补贴、完成5861.32亿元投资，保障性住房覆盖面达到23%，连续7年位于全国前列。有效解决了372.3万户城镇中低收入住房困难家庭、外来务工人员和城镇新就业职工的住房问题，特别是让11.4万户城镇低保住房困难家庭实现了“应保尽保”。

70年，从“蜗居”到“宜居”，为了让三秦百姓安居，陕西住房和城乡建设者始终在行动、从未停歇。

## 城市建设可圈可点
## 城市管理成效显著

70年，全面改革的浪潮滚滚向前，既助推了陕西追赶超越，也见证了陕西城乡巨变。从陕北高原到关中平原，从渭河两岸到秦巴腹地……陕西的城镇化建设稳步推进，改革不断深入，创新极具活力，发展日新月异，一座座崭新的现代城市风貌展现于三秦大地。70年来，陕西充分尊重城市发展规律，牢固树立和贯彻落实创新、协调、绿色、开放、共享的新发展理念，不断强化城市规划、建设和管理工作，走出了一条具有陕西特色的城市发展之路。

到2018年年末，全省城市建成区总面积达1345.98平方公里，城市人口达1908.01万人，陕西逐步形成了以特大城市为中心、大城市为骨干、大中小城市和小城镇协调发展的格局。尤其是近年来，陕西住房和城乡建设系统不断适应新时代对住房和城乡建设事业发展提出的新目标、新要求，着力在提高发展质量和效益上下功夫，把推动城市建设高质量发展作为当前和今后一段时期确定发展思路、制定政策措施的根本要求，在实现高质量发展上不断取得新进展，推动住房和城乡建设事业不断满足人民对美好生活的向往。

陕西加快推进县城建设，贯彻落实陕西省委、省政府《关于加快县域经济发展和城镇建设的若干意见》，制定了《陕西省加快推进县域城镇建设行动计划》，县域城镇建设彰显特色、特色小镇富有活力、承载功能明显提升、生态环境明显优化、居住条件明显改善、管理水平明显提高；联合省发改委制定了《支持县域经济发展和城镇建设三年行动计划（2019~2021）》，从提质扩容、分类推进县城建设的角度，以打造品质县城、美丽县城、生态县城为目标，重点支持县城地下综合管廊建设、雨污分流管网改造等12个建设领域，示范引领城镇建设。

城市是人口的聚集地、产业的承载地、生产要素的汇合地。70年来，城市发展带动了陕西经济社会的发展，城市建设已经成为陕西现代化建设的重要引擎。

## 小城镇建设高质量发展
## 村庄居住环境持续向好

近年来，陕西始终把小城镇建设作为推动城乡融合发展的重要突破口，在全省实施35个重点示范镇和31个文化旅游名镇建设，推进“两镇”建设高质量发展，示范引领乡村振兴。35个重点示范镇累计完成887.05亿元投资，GDP总量达1633.7亿元。31个文化旅游名镇累计完成投资226.52亿元，建成传统街区29条、4A级景区14个。通过“两镇”的示范引领和带动，打造出一批新兴产业型、特色农业型、古镇旅游型、特色文化型、生态

休闲型的小城镇。这些风格各异的魅力小镇，如同点缀在三秦大地的珍珠，勾绘出美丽陕西的壮丽画卷。

陕西坚持规划引领，突出产业发展，延长产业链，增加就业，建成一批新型工业园区、现代农业园区、文化旅游园区及现代物流园区，GDP总量达1633.7亿元，先后引进大中小型企业3101家，重点示范镇产镇融合成效显著。

突出“四态”发展，建设宜游富民小镇。陕西按照“构建传统形态、传承多元文态、打造宜居生态、丰富旅游业态”“四态”并举的建设思路，打造宜居宜业宜游富民小镇。6年来，31个文化旅游名镇共建成29条传统街区、14个4A级景区、16个3A级景区，累计实施647个基础设施项目，逐步形成古镇旅游型、红色经典型、特色文化型以及新兴产业型等特色鲜明的古镇类型。以照金、青木川等为代表的文化旅游名镇，已经成为“山水人文·大美陕西”的靓丽名片。

脱贫攻坚工作开展以来，陕西将危房改造与统筹改善农村人居环境、“旅游+”等相结合，积极推广大荔县低成本改造经验，全省住房和城乡建设系统将农村危房改造作为助力脱贫攻坚的重要任务、第一民生工程和头等大事，紧紧围绕建档立卡贫困户“住房安全有保障”目标和年度减贫任务，建立省包市、市包县、县包镇村户的分级包抓机制，全面完成了年度建设任务和危房改造脱贫任务。截至目前，中央财政、省财政已投入103.26亿元，累计实施92.65万户农村危房改造，350多万贫困群众通过危房改造住进了“安全房”。2017年、2018年连续2年在全国农村危房改造绩效评估中排名第三，受到国务院通报表彰。陕西开发的农村危房改造信息监管系统被住房和城乡建设部在全国29个省推广使用，商洛市丹凤县农村危房改造成果作为全国农村危房改造典范在中共中央宣传部、中央改革办、中央党史和文献研究院等八大部门联合举办的“伟大的变革——庆祝改革开放40周年大型展览”上进行宣传报道。

大力推进传统村落保护工作。陕西省按照“一村一档”已建立446个村庄的档案。利用村庄调查成果，编印《陕西省传统村落图册》，全面展示传统村落的村落选址、格局以及非物质文化遗产等“身份信息”的保存现状。

建立国家级和省级传统村落保护名录。积极开展中国传统村落的申报工作，目前陕西已有113个村落列入中国传统村落名录、323个村落列入陕西省传统村落名录。建立健全的传统村落保护发展项目库，对传统村落的保护状况和规划实施情况进行跟踪监测。

陕西省住房和城乡建设厅认真贯彻落实习近平总书记关于实施乡村振兴战略、农村人居环境整治和垃圾分类的重要指示批示精神，学习借鉴浙江“千万工程”经验，改善农村人居环境，推进乡村生态振兴。积极推广农村生活垃圾分类和“两次四分法”资源化利用试点示范，做到农村生活垃圾治理就地化、减量化、资源化。截至6月底，全省农村生活垃圾得到有效治理的行政村比例达到84.52%。

积极推进非正规垃圾堆放点清零销号。逐县（区）进行地毯式排查，“一处一策”消除存量，严控增量。截至8月底，共排查出2041处农村生活垃圾非正规堆放点，已有1879处确认销号，销号率达92.06%。

陕西省发挥设计规划科研资源优势，从陕西省城乡规划设计研究院、西安建筑科技大学等高校和勘察设计院所遴选了31位专家教授和84家勘察设计单位，组成了100支帮扶团队，因地制宜，指导各地建设宜居型示范农房。

开展新一轮农房设计方案征集，按照不同地域、民族特点和时代特征，共整理编制100套《陕西省农房设计图集》（以下简称《图集》）。目前共有101个示范点11042户参照《图集》进行建设。

## 建筑业规模持续扩大 支柱产业地位更加巩固

70年来，陕西建筑业转型升级步伐不断加快，建造能力不断增强，产业规模不断扩大，支柱地位更加巩固，吸纳了大量农村转移劳动力，带动了大量关联产业，对推动全省经济社会快速发展、彰显城乡建设新形象、构建群众新生活作出了积极贡献。

党的十八大以来，陕西建筑业步入一个新的发展阶段，省住房和城乡建设厅相继出台了一系列政策措施，深化建筑业体制机制改革，形成从省到各设区市再到县（市、区）的三级建筑业管理体系，全省建筑业形成了以国有经济为主体、多种经济成分并存的局面，成为仅次于能源化工的第二大支柱产业和富民产业。建筑业由最初的单一房建施工，发展成为覆盖12个施工总承包、34个专业承包，类别众多的行业。

2018年全省完成建筑业总产值7120.15亿元，同比增长14.3%，较1978年增长818倍，产值增速跃居全国第六位，实现增加值2553亿元，创历史新高，占全省GDP比重达10.4%。建筑业健康平稳发展，不断地为社会提供了新增就业岗位，吸纳了更多劳动力就业。2018年建筑业平均从业人员达173万人，同比增长13.5%，比2017年同期增加了20.58万人。截至2019年8月底，全省建筑企业数超过2万家，特级资质企业由2013年的6家增至30家，位列全国第六位。

70年来，陕西坚持工程质量第一，树立创新发展理念，以创建精品工程为抓手，鼓励企业争创省优国优工程、一流企业。陕西坚持科学组织施工，创建文明工地活动22年来，工地从最初的治理“脏、乱、差、野”向“科学管理、科技创新、综合发展”转变，由单个工程项目向群体区域工程推广，由地上向地下延伸，将创建文明工地活动与安全标准化、质量标准化紧密结合起

来，形成了创建文明工地活动的“陕西特色”。截至目前，100项（境内93项，境外7项）工程荣获“中国建设工程鲁班奖（国家优质工程）”，连续多年居全国前列、西部第一。陕西省住房和城乡建设厅党组承担的中央和陕西省委组织建设的中国延安干部学院添建工程任务，荣获“鲁班奖”和世纪经典工程奖，先后建造了青藏铁路、大秦铁路、南京至淮安高速公路、陕西历史博物馆、延安革命纪念馆、沈阳地铁一号线、重庆江北机场、交大创新港等一大批具有影响力的优质工程，“陕西建筑品牌”为“中国制造”作出了重大贡献。

70年来，陕西省始终将新技术新产品推广应用作为建筑业提质增效、转型发展新动能的重要抓手，加快行业技术升级创新进程，积极推动行业绿色发展，大力发展地热能供热，打造健康宜居新业态、能源资源集约节约新模式，淘汰落后建材技术产品60种，发展建设节能建筑6.02亿平方米、绿色生态建筑8575.46万平方米、装配式建筑704.88万平方米、地热能供热面积3037.1万平方米，集约节约、绿色低碳成为建设行业的主色彩。

70年来，陕西建筑企业规模持续壮大，积极参与“一带一路”沿线国家建设，企业市场综合竞争力不断提升，外向度显著提高。相继在上海、江苏、湖南、湖北、广西等30个省（直辖市、自治区）承揽工程项目，截至2019年8月底，在省外完成建筑业产值1572.9亿元，外向度达37%。国际工程已拓展到亚洲、非洲、欧洲等地，高质量完成了巴布亚新几内亚独立国莱伽马——珀尔盖拉公路工程、巴基斯坦卡拉奇K2/K3核电项目、加纳库马西成品油储运站等优质工程。2018年对外承包工程完成40.58亿美元的营业额，同比增长3.81%，按完成营业额排位，居全国第十位。

工程勘察是工程建设的先导，工程设计是工程建设的灵魂。70年来，陕西勘察设计迈步走进全国先进行列。勘察设计行业从改革开放初期的不足3万人，到2018年年底的工程勘察设计企业1236家、从业人员7.5万余人、执业注册人员6889人、年营业收入680亿元。2位工程院院士、32位国家级勘察设计大师、30位省级勘察设计大师引领陕西勘察设计行业发展，133项现行工程建设标准、100项标准图集被广泛应用，累计拥有专利和专有技术3500多项。勘察设计涵盖石油、化工、航天、核电、水利水电、公路等众多门类行业。新技术、新材料、新工艺、新设备在全省勘察设计中得到广泛应用，在高速铁路、高原冻土、湿陷性黄土、超高压变电、新能源发电、汉唐风格建筑等领域的勘察设计技术处于同期国内和国际领先水平。青藏铁路项目成功解决了多年冻土、高寒缺氧、生态脆弱三大世界性设计难题，其设计、建造过程中的集成化设计思路，尤其是高度重视生态保护的设计理念，使它成为我国重大工程设计中一个新的里程碑，2012年在北京国际设计周上斩获“经典设计奖”。拉西瓦水电站项目、黄河公伯峡水电站工程等获“国家勘察设计奖”；陕西省历史博物馆、黄帝陵祭祀大殿、西安大唐芙蓉园、长安塔、延安大剧院等一大批具有传统特色的优秀建筑不断涌现。西咸新区等一批智慧城市、绿色社区正在兴起。工程建设硕果累累，城镇建设丰富多彩。几代勘察设计人顽强奋斗，一步一个脚印，一棒接着一棒，以无私奉献、执着的追求，为陕西城镇建设绘制了美好蓝图！

九层之台，起于累土。陕西住房和城乡建设人唯有牢牢坚守70年砥砺奋进的初心，不驰于空想，不骛于虚声，一步一个脚印，用勤劳、勇敢和智慧诠释实干精神，才能将党的十九大描绘的发展蓝图逐一变为现实。

70年后再出发，“不忘初心、牢记使命”正成为新时代三秦大地上追赶超越的最强音！

（刊登于《中国建设报》2019年10月11日4版）

# 不忘初心　牢记使命
# 打造美丽宜居百姓安居新山东

山东

70 年波澜壮阔的建设历程，使山东省城乡面貌发生了翻天覆地的变化。新型城镇化提质加速，群众住房条件明显改善，城乡建设管理水平大幅提升，建筑业改革发展突飞猛进，人民群众的获得感、幸福感、安全感持续增强。党的十八大以来，山东省住房和城乡建设系统深入学习贯彻习近平新时代中国特色社会主义思想，坚持党建引领，牢记初心使命，主动担当作为，用智慧和汗水不断装点着这块充满希望、前景广阔的热土，在齐鲁大地上描绘了绚丽多彩的画卷，书写出无愧于时代、无愧于人民的辉煌篇章。

## 坚持城乡统筹、融合发展<br>走出一条具有山东特色的就地就近城镇化道路

中华人民共和国成立70年来，山东省城市规模不断扩大，经济实力持续增强，城镇面貌焕然一新。党的十八大以来，山东大力推进“以人为核心”的新型城镇化建设，先后编制实施了山东半岛城市群总体规划、黄河三角洲城镇发展规划、济南都市圈发展规划、鲁南地区城镇发展规划等一批高层次、高水平的城镇发展规划，深入推进农业转移人口市民化，城镇化建设取得了举世瞩目的成就。全省城镇化率由1949年的7.4%增加到2018年的61.18%，设市城市、建制镇分别由1981年的9个、110个增加到43个、1092个，城镇人口由936万增加到6147万，形成了2个特大城市、8个大城市、7个中等城市、80个小城市、1092个建制镇协调发展的城镇格局。龙口市等15个县市入选全国综合实力百强县市，广饶县大王镇等3个镇获评全国百强镇。同时，山东省大力创建特色小镇，安排资金2.16亿元支持特色小镇规划编制。截至2018年，山东省国家级特色小镇总数达22个，居全国第二位；省级特色小镇109个，全省特色小镇完成投资约4000亿元，特色主导产业税收占比达70%以上。

解决好人的问题是推进新型城镇化的关键。山东持续扩大公共服务覆盖面，保障“学有所教”，全面取消义务教育阶段农民工随迁子女杂费和借读费。截至2018年年底，全省新建、改扩建普通中小学3609所，新增中小学学位304万个，基本消除66人以上超大班

额。保障"病有所医"，全省60家县级医院基本达到综合能力推荐标准，居全国第一；2191个乡镇卫生院和社区卫生服务中心全部被纳入省级远程医疗网络，累计组建各种模式的医联体800余个。保障"老有所养"，加快推进医养结合示范省创建，全省已建成示范性社区养老服务中心332处、日间照料中心近5000处，青岛市、烟台市、威海市被列为国家级医养结合试点。保障"弱有所扶"，以农民工和灵活就业人员为重点，扩大社会保险覆盖面，居民养老保险基础养老金最低标准提高至118元，高出国家标准30元。

此外，山东省城镇化试点成效明显。先后确定了3批41个省级新型城镇化综合试点地区、14个国家级试点地区，数量居全国首位。各试点地区勇于探索、积极创新，形成了一批可复制、可推广的城镇化发展模式。2018年4月，国家发展改革委印发第一批国家试点经验，青岛市、德州市等试点城市加快农业转移人口市民化、深化农村产权制度改革、健全城镇化投融资机制、改革创新行政管理体制4个方面的9条经验在全国得到推广。2019年6月，国家发展改革委印发第二批国家试点经验，威海市、诸城市、济南市章丘区等试点城市的推进农民工市民化效率变革、开通省内跨地域户口迁移网上一站式办理业务、打造城市产业升级新支点、搭建城乡产业协同发展平台4条经验被全国推广。

## 坚持改善民生、住有所居 大力推进多层次住房保障体系建设

中华人民共和国成立70年来，山东省从危旧住房改造到棚户区改造，从廉租房到公租房、从经济适用房到共有产权房、从福利房到商品房，加快推进住房保障和供应体系建设。

近年来，根据国家宏观调控政策，山东省采取了一系列措施，不断规范市场运行秩序，加强和改进市场调控，率先开展城镇居民住房状况调查、建立运行房地产市场信息系统，基本做到了开发规模、房价水平与经济社会发展需求、居民承受能力相适应，总体保持平稳健康的发展态势。自2000年山东省住宅产业现代化进入全面发展阶段以后，山东住宅建设基本走上统一规划、合理布局、综合开发、配套建设的社会化大生产道路，住宅"四新"产品广泛推广，节能、环保、信息技术广泛应用，住宅功能质量、工程质量、环境质量有了较大改善，综合性能全面提升。山东作为全国首批住宅产业现代化试点省份，目前拥有1个国家级综合试点城市、8个国家级住宅产业化基地，183个开发项目通过A级住宅性能认定，50多个小区入选国家康居示范项目，76个项目获全国房地产行业最高奖"广厦奖"，29个项目获得"广厦奖"候选项目标识，数量均居全国第一。

山东省大规模推进保障性安居工程建设，通过不断完善市场配置和政府保障相结合的城市住房制度，广大城镇中低收入家庭、棚户区群众及新就业职工、外来务工人员等群体住房困难加快解决、居住条件持续改善。截至目前，全省累计开工建设棚户区改造安置住房600余万套（户），棚户区改造规模连续4年居全国首位，千余万棚户区群众"出棚进楼""出村进居"；开工建设公共租赁住房（含原廉租住房）45.23万套、经济适用住房67.6万套、限价商品住房7.5万套，累计发放城镇住房保障家庭租赁补贴20余万户，城镇低保、低收入住房困难家庭基本应保尽保，中等偏下收入家庭住房条件得到有效改善，新就业无房职工、城镇稳定就业外来务工人员住房困难得到有效缓解。

同时，山东将老旧小区整治改造作为惠及基层群

众的民生工程。截至2018年年底，全省累计改造老旧小区5148个，共计196万户。稳步推进公共租赁住房建设，2014年实现公共租赁住房和廉租住房并轨运行，2015年起逐步停止新建经济适用住房、限价商品住房。加快租赁补贴扩面增量，基本建立起以公共租赁住房为主提供实物保障、以租赁补贴为主满足差异化需求的基本住房保障体系，逐步满足了不同层次困难家庭的住房需求。各地住房困难线标准普遍提高到人均建筑面积15平方米左右，城市低收入家庭收入认定标准普遍提高到上年度人均可支配收入的50%~85%，公共租赁住房收入准入标准多数提高到上年度人均可支配收入水平，16个设区市全部将符合条件的外来务工人员纳入公共租赁住房保障范围。

## 坚持补齐短板、提升品质 城市宜居水平显著提高

中华人民共和国成立70年来，山东省城市面貌发生了巨大变化，特别是改革开放以来，城市建设进入了快车道，实现了跨越式大发展。党的十八大召开后，山东深入贯彻新发展理念，遵循城市发展规律，大力推进城市建设提质增效，大中小城市发展齐头并进，可持续发展能力明显增强，市容市貌焕然一新。

大力开展生态修复城市修补，全省启动“双修”项目657个，实施交通改善、市容整治、特色塑造等八大行动，总投资887亿元，济南、淄博、济宁、威海4市被列为国家试点。城市路网结构进一步优化，快速路通车里程达到1790公里，累计建设划定公共停车位91.8万个；全省管道天然气居民用户1654万户、公福用户7万余户、工业用户2万余户；全省集中供热面积合计15.9亿平方米，累计统计乡镇达1250余个，其中淄博、枣庄、东营、济宁、威海、临沂、德州、聊城等市基本实现了管道天然气“镇镇通”；供水管网总长度约69169公里，除受源水水质条件限制外，城市供水水质基本实现稳定达标，创建国家节水型城市19个。威海、烟台、日照、寿光市先后获联合国人居奖，青州、东营、泰安、潍坊、寿光、日照、威海、烟台、青岛9个城市获中国人居环境奖。

截至2018年年底，全省人均城市道路面积达24.47平方米、人均公园绿地面积17.84平方米，分别是20世纪80年代中期的1.8倍、4.8倍。城市（县城）用水普及率、燃气普及率、污水集中处理率、生活垃圾无害化处理率分别达到99.27%、98.47%、97.25%、99.97%，较20世纪80年代中期分别增长了7%、65%、95%、98%。地下综合管廊从无到有，累计开工建设804.5公里，形成廊体685.5公里，规模位居全国前列。

## 坚持科学化、精细化、智能化管理 城市管理服务水平大幅提升

中华人民共和国成立70年来，伴随着城市规模和功能不断扩大，山东省城市管理工作从无到有、从粗放到

精细、从人工管理到数字化应用，城市管理效能和服务水平实现跨越式发展。

山东省坚持“为人民管理城市”的理念，开展和谐城管创建活动，积极贯彻实施“721工作法”（70%的问题用服务手段解决、20%的问题用管理手段解决、10%的问题用执法手段解决），并在全国推广。不断深化城管执法体制改革，着力构建“大城管”模式，实现了全省数字化城管系统市县全覆盖。在全省推广“街长制”“楼长制”等典型经验，开展网格化、精细化管理，群众满意度持续提升。

2011年城市垃圾处理实现一县一场（厂）；2015年年底实现城乡环卫一体化全覆盖，生活垃圾无害化处理率为100%。截至目前，全省生活垃圾处理场（厂）投产运行127座，其中填埋场70座、焚烧（发电）厂54座、其他处理方式3座，总设计处理规模约每日7.11万吨；在建（包括前期规划）的45座垃圾处理厂（场），设计规模约为每日3.65万吨，届时基本实现生活垃圾焚烧处理。

## 坚持精准施策、一体推进 村镇人居环境明显改善

中华人民共和国成立70年来，山东省先后经历了自发性农房建设、小城镇快速发展、新农村建设和党的十八大以来的乡村振兴重大战略期。

2012年，山东省纳入全国农村危房改造试点以来，紧紧围绕扶贫领域“住房安全有保障”任务目标，健全“省市县乡村”五级台账，实行县、镇、村三级公示，逐步完善精准脱贫长效机制，累计完成危房改造40多万户，有力保障了困难群众住房安全。2016年，山东省率先在省域范围内全面启动农村改厕工作，全省累计新改户厕900多万户，基本消除了原来农村厕所臭气熏天、蚊蝇乱飞等问题，从源头上有效减少和预防农村疾病的传播，惠及全省3000多万农民群众。2018年，山东省政府出台美丽村居建设“四一三”行动推进方案，在全省组织开展美丽村居建设，集中打造胶东、鲁中、鲁西南、鲁西北4大风貌区，布局建设胶东海滨、沂蒙山区、黄河沿岸等10条风貌带，培育300个地域文化鲜明、建筑风格多

样、田园风光优美的美丽村居建设省级试点，着力彰显“鲁派民居”新范式。目前，全省拥有全国重点镇207个、中国历史文化名镇4个、历史文化名村11个、传统村落125个，数量均居全国前列。

## 坚持转型升级、做大做强 建筑业改革发展突飞猛进

中华人民共和国成立70年来，山东省建筑业持续快速发展，规模不断扩大，实力明显提升，完成了一系列关系国计民生的重大基础建设工程，为经济社会发展作出了突出贡献。

2018年，全省建筑业完成总产值12898.3亿元，是1957年的9771倍，年均增长16.3%。70年来，伴随着建筑业的迅速发展，建筑业在国民经济中的比重不断提高，支柱产业地位逐步确立、作用愈发明显。在推进城镇化进程、稳定和吸纳社会就业等方面，也发挥了越来越重要的支撑作用。2018年，全省建筑业增加值达到4785亿元，占全省GDP的6.3%；缴纳税收554.4亿元，占全省税收的6.2%。

2018年，全省建筑业完成总产值12898.3亿元，是1957年的9771倍。全省建筑业企业签订工程承包合同额达到2.38万亿元，是2006年的7.2倍；全省建筑业企业房屋施工面积8.15亿平方米，是1996年的8.9倍。全省建筑业企业年末从业人员384.78万人，是1957年的91.4倍。与

此同时，建筑业积极拓展省外海外业务，建筑业企业围绕重点区域、重点项目走出去发展，积极参与“一带一路”建设。2018年完成出省施工产值2803亿元，同比增长15.7%；完成出国施工产值549亿元，同比增长13.2%。

山东省将发展绿色建筑作为推动城乡建设绿色发展、加快转型升级、实施新旧动能转换的重要举措和有效途径，在法规、政策、管理、技术、市场等方面综合施策，推动绿色建筑与建筑节能加速发展。2006年，在全国率先全面执行居住建筑节能65%、公共建筑节能50%的设计标准。截至2018年年底，全省累计完成既有居住建筑节能改造1.62亿平方米、公共建筑节能改造3977万平方米；建成绿色建筑1.72亿平方米，获得二星级及以上绿色建筑标识项目5808万平方米；创建省级绿色生态示范城区（镇）73个、超低能耗建筑示范44个；开工建设装配式建筑5328万平方米，争创国家级装配式建筑示范城市5个、产业基地27个，创建省级装配式建筑示范城市11个、产业基地83家。

随着建设任务日益增多，山东省将工程质量安全作为建筑业健康持续发展的底线性、保障性工作，作为关系人民群众能否实现“安居乐居”的关键性工作。近年来，先后出台《关于进一步提升建筑质量的意见》《山东省房屋建筑和市政工程质量监督管理办法》、工程质量管理标准化、工法管理办法等政策文件，编制发布施工安全标准图集、《商品住宅使用说明书》和《商品住宅质量保证书》，压实主体责任，倒逼各方责任主体提高工程质量。深入开展工程质量治理两年行动、住宅工程质量常见问题专项治理等工作，将治理责任落实到建设、设计、施工、监理、物业等各方主体，将防控措施落实情况作为日常监督检查的重要内容，构建了较为完善的专项治理主体责任体系。全省累计出台防治措施1100多条，防治措施覆盖率从85%提高到95%。2017年，住房和城乡建设部在山东召开现场会，推广山东住宅工程质量常见问题治理经验。2013～2018年，获得中国建设工程“鲁班奖”47项、国家优质工程奖117项，数量居全国前列。同时，不断强化工程质量安全监管队伍建设，省、市、县三级共设立质量安全监督机构260家，在1723个乡镇设立乡村规划建设监督管理办公室，4级监管部门配备监管人员14000余人，将工程质量安全监管延展到镇村，形成了横到边、纵到底的全覆盖监督体系。各级监督管理机构按照“属地管理，分级负责”的原则，严格落实网格化监管责任，形成上下联动、齐抓共管的监管格局。

（山东省住房和城乡建设厅供稿，
刊登于《中国建设报》2019年10月14日4版）

天津

# 奋发有为新时代 铸就住房和城乡建设新辉煌

70年砥砺奋斗，70年铸就辉煌。伴随着中华人民共和国70年走过的光辉历程，天津市住房和城乡建设工作不断发展壮大。尤其是党的十八大以来，在以习近平同志为核心的党中央坚强领导下，天津住房和城乡建设系统全面落实新发展理念，坚持以人民为中心发展思想，推动住房和城乡建设发展质量变革、效率变革、动力变革，着力提高发展质量和效益，满足人民对美好生活的向往，在新时代中国特色社会主义征程中，谱写住房和城乡建设事业发展新篇章。

## 深化改革创新　助推经济高质量发展

天津市紧紧围绕促进市场活力、提高质量效益目标，勇于改革、大胆创新，努力破解制度机制障碍，助推全市经济高质量发展。

深化放管服改革，为经济发展增活力。天津市全面深化工程建设项目审批制度改革，建成以“政务一网通”为基础的工程建设项目审批管理平台，精简审批事项和条件，下放审批权限，合并审批事项，转变管理方式，调整审批时序，有效缩短工程项目审批时间。目前，天津市工程建设项目审批时间已压减一半以上，压缩至80个工作日以内。天津市全面推行“一制三化”改革，将包括“建筑业企业资质许可”等8项政务服务事项在内的合计61项权力事项分别下放到滨海新区及各功能区。按照“应减必减、可减全减”的原则，天津市共减少17项许可和服务类事项，减少比例达到50%；减少各类申请材料455项，减少比例达到46%。

深化建筑业改革，引导行业做优、做强。天津市大力推进建筑业企业规模化、集约化发展，引导优秀建筑业企业壮大经营规模，扩大业务范围，锻造综合竞争实力。为提高龙头企业的综合能力，带动推进建设科技成果和最新技术在建设项目中的快速转化与应用，天津市积极倡导中小型建筑业企业走专业化道路，实现产业、技术、产品的市场细分，发展核心竞争力，实现企业专业和等级的合理布局。在适应市场发展内在需求方面，天津市推进建筑业管理由企业资质管理向从业人员执业资格个人资信管理转变，试点探索建筑业去资质化管理方向，通过规范市场来实现良性发展。

落实"房住不炒"理念，科学精准调控房地产市场。天津市坚持"房子是用来住的、不是用来炒的"定位，根据房地产市场形势，适时、适度出台精准有效的房地产市场调控政策，实施商品房、二手房及土地价格"三价联控"，综合运用土地、金融、信贷交易管理、舆论引导等综合措施，促进房地产市场平稳健康发展，让房地产价格一直处于合理区间，促进区域经济发展和社会稳定。天津市大力发展住房租赁市场，培育住房租赁市场主体，引进国内一线住房租赁企业来津发展，推进国有租赁企业的建设，支持天津市住宅集团成立"天住领寓"住房租赁品牌。在加强租赁住房用地供应方面，累计在国有建设用地中增加租赁住房建设规模80余万平方米，支持住房租赁企业开展集中式、分散式存量房屋改造改建业务。目前，天津市累计新增长期租赁住房6万余套、450万平方米。

创新投融资模式，加快城市基础设施建设。天津市打开"津门"，多渠道引入社会资本，积极探索国有民营共同参与基础设施建设新模式。2019年5月，作为天津市轨道交通建设领域PPP模式投融资的首次成功，地铁7、11号线PPP项目实现投资总额525亿元，创造了该领域引入社会资本规模最大的案例，为天津地铁事业发展注入了强大活力。通过采用建设—运营—移交运作模式，中标企业与天津轨道交通集团强强联合，有力助推轨道交通产业调整升级，提高地铁建设运营效率及服务水平，改善和提升广大民众的地铁出行体验。天津市以此为契机，持续发力、努力创新、全力以赴加快地铁建设，不断积蓄和释放高质量发展的强大动能和实力。

充分挖掘"小洋楼"特色资源，助推提质增效。天津市坚持"在保护中发展、在发展中保护"，加强历史风貌建筑保护利用；积极推进"小洋楼"招商引企工作，梳理出具有"小洋楼"风格的建筑共计709幢、79.40万平方米。首批选取60幢、10.68万平方米的优质"小洋楼"，通过统一规划部署，主动对战略性新兴产业进行招商；逐步在五大道、泰安道、意式风情区等区域，形成了以智能科技产业为主导的领军企业和知名企业家集群，引领高质量发展。

## 提升城市载体功能<br>推进京津冀协同发展

天津市坚持在京津冀协同发展大局中谋划基础设施、城市路网及重大项目建设，以更加有力的举措推动京津冀协同发展国家战略。

完善轨道交通网络，提升公共交通承载能力。天津市积极加快构筑完善城市轨道交通系统，全市已有6条地铁线路投入运营，运营里程达到220公里，基本形成覆盖中心城区主要居住区、商业区和交通枢纽，联通滨海新区的网络化运营格局。当前，全市在建8条地铁线路186公里，其中中心城区在建6条线路120公里，计划全市到2023年建成513公里。天津市树立轨道交通引导城市发展的理念，把轨道交通规划作为城市发展的轴线，以轨道交通站点为核心，打造集就业、商业、文化、教育、居住等为一体的“混合用途”城区，实现组团紧凑型开发，构建城市新亮点。

完善城市路网，打通城市发展经脉。天津市加强城市重点开发区域与中心城区联系，着重加强机场、轨道交通等重大枢纽、重点城镇、重要公路联系中心城区的骨架路网建设；分区施策改善市区交通，重点提升次干路和支路密度，打通卡口和断头路，形成合理的道路路网级配体系，畅通微循环；完善道路服务功能，推动“城市双修”中交通设施建设，提升道路精细化设计水平，合理分配路权，加强地铁与各种公共交通方式接驳设施建设。到2020年，天津市中心城区路网总长度将增至1880公里，道路面积率达到17%。

打破地域壁垒，推动京津冀建筑业市场深度融合。天津市主动融入京津冀发展，建立开放、互认、共享的建筑市场，实现统一市场准入条件、统一工程承发包机制、信用信息平台、建设工程标准，支持建筑业生产要素重组，实现技术、人才、资金的合理流动；大力推进建筑业市场改革，以提高建筑品质为核心，推行工程总承包模式，促进设计、采购、施工等各阶段工作的深度融合和资源高效配置，建立总包管理有力、专业分包发达、组织形式扁平的新型架构。

## 坚持绿色理念<br>推动城市可持续发展

天津市坚持把绿色发展、生态宜居理念贯穿住房和城乡建设全过程，积极构建蓝绿交织、清新明亮、水城共融、多组团集约紧凑发展的生态城市格局。

全面推进绿色建筑发展，努力提升建筑品质。天津市瞄准国际化大都市标准，把节水、节地、节材、节能、环保的绿色发展理念融入建筑全生命周期；优化设计理念，丰富开发内涵，着力在绿色可持续发展、生态环保技术运用、社区综合配套服务、清洁可再生能源运用等方面取得新突破，营造绿色、舒适、宜居的品质建筑，打造精品社区；加快促进绿色建筑最新理念和科技成果转化，推广中新生态城建设标准，形成地方标准、规范和工法，倡导精细化的设计、施工和运营，通过科技引导绿色建筑发展；创新绿色建筑激励机制，率先在全国实施居住建筑4步、公共建筑3步的节能设计标准，开展被动式超低能耗建筑示范，运用市场和行政手段调动各方积极性，提升高星级绿建比例。截至2018年年底，天津市已实施居住建筑节能改造6900余万平方米，实施绿色建筑达到1.37亿平方米，累计获得绿色建筑评价标识项目347项。

大力发展装配式建筑，提高建筑工业化水平。天津市健全标准规范体系，进一步完善全市装配式建筑地方标准，加强技术创新，优化部品部件生产工艺，提升装配率和装配施工水平，推进建筑全装修，推动京津冀标准互认。天津市加强产业基地培育，目前全市拥有6个国家级装配式建筑产业基地，进一步带动设计、生产、施工、设备制造、装修和运维等全产业链发展；加快试点建设，对住宅、公建、公寓等具备条件的项目大胆尝试，努力在理念、设计、装配、成本等方面不断积累经验，在城市核心区要全面推行装配式建筑。目前，全市已建设完成中新天津生态城国家动漫产业园、天津市建筑设计院办公楼、国家电网客服中心等一批绿色建筑精品示范项目。

## 贯彻为民思想 实现惠民共享发展

天津市始终坚持以人民为中心的发展思想，把满足人民群众对美好生活的向往作为住房和城乡建设工作的出发点和落脚点，切实把群众关心关切的问题一件件解决到心坎上。

瞄准“住有所居”，全力解决中低收入群众的住房困难问题。自2003年以来，天津市启动廉租房建设。根据国家总体要求，天津市结合实践经验，陆续出台了经济适用住房、限价商品住房、公共租赁住房等政策。经过不断整合完善，天津市逐步构建了“发放三种补贴、建设三种住房”的制度框架，形成了梯次衔接、分层保障、具有天津特色的住房保障体系。截至2018年年底，全市共计建设保障性住房84.3万套、6050万平方米，发放住房租赁补贴14.8万人，满足了广大中低收入家庭希望改善住房条件的迫切愿望。

棚户区改造作为改善群众居住条件的民生补短板工程，持续多年被天津市列入20项民心工程任务中。2017年，天津市委市政府专门印发《市区棚户区改造工作方案》，明确用3年时间，到2019年年底基本完成市区147.33万平方米、6.24万户棚户区居民棚户区改造，实现成片棚户区改造清零。在征拆改造过程中，牢固树立全市“一盘棋”思想，采取“地块自平衡、区域自平衡、全市统筹平衡”的资金平衡路径，破解长久以来制约市区棚改的最大瓶颈问题。天津市多渠道筹措房源，在充分挖掘各类存量安置房源的基础上，通过市场化途径建设定向安置商品房，统筹全市地块，在市区遴选14个地块用于安置棚改居民，实现市区棚改安置需求全覆盖；广泛征求棚改居民意见，倾听群众需求，科学制定搬迁方案，更好满足群众安置需求，得到棚户区居民的普遍支持和拥护。天津市红桥区子牙河北岸的郭家菜园，当地俗称“渔村”，形成于1888年，房屋沿河堤而建、年久失修、里巷狭窄，不仅有因洪水冲泡导致房屋塌陷的危险，还存

在极大的安全隐患。天津市坚持人民立场，主动深入现场进行调研，先行落实安置房源，组织力量加班加点、挨家挨户走访群众，仅用13天将500余户居民全部搬离“渔村”，让他们住进了新房。

瞄准“住得舒心”，着力提升群众居住品质。天津市积极推动老旧小区改造工作。2012～2015年，全市开展了中心城区旧楼区居住功能综合提升改造工作，4年共计改造2186个小区、6920万平方米，113万户居民直接受益。按照市委市政府决策部署，自2017年起，天津市再次启动对中心城区外环线以内、1999年12月31日以前建成的老旧小区及远年住房改造工作，利用3年时间完成3069个片区、8311万平方米改造任务，直接受益居民将达到127.58万户。通过提升改造，房屋更加安全、功能更加完善、环境更加优美，群众的获得感、幸福感、安全感显著增强。

瞄准“农村危房”，全力加快农村危改工作。农村困难群众危房改造是党中央、国务院打赢脱贫攻坚战、实现“住房安全有保障”攻坚目标的重要任务，市委、市政府始终将其作为全市20项民心工程之一重点推动。2013年天津市农村危改工作启动以来，全市紧紧抓住危改认定、质量和资金3条主线，尽心竭力加油干，扎扎实实抓落实。目前已累计完成改造3.02万户，其中1.6万余户群众危险住房得到有效维修加固，1.4万余户群众拆危重建喜迁新居，真正让农村住房困难群众住上“安心房”“暖心房”。

## 强化政治引领<br>保证住房和城乡建设全面发展

实现住房和城乡建设全面发展，关键在于加强和完善党的领导，关键在于党要管党、从严治党。

抓实政治建设，确保党中央大政方针落实落地。政治建设是党的根本性建设。天津市住房和城乡建设委员会党委坚持把政治建设作为全面从严治党的第一要务，坚定政治方向，坚决贯彻党的基本理论、基本路线、基本方针；以学习贯彻党的十九大精神和习近平总书记对天津工作系列重要指示精神为主题主线，教育党员领导干部牢固树立“四个意识”，自觉在思想上、政治上、行动上与习近平同志为核心的党中央保持高度一致，自觉服从党中央集中统一领导，切实把践行“两个维护”的政治自觉转化凝结为党员干部推动各项事业发展的共同意志和集中力量；坚持把以人民为中心发展理念与党的政治建设紧密结合起来，以人民立场为党的根本政治立场，通过加强政治建设保障民生改善，切实使改革发展成果让人民群众看得见、摸得着、感受到。

抓实思想建设，形成思想和行动上的自觉。思想是行动的先导，理论是实践的指南。天津市住房和城乡建设委员会党委把学习习近平新时代中国特色社会主义思想作为首要政治任务，坚持不懈推进理论武装；加强理想信念教育，引导党员干部不忘党的初心、牢记党的宗旨，自觉做共产主义远大理想和中国特色社会主义共同理想的坚定信仰者和忠实实践者，为实现新时代党的历史使命不懈奋斗；坚持把马克思主义作为看家本领，不断提高全党运用马克思主义分析和解决实际问题的能力，不断提高运用科学理论指导应对重大挑战、抵御重大风险、克服重大阻力、解决重大矛盾的能力。

抓实作风建设，营造风清气正的政治环境。作风建设是党的建设的永恒主题。天津市住房和城乡建设委员会党委高度重视作风建设，持之以恒纠正“四风”，尤其是官僚主义和形式主义问题；严格执行“中央八项规定精神”，开展不作为、不担当专项治理，努力营造干事创业、担当作为的良好氛围；坚持问题导向，加强调查研究，把时间精力用在抓建设和促发展上，始终把出发点和落脚点放在有利于长远发展、解决实际问题和提升工作成效上；健全对权力运行的制约和监督机制，坚持严管与厚爱结合、激励和约束并重；大力弘扬忠诚老实、光明坦荡、公道正派、实事求是、艰苦奋斗、清正廉洁的价值观，为住房和城乡建设全面发展打牢政治根基。

（天津市住房和城乡建设委员会供稿，<br>刊登于《中国建设报》2019年10月15日4版）

青海

# 荣光七十载 奋进新华章

简成贵

“青海长云暗雪山，孤城遥望玉门关”。1949年的青海广袤神秘，社会发展缓慢，城乡建设一片空白，省会西宁市市区人口不足5万人，面积不足5平方公里，城乡面貌破败萧条。

70年披荆斩棘，70年风雨兼程。青海在全国人民的支援帮助下，与时代同进步，书写了改天换地的新篇章，焕发了城乡巨变的新面貌，推动了创造历史的新变革，广袤的高原大地脱胎换骨，一座座新城平地而起，一条条康庄大道蜿蜒城乡沟通农牧。70年城乡建设筑就青海跨越式发展坚实根基，展现青海建设光辉成就。

青海70年城乡巨变，70年开拓建设，是全国人民支持的成就，是全省各族人民团结进步、协力奋进的成就，也是一代代青海建设人践行“五个特别”（特别能吃苦、特别能战斗、特别能忍耐、特别能团结、特别能奉献）的青藏高原精神实干的成就。

改革开放以来，青海省住房和城乡建设厅紧抓西部大开发的历史机遇，制定了一系列优惠政策，聚集了四方建设大军，建设事业突飞猛进，实现了跨越式发展。2012~2018年，青海省住房和城乡建设领域累计完成固定资产投资2570亿元，占到同期全社会固定资产投资的1/6左右，全行业年吸纳就业人员31万多人，占全省就业人员比重18%以上。建筑业、房地产业、勘察设计业、城市公用企业累计缴纳税收388.7亿元，年均完成税收占全省比重达19%，累计完成全行业增加值占全省地区生产总值20%左右，占到了全省地方财税收入的31.67%，有效地发挥了住房和城乡建设行业在带动产业、扶持企业、扩大就业和增加收入方面的作用。一批城镇基础设施相继建成，美丽城镇和高原美丽乡村建设为大美青海锦上添花。保障性安居工程、商品住房开发、农牧民危旧房改造多管齐下，着力提升城乡住房条件，全省城镇人均住房面积已从中华人民共和国成立初期的6.07平方米提高到如今的36.5平方米，农牧民人均住房面积已经提高到35.7平方米。可可西里成功申遗，玉树灾后恢复重建全面完成，城市县城垃圾污水处理设施实现全覆盖……青海各族群众幸福指数与日俱增。

## 一座座高原新城相继崛起

青海省各级住房和城乡建设部门牢固树立以人民为中心的发展理念，坚持把加强城市基础

设施建设、优化服务管理体系作为工作重点。全省城镇化进程不断加快，海东撤地建市，“四区两带”城镇体系和空间布局基本成型，城镇数量从2000年的52个发展到143个，城镇化率达54.47%，初步形成1个省会城市（西宁市）、1个地级市（海东）、4个县级城市（德令哈市、格尔木市、玉树、茫崖）、137个建制镇的城镇体系。

青海省基础设施建设投资迅速增加，1979～2012年累计完成社会固定资产投资9094.1亿元，是1950～1978年累计完成投资额的135倍，城镇基础设施建设长期落后的局面得到明显改善。截至2018年年底，全省城市县城建成区面积达到402平方公里；全省城市县城已建成并投入使用的生活垃圾填埋场49座，日处理能力达到4256吨；建成污水处理厂达到51座，日处理能力达到90.74万吨；人均公园绿地面积达到9平方米。同时，西宁市扎实开展生活垃圾分类试点工作，试点覆盖人口达25万户。

青海省城镇建设方式发生深刻变革，转变传统重地上、轻地下建设方式，树立系统化建设理念，积极推进地下综合管廊建设，提升市政基础设施建设系统性。集中打造80个特色鲜明、生态环保、设施配套、宜居宜业、社会和谐、人民幸福的美丽城镇，城镇基础设施得到进一步完善、公共服务能力得以进一步提升、人居环境得以明显改善。

## 一个个农牧新村助力全面小康

青海省现有366个乡镇（其中，建制镇143个，乡223个）、4146个村庄，乡村户籍总人口约344万人、89.6万户，乡村人口占全省总人口的58.84%。长期以来，青海省住房和城乡建设厅坚持城乡一体化发展是实现乡村振兴的重要途径的基本思路，多举措协同推进农牧区建设，并将建设社会主义新农村，作为全面建设小康社会的重点任务来抓，全省农牧区人居环境发生翻天覆地的变化。

2009年，青海省开始实施各类农牧区住房建设，按照统筹城乡协调发展、全面建设小康社会的要求，通过政策落实、群众参与、加大投资、市场运作等方式，分步有序组织实施农牧区住房建设。截至2018年年末，共安排实施85.16万户农牧民住房建设任务，全省77.66万户、约312万农牧民受益，覆盖率达到95%以上。“十三五”期间，青海省结合脱贫攻坚工作，按照“两不愁、三保障”中住房安全有保障的目标，将全省42个贫困县（市、区、行委）52万贫困人口中有建房需求的就地改造的建档立卡贫困户和整村整社搬迁的非建档立卡贫困户纳入全省农牧民危旧房改造范围，实施精准扶贫，77565户贫困农牧民居住条件得到明显改善，达到了住房安全有保障的目标。

2014年起，青海省扎实推进高原美丽乡村建设，以建设“田园美、村庄美、生活美”的高原美丽乡村为目标，按照“缺什么、补什么”的原则，通过完善水、电、路、网、广场等基础设施，全面改造危旧住房，配置垃圾收储转运设施，大力实施“三清、五改、治六乱”（清理垃圾、淤泥和路障；改造水、路、厨、厕、圈；治理柴草乱垛、棚圈乱搭、粪土乱堆、污水乱泼、垃圾乱倒和畜禽乱跑）为重点的村庄人居环境整治。在省财政专项资金支持下，通过整合涉农项目、结对共建单位、发动群众参与等方式，扎实推进美丽乡村建设。

青海省按照保护第一、合理利用的要求，有序推进传统村落保护利用工作，积极建立传统村落分级保护制度，不断加大传统村落保护建设的投入力度，多举措改造和修缮危旧传统民居，改善和提升传统村落基础设施建设水平，有效保护了村落历史环境和传统风貌，实现了传统村落的可持续发展。2012年以来，青海省123个村落先后被列入中国传统村落保护名录。

青海省农牧区人居环境整治工作得到进一步加强，选择海东市平安区等3个示范县（区）和15个试点村庄，开展农牧区人居环境整治示范创建工作。按照“有齐全的设施设备、有成熟的处理技术、有稳定的保洁队伍、有长效的资金保障、有完善的监管制度”的标准，推进农牧区生活垃圾治理工作。农牧区生活污水治理试点有序推进，全省共有227个村庄通过接入城镇污水管网、建设中小型污水处理站和单户联户处理设施等方式进行农村生活污水治理。2016～2018年，在湟水河沿岸、黄河干流、环青海湖地区的16个县125个行政村开展农牧区生活污水治理试点，积极探索研究符合青海省农牧区实际的生活污水治理模式和适用技术。

## 一项项安居政策保障住有所居

自实施城镇保障性安居工程以来，青海全省上下坚持把保障性安居工程作为调结构、促发展、惠民生的有力抓手，不断加大城镇住房保障工作力度。截至2018年年底，全省共实施城镇保障性住房和各类棚户区改造住房70.62万套，其中城镇保障性住房27.85万套（公共租赁住房27.06万套、经济适用住房0.68万套、限价商品住房0.11万套），各类棚户区改造42.77万套（城市棚户区改造37.8万套、国有工矿棚户区改造3.25万套、国有垦区危旧房改造1.24万套、国有林区危旧房改造0.48万套），累计发放租赁补贴7亿元；全省累计下达保障性安居工程中央和省级财政补助资金339.74亿元（其中中央补助资金270.65亿元，省级补助资金69.09亿元）。保障性住房和大量棚户区改造项目的实施，有效改善了城镇居民住房条件，促进了以人为核心的新型城镇化建设、优化了城市发展空间、提升了城市功能和综合承载能力、带动了投资消费和经济增长，逐步形成了以公共租赁住房为重点，以经济适用住房、限价商品住房和棚户区、城中村改造为主要补充的住房保障体系框架，实现了由覆盖城镇户籍家庭向覆盖城镇各类住房困难群体、由单一保障向多层次保障的根本性转变。

近年来，青海省陆续出台了《青海省公共租赁住房管理办法》《青海省保障性住房管理办法》《青海省保障性住房准入分配退出和运营管理实施细则》《公共租赁住房共有产权管理办法》《2013—2017年青海省棚户区改造规划》等一系列加快和规范保障性安居工程建设管理方面的政策性和计划指导性文件，住房保障人均准入面积标准已从小于8平方米以下调整到16平方米以下，住房保障覆盖面从最低收入家庭扩大到低收入、中等偏下收入以及新就业职工和外来务工人员等群体，全省170万群众通过公共租赁住房、限价商品住房、经济适用住房和各类棚户区改造，改善了住房条件。

青海省积极优化分配机制，逐步建立了程序规范、准入必公开的分配制度和严密的申请审核体系，形成了程序规范、分配公平的分配制度。在保障性住房分配中，青海各地普遍实行政策、程序、房源、对象、过程、结果、投诉处理的“七公开”制度，严格执行社区、街道和市县民政部门、住房保障等部门“三级审核、两级公示”的分配程序，做到了决不让该保障的“落了空”、不该保障的“搭便车”，确保了公平公正。

## 一幢幢新宅推动城镇日新月异

近年来，青海省房地产业紧紧围绕“房子是用来住的，不是用来炒的”定位，切实强化房地产领域风险防控意识，狠抓房地产开发投资，着力促进房地产业转型升级，加强房地产供需研究，优化房地产供给结构，创新房地产企业监管方式方法，保持了房地产市场平稳健康发展。

“十二五”以来，青海省大力支持自住性住房需求，不断释放改善性住房需求，全省开工建设商品住房3080万平方米，销售2025万平方米，约61万城镇人口通过市场解决了住房问题或改善了住房条件，确保了住房供需基本平衡、住房结构基本合理、住房价格保持基本稳定。全省城镇人均住房面积由2012年的29平方米提高到2017年的36.5平方米，年均增长1.5平方米；城镇住宅房屋的套型面积从1980年的套均54.10平方米提高到2016年年底的97.57平方米，其中90平方米以上住宅面积占住宅总量的66.33%；高层住宅占住宅总量的40.77%，成套住宅占住宅总量的93.30%。

青海省通过积极引进北京新华联、万达广场、绿地集团、中海地产、碧桂园等国内知名房地产企业参与全省房地产市场开发建设，全面优化青海房地产供应结构，带动全省城市综合体、商业步行街、高端住宅等物业服务的开发和运营，提升了人居环境，助推了城市发展。一大批环境优美、秩序良好、管理规范、服务优质的新型住宅小区陆续建成。

青海省不断创新房地产市场监管方式方法，房地产企业信用评价实现全覆盖，取消物业服务企业资质管理，将房地产估价机构的资质管理改为备案管理，下放房地产开发企业资质审批权限，从传统的“重审批轻监管”向“宽准入严监管”转变。先后完成607家房地产开发企业、790家物业服务企业、43家房地产估价机构信用评价工作，充分发挥信用等级评定在规范房地产市场秩序中的作用，在全省房地产行业营造诚实守信良好氛围。

青海省积极改善营商环境，对房地产开发企业资质实行网上申报、网上审批，对房地产企业信用等级实行网上评定，减少了企业来回奔波的麻烦，做到了“让信息多跑路、让百姓少跑腿”。2018年9月，将建设项目施工图审查涉及的建设审查、消防审查、人防审查统一整合为施工图联合审查，改变了过去由建设单位到各相关部门分别报审、多头跑路的局面，现在由一家施工图综合审查机构即可完成审查，打破了部门间信息壁垒、规范了审查流程、简化了审批手续，压缩了审查时限、提升了工作效率。

## 一架架塔吊长臂助推经济发展

青海省建筑业持续快速发展，塔吊林立、热火朝天的建设场面生动呈现。全省建筑业规模不断扩大，结构日趋优化，技术显著提高，实力明显提升，产值规模不断扩张。建筑业在国民经济中的比重不断提高，支柱产业地位逐步确定，对全省国民经济发展的推动作用越来越突出。

青海省建筑业企业从1978年的68家，增长到2018年的1250余家；建筑业企业总产值从1978年的2.06亿元，增长到2018年的435.14亿元，增长211倍；全省建筑业增加值从1978年的2.14亿元，增长到2018年的428.39亿元，增长200倍；税金总额从1985年的0.12亿元，增长到2017年的14.57亿元，增长121.4倍。全省现有勘察设计单位167家，其中甲级资质单位16家、乙级资质单位60家、丙级资质单位91家，房屋建筑和市政基础设施施工图审查机构12家，勘察设计从业人员6765人。

随着建筑技术的不断成熟和装备水平的不断提高，黄河上游梯级电站、青藏铁路、青海省体育中心、青海大剧院、西宁机场二期等一系列重点项目相继建成，为“大美青海”增添了活力。积极鼓励青海省建筑业企业拓展海外业务，参与“一带一路”沿线国家和地区建设，陆续建成了玻利维亚伊比利苏水电站、安哥拉索约公路等项目，赢得了广泛赞誉。

## 一件件绿色惠民实事夯实生态优先之路

青海最大的价值在生态、最大的责任在生态、最大的潜力也在生态。青海省住房和城乡建设厅狠抓绿色建筑推广应用工作，坚持绿色、低碳发展之路，积极在生态强省战略中发挥积极作用。发布了《青海省绿色建筑发展办法》《青海省绿色建筑评价标准》等52项工程建设地方标准，居住建筑节能率从65%提升至75%，公共建筑节能率从65%拓展为65%+。

青海省累计完成城镇既有建筑节能改造1543万平方米，补助资金近13亿元，64万多群众受益，建筑节能率全部达到50%以上，冬季阶段供暖燃煤节约30%~40%，减轻了住户的供热负担，缓解了大气污染

等环境压力，室内平均温度较改造前提高了3~4摄氏度。完成了265万平方米的既有公共建筑节能改造项目建设任务，实现能耗下降15%以上，每年可节约11550吨标煤，减少28794吨二氧化碳的排放量，减少190吨二氧化硫的排放量，减少116吨烟尘的排放量。

青海省共计929个建筑项目获得一星级及以上绿色建筑评价标识，建筑面积560.9万平方米，落实二星级绿色建筑省级补助资金1656.3万元。建设被动式超低能耗建筑1.4万平方米，落实省级补助资金280万元。推广应用装配式建筑工作已经启动，建成装配式建筑生产基地2个，在建装配式建筑86万平方米。建成运行青海省机关办公建筑和大型公共建筑能耗监测平台，343栋建筑纳入监测。太阳能热水系统示范面积达1281万平方米，太阳能采暖示范面积达35万平方米，实施了6个太阳能光电建筑应用示范项目，装机容量3017kWp，安装太阳能路灯1.1858万盏，完成10个可再生能源建筑应用示范城市（县）建设，示范面积851.06万平方米。

富裕、文明、和谐、美丽的青海建设只有进行时没有完成时。青海省住房和城乡建设厅将不忘初心、牢记使命，按照“一优两高”战略部署，聚焦民生保障、生态环境保护、经济社会发展等重点领域，坚持走绿色发展之路、城乡协同发展之路，把顶层设计与基层探索结合起来，把整体推进和重点突破结合起来，以“新青海精神”不断推进住房和城乡建设行业取得新成绩。

（刊登于《中国建设报》2019年10月17日4版）

福建

# 匠人潮涌最强音 匠心巧筑展新颜

70年峥嵘岁月，祖国母亲激荡奋进、波澜壮阔；70年沧桑巨变，神州大地山河壮丽、欣欣向荣。

从房屋建筑到城市道路，从公共照明到园林绿化，从一张张八闽城市的黑白照片，到今日光鲜亮丽的现代化新城……中华人民共和国成立70年，福建省住房和城乡建设事业不断谱写新篇。70年栉风沐雨，70年砥砺奋进，70年蜕蛹化蝶，无不回响着八闽住房和城乡建设人逐梦前行的铿锵足音，折射着福建发展的“加速度”。

一直以来，福建沿着习近平总书记指引的方向奋勇前进，一张蓝图绘到底，新福建建设交出了一张亮丽的成绩单。

## “五个一”，跑出历史文化保护利用的福建“加速度”

一是始终牢记一系列重要批示指示。一直以来，福建省始终牢记习近平总书记的嘱托，沿着习近平总书记指引的方向奋勇前进，在住房和城乡建设部的深入指导和大力支持下，“像爱惜自己的生命一样保护好城市历史文化遗产”，坚持“留旧”“留文”“留魂”，一任接着一任干，一张蓝图绘到底。福建土楼、厦门市鼓浪屿被列入世界文化遗产名录；全省有4个国家级历史文化名城、4个省级历史文化名城和4个中国历史文化街区（全国第二），76个中国历史文化名镇名村（全国第二），492个中国传统村落（全国第六），已公布城镇历史建筑4090栋（全国第二）。福建省组织福州大学等5所高校用4年时间开展全省所有市县区、乡镇和1.4万个村庄历史建筑全覆盖普查。

二是保护名录“一朵云”。福建省利用大数据手段，打破信息孤岛，通过全面普查历史文化街区、历史建筑、古树名木等历史环境要素，建立全省历史文化保护数据库和网络信息宣传展示平台，构建各类保护对象资源数据模块。目前已初步建立了国家、省、市、县4级保护名录。

三是保护措施“一盘棋”。从地方立法、规划引导、技术标准、操作细则等，全省建立多层面保障体系，形成上下“一盘棋”。建立协调机制，省住房和城乡建设厅成立城乡建筑

风貌管理工作领导小组及办公室，负责全省城乡建筑风貌管理的统筹协调和组织推进工作；强化法制保障，2017年福建省人大常委会颁布《福建省历史文化名城名镇名村和传统村落保护条例》；坚持规划先行，省级编制完成《历史文化名镇名村保护发展规划》《传统村落和历史建筑保护发展“十三五”规划》，全部历史文化名城、60%的街区、70%的名镇名村、90%的中国传统村落均已完成保护规划编制；加强修缮保护，2014年以来，福建省争取中央传统村落保护资金近6亿元，省级财政每年投入4.1亿元重点扶持75个名镇名村和传统村落保护发展，全省总计投入430多亿元保护修缮资金。2018年起，老旧街巷（坊）修缮整治列入省委省政府为民办实事项目，打造了30条示范街巷。福州市三坊七巷、泉州市中山路、漳州市香港路——台湾路保护修复工程、永泰爱荆庄获得“联合国亚太地区文化遗产保护优秀奖”等。2018年福州市、厦门市被住房和城乡建设部列为全国第一批10个历史建筑保护利用试点城市。

四是梳理深挖“一主线”。福建省围绕不断探索福建特色和符号这一主线，深挖历史建筑元素，并培育适合业态；梳理特色建筑语汇，出版《福建村镇建筑地域特色》，编制《福建省地域建筑风貌特色》，将全省13种传统建筑风貌形式提炼为简单易记的“七言短句”；开展学术研究，成立福建传统村落与历史建筑研究中心，研究出版《福建省传统民居类型全集》《中国传统建筑解析与传承》（福建卷），对福建传统建筑的特征进行深入解析，提出传承的理念和方法。

五是典型引领“一群雁”。全省涌现出不少可供借鉴的案例或样本。如宁德市屏南县通过活化利用老房子，创办、发展了40多间农民画室和50多家青年旅馆、咖啡吧、摄影俱乐部、客栈等，吸引300多名村民返乡就业创业，2万多名国内外专家、学者及爱好者驻留，申领当地居住证的“新村民”近百名；三明市尤溪县半山村党支部书记林上斗通过党建引领传统村落活化利用，推动村民经合社与旅游公司开展合作，修缮利用传统建筑发展文化民宿；连江县丹阳镇引进投资团队，对“三落厝”按星级酒店标准进行修复改造和旅游开发，修复建筑面积3000多平方米，开发客房40余间。

## 多措并举　让百姓梦圆安居

“只要还有一家一户乃至一个人没有解决基本生活问题，我们就不能安之若素……”住房问题，既是民生问题，也是发展问题，关系千家万户切身利益，关系人民安居乐业，关系经济社会发展全局，关系社会和谐稳定。

福建省始终坚持“房住不炒”定位，从省政府颁布房地产精准片区调控政策，到推广总结泉州经验；从各地出台细则，到实施地价、房价联动调控；从组织专业机构开展福州市、厦门市住房发展研究，到加快建立房价长期可控、供求平衡、健康有序的长效机制，全省房地产市场和热点城市房价总体保持平稳发展态势。

一直以来，全省始终坚持以政府为主提供基本保障，构建以公租房和共有产权住房为主的城镇住房保障体系，群众居住条件显著改善。截至今年6月，完成棚户区改造65.8万户，全省城镇人均住房建筑面积提高到43.1平方米，保障性安居工程连续10年超额完成国家下达任务。

福建省主要从以下几方面做好住房保障工作。一是进一步严把棚改范围和标准，用好、用足棚改专项债券，2019年棚改计划新开工6.3万套（户）。二是进一步完善公租房分配方式，不断扩大定向分配范围，加大对重点群体、重点产业困难职工的精准保障力度。三是积极推进公租房货币补贴，满足多样化居住需求。四是大力培育发展住房租赁市场，人口净流入城市加大租赁住房建设，并引导新市民通过长期租赁满足居住需求。五是进一步推进福州、厦门共有产权住房和租赁住房建设，支持厦门、福州利用集体建设用地建设租赁住房试点。六是发挥住房公积金在支持职工购买、租赁住房方面的积极作用。

“住有所居”既是承诺，也是责任。住房问题是重大民生问题，关系着千家万户的基本生活保障。一直以来，福建住房和城乡建设人牢记习近平总书记的嘱托，奋勇前进、逐梦前行，在八闽大地看到百姓“梦圆安居”的一张张笑脸，看到他们正在从“新”出发，用辛勤的劳动创造幸福而有尊严的生活。

## 精细改造　留住城市乡愁

老旧小区承载城市乡愁。一直以来，福建省在老旧小区改造中始终坚持以人民为中心，坚持问题导向。聚焦群众关切，处理好传统与现代、继承与发展的关系，让城市建筑既满足百姓生活需求，打造功能设施完善、管理精细的小区，又完整地体现地域特征、民族特色和时代风貌。特别是近几年来，全省累计投入超过100亿元，改造7600栋、35万户，并在政府主导推动、发动群众参与、成片街区改造以及创新物业管理模式等方面做了积极探索，改造重点由前几年立面景观提升转到小区功能性提升。

2017年、2018年住房和城乡建设部先后在厦门举办老旧小区改造试点工作现场会和老旧小区改造试点培训班，总结推广“决策共谋、发展共建、建设共管、效果共评、成果共享”的厦门经验。2019年6月，经省政府同意，省住房和城乡建设厅会同省发改委、省财政厅，印发了老旧小区改造实施意见，明确整治重点、原则以及具体工作。今年福建省实施200个老旧小区改造，投资10亿元，已启动实施160多个小区，完成投资4.4亿元。

## 宜居建设　提升城乡环境质量

2001年、2002年福建省出台城市污水处理产业化和垃圾处理产业化的政策措施，全面推进产业化发展进程。目前福建的污水垃圾市场化程度接近80%。一直以来，福建省始终因地制宜、多措并举打造宜居生态环境。福建省住房和城乡建设厅以创建园林城市（县城）为抓手，积极推进全省宜居环境建设行动、城乡民生基础设施“补短板”等，指导各地按照“间绿透绿、显山露水”的园林绿化建管理念，在城市建设中持续增绿添园，建设和改造提升了一大批综合性公园、郊野公园、绿道等。截至2018年年底，全省建成8.5万公顷园林绿地、2.56万公顷公园绿地、1075个公园、5800公里绿道，建成区绿地率达40.17%、绿化覆盖率43.86%，人均公园绿地面积14.63平方米，建成区绿地率、绿化覆盖率位居全国前列；有国家园林城市（县城）19个、省级园林城市（县城）45个，实现园林城市（县城）全覆盖。福州市“福道”项目（左海公园——金牛山城市森林步道）荣获2017年度“国际建筑大奖”。全省地级及以上城市建成区87条黑臭水体基本消除，福州、漳州成功申报全国首批黑臭水体治理示范城市。

持续推进全省农村人居环境整治工作。结合乡村振兴战略，从“一把扫帚”抓起，抓好“一革命四行动”，即农村厕所革命，农村垃圾治理行动、农村污水治理行动、农房整治行动、村容村貌提升行动。目前，全省929个乡镇和1.4万多个行政村中，累计建成约1.9万座农村公厕；乡镇生活垃圾转运系统已实现全覆盖，行政村生活垃圾常态化治理机制全覆盖，超过90%的乡镇和50%的行政村覆盖生活污水处理设施。全省超过90%的县已推出以县域为单位的农村污水垃圾治理市场化项目，投资额约140亿元；累计6700多个村庄开展美丽乡村建设，创建600多个美丽乡村示范村，推进180多条美丽乡村特色景观带建设，总结推广了“基础整治型、生态旅游型、活化利用型、产业引领型、扶贫搬迁型”5种乡村建设模式。

现如今漫步八闽大地，步道宽敞平坦，清澈的湖水倒映着枝头怒放的花朵；成片的草坪，点缀着特色的景观小品；间隔其中的座椅，可以随时供走累的人们片刻小憩。

## “关键小事” 提升百姓幸福厚度

小厕所连着大民生。一直以来，福建省住房和城乡建设厅认真贯彻落实习近平总书记关于“厕所革命”的重要指示精神和省政府办公厅《关于印发福建省进一步推进“厕所革命”行动计划的通知》（以下简称《行动计划》）要求，扎实推进“厕所革命”。

按照《行动计划》要求，全省需3年新建改造城市公厕2100座，乡镇公厕1200座，农村公厕3000座，旅游厕所1865座，普通公路、水运、运管公厕300座。从2018年起分3年组织实施，取得显著成效。2018年以来，全省共完成新建改造城市公厕1782座、乡镇公厕982座、农村公厕3322座，分别完成3年目标任务的84.6%、81.8%、110.7%。目前，全省共有城市公厕7068座、乡镇公厕3900多座、农村公厕1.9万多座。

垃圾分类是一项“关键民生小事”。在福建省委省政府的坚强领导与住房和城乡建设部的有力指导下，福建省垃圾分类工作由点到面、建章立制、逐步启动，成效初显。尤其是厦门，起步较早，处于全国领先水平，连续5个季度在住房和城乡建设部组织的46个重点城市考评中，位列全国第一。福州市从2019年5月1日起，在主城区范围内全面推行生活垃圾分类，排名从第25名上升到第14名。同时，为深化城区垃圾分类，福州全面落实垃圾分类投放、收运和处置“四定”方案。其他设区

市也加快推动步伐。如2016年以来，莆田市推行“户分类、村收集、镇中转、县处理”垃圾处理模式，建成全省单体最大的生活垃圾焚烧发电厂，投用全省首座有机垃圾资源化处理站，在全省率先实现转运系统及生活垃圾无害化处理全覆盖。

近年来，全省主要在以下几方面作了努力：一是抓立法。今年7月，省人大常委会通过《福建省城乡生活垃圾管理条例》；地方层面，福州、厦门已颁布法规，莆田、漳州正在开展立法。二是抓机制。全省“九市一区”均结合实际出台了具体实施方案，并建立了协调机制。三是抓引导。在全省主流媒体、各类新媒体滚动刊播垃圾分类公益广告、宣传片等。加强“家校社”联动，推动垃圾分类知识进教材、进课堂。目前，厦门市、福州市垃圾分类教材已全部进幼、小、中课堂，宣传手册已全部进家庭、进社区，社会知晓度和影响力显著提升。四是抓设施。全链条推进垃圾分类体系建设。在源头管控上，配合有关部门大力倡导绿色生活方式、减少过度包装；在中端收运上，新建改造一批中转设施，更新一批老旧垃圾运输车辆，开展大件垃圾、园林垃圾收集和再生利用工作；在终端设施上，加快建设福州、厦门、莆田、龙岩等垃圾处理循环经济产业园区。目前，有8个设区市基本建成餐厨垃圾处理厂，厦门、泉州、福州建成大件垃圾处理厂，龙岩正在安装设备。五是抓示范。在6个先行示范区基础上，不断深化试点示范，全力推进示范片区建设；所有省直单位和各地党政机关、学校等公共机构全面推行生活垃圾分类。

## 深化“放管服”改革的“厦门经验”

在福建省委省政府领导下，全省各地大胆创新、先行先试，涌现出了一些典型和样板。2018年6月4日，全国工程建设项目审批制度改革试点工作座谈会在厦门召开，“厦门经验”获高度肯定。“厦门经验”主要做法是：一是优化审批流程。将工程建设项目进一步细分为8大类（财政投融资房屋建筑项目、财政投融资线性项目、一般社会投资项目、小型社会投资项目、带方案出让土地项目、交通工程、水利工程、港口工程），做到“精准精细”。把工程建设项目审批流程由原来5个阶段简化为4个阶段。在国家要求审批时限压缩到120个工作日的基础上，把项目按8个类别系统梳理，大部分90天可以完成，甚至有部分70天、50天可以完成。比如一般社会投资项目、小型社会投资项目只要70天、50天可以完成，实现了精准细分。二是深化“减、放、并、转、调”。取消工程建设项目开工报告备案等21个事项及履约保函等115项审批前置条件；将16个行政审批事项及10项公共服务事项下放区级办理；全面推行区域评估、多图联审、多测合一、联合验收，先对重点区开展环境影响评估。以后其他的项目只要符合区域环境影响评估就适当简化程序，能并的并、能减的减、能压的压，全力提高服务时效。三是完善“五个一”审批管理体系。从立项到竣工验收全程申请材料由373项精简至76项。同时，针对过去政府的规章，涉及对一些制度进行全面梳理，已对200多份文件进行梳理，进一步研究出台80多份配套文件，相当于对审批制度进行了重新设计。四是加强事中事后监管。审批环节简化、优化，事中事后监管要进一步加强。厦门推动中介服务上服务大厅，出台43项事中事后监管制度，全面施行“双随机、一公开”监管。这些制度体系都有效地促进了工程建设项目审批制度的改革。

70年岁月峥嵘，波澜壮阔。从无到有、从弱到强，以实现高质量的生活水平为准则，人们充分享受到党的惠民政策带来的利好。福建住房和城乡建设工作在为百姓谋福祉、各项工作取得成效的同时，将正视存在的短板和不足，抢抓机遇、砥砺奋进。展望未来，清新福建美不胜收。在新的历史起点上，八闽住房和城乡建设人将牢记使命、勇于创新，为奋力谱写福建高素质、高颜值发展新篇章作出新的更大贡献。

（福建省住房和城乡建设厅供稿，
刊登于《中国建设报》2019年10月18日4版）

# 奋斗新时代
# 筑梦白山松水

吉林

中华人民共和国成立70年来，我国经济社会发展日新月异，取得了举世瞩目的成就。吉林省住房和城乡建设事业有力地支撑了全省经济社会发展，成绩斐然，保障了广大人民群众的住、用、行。一代代住房和城乡建设人顽强拼搏、无私奉献，用智慧和汗水谱写了绚丽篇章，为经济发展、社会进步、民生改善作出了重要贡献。全省住房和城乡建设系统认真贯彻落实中央和吉林省城市工作会议精神，坚持稳中求进的工作总基调，围绕中心、服务大局、开拓创新、勇于担当，各项工作取得了长足进步。

## 住房保障和房地产

20世纪90年代以前，吉林省的居民住房以砖瓦房为主，房屋质量差、使用功能不全、人均住房面积小。1985年，吉林省城镇人均住房建筑面积只有4.6平方米，住房困难问题突出。1998年，国家停止住房实物分配，全面实施住房制度改革。在中共吉林省委、省政府的正确领导下，全省住房和城乡建设系统全面贯彻落实党中央、国务院的决策部署，坚持“房子是用来住的、不是用来炒的”定位，紧扣保持房地产市场平稳健康发展这一主题，聚焦防范化解房地产市场风险这一主线，加大保障性住房建设力度，突出住房的民生属性，不断建立完善住房保障体系和住房市场体系，住房保障和房地产业均取得了历史性成就。

吉林省牢固树立以人民为中心的发展思想，始终把解决广大人民群众的住房困难问题作为保障和改善民生的重点任务。从2006年开始，通过大规模实施城市棚户区、煤矿棚户区、林业棚户区、国有工矿棚户区、国有垦区危房改造和廉租住房、公共租赁住房保障，有效解决了困难群众的住房问题，基本建立了具有吉林特色的住房保障体系，为城市发展和产业集聚提供了强有力的住房保障支持。一方面，通过实施各类棚户区改造，有效解决了中低收入群体的住房困难问题。截至2018年年末，吉林省已累计改造各类棚户区235.2万套，受益群众212.1万户、616.3万人，47.5%的城镇人口通过棚户区改造解决了住房困难问题。另一方面，通过实施廉租住房、公共租赁住房保障，有效解决了低保户和低收入群体的住房困难问题。吉林省2008年实施廉租住房保障，2010年实施公共租赁住房建设，2014年廉租住房和公共租

赁住房并轨运行。截至2018年年末，吉林省累计开工建设公共租赁住房33.62万套，分配入住32.03万户，分配率95.27%；累计发放住房租赁补贴63.36万户，实现了应保尽保，提高了广大人民群众的幸福指数。特别是党的十八大以来，吉林省加大工作力度，持续攻坚克难，下功夫啃下“硬骨头”。全省保障性安居工程计划建设改造120.15万套，实际建设改造123.29万套，完成率达102.6%；计划建成72.45万套，实际建成94.29万套，完成率达130.14%，占全省已建成保障性安居工程总量的48.85%。同时，吉林省还把中等偏下收入无房家庭和环卫工人、公交司机等特定行业群体以及符合规定条件的引进人才、高技术人才、新就业大学生等无房群体纳入住房保障范围，累计实施保障1.7万户，有效解决了特殊群体的住房困难问题。吉林省保障性住房覆盖面之广、建设量之大、受益群众之多，走在了全国前列。

吉林省高度重视房地产市场发展，始终把保持房地产市场平稳健康发展作为惠民生、防风险的重点任务，以“三稳”为目标、“三防”为重点、“城市”为主体，科学把握调控节奏、准确把握调控力度，因城施策、分类指导，保持政策连续性和稳定性，积极构建房地产市场平稳健康发展长效机制，努力保持全省房地产市场平稳运行。截至2018年年末，全省房地产开发投资由2001年的92.8亿元提高到1175.9亿元，增长近12倍；商品房销量由2001年的385.1万平方米提高到2074.5万平方米，增长近5倍；房屋施工面积由2001年的0.13亿平方米提高到1.2亿平方米，增长近9倍。截至2017年年末，吉林省城镇居民人均住房建筑面积由1985年的4.6平方米提高到29平方米，增长近6倍。全省住宅物业服务项目近6700个，服务面积3.4亿平方米，覆盖率超过70%，广大人民群众的居住条件显著改善，居住品质显著提高，获得感、幸福感、安全感不断增强。吉林省房地产业在推动经济发展、社会和谐稳定的同时，为实现人民对美好生活的向往发挥了重要的支撑和保障作用。

下一步，吉林省委、省政府将继续贯彻落实党中央、国务院的决策部署，坚持“房子是用来住的、不是用来炒的”定位，构建房地产市场平稳健康发展长效机制，保持全省房地产市场平稳运行，奋力谱写住房保障和房地产业发展新篇章，为实现党的十九大提出的“两个一百年”奋斗目标、实现中华民族伟大复兴中国梦、实现全体人民“住有所居”作出应有贡献。

## 建筑业

近年来，吉林省建筑业持续快速发展、规模不断扩大、结构日趋优化、技术显著提高、实力明显提升，对经济社会发展作出了较为突出的贡献。

随着吉林省经济建设全面铺开，建筑业发展不断加速，建筑业增加值规模屡创新高。从1978年有统计记录以来，2000年完成建筑业增加值64亿元，突破了50亿元大关；2006年完成建筑业增加值106亿元，突破了百亿元大关；2010年完成建筑业增加值584亿元，突破了500亿元大关；2018年完成建筑业增加值1002亿元，突破了千亿元大关。1993年至2018年的25年间，建筑业增加值规模增长了35倍，对国民经济贡献率不断提高，支柱产业地位逐步确定。自2009年以来，建筑业增加值占GDP（国内生产总值）比重持续稳定在6.6%左右。

建筑业企业创税能力显著增强，对财政贡献愈加突出。20世纪90年代，我国实行“分税制”改革后，建筑业企业上缴税金呈快速增长态势。2018年，建筑业实现税收140亿元，比1993年的3.5亿元增长了近40倍，年均增速为60%，占当年全省税收比重为7.5%。

紧紧抓住建筑业企业这一主力群体，大力支持建筑业企业跨行业、跨地区融合发展，加快推进建筑产业现代化，积极培育集开发、生产、施工、运营、服务于一体的资金雄厚、人才密集、技术先进、竞争力强的综合性及全产业链企业，实现企业经营战略由单一经营向多业并举、多元发展转变，发展模式由粗放型向集约型转变，引领吉林省建筑业转型升级。积极出台扶持政策，为出省、出境建设工程企业搭建市场开拓、经营与合作平台，支持汽车、石化等优势行业带动设计、施工、监理等企业拓展省外市场，同时鼓励本省企业通过股份合作、项目合作、联合开发等方式走出去。截至2018年年末，吉林省共有建筑施工企业2704家，实现建筑业产值2183.6亿元，其中特级企业6家、一级企业126家，在国内拥有了一定知名度和影响力。2018年，全省建筑业企业房屋施工面积达8504万平方米。

建筑业不断提升建筑设计水平，突出地域特征、民族特点和时代风貌，突出建筑使用功能及节能、节水、节地、节材和环保等要求，大力推广节能建筑技术，积极发展装配式混凝土和钢结构建筑，坚持标准化设计、工厂化生产、装配化施工、一体化装修、信息化管理，在新建建筑和既有建筑改造中推广普及智能化应用。截至2018年年末，全省勘察设计企业达573家。

改革开放以来，建筑节能理念逐步深入人心，新材料、新机具、新工艺、新设备得到推广。伴随着设计水平不断进步，建筑工程的科技含量也得到了极大提升。全省质量安全监控体系趋于完善，建筑工程质量进入全国中上游行列。

建筑业内部结构不断优化，多业共同协调发展的格局已经形成。中华人民共和国成立初期，吉林省建筑业发展比较单一。随着各个行业不断发展，建筑业正向纵深推进，形成基建、冶金、有色、煤炭、石油、化工、石化、水电、水利、机械等多个方向的建筑专业；建造流程上逐步向上游勘探设计和下游工程监理拓展；建设性质上形成房屋建造、土木工程、建筑安装、装饰装修统筹发展的局面。从住宅品质看，20世纪70年代，城镇居民的住房大多为冬冷夏热的平房和筒子楼，没有独立卫生间、厨房和上下水设施。而今，新建住宅种类多样，既有普通住宅、公寓式住宅，也有高档住宅乃至别墅；既有低层、多层、小高层住宅，也有高层、超高层住宅；既有钢混框架结构、钢混剪力墙结构，也有钢混框架—剪力墙结构、钢结构，极大地满足了人民日益增长的多样化居住需求，居住条件由此得到极大改善。

2016年，吉林省成为全国木结构产业化发展试点省份，同年建立了全省建筑市场监管与诚信信息管理平台（现称为“吉林省建筑市场公共服务平台”）。2017年，全省大力发展装配式建筑。2018年，全省稳步推广商品住宅全装修交房，实现施工图联合审查制度，积极推进工程建设项目审批制度改革；积极推广以BIM（建筑信息模型）技术为代表的新技术应用，建立全省BIM技术联盟和评标专家库；大力支持建筑业企业跨行业、跨地区融合发展，加快推进建筑业现代化，积极推动工程总承包模式发展。

## 城市建设管理

进入新时代，我国社会主要矛盾已经转化为人民日益增长的美好生活需要和不平衡不充分的发展之间的矛盾，城市发展方式也随之转变。吉林省坚持把新发展理念贯穿到城市建设全过程，着力解决重地上轻地下、重形象轻功能等问题，切实转变观念，着力治理“城市病”，促进城市高质量发展。

自2015年起，吉林省大力推进海绵城市建设，以白城市创建国家级海绵城市试点为契机，先后设立了长春市、吉林市、四平市、松原市、通化市、辽源市、梅河口市和珲春市八个省级试点城市，探索了一条适合北方高寒地区开展海绵城市建设的道路。作为首批海绵城市试点，白城市在全国第一个实现全面完工、第一个总结完整经验模式，为如何在全省推广海绵城市建设、如期完成“到2020年，建成区20%以上的面积达到海绵城市建设要求”提供了宝贵经验。

吉林省委提出要坚决打好污染防治攻坚战，不断谱写美丽中国的吉林篇章；提出地级及以上城市建成区消除黑臭水体的工作目标，紧盯重点难点，推进辽河流域黑臭水体整治工作。截至目前，全省99处黑臭水体整治工程已全部开工，已基本消除黑臭水体90处，占比90.9%，累计完成投资78.09亿元。

吉林省生活垃圾分类工作起步较早。2011年至2016年为起步摸索阶段，吉林省出台了《关于进一步加强城乡生活垃圾处理工作的指导意见》，明确从2011年开始，在全省开展城市生活垃圾分类收运、处理试点工作。2017年至2018年为强制推行阶段，按照国务院、住房和城乡建设部要求，重点推进长春市生活垃圾强制分类。经过多年探索、研究和努力，长春市目前基本形成了可复制、可推广的城市生活垃圾分类经验。2019年8月，吉林省印发《关于在全省地级及以上城市开展生活垃圾分类工作的通知》，决定全面开展地级城市生活垃圾分类。

2018年，吉林省城市生活垃圾产生量546.53万吨，全部进入生活垃圾处理场进行处理，包括卫生填埋329.29万吨、焚烧209.23万吨、综合利用工艺处理8.01万吨。经过多年努力，全省各市县均具备了生活垃圾无害化处理能力，运行生活垃圾处理场53座，包括焚烧厂10座、填埋场43座。

吉林省多年来高度重视园林城市（县城）创建活动，以创促建、创建结合，将巩固和提升园林城市（县城）创建成果作为全面落实习近平生态文明思想的重要行动，坚持“政府主导、全民参与”，加强领导、加大投入、强化管理。截至2019年8月，吉林省已有8个城市被命名为国家园林城市、13个城市被命名为省级园林城市，75%的设市城市达到省级以上园林城市标准；已有3个县被命名为国家园林县城、8个县被命名为省级园林县城，57.9%的县达到省级以上园林县城标准。

近年来，吉林省通过持续开展绿化品质提升行动，采取积极有效的管理措施，使城市人居环境得到全面改善。部分市县还相继打造出精品和亮点工程，如长春市水文化生态园和长春公园、吉林市松江中路街道绿化、松原市沿江路街道绿化、洮南市带状公园、龙井市海兰路街道绿化、长白县鸭绿江景观带建设等工程以及梅河口市串联成型的湿地公园滨河绿道、海龙湖公园滨湖绿道和体育公园健身绿道。“城在山水中，人在画卷里”，城市绿道既满足了市民健康出行的需求，又串起了百姓的绿色幸福梦，获得感不断提升，幸福感明显增强。

2018年，吉林省印发了《吉林省城市管理效能提升三年行动方案》，在全省实施整洁行动、畅通行动、拆违行动、绿化提升行动、老旧小区综合整治行动和城市管网安全运行提升行动。通过标本兼治、集中整治，计划到2020年，全省各市县实现市容环境整洁清新、城市秩序规范有序、违法建设有效遏制、生态环境持续改

善、老旧小区面貌大为改观、管网安全状况明显改善，城市管理科学化、精细化、智慧化水平大幅提高，人民群众满意度显著提升。截至2018年年末，吉林省城市主次道路机械化清扫率升至78.73%，增加机械化清扫设备1952辆；拆除违法设置广告牌匾3.3万个，新建停车场（楼）45个、城市桥梁54座；全年查处违法建设建筑面积153.4万平方米，新增城市绿地面积722公顷，新建城市公园19个，17个市县完成127.8公里绿道绿廊建设，消除裸露地面338.89公顷；完成老旧小区综合整治1553万平方米，水冲厕所新增560座、改造272座，旱厕改造310座，向社会开放公共机构厕所2607座。

## 村镇建设

农村危房改造是脱贫攻坚工作重中之重，是贫困群众最关心、最迫切、最现实的生活需要。截至2018年年末，吉林省共改造农村危房54.3万户，解决了约170万农村贫困人口“住房安全保障”问题，让贫困农户感受到了党中央的关怀和温暖，让住房最危险、经济最困难的弱势群体共享了改革红利。通过实施农村危房改造，拉动了钢材、水泥、建筑劳务等市场的巨大需求，带动了装饰装修、家电家具等相关产业发展，同时提供了大量城乡就业岗位，成为拉动内需的有力引擎。整合资源推动村庄基础设施配套建设，逐步改变农村危房户的居住条件，改善村庄人居环境，促进乡风文明和民主管理，推动乡村振兴战略的实施。

吉林省委、省政府将“厕所革命”作为改善农村人居环境、推进新农村建设和实施乡村振兴战略的重要任务来抓，截至2018年年末，共改造农村厕所45万户。2018年，按照中央统一部署，吉林省全面启动农村生活垃圾治理三年行动。截至2019年，共有5730个行政村对生活垃圾进行处理，占全省行政村总数的61.3%。累计投入资金7.58亿元，建设转运站434座，购置环卫车辆1701辆，配备垃圾收集设施383166个，月收运处理垃圾11.75万吨。

（吉林省住房和城乡建设厅供稿，
刊登于《中国建设报》2019年10月21日4版）

重庆

# 建设高颜值城市 乐享高品质生活

陈天玲　苏　伟　丁剑涛

重庆，山环水绕、江峡相拥，具有浑然天成的自然之美和悠久厚重的人文之美，是我国中西部地区惟一直辖市，在国家区域发展和对外开放格局中具有独特而重要的作用。

中华人民共和国成立特别是党的十八大以来，重庆市住房和城乡建设委员会紧扣“两点”定位、“两地”“两高”目标和“四个扎实”要求，系统谋划城市品质提升和乡村振兴战略，大力推进城市基础设施建设，着力保障和改善民生，城乡面貌发生了翻天覆地的变化，人民群众的获得感、幸福感、安全感不断增强。

## 贯彻城市发展理念　推进基础设施建设

中华人民共和国成立初期的重庆，百废待兴，全市人均住房面积不足2平方米，基础设施建设严重滞后，部分地区处于闭塞状态，交通成为制约重庆经济社会发展的一大“瓶颈”。市政府提出“为工业、为生产，为劳动人民服务”的市政建设方针，积极推进市政建设与城市公用事业的整治和建设，全力改变市容市貌和城市生活环境，提升市民生活质量。

70年来，随着交通建设一次次提速，重庆逢山开路、遇水架桥。主城第一座跨江大桥、重庆第一条铁路、第一条高速公路……重庆交通不断蜕变。

桥梁建设飞速发展。对于重庆而言，桥梁是发展的见证。1958年12月开工的牛角沱嘉陵江大桥是重庆首座跨江大桥，它是渝中区连接江北区、渝北区的重要通道，桥长625.71米，宽21.5米，于1966年1月竣工。牛角沱嘉陵江大桥的建成通车对重庆江北、渝北、两江新区经济和社会发展产生了巨大影响。

重庆成为直辖市后特别是党的十八大以来，重庆市住房和城乡建设委员会贯彻城市发展理念，大力推进城市基础设施建设，加快了跨江桥梁和穿山隧道建设，重庆城市化进程进入飞速发展的时期，主城区跨江大桥增加到46座，桥梁建设理论与技术水平跃入世界先进行列。如石板坡长江大桥复线桥的主跨330米，是目前世界同类型桥梁中跨径最大的；菜园坝长江大桥是国内最大的公共交通和城市轻轨两用大跨径拱桥；朝天门长江大桥主跨长552米，是世界跨径最大的钢拱桥；寸滩长江大桥将中国传统的牌楼结构及中

重庆朝天门长江大桥

国传统文化符号与现代桥梁结构相融合，诞生了世界上最大的桥梁“中国结”……重庆建设者展现了敢为人先、勇追国际前沿科技的创新精神，展现重庆赶超世界一流和抢占科技制高点的进取精神。一座座跨江大桥飞架南北，不仅让重庆市民能够自由跨越两江，更让桥梁连通的区域成为新的经济增长点。

城市道路建设稳步推进。重庆主城区受“四山两江”的分割，地形高差大、工程建设成本高，城市道路建设充分遵循山地城市特征。经过多年发展与建设，城市道路成功突破“四山两江”的限制，以“逢山开路，遇水架桥”方式向外延伸，骨架道路脉络才得以初步建成。成为直辖市之初，重庆主城区城市道路通车里程不到2000公里。重庆建设人坚持“打通主动脉、畅通微循环、提升通透性”的工作理念，努力实现车畅其道、货畅其流、人畅其行，逐步形成与国家中心城市功能相匹配的城市道路基础设施体系。经过多年的发展，截至2018年年底，主城区城市道路通车总里程达5664公里，建成区道路网密度由2000年的每平方公里4.82公里提升至每平方公里7.01公里，已基本形成“五横六纵一环四联络”快速骨架路网结构。

轨道交通引领作用凸显。让市民感受最深的出行方式变化当属轨道交通。2000年，重庆市首条城市轨道二号线开工建设，2004年11月，重庆第1条轨道交通线路轻轨“较新线”正式运行，重庆人圆了轻轨梦。随着轨道交通1号线、3号线、4号线、5号线、6号线、10号线、环线相继建成通车，轨道交通运营里程达313公里，位居西部第一，实现从无到有、从线到网、从单一制式到多种制式的快速发展。截至2019年8月，重庆市轨道交通建设已累计完成投资2050亿元，日均客流量300万乘次，日最高客流量358.9万乘次，约占公交出行的40%。重庆轨道交通已通达主城9区，覆盖机场、火车站、长途汽车站等对外交通枢纽和主城区各大商业中心及大型聚居区，轨道交通在公共交通体系中的骨干地位日益凸显。当前，按照“中心加密、两槽提速、两翼联通、外围辐射”的总体思路，正在实施城市轨道交通成网计划，到2022年，全市轨道交通运营里程达到521公里，主城区形成高密度城轨网络，构建起以轨道交通为骨干的“1小时通勤圈”，全面引领主城区“一城三片”空间格局，轨道线网成为城市发展格局的主骨架。

此外，重庆大力培育创新驱动，牵头编制了《跨座式单轨交通设计规范》等3项国家标准及《重庆市地铁设计规范》等17项地方标准，取得了121项发明专利和实用新型专利，形成了具有重庆特色、较为完善的轨道交通技术标准体系，逐步培育了全球最大的跨座式单轨装备制造基地，由40多家产业单位组成涵盖规划设计、装备制造、施工承包的全产业链，设备国产化率达95%以上，本地化率达80%以上，适应陡坡急弯、工程造价较低、环境影响较小的跨座式单轨已成为山城重庆的一张靓丽名片。

## “建”“改”两条腿　圆了群众安居梦

在重庆江北区上班的黄书林结束了繁忙的工作后，回到家里，吃上一口老伴儿精心烹饪的“大餐”，和儿女们聊一聊工作中的趣事儿，是他一天最幸福的时刻。但在入住公租房之前，这是黄书林从未奢望的美梦。

1989年，黄书林和老伴儿从重庆忠县任家镇的大山里来到重庆主城区务工。一开始只能四处打零工，微薄的收入让他们只能选择租住拥挤的隔板间、潮湿的地下室、冬冷夏热的集装箱房，更别谈将儿女接到身边一起生活。

如今，黄书林的幸福如期而至，他通过申请和摇号分配到公租房，一家五口共同居住在民心佳园公租房，每天下班都能吃到老伴儿做的饭。“和以前完全不一样了，一家人每天都能在一起，小区环境好、文娱活动丰富，出门便是公交车站，地铁也很近，买菜也方便，小区还有幼儿园和学校。”黄书林激动地说。

重庆公租房重点布局在主城区一、二环之间，小区内“小配套”与小区红线外道路、公交等“大配套”，为住户提供就近便利的生活配套，满足住户日常生活需要，降低综合生活成本。此外，重庆在全国率先打破城乡内外的差别和户籍制度的藩篱，不限户籍，重点保障住房困难的原住居民、无住房的新就业大中专毕业生、外地到渝和进城务工人员三类群体。同时，重庆的公租房建设管理与户籍制度改革、土地制度改革联动，构建了一套“公建公有、建管分离、注重配套、不限户籍、摇号配租、动态监管、协同治理”的建设管理体系。截至目前，重庆公租房累计分配入住51万套，惠及近140万住房困难群众。

棚户区，是城市的伤疤、城市的“洼地”。棚户区的住房，归结起来是“结构简易密度较大、年限久远质量差”，安全隐患多、功能不完善、配套设施不健全。要解决中低收入群体住房困难，除了修建公租房，棚户区改造必不可少，“建”和“改”两条腿走路，才能解决根本问题。

重庆的棚户区改造工作历经3个阶段：第一阶段为2001—2007年，改造棚户区房屋909万平方米、惠及约16万户居民；第二阶段为2008—2012年，改造棚户区房屋1880万平方米、惠及23.41万户居民；2013—2017年是重庆市棚户区改造的第三阶段，这5年，全市累计完成棚户区改造1961万平方米、16.04万户，直接惠及棚户区群众约56万人，累计完成投资1041亿元。值得一提的是，在第三阶段，重庆结合自身实际，相继出台部分创新性政策。如在补偿安置方面，设立了货币化安置政策，棚户区改造居民可按照“等值交换”的原则，采取“货币补偿+产权调换”和“货币补偿+自主购房”的方式签订补偿协议，同时设立补偿奖励及帮扶政策，如货币化安置一次性特别奖励、最低人均居住保障面积、子女义务教育、最低生活保障金发放、再就业培训等。

截至目前，重庆市积极推进公租房建设管理、棚户区和老旧小区改造，累计分配入住公租房51万套、棚户区改造63.5万套，约362万住房困难群众实现“住有所居”。

## 提升城市品质　彰显城市魅力

重庆独特的城市魅力在何处——夜幕降临下的洪崖洞灯盏如星，吊脚楼、亭榭、绿树与城市灯火倒映江面、交相辉映；摩天大楼比比皆是，外墙上变幻的霓

重庆轨道交通一号线

重庆千厮门嘉陵江大桥

虹灯勾勒出建筑雄伟的轮廓；“山路十八弯”的重庆道路，让外地人直呼“眼花缭乱”；轻轨穿楼而过，不知道它的下一站是谁家的楼房……

重庆“意外”走红，成为不少游客旅游“打卡”的首选。然而迈向发展新阶段，城市建设如何高品质推进、城市魅力又如何彰显？2018年9月，《重庆市城市提升行动计划》的出台成为未来几年重庆城市建设的行动指南，一场由外向内的美丽蜕变由此展开。

《重庆市城市提升行动计划》牢固树立以人民为中心的发展思想，落实创新、协调、绿色、开放、共享的发展理念，聚焦创新、生态、开放谋划城市战略定位，围绕国际化、绿色化、智能化、人文化谋划城市战略目标，全面提升城市经济品质、人文品质、生态品质、生活品质，增强市民获得感、幸福感、安全感，努力实现“城市，让生活更美好”。

重庆被长江、嘉陵江环绕，人们世代临水而居、择水而憩，两江四岸承载着山城人们关于居住梦想的山水情怀，也承担了全市主要的经济、历史文化、金融创新、现代服务业等中心功能，是都市功能核心区最重要的载体。

在重庆市委市政府的统筹下，市住房和城乡建设委员会牵头组织实施，先后制定了《主城区“两江四岸”治理提升实施方案》《主城区“清水绿岸”治理提升实施方案》等系列配套方案，目前完成了四条岸线109公里的现状调查，开展方案设计国际征集，推动了渝中区、江北区首批8.82公里项目建设，启动了十大公共空间节点建设。重点加强污染治理，分类整治护岸，优化岸线功能，开展城市水体整治和消落区生态保护和修复，重塑“两江四岸”生态功能，构建多层次、多色彩的滨江绿带系统。同时，优化调整岸上、岸下城市功能布局，提升滨江建筑品质和跨江大桥景观，优化城市天际轮廓线，提升夜景灯饰效果，一步一景，移步换景，打造具有山城、江城特色的城市景观，彰显“山、水、城、桥”立体之美。如今，109公里岸线乱搭乱建、乱倒乱堆、乱填乱挖、乱耕乱种现象基本消失不见；水源地的餐饮船舶已全部搬离；江北区、南岸区已开工第一批岸线治理提升工程……“两江四岸”将建成山清水秀生态带、立体城市景观带、便捷共享游憩带、人文荟萃风貌带、立体城市景观带，让整座城市更加宜居宜业宜游。

此外，“黑臭水体”整治和城市污水管网等水环境治理也颇具成效。2018年年底，重庆市第一阶段启动的48个黑臭水体整治已经完成，实现基本消除主城区黑臭水体的目标，目前正在创新实施城市黑臭水体治理“升级版”工作，牵头开展主城区20条河流“清水绿岸”治理提升工程，开工10条河流治理项目，综合管廊累计开工88.56公里，形成廊体63.25公里，完成投资34.86亿元。

坚持将“山城步道”作为演绎城市年轮、传承城市人文、方便市民出行、丰富市民生活、彰显山水特色的重要载体，全面启动17条353公里前期工作；同时，注重在“品牌”上下功夫，发布技术标准，面向全国征集“山城步道”LOGO，努力把“山城步道”建设成为绿色出行便民道、山水游憩休闲道、乡愁记忆人文道、城市体验风景道。

随着一个个项目的不断推进，重庆的“骨架”在拉开，“血脉”在畅通，“颜值”在提升，“气质”也在提高。

## 农村危房改造 助推乡村振兴

农村危房改造工作是党和国家保障民生的一项重要工作，是推进农村社会经济发展的重要举措。重庆是大城市、大农村、大山区、大库区和少数民族地区并存的直辖市，中华人民共和国成立以来，受地理条件、管理水平、历史因素等方面的制约，农村群众居住条件布局分散、乱搭乱建、建设质量参差不齐、居住生活功能缺失，农村存在大量旧房危房。

党的十八大以来，重庆市住房和城乡建设委员会全面落实党中央国务院和重庆市委市政府脱贫攻坚战略部署，紧紧围绕建档立卡贫困户、农村分散供养特困人员、低保户、贫困残疾人家庭4类重点对象扎实推进农村危房改造工作，向贫困户和贫困区县精准发力。截至2018年年底，全市累计争取中央财政补助资金60.56亿元，落实市级财政补助资金32.63亿元，完成建档立卡贫困户等重点对象危房改造94.66万户，受益贫困群众340余万人。

大力实施农村危房改造。2019年4月，习近平总书记在重庆考察，并主持召开解决“两不愁三保障”突出问题座谈会时强调，脱贫攻坚战进入决胜的关键阶段，打法要同初期的全面部署、中期的全面推进有所区别，最要紧的是防止松懈、防止滑坡。各地区各部门务必一鼓作气、顽强作战，不获全胜决不收兵。

让贫困人口、贫困地区同全国一道进入全面小康社会是我党的庄严承诺。重庆市住房和城乡建设委员会进一步强化政治责任和使命担当，制定了严格的农村贫困人口住房保障工作程序，在改造对象认定上、完善识别退出机制上、加强技术服务和监督管理上精准发力，做到农村贫困人口危房改造工作规范、透明、公开。积极与有关部门一起开展了新一轮建档立卡贫困户危房调查，通过大数据信息比对显示，全市动态新增建档立卡

重庆九龙坡区金凤镇海兰村美丽宜居村庄

重庆开州区厚坝镇大安村

贫困户危房3076户，C级危房占比24.15%、D级危房占比75.85%。为确保改造任务的完成，重庆市住房和城乡建设委员会制定了时间表、路线图，强化质量安全、人员培训、日常督导、竣工验收、资金管理等，各个委领导牵头联系、相关处室具体督导若干区县，对涉及建档立卡贫困户危房任务的30个区县实行分类指导，对建档立卡贫困户危房数量达100户以上的区县，安排落实专班专人跟踪督导；对100户以下的20个区县，进一步压实属地责任，全力以赴做好全市建档立卡贫困户危房改造工作，确保一户不落、如期完成。

着力改善农村人居环境。紧扣乡村振兴战略和脱贫攻坚战要求，重庆市住房和城乡建设委员会与市级有关部门一道，启动农村人居环境整治三年行动计划，扎实推进“五大工程”，着力建设宜居宜业宜游的美丽乡村。召开了全市改善农村人居环境暨乡村振兴规划编制座谈会，印发了《重庆市农村人居环境整治三年行动实施方案》，明确了时间表、任务书、路线图。编制了农房建设通用图集，创建农村建筑工匠系统培训机制，农村旧房整治全面启动。立足解决农村面源污染，先后建成乡镇污水管网2380公里，行政村生活垃圾有效治理率达90%以上，农村生活污水处理率达64%，农村无害化卫生厕所普及率达73%，农村人居环境持续改善。着眼构建城乡统筹发展联结点，提升小城镇承载和辐射带动能力，坚持示范引领，启动36个市级特色小城镇环境综合整治项目。围绕山水林田湖，开展美丽宜居村庄等示范建设，先后创建美丽宜居村庄600个、绿色示范村庄1093个、美丽庭院7万余个，示范引领村容村貌不断改善。紧扣脱贫攻坚目标任务，在深度贫困区县安排改善农村人居环境市级示范片项目31个、补助资金1.395亿元，支持贫困区县争取农村人居环境政策性融资贷款授信50余亿元。牵头开展扶贫集团工作，落实市级帮扶项目30个、资金4000余万元，指导成立农村集体经济组织8家，彭水大垭乡对口扶贫力度持续加大。

如今，农户的居住环境变好了，贫困户昔日黑暗潮湿“脏乱差”的土坯房，变成了通风透气的安全房、放心房。小青瓦、白瓦头、白粉墙、石墙裙等巴渝民居的特色与绿水青山相融合，在山水间或隐或现，改善了农村人居环境、提升了村容村貌、保护了乡情美景、留住了乡愁记忆。

大道至简，实干为要。重庆市住房和城乡建设委员会沉心静气、埋头苦干，攻坚克难、开拓创新，努力建设高颜值城市，让百姓乐享高品质生活，为中华民族伟大复兴贡献力量。

（刊登于《中国建设报》2019年10月22日4版）

# 浙江

# 不忘初心谋发展 勇立潮头谱新篇

中华人民共和国成立70年来，浙江省住房和城乡建设系统始终坚持“求真务实、诚信和谐、开放图强”的浙江精神，坚定不移地贯彻落实党中央、国务院和浙江省委、省政府以及住房和城乡建设部决策部署，深入实施新型城市化战略，健全完善住房保障体系，加快建设美丽城乡，持续推动行业改革发展，创造了住房和城乡建设改革与发展的浙江样本、浙江探索和浙江经验。2018年，全省城市化率达到68.9%，比1978年的14.5%提高54.4个百分点；全省建成区面积3503.8平方公里，比1981年的136.8平方公里增长25.6倍；全省城镇居民人均住房面积45.4平方米，比1978年的5.1平方米提高8.9倍，高出小康住宅人均35平方米标准；农村居民人均住房面积65.4平方米，比1980年的16.07平方米提高4.1倍。

## 以“更舒适的居住条件”为己任，日益完善住房市场和保障体系

浙江坚持房地产市场调控和城镇住房保障“两手抓”，进一步完善多主体供给、多渠道保障、租购并举的住房制度，保证房地产市场保持平稳发展。

通过积极培育和发展房地产市场，浙江率先开展城镇住房制度改革，房地产投资和交易规模快速增长，为改善居民住房条件、促进经济社会发展作出重大贡献。2018年，浙江全省房地产完成开发投资9945亿元，销售新建商品房9755万平方米，房价总体保持稳定。

住房保障体系不断完善，通过创新和完善住房保障政策和措施，浙江进一步形成以公租房保障为主体、其他保障形式为补充的住房保障体系，大力推进棚户区改造，推动部分城市试点政府购买公租房运营管理服务。到2018年年末，全省已累计销售经济适用房 21.2万套，公共租赁住房（含廉租房）实物在保16.4万户，租赁补贴在保5.2万户。2013年国务院加快推进棚户区改造以来，全省累计开工棚户区改造145.3万套，城镇住房保障受益覆盖率超过23%，做到了“住有所居，应保尽保”。

城乡危旧房治理取得实效。浙江在全国率先开展城乡危旧房排查和治理改造，基本实现城镇住宅一楼一档、农村房屋一户一档。通过突出农村困难家庭危房治理，实行即时救助机制，做到发现一户、改造一户、补助一户。到2018年年末，全省累计完成城镇危旧

杭州奥体博览中心——G20峰会主会场

房治理改造19717幢、1289万平方米，实施农村困难家庭危房改造约32万户，完成农村其他危房治理改造20.3万户。

## 持续完善城市功能，强化精细管理，城市品质显著提升

城市基础设施建设逐年完善。浙江加强城市供水、排水、燃气等市政公用设施建设，到2018年年末，全省建成城市供水管道8.72万公里，供水综合能力累计达2155.21万立方米/日；建成污水管网3.01万公里，完成城镇污水处理设施311座，在全国率先实现镇级污水处理设施全覆盖；全省城市天然气供气总量73.13万立方米，燃气普及率达99.91%。加强城市道路和停车设施建设，到2018年年末，全省城市道路长度累计2.8万公里，每年新增主城区停车位10万个以上，公共自行车系统实现县级全覆盖。城市园林绿化事业快速发展。到2018年年末，全省城市建成区绿地面积13.04万公顷，人均公园绿地面积13.86平方米；创建国家级园林城市（县城、城镇）38个，共有8个城市（县城）和项目获得联合国人居（范例）奖，56个城市（县城）和项目获得中国人居环境（范例）奖；建成高标准绿道6300多公里，进一步提升城市环境品质，助推城市生态文明建设。

城市精细化管理水平不断提高。浙江组织开展“三改一拆”（即城中村、旧住宅区、旧厂区改造和拆除违法建筑）行动，累计拆除违法建筑11.04亿平方米，实施“三改”16.56亿平方米，腾出土地230余万亩。

加强城市管理和综合行政执法。通过推进“智慧城市”建设，探索推广宁波“非接触性”管理执法等新方法、新模式，基本实现乡镇（街道）综合执法中队派驻全覆盖，城市管理执法信息化、智能化水平有效提高。

## 大力推进乡村振兴，建设美丽城镇，着力打造现代版“富春山居图”

围绕山水相依、城乡互融、自然与人文相得益彰，浙江开始大力推进美丽城乡建设。

城镇环境实现美丽蝶变。通过开展小城镇环境综合整治行动，浙江全省1191个小城镇全部完成整治任务，打造省级样板镇446个，小城镇面貌发生深刻变化，基本消除小城镇脏乱差现象。在此基础上全面推进

临海市岭根村

美丽城镇建设，从更高水平推进城镇建设。

农村人居环境显著改善。在全省开展“千村示范、万村整治”的基础上，从2012年开始实施美丽宜居示范村创建，已累计创建美丽宜居示范村1275个。在开展农村人居环境提升行动后，钱塘江流域小城镇环境综合治理项目获世界银行“高度满意”评级。

遗产资源保护得到加强。浙江重视和加强历史文化名城名镇名村等资源保护工作，到2018年年末，全省已拥有59处省级以上风景名胜区，拥有国家历史文化名城10座、历史文化名镇20个、历史文化名村28个、历史文化街区4个，636个村庄被列入中国传统村落名录，总量位居全国第四。

## 聚焦垃圾分类、厕所革命等“关键小事”，百姓获得感幸福感不断增强

浙江始终把“以人民为中心”作为工作出发点和落脚点，扎实做好垃圾分类、厕所革命、加装电梯等涉及民生的“关键小事”。

城镇生活垃圾分类全面实施。浙江连续多年将垃圾分类列为省政府十方面民生实事，并发布了全国第一部垃圾分类省级标准《浙江省城镇生活垃圾分类标准》，突出“三化四分”治理，重点抓好源头分类减量和末端处置能力提升。到2018年年末，全省设区市城区生活垃圾分类收集覆盖面达到80%以上，资源化利用率达到80%以上，无害化处理率达到100%，每年还新增一批省级高标准垃圾分类示范小区，全民参与垃圾分类的格局已基本形成。

农村“厕所革命”全面推进。浙江在全省推进农村厕所改造提升，已累计完成农村厕所改造52861座，覆盖全省所有行政村，有效解决了农村群众如厕难、找厕难的问题。大力推进农村生活污水处理设施标准化运维，已有20460个行政村建成并运维污水处理设施。

老旧小区加装电梯全面铺开。结合城镇老旧小区改造工作，浙江加快推进加装电梯工作，通过编制《浙江省既有多层住宅加装电梯设计导则》，强化资金政策保障，建立市、区、街道、社区四级联动机制，对有条件的老旧小区做到“能改尽改、愿改尽改”，切实解决老年群体“爬楼难”问题。截至目前，全省累计批准加装电梯1243台，已完工578台。

杭州市江干区金秋花园加装电梯

宁波洞桥垃圾焚烧厂

## 坚持开放发展绿色发展，建筑业竞争力不断增强

浙江围绕打造“中国建造”标杆省，瞄准建筑业高质量发展，扎实推进全省建筑业稳步健康发展。

建筑业改革持续深化。浙江大力推进建筑业转型发展，提升建筑业发展质量，建筑业产值从1988年的64.93亿元，增长到2018年的2.87万亿元，30年增长442倍，占全国建筑业总产值的12.2%，特级企业达到78家（双特级3家）。在推进建筑业“走出去”发展方面，浙江引导企业参与“一带一路”重大基础设施建设，鼓励企业培养、引进国际化经营管理专业人才，提升国际竞争力。2018年年末，全省建筑业外向度达49.1%，居全国第一。

绿色建筑发展加快推进。浙江颁布《浙江省绿色建筑条例》，在全国率先提出推行住宅全装修。到2018年年末，全省累计完成装配式建筑9522万平方米，占新建建筑比例18.1%，实施住宅全装修项目4286万平方米；累计完成节能建筑14.7亿平方米，实施绿色建筑7.1亿平方米，城镇绿色建筑占新建建筑的比例达到94%。同时，深化建筑工程质量提升行动，严格落实各方主体责任，较大及以上安全生产事故得到较好控制。

## 以工程建设项目审批制度改革为引领，“最多跑一次”改革全面升级

浙江把“最多跑一次”改革覆盖到住房和城乡建设各领域，着力优化营商环境，激发市场主体活力。

行政审批效能大力提升。浙江扎实推进工程建设项目审批制度改革，作为全国唯一的试点省，浙江已建成全省统一的工程建设项目审批管理平台，全流程审批时间由200多个工作日压减至100个工作日以内，申请材料由平均240多件精简至80件以内。推进施工图“多审合一”改革，每年减轻建设单位图审费用近5亿元。

行业数字化转型成效明显。截至目前，全省住房和城乡建设系统涉及群众和企业办事事项的99个主项和189个一级子项、29个二级子项全部实现“最多跑一次”，43个民生事项子项实现“一证通办”，资质资格类办事事项实现申报零资料、受理零窗口、办件零人工、领证零上门、存档零纸件的“五个零”智能化办理。同时还建成了大数据展示系统“观星台”，涵盖房地产、建筑业、固定资产投资、危旧房治理、住房保障等模块。

杭州湾跨海大桥

## 强化顶层设计，坚持标准引领，城乡建设法治建设走在前列

依法行政水平全面提高。全面增强法治观念，推进行业科学立法、公正执法，在全国率先制定出台违法建筑处置、国有土地上房屋征收、绿色建筑、房屋使用安全、城市景观风貌等法规规章。自2000年以来，全省已颁布建设领域地方性法规13部、政府规章14部，基本构建与新发展理念相适应的建设法制和依法行政管理监督体系，全系统行政质量、行政效率、政府公信力全面提升。

权力清单得到规范运行。全面完成“四张清单”梳理，建立省市县三级权力事项基本目录库，依法管理水平全面提升。对本系统1076项权力事项全面再梳理，调整实施部门119项、取消23项、增加6项，完成国家事项与浙江省政务服务事项关联51项。

## 坚持全面从严治党，大力推进清廉住房和城乡建设

浙江坚持以党的建设统领住房和城乡建设领域的各项工作，通过找准党建工作与业务工作的结合点，引导全系统党员干部树牢“四个意识”，坚定“四个自信”，做到“两个维护”。深入开展“清廉住房和城乡建设”活动，推动清廉思想、清廉制度、清廉文化融入住房和城乡建设领域。

浙江还大力培植以“创新精神、担当意识、百姓情怀”为核心的行业文化，积极传播正能量，激发行业内动力，累计选树和表彰全省“最美建设人”40个、“最美建设集体”30个，推动了全省住房和城乡建设系统党内正气持续上升、行业风气持续好转、人民满意度持续提高。

砥砺奋进七十载，不忘初心再出发。浙江住房和城乡建设领域发生的全面而深刻的变化，是中华人民共和国成立70年来经济社会发展的缩影。在新时代长征路上，浙江将紧紧团结在以习近平同志为核心的党中央周围，始终坚持以人民为中心的发展思想，自觉践行“干在实处永无止境，走在前列要谋新篇，勇立潮头方显担当”的新期望，继续秉持创新精神、担当意识、百姓情怀，努力谱写新时代浙江住房和城乡建设事业发展新篇章，以优异成绩庆祝中华人民共和国成立70周年。

（浙江省住房和城乡建设厅供稿，
刊登于《中国建设报》2019年10月23日8版）

# 七十华诞，记录黑土地上的巨变

黑龙江

中华人民共和国成立70年特别是党的十八大以来，黑龙江省住房和城乡建设事业取得了辉煌成就。城乡居民住房条件明显改善，城乡面貌发生了翻天覆地的变化。与此同时，城镇服务功能日趋完善，房地产业快速发展，建筑业规模持续扩大，住房保障体系逐步健全，生态环境建设稳步提升。住房和城乡建设事业长足进步，为黑龙江省经济社会发展、群众居住环境改善作出了积极贡献。

1978年至2018年，全省常住人口城镇化率从35.9%提升到60.1%，增长了24.2个百分点。1995年至2018年，全省城市燃气普及率从62.3%提升到89.5%，增长了27.2个百分点；城市自来水普及率从82.4%提升到98.48%，增长了16.08个百分点；城市人均公园绿地面积从8平方米提升到12.35平方米，增长了4.35平方米；城市建成区绿化覆盖率从20%提升到36.04%，增长了16.04个百分点；集中供热面积从7842万平方米提升到76652.31万平方米，增长了68810.31万平方米；城市污水处理率从30.8%提升到90.99%，增长了60.19个百分点；城市垃圾无害化处理率从33.2%提升到90.49%，增长了57.29个百分点。

## 住房保障体系逐步健全

棚户区改造极大地改善了城镇居民住房条件。黑龙江省自中华人民共和国成立至改革开放初期，始终秉承“先生产、后生活”的思想，在为国家作出巨大贡献的同时，城镇居民住房条件却相对落后，大量城镇居民居住在配套基础设施差、环境卫生条件差、房屋低矮破旧、安全隐患大的棚户区中。自2008年起，中共黑龙江省委、省政府面对城乡住房困难群体多、历史欠账多、覆盖范围广的实际，秉承以人为本、关注和改善民生、构建和谐社会的理念，作出了大规模推进保障性安居工程建设的重大决策部署，并将此列为全省“十大民生工程”的重中之重。坚持领导力量、优惠政策、地方财力、资金补助、节能改造和服务指导向保障房建设倾斜，打了一场保障性安居工程建设和农村危房改造攻坚战，取得了阶段性重大成绩，创造了全国“启动最早、投入最多、开工建设量最大、惠及面最广”的喜人战果。截至2018年年底，全省保障性安居工程累计开工建设391万套，涵盖城

市、国有工矿、林区、垦区、煤矿棚改以及公租房、廉租房、经济适用房、限价商品房九种类型，开工总量居全国前列，累计完成投资4900多亿元，既拉动了经济增长，又改善了城镇人居环境，近千万城镇居民住房条件明显改善。

农村危房改造确保了困难群众住房安全有保障。作为一项重大民生工程，这同样是让广大农民群众分享改革发展成果的重要举措。自2008年起，黑龙江省全面启动了农村危房改造工作。2009年，黑龙江省被列入全国农村危房改造试点省份。截至2018年年底，中央、省级财政共投入103.2亿元，累计实施农村危房改造203.85万户，470多万贫困群众通过危房改造住进了“安全房”。特别是2017年，省委、省政府将农村危房改造工作作为脱贫攻坚“两不愁、三保障”重要内容，以两年全面完成建档立卡贫困户危房改造任务为目标，坚持以精准识别、精准施策、精准改造为基本原则，采取修、买、换、租和建设农村公租房等多种方式，在全国农村危房改造绩效评估中排名前列。

公租房建设有效解决了低收入群体住房需求。自2008年起，黑龙江省全面启动了公租房新建配建工作。截至2018年，全省累计开工建设公租房39.5万套，完成投资300多亿元，100多万城镇低收入群体和住房困难群众住进了功能完善、配套齐全、明亮舒适的现代化楼房，生活质量和幸福指数明显提升，同时累计为40多万户城镇住房困难家庭发放了租赁补贴，基本实现城镇低保低收入家庭“应保尽保”。黑龙江省还将城镇中等偏下和低收入住房困难家庭、新就业无房职工和在城镇稳定就业的外来务工人员家庭纳入住房保障范围，覆盖面进一步扩大。

城市老旧小区改造提升了小区整体功能和环境。早在2006年，黑龙江省就陆续开展了老旧小区改造工作，2013年至2018年，先后出台了《黑龙江省城镇旧住宅整治改造指导意见》《关于推进全省城镇老旧小区

改造的指导意见》，在全省范围内全面启动老旧小区改造工作。截至2018年年底，黑龙江省累计改造城镇老旧小区1.08亿平方米，完成投资147.3亿元，惠及400多万城镇居民。这项改造主要以市县政府和大型国有企业投资为主。其中，哈尔滨、齐齐哈尔、牡丹江、佳木斯、双鸭山、鹤岗等地投入资金较多，改造面积较大，综合改造效果较好，居民满意度较高。特别是大庆市采用政企联合方式，由中石油、中石化等企业出资86%、政府补贴14%，改造效果全面彻底。通过改造，老旧小区相关配套设施得到完善，脏乱差问题得到解决，居住环境和整体功能实现大幅改善。

## 城乡规划体系不断完善

近年来，黑龙江省坚持规划先行，注重规范规划编制方法，完善编制程序，不断提高城乡规划编制水平，增强城乡规划工作的权威性和严肃性。陆续出台了《黑龙江省城乡规划条例》《黑龙江省历史文化建筑保护条例》等法规制度以及《黑龙江省建设项目规划行政许可规程》《黑龙江省城市设计管理办法》等近20项规范性文件和技术管理文件，推动地方规划管理法制建设，促进城乡建设的健康发展。不断完善城乡规划体系，先后开展两轮省域城镇体系规划修编，完成了55个市（县）第四轮总体规划，编制了住房、市政基础设施、风景名胜区、历史文化保护等专项规划，编制小城镇总体规划1028个、村庄规划3970个，居民点空间布局规划已全部完成，构建了城镇体系规划、城市总体规划、乡村规划、详细规划、专项规划和城市设计等门类齐全的规划编制体系，为全省城乡建设提供了科学指导，规划引领管控作用日益增强。

## 房地产业快速发展

70年来，黑龙江省房地产业经历了从无到有、从弱到强的发展历程。随着20世纪90年代中期城镇住房商品化改革推进，房地产业逐步成长为全省支柱性产业之一。2018年，黑龙江省房地产开发投资944.4亿元，是1995年的20倍；商品房销售面积1913万平方米，是1995年的5.4倍；商品房销售额1320亿元，是1995年的62.9倍；住房公积金归集总额3231.8亿元，归集余额1379.18亿元，累计发放住房公积金贷款1868.35亿元，个人贷款余额993.15亿元。全省拥有房地产开发企业2824家、物业服务企业2694家，直接创造了15.3万个就业岗位，带动了金融、建筑、建材、冶金、家电、物流、商贸等50多个行业发展。物业服务市场化、社会化、规范化步伐加快，服务面积7亿平方米，服务覆盖率67.1%，年主营业务收入51.79亿元。黑龙江省100多个项目被评为国家A级住宅，23个项目被评为国家康居示范工程，3家企业被评为国家住宅产业化基地，住宅节能水平、性能水平和新产品应用比例均大幅提升。

## 建筑业规模持续扩大

中华人民共和国成立初期，黑龙江省作为国家工业基地的重要组成部分，建筑业发展也在曲折中不断前行。特别是改革开放以来，全省建筑业保持快速发展，规模明显扩大，呈现出多主体发展格局。作为支柱性产业，建筑业地位不断增强，在推进城乡建设和新型城镇化发展、改善人民群众居住条件、吸纳农村转移劳动力、缓解社会就业压力等方面作出了重要贡献。

建筑业总量不断扩大。黑龙江省建筑业施工总产值由1952年的2.42亿元提升到1194亿元，增长了492.4倍；房屋建筑施工面积由1978年的403.5万平方米提升到4768.7万平方米，增长了10.8倍。建筑业企业实力

稳步增强，施工企业数量由1952年的15家提升到3839家，增长了255倍，其中施工总承包特级资质4家、一级资质165家。机械化施工能力不断提高，锻炼培养了一大批优秀工程项目管理和技术人才。截至2018年年底，全省建筑工程技术人员6.8万人，一线操作人员持证上岗人数1.3万人。借助经济发展这一持续动力，建筑业利润总额由1978年的0.54亿元提升到37.5亿元，增长了68.4倍；上缴税金由1978年的0.14亿元提升到63.2亿元，增长了450.4倍。

建筑科技水平不断进步。不断完善技术标准体系，截至2018年年底，黑龙江省共编制地方标准99部，建立了涵盖规划、设计、地基基础、勘察测量、施工技术、信息技术、制品与构件、城市建设、建筑节能与绿色建筑等多领域的地方标准体系，促进了城乡建设高质量发展。建筑节能理念从无到有，自20世纪80年代开始，黑龙江省逐步实现30%、50%、65%、75%的节能标准，特别是2007年至2015年，集中大规模实施居住建筑节能改造、老旧小区改造、“三供一业”分离移交等工作，累计投资230多亿元，实现节能改造1.2亿平方米，受益群众180余万户。截至目前，全省已累计建成节能建筑6.45亿平方米，占总量七成多。2013年，省政府印发了《黑龙江省绿色建筑行动实施方案》，逐步扩大了绿色建筑强制实施范围，目前已累计推广绿色建筑2887万平方米。

装配式建筑稳步发展。自2006年起，黑龙江省按照国家统一部署，大力推动住宅产业现代化，积极鼓励建筑部品生产企业与科研院所加强联合，探索新型住宅建造方式，不断加强产业基地和试点示范项目建设，多家企业被住房和城乡建设部评为国家装配式建筑产业基地。目前，黑龙江省已初步具备以产业基地为依托，集研发、设计、生产和施工于一体的建造能力。

## 城镇服务功能日趋完善

中华人民共和国成立70年来，与百姓生活息息相关的城镇基础设施从无到有、由弱到强，满足了城镇化快速发展的需要。黑龙江省高度重视市政基础设施建设和城市绿化、美化、亮化工作，特别是2009年以来，

大力推进以供水、供热、供气以及垃圾和污水处理为主要内容的“三供两治”市政基础设施建设，城市路网和供水、供热、供气等一系列民生需求得到较大改善，过去普遍存在的基础设施短板得到有效解决。这十年因此成为全省市政基础设施建设投入最大、发展最快、变化最明显的时期。

黑龙江省城镇面貌发生了日新月异的变化，实力不断增强，规模不断扩大，功能不断完备，环境不断改善。截至2018年年底，全省城市人均道路面积14.86平方米；城市供水综合生产能力860万立方米/日，用水普及率98.48%；集中供热面积9.26亿平方米，城市燃气普及率89.50%；建成生活垃圾无害化处理厂93座，日处理规模2.53万吨；县级以上城市道路清扫保洁面积3.12亿平方米，13个地级市主次干道清冰雪机械化率94%。全省城市绿化覆盖率和城市绿地率分别为36.04%和33.1%，大庆市、黑河市、同江市晋升为国家生态园林城市。哈尔滨市香坊区垃圾场生态修复、哈尔滨市阿城区金龙山镇吉兴村美丽宜居乡村建设、五大连池风景名胜区生态景观保护三个项目获得中国人居环境范例奖。

## 城镇化进程快速推进

中华人民共和国成立之初，黑龙江省城镇化水平较低，许多边远地区仍处于原始和落后的社会状态。70年来，全省城镇建设经历了初步发展、曲折前进、快速推进几个历史阶段。特别是2008年以来，黑龙江省按照“撤并自然屯、建设中心村、发展小城镇”的工作思路，以居民点空间布局规划为引领、以重点旅游名镇和百镇建设为突破口、以棚户区改造和农村危房改造为载体、以项目建设为抓手，推进基础设施和公共服务设施建设，统筹推进大中小城市与小城镇协调发展，实现城镇化和新农村建设良性互动。2008年至2018年，全省仅农村危房投资就达到1319.6亿元，城镇和新型农村社区承载与吸纳能力有了较大提升。

## 乡村面貌变化显著

近年来，黑龙江省认真落实《国务院办公厅关于改善农村人居环境的指导意见》和《黑龙江省美丽乡村建设三年行动计划》，开展了以农村危房改造、污水垃圾治理、示范村创建为重点的综合整治，先后印发《省村庄垃圾治理规划》《省农村生活垃圾治理方案》等文件，指导各地开展村庄环境卫生专项治理行动。截至2018年，全省6821个行政村建立了保洁队伍，占行政村总数的75.4%。在推进乡村建设中，黑龙江省特别注重把握当地城镇特色，深入挖掘文化内涵和资源优势，保护和利用丰富多样的民族文化资源和自然生态资源，积极推进风格鲜明的特色小城镇建设，探索出一条统筹城乡发展的新路子。

（黑龙江省住房和城乡建设厅供稿，
刊登于《中国建设报》2019年10月24日4版）

湖北

# 从“住忧所居”到“住有所居”的历史跨越

70年砥砺奋进，70年春华秋实。

中华人民共和国成立70年来，在中共湖北省委、省政府坚强领导下，全省住房和城乡建设系统艰苦创业、改革创新、克难攻坚，荆楚大地城乡人居环境焕然一新，广大人民群众的居住条件大幅改善，住房保障工作取得历史性成就。特别是党的十八大以来，湖北省稳步推进住房保障体系建设，城乡居民住房保障水平迈上新台阶，实现了从“住忧所居”向“住有所居”的历史跨越，提升了人民群众的获得感幸福感安全感。

## 深化住房制度改革　房地产业实现蓬勃发展

中华人民共和国成立后，湖北省与全国其他地区一样，实行住房实物分配体制。1982年，以沙市（现荆州市沙市区）参加全国新建住房补贴出售试点、建成全省第一个商品住房小区（洪垸小区）为标志，全省房地产市场开始发展壮大。党的十八大以来，湖北省坚决贯彻落实党中央“房子是用来住的，不是用来炒的”定位，稳妥实施房地产市场长效管理机制。全省房地产市场保持平稳健康发展，为经济社会发展和城镇居民居住条件改善作出了积极贡献。

——有力促进经济增长。随着改革逐步深入，房地产市场对国民经济发展的作用逐步显现。1998年，停止住房实物分配；2003年，城市土地使用制度改革，湖北省房地产市场进入全面发展阶段，房地产开发投资从2003年的239亿元增长到2018年的4693亿元，增长近20倍，年均增长21.9%，占全社会固定资产投资比重保持在15%左右；房地产业增加值约占GDP的4%，为经济增长作出积极贡献。

——居住条件明显改善。房地产市场蓬勃发展改变了住房供给不足的面貌，改善了群众的居住条件。2003年以来，湖北省共销售商品住房6.4亿平方米、598万套。城市人均居住面积从1998年的12.7平方米增长到当前的45平方米，年均增加1.6平方米。全省城镇使用自来水的家庭比重达95.6%；拥有独立卫生设备的家庭比重达94.4%。房地产开发建设品质全面提升，39个项目先后被评为我国房地产开发项目的综合性大奖“广厦奖”。

武汉青和居对比图

——供应结构不断完善。在一级市场良好发展势头的带动下，湖北省住房二级市场和租赁市场日趋活跃，住房供应体系和供应结构逐步完善。“十三五”以来，全省二手住房交易面积稳步增长，总成交面积7066万平方米，相当于新建商品住房销售面积的28%，较“十二五”末提高4.5个百分点。通过试点引领、政策支持、完善监管，租赁住房不断规范有序发展。截至2019年6月，全省已培育机构化租赁机构82家，筹集长租公寓17.2万套（间），新建或改建26个自持型租赁住房项目277.58万平方米，为解决新市民、中低收入人群居住问题发挥了积极作用。

——物业服务水平不断提升。2003年，国务院颁布《物业管理条例》，物业服务行业随之稳步发展。2016年，湖北省颁布实施《湖北省物业服务和管理条例》，为物业服务行业提供了法治保障，新建商品房实现了物业服务100%全覆盖。截至2018年年底，全省拥有物业服务企业6161家、从业人员22.95万人、物业服务项目11226个，物业服务已经从住宅向办公楼、医院、学校、商场、城市综合体等多个领域拓展，成为基层社会治理的重要内容。部分物业服务企业已经走出了物业服务和社区管理相结合的特色道路。

## 完善保障体系<br>安居工程取得历史新成就

湖北省高度重视保障性安居工程建设。从 2008年开始，省政府连续十年将住房保障列入为民承诺的“十件实事”清单。党的十八大以后，湖北省进入了历史上保障性安居工程规模最大、时间最长、投资最多的建设时期。从危旧房改造到棚户区改造、从廉租房到公租房、从经济适用住房到共有产权住房，全省住房保障体系不断完善，保障能力不断提升，对经济社会发展作出了突出贡献。

——住房保障体系不断健全，保障人群规模持续扩大。2018年，湖北省率先在全国出台《湖北省城镇保障性住房管理办法》，建立了实物保障和货币补贴相结合、“有进有出”的动态管理机制，住房资源配置水平和效率不断提高，有效满足住房困难群众的保障需求。截至2018年年底，通过保障性安居工程，全省共改善800万名住房困难群众的居住条件，住房保障覆盖城镇常住人口的比例由2012年的11.41%上升到2018年的22.6%。

——住房保障有效供应明显增加，困难群众居住条件不断改善。采取货币化安置或实物建房安置方式进行棚户区改造，居住条件大幅改善。截至2018年年底，全省共改造各类棚户区242万套，切实减轻了城镇中低收入住房困难家庭负担，保障困难群众在享受基本住房保障的基础上，获得更好的居住环境和公共服务。全省累计建设政府投资的公租房39万套，解决了5万名新就业无房职工、9万名外来务工人员的住房困难，促进了新市民安居乐业。武汉市青山区老工业棚户区改造是华中地区最大的棚户区改造工程，共惠及居民13709

户、40310人。

——大力支持公共事业，城市综合承载力全面提升。充分发挥住房保障的公共职能，加大对公共事业的支持力度。通过公租房定向配租，帮助3614名环卫工人、2049名公交司机、7779名青年教师、4393名青年医生改善居住条件，支持了城市公共事业发展。截至2018年年底，中央及省级财政对保障性安居工程发放补助累计超过1000亿元；政策性金融机构和社会资本为保障性安居工程累计提供银行贷款和社会融资3898亿元。不断加强保障房配套基础设施和基本公共服务建设，完善水、电、路、气等配套基础设施以及教育、医疗、交通等公共服务配套，持续改善人居环境，一座座环境优美、功能齐全的保障房小区不断形成，城镇综合承载能力进一步提升。

## 持续扩面提质 住房公积金成为强力支撑

1992年，武汉市建立住房公积金制度。2004年，省政府颁布《湖北省住房公积金管理实施办法》，住房公积金制度开始在全省推行，成为住房保障建设的重要组成部分。近年来，湖北省以打造“千亿元公积金”“指尖上的公积金”为目标，锐意进取、主动作为，努力扩大制度覆盖面，提升资金使用效率，优化服务水平，对房地产市场的支持保障作用充分彰显。

——归集规模不断扩大。湖北省住房公积金行业高度重视归集扩面工作对住房公积金制度发展的基础性作用，集中全力实施扩面行动，对重点群体开展有针对性的扩面促缴，将住房公积金纳入《湖北省集体合同条

“邓城·芳草园”公租房小区在管理中塑造了“襄阳物业”精品名片，探索了保障房管理的“湖北样本”

例》，探索新市民、自由职业者、新业态人员加入住房公积金制度的新路径，不断增强住房公积金制度的强制性和普惠性，努力打造"千亿元公积金"。截至2018年年底，全省实际住房公积金缴存单位超过7万家，实缴职工470多万人，基本实现了行政机关、国有企事业单位全覆盖。住房公积金缴存和提取额也逐年增加，截至2019年6月，全省住房公积金累计缴存总额5200亿元，缴存余额2469亿元，新增缴存额位居全国第八位、中部第一位。

——保障和改善民生作用不断显现。随着归集资金不断增加，住房公积金制度在民生领域发挥了越来越重要的作用。截至2019年6月，湖北省累计住房公积金提取总额2731.2亿元，其中75%用于支持职工住房消费；累计发放住房公积金贷款3256.8亿元，解决了130多万职工家庭的住房问题。近年来，随着房地产市场波动，全省住房公积金行业坚持差异化贷款政策，充分发挥政策性住房金融工具作用，在房地产市场过热的城市，重点支持首套刚性需求，有条件支持改善性需求，坚决遏制投资投机炒房；在库存较多的城市，进一步放宽贷款条件、提高贷款额度、延长贷款年限，以促进住房消费；在流动性紧张的城市，通过贷款资产证券化、资金调剂等机制，扩大贷款资金来源。住房公积金制度在全省稳定房地产市场方面发挥了不可替代的重要作用。坚持满足职工合理住房需求，开通异地贷款业务，简化租房提取要件，通过购房贷款、购房提取、租房提取等多样化手段，保障缴存职工住有所居，既为房地产市场平稳健康发展分忧，又为职工住房难解困。

——服务能力持续提升。湖北省住房公积金行业积极适应互联网时代新形势，依托"互联网+"创新服务方式，开通了湖北省住房公积金网及手机APP（应用程序），打造"指尖上的公积金"。深化"放管服"改革，推动各地与民政、房产、公安等部门联网，实现数据共享，让"数据跑腿"代替"职工跑路"。不断加大信息化建设力度，完成住房公积金基础数据标准"双贯标"，开通异地转移接续平台，深化综合服务平台建设，提高网上业务办理量，将服务由线下向线上延伸，服务效能大幅提升，仅2018年就发放个人住房贷款9.72万笔，为128万名缴存职工办理住房公积金提取480.3亿元，其中住房消费提取占74.33%，此外还包括为11.06万名职工办理租房提取。

## 全力脱贫攻坚<br>农村危房改造扛起硬担当

党的十八大以来，湖北省住房和城乡建设系统深入贯彻习近平总书记关于扶贫工作重要论述和中央关于脱贫攻坚总体部署，按照湖北省委、省政府总体要求，围绕“住房安全有保障”的目标，把农村危房改造作为各级住房和城乡建设部门推进精准扶贫、助力脱贫攻坚的重要职责和任务，加强领导、统筹推进、强化措施、严格管理。截至2018年年底，全省共改造农村危房94.6万户，争取中央补助资金80.19亿元、省级配套资金12.72亿元；2019年，将全面完成7.5万户存量农村危房改造任务，为全面建设小康社会打下坚实基础。

——人居环境更加美好。严格落实“省级负总责、市级负主要责任、县级负直接责任、乡镇负具体责任、部门负分工责任”的责任体系，建立统一指挥、整体协调、一级抓一级、层层抓落实的工作机制，促进任务落实。实施农村危房改造，同步实施改厕改圈等，使贫困户彻底告别破旧土坯房，搬进干净整洁的砖瓦房，房屋设计更趋合理，房屋结构得到优化，建筑质量及安全水平显著提高，土坯、夯土、简易砌体等类型农房比例大幅减少。秭归县大力推广“危房改造+美丽乡村”建设模式，改造农村危房两万余户，全县呈现“村村新风貌、户户成美景、环境大变样”的新局面。

——城乡一体更快发展。农村危房大多分布在经济欠发达的地区，居住条件和基础设施差，严重制约经济发展。通过实施农村危房改造，整合资源推动村庄基础设施配套建设，逐步改变农村危房户的居住条件，推动城乡住房保障体系建设，改善村庄人居环境，逐步缩小城乡建设差距，促进城乡一体化建设。随县等地充分利用老村委会、卫生所、学校等闲置房屋，建设改造成“幸福大院”，作为农村贫困户危房改造集中安置点；江陵县对特困户实施财政兜底集中联建，房屋产权归集体所有，建立准入退出制度，由贫困户居住周转。全省各地因地制宜开展农村危房改造，均取得了较好的效果。

——扶贫帮困更加精准。为保证农村困难群众享受政策红利、切实改善居住条件，湖北省将精准识别作为推进农村危房改造的前提和基础，不断完善制度规定，确保补助对象鉴定准确、审批严格、资金拨付及时。自2016年开始，改造补助优先安排建档立卡的农村贫困危房户；自2017年以来，全省对四类重点对象危房情况进行多轮调查核实，利用计算机信息系统建立工作台账，按照“户有卡、村有册、乡有账、县有档”的要求，精准识别改造对象；2018年，组织两轮存量农村危房核查公示，对四类重点对象再排查、再认定，确保符合政策的应改尽改、一户不落；2019年，将所有农村危房改造对象信息纳入省纪委扶贫政策落实监察系统，开展大数据比对核查，确保每一户改造对象符合政策要求。

——贫困户负担更加减轻。自2016年开始，湖北省整合资金提高补助标准，省级财政加大配套补助力度，对特困户补助普遍达到3万元，对少数特困户更实行兜底解决。其中，大冶市D级危房补助标准达3.68万元；荆门市东宝区、漳河新区危房补助标准达5万元，切实减轻了农村贫困危房户改造负担。大力推广维修加固改造，此类改造比例超过45%，既减轻农户负担又节约建设工期，既解决住房安全又不受面积限制，既保留传统风貌又改善居住环境。建立完善检查督察机制，严格落实《湖北省农村危房改造检查与绩效考评办法》，省级检查覆盖所有市（州）和不少于30%的县（市、区）；市（州）级检查覆盖所有县（市、区）和不少于40%的乡（镇）；县（市、区）级检查覆盖所有乡（镇）和不少于40%的行政村；乡（镇）级检查要覆盖所有危房改造农户。坚决落实“谁检查、谁签字、谁负责”制度，对补助对象和建设质量不符合要求的必须及时调整、限期整改，确保补助对象精准、建设质量安全可靠，确保一次改造、长期受益。

辉煌成就源自奋斗，美好未来呼唤奋斗。湖北省住房和城乡建设系统将以习近平新时代中国特色社会主义思想为指导，坚持以人民为中心的发展思想，努力实现从“住有所居”向“住有宜居”转变，以新气象新担当新作为，开创湖北住房保障建设事业高质量发展新局面，为全面建成小康社会作出新的更大贡献。

（湖北省住房和城乡建设厅供稿，
刊登于《中国建设报》2019年10月25日4版）

贵州

# 圆梦万户千家 扮美多彩城乡

林 石　彭 银

住房事业是中华人民共和国成立70年来华丽的篇章之一。

贵州省住房和城乡建设厅统计资料显示，1979年，全省人均住房面积仅有3.1平方米；截至2018年，全省城镇居民人均住房面积提高到37.93平方米，农村居民人均住房面积提高到34.99平方米。

贵州人越住越宽敞，贵州省住房事业发展迎来“高光”时刻。

在这背后，离不开住房保障体系的有力支撑，离不开农村危房改造的山乡覆盖，更离不开房地产事业的持续发力。

从“房住不炒”到房地产长效管理机制确立，从住房保障到供应体系建设，从易地搬迁扶贫到棚户区改造……党的十八大以来，贵州省心系百姓安居冷暖，把“实现全体人民住有所居”作为重要改革任务，实施全面部署。

不负众望，砥砺前行，4000万人口安居梦终被托起。

中华人民共和国成立70年的历史节点上，回溯贵州省住房发展史，每一项重大变革、每一次阔步前行，都让人心潮澎湃、心生敬意。

向前看，朝气蓬勃的贵州省正在书写新的篇章。

## 住房保障体系“上台阶”　900万人实现“住有所居”

作为我国住房双轨制体系之一，贵州省住房保障体系建设不仅为城镇低收入家庭织就了社会“安全网”，还解决了许多城市“夹心层”的居住难题。

“做了半辈子的住房梦终于实现了。”家住遵义市振华东风小区的职工们道出心声。

他们是20世纪70年代随“三线”建设来到这里的军企职工，企业破产后已无力解决住房困难。

“30多年的筒子楼，有的甚至连窗户都关不上。”原国营东风机械厂退休职工李建萍表示，岁月慢慢侵蚀，“屋顶有时还会掉水泥块，下雨漏雨、刮风透风。”

转机出现在2012年。贵州省按照保障性住房计划、补助资金和配套基础设施向“三线”

宜居新城景美业兴

企业倾斜的原则，积极帮助“三线”职工解决住房困难。340户“三线”职工家庭在2014年陆续搬进新家。

与李建萍通过棚改住上好房不同，臧振香通过摇号选房，幸运地抽中了一套两室一厅的廉租住房，开始了美好生活的初体验。

这处廉租住房位于余庆县子营街道惠民小区，共有10多栋楼房，蓝色坡屋面、红色墙面，配套设施完善。小区看上去十分整齐、醒目。

从“有的住”迈向“住得好”，贵州省保障性安居工程大规模建设、民众居住水平不断提升的背后是日益成熟的政策保障。

据贵州省住房和城乡建设厅住房保障处处长文健介绍，该省住房保障体系建设始终根据不同阶段的民众需求，积极调整和改进支持方式，充分发挥解决困难群众住房问题的“补位”作用。

1994年，住房保障概念首次提出。按照国务院“建立以中低收入家庭为对象、具有社会保障性质的经济适用住房供应体系和以高收入家庭为对象的商品房供应体系”要求，全省住房保障工作正式拉开帷幕。

经济适用住房正式登上历史舞台——从1998年实施住房分配货币化改革至2006年，贵州省经济适用住房累计建设1355.4万平方米，帮助近16万户城镇居民家庭解决和改善住房问题。

廉租住房紧随其后——1999年至2002年，贵阳市投入1300万元，累计安置186户廉租住房“双困”家庭，取得了较好的社会效益。2003年，在贵阳市继续开展廉租住房建设的基础上，贵州省先后新增六盘水、遵义、安顺三市作为廉租住房建设试点城市，有效解决了收入困难及住房困难“双困”家庭的难题。

公租房和棚户区改造也纷纷亮相——2010年，随着住房保障思路从“重购轻租”向“租购并举”转变，贵州省开始启动公租房建设和棚户区改造。住房保障进一步提速，贵州省也由此形成廉租住房、公租房、经济适用住房并举的住房保障体系，并将棚户区改造内容扩充到非成片棚户区（危旧房）改造、“城中村”改造和城镇旧住宅区综合治理；通过政策明确建立“公廉并轨、梯度保障”机制，推动保障性安居工程建设、运营和管理可持续发展。

2018年起，贵州省开始探索住房租赁市场，贵阳市被列为全国利用集体建设用地建设租赁住房试点城市，积极推进国有住房租赁企业建设，支持专业化、机构化住房租赁企业发展，加快建设政府主导的住房租赁

喜获公租房的群众笑逐颜开

管理服务平台，不断完善住房保障体系。

值得一提的是，贵州省还大力推进保障房向校园、林区、垦区、乡镇和重大项目延伸，建设教师公租房17万套、乡镇卫生计生等干部职工公租房34万套、“三线”企业安居工程22.32万套，改造城镇危旧房屋45万户（套），实施生态移民和易地扶贫搬迁8.68万户（套）。截至2018年，全省累计实施各类城镇保障性安居工程近300万户（套），有效实现了超过900万人“住有所居”的梦想。配租与配售、实物与补贴，贵州省这张住房“保障网”越织越广、越织越密。

## 农村危房改造“零遗漏”<br>330万农户圆了“安居梦”

2019年寒冬，对于盘州市保基苗族彝族乡陆家寨村贫困户伍文刚来说“有点不寻常”。

农村危房改造让他家正式告别“屋内下小雨”的景象，任由室外冰寒雪冷，屋里则始终暖意融融。

像伍文刚一样，10年来，贵州省已有330万户山区群众在农村危房改造政策中受益，千万农村居民实现了“居有所安”的梦想。

回溯农村危房改造工程，要从2008年那场雪凝灾害说起，数以百万计的房屋在冰雪中倒塌，无数群众的生产生活受到了严重影响。

灾情牵动着各方神经。在党中央、国务院关心和支持下，2008年5月，贵州省被确定为全国首个农村危房改造试点省份。

作为牵头部门，贵州省住房和城乡建设厅把农村危房改造作为重大政治任务，创新工作方法，争取各级支持，在全省掀起了一场轰轰烈烈的农村危房改造热潮。

贵州省住房和城乡建设厅村镇建设处处长鲁长亮介绍说，10年来，全省分批次、分重点推进农村危房改造工作，大致经历了几个阶段：

2008年下半年，示范引领，先后实施“万户试点”和“扩大试点”，率先在全国打响了农村危房改造的“第一枪”。

2009年至2016年，整体推进，围绕“四在农家·美丽乡村”创建活动，以优先改造一级危房、地质灾害危房、五保户二三级危房为“先手棋”，推动改造工作不断深化。

2017年，精准聚焦，紧紧围绕建档立卡等四类对象开展工作，出台“三年行动计划”，同步推进“三改”。

2018年，深化提升，全面解决建档立卡等四类对象的住房安全问题，配套开展老旧住房“透风漏雨”专项整治。

2019年，启动农村危房改造和住房保障“整县验收”工作，实现了圆满收官。

2020年年底前，全面消除农村老旧住房“透风漏雨”现象。

今年是贵州省农村危房改造决胜之年。让人欣喜的是，全省年内将完成台账上农村危房改造的全部计划，比全国提前一年完成目标任务，“率先启动”的同时做到了“率先完成”。

一路艰辛，一路锤炼。

10年来，贵州省相继出台一系列政策类、管理类、技术类文件，形成可操作、能实施、契合本省实际的政策体系，率先制定出农村危房改造对象认定标准。

10年来，中央、省、市、县四级财政共投入农村危房改造补助资金335亿元，并通过这项工程创造大量就业岗位，带动社会投资近千亿元。

10年来，贵州省累计完成农村危房改造330万户，占全国农村危房改造总数的12.5%，极大地改善了群众的居住质量，使千万群众实现了“住有所居”的梦想。

“四谢共产党，住房把你想。以前住的茅草屋，现在砖瓦新楼房……"遵义市湄潭县田家沟农民自编自演的花灯戏，唱出了新时期的群众心声。

## 房地产业迅速崛起 市民居住品质大大提升

中华人民共和国成立70年来，贵州省房地产业在促进经济发展、增加就业岗位、改善居住环境、促进城乡人口流动等方面发挥了重要作用。

通过一组数据的变化，就能够寻找到答案。

1986年，贵州省房地产开发投资0.61亿元；2018年，增加到2349.23亿元，增长了3850倍。

1998年及以后，房地产开发投资占社会固定资产投资比重平均值为16.39%。

以1998年为界，1998年以前房地产开发投资拉动经济增长贡献率平均值为2.27%；1998年及以后，这一平均值为15.62%。

1994年，贵州省房地产开发企业数量为386家；2017年，这一数量增至2674家，平均每年新增127家。

房地产从业规模也迅速壮大：1995年，从业人员数量为1.16万人；2017年，从业人员数量增至9.26万人，增长6.98倍。贵州省房地产业快速发展为省内劳动力提供了可观的就业岗位。

……

回首发展历程，从1980年住房制度改革提出，到1998年全省逐步实行住房货币化分配改革政策，再到如今坚持"房子是用来住的，不是用来炒的"定位和"加快建立多主体供给、多渠道保障、租购并举的住房制度，让全体人民住有所居"指导思想的提出，贵州省房地产业经历了起步、高速发展、平稳发展三个阶段。

湄潭县兴隆镇田家沟改造后新貌

房地产业迅速崛起，老百姓的居住条件随之发生了翻天覆地的变化。

据贵州省住房和城乡建设厅房地产市场监管处副处长陈少鸿介绍，从福利分房，到住房商品化，再到构建多元化住房保障体系，住房制度改革直面发展难题，在探索中前进。建立公积金制度、出台住房贷款政策、实施商品房预售管理，一系列创新举措与时俱进，完善租、售、改、补等多种方式，满足不同人群多样化住房需求。房地产业从无到有、从小到大，成为贵州省城镇化发展的助推剂。

让老百姓在新房里住得舒心，完善管理体系也至关重要。

自1994年3月贵州省成立第一家物业管理公司，目前，全省物业服务企业已达2100余家，从业人员达12万人，物业服务项目近4000个，行业总营收达百亿元，并以每年超过10%的速度递增。30%以上的物业服务项目成立了业主大会，实现了业主自治。物业服务市场化程度日益成熟。

2011年1月，《贵州省物业管理条例》颁布实施。

2015年8月，贵州省物业管理协会成立。

2016年，《贵州省星级物业服务示范项目考评办法》出台。

2018年11月，《贵州省住宅物业管理服务导则》开始推行。

随着制度不断完善和规范，贵州省物业服务市场呈现出生机勃勃的发展态势，出现了多家服务面积超过500万平方米甚至1000万平方米的旗舰型物业服务企业。国内优秀物业服务企业悉数入驻贵州省，带来了最新服务及经营理念，带动全省物业服务水平不断提升。

飞速崛起的房地产业开发、不断改善的居住条件、日臻成熟的房地产管理体系，百姓安居梦正一步步成为现实，向着高质量发展的方向坚定前行。

（刊登于《中国建设报》2019年10月28日4版）

西藏

# 加强民族团结
# 共建美丽西藏

2019年是中华人民共和国成立70周年，也是西藏民主改革60周年。在这波澜壮阔的历史进程中，西藏住房和城乡建设事业取得了辉煌成就，谱写了伟大篇章。西藏的城乡面貌发生了翻天覆地的巨变，农牧民群众在住房和城乡建设事业的发展中获得了更多更大实惠。

## 住房条件极大改善

随着西藏新农村建设、实施安居工程、住房制度改革的深入实施和房地产业的快速发展，西藏的住房保障事业实现从无到有、从基本保障到全面覆盖。

城镇住房保障体系健全。民主改革前，西藏90%以上的群众没有自己的住房，居住条件极差。60年来，西藏城镇住房保障构建了以周转房、公共租赁住房（廉租住房）和棚户区改造为主的城镇保障性住房供应机制，逐步建立和完善了具有西藏特点、多层次的住房保障体系，居住条件得到了极大改善，西藏城镇居民人均自有住房建筑面积由1951年的人均不足3平方米提高到2018年的32.05平方米，农牧民人均自有住房建筑面积提高到38.58平方米。城镇低收入住房困难家庭廉租住房保障有力，基本实现“应保尽保”。公共租赁住房不断满足市场需求，新建（收购、改造）公共租赁住房10.41万套，总建筑面积553万平方米；周转房建设极大改善干部职工居住条件，有力稳定干部队伍建设；各类棚户区改造力度加大，西藏自2010年起对城镇现有老旧住宅小区、城中村、城边村、林区棚户区（林场）、农场、国有工矿企业旧住宅区进行维修改造，改造各类棚户区17.96万户，总建筑面积1273万平方米。

截至2018年年底，西藏新建（收购、改造）公共租赁住房（廉租住房）、周转房、棚户区等各类城镇保障性安居工程近39万套（户），总建筑面积2467万平方米。其中党的十八大以来，西藏新建（收购、改造）各类城镇保障性安居工程近33万套（户）。

农牧民住房条件得到极大改善。从2005年起，西藏开始实施农村住房改造，截至目前，共改造67.17万户。从2006年起，西藏开始实施安居工程，投资277.97亿元，完成46.03万户安居工程建设；从2013年起，西藏开始实施农村危房改造，改造农村危房16.3万户。同时，在地震灾后重建、易地扶贫搬迁、高海拔搬迁、边境小康村建设中，西藏民房建设的质量安

全保障工作得到全面提升，易地扶贫搬迁入住人员24.2万人，边境小康村住房建设约2.8万户。

## 城镇建设日新月异

民主改革前，西藏城镇区域以寺庙为中心，拉萨城区面积不足3平方公里。60年来，西藏的城镇基础和公共服务设施建设力度不断加大，城镇化进程不断推进，城镇承载能力不断增强。特别是党的十八大以来，城镇基础设施建设得到空前发展，城镇基础设施建设投资累计达411.5亿元。目前，西藏已初步形成以拉萨市为中心，以地市所在地为支点，以县城、边境城镇、特色文化旅游城镇为网络的城镇体系。

城镇燃气绿色清洁。目前，拉萨市率先开始推行天然气取代燃气工程，通过完善天然气配套管道，极大改善了城镇居民的生产生活条件。

垃圾污水处理有效。目前，西藏已建成107座生活垃圾填埋场、89座生活垃圾转运设施，县城及以上城镇生活垃圾无害化处理率达到90%以上。西藏还建成了17座污水处理厂，可日处理污水量30余万吨。同时，西藏加大了垃圾污水技术工艺高原适应性研究，推进城镇垃圾污水高效处理技术在高原的应用。

城镇供暖快速推进。自“十二五”时期大力实施城镇供暖工程以来，西藏贯彻落实“送暖入户”政策，重点推进高寒高海拔县城的供暖工程建设，着力改善城镇居民生产生活条件。截至2018年年底，拉萨、林芝、阿里、那曲4个市地所在地、9个县城、69个高寒高海拔乡镇建成了供暖工程，供暖面积约3000万平方米。

公园绿地建设成效显著。西藏坚持生态为本，融入生态保护理念，推进公园绿地建设，目前拥有公园149个，城市建成区绿地率达34.16%，建成区各类城市绿地面积达63平方公里。同时，西藏加快推进园林城市创建工作，目前西藏共有3座园林城市，其中拉萨市为国家级园林城市，林芝市和昌都市为自治区级园林城市。

厕所革命深入推进。西藏深入贯彻落实习近平总书记关于“厕所革命”的重要批示指示，高质量、高标准推进“厕所革命”。截至2019年9月，西藏开工建设厕所1908座，完工1675座，投入使用971座，累计完成投资约13.3亿元。

## 乡村建设彰显特色

特色小城镇快速发展。党的十八大以来，在中央城市工作会议和城镇化工作会议精神的指导下，西藏的城镇化发展迎来了机遇。西藏特色小镇的建设以生态文明发展为统领，坚持因势利导、顺势而为，将产业和规划作为基础，努力打造一批集自然、人文、产业要素的特镇。西藏26个特色小城镇中，正在实施的项目达155个，完成总投资近86亿元。特色小城镇的建设，在聚集产业和资源、发展当地区域经济方面，起到了带动和辐射作用；为推进新型城镇化进程、促进当地农牧民增收致富，开辟了独特的城乡融合发展新模式。目前，国际旅游小镇鲁朗、展示门巴文化和边境特色生态旅游的勒门巴民族乡、融合度假休闲和空港物流的吉塘镇、集温泉疗养休闲旅游于一体的曲孜卡乡等特色小城镇已相继建成。

边境小康村建设成效明显。西藏深入贯彻落实习近平总书记给隆子县玉麦乡群众的回信精神，扎实做好玉麦小康乡的规划编制、农房设计、农房建设、风貌管控等工作。目前全乡56户农房建设已完工、56户农牧民全部迁入新居。同时，西藏全面完成4个边境市（地）628个边境村庄规划技术审查，截至2019年7月底，共建设624个边境小康村，目前已竣工67个。

人居环境极大改善。2010～2017年，西藏共投资59.9亿元陆续开展了5389个行政村（居）人居环境综合整治；2018年西藏在23个示范点（2个国家级、7个自治区级、14个地市级）开展西藏农牧区人居环境整治，有效推进美丽西藏建设。

## 城乡规划不断加强

通过规划编制进一步覆盖、规划实施进一步加强、规划引领作用进一步突显，西藏城乡规划工作取得了丰硕成果，为城乡协调发展提供了有力的规划支撑保障。

一是全面完成西藏城镇体系规划编制工作，为西藏城镇区域协调发展绘制了宏伟蓝图。二是完成7市（地）所在地城镇、66个县城所在地城镇和部分重点建制镇总体规划编制工作。三是基本完成历史保护和风景区规划。西藏完成了拉萨市布达拉宫周边地区、八廓街以及其他历史文化街区保护规划，并编制完成西藏风景名胜区体系规划。四是启动了乡镇、村庄规划编制工作，西藏已完成543个乡镇、800余个村庄规划相关编制工作，并编制了一批小康示范村规划。同时，西藏在“十三五”期间将完成近693个乡镇总体规划及5400余个村庄规划的编制。

## 建筑产业发展壮大

建筑产业已成为推动西藏国民经济发展的支柱产业，在推动经济发展、新型城镇化建设、吸纳农牧民工就业、助力富民兴藏、助力脱贫攻坚等方面起到重要作用，成为拉动西藏经济增长的有生力量。

建筑市场快速发展。随着建筑市场的全面开放，一大批央企和区外大型建筑企业落地西藏，新的管理理念和管理模式、先进的生产手段和工艺技术及高素质管理人才的纷纷引入，带动了西藏本地企业的快速壮大发展。目前西藏共有工程建设类企业2897家，其中区内企业1155家、区外进藏备案企业1742家，有110家央企及区外大型建筑业企业（集团）设立独立法人子公司落户西藏。西藏共完成各类注册业务2.9万人次，共受理二级建造师考试报名人数2.7万人次，注册建筑师、注册城市规划师、注册建造师、注册监理工程师、注册造价工程师等数量达1.5万余人，更好地满足了西藏发展建设的实际需要。

助力经济发展作用更强。党的十八大以来，西藏建筑产业每年以两位数速度增长，仅2018年建筑产业增加值513.86亿元，占GDP的34.8%。

农牧民就业增收贡献突出。西藏共有农牧民施工队1103家，施工现场管理人员5596人，对掌握技能且考核合格技术工人颁发合格证书23000多个，农牧民施工队也成为了农牧民增收致富的新引擎。

市场监管规范有力。西藏建立健全建筑市场监管服务体系，着力规范建设领域市场行为和制度建设，全面推行“西藏自治区建筑市场监管与诚信一体化服务平台”，强化项目建设过程监管；依托“西藏自治区工程建设领域劳动用工实名制管理和工资在线支付服务平台”，在工程建设领域全面试行建筑工人实名制管理。同时，西藏每年都开展执法检查工作，深入整治建筑市场乱象，切实维护好建筑市场公共秩序。

## 质量安全不断加强

西藏始终坚持安全发展、高质量发展理念，扎实做好建筑工程质量和安全生产监管工作。60年来，西藏房屋市政工程质量安全监管能力稳步提升，实现房屋市政工程事故起数和伤亡人数逐年下降，确保了生命财产安全。

安全监管规章制度不断完善。《西藏自治区房屋建筑工程和施工基础设施工程竣工验收暂行办法》《西藏自治区房屋建筑工程和施工基础设施工程质量管理（暂行）办法》《西藏自治区建设工程安全生产管理条例》等规章制度的制定，使得西藏住房和城乡建设领域安全生产工作的执法检查力度进一步加大，各级各部门通过深入现场开展督导检查工作，及时消除各类安全隐患。

标准化工地评选更加规范。西藏于2015年启动自治区级建筑施工安全文明标准化工地评选工作，制定《西藏自治区建筑施工安全文明标准化工地评选暂行办法》《西藏自治区房屋建筑和市政基础设施建设施工扬尘防治工作考核办法》，大力开展施工扬尘考核工作，进一步规范了标准化工地评选工作。

建设工法申报和评审深入开展。结合高海拔、缺氧、干燥、寒冷、昼夜温差大等特点，西藏确定了“大温差、低湿度环境下大厚度水泥稳定碎石基层单层一次性施工工法”“原有植被在高海拔草甸区场地恢复中的技术运用施工工法”“高原地区房建防水保温施工工法”“高原地区加气混凝土砌块墙体管线开槽施工工法”等31项工程建设工法为自治区级工法，填补了西藏相关领域的空白。

## 科技绿色发展取得新成效

西藏积极推广新型建造方式，促进传统建造方式向新型建造方式转变，使新技术、新材料、新工艺得到广泛应用。目前西藏新建房屋建筑均采取了抗震措施，工程质量一次性验收合格率达95%以上，在创新发展的道路上实现建造方式的重大变革，提升西藏建筑业创新能力。绿色建筑稳步推进。西藏通过编制《西藏自治区既有建筑节能改造规划》《西藏自治区既有建筑节能改造技术导则》等，推进绿色建筑快速发展。同时，为大力发展和推动装配式建筑在高原地区的运用，西藏编制《西藏自治区高原装配式钢结构建筑技术标准》《西藏自治区高原装配式建筑工程预算定额》《西藏自治区高原装配式建筑发展专项规划》，逐步开展试点示范工作。

设计水平不断提升。西藏组织开展了《建筑设计手册》《西藏传统建筑导则》《西藏自治区农房设计通用图集》《西藏自治区农牧区民房抗震设防和加固技术导则》《青藏高原气候适应性节能建筑关键技术研究》等40余项科学技术研究和编制工作，为提高西藏建筑设计水平和建筑工程质量起到了积极指导作用。

## 深化改革成效明显

为深入贯彻落实“放管服”改革要求，西藏进一步优化营商环境，推进住房和城乡建设领域“互联网+政务服务”，促进非公经济发展，不断深化住房和城乡建设领域“放管服”改革。

全面简政放权。西藏以清单管理方式下放权限、优化流程，提升服务水平，坚决实行权力清单瘦身。权责清单精简至123项，全面取消中央指定地方实施行政审批中介服务和证明材料中涉及住房和城乡建设领域的8个事项，达到“法无授权不可为，法定职责必须为”的改革要求。

优化行政服务。西藏将为群众提供更加高效和便捷的服务作为"放管服"改革工作的出发点和落脚点，大力实施"互联网+政务服务"，建成了建筑市场监管一体化平台、房屋建筑市政工程电子招投标系统、住房租赁系统等11个系统，做到"信息多跑路，群众少跑腿。"2019年，按照国务院和自治区的部署，西藏开展了工程建设项目审批制度改革，工程建设项目全部实现网上审批，同时制定10项具体措施，促进西藏住房和城乡建设领域非公经济健康发展。

规范权力运行。西藏印发《关于进一步下放行政许可权限精简行政审批流程的通知》《关于进一步规范资质审批工作和严肃资质审批纪律的通知》《关于施行建筑业企业现场管理人员考培分离有关事宜的通知》等系列文件，推进落实相关监督管理机制，加强事中事后监管。

## 党的建设全面加强

西藏住房和城乡建设系统始终坚持以习近平新时代中国特色社会主义思想为指导，深入贯彻落实新时代党的建设总要求，把政治建设摆在首要位置，树牢"四个意识"，坚定"四个自信"，做到"两个维护"，深入推进从严治党，着力加强政治建设、思想建设、组织建设、作风建设、制度建设和精神文明建设。

政治建设更加鲜明。西藏以政治建设为统领，加强中国共产党党内法规和政治纪律教育，西藏住房和城乡建设系统干部职工始终维护祖国统一、民族团结，始终旗帜鲜明反对分裂，维护西藏长治久安。思想建设更加深入。西藏深入开展主题教育活动，确保干部职工理想更加坚定、思想更加统一、力量更加凝聚、信心更加充足、组织建设更加健全。西藏各级住房和城乡建设部门党组织认真履行"一岗双责"职责，认真贯彻落实党中央、自治区党委决策部署，不断推进住房和城乡建设事业取得新成就。作风建设更加有力。西藏秉承作风建设永远在路上的理念，深入贯彻落实中央八项规定及其实施细则精神，驰而不息地纠正"四风"，大力改进文风、会风以及工作作风。制度建设更加完备。坚持思想建党和制度治党紧密结合，把制度治党作为管党强党、从严治党的治本之策，扎牢制度笼子，强化制度执行，从制度层面不断规范人、财、事、权的管理和监督。精神文明建设更加突出。近年来西藏住房和城乡建设系统涌现出一大批先进单位和先进个人，昌都市住房和城乡建设局连续11年保持自治区级文明单位荣誉称号，西藏自治区建筑工程安全生产与监督总站2005年被评为全国精神文明建设工作先进单位，西藏自治区住房和城乡建设厅机关党委荣获2013~2016年度全国群众体育先进单位荣誉称号。

60年来，西藏住房和城乡建设系统坚持以习近平新时代中国特色社会主义思想为指导，深入贯彻落实习近平总书记有关治边稳藏的重要论述，坚持以人民为中心的发展思想，以改善民生、凝聚人心作为出发点和落脚点，围绕新时代西藏住房和城乡建设事业"幸福家园美好生活"的工作主题，重点在建设好六个城市（兴业城市、人文城市、绿色城市、智慧城市、宜居城市、和谐城市）、两个乡村（美丽乡村、繁荣乡村）、三个住房（安居住房、安全住房、安心住房）上下功夫，在新时代不断创造住房和城乡建设事业的新辉煌。

（西藏自治区住房和城乡建设厅供稿，刊登于《中国建设报》2019年10月29日4版）

四川

# 守初心　担使命
# 砥砺前行70年

70年风雨兼程，70年沧桑巨变。70年奋进担当，70年成就辉煌。

中华人民共和国成立70年来，四川省住房和城乡建设事业锐意改革、攻坚克难，绘就了一幅幅波澜壮阔、气势恢宏的历史画卷，谱写了一曲曲惊天动地、气壮山河的奋斗赞歌。

## 城镇化水平显著提高　辉煌成就举世瞩目

70年来，我国经历了世界历史上规模最大、速度最快的城镇化进程。中共四川省委、省政府高度重视城市工作，城市规模不断扩大，城市经济实力持续增强，城市面貌焕然一新，城镇化建设和城市发展取得了辉煌成就。

中华人民共和国成立之初，四川省仅有10个城市、380个建制镇，构成了城镇体系基本雏形。截至2018年年底，全省常住人口城镇化率已达52.29%。

党的十八大以来，在以习近平同志为核心的党中央坚强领导下，四川省委努力推动“一干多支”发展战略，积极推进四大城市群和区域中心城市建设，城市建设和发展由此步入新阶段，城市发展质量明显提高。成都平原城市群一体化程度日益提高；川南城市群作为全省第二经济增长极，地位逐步显现；川东北和攀西城市群建设质量逐步提高；绵阳、南充、泸州、宜宾、达州、自贡进入百万人口大城市序列。全省业已形成由1个超大城市、6个大城市、6个中等城市、138个小城市和1531个小城镇构成的城镇体系，城市布局更加优化，中心城市聚集人口和经济要素能力不断增强，成为吸纳农村转移人口的主战场。近年来，四川省常住城镇人口由2010年的3231万人增长至2018年的4361.5万人，平均每年增加141.3万人，实现连续8年增长。

在城镇化发展历史进程中，为发挥小城镇“连城带乡”作用，四川省委十届三次全会作出开展“百镇建设行动”决策部署，加快小城镇建设，突出其“城市之末、乡村之首”的独特优势，每年选取100个基础条件好、发展潜力大、特色优势明显的小城镇进行重点培育，坚持“城乡共建、城乡联网、城乡共享”的建设模式，统筹城乡一体化发展。探索出具有四川特色的“小规模、组团式、微田园、生态化”小城镇发展方式，全省277个小城镇被列为

广元城市晨曦

“全国重点镇”，数量居全国第一；20个镇入选“中国特色小城镇”名单，数量居全国前列、中西部第一。截至2018年，600个试点镇累计完成基础设施建设投资1200亿元，就地就近吸纳农业转移人口150万人，辐射带动全省其余小城镇发展。

## 建设质量明显提升　城市发展阔步前进

70年来，四川省生活污水处理经历了从无到有、从随意排放到达标排放、从量变到质变的变迁；市容环卫行业从城市环境的“清道夫”，转变为城市面貌的“美容师”。《四川省城市市容和环境卫生管理条例》及《四川省城乡环境综合治理条例》相继出台，标志着全省市容环卫行业走向法制化、规范化历程。

党的十八大以来，党中央、国务院把生态文明建设摆在更加重要的战略位置，纳入“五位一体”总体布局，作出一系列重大决策部署。全省为满足人民群众生活和工业生产发展需求，将污水垃圾治理工作作为推进绿色发展、建设美丽四川的重要抓手。截至2018年，全省城市排水管道长度4.3万公里；城市污水处理能力708.8万吨/日，处理率达93.6%；全年城市道路清扫面积5.36亿平方米，机械化清扫面积3.85亿平方米；城市生活垃圾无害化处理能力2.5万吨/日，处理率99.3%；市容环卫专用车辆设备约1.3万辆；环卫公厕8000多座，较1949年的768座增长9倍多。

70年来，四川省不断提升城市建设水平，转变城市发展方式，积极开展地下综合管廊、海绵城市建设。截至2018年，全省城市供水能力达1441.7万立方米/日，供水普及率95.7%，供水普及率比20世纪50年代提高近7倍；县城及以上城市天然气用户从1987年的198万户增长到1530万户，用气量从1.8亿立方米增长到91亿立方米，全省燃气普及率达90.58%。截至2018年，全省城市道路长度达1.78万公里，建成和在建地下综合管廊495公里，城市新区新建道路综合管廊建设率为15.5%。全省35个设市城市中，已建成海绵城市面积359.6平方公里，消除城市易涝点198个，对1042个老旧小区实施海绵化改造，新建和改造199个海绵化公园，整治河道湖泊184个，新建和改造排水防涝管网3380公里。103个城市建成区黑臭水体中，已整治竣工84个，整治竣工率为81.6%。

历史文化名城是展示城市悠久文化历史的重要窗口。改革开放以来，四川省委、省政府高度重视历史文化名城创建和保护。1982年，成都被列入首批国家级历史文化名城名单。之后，阆中、自贡、宜宾、都江

遂宁市河东新区莲里公园

堰、乐山、泸州、会理等相继被列入国家级历史文化名城名单。截至2018年年底，四川省陆续确定了26个省级历史文化名城，形成了历史遗迹和革命史迹交相辉映的历史文化体系。党的十八大以来，全省认真贯彻习近平总书记关于坚定文化自信、加强历史文化保护系列重要讲话精神，进一步将历史文化街区划定和历史建筑确定工作纳入城市规划建设管理重点任务。截至2019年6月，四川省共划定历史文化街区78条、历史建筑847处，数量位居全国第二。

中华人民共和国成立之初，四川省设市城市公园总数仅14个，公共绿地总面积仅约92公顷。改革开放初期，全省设市城市公园总数达39个，公共绿地总面积约690公顷，建成区绿化覆盖面积约4050公顷。截至2018年，全省设市城市和县城公园总数达1032个，公园绿地面积约46139公顷，设市城市人均公园绿地面积约13平方米。

党的十八大以来，在习近平生态文明思想指引下，四川省将园林城市创建提质升级为生态园林城市系列创建，构建了统筹城乡的生态园林城市、县城、镇、村四级体系；深入实施城市生态修复“双百工程”，全省共培育创建国家园林城市14个、县6个、镇3个，省级园林城市13个、县26个、镇25个、村51个，园林式单位和小区600余个。城市公园绿地数量和质量均有了巨大飞跃，提供了更多优质生态产品，以满足人民群众日益增长的优美生态环境需要。

四川省积极推动成都市公园城市建设试点。该市勇担重任，加快推进美丽宜居公园城市建设，专门调整组建成都市公园城市建设管理局，编制《成都市美丽宜居公园城市规划》，积极研究起草《成都市美丽宜居公园城市建设条例》。成都市已累计建成绿道3005公里，开工建设27个公园示范工程；开展公园城市生态价值转化研究，推进公共绿地空间与文体旅商融合，推出夜游产品和各类绿道文体活动，吸引520余万人参与其中。

## 农房建设蓬勃发展<br>乡村人居环境改善明显

中华人民共和国成立之初，随着农村经济和农业生产逐步恢复，四川省掀起了农村建设第一个高潮，年均农房建设量达1000万平方米；“九五”“十五”期间，全省开始了以“小城镇、大战略”为标志的小城镇建设热潮和以加强村镇规划、人居环境治理为重点的新农村建设，一批具有区域性影响力的重点小城镇迅速崛起，全面带动了农村经济社会发展。

成都市郫都区三道堰镇青杠树村

“5·12”汶川特大地震后，四川省大力推进农房灾后恢复重建，并于2009年启动实施农村危房改造工作，由政府给予适当补助，帮助农村困难群众对住房进行加固或重建，消除住房安全隐患。同年，四川省委、省政府实施“牧民定居行动计划”，用4年时间完成了1409个牧民定居点、10万户牧民住房建设，解决了约50万牧民居住问题。党的十八大以来，四川省在全国率先出台农村住房建设管理办法，启动“农村土坯房改造行动”，统筹推进土坯房改造工作；编制农房风貌指引导则，突出乡土特色和地域民族特点；推动设计力量下乡服务，开展宜居型示范农房建设，积极推广绿色节能的新技术、新产品、新工艺。截至2018年，全省完成各类脱贫攻坚农房建设89.6万户，累计完成农村危房改造190.5万户，农村人均住宅建筑面积达48.7平方米。

乡村振兴战略实施以来，四川省农村人居环境工作有序推进，全省90%的行政村生活垃圾得到有效治理，形成“户分类、村收集、镇运输、县处理”的垃圾收运处理体系，形成了以罗江为代表的平原地区垃圾治理模式、以丹棱为代表的丘陵地区垃圾治理模式、以阿坝为代表的高原藏区垃圾治理模式，农村生活垃圾治理水平得到显著提升。目前，全省4.6万个行政村中，近4万个配备了保洁员；近50万个村民小组中，有20多万个配备了保洁员。

四川省正在尽最大努力留住乡愁。从20世纪90年代开始，先后成功申报31个国家级历史文化名镇、56个省级历史文化名镇以及6个国家级历史文化名村、15个省级历史文化名村。2019年，省政府印发《关于加强古镇古村落古民居保护工作的意见》，全面加强古镇古村落古民居保护修缮力度，传承优秀传统文化。截至2019年6月，全省共有国家级传统村落333个、省级传统村落869个，222个传统村落列入中央财政支持范围。开展“最美古镇古村落”评选和培育创建工作，评选首批最美古村落40个。

## 住房保障稳中向好　点亮百姓安居梦

70年来，城镇居民住房条件得到极大改善，人均住房面积由中华人民共和国成立之初的3.6平方米提高到改革开放之初的6.3平方米，2018年进一步提高到41平方米。

四川省以加快解决城镇中低收入居民和新市民住房问题为出发点和落脚点，坚定实施“百万安居工程建设行动”，每年建设保障性住房、实施棚户区改造和农村危房改造100万套以上。截至2018年，全省累计建设公共租赁住房（含廉租住房）、经济适用住房、限价商品住房105.3万套，累计94万户家庭享受了公共租赁住房租赁补贴，惠及291万困难及中低收入群众。改造各类棚户区233万套，在全国率先推进货币化安置，实现棚改居民及时“出棚入楼”。

截至2018年，四川省公共租赁住房实现保障58.64万户家庭，其中包括中低收入家庭21.65万户、低收入家庭25.17万户、新就业无房职工3.02万户、稳定就业外来务工人员8.8万户，22.1%的城镇家庭享受到各类住房保障，充分发挥了解决困难群众住房问题的“补位”作用。为增强农民工的城市归属感、让他们在城市“住得好”，四川省在全国率先实施“农民工住房保障行动”，每年拿出可分配公共租赁住房的30%，定向分配给农民工群体，租金不超过市场租金的一半。2018年，省委、省政府出台农民工服务保障16条措施，其中就包括住房保障内容。6年来，四川省共向农民工提供10万余套公共租赁住房，并发放住房租赁补贴，累计已有30多万名农民工获益。

2008年汶川特大地震发生后，在党中央的坚强领导和全国党政军民的大力支持下，四川省展开了一场气壮山河、艰苦卓绝的特殊战斗。震后百日内，全省解决了1200多万受灾群众的过渡安置问题，坚持民生优先、科学重建，强化规划引领，统筹推进住房重建和城镇重建，推动灾区发展振兴。震后不到3年时间里，全省完成了145.91万户损毁农房的重建，新建25.91万套城镇住房，修复加固221.32万户受损农房和134.8万套受损城镇住房，528万户、1600多万名受灾群众“家家有房住”的规划目标基本实现。芦山地震后，重建住房保障工作被纳入四川省“百万安居工程”，14.5万套受损城镇住房实施了重建或维修加固。四川省探索走出了一条中央统筹指导、地方担纲主体、灾区群众广泛参与的恢复重建新路，圆满地完成了三年重建任务。

住房制度改革以来，我国房地产市场开始起步。特别是进入21世纪后，市场持续快速发展，在有效改善居民居住条件的同时，也带动了城市基础设施建设，大幅提升了城市整体面貌。党的十九大以来，坚持“房子是用来住的，不是用来炒的”定位，四川省加强分类指导、因城施策，房地产市场继续保持平稳健康发展。2018年，全省商品房销售面积达1.2亿平方米，总量居全国第五位；房地产开发投资5697.9亿元，占全社会固定资产投资的20.3%，总量居全国第七位；房屋新开工面积1.4亿平方米，总量居全国第五位；房地产业增加值2321.3亿元，占全省生产总值的5.7%、服务业增加值的11.1%。四川省拥有房地产开发企业8900余家、物业服务企业6300余家、房地产估价机构280余家、房地产经纪机构10200余家。党的十八大以来，四川省住房公积金各项业务快速发展，在帮助职工解决基本住房问题、支持住房消费和促进房地产市场平稳健康发展方面发挥了积极作用。实缴单位11.57万家，实缴人数662.60万人，缴存总额6405.58亿元，连续5年保持两位数增长，城镇私营企业及其他城镇企业成为缴存主体。贷款规模逐年扩大，有效降低购房成本，累计发放个人住房贷款148.46万笔、3552.41亿元。

## 坚持创新引领　高质量发展势头正盛

70年来，建筑业为国民经济持续健康发展、城乡一体化建设、人民群众安居乐业、社会和谐稳定作出了积极贡献。中华人民共和国成立之初和“三线”建设时期，四川省建筑业积极参与社会主义经济建设，投身热火朝天的大建设中，完成了抢修都江堰水利枢纽工程，修建了成渝铁路、成昆铁路、川藏公路等重大工程，承担了国家156项重点工程中的6项工程以及国防、钢铁、能源、化工和交通运输等重大项目的施工建设任务，为建筑业长期发展奠定了坚实基础。

改革开放以来，建筑业迎来了蓬勃发展的黄金时期。企业数量迅猛增长的同时，建筑业企业综合实力也得到明显提升，呈现出国有骨干企业和民营企业共同发展的格局。随着建筑技术不断成熟、装备水平不断提高，四川省建筑业完成了二滩水电站、成都天府国际机场等一批大型和特大型建设工程项目勘察设计以及向家坝水电站、雅西高速公路、成都地铁等一系列科技含量高、使用要求高、施工难度大的重点工程。在汶川特大地震、芦山地震灾后恢复重建和脱贫攻坚农房建设中，都有四川建筑业企业的奉献和付出。

党的十八大以来，在四川省委、省政府坚强领导下，全省住房和城乡建设人积极进取、锐意改革，各项工作取得了突破性成效。建筑业步入了新的发展阶段，规模不断扩大，结构日趋优化，技术创新能力显著提高，企业实力和人员素质明显提升，“走出去”发展稳步推进。全省建筑业正在加快发展方式转变，以创新引领高质量发展。

2018年，四川省建筑业完成总产值1.45万亿元，占全国建筑业总产值5.5%，全国排名第五，比2011年增长173.9%，年均增长21.7%；实现建筑业增加值3223.7亿元，比2011年增长109.7%，占全省GDP比重7.9%，经济贡献不断提高；建筑业缴纳地税477.43亿元，占全省总税收8.9%。四川省建筑业已成为拉动地区经济最强劲的行业之一，带动了建材、冶金、化工、机械、轻纺等50多个关联行业发展。全省建筑业从业人员550万人，其中80%左右为农村转移劳动力，有力助推了脱贫攻坚工作。

截至2018年年底，全省建筑业企业数量达4.1万家，是2011年的8倍，包括特级总承包企业25家、一级总承包企业756家。2018年，产值超过百亿元的建筑业企业有11家，中铁二局、四川华西集团两家企业产值超过500亿元。全省拥有勘察设计单位3409家，包括甲级勘察单位18家、甲级设计单位299家，勘察设计行业收入1769亿元，全国排名第十。全省拥有监理企业482家、造价咨询企业577家。成都、泸州、南充三市建筑业总产值超过千亿元大关。

紧紧抓住国家发展战略，引导建筑业企业向房屋建筑、市政、公路、水利、铁路、机场、海绵城市、“城市双修”及其他专项工程全领域综合发展，持续优化业务结构。大力发展装配式建筑，在成都、乐山、广安、眉山、西昌五市开展装配式建筑试点，在脱贫攻坚农房建设和“厕所革命”中推广使用装配式建筑，促进建筑业结构调整和转型升级。

加大人才引进培养力度，立足行业发展需求，着力专业技术人才培养和建筑工人职业技能提升，高级管理人才、工程技术人才和高技能技术工人大批涌现。截至2018年年底，四川省累计培训建筑工人和现场管理人员150余万人，60万建筑工人取得技能等级证书，33.5万人取得建筑类注册执业资格证书，10万余人取得建筑工程中、高级专业技术职务任职资格。科技创新步伐加快，“四新”技术进一步推广应用。党的十八大以来，四川省有96项建筑业新技术示范项目通过专家验收，33项工法成为国家级工法、2445项工法成为省级工法。“十二五”期间，全省新建绿色建筑4800万平方米，完成既有居住建筑节能改造280万平方米，完成公共建筑节能改造550万平方米。

全面开展工程质量安全提升行动，深入落实质量安全责任，推进文明施工和扬尘治理工作，强化建筑施工质量安全管理，坚持开展质量安全大检查和隐患排查治理，建筑品质不断提升，努力打造“川建工”品牌。改革开放以来，四川省先后有79项工程获评“鲁班奖”、78项工程获评“国家优质工程奖”；评选出“天府杯”1948项。

坚持把“走出去”作为建筑业发展重要支撑，支持和鼓励企业开拓省外及境外市场。四川省建筑业企业工程项目遍及全国31个省（自治区、直辖市）以及中东、北非、东南亚等30多个国家和地区。“十二五”期间，全省累计完成省外产值7688.3亿元，年均增长10.3%；完成境外产值超过300亿美元。

（四川省住房和城乡建设厅供稿，
刊登于《中国建设报》2019年10月30日8版）

上海

# 壮丽七十年 春满浦江城

中华人民共和国成立70年来，全国人民在党的领导下，沿着社会主义道路奋勇前进，国家发生了天翻地覆的变化。无论是在中华民族历史上，还是在世界历史上，都写下了一部感天动地的奋斗史诗。上海，这座曾经闭塞的江边小县城、中华人民共和国成立前满目疮痍的半殖民地，如今已成为2400万常住人口的超大型现代化城市。上海正怀揣着建设卓越的全球城市的梦想，向着具有世界影响力的社会主义现代化国际大都市奋勇前进。

70年的历程是壮丽的，70年的发展是宏伟的，70年的前行是光荣的。中华人民共和国成立后，人民成了城市的主人，上海也经历了从金融、商贸城市，向综合性工业城市的功能转变；改革开放以来，上海的城乡建设实现了历史性飞跃，率先基本建成了枢纽型、功能性、网络化现代化城市基础设施体系；新时期，上海始终“撸起袖子加油干”，打下坚实硬件基础，积累丰富管理经验，正走在建设美丽中国的路上。

改革开放后，上海的城乡建设用了四个十年，迈出“破陈出新”“全面腾飞”“建管并举”“以人为本”的四大步,实现了伟大跨越。

## 春到人间草木知　蓄势待发破旧颜

1978年，党的十一届三中全会提出以经济建设为中心，当上海跨入改革开放新时期，不得不面对厚厚的历史欠账：市区人均居住面积只有4.5平方米，人均道路面积1.57平方米，人均公共绿地面积0.47平方米，家用煤气普及率仅38.70%，全市每天有400万吨未经处理的污水排入苏州河和黄浦江，苏州河全年黑臭，黄浦江水黑臭期每年达150天左右。

困则思进，城市建设成战略。为改善城市环境，政府部门和市民展开了广泛讨论，“解决住房困难、交通拥挤、环境污染、公用设施供应短缺等突出问题，实施城市改造振兴”成为全市共识。“实行逐步改造老市区与积极建设新市区相结合的方针”写进了1985年2月国务院批准的《上海经济发展战略汇报提纲》。1986年发布的《上海市城市总体规划方案》明确了自身功能定位：上海既是全国最重要的工业基地之一，也是全国最大的港口和重要的经济、科技、贸易、金融、信息、文化中心，加强城市基础设施建设上升到战略层面。

2018年浦江两岸全景图

穷则思变，多措并举筹资金。改革开放前30年，上海平均每年基础设施投入不到1亿元。1985年国务院批准上海市财政体制从中央统收统支改变为定比分成，1988年国务院同意上海实行财政“基数包干，一定五年”的财政管理体制。1986年，上海对外商投资企业开征土地使用费，1988年，上海首次以土地批租形式出让虹桥经济开发区第26号地块。1986年，上海市成立“94专项”基金，用于加强城市基础设施建设；1988年，上海市成立上海城市建设基金会，集中管理政府用于城市建设和维护的各类资金。财政的活力，为城市建设提供了基础保障，1980~1990年，全市用于基础设施改造和建设投资达到225亿元，相当于前30年总投资的7倍。

陈则思新，创新机制破障碍。确立“住宅建设实行国家统建和企业自建相结合，住宅建设和城市改造相结合，新建和挖潜相结合”的原则，1984年起，上海每年征地1万亩，住房商品化改革、试点出售公房、推行侨汇商品住房、外汇商品房建设等陆续开展，将住宅建设与旧区改造紧密结合。1981~1990年的10年间，上海共完成住宅投资131.63亿元，相当于1949~1980年总投资的7.6倍。建筑业体制改革也实现了由计划分配向市场调节过渡，建筑市场逐步推行建设工程招投标。

慢则思跑，艰苦奋斗还欠账。多年来，上海建成一批重大市政工程，包括上海铁路新客站一期工程、虹桥国际机场候机楼、沪嘉和莘松高速公路、延安东路隧道（北线）、黄浦江上游饮水一期工程、浦东煤气厂一期工程等，开工建设南浦大桥。其中，沪嘉高速是我国大陆第一条按高速公路标准设计、施工的高速公路，改写了上海没有高速公路的历史。1988年8月开工建设的合流污水治理一期工程，是当时中国规模最大的污水治理工程，投资16亿元（含世界银行贷款1.45亿美元），是第一个利用世界银行贷款进行建设的市政工程。1990年建成的上海老港废弃物处置场一期工程，改变了上海垃圾分散处置为主的历史。

到1990年，上海城市道路长度达到1663公里，面积1787万平方米。拥有排水管长度1892公里，污水处理量40.5万吨/日，市区人均公共绿地面积1.02平方米。10年间，上海建成住宅4000多万平方米，相当于31年前总面积的1.8倍，市区人均居住面积达到6.6平方米。

## 东方风来满眼春　建设发展大变样

1990年，中国政府决定开发开放浦东，标志着我国新一轮改革开放的开始。1992年10月，党的十四大提出：“以浦东开发开放为龙头，进一步开放长江沿岸，尽快把上海建成国际经济、金融、贸易中心之一，带动长江三角洲和整个长江流域地区经济的新飞跃。”上海在全国发展中的地位，由后卫变前锋，“城市基础设施建设先行”的方针全面推行，大规模、快节奏、高强度的城市建设迎来新的飞跃。

勇立潮头，规划建设大手笔。1992年，上海市人大

上海国际航运中心洋山深水港

虹桥机场2号航站楼

1991年建成通车的南浦大桥

通过《上海市浦东新区总体规划方案》，同年12月，中共上海市第六次党代会确立了“城市基础设施建设先行”的方针。1993年，上海市人民政府编制以“一个龙头、三个中心”的现代化国际城市为目标的跨世纪城市总体规划，城市基础设施建设被列为上海经济发展的“三大战略重点”之首。浦东、浦西城市建设齐头并进。上海浦东国际机场、高速公路路网、中心城区“申字形”高架、“三纵三横”主干道、“十字加北半环”轨道交通线、深水港建设、“三网融合”等相继推进建设，东方明珠电视塔、南京路商圈等成为地标，苏州河治理“基本消除黑臭现象”，启动建设全长98公里、平均宽度500米的外环绿带，城市面貌实现三轮“三年大变样”。到2000年，上海航空旅客吞吐量1768万人次，货邮吞吐量88万吨，10年增加3.4倍和5.9倍。港口货物吞吐量超过2亿吨，增长46.4%。建成公路总里程5894公里，城市道路长度6641公里、面积8147万平方米，比1990年分别增加3.1和3.6倍，市区人均道路由2.28平方米提高到7.17平方米；高架道路和轨道交通从无到有，每万人拥有公共车辆增加1.8倍。此外，上海城市污水处理能力增加到550万吨/日。人均公共绿地面积由1.02平方米增加到4.6平方米。

关切民生，旧区改造大奇迹。上海利用土地批租加快旧区改造和住房建设。1991年上海颁布《上海市住房制度改革实施方案》，提出住房商品化发展方向；1998年上海全面停止住房实物分配，住房市场化配置成为供应主渠道。在土地制度改革和住房商品化的共同推动下，上海房地产市场逐步发展壮大，为上海旧区改造和住宅建设注入大量资金。到2000年，上海累计出让土地面积1.755亿平方米，竣工房屋约11600万平方米。全市7.2万户人均居住面积4平方米以下住房困难家庭在1999年提前解困，市区人均居住面积从1990年的6.6平方米提高到11.8平方米。

## 春风又绿浦江岸　城市生活更美好

2000~2010年，上海着眼于扩大改革开放新形势，以举办好2010年中国上海世博会为契机，继续将加快城市建设放在先导型、基础性战略地位，在全国率先基本建成枢纽型、功能性、网络化城市基础设施体系。2001年5月，国务院正式通过《上海城市总体规划（1999~2020）》，明确了上海“国际经济、金融、贸易、航运中心”战略目标。上海按照党中央提出的“四个率先”要求，努力践行“城市，让生活更美好”。

三港两网，基础设施成骨架。上海加快深水港洋山港建设，建设浦东国际机场二期扩建工程、虹桥国际机场二号航站楼及第二跑道工程，塑造4座航站楼、5条跑道亚太航空枢纽港格局。同时，上海完善城市快速路网，突出轨道交通在城市公共交通中的地位，形成轨道交通基本网络体系。建设沪宁城际铁路、沪杭客运专线、铁路南站等一批场站设施，构建“2主3辅”共5个客运站格局，建设虹桥综合交通枢纽工程。到2010年，以“三港两网”为重点，上海枢纽型、功能性和网络化的基础设施体系基本建成，服务能力跨入世界先进行列。市域道路（含公路）总里程达1.6万公里，人均道路面积提高到18.13平方米；黄浦江越江桥隧达23处，中心城形成“4桥12隧”格局，其中全市高速公路里程达到776公里；轨道交通网建设，形成12条线、运营线路总长452.6公里的基本网络，在世界大城市中名列前茅。

改善民生，城市生活更美好。上海市在中心城区范围启动二级旧里以下成片房屋改造。“十五”期间，上海共拆迁各类旧房2765.9万平方米，动迁居民32.8万户，其中二级旧里以下700万平方米，受益28万户；“十一五”期间，为满足迎世博会重大市政和重点旧改项目的需求，上海改造成片二级旧里以下房屋343万平方米，受益12.5万户。同时，上海明确住房建设“以居住为主、以市民消费为主、以普通商品房为主”，建设市级基地徐汇区华泾基地、闵行区浦江基地和南汇区航

2010年中国上海世博会夜景

头基地。到2010年，上海基本形成廉租住房、经济适用住房、公共租赁住房、动迁安置房“四位一体”的保障房体系。

为处理环境问题，上海实施四轮三年行动计划，开展以苏州河为重点的中心城区河道整治、近郊黑臭河道整治和郊区骨干河道“万河整治”行动，推动固体废弃物处置设施基本实现体系化，建设中心城区大型公共绿地和郊区“人造森林”，相继建成延中绿地、辰山植物园、滨江森林公园、徐家汇公园、炮台湾湿地公园等一大批大型公共绿地，内环线内基本实现出门500米有一块3000平方米以上的公共绿地，逐步建立起上海特色的都市绿化系统。10年中，上海新建住宅达到3.81亿平方米，居住房屋总量达到5.26亿平方米，市区人均居住面积达到17.5平方米。人均公共绿地面积提高到13平方米。市民整体居住和生活环境发生了巨大变化。

城乡一体，二元结构得破解。上海推进郊区城镇和中心村建设，城乡一体化迈出实质性步伐。2001年，上海推进郊县试点城镇建设，试点实行土地计划单列。2005年，上海确定市域“1966”四级城镇规划体系，将市域范围内的城镇规划确定为1个中心城、9个新城、60个左右新市镇、600个中心村，新城建设形成一定特色。

## 骏马奔驰一路春　全球城市开新篇

进入新时期，上海进一步落实“建管并举”的方针，按照习近平总书记提出的“城市管理应该像绣花一样精细”，着力提高城市管理水平，加强基层治理，弥补城市管理短板，打开城市管理的新篇章。

再补短板，城乡环境换新貌。上海坚持多元共治，2016~2017年，全市累计整治“群租”4.62万户，整治率97%，全市累计挂牌“无群租小区”5704个。以城市有机更新理念推进旧区改造和旧住房修缮改造，由“拆改留”转为“留改拆并举，以保留保护为主”，更加突出历史风貌保护和城市文脉传承，更加突出城市功能完善和品质提升。

“三全四化”，城市管理走新路。上海以“全覆盖、全过程、全天候”和“法治化、社会化、智能化、标准化”为着力点，推进“美丽街区、美丽家园、美丽乡村”建设，实施14大项42项重点任务，创建美丽街区215个。

上海还推动执法重心下移和执法力量下沉，各区单独设置区城管执法机构，实现“区属街管街用”“镇属镇管镇用”的模式，创建标准化大队18个、规范化中队228家、示范中队35家，建成5303个社区工作室。网格化管理实现了市、区、街镇、村居四级全覆盖和全连通，包括一个市级数字化中心、16个区级城市网格化综合管理中心、214个街镇城市网格化综合管理中心和5902个村居工作站，全市划分5204个责任网格、40260个单元网格。管理范围包括部件5大类87小类、事件8大类57小类，信息系统中录入1400多万个部件信息。“城市大脑”“神经末梢”“神经元系统”得以探索。尤其是通过“进博会”保障，以一流的城市环境、一流的服务保障确保了首届进口博览会圆满成功。

转化动力，城市发展换新能。上海推进长三角发展一体化，加强区域基础设施互联互通。沪通铁路、国省干线和省界断头路建设、G1501沿江通道、G228、G320、G346等项目按计划推进，全面推进长湖申线、平申线等长三角高等级内河航道网建设。加强区域能源互保供给，加强区域生态环境联防联控，构建沿江绿色生态廊道。加快推进绿色生态城区建设，编制《绿色生态城区评价标准》。

大力发展绿色节能建筑，新建建筑实现100%执行绿色建筑标准。2016年起，全市符合条件的新建民用、工业建筑全部实施装配式建筑，单体预制率不低于40%或装配率不低于60%。

深化服务，行政审批出新政。上海认真优化营商环境，着力推进住房和城乡建设领域“放管服”改革等工作，为打造“具有国际竞争力的一流营商环境”发挥作用。2018年，上海通过对项目、流程、事项的全覆盖改革，推动全流程审批时限压缩至100个工作日以内。在世界银行公布的《2019年全球营商环境报告》中，上海的施工许可指标综合评价指数为67.71分，帮助我国施工许可指标排名提升了51名。

2019年，上海制定出台《2019年上海市优化施工

2018年首届中国国际进口博览会举办地国家会展中心（上海）

许可营商环境工作总体安排》，重点针对供排水接入、竣工验收、现场质量管理等重点难点环节出台了17个细化配套政策，使项目落地明显提速。社会投资项目从取得土地到获取施工许可证，平均审批时限缩短到22.5个工作日。上海以“一网通办”为核心，初步形成了建设工程联审平台“一站式”开发建设、实施和服务的框架体系。

70年来，上海城乡建设的成就令世界瞩目。2017年，城镇居民人均居住建筑面积超过36.7平方米；全市道路总长度18546公里，其中城市道路总长度5224公里；人均公园绿地8.2平方米。2018年，上海生活垃圾末端处理能力28650吨/日。同时，枢纽型、功能性和网络化的城市基础设施体系基本建成，2018年机场年旅客吞吐量11763.43万人次；港口货物吞吐量73047.94万吨，集装箱吞吐量4201.02万标箱；市域快速路、高速公路、轨道交通等现代化基础设施从无到有，各类基础设施迅猛增长，对重塑上海城市功能、推动经济转型发展、提升人民生活品质、确立上海社会主义国际大都市地位发挥了历史性作用。

70年的巨大成就，得益于党的领导，得益于党中央对上海发展的战略决策；70年的巨大成就，得益于上海全体干部群众的伟大实践和创造，得益于广大市民群众的理解、支持和奉献；70年的巨大成就，还得益于兄弟省市的大力支持，尤其是在世博会等重大活动和国际航运中心建设等重大建设上的鼎力支持。

面向未来，上海的城乡建设，还将适应中国特色社会主义进入新阶段的新形势，在习近平新时代中国特色社会主义思想指导下，坚持以人民为中心的发展思想，尊重城市发展规律，统筹空间、规模、产业三大结构，统筹规划、建设、管理三大环节，统筹改革、科技、文化三大动力，统筹生产、生活、生态三大布局，统筹政府、社会、市民三大主体，履行好全国改革开放排头兵和创新发展先行者的国家使命，服务好全国和长三角地区发展大局，助力上海创新之城、生态之城、人文之城和卓越的全球城市建设，实现城市现代化建设和管理的新跨越，实现更高质量的发展。上海的城乡建设，将在实现中华民族伟大复兴中国梦的激励下，不忘初心，砥砺前行，不断创造新的辉煌，续写新的历史篇章！

（上海市住房和城乡建设管理委员会供稿，
刊登于《中国建设报》2019年11月4日4版）

甘肃

# 上下七千年，丝路古道历沧桑 风雨七十载，陇原大地换新颜

甘肃是中华文明的重要发祥地之一，秦安大地湾遗址“前殿后堂”的建筑群落是中国早期的建筑遗迹，境内遗存的秦、汉、明长城是古代劳动人民创造的建筑史上的奇迹。石窟晋墓、秦砖汉瓦，镌刻着华夏文明的历史。

自古以来，甘肃因地处边远，生产建设活动受到经济、自然、地理、资源等多重因素制约，发育程度落后于中原和南方地区。中华人民共和国成立前的甘肃，经济惨淡，民生凋敝。中华人民共和国的成立，开启了社会主义现代化建设的新篇章。在国民经济“一五”“二五”计划时期和20世纪60年代中期到20世纪70年代末期的“三线建设”时期，随着国家生产力布局的调整和经济建设重心的西移，甘肃的基本建设得到了大力发展，建成了一大批重点工程和重点企业，构筑了甘肃的工业基础和产业结构，提高了基础设施水平，为甘肃省经济社会发展奠定了坚实的基础。70年来，甘肃建设大军战严寒斗酷暑，用艰苦卓绝的奋斗，改天换地，重整河山，建设家园，在曾被称为“高原戈壁驼铃响，黄沙漠漠望中迷”的黄土地上，描绘出一幅厂矿楼宇拔地而起、城乡面貌日新月异的陇原新画卷。1978年改革开放以来，甘肃的建设事业抓住西部大开发、“一带一路”建设、脱贫攻坚等机遇，在探索中前进，在改革中发展，建筑业、勘察设计业、房地产业、城市市政公用事业在变革中嬗变，内增实力，外扩规模，为全省经济社会发展和民生改善作出了突出贡献；城镇化进程加快，城乡融合发展势头良好，城镇的规划建设管理水平大幅提升；建立和完善城镇住房制度，强化政府的住房保障职能，大力推进保障性安居工程建设和棚户区改造，加快农村危房改造，城乡居民的住房条件和居住环境得到了根本性的改善。

## 城镇化引领城乡协调发展

改革开放以来，甘肃重视城镇化在经济社会发展大局中的引擎作用，出台了一系列加快城镇化进程的政策措施，开展了城镇化与城乡一体化试点工作，有力推进甘肃省城镇化和城乡一体化进程，城镇化水平稳步提高。城镇化率从1978年的14.4%提高到了2017年的46.4%，设市城市达到16个，建制镇由1983年的63个增加到561个，建立起了梯次明显、布

兰州市深安黄河大桥工程

兰州西站

局合理、结构完整的省域城镇体系。甘肃的建设事业以城镇化为统领，加强规划引领，加大城镇基础设施建设，扩大城镇规模，改造老城，建设新城，提高城镇发展质量，逐步放开建制镇和小城市落户限制，鼓励有条件的农村人口进城落户，城镇化发展质量稳步提高。

城乡规划得到了加强。陆续出台了《甘肃省城乡规划条例》等一系列法规、政策和规范性文件，为市、县人民政府及其规划管理部门依法行政奠定了坚实基础。主动开展了《甘肃省城镇体系规划》《甘肃省编制城镇风貌规划指南》《甘肃省城镇风貌规划编制导则》等规划的编制、研究工作，为全面指导和提升甘肃省各级城市规划编制的科学性和前瞻性工作提供了政策与技术保障。2000年以后，随着全省部分地区撤地设市，全省城市规划工作进入高速发展时期，省级层面建章立制做好“顶层设计”，主动开展前瞻性规划研究工作，各市州城市规划管理机构进一步健全，城市规划编制体系逐步完善，甘肃城市规划管理工作迈上了历史性新台阶，城镇风貌和地域特色逐步凸显，城市面貌焕然一新。

中华人民共和国成立以来，甘肃城市建设进入新的历史发展阶段，在城镇基础设施和公共服务设施不断完善、综合功能日趋健全的同时，城市建设管理水平也不断提高，城市地上和地下基础设施、燃气、园林绿化都发生了天翻地覆的变化。截至2018年，全省城市建成区面积达到891.36平方公里；城市道路总长度5092公里，道路面积11561万平方米，人均城市道路面积17.91平方米；全省城市共有桥梁648座，比1995年增长151%；全省共有城市公园172个，公园绿地面积8816公顷，人均公园绿地面积13.65平方米，建成区绿地率29.67%；全省城市共有公共厕所1999座；城市道路清扫保洁面积11756万平方米，其中机械化清扫9143万平方米；建成生活垃圾无害化处理厂27座，生活垃圾无害化处理能力每日10244吨，无害化处理率达到99%。

城镇综合功能增强。全省省级以上高新技术、经济技术等各类开发区36座，历史文化名城12座，其中国家级历史文化名城4座（敦煌、武威、天水、张掖），国家级历史文化名镇8座（榆中县青城镇、宕昌县哈达铺镇、永登县连城镇、古浪县大靖镇、秦安县陇城镇、临潭县新城镇、榆中县金崖镇、永登红城镇）。创建省级以上园林城市（县城）33个，其中国家级园林城市5个（兰州、金昌、嘉峪关、敦煌、玉门）、园林县城5个（阿克塞、华亭、临泽、两当、高台）。风景名胜区24个，其中国家级风景名胜区4个（敦煌莫高窟、天水麦积山、永靖炳灵寺、平凉关山）。

改革开放以来，甘肃村镇基础设施逐步完善，绝大多数农民从土坯房、泥草房住进了砖瓦房，不少农户住进了单元楼。2009年启动实施农村危房改造以来，全省上下不断深化对脱贫攻坚“住房安全有保障”重要性、艰巨性、紧迫性的认识，牢固树立为民发展理念，精准聚焦全省深度贫困地区和贫困户，通过专业鉴定、提高差异化补助标准、因地制宜推广加固改造和现代生土建筑等方式，切实解决广大贫困户住房安全问题，贫困户人居环境整体改善、贫困村村容村貌极大改观。

70年来，甘肃省不断加快村镇规划编制，加大村镇建设投入，加强村镇建设管理，村镇法规建设日臻完善，初步形成了一批资源开发型、交通枢纽型、商贸流通型、风景旅游型等各具特色的小城镇，初步建成了一批规划科学、布局合理、造型多样、美观舒适、深受农民群众欢迎的新农村。这些小城镇和村庄的发展，既带动了城镇和农村基础设施条件的改善，改变了城乡环境脏乱差的状况，提高了城乡居民的生活水平和质量，又推动镇乡之间人、物、信息的双向交流，促进乡镇企业向小城镇集中发展，加快农村富余劳动力向小城镇转移，推进了全省城镇化进程。全省共有建制镇561个、集镇619个、行政村16693个、自然村88618个。现有全国重点镇142个，创建国家级特色小镇8个、省级特色小镇18个。

## 城乡居民住有所居

住房问题既是民生问题也是发展问题，关系千家万户切身利益，关系人民安居乐业，关系经济社会发展全局，关系社会和谐稳定。中华人民共和国成立以前，甘肃的城乡房屋基本是泥草屋顶、土坯墙的土木结构和砖土木结构的平房，设施简陋，居住环境差。中华人民共和国成立到20世纪70年代末，在计划经济体制下，城镇房屋建设发展缓慢。20世纪90年代推进住房制度改革以来，甘肃坚持住房市场化基本方向，发挥市场在资源配置中的基础性作用，不断完善房地产市场体系；加强经济适用住房建设和管理，满足不同收入家庭住房需求；不断消除体制和机制障碍，逐步建立和完善适合省情的住房保障制度；逐步加大住房公积金归集使用和管理工作力度，开展房地产市场整顿与治理工作，启动棚户区改造，在改善居民住房条件的同时，拉动了经济发展，推动了城市的繁荣与发展。甘肃房地产市场步入快速发展阶段，市民住房不仅由小变大、由无产权到有产权，而且质量、功能、环境都有了质的飞跃，形成了一批建筑品质优良、环境设计优美的住宅小区，居民居住得更加舒适宽敞。近20年间，全省累计完成房地产开发投资4402亿元，竣工建筑面积9025万平方米，城镇人均居住面积由1980年的3.6平方米增加到33.8平方米。2007年国家建立住房保障制度，启动保障性安居工程建设，全省累计争取中央住房保障和棚户区改造各类专项资金514亿元，落实省级配套资金95亿元，棚户区改造和保障性住房项目建设累计完成投资2704亿元。累计实施棚户区改造和建设各类保障性住房156.93万套，其中实施五大类棚户区改造99.03万套，建设各类保障性住房57.9万套，包括公共租赁住房（含廉租房）43.3万套、限价商品房3.94万套、经济适用房10.66万套。累计发放住房保障家庭租赁补贴111.66万户（次）、310.62万人（次）、23.59亿元。保障性住房建设和棚户区改造项目的实施，极大改善了城镇居民住房条件，有力拉动了经济增长，带动了城市功能完善，提升了城市品质。

住房市场化以来，甘肃房地产市场先后经历了起步、发展、整顿等几个阶段，逐步走向健康平稳的发展轨道。1993—1998年，全省城镇可售公房的80%按房改政策出售给职工和居民。自1998年年底起，全省住

平凉市民馨家园廉租房小区

兰州市沙井驿保障房项目

宅商品化正式启动，兰州建成了第一个综合性小区——金港城，标志着全省房地产业开始起步。2002年以后，房地产市场迅速发展，商品住房成为住房供应的主渠道，城镇居民住房需求得到不断满足。房地产业的发展，改善了群众居住条件，带动了上下游相关产业链，繁荣了市场，为促进经济社会发展、提高人民生活水平作出了重大贡献。

1993—1998年，甘肃通过售房、提租、集资建房等改革措施，建立健全住房公积金制度，加快解决群众住房问题。1998年年底，印发了《甘肃省进一步深化城镇住房制度改革，加快住房建设实施方案》，住房制度改革全面启动，明确提出“停止住房实物分配，逐步实行住房分配货币化，建立和完善以经济适用住房为主的多层次城镇住房供应体系”的改革目标。此后，按照住房商品化、社会化的思路调整住房供应体系，1998—2003年以经济适用住房为主，2003年后以普通商品住房为主，2007年起启动廉租住房建设，2010年起启动公共租赁住房和限价商品住房建设，并实施城市、国有工矿、林区、垦区和煤矿区棚户区改造。

住房公积金制度是住房保障制度的重要组成部分，1993年起，甘肃建立完善住房公积金制度，主要经历了四个发展阶段。第一阶段是住房公积金逐步推行阶段，通过总结推广先进经验，基本在全省范围内建立了住房公积金制度。第二阶段是2002年前的依法规范阶段，全省在推进住房制度改革和城镇住房建设发展的同时，对住房公积金制度进行初步的法制化规范。第三阶段是2002—2014年的依法发展阶段，对甘肃省住房公积金的决策体系、机构设置、管理机构、监督体系等方面进行逐步完善。第四阶段是始于2014年10月的用好用足住房公积金阶段，根据国家房地产调控政策，降低贷款门槛，提高贷款额度、延长贷款期限、调整首付比例、减免中间费用、放宽租房提取、推行异地贷款，同时建立健全住房公积金信息公开制度，推行住房公积金基础数据贯标和银行结算应用系统，建立住房公积金综合服务平台，加强住房公积金统计分析系统升级改造。自住房公积金制度建立至2019年5月底，全省累计发放住房公积金贷款1356.74亿元，支持城镇职工购房贷款74.69万笔；累计提取住房公积金1075.22亿元；住房公积金缴存余额988.11亿元，个贷余额768.75亿元，个贷率77.8%。

## 建筑业成为支柱产业

甘肃建筑业经历了人员队伍由少到多、由小到大，专业门类由缺到全，技术手段由手拿肩扛为主到工厂化、机械化制造的发展历程，逐步形成了拥有可独立完成勘测、设计、施工、监理并覆盖基础工业、交通通信、水利电力、市政工程和民用建筑等门类齐全、专业队伍基本配套的庞大产业大军。改革开放以来，甘肃建筑业推行招标承包制，推进用工制度改革，强化工程质量监督，对建筑业企业实行资质和营业等级管理。20世纪90年代，甘肃省积极推进建筑业企业改革，按照突出主业、分类改制、一企一策等原则深化改革。到2005年年底，全省1904家建筑业企业中，非国有1577家，占企业总数的82.8%，形成了产权多元化、多种经济成分并存的局面，建筑行业成为市场化程度最高的产业之一。逐步加强建筑领域新技术的应用，推进建筑信息模型（BIM）技术在施工过程的有效使用，开放建筑市场，出台“引进来”“走出去”的法规和政策，建筑业呈现出全方位对外开放态势，推动建筑业转型升级、做大做强。各级政府加强建筑市场管理，修订完善了《甘肃省建筑市场管理条例》，制定出台了一系列规范建筑市场行为的规范性文件，形成了较完善的法规体系。持续开展建设领域综合执法检查，查处建筑市场

敦煌大剧院

违法违规行为。工程招投标制度逐步建立健全，建立了“四位一体”的招投标相互制约管理机制，较好地规范了招标投标各方行为。以《甘肃省建设工程造价管理条例》为核心的工程造价法规体系基本建立，工程建设全过程计价依据体系已经形成，工程造价行为逐步得到规范，造价咨询业健康有序发展。工程参建各方的质量安全意识进一步提高，全省工程实体质量安全处于受控状态。2018年年底，全省建筑业企业数量达到4300多家，建筑业增加值833.3亿元，增加值接近全省GDP的10%，税收占到甘肃省地方税收的45%以上，对社会经济发展作出了重要贡献。建筑业从业人员达到56.9万人，其中三分之二的人员来自农村，对促进就业、统筹城乡发展、促进新型城镇化建设、提升农民生活水平发挥了重要作用。

工程勘察设计行业得到了迅速发展。中华人民共和国成立以前，甘肃全省没有一家正规的勘察设计单位，20世纪50年代，勘察设计队伍发展快速，1978年以后，全省勘察设计单位不断深化改革，加快改企转制的步伐。随着工程勘察设计行业体制机制改革的不断深入，行业管理逐步走上了规范化、法制化的轨道。全省勘察设计单位实行项目管理，落实质量管理，体现效益激励，广大勘察设计人员工作积极性和创造性得到极大提高。全面推行工程设计责任保险，2005年甘肃省勘察设计单位基本上都参加了工程设计责任保险，有效地化解了企业从业风险。出台《甘肃省建设工程勘察设计条例》，进一步改善健全了行业的法制环境。勘察设计为甘肃省大规模的项目建设作出了积极贡献，勘察设计企业效益和职工收入快速增长，成为发展最快的历史时期。工程建设标准化工作不断加强，初步形成了以城乡规划、城镇建设、房屋建筑等为主要框架的工程建设标准化体系，制定、发布工程建设和建筑节能等工程建设标准和标准设计40项。

## 建设科技助力行业发展

建设科技发展明显加快。在工业与民用建筑施工方面，20世纪80年代，住宅建设大量推广内浇外砌、内板外砖和大模板全现浇结构体系，挤密法、强夯法和桩基大量推广，钢脚手架、钢门窗、钢模板、粉煤灰加气混凝土广泛使用。进入20世纪90年代后，在工业与民用建筑方面，高层建筑中的框架、框剪、框筒结构和一般城市住宅中的框架结构大量增加，对建筑结构与抗震、预应力混凝土构件与结构粘钢加固技术、自重湿陷性黄土特性与地基处理、波动理论在桩基工程中的应用有了深入研究，工程措施更加完善。通过科技攻关与科技示范，加大新型结构体系、新材料、新技术、新工艺、新设备推广应用，健全完善技术标准体系，建筑安全性、舒适性大为提高。大力推动绿色建筑与建筑节能，对设计、施工、验收各阶段实施严格管控。1996年以来，以大力提高技术创新能力为目标，围绕建设领域重点工作，甘肃省建设行政主管部门每年下达科技攻关项目计划和建筑示范工程项目计划，支持重点科研项目研发，涉及建筑节能、绿色施工、复杂高层建筑与大跨度结构抗震隔震等领域。2012年以来，对绿色建筑、装配式建筑、建筑信息化等方面予以重点支持，有力推动甘肃省建设行业技术提升和转型升级。

翻开历史画卷，一代又一代陇原儿女拼搏进取，在这片热土上谱写了光辉灿烂的篇章；展望未来前景，建设幸福美好新甘肃的光荣使命激励广大建设者砥砺前行。甘肃坚持城乡统筹、建管并重、提升内涵，全面提高城市规划建设管理品质，扎实推进美丽乡村建设，助力乡村振兴；深化住房制度改革，加快建立多主体供给、多渠道保障、租购并举的住房制度；坚持以深化改革为动力，以提升建筑工程质量安全为着力点，加快推动建筑产业转型升级；坚持以人民为中心的发展理念，大力实施农村人居环境整治三年行动，继续推进全域无垃圾治理，坚决打赢脱贫攻坚农村危房改造攻坚战，不断满足人民日益增长的美好生活需要，在新时代中国特色社会主义新征程中，谱写甘肃住房和城乡建设事业发展的新篇章，加快建设幸福美好新甘肃、不断开创富民兴陇新局面。

（甘肃省住房和城乡建设厅供稿，
刊登于《中国建设报》2019年11月6日8版）

河北

# 奋勇前行谋发展 燕赵大地谱新篇

王宝松　徐华忠　郭晓丽

中华人民共和国成立后，西倚太行、东瞰渤海、环抱首都的河北，也拉开了建设新家园的大幕。

70年来，河北一代代建设者不畏艰辛、前赴后继，一路披荆斩棘、乘风破浪，以坚定的决心、无比的勇气克服重重困难，从无到有、从有到优、从优到精——在燕赵大地上建设了一座座恢弘繁荣的城市和一个个美丽祥和的村庄，书写了共和国成长史上华美动人的河北篇章。

## 城市建设：万丈高楼平地起，燕赵大地换新颜

1949年，河北省只有石家庄、唐山、秦皇岛、保定4个市和邯郸、邢台、泊头、汉沽、通县、胜芳、辛集、临清、杨柳青、沧州10个镇，城市人口63.2万人，城市总面积仅71.8平方公里。即使在仅有的十几个城镇里，房屋低矮破旧，多数居民喝的是河水、井水，没有排水设施，全省城市道路仅274公里，只有4辆公共运输汽车。

建设起步期困难重重。在邯郸筹备修建晋冀鲁豫烈士陵园时，根本没有设计人员，只好请艺术家邹雅画了一张陵园的图画作为设计图。陵园临动工时原材料还没备齐，连水泥都只能派人到邻省采购。

随着各项事业的逐渐复苏，河北的城市建设也步入了正轨，城市规模逐步扩大，城市人口与日俱增。

到1978年，唐山、石家庄已升级为地级市；1981年设廊坊市；1982年设衡水市；1983年秦皇岛、邯郸、邢台、保定、张家口、承德、沧州等县级市升级为地级市。到2012年，河北省设区市数量达到11个，县城132个。城镇常住人口达到3410.53万人，是1949年的15.5倍；城市建成区面积达到1738.89平方公里，是1949年的24.22倍。

伴随着一系列推动城乡建设改革发展政策的出台、一张张城市蓝图的绘制、一批批基础设施的兴建、一座座高楼大厦的拔地而起，河北人民步入了现代城市生活：住在安全、宽敞、明亮的楼房，饮用水一拧即至，做饭取暖用天然气，废水直排处理厂；楼外是四通八达

石家庄市区（王汝春 摄）

的柏油路，路边有高大的绿树和丛丛的花草，夜晚还有五彩斑斓的城市夜景照明。

党的十八大以来，石家庄、唐山、邯郸、保定、秦皇岛、张家口6个中心城市辐射带动能力不断增强，邢台、沧州、衡水、廊坊、承德5个中小城市扩容提质加速，加上119个小城市和新培育的一批特色小城镇，河北省大、中、小城市和小城镇协调发展的城镇体系格局逐步形成。

2015年，河北全省常住人口城镇化率首次超过了50%，达到51.33%，实现了城乡结构的历史性转变。截至2018年，河北省城镇常住人口达到4264.02万人，是1949年的19.44倍；城市建成区面积达到2162.73平方公里，是1949年的30.12倍。

与此同时，河北的城市居住环境也在逐步升级。到2018年，全省园林绿地面积达到142735.33公顷，人均公园绿地面积达到13.68平方米，建成区绿化覆盖率达到41.16%。全省城市道路达到27924.03公里。全省城市供水管道长度达到33232.99公里，日供水能力达到1345.47万立方米，城市和县城用水人口普及率分别达到99.7%和98.89%；城市排水管道长度达到32552.79公里，是1978年的18.71倍；县级以上城市共建成污水处理厂195座，处理能力达948.6万立方米/日，城市污水处理率达到94.2%。

一座座城池横空出世、一幢幢高楼大厦鳞次栉比……如今的燕赵大地已经容颜一新！

## 住房发展：安得广厦千万间，大庇天下寒士俱欢颜

74岁的马焕义患心脏病多年，老伴儿身体也不好，由于为数不多的积蓄都用在了治病上，老两口一直租房住。2015年10月，在当地政府的安排下，他们搬进了沧州市惠民家园小区，分得了一套46平方米的保障房。“这房子宽敞、舒坦，房租也不多，这样的好事以前想都不敢想。”提起房子的事老人非常高兴：“抓阄选房那天我专门穿了件大红袄，高兴！”

而最近几天，家住秦皇岛市燕旭里小区的赵友志在为另一件事高兴：他居住的小区经过更换管道、铺设道路、维修美化墙体、拆除违建等改造后，里里外外焕然一新。燕旭里小区原来是河北省第三建筑公司家属院，最早属于单位公房，这种小区在河北还有很多，它们曾为万千家庭遮过风蔽过雨，自己脸上却刻满了岁月的沧桑。

2018年开始，河北在全省实施老旧小区改造行动，计划利用三年时间改造完成现有老旧小区5739个，涉及居民141万户，这让“燕旭里”们迎来了新生。

时针拨回到70年前，无论是在城市还是乡村，无论是工人还是农民，能有一个安定的住处，对于大多数人来说是最迫切的期望。

1949年，河北省城镇住房主要是接管、经租、收购和新建的公产房和部分私有房产，多为土坯和砖木结

张家口市一对盲人夫妻喜迁经济适用房（李晓宁 摄）

邢台市燕云台小区（李继生 摄）

构，人均居住面积只有4.5平方米。随着国民经济迅速恢复，无论是公产住房还是私产住房均得到发展。到1978年，河北省城镇人均居住面积达到5.6平方米，在人口增加3.3倍的情况下，人均居住面积达到1949年的1.1倍。

1998年9月，河北启动住房制度改革，逐步实行住房分配货币化，并逐步构建以经济适用住房为主的多层次城镇住房供应体系。此后，河北省住房交易市场持续活跃。到2012年，全省新建商品住房竣工面积4894.56万平方米，销售5144.92万平方米，人均住房建筑面积达到32.51平方米。

近年来，河北坚持“房住不炒”定位，坚持因城施策、一城一策，着力完善住房市场体系和住房保障体系，促进房地产市场平稳健康发展。2018年，河北城镇居民人均住房建筑面积达到37.5平方米，是1949年的8.33倍。

自2011年起，河北省开始大规模推进保障性安居工程建设，着力解决城镇中低收入家庭和外来务工人员等住房困难问题。从经济适用房、限价商品房的探索，到廉租房、公租房并轨运行，再到棚户区改造深入推进，河北住房和城乡建设人逢山开路、遇水搭桥，一路高歌猛进，连续10年超额完成国家下达的任务，多次成为全国先进典型。到2018年，河北全省保障性安居工程住房累计开工288.9万套，累计发放租赁补贴25.7万户，圆了近千万居民的安居梦。

中华人民共和国成立初期，河北农村人均居住面积达到4.5平方米。之后的30年间，很多勤劳的村民凭借自己的双手建起了新房、改善了居住条件。到1978年，河北农村人均居住面积达到8.8平方米，接近1949年的2倍。

改革开放之后，逐渐富裕起来的村民掀起了建房高潮，结实漂亮的砖瓦房代替了中华人民共和国成立之初的土坯房和窑洞。到2012年，河北农村人均居住面积达到35.1平方米，分别是1949年、1978年的7.8倍和4倍。为解决困难农户住房安全问题，河北省2009年起启动农村危房改造工作。截至目前，全省已累计改造农村危房102.7万户，发放补助资金120亿元；206个深度贫困村每户新建补助3.5万元、修缮补助1.3万元，有力地推动了农村基本住房安全保障建设和精准脱贫攻坚，有效改善了困难群众生活。

## 建筑业兴起：异军突起鏖战酣，撑起国民经济一片天

1952年，河北全省完成建筑业总产值2.3亿元。“一五”末期，河北建筑业已发展成为一支能承接国家工业建设项目和复杂民用工程的重要施工力量，五年间共完成建筑业总产值15亿元，建筑业逐步成为河北经济发展的支柱产业。

河北的建筑业、建筑队伍，就是在这样一个又一个重大建设任务的攻坚过程中，一步步从无到有、由弱变强。兴隆煤矿、开滦煤矿、华北制药厂、保定胶片厂建设，首都十大工程会战、华北油田大会战、唐山大地震灾后重建，处处留下了河北建设大军艰苦奋战的身影。

在那些豪情万丈的岁月里，多少热血儿郎在工地上洒下汗水、泪水甚至是血水。

多年来，河北建筑业逐步形成工程地质测量、建筑设计、房屋施工、设备安装等较完整的行业体系，培养了一大批勘测、施工和设计等技术骨干，施工机械化装备水平大幅提高。到1978年，全省建筑业企业151家、从业人员11.3万人。

党的十一届三中全会之后，河北建筑业进入改革阶段。扩大国有建筑企业经营自主权，组建了一大批企业性质的建筑公司；推行施工单位工程造价包干做法，对施工班组和个人实行“全优综合计件工资”，打破了吃“大锅饭”做法，经济效益逐渐趋好。

进入新世纪，河北开始推行现代企业制度改革，全省建筑业的产权制度、管理制度、劳动用工制度和分配制度等改革不断深化，国有企业改组改制步伐加快，以股份制为主的多种投资主体建筑企业和经济实体得到发展。到2012年，建筑业企业总数达到2499个，从业人员134.87万人。

河北建筑队伍积极实施“走出去”战略。利用区位优势，广泛承揽京、津、晋、沪等30多个省（市）的工程项目；逐步开拓国际市场，俄、法、日等20余个国家都有河北建筑人的身影。到2018年，河北建筑业总产值达到5740.2亿元，建筑业增加值2362.7亿元，占全省生产总值的6.6%，比1952年、1978年分别提高4.5%和1.6%，支柱作用不断增强。

党的十八大以来，河北突出建筑业科技创新，加速淘汰落后工艺、技术和材料，鼓励企业加大科技研发投入，加快推进建筑产业现代化，推动“大智移云”与建筑业的深度融合，促进全省建筑业可持续发展。

## 科技创新：满眼生机转化钧，天工人巧日争新

2013年3月21日，世界文化遗产——武当山遇真宫山门及东西配殿宫门顶升工程圆满完工。工程现场总指挥、河北省建筑科学研究院副院长边智慧悬着的心终于落了地，“山门加上托盘约重4600吨，对建筑整体顶升技术来说，仅这个重量就是个巨大考验。我们成功了，垂直顶升15米，创了世界纪录！”边智慧一脸自豪地说。

70年间，河北始终将建设科技创新作为行业提质增效的有力抓手，实现了跨越式发展。特别是党的十八大以来，建设科技创新和绿色建筑发展成为了河北转化发展新动能的重要举措，收到了良好成效。

自20世纪90年代起，河北出台了一系列建设科技改革措施，引导科研单位加强新技术、新工艺的推广应用，鼓励生产、施工企业进行科技研发和应用，以新技术、新产品、新材料、新工艺的开发引进和培养科技人才为依托，实施“十大建设科技工程”，提高了全省建设科技整体水平，到2012年，相关产业累计获得137项省级以上科技进步奖。

廊坊市周各庄城中村改造项目现场（高嵩 摄）

沧州市运东污水处理厂（杨润萍 摄）

古今辉映的正定县城（武志伟 摄）

党的十八大以来，河北"以企业为主体、市场为导向、产学研用相结合"的技术创新体系进一步完善，科创能力和科技成果转化率进一步提高。建筑业10项新技术、超低能耗建筑技术、建筑保温与结构一体化技术、建筑信息模型等相关研究持续深入，应用范围逐渐扩大，整体科技水平不断提升。

多年来，河北的建筑节能工作稳步走在全国前列。2014年起，全省所有政府投资的建筑、单体建筑面积超过2万平方米的大型公共建筑，以及省会建设的保障性住房，全部执行绿色建筑标准。到2018年，全省城镇节能建筑累计达6.367亿平方米，占全省城镇民用建筑总面积的49.03%；全省新增城镇绿色建筑累计达9927.76万平方米，占城镇新建建筑比例的57.84%。

截至目前，河北的超低能耗建筑的在建和竣工面积都位居全国第一。河北还有国内最早建成的超低能耗建筑——秦皇岛"在水一方"小区，国内最早建成的超低能耗公共建筑——河北省建筑科技研发中心科研办公楼。今年10月9日至11日，全球极具权威、极具影响力的国际被动房大会首次走进亚洲，在河北高碑店召开。包括有"被动房之父"之称的沃尔夫冈·菲斯特等在内的多位国际知名专家、学者云集河北，将河北在超低能耗建筑发展方面的影响力再次推上新高度。

为有牺牲多壮志，敢教日月换新天。70年筚路蓝缕，70年薪火相传。王子兴、邬天柱、马万水、张长河……开疆拓土的老前辈们为河北建设事业打下了坚实基础。迈入新时代，手持接力棒的新一代河北住房和城乡建设人必将不忘初心、牢记使命，在古老的燕赵大地上，再次唱响嘹亮的建设雄歌！

（刊登于《中国建设报》2019年11月8日4版）

内蒙古

# 建设祖国北疆亮丽风景线

格根哈斯

70年耕耘，塞外大地住房和城乡建设事业成果丰硕。70年发展，祖国北疆城乡面貌沧桑巨变。

中华人民共和国成立以来，在党中央亲切关怀和内蒙古自治区党委、政府坚强领导下，全区住房和城乡建设系统锐意进取、深化改革、砥砺奋进、开拓创新，谱写了住房和城乡建设事业发展壮丽篇章，城乡面貌发生了翻天覆地的变化。一座座宜居宜业的现代化城市、一个个美丽整洁的村庄嘎查、一条条宽阔平坦的通衢大道、一处处清新怡人的绿地景观，绘就了祖国北疆亮丽的风景线。如今的内蒙古，城乡建设快速发展，城镇化水平大幅提升，城市功能日趋完善，乡村面貌焕然一新，人居环境日益优化，住房和城乡建设各项事业发展取得了令人瞩目的成就。

## 城市面貌沧桑巨变

城镇化水平稳步提升。中华人民共和国成立以来，特别是改革开放以来，内蒙古坚持把积极稳妥推进新型城镇化作为经济社会发展的重要动力，以加快产业和人口聚集为重点，不断提高城市综合承载力、聚集力和辐射力，呈现出城市体系不断完善、城市功能持续提升、城乡面貌焕然一新、宜居特性持续改善等良好态势。内蒙古常住人口城镇化率持续提升，达到2018年的62.7%，比1978年提升41个百分点，高于全国同期3个百分点。

城市格局初步形成。深入实施《内蒙古自治区城镇体系规划（2017~2030年）》，基本形成以呼包鄂城市功能片区为引领，以锡赤通城镇带、呼伦贝尔——兴安盟城镇片区、乌海周边城镇片区为中心的“一核多中心、一带多轴线”城镇发展空间体系。呼包鄂城市群已初具规模，整体竞争力和影响力显著增强，产业分工协作更加合理，基础设施网络初步建成，城市规模结构更加完善，区域中心城市辐射带动作用更加凸显，大中小城市数量不断增加。截至2018年年底，全区共有20个设市城市，其中大城市2个、中等城市2个、小城市16个，旗县城关镇69个、建制镇388个，大中小城市和小城镇协调发展的格局正在形成。

城市建设成绩显著。城市功能逐步完善，综合承载能力显著增强，城市环境日益改善，

城市居民幸福感持续提升。截至2018年年底，全区城市用水普及率99.3%，比1990年提高23.3个百分点；人均道路面积22.75平方米，比1990年增加16.25平方米；人均公园绿地面积18.52平方米，比1990年增加15平方米；城镇生活污水处理率97.42%，比1990年提高73.3个百分点；城镇生活垃圾无害化处理率99.79%，比1990年提高82个百分点。全区城镇市政设施指标在全国的排名不断提升，其中城市用水普及率、人均城市道路面积、污水处理率、人均公园绿地面积、生活垃圾无害化处理率5项指标高于全国平均水平。建成一批博物馆、图书馆、体育馆、学校、医院等大型文化体育卫生设施。内蒙古已创建9个国家园林城市、8个国家园林县城，有13个项目获得中国人居环境范例奖。稳步推进海绵城市建设，13个城市完成了海绵城市专项规划编制工作，城市生态环境不断完善。积极保护城市历史文化遗产，自治区政府已公布17条历史文化街区，确定370个历史建筑。全区城市轨道交通实现零的突破，呼和浩特市地铁在建总里程49.5公里。城市地下综合管廊建成廊体78.24公里，包头市成为国家首批地下综合管廊建设试点城市。城市生态环境不断改善，自治区有4个城市被列为全国“城市双修”试点，14个城市被列为自治区“城市双修”试点。

城市管理精准精细。出台《内蒙古自治区人民政府关于深入推进城市精细化管理实施意见》《内蒙古自治区推进城市精细化管理三年行动方案（2018~2020年）》《内蒙古自治区城市精细化管理标准》等文件和标准，为全区城市精细化管理工作提供行动指南和工作标准。建立自治区城市精细化管理厅际联席会议制度，组织建设覆盖自治区、盟市、旗县3级的数字化城管执法平台，城市市政市容、环境卫生、空间秩序、交通管理、应急管理等方面的长效管理能力和水平持续提升，市民满意度明显提高。

坚持抓好关乎民生的“关键小事”，2018年以来积极推行“厕所革命”，计划到2020年基本解决全区城镇、景区、农村牧区公共厕所在数量、分布、标识、设施和管理等方面存在的问题，明显改善如厕环境。经过一年多的努力，全区城镇公共厕所建设管理工作取得了初步成效，已建起1500多座外形美观、环境整洁、功能完善的公共卫生间，有效解决了市民外出“如厕难”的问题。

城镇生活垃圾分类工作由点到面、逐步启动、顺利推进，成效初显。呼和浩特市先行先试，推进垃圾分类工作取得积极进展。2019年6月，全区各盟市政府所在地生活垃圾分类工作全面启动，到2020年实现公共机构生活垃圾分类全覆盖，到2025年基本建成生活垃圾分类处理系统。垃圾分类工作启动以来，各地加强组织领导，明确责任分工，开展宣传发动、出台实施方案、建立协调机制，取得积极进展。

## 住房保障圆百姓安居梦

改革开放以来，内蒙古自治区高度重视住房保障工作，稳步推进住房保障制度体系建设，先后启动了公有住房出售、经济适用住房建设、住房补贴发放、廉租住房保障、公共租赁住房保障等制度，人民群众居住条件大幅改善。2000～2018年，全区实施各类城镇保障性安居工程230.9万套，解决了居民“蜗居”“寄居”“忧居”等住房困难，阿尔山市林区棚户区、包头市北梁棚户区、赤峰市铁南棚户区改造任务已基本完成，乌兰察布市成为全国12个棚户区改造工作积极主动成效显著地区之一。

公租房保障让群众居有其所。坚持把公租房建设工作作为一项重大的民生工程、民心工程加以推进，不断完善制度政策，强化审核分配管理，实现了城镇低保、低收入住房困难家庭的应保尽保，并逐步扩大公租房保障覆盖面，将新就业无房职工、稳定就业外来务工人员和青年医生、青年教师、环卫工人、公交司机等住房困难职工纳入公租房保障范围。截至2018年年底，全区共有37万户住房困难家庭享受到公租房保障。

棚户区改造让群众出棚进楼。2008年以来，与建立住房保障制度相衔接，大力实施城市棚户区、国有工矿棚户区、中央下放煤矿棚户区、国有林区（场、站）棚户区（危旧房）、国有垦区危房改造工程在内的5类城镇棚户区改造工作。2008～2018年，全区实施各类棚户区改造193.9万套，完成投资约4029亿元，500多万居民出棚进楼，群众的住房条件和居住环境得到了极大改善。

在阿尔山林区棚户区改造过程中，以增进人民福祉为中心，按照“政府主导、地企联手、市场化运作、一体化推进”的总体原则，不断完善组织、政策、资金“三项保障”，完成阿尔山“头号民生工程”，历史性地改变了城镇面貌和人居环境，把党的温暖送到千家万户。在包头北梁棚户区改造过程中，积极创新融资机制和安置方式，围绕难啃的“硬骨头”集中精力打攻坚战，形成了政府引导、多方参与的格局，创造了仅用一年多时间改造13平方公里棚户区、安置5.3万户居民的棚改奇迹，形成了敢于迎难而上、攻坚克难的“北梁精神”。2015年1月，住房和城乡建设部在包头市召开了全国棚户区改造经验交流会，“北梁模式”成为搬迁改造的典型。

老旧小区改造让群众生活更美好。将城镇老旧小区改造作为民生工程，列入重要议事日程，坚持政府主导、社会参与、群众支持的思路，统筹实施建筑围护结构保温、室外管网改造及热源平衡、小区道路硬化、环境整治、绿化亮化、设施配套等措施。截至2018年年底，全区共累计完成老旧小区整治改造6863个、10212万平方米，投入改造资金187亿元，有效改善了居民的居住环境，取得了显著的社会效益和环境效益。

## 农村牧区美丽嬗变

农村牧区人居环境焕然一新。改革开放以来，内蒙古积极推进农村牧区基础设施和公共服务设施建设，村庄、集镇、建制镇公共基础设施日益完善，建设质量逐步提高。特色小城镇和美丽宜居、特色景观旅游等示范村镇建设速度进一步加快，全区共创建完成143个国家级重点镇、46个中国传统村落、37个国家级特色景观旅游名镇（名村）、17个国家级美丽宜居小镇（村）、12个国家级特色小城镇、7个国家级历史文化名镇（名村）。农村牧区生活垃圾治理力度持续加大，非正规垃圾堆放点得到清理整顿。截至目前，全区8317个行政村生活垃圾得到治理，已完成非正规垃圾堆放点整治销

号693个。制定了《2019年牧区厕所改造行动方案》《牧区户厕建设和管理规范》，支持33个牧业旗县5.17万户的户厕改造任务。

农村牧区危房改造成效显著。脱贫攻坚实施以来，按照中央“两不愁三保障”的要求，把建档立卡贫困户放在突出位置，率先出台农村牧区危房改造地方标准《脱贫攻坚农村牧区危房改造管理规范》，精准实施农村牧区危房改造。2009～2018年，全区共完成农村牧区危房改造任务128.6万户，完成投资176.3亿元，约320万住房困难群众实现了安居梦，对社会和谐稳定、民族团结和边疆稳固作出了积极贡献。2018年，内蒙古被确定为农村危房改造先进省区，确定乌兰察布市兴和县为激励旗县。按照内蒙古自治区脱贫攻坚工作安排，2019年将完成1.8万户“四类重点对象”危房改造任务，建档立卡贫困户危房将实现清零达标。

在开展农村牧区危房改造期间，内蒙古实施了符合本地区农村传统养老习俗、符合农村经济社会发展水平的“互助养老幸福院”模式，实现了农村牧区60岁以上有生活能力、无生产能力的低保户、五保户、残疾人贫困户和其他贫困户的安居梦，探索出了“集中居住、分户生活、社区服务、互助养老”的农村互助养老模式，深受广大农牧民欢迎。

## 房地产业平稳发展

改革开放以来，内蒙古房地产建设有了较快发展，广大群众的居住条件和生活环境有了明显改善。

房地产开发投资稳步增长。坚持“房子是用来住的、不是用来炒的”定位，正确引导和调控房地产市场走势，完善房地产市场服务体系，调整优化产业结构，进一步落实地方调控主体责任，整顿和规范市场秩序，促进全区房地产业平稳健康发展。2018年，全区房地产开发投资达到883亿元，比1990年的1.8亿元增长了489.6倍，年均增长23.2%。商品房销售旺盛，人均住房面积明显增加。2018年，商品房销售面积2007.7万平方米，比1992年增长46.5倍，年均增长14.7%。全区城镇人均居住面积由1990年的9.0平方米增加到2018年的34.7平方米。房地产业快速发展不仅带动了与之密切相关的多个行业的发展，同时创造了大量就业机会，促进城乡居民就业。

物业管理服务质量不断提高。连续开展“物业管理年”“物业管理服务规范年”“物业管理服务质量提升年”等一系列专项活动，物业管理工作不断加强。修订后的《内蒙古自治区物业管理条例》于2018年8月1日正式施行，为物业行业发展提供了法律支撑和服务标准。目前，全区城镇实施物业管理的住宅小区1.36万个，物业覆盖率达到82%，新建住宅小区物业覆盖率达到100%，物业从业人员约17万人，物业服务企业6000余家，物业行业发展取得了长足进步。

## 建筑业跨越发展

建筑业支柱产业地位进一步增强。中华人民共和国成立以来，特别是党的十八大以来，通过管理体制改革，调整优化结构，强化市场监管，扶持骨干企业，积极促进建筑业转型发展。出台了《内蒙古自治区人民政府办公厅关于促进建筑业持续健康发展的实施意见》，全区建筑业在产业规模、经济效益、综合实力、技术创新能力等方面显著增强，企业总数大幅增加，队伍规模不断扩大，高资质企业明显增多，建筑业的支柱产业地位进一步增强。2018年全区建筑业增加值1322亿元，区内企业完成产值1040亿元，企业数量达到5000余家，从业人员78万人。

工程质量安全得到加强。严格落实施工许可、工程竣工验收备案制度，加大工程质量安全管理力度，不断创新工程质量和检测机构监管机制，有效促进建筑业持续健康发展，全区建筑行业工程质量安全管理水平保持

稳中有升的良好态势。1984年至2019年，全区荣获中国建设工程鲁班奖（国家优质工程）工程项目50项，荣获“草原杯”工程质量奖工程项目661项，荣获优质样板工程的项目1774项。创建国家标准化示范工地130余个、自治区标准化示范工地3500余个，建筑业形成了争先创优的良好局面。

标准化信息化工作取得突破。中华人民共和国成立至今，内蒙古自治区建筑业历经系列变革，不断调整发展方式，与时俱进，建筑业在绿色化、信息化、装配化等方面取得了显著成效，标准化建设成果丰硕，新材料、新技术的研发及推广应用取得较大突破。截至目前，全区共出台工程建设地方标准108个，涵盖建筑节能、绿色建筑、装配式建筑、地下综合管廊等领域。2019年3月发布国内首个乳品工艺定额标准——《内蒙古自治区乳品工业管道及设备安装预算定额》，出台了《内蒙古自治区人民政府办公厅关于大力发展装配式建筑的实施意见》，稳步发展装配式建筑、绿色建筑、超低能耗建筑，积极推广BIM技术，推动建筑业与信息化、工业化深度融合。包头市被列为自治区装配式钢结构产业化基地、呼伦贝尔市被列为自治区装配式现代木结构建筑产业化示范盟市。

## 行业改革持续推进

全面推开全区城市管理执法体制改革工作，出台了《内蒙古自治区党委自治区人民政府关于深入推进城市执法体制改革改进城市管理工作的实施意见》。城市执法体制改革重点任务全面完成，体制机制逐步理顺。综合执法不断推进，城市管理执法队伍建设显著加强，城市精细化管理水平不断提升。

全面开展了工程建设项目审批制度改革，内蒙古自治区人民政府出台了《关于工程建设项目审批制度改革工作实施方案》，自治区住房和城乡建设厅制定了《内蒙古自治区工程建设项目审批流程图示范文本》等19项配套文件，全区已累计精简和规范审批事项189项。自治区本级工程建设项目审批管理系统已正式上线运行并与国家对接，盟市已全部完成与国家和自治区系统的数据对接。初步建成了全区工程建设项目审批信用信

息管理平台。实现了2019年6月底前将审批时间压缩至120个工作日以内的目标，为进一步优化自治区营商环境做出积极努力。

抚今追昔，鉴往知来。站在新的历史起点上，内蒙古自治区住房和城乡建设系统将深入学习贯彻习近平新时代中国特色社会主义思想，深刻铭记习近平总书记“建设亮丽内蒙古，共圆伟大中国梦”的期望和嘱托，切实增强“四个意识”，坚定“四个自信”，做到“两个维护”，按照中央和自治区部署要求，不忘初心、牢记使命，以更加振奋的精神状态、更加扎实的工作作风和更加有效的工作措施，着力推进住房和城乡建设领域绿色发展，补齐发展短板，全面提高发展质量和效益；着力保障和改善民生，解决住房和城乡建设领域人民群众最关心、最直接、最现实的利益问题，不断增强人民群众的获得感、幸福感、安全感，为打造祖国北部边疆亮丽风景线作出更大的贡献。

（刊登于《中国建设报》2019年11月11日4版）

# 同心同向著华章 云岭大地放光芒

罗海昌

云南

1949年10月1日，中华人民共和国成立。在党中央、国务院和省委、省政府的坚强领导下，云南省住房和城乡建设系统干部职工携手全省各族人民，开拓创新、奋发图强，各项事业发展取得了瞩目的成就，云岭大地的城乡面貌发生了翻天覆地的变化。

党的十八大以来，云南省住房和城乡建设系统干部职工深入贯彻落实党的十八大、十九大精神，紧紧围绕深入学习领会习近平总书记关于住房和城乡建设工作的重要指示批示精神，坚持新发展理念，坚持高质量发展，开创出全省住房和城乡建设事业发展新局面。

回顾70年，是一段让我们更加坚定中国特色社会主义道路自信、理论自信、制度自信、文化自信的历史；回顾70年，是一段更加树牢政治意识、大局意识、核心意识、看齐意识的历史；回顾70年，是一段更加坚定推进住房和城乡建设事业高质量跨越发展、为实现中华民族伟大复兴中国梦不懈奋斗的决心和信心的历史；回顾70年，风雨兼程，不仅是对初心的回望，更是对使命的传承。

## 开天辟地进入新纪元

云南省建城历史源远流长。早在2000多年前，滇王在昆明北郊建有苴兰城，此后历朝历代建城居多。抗日战争时期，云南作为抗日的大后方，城市建设得到了发展，昆明部分街区出现了“洋楼”、水泥路和柏油大街。但这时期，市政公用建设基本集中在昆明、个旧、开远、下关、曲靖等稍具规模的城市，村镇建设工作亦无规划可循。

中华人民共和国成立初期，云南各项事业百废待兴，历经数年战乱后集中财力恢复和发展经济成为全省的重点，城乡建设事业中主要是发展工业和相应的农业住宅建设。“一五”期间，以增加粮食生产为重点的农业建设和发展有色金属工业为重点的工业建设成为推动云南住房和城乡建设事业发展的主要力量。农业建设上，全省范围内大力开垦荒地，相继建立了河口、潞江、黎明、景洪等国营农场和热带作物垦植场。5年间全省共开垦荒地600万亩，加上改进耕作技术、兴修水利等，农民的温饱问题有所改善，部分地区农民开始建盖起了新的住房，村镇也陆续建起了信用社、合作社、卫生所，不少村镇还通了公路。工业建设上，

"一五"期间云南锡业公司、白银有色金属公司、东川矿务局、会泽铅锌矿等"156项"重点项目在云南立项实施，形成了国家层面对云南的大规模投资，促进了云南经济发展和城市化进程，为云南工程设计、技术、施工人员和产业工人的成长创造了条件。

云南省"一五"计划取得初步成果后，1956年云南省城市建设局成立，城镇测量和城市规划开始在全省范围内进行。1956～1960年的5年中，全省城乡建设事业有了稳步和较快发展的好势头。1960～1965年，在3年的经济困难期和3年的经济调整期间，云南省的城市建设机构和除昆明、个旧外的市县城市建设机构被撤销，人员被他调，城镇规划被搁置，一些市政项目被撤销。直至1964年，经济经过调整开始复苏，云南省基本建设委员会恢复成立，城镇建设开始复苏。

20世纪80年代的昆明主城区

现在的昆明主城区

## 改革春风吹醒云岭大地

1978年5月13日，《云南日报》全文转载了《光明日报》于5月11日发表的《实践是检验真理的唯一标准》，云岭大地同全国一道，掀起了真理标准的大讨论。同年，云南省城市建设局恢复成立。在中共云南省委、省政府的领导下，云南省改革开放的序幕逐渐拉开，经济社会进入快速发展时期，全省各个行业发生了日新月异的变化，经济社会得到快速发展，人民生活水平不断提升。特别是党的第十一届三中全会提出"改革、开放、搞活"的总方针后，云南城市、农村的生产潜力被激发，全省的国民经济开始快速发展。

1985年，全省的国土规划工作由点到面逐步展开，城市规划和建设在全省范围内展开，城镇建设逐步走上良性发展的轨道。在规划龙头作用的引领下，云南省城市发展进入资金投入、城市空间扩展、城市产业支撑、要素集聚和辐射带动能力提高最快的时期，第二三产业快速增长，城镇经济空前壮大，全省的城镇化率快速上升。1978年云南省的城镇化率为12.2%，2012年城镇化率增长到39.31%。

1999年，全省范围内开展了城市市容市貌整治及园林城市创建工作。世博会的举办让全省城市人均绿地面积提高至5.8平方米，城市道路、公共交通、供水、供电等得到较快发展。截至1999年年底，全省城市日供水能力达到200.85万立方米、城市道路2608千米，拥有城市公共汽车1593万标台、城市出租车1.5万余辆，设市城市煤气日供气量70万立方米、液化石油气年供气量9.5万吨、城市燃气用户达96.5万户，城市功能和城市环境不断改善。同时，全省建筑业和房地产业有序发展。1979年，全省县以上集体建筑企业仅115个，完成工作量4900多万元；2012年，建筑业成长为总产值超过2000亿元的产业。1980年，云南省首家房地产企业成立，房地产业缓慢起步；2012年，房地产业成长为超过1700亿元的产业。在改革的推动下，两大产业对全省经济社会发展的带动作用日益明显；城乡基础设施建设力度不断加大，推动着城乡经济快速协同发展，农村人居环境有了新的改善。2012年，全省城乡建设事业保持着稳步发展的良好势头。

## 砥砺奋进助力全面小康

党的十八大以来，在以习近平同志为核心的党中央、国务院的坚强领导和省委、省政府的工作部署下，

20世纪80年代的南屏街片区

现在的南屏街片区

云南省的城乡建设工作紧紧围绕着全面建成小康社会的宏伟目标，继续发挥城乡规划的引导和调控作用，加速城镇化进程，提高城镇化质量，统筹城乡协调发展，继续加大对房地产业和建筑业的管控力度，完善市场监管和宏观调控，促进资源节约和环境保护工作，加强社会管理和公共服务，加快体制机制创新，取得了历史性的成就。

规划科学引领作用持续提升。全省城乡建设事业在规划的科学引领下，建设和管理科学性及合理性不断提升。2015年，成立云南省城乡规划委员会；2016年，编制完成《滇中城市群规划（2016—2049年）》，滇中城市群成为国家重点培育的19个城市群之一。随着国家“一带一路”倡议的实施，滇中城市群面向南亚、东南亚开放的区位优势进一步凸显，迎来了快速发展的战略机遇期。经过长期努力，云南省对省域城镇体系规划及跨区域城镇体系规划等综合规划、总体规划、省级及以上风景名胜区规划以及规划实施过程中的重大规划调整事项、全省城乡规划建设管理的重大政策的指导力度不断加强，城乡发展建设中近期和远期、局部和整体的空间需求和供给关系问题更加协调，城乡规划制定、修改和实施中的突出问题得到明显改善，城镇化进程明显加快，城镇化率从2012年的39.31%提升到2018年年末的47.81%。住房保障工作成效显著。2018年，云南农村贫困地区农村居民人均住房建筑面积提高到34.9平方米，居住竹草土坯房屋从2012年的6%到2018年年底基本消除。2018年，居住砖混、钢混结构住房的农户比重57.9%，比2012年（25.6%）增加32.3个百分点。2019年上半年，全省4类重点对象危房存量（动态）37.61万户，开工36.94万户，开工率98.21%；竣工31.02万户，竣工率82.48%；有农村危房改造任务的124个县（市、区），73个县实现了“清零”目标，并综合运用9项脱贫攻坚农村危房改造工作制度推进其他县（市、区）实现脱贫攻坚农危改“清零”目标。城市中低收入群体基本住房问题持续改善，通过政府引导和多主体参与，以棚户区改造工程、老旧小区改造、建设保障性安居工程、发放住房补贴等一系列措施来解决中低收入人群的基本住房问题。引导各地用好改（扩、翻）建政策，因地制宜实施棚改，加快城市更新改造。截至2018年年底，共建设公租房91.01万套、棚户区改造项目建设110万套。2019年，按照“量力而行、尽力而为”原则，向国家申报了城镇保障性安居工程棚户区改造计划100921套，上半年基本建成43643套，年度发放租赁补贴45230户。随着保障性体系的政策覆盖面不断扩大，符合条件的新就业无房职工、外来务工人员和新就业大学生等将被纳入保障范围。

房地产业快速发展。2012年，全年全省房地产开发投资达1782.14亿元，商品房屋销售面积3237.75万平方米，商品房屋销售额1362.83亿元。2018年，全年全省房地产开发投资3247.23亿元，商品房销售面积4531.88万平方米，商品房销售额达3406.84亿元。同时，房地产规划布局逐渐合理，滇中城市群包括了49个县级行政区域单位，将聚集和引导全省60%左右的人口，成为全省房地产发展的重点区域；滇西中心城市、滇北、滇东北中心城市、滇南中心城市等区域性中心城市、中小城市、沿边城市齐头并进发展，形成合理的省内房地产发展科学格局。紧紧围绕省委、省政府打造“健康生活目的地牌”战略部署，通过提升开发项目品质、有效丰富产品供给等举措，多层次、多渠道解决好人民群众刚性、改善性和选择性住房需求。以房屋网签备案系统联网为抓手，以实现房地产市场科学监测研判为出发点，指导各地全面推行房屋买卖合同、租赁合同、抵押合同网签备案制度。目前，昆明、大理、丽江房屋网签备案系统已完成房屋网签备案与住房和城乡建设部、省级联网。突出防范化解房地产领域风险，持续深入开展打击侵害群众利益违法违规行为、治理房地产乱象专项行动，虚假销售、无盘虚售、占地不建、一房多卖、投机炒房等现象得到有效遏制，房地产市场秩序进一步规范。

建筑业持续快速增长。2012年，全省具有资质等级的总承包和专业承包建筑业企业完成总产值2386.4亿元，全年全社会建筑业增加值968.38亿元，实现利润80亿元，上缴税金80亿元。2018年，全省具有资质等级的总承包和专业承包建筑业企业完成总产值达5458.52亿元，全年全社会建筑业增加值2482.34亿元，实现利润185亿元，上缴税金230亿元。2019年上半年，全省完成建筑业总产值2200亿元以上，同比增长10%以上，完成建筑业增加值950亿元以上，不变价增速10%左右，作为支柱性产业对其他行业的支撑引领作用明显。同时，建筑业企业奖励扶持等政策不断完善，省外海外市场拓展能力不断加强，国内国际市场竞争力不断提升，“走出去”发展步伐愈发稳健，从业人员综合素质稳步提升，高素质人才储备不断加强，农民工工资拖欠整治工作成效明显，安全生产监管责任和主体责任切实压实，建筑业重大质量安全风险持续得到防控。

城乡人居环境显著提升。村庄规划管理全面推进，建立起“县—镇—村”三级村镇规划体系。2017年，112个县（市、区）实施乡村建设规划许可制度，覆盖率达86.8%。在住房和城乡建设部检查评比中，云南省乡村规划工作名列全国第二。“一水两污”（自来水供水、垃圾处理和污水处理）和乡镇村庄公厕建设持续推进，从源头上着力解决农村地区“垃圾靠风刮、污水靠蒸发”的环境脏乱差问题。“厕所革命”持续推进，城市公厕和乡镇镇区旱厕开工、完工率逐年上升。城市黑臭水体整治稳步推进，截至2019年上半年，全省进入全国监管平台33条黑臭水体中31条整治工程初见成效。垃圾分类体系建设有序推进，全省8个地级城市生活垃圾分类工作全面启动，昆明市主城区30%的街道开展城市生活垃圾分类试点。

补足城市基础设施短板。2012年，全省高速公路通车里程为2900公里，在建铁路里程1500公里。昆明长水国际机场刚投入运营，昆明地铁只有6号线一条通车运营。2016年6月，轨道交通远景规划线网全长达562公里，由14条线路组成放射普线网+穿越快线的线网组成，通车里程达88.7公里，运营里程在全国开通运营的31个城市中排名第16位。2018年，云南省“五网”基础设施建设继续稳步向前，“能通全通”工程加快推进，新增高速公路通车里程176公里，总里程达5198公里，新增高铁运营里程320公里，总里程达1026公里。同年10月，昆明轨道交通5号线金海新区站至福保站区间右线贯通。地下综合管廊和海绵城市等基础设施建设工作成效明显。2019年上半年，全省完成城市基础设施建设投资约120亿元；开工建设城市地下综合管廊10公里、海绵城市32.06平方公里，新建污水配套管网235公里；开工建设轨道交通10公里，新建城市燃气管网190公里；申报重大储备项目430个，争取国家排水

20世纪80年代的翠湖公园片区

现在的翠湖公园片区

防涝“补短板”6个项目资金0.94亿元；申报老旧小区改造总户数15.06万户，总面积1968.33万平方米，总投资额162.47亿元；启动实施55座污水处理厂提标改造项目，全省建成并投入运行的144座城镇污水处理厂运行负荷率达86.87%，城镇污水处理率达到91.87%。

助力“中国最美丽省份”建设。康养小镇、“美丽县城”“国家园林城市”、历史文化名城保护、传统村落保护、特色小镇建设工作全面推进。目前全省共有1212处历史建筑已确认公布，共708个传统村落列入中国传统村落名录，数量居全国前列。特色小镇建设成效明显，发展方向更加明确，支持政策更加精准。2018年，落实22.5亿元财政奖补资金支持15个特色小镇。2019年，全国特色小城镇第二调研组对瑞丽市畹町镇、大理市喜洲镇、建水县西庄镇等13个特色小城镇开展全覆盖调研工作后总体评价较好。

营商环境明显优化。统一全省工程建设项目审批事项、申请表单、审批流程，制定印发了包括房屋建筑及市政基础设施工程、交通、水利、能源等领域项目在内的11类建设项目审批流程图。原则规定政府审批时间最长120个工作日，一般项目90个工作日，最短审批时间40个工作日（装饰装修工程）。政务服务持续优化，梳理出全省住房和城乡建设领域依申请办理事项共280项，办事材料从原有的1465项（次）减为1034项，减少率达29.41%，加快推进“一网通办”和“一部手机办事通”事项，全省包括省级职工住房资金中心在内的12个公积金中心实现公积金查询事项上线办理。

助力推进绿色城市建设。2017年6月，《云南省人民政府办公厅关于大力发展装配式建筑的实施意见》印发，要求到2020年年初步建立装配式建筑的技术、标准和监管体系，明确到2020年和2025年各州（市）装配式建筑的发展目标；2018年，省住房和城乡建设厅在国内率先编制完成了《云南省2017建设工程综合单价计价标准》，并于5月1日正式实施；2019年上半年，省住房和城乡建设厅会同5个部门联合印发了《云南省绿色装配式建筑及产业发展规划（2019—2025年）》，规范装配式建筑认定程序，推广新型建造方式，累计有16个研发项目和9个省级示范工程建立了可推广应用的装配式混凝土建筑技术体系。全省新建建筑全面执行节能强制性标准，设计阶段绿色建筑占新建建筑比重46.5%，设计和施工阶段节能标准执行率均达到100%。

党的建设全面加强。从严治党主体责任全面落实，“四个意识”更加牢固，“四个自信”更加坚定；基层组织建设基础持续牢固，抓基层、打基础；持续推进党支部规范化建设和“互联网+党建”，机关党建全面进步全面提质；中央八项规定及实施细则和相关实施办法严格落实，形式主义、官僚主义整治成效明显；党风廉政建设和反腐败斗争全面推进，党风廉政建设主体责任和监督责任严格落实；拒腐防变思想防线越筑越牢，监督执纪“四种形态”得到深化运用。

（刊登于《中国建设报》2019年11月12日4版）

广东

# 继往开来
# 书写南粤新篇章

在广东省委、省政府的领导下，全省住房和城乡建设系统不断增强服务中心大局的意识能力，贯彻新发展理念，落实高质量发展要求，聚焦主业，勇于担当，认真履职尽责，努力开创住房和城乡建设工作高质量发展新局面，为广东“四个走在全国前列”、当好“两个重要窗口”作出更大贡献。

## 保持房地产市场总体平稳健康发展，住有所居水平不断提高

党的十八大以来，省委、省政府认真贯彻落实党中央、国务院决策部署，多主体供给、多渠道保障、租购并举的住房制度不断完善，实现了房地产市场总体平稳健康发展。全省开工商品房9.12亿平方米，竣工4.21亿平方米，销售7.57亿平方米，建成环境优美、配套齐全的宜居社区2544个，全省居民人均住房建筑面积达38.5平方米。

保障更多住房困难群众实现从“忧居”到“优居”。省政府先后出台《广东省城镇住房保障办法》《关于加快棚户区改造工作的实施意见》《关于推进住房保障货币化改革的指导意见》等多项政策措施，加强政策引导。公租房基本实现对城镇户籍低保、低收入住房困难家庭应保尽保，并开展定向配租让12万（户）青年教师、青年医生、环卫工人、公交车司机等公共服务领域的特殊群体享受到公租房福利。广州、深圳、珠海、佛山、茂名5市开展共有产权住房政策探索试点工作，广州、深圳、惠州等市不断降低准入门槛，为更多困难群众提供更好保障。党的十八大以来，全省共新开工保障性住房18.6万套、棚户区改造安置住房28.7万套、新增发放租赁补贴6.4万户，基本建成各类保障性安居工程住房55.8万套，竣工28.6万套，39万户住房困难群众住进了公租房，新增解决超过126.1万人住房困难问题。全面推进农村危房改造，累计完成超过82.5万户农村危房改造任务，全部完成2578户以船为家渔民上岸安居工程。

住房公积金让更多职工圆了安居梦。自从1992年广州建立住房公积金制度以来，住房公积金为广东城镇职工住房问题解决燃眉之急，切实发挥了住房公积金的住房保障功能，全国较早开展提取自动转账，率先实施对受托银行考核和纳入商事登记“多证合一”，推出网上

广州市龙归花园保障房小区

大厅和实现微信自助办理，首次启用人脸识别技术，并积极推动住房公积金扩面，将企业、个人以及港澳台在广东就业人员等纳入缴存范围。党的十八大以来，全省新增住房公积金缴存职工411.95万人，新增个人贷款发放4306.44亿元，支持98.37万户职工家庭购房。个人住房公积金累计缴存总额达到16727.66亿元。

租购并举让更多群众住有所居、住有宜居。深圳市在全国率先制定实施了《关于深化住房制度改革加快建立多主体供给多渠道保障租购并举的住房供应与保障体系的意见》，引起社会各方好评。广州、深圳、佛山、肇庆4个住房租赁试点城市在培育和发展租赁市场方面取得较好成效。截至2018年年底，全省21个地级以上市成立41家国有住房租赁企业，合计筹集房源5.7万套，全省21个地级以上市均建立了政府住房租赁管理服务平台并正式上线运行，平台累计上线房源超40万套。

## 坚持建设和管理并重，城市建设品质不断提升

中华人民共和国成立以来，广东城市建设坚持尊重和顺应城市发展的规律，将岭南城市“四季花常开、草常绿”的地域特征和“改革开放敢为人先”的时代风貌相互结合，将城市现代化建设与传统岭南历史文化街区、建筑的保护并重，在南粤大地上建成一座座“人美、花美、城美”的具有岭南特色的现代化城市。特别是党的十八大以来，全面推进城市基础设施再升级，污水、垃圾处理能力和地下综合管廊建设居于全国前列；精心开展城市净化、亮化、绿化、美化，不断加强城市管理，城市建设品质不断提升。

城市基础设施不断完善。一是出台一系列重要政策文件和规划。创新编制了省级城市基础设施建设规划，推动出台实施《关于居民生活垃圾集中处理设施选址工作的决定》和《广东省城镇生活污水垃圾处理设施建设“三年攻坚”行动方案》，切实加强工作统筹和任务落实。二是推动一系列试点城市建设。广州成功入选国家综合管廊试点城市，深圳和珠海入选国家海绵城市试点城市，广州和韶关入选国家老旧小区改造试点城市。三是有效提升城市基础设施水平。党的十八大以来，累计建成污水管网近6万公里，其中2018年一年新建城市污水管网7615公里，累计建成运营市（县）生活污水处理设施350座，日处理能力达2362万吨。生活垃圾处理“一县一场”项目全部建成，全省共建成130座生活垃圾处理厂，日处理能力达10.8万吨，生活垃圾处理能力首次超过生活垃圾产生量，全省城市生活垃圾无害化处理率达到98%，提前完成国

东莞市松湖夜景

家下达的“十三五”目标，全省拥有12个3A级生活垃圾焚烧项目，占全国41.4%，是全国最多的省份。推进城市地下综合管廊建设，已建成259公里，完成投资约390亿元，已建成并顺畅运营的地铁线路24条，总里程839.64公里，在建815.66公里，41个设市城市全面编制完成防水排涝规划和地下管线普查工作，建立起城市地下管线信息系统。

城市空间品质不断提升。一是多措并举，推动垃圾分类工作。2015年9月25日颁布了将生活垃圾分类纳入立法的省级地方性法规——《广东省城乡生活垃圾处理条例》，制定全省生活垃圾分类实施方案，全面启动全省地级以上城市生活垃圾分类工作。推动广州、深圳积极推进生活垃圾分类工作，广州市创建了300个生活垃圾分类样板小区（社区）、打造了30个生活垃圾分类资源化利用示范村；深圳市推进“大分流、细分类”，逐步形成集标准规范、分流分类、宣传督导、责任落实为一体的垃圾分类“深圳模式”。二是敢于攻坚，抓实黑臭水体整治。全面推进城市建成区黑臭水体整治，广州市成为国家黑臭水体治理示范城市，广州市双岗涌、车陂涌、土华涌，深圳市福田河整治被作为成功经验进行宣传。三是点面结合，推进历史文化保护与利用。总结推广永庆坊“微改造”经验，用“绣花”功夫做好历史文化名城、名镇、名村、街区、历史建筑和传统村落保护利用，建立覆盖全省的历史建筑数字化平台，在城市总体规划或历史文化名城保护规划中共划定94片历史文化街区，确定并向社会公布3220处历史建筑。四是强化城市提质，提升环境质量。全面调查摸底老旧小区基本情况，建立台账，全省累计改造小区290个、31.19万户、建筑面积1835万平方米。积极推动深圳、广州、珠海城市设计试点和惠州生态修复城市修补试点工作。截至2017年年底，全省人均公园绿地面积和建成区绿地率分别达到18.24平方米和43.47%。全省累计成功创建国家生态园林城市1个、国家园林城市20个、国家园林城镇3个、2155处社区体育公园和3408个城市公园。大力推进厕所革命，印发了城市公厕建设管理三年行动方案，近年来全省新建和提升城市公厕2508座。

城市管理水平不断提高。按照国家及省委省政府的部署，推动市县城市管理综合行政执法机构设置和集中行使住房和城乡建设领域行政处罚权。深入开展“强基础、转作风、树形象”专项行动，实现全省城市管理协管人员制式服装、标志标识、执法执勤用车标志涂装规范统一，完成科级以上干部轮训。建成省级数字化城市管理监督平台，推动形成全省数字化城市管理“一张网”。全力推进城市违法建设治理，自2016年8月全省统一开展违法建设治理行动以来，全省共治理违法建设2.83亿平方米（含拆除违法建设2.12亿平方米），城市形象提升明显。完善城市基础设施及建（构）筑物防御台风、暴雨灾害工作体制和区域联防机制，实现全省住房和城乡建设系统统筹工程应急救援物资设备和救援力量，为全省历次成功抗击超强台风、暴雨等自然灾害作出了积极贡献。

绿道建设成为美丽中国、永续发展的局部细节。2010年起，广东提出建设绿道，截至2018年年底，全省累计完成绿道建设18019公里，其中省立绿道6024公里、市立绿道11995公里，形成了“省立绿道—城市绿道—社区绿道”互联互通的完整、连续、可达的绿道网络；沿途驿站、停车场、公共目的地、社区体育公园等配套设施日趋完善，使用日益广泛。2016年，为了进一步做好绿道建设的延续和传承，增强绿道的文化内

整治后的广州市沙基涌

珠海海天驿站（绿道）完成改造并正式对外开放

涵，广东先行探索，提出并推动南粤古驿道活化利用，以“绿道、古驿道”为抓手，以城带乡，以道兴村，创造性地将“南粤古驿道”保护利用工作拓展成为涵盖乡村建设、文物保护、生态平衡、体育健康、文化旅游、经济发展乃至精准扶贫在内的综合性项目，以古驿道保护利用工作为主线抓手，充分整合体育、农业、文化、旅游、生态等不同产业发展的资源要素，全面实现乡村振兴。自2016年开展南粤古驿道保护利用工作以来，广东全省累计发现906处古驿道遗存和233条古驿道，活化了8处南粤古驿道示范段，推进了11条南粤古驿道重点线路共780多公里的修复工作，保护修缮了一大批古驿道旁的历史文化遗存。通过深入挖掘古驿道上的红色文化，当地打造了若干条红色旅游线路，使南粤古驿道成为广东的一张新名片。

## 大力建设美丽乡村，农村人居环境不断提升

党的十八大以来，广东着力补齐村庄建设短板，按照“格局美、建筑美、风俗美、风光美”标准，打造了一批美丽乡村，累计创建中国传统村落160个、历史文化名村22个、环境整治示范村6个、美丽乡村示范村5个，全国特色小镇20个、历史文化名镇15个、美丽宜居小镇5个。

大力补齐村镇生活垃圾污水处理短板。有序推进村镇污水处理设施建设。指导粤东西北和惠州、江门、肇庆共15个地级市70个县（市、区）全面推行PPP模式，整县推进村镇污水处理设施建设。全省1135个乡镇中，生活污水处理设施已覆盖583个乡镇，覆盖率达51.4%，珠三角9市除肇庆市外，建制镇已基本实现污水处理设施全覆盖。全省基本形成“村收集、镇转运、县处理”的村镇生活垃圾收运处理模式，建成23万个垃圾收集点、1900余座镇级转运站。完成212个非正规垃圾堆放点整治，完成435个镇级填埋场整改（验收），推动南澳等4个县（市、区）成为第一批农村生活垃圾分类和资源化利用示范县，指导翁源县探索垃圾分类减量，试点推动“垃圾不落地”。

着力加强乡村风貌引导与管控。全力推进设计下乡工作，建立县镇村三级下乡服务体系及设计师驻镇服务制度，选取翁源县、开平塘口镇、连平大湖镇、英德连江口镇连樟村为首批省级设计下乡试点。开展乡村整治，印发《岭南新风貌·广东省农房设计方案图集（第一册）》供村民使用，逐步规范农房建设风貌，提升村容村貌水平。建立乡村规划建设管理教育培训基地，在开平市塘口镇等地筹建广东省乡村振兴工匠培训基地，定期开展村镇规划建设管理人员培训，培育一批乡村工匠，提升乡村设计和建设水平。

## 强化建筑产业实体经济地位作用，建筑业现代化水平不断提高

党的十八大以来，广东从建筑产业实体经济的基本

广州塔、猎德大桥

属性出发，完善基本制度、优化监督管理、营造市场秩序、推动交流合作，促进全省建筑产业更好更快更优发展。2017年，全省建筑业总产值首次突破1万亿元大关，2018年达到1.37万亿元，具有资质等级的建筑企业6509个，从业人员超过280万。建筑业特级资质企业增至23家，施工总承包一级企业增至476家。共34个项目获得鲁班奖，尤其是2016~2017年，有16项工程获奖，创历史新高。

科技创新成果突出。党的十八大以来，全省达到国内先进水平以上的建设科技成果共1201项，其中4项达到国际领先水平、63项达到国际先进水平。培育了266个住房和城乡建设部科技计划项目，87个项目获得华夏科技奖。二是打造创新平台。培育一批具有自主研发能力和成果转化能力的创新示范企业，建立了广东省BIM技术联盟等一批创新交流平台。

市场环境不断改善。印发促进建筑业持续健康发展、繁荣建筑创作等一系列政策文件，开展“广东省勘察设计大师”“广东省传统建筑名匠”认定工作，将岭南“传统营造法式”记录成册。积极推进工程总承包、全过程工程咨询、建筑师负责制等试点工作，创新工程建设组织方式，推行建设工程保证保险，自实施以来，2018年有效盘活企业资金约25亿元。完善建筑市场监管公共服务平台，落实建筑市场主体黑名单制度，进一步维护市场秩序。大力推进工程建设领域用工实名管理，全省地级以上市建成用工实名制管理信息系统，实现国家、省、市实名信息互联共享，通过信息化手段，规范工程款和农民工工资支付，保障务工人员权益，全省已有60.8万农民工信息记录在册。开展房屋市政工程建设领域拖欠农民工工资的整治，累计追发农民工工资超过50亿元，惠利人数超过25万人。2018年的欠薪积案项目全部得到解决。

工程质量安全管理不断加强。健全了挂牌、安全许可动态管理等工作制度。深入开展工程质量治理两年行动和工程质量安全提升三年行动。大力推行“两书、一牌”制度，有力推动工程建设五方主体落实质量终身责任。坚持铁腕治安，安全生产形势总体平稳可控。2018年房屋市政工程一次通过验收合格率达到100%，“两书一牌”签订率达100%。

绿色建造模式不断推广。积极推动将《广东省民用建筑节能条例》修订为《广东省绿色建筑条例》，启用“广东省绿色建筑信息平台”，实现绿色建筑评价标识工作全网络化操作，建成了前海深港合作区等一批高星级绿色建筑发展聚集区。截至2018年年底，全省年内新增绿色建筑面积8990万平方米，城镇绿色建筑占新建建筑比例49.5%。大力推广绿色建材，建立3个省级可再生能源建筑应用示范项目，大力推广高性能混凝土

深圳湾远眺

发展应用，完善散装水泥设施设备备案、散装水泥统计网上直报等制度。大力发展装配式建筑，建立1个国家和省级装配式建筑示范城市——深圳市、15家全国装配式建筑产业基地、44个省级装配式建筑产业基地和17个省级装配式建筑示范项目。

粤港澳合作成果丰硕。一是拓展在粤执业的港澳人员范围。允许已取得内地二级建筑师、二级勘察设计工程师、二级建造师执业资格的港澳人员，办理注册手续后在粤执业。目前已有1600多名香港专业人士通过互认取得内地注册执业资格，150多名香港专业人士在粤执业注册。二是粤港澳建筑业企业携手“走出去”步伐加快。联合香港贸易发展局召开粤港“一带一路”投资合作圆桌会、举办“未来建设·建设未来”论坛，组织全省建筑业企业参加香港第三届“一带一路”高峰论坛，与“一带一路”沿线国家对接项目近200项，支持成立“一带一路”建设产业联合会、粤港澳大湾区工程设计联盟、粤港澳大湾区生态及景观联盟等行业组织，深化粤港澳建筑及相关工程服务合作，构建三地建筑业企业携手“走出去”的“大平台”，拓展国际建筑工程领域“大市场”。三是自贸区试点实施香港工程管理模式。继前海、横琴之后，积极推动在南沙片区粤港深度合作示范区试点引入香港工程建设管理模式，广泛引入香港工程建设领域的优势专业机构和人员在试点项目直接从业。

## 加大改革推进力度，管理服务水平有效提升

党的十八大以来，广东通过全面深化改革，紧紧围绕治理能力和治理体系现代化要求，攻难点、治痛点、疏堵点，深化放管服改革，有效提升工作水平，改善行业形象，让权力在阳光下运行，更好方便企业群众、服务经济社会发展。

切实转变政府职能。党的十八大以来，全面落实简政放权，省厅权责清单中的行政许可事项从2014年的24项减少到9项，减少了62.5%。将5项资质转移至相关协会开展资信管理工作，12项省级行政职权事项委托下放至广州、深圳实施，并采取事中日常检查、随机抽查、事后“双随机”等方式加强对职能转移后的监督。2018年，住房和城乡建设厅涉及省级行政许可办理量由2017年的2.64万件下降至1.45万件，下降率达45%。在全国率先放开施工图设计文件审查机构数量，提高审图效率。实施广东自贸片区建筑业企业和房地产开发企业资质许可的“告知承诺制”审批改革，行政许可办结时限由法定20个工作日下降为2个工作日。实施“网上申报不打烊”“网上审批不见面”“交件取件零跑动”“政策标准常宣贯”等一系列便民服务措施，取得良好效果。

全面开展工程建设项目审批制度改革。印发全省关于全面开展工程建设项目审批制度改革实施方案，并配套出台系列配套文件。省工程建设项目审批系统也已建设完成，截至2019年8月底，实现广州、深圳、东莞、佛山、肇庆五市与国家及省的系统数据对接工作。广州、深圳两试点城市平均审批时限由改革前的200多个工作日压缩至政府投资类90个工作日以内、社会投资类50个工作日以内，珠海、佛山、东莞、中山等审批时限也在原审批基础上实现50%左右的压缩。

（广东省住房和城乡建设厅供稿，刊登于《中国建设报》2019年11月13日8版）

新疆

# 边疆兴建设 辉煌耀天山

新疆维吾尔自治区住房和城乡建设厅坚决贯彻落实新时代党的治疆方略，紧紧围绕社会稳定和长治久安总目标，树牢“四个意识”、坚定“四个自信”、做到“两个维护”，敢于担当、改革创新、攻坚克难，积极谋划，统筹推进住房和城乡建设事业高质量发展，推动全区住房和城乡建设事业发展取得新进展、新成效，为全区社会大局和谐稳定、经济平稳健康发展作出了积极贡献。中华人民共和国成立70年来，在党的坚强领导下，新疆住房和城乡建设事业不断发展，城镇住房体制、建筑业体制机制、城乡规划建设管理体制等改革深入推进，实现了重大突破。尤其是改革开放40多年来，更是新疆有史以来住房和城乡建设投入最多、基础设施建设力度最大、人居环境改善最快、城乡面貌变化最显著的辉煌时期。新疆住房和城乡建设事业的长足进步，为新疆经济社会的发展、各族人民居住环境的改善作出了积极的贡献。

## 聚焦民生　全力推进住房安全有保障

党中央、国务院历来高度重视改善新疆各族人民群众的民生问题，出台一系列支持新疆建设和发展的优惠政策，特别是党的十八大以来，自治区党委、人民政府贯彻落实以习近平同志为核心的党中央治疆方略，把切实保障全区各族人民群众住房安全、提高农村住房抗震防灾水平、实施城镇保障性安居工程，作为重要的民生工程。

推进农村安居工程建设。2011年，自治区正式启动农村安居工程，确定了“十二五”期间全区农村安居工程建设总任务为150万户。截至2015年年底，累计投入资金1212.4亿元，建成农村安居房150万户。“十三五”以来，全区共完成农村安居工程108.22万户。2011～2019年，全区累计完成农村安居工程258.22万户，900余万农牧民群众入住新居，农村建档立卡贫困户基本住房安全问题得到解决。到2020年年底，将基本实现全区农村安居工程全覆盖。农村安居工程的实施，切实改善了各族农牧民群众的住房条件，成为各族群众看得见、摸得着的“得民心工程、惠民生工程、促民安工程”。

大力实施城镇保障性安居工程。“十三五”期间，全区棚改任务为119.08万套，其中2016年至2018年已完成90.19万套，2019年计划实施棚改14.69万套，上半年已开工7.79万套

（占年度任务的53.03%）、完成投资142.21亿元。2018年，3万套公租房任务已全面开工建设，竣工2.4万套。2019年计划新开工建设公租房5.097万套，已开工1.75万套、完成年度开工任务的34%、投资3.81亿元。

推进抗震防灾工程，推广应用减隔震技术。2008年以来，对不符合现行抗震设防标准公共建筑进行排查鉴定，对重要建（构）筑物学校、医院进行抗震加固与改造。全区完成城乡重要建（构）筑物学校、医院抗震防灾工程项目12968个、建筑面积1378.83万平方米。2016年以来，新疆抗震设防烈度8度及以上地区学校医院重点场所均采用了减隔震技术。目前已建成采用减隔震技术建筑1000多栋，新疆已是全国建筑减隔震技术应用范围最广的地区之一，位居全国第二。通过实施抗震防灾加固改造工程，全区教学医疗基础设施和安全环境明显改善，综合抗震防灾能力明显提升，为新疆维护社会稳定和长治久安发挥了积极的作用。统筹推进建筑节能和煤改电工程。新疆建筑节能工作自1994年启动，取得了突破性进展。截至2018年年底，全区新建节能建筑约3.5亿平方米，完成既有居住建筑供热计量及节能改造1.1亿平方米，建成可再生能源建筑应用项目4300万平方米。建成绿色建筑4421万平方米。积极推进南疆四地州煤改电工程，健全完善相关政策标准。自2016年全区开展电供暖工作以来，截至2019年上半年，全区电供暖面积约2303.78万平方米，占供暖总面积的3.22%。

开拓创新，全区住房公积金信息化建设取得显著成效，打造了全疆统一的集业务管理系统、监管系统、共享平台及综合服务平台四位一体的“智慧公积金”平台。新疆住房公积金制度始建于1995年，全区现有14个地州市住房公积金管理中心，从业人员1181人。截至2019年9月底，全区实缴职工253.22万人，缴存总额3038.85亿元，同比增长15.83%；提取总额1827.59亿元，占缴存总额的60.14%，同比增长17.31%；累计发放个人住房贷款91.19万笔，发放金额1640.18亿元，同比分别增长8.22%和16.79%；资金使用率88.06%，为新疆各族群众实现“住有所居”作出了积极贡献。

## 攻坚克难　城乡建设事业成绩斐然

中华人民共和国成立70年来，城乡建设发生了翻天覆地的变化。新疆住房和城乡建设厅始终将城镇市政基础设施建设作为全区城乡建设的重要工作内容强力推进，全区各项市政基础设施建设日新月异，人民幸福感不断提升。

城市绿量大幅提升。截至目前，全区城镇建成区绿化覆盖率49.38%，比1978年26.07%上升了23.31个百分点，城市建成区面积从167.5平方公里扩大至1091平方公里，增长了5.5倍；建成区绿地率34.5%，公园503座，人均公园绿地面积13.97平方米，拥有国家园林城市15个、国家园林县城19个、国家节水型城市2个，获中国人居环境范例奖19个。乌鲁木齐市将城市绿地建设作为城市设计的重点内容，强力推进，先后完成了主要干道两侧的城市设计工作。城市街景整治工作随之全面启动，沿街楼体亮化、牌匾改造，城市面貌焕然一新。

城镇污水处理设施建设水平不断提高。截至目前，已建成投运的108座城镇生活污水处理厂中，一级A排放标准达到66座（占比61%），较2018年年初增加了44座，城镇生活污水处理率约为93%。乌鲁木齐市不断加强城市建成区污水管网建设，提高控源截污水平，成功申报为全国第二批黑臭水体治理示范城市。

城镇供水日益规范，城市节水水平不断提高。全区建成使用城镇供水厂167座，城镇供水管网总长1.6万多公里，城镇用水普及率达97.58%，其中5座供水厂采用了先进的反渗透膜深度生产处理工艺。初步建立了自治区城镇供水水质监测网络体系，建成具备检测106项指标能力的水质检测实验室4个。全区城镇供水水质合格率由2012年的95.89%提高至2018年的97.2%，提高了1.31个百分点，水质得到较大改善。全区共有自治区节水型单位（企业）91家、自治区节水型小区39家。

城镇生活垃圾减量化、无害化、资源化水平日益提高。截至2018年年底，全区相继建成城镇生活垃圾转运站（中转站）85座，城镇生活垃圾处理率为97.48%，无害化处理率为80.79%，其中城市生活垃圾无害化处理率为91.98%、县城生活垃圾无害化处理率为56.76%。乌鲁木齐市、库车县等58座城镇生活垃圾填埋处理场，已达到了二级以上的无害化处理标准。

建立健全城镇燃气供热安全供应体系。按照统筹规划、循序渐进和安全环保的原则，各地加快编制城镇燃气设施发展专项规划，明确发展目标、项目布局，推进城镇燃气基础设施建设。截至2017年，全区城镇燃气管道共计1.6万公里，加气站463座，用气户数约398万户，用气人口约905万人。加强供热企业应急管理，切

实解决城镇供热采暖工作中存在的突出问题，保障冬季供热总体平稳。截至2018年，全区累计建成集中供热管道16706千米，年供热总量蒸汽205万吉焦、热水23328万吉焦，集中供热面积47175万平方米，其中住宅面积30939万平方米。

加强城市道路桥梁安全。截至2018年年底，全区城市道路总长13793.3公里，道路面积20668.38万平方米，人行道3957.11万平方米；桥梁总数870座，其中大桥及特大桥166座、立交桥81座；道路照明灯826358盏，安装路灯的道路长度8172.42公里，城市照明总用电量42644.69万千瓦时，城市照明装灯总功率125522.75千瓦。城市道路桥梁体制进一步健全，道路辅助设施进一步完善，标识、标线、标志、标牌进一步齐全，管理水平进一步提高。稳步推进城市地下综合管廊的建设。目前全区乌鲁木齐市、克拉玛依市、和田地区于田县已完工地下综合管廊长度28.5公里；乌鲁木齐市、阿克苏市、哈密市在建管廊全长55公里，已开工长度16.8公里。

## 改革创新　推动建筑业高速发展

中华人民共和国成立初期，新疆建筑业基础几乎为零，建筑业企业和从业人员屈指可数，技术专业种类单一。经过几十年的努力，全区建筑业不断发展壮大，建筑业总产值增加125倍，建筑业增加值占GDP比重达到7.3%，在国民经济中的支柱产业地位进一步增强。

1978年，党的十一届三中全会开启了中国改革开放的历史新时期，新疆建筑业也经历了“人员队伍由小到大，专业门类由缺到全，技术手段由手拿肩扛为主到工厂化、机械化制造”的发展历程，逐步形成了拥有可独立完成勘测、设计、施工、监理并覆盖基础工业、交通通信、水利电力、市政工程和民用建筑等门类齐全、专业队伍基本配套的庞大产业大军，建筑产业发展取得了令人瞩目的成就。

“十二五”期间，全区总计完成建筑业总产值9584亿元，实现全社会建筑业增加值3220亿元，实现税收534亿元，分别是“十一五”期间的2倍、3.8倍和3.9倍，建筑业对自治区GDP的贡献率平均为8.6%。“十二五”末期，全区建设工程企业达到3400家，其中施工总承包特级企业达到4家、一级企业124家；勘察设计甲级企业达到81家，监理综合甲级企业2家、甲级49家；建筑业从业人员达到80万人。建筑市场秩序进一步规范，各类违法违规行为得到有效遏制。建筑市场监管方式改革取得了突破性进展，从传统的资质管理为主，向以资质管理和信用管理并重、“两场”联动、信息化为主要特征的现代监管方式转变。工程质量治理两年行动和建筑安全专项整治效果良好，成功申报国家级工法21项，其中9项工程分获鲁班奖（国家优质工程）、詹天佑奖，8个项目获全国优秀勘察设计奖，57个施工现场达到国家“AAA”级安全文明工地标准。累计培训各类人员47万人，行业队伍整体素质明显提升。

“十三五”以来，全区建筑业发展步伐明显加快。2016—2017年，自治区完成建筑业总产值6876亿元，实现全社会建筑业增加值3264亿元，实现税收239亿元。2018年全区建筑业总产值2200亿元，建筑业吸纳就业规模近80万人，建筑业拉动经济、促进就业作用进一步增强。

2019年上半年，新疆建筑业企业完成建筑业总产值672.9亿元，比去年同期增长11.6%，增长速度比去年同期增长39个百分点。2019年，全区建筑业企业共4240家，其中特级企业9家，总承包一级企业116家、二级企业906家，专业承包一级企业117家、二级企业677家。

## 稳中求进 房地产业平稳健康发展

中华人民共和国成立70年来，人民生活发生了翻天覆地的变化，不断前行的住房改革，带给中国人民居住空间和生活方式上的巨大变迁。70年来，房地产业从无到有、从小到大，发展壮大成为国民经济的支柱产业，在促进经济发展、增加就业、促进居住环境改善、促进城乡人口流动等方面发挥了重要作用。百姓居住环境发生翻天覆地的变化。

新疆房地产业起步较晚，从1985年第一家房地产公司诞生起，伴随着中国房地产业的几起几落，新疆房地产业也随之波动向前发展，截至2018年年底，仅一级、二级房地产开发企业就已达到148家。

商品房建设规模不断扩大。1949—1999年累计房地产开发投资337.82亿元；2000—2010年累计完成房地产开发投资1661.2亿元；2011—2015年，累计完成房地产开发投资3961.86亿元，年均增长17.93%，是“十一五”的3.6倍，增速分别高于全国（年均增速11.66%）6.27个百分点和西部省市（年均增速13.82%）4.11个百分点，其中住宅投资累计完成2636.24亿元，年均增长9.73%。2014年房地产开发投资首次突破千亿元大关，达到1014.81亿元。2016—2018年完成房地产开发投资2994.7亿元，年均增长6%，房地产保持平稳健康的发展趋势。

改善城镇居住条件。1978—2000年，全区城镇人均住房建筑面积由3.5平方米增加到17平方米；2011—2018年由26.02平方米增加到33.4平方米。截至2018年年底，户均拥有住宅1.3套，住房品质不断提高，居住环境进一步改善。

物业服务业快速发展。物业服务发展初具规模，服务范围不断扩大，服务水平明显改善，1995年以来，自治区物业管理从无到有，发展势头很好。1999年，全区共有物业服务企业70家、从业人员1262人，面积达604万平方米。截至物业企业资质审批取消前，全区具有物业服务资质的企业共1933家，物业服务从业人员达8.72万人。全区住宅小区共9111个（其中老旧小区4011个）、总建筑面积5.48亿平方米，物业服务总建筑面积达3.25亿平方米，占房屋总建筑面积的59.3%，其中物业服务的住宅建筑面积2.65亿平方米，占住宅建筑面积的75.4%。在维护房屋的安全合理使用、创造良好的生活工作环境、改善居民的精神面貌、吸纳劳动就业、促进社会稳定等方面发挥了积极作用。全区物业服务项目获得全国物业管理示范住宅小区（大厦、工业区）称号由1999年的10个增加到2018年的36个。

住宅质量明显提高。积极推进住宅产业现代化，大力建设节能、省地环保型住宅，降低住宅成本，提高住宅建设的效率和质量。2012年，华源实业集团有限公司通过国家住宅产业化基地评审，成为疆内首家国家住宅产业化基地。2011—2014年，住宅产业化示范项目达330万平方米，12个项目荣获国家广厦奖，10个项目获得了国家商品住宅性能“A、AA”级性能认定。

2016—2018年，4个项目荣获国家广厦奖，4个项目获得了国家2A级住宅性能认定。

## 统筹协调 城乡规划体系日臻完善

改革开放以来，在自治区党委、人民政府坚强领导下，广大规划工作者以科学化、民主化、法制化、公开化为取向，不断改进和加强城乡规划编制与管理，突出城乡规划的全局性、综合性、战略性地位，统筹协调，超前谋划，积极作为、扎实工作，取得显著成绩，有力地促进了经济社会发展。

城乡规划法规体系不断健全。2008年11月《新疆维吾尔自治区实施〈中华人民共和国城乡规划法〉办法》由自治区第十一届人大常委会第六次会议审议通过并颁布实施，全区城乡规划法制建设迈上了新台阶。近年来，为落实国家城乡规划改革部署、指导和规范城乡规划管理工作、依法保障各项重点工作顺利开展，分别组织制定了建设项目选址意见书、建设用地规划许可和建设工程规划许可核发办法、城乡规划竣工认可办法，编制并颁布实施了《自治区城市规划管理技术规定》《镇（乡）总体规划编制技术规程》《村庄规划编制技术规程（试行）》等地方标准，对规范城乡规划编制、强化城乡规划管理起到了积极的促进作用。

城乡规划编制成果丰硕。2012年，全面开展了城乡规划编制工作。2013年编制完成《自治区推进新型城镇化行动计划》，确定22项具体行动，提出针对性、时效性、可操作性较强的行动目标和行动要点。2014年7月《新疆城镇体系规划》经国务院批准实施，为优化全区城镇体系布局、指导城镇总体规划编制、统筹重大设施建设提供了重要依据。截至2015年年底，全面完成了10个地州城镇体系规划、24个城市、68个县城、785个镇（乡）总体规划和8839个村庄（行政村）规划编制工作，基本实现城乡规划全覆盖。

强化城市设计，突出城市特色风貌。按照自治区党委、人民政府部署，2015年下半年自治区财政投入650万元，选取了乌鲁木齐市综合交通枢纽片区等5个城市重点片区开展城市设计试点，选取博乐等3个县市开展特色风貌专项城市设计试点工作。2015年9月，根据试点项目实践经验，研究出台了《自治区城市设计规程》，指导全区城市设计编制工作。试点城市设计成果编印成册下发全区，作为各县市开展城市设计的参考范本，目前全区多个县市已全面开展城市设计工作。

全区历史文化保护事业得到了长足发展，不断迈上新台阶。目前全区共有历史文化名城11座，其中中国历史文化名城5座（伊宁市、喀什市、吐鲁番市、库车县和特克斯县）；自治区历史文化名城6座（塔城市、巴里坤县、奇台县、吉木萨尔县、莎车县、乌什县）；历史文化名镇4座，其中国家历史文化名镇3座（鄯善县鲁克沁镇、霍城县惠远镇和富蕴县可可托海镇），自治区历史文化名镇1座（乌恰县康苏镇）；国家历史文化名村4个（鄯善县吐峪沟乡麻扎村、哈密市回城乡阿勒屯村、五堡乡博斯坦村和特克斯县喀拉达拉乡琼库什台村）；历史文化街区23个，其中国家级2个（库车县热斯坦库街区、伊宁市前进街区），自治区级21个；各地公布的历史建筑189栋。

城乡规划管理水平和服务效能明显提升。各地全面推行城乡规划委员会制度，深入实施“阳光规划”，公众参与和民主决策水平不断提高。各级规划部门完善工作机制，精简规划审查和建设项目许可流程。完善规划督察制度，共向全疆27个设市城市派驻城乡规划督察员，目前已覆盖全疆27个设市城市，开展城乡规划督察及卫星遥感动态监测图斑核查等工作。

新疆维吾尔自治区住房和城乡建设厅党组书记、副厅长叶林指出，住房和城乡建设事业与人民对美好生活的向往紧密相关，我们要大力弘扬求真务实、狠抓落实的好作风，崇尚实干、力戒空谈；在其位、谋其政；干其事、求其效；发扬吃苦耐劳、无私奉献、勇于担当、敢于斗争的精神，以永不懈怠的精神状态和一往无前的奋斗姿态，推进住房和城乡建设事业高质量发展。

新疆将一如既往地坚定矢志不渝的信念，以住房和城乡建设为抓手，以全新的发展理念、全新的建设思路，在广袤的边疆大地上，以前所未有的壮志豪情，抒写新疆住房和城乡建设的崭新篇章，续写未来新疆住房和城乡建设事业的新辉煌！

（新疆维吾尔自治区住房和城乡建设厅供稿，刊登于《中国建设报》2019年11月15日4版）

广西

# 八桂城乡
# 美丽宜居

今天的广西有着一幅幅动人的画面——城市新区崛起，高楼林立；老城旧貌换新颜，焕发新活力；城乡路网通达，高桥飞架；乡村干净整洁，风貌提升；万千群众喜迁新居，绽放幸福笑颜……

这一切都源自一项项重大工程的落地——保障性安居工程、城乡清洁工程、城乡风貌改造、美丽广西乡村建设、美丽广西宜居城市、乡村风貌提升三年行动等相继开展。

中华人民共和国成立70年来特别是党的十八大以来，八桂大地城乡旧貌换新颜，在保持山清水秀良好生态的同时，广西住房和城乡建设厅在自治区党委、政府的科学领导下，推动城乡人居环境持续改善，打造壮美广西，为八桂群众幸福安居努力奋斗。

## 有居：密织住房保障网络

2018年春节前，南宁市邕宁区那楼镇那楼村的贫困户周庆秘老人一家告别了土坯危房，搬进了新建好的楼房。

“下雨不担心漏水，台风来了也不再担心房子会塌。”70多岁的周庆秘深有感触地说。1941年出生的周庆秘，小时候住的是茅草房。1972年，他和兄弟自制泥砖建起了土坯房。40多年的风吹雨蚀，土坯房逐渐变成了危房。

2017年，得益于广西的农村危房改造政策，周庆秘依靠危房改造补助，拆除土坯房，在原址上重建了一套80多平方米的新居。

在广西，大部分村民靠自力更生早已住上了新房，少数和周庆秘一样的贫困家庭，近些年来也陆续在政府的帮扶下，告别了危旧房。2009~2018年，广西共改造172万户农村危房，解决了近700万农村贫困群众的安全住房需求。

在城镇，保障性安居工程大力推进。广西全方位、多层次推进保障性安居工程建设，2011年以来，各类保障性住房和棚户区改造住房累计开工150万套，基本建成82.44万套，发放租赁补贴21万户，惠及600多万城镇住房困难居民，城镇居民住房保障覆盖面从不足8%提高到25.3%以上。

南宁南湖绿色盎然

自从1992年广西开始推行住房公积金政策以来，缴存职工达到356.35万人，累计缴存余额1190.91亿元，248.62万职工依靠住房公积金实现住有所居。

在广西，越来越多的中低收入家庭圆了“安居梦”。高端有市场，中端有支持，低端有保障，秉承着多主体供给、多渠道保障的住房保障理念，城镇居民的居住条件在逐步改善，城镇居民的人均住房面积从1998年的16.38平方米提高到2017年的31.80平方米，过去一家老小挤住筒子楼的现象已逐渐消失。

## 优居：建筑质量提档升级

采用隔热保温性能好的材料，室内基本达到恒温，降低空调使用率；安装节能灯具、屋顶太阳能系统、地下室光导系统，节约照明用电率达80%，基本实现水电零公摊；在小区建设人工生态湿地系统，缓解热岛效应；室外透水地面面积比达52%，储存雨水，降低路面温度；住户产生的生活污水，经过中水系统，“变废为宝”用于冲厕、绿化灌溉及景观补水。

在广西首个三星级绿色建筑示范小区——南宁市常青藤小区，整个建筑群体均为绿色生态化建筑。随着经济发展，广西建筑业实现转型升级，住宅质量提档升级，居住条件日渐改善，人民从过去的“忧居”跨越到“优居”。

数据显示，党的十八大以来，全自治区新增绿色建筑面积近1.35亿平方米，累计获得绿色建筑设计评价标识项目279个，其中有16个项目获得三星级绿色建筑设计标识。2017年1月1日起，全自治区城市规划区内新建民用建筑全面执行绿色建筑标准。

2017年，广西启动“住宅工程质量用户满意度四年提升行动”，从加强勘察设计、施工阶段及使用阶段管理和加快完善综合提升措施等方面，重点解决住宅工程质量突出问题，住宅工程质量用户满意度从2016年的75.9%提升到了2018年的82.8%。

建筑质量的提升，离不开建筑工人的付出。2018年年底，“桂建通”——广西建筑农民工公共服务管理平台正式上线，探索从源头确保建筑业用工企业按时足额发放农民工工资、杜绝欠款欠薪事件发生。近日，广西“桂建通”平台经验做法获国务院通报表扬。

进一步优化营商环境，助推建筑行业健康发展。全面完成自治区优化营商环境工程建设项目报建、用水报装、用气报装三项重点指标百日攻坚行动任务目标，全区工程建设项目报建备案类与核准类项目办理时限分别压缩至50和60个工作日。

## 安居：以人为本更舒心

近年来，广西坚持“以人为本”的发展理念，大力推进城乡环境综合治理，推动基础设施提档升级，城乡居民住得更加舒心。

海绵化改造让广西有了更多“会呼吸”的城市。截至2019年6月，全区设区市约有173平方公里的面积达到海绵城市要求，占设区市建成区总面积的12.2%以上。

地下综合管廊建设全面启动，“马路拉链”“空中蛛网”逐渐减少。截至目前，全区在建项目50个，累计建成廊体101公里，管线安全运营水平和防灾抗灾能力得到明显提升。

城镇污水、生活垃圾处理设施建设加速推进，构建绿色生态环境。截至2019年7月底，全区累计建成县级及以上城镇污水处理厂114座，生活污水日处理能力达431.9万吨。全区已累计建成镇级污水处理厂488个，配套污水管网约2300公里，建成污水处理设施的建制镇比例接近70%。

生活垃圾分类试点工作持续推进，2019年年底，14个设区市将全部启动垃圾分类工作；城市市政公共厕所建设深入开展，2015年以来，全区累计完成新建、改建市政公厕2485座。

2017年广西农村生活垃圾治理工作通过国家验收，成为全国8个通过农村生活垃圾专项治理验收的省区之一。截至2018年年底，全区已建成515个乡镇片区处理中心和1268个村级垃圾处理设施项目，城乡生活垃圾处理能力不断提升。目前，广西全区农村生活垃圾治理率达95.13%。在广西乡村生活的村民，也享受到了和城市一样便利的基础设施。

声势浩大的“厕所革命”在八桂乡村全面铺开。2017年，全区共完成改造建设卫生户厕1025万户、无害化户厕655万户，分别占农村总户数的92.4%和59%。

据统计，2016年以来，全区累计建成通屯道路3.91万公里，2018年年底，实现20户以上自然村全部通砂石路或硬化水泥路。全区农村客运通达率达85%，

广西注重传统村落保护，在推进乡村建设中注重传承乡土文明

组织开展了3000个村屯的公共照明试点项目。

2018年年底，全自治区启动乡村风貌提升三年行动。截至目前，全区已有4.45万个村庄开展“三清三拆”环境整治，共清理村庄垃圾77.83万吨，消除村庄黑臭水体2.48万处，“有新房没新村，有新村没新貌”的问题得到显著改善。

## 宜居：绿色生态城乡环境佳

住在柳沙半岛的南宁市民李兰常常到环绕半岛的滨江公园散步。2018年，邕江两岸的滩涂景观带全部经过整治，建成了公园，傍晚或周末，经常可见散步嬉耍的人群。

广西一直在大力推动城乡园林绿化工作，打造更宜居的城镇和乡村，人民群众的获得感、幸福感明显增强。

目前，南宁市获得“国家生态园林城市”称号，柳州市、桂林市、百色市等9个城市获得“国家园林城市”称号，凌云县、鹿寨县、德保县等8个县获得“国家园林县城”称号。从2011年起，广西园林园艺博览会在14个设区市轮流举办，通过举办一次园博会，为当地建设一座综合性公园，推动各地园林绿化水平不断提升。

数据显示，广西城市（县城）建成区绿地率由2012年的29.29%提高到2018年的34.0%，人均公园绿地面积由2012年的每人10.02平方米提高到每人12.69平方米。

此外，2016年起广西全面启动黑臭水体整治工作。目前全区70段黑臭水体中已有64段完成整治或初见成效，黑臭消除或基本消除的比例达到90%以上，生态环境趋好。

在广西农村，房前屋后，随处可见微田园、微菜园、微果园，村民不仅在房前屋后栽满蔬菜果树，更将绿色留在家里村中。

从2015年起，全区推广建设绿色村屯创建活动，目前已完成两批共计1003个绿色村屯创建任务，乡村环境改善取得了显著成效。

70年间，广西村镇越来越美丽，城市越来越宜居，壮乡大地正在经历脱胎换骨的嬗变。70年不是终点，而是又一个新的起点。自治区住房和城乡建设厅将深入学习贯彻习近平生态文明思想，补齐人居环境短板，加快建设宜居城乡，让群众有更多的获得感、幸福感。

（广西壮族自治区住房和城乡建设厅供稿，刊登于《中国建设报》2019年11月18日4版）

如画的广西乡村

安徽

# 徽风皖韵
# 江淮秀丽

中华人民共和国成立70年特别是党的十八大以来，安徽省住房和城乡建设系统在中国共产党的坚强领导下，历尽艰辛、白手起家、兢兢业业、创新发展，在江淮大地上谱写了壮丽的篇章。

## 住房保障

安徽省住房保障工作多年来一直位居全国先进行列。2018年，在全国住房和城乡建设工作会议上，安徽省棚户区改造项目管理经验被大会推荐交流。截至2019年8月底，安徽省开工建设各类保障性安居工程362.8万套，其中，保障性住房88.3万套，包括公共租赁住房（含廉租住房）82.9万套、经济适用住房5.4万套；棚户区改造新开工274.5万套，包括城镇棚户区259.5万套、国有工矿棚户区6万套、林区垦区和中央下放煤矿棚户区9万套。258.8万户城镇住房困难家庭居住条件得到改善，其中，86.1万户城镇居民享受了住房保障政策，172.7万户棚户区居民改善了居住条件。截至2019年7月底，安徽省今年棚户区改造已开工16.07万套。而自2016年以来，全省棚户区改造已累计开工107.34万套，提前一年完成了城镇住房保障“十三五”规划确定的105万套棚户区改造工作目标。

## 城市建设

安徽省城市基础设施建设取得长足发展、水平显著提高，城市整体功能明显加强，人居环境显著改善，城市面貌发生巨大变化。2018年，安徽省城市基础设施投资930亿元，分别是1952年和1978年的26842倍和4482倍；城市供水普及率99.75%、燃气普及率98.56%、人均城市道路面积22.95平方米、人均公共绿地面积14.67平方米、建成区绿化覆盖率42.50%，分别为1978年的1.4倍、32.9倍、10.9倍、4.3倍和3.2倍；城市污水处理、生活垃圾处理设施从无到有，现已形成一定规模。目前，安徽省城市基础设施建设各项指标和人均指标接近或部分超过全国平均水平，较好地满足了城市经济社会发展和人民生活需

合肥庐州公园（张树雯 摄）

合肥望塘污水处理厂（苏玲 摄）

合肥五里墩立交桥（张大岗 摄）

要，为推动全省工业化、城镇化发展作出了重要贡献。

## 城市管理

安徽省城市管理工作坚持以人民为中心的发展思想，水平得到显著提升。持续加强城市市容环卫管理，生活垃圾处理能力不断提高，共建成生活垃圾无害化处理设施88座，无害化处理能力达到41480吨/日。2018年年底，安徽省设市城市和县城生活垃圾处理率分别达到100%和98.86%。

## 房地产市场

安徽省始终坚持“房子是用来住的，不是用来炒的”定位要求，将“加快建立多主体供给、多渠道保障、租购并举的住房制度”作为根本指导思想，贯穿于促进房地产市场平稳健康发展全过程。2014年以来，安徽省房地产开发累计投资28977.1亿元；商品住房竣工224.1万套、20167.6万平方米；商品住房销售约400万套、39756.4万平方米。截至2018年年底，安徽省城镇居民人均住房建筑面积由2014年年底的35.1平方米提高至41.2平方米。

## 历史文化保护

安徽省历史文化名城名镇名村保护工作启动早、成效好。1986年，亳州等城市获批国家历史文化名城；1989年，安徽省设立了省级历史文化名城及历史文化保护区；2006年，设立了省级历史文化名镇、名村及历史文化街区。全省现有历史文化名城15个（包括国

黄山唐模古村落

安庆龙湖新村（余竟华 摄）

家历史文化名城5个）、历史文化名镇21个（包括中国历史文化名镇11个）、历史文化名村45个（包括中国历史文化名村24个）。

2019年，住房和城乡建设部、国家文物局关于历史文化名城名镇名村保护工作评估检查情况的通报中，对安徽省长期以来形成的典型保护经验给予肯定，特别是黄山市西递村积极调动村民参与保护，形成“共保共建共享”机制的典型经验。省人大常委会于1997年颁布了《安徽省皖南古民居保护条例》，以加强对皖南古民居、古村落的保护。2004年，《黄山市屯溪老街历史文化保护区保护管理暂行办法》颁布，建设部在全国进行转发，并将屯溪老街列为规划、管理综合试点。2017年，省政府出台《安徽省历史文化名城名镇名村保护办法》，明确了省级历史文化名城、历史文化街区申报设立、历史建筑确定及保护管理等相关要求。安徽省9个地市、27个县区全面完成前四批163个中国传统村落保护规划，确定保护对象，划定保护范围，提出传统资源保护和村落人居环境改善措施，对基础设施、防灾减灾设施建设和环境整治作出安排。优越的自然禀赋和有力的要素保障，为安徽省厚植传统村落发展优势提供了坚实基础。截至2018年年底，全省共有400个村落列入中国传统村落保护名录、751个村落列入省级传统村落保护名录；144个中国传统村落争取到中央财政专项资金支持，累计4.32亿元；用于传统村落保护的其他资金达1.01亿元，170个传统村落完成了保护规划项目实施，得到了全面有效保护。

## 农村危房改造

安徽省自2009年实施农村危房改造以来，已累计完成128万户，其中2016~2018年完成40.9万户，建档立卡贫困农户占比超过75%，按照住房和城乡建设部《农村危险房屋鉴定技术导则》进行鉴定，开展竣工验收，切实保障贫困农户解决基本住房安全问题。2019年5月以来，安徽省组织建筑结构设计、施工及质量安全等专业技术人员赶赴各地，加强贫困农户危房鉴定工作技术指导，并对所有建档立卡贫困农户危房和本年度存量危房改造任务进行“回头看”，着力解决少数地方农村危房鉴定不全面、质量不高等问题，确保既不落一户，又定性准确。

## 建筑节能科技

为了有效推进节能减排事业、不断提高生态文明水平，安徽省着力打造宜居宜业的美好环境。截至2018年，新建建筑节能标准设计执行率、施工执行率均达到100%；累计建设绿色建筑1.24亿平方米，其中，2018年绿色建筑占新建建筑比重达43.1%；364个项目获得绿色建筑评价标识，包括348个设计标识、16个运营标识，总面积4937.3万平方米。

自2012年起，安徽省财政每年安排5000万元专项资金，用于支持绿色建筑和装配式建筑发展。全省共创建159个省级绿色建筑示范项目、17个省级绿色生态示范城区和13个绿色生态城市综合试点，集中推广绿色建筑的模式基本形成；创建7个省级建筑产业现代化综合试点城市、29个省级建筑产业现代化示范基地、47个装配式建筑示范项目，推动了装配式建筑健康发展。合肥市滨湖新区、池州市天堂湖新区分别被住房和城乡建设部列为中欧低碳生态城市合作项目试点和绿色生态示范城区；合肥市、合肥市经开区被住房和城乡建设部列为装配式建筑示范城市；安徽省建筑设计研究总院、合肥工业大学、省建工集团、富煌钢构、鸿路钢构5家单位被住房和城乡建设部列为装配式建筑产业基地。全省数百家建筑业及相关行业企业的技术和产品被广泛应用于绿色建筑领域，促进了产业体系不断发展完善。

## 住房公积金

住房公积金是一项关乎民生的住房保障制度。安徽省现有住房公积金缴存单位6.02万家、缴存职工428.88万人；累计缴存2182.76亿元，2018年缴存额突破603亿元。缴存人群中，民营企业员工、个体工商户、实现稳定就业进城务工人员等新市民占比逐年提升，制度公平性进一步显现。安徽省目前累计提取住房公积金3452.76亿元，用于购房、租房等住房消费提取连续多年超过70%；发放个人住房公积金贷款2988.27亿元，解决了125.67万家庭的购房需求，仅2018年发放的贷款就可节省利息56.40亿元。安徽省住房公积金系统还累计为城市公共租赁住房（廉租住房）建设提供补充资金99.41亿元。

## 建筑业市场

安徽省建筑业取得了长足发展，在国民经济中的比重不断提高，支柱产业地位逐步确立和稳固，经济推动作用日益突出。

1952年，安徽省成立了国营建筑企业，全年建筑业总产值0.1亿元。1978年，这一数值达到7.1亿元。2018年，安徽省建筑业总产值增长至7888.5亿元，比中华人民共和国成立初期增长了78884倍，年均增长18.6%；比改革开放初期增长了1110倍，年均增长19.2%。2018年，安徽省建筑业增加值2201.2亿元，占生产总值7.3%，成为国民经济重要组成部分。

随着市场不断发展，建筑业纳税总额随之大幅增长。1986年，安徽省建筑业企业缴纳税金2001万元；2018年达到321.7亿元，比1986年增长1607倍，占全省税收总额7.6%，有力地为财政提供可靠、稳定的税收来源，支撑国家和地方经济建设。

安徽省建筑业企业数量从1952年的7家增长到2018年的15000余家；企业类型从单一的国有企业发展到国有、民营、外商投资等不同所有制企业并存；工程领域从单一房屋建筑向房屋建筑、市政、水利、公路、铁路等多种类别发展；从业人数从1952年的3315人、1978年的22.2万人，增长到2018年的186.79万人，在吸收农业转移人口就业、推进新型城镇化建设和维护社会稳定等方面发挥了显著作用。

安徽省各类房屋建筑竣工面积在1952年和1978年分别只有10万平方米和322万平方米。2018年，这一数值增长至15894万平方米，是中华人民共和国成立初期的1589.4倍、改革开放初期的49.4倍。安徽省建筑业“走出去”业务已经扩展至亚洲、非洲、欧洲、美洲、大洋洲的107个国家和地区。2018年，安徽省在境外承揽业务的建筑业企业共有54家，全年新签合同额50.5亿美元，对外承包工程完成营业额30.1亿美元。

雄关漫道真如铁，而今迈步从头越。

中华人民共和国成立70年来，安徽省城乡面貌焕然一新，在人居环境改善、做大做强优势产业等方面取得了很大成绩，但距离新发展理念、高质量发展仍有距离。今后，安徽省住房和城乡建设系统将以习近平新时代中国特色社会主义思想为引领，认真学习贯彻落实党的十九大精神，坚持以人民为中心的发展思想，大力弘扬求真务实、甘于奉献的精神，勇于担当、扎实工作，把党中央和安徽省委、省政府的决策部署精心安排、落到实处，努力推进住房和城乡建设事业高质量发展，为决胜全面建成小康社会、实现“两个一百年”奋斗目标贡献更大的力量。

（安徽省住房和城乡建设厅供稿，
刊登于《中国建设报》2019年11月20日8版）

湖南

# 踏浪前行风正劲 如椽巨笔绘新景

中华人民共和国成立70年来，湖南城乡建设成绩斐然，一幢幢楼房拔地而起、一条条道路笔直延伸、一个个工地热火朝天、一座座村庄整洁美丽。

中华人民共和国成立70年来，湖南城镇化建设稳步推进，改革不断深入，创新极具活力，发展日新月异，一幅幅壮美的现代城市画卷在三湘大地徐徐展开。

特别是党的十八大以来，湖南住房和城乡建设系统深入学习贯彻习近平新时代中国特色社会主义思想，贯彻落实“创新引领、开放崛起”战略，坚持高举推进新型城镇化旗帜，始终贯穿“四个住建”（人文住建、绿色住建、智慧住建、廉洁住建）主线，倾力打造“政府+协会学会+科研院校+企业”体系，湖南城乡综合承载能力和治理能力显著提升，城乡面貌发生了翻天覆地的变化。

## 绘就城镇“新蓝图”——城镇化率从 7.9% 到 56.02%

一座座拔地而起的高楼，连接了湖南省城镇化的昨天、今天和明天。

1956年建成的中苏友好大楼（现长沙市口腔医院），高18米，为历史上的中苏友谊作了无声见证；建于1959年的湖南宾馆，高35米，是当时湖南第一高楼，这一建筑高度纪录直到1972年才被位于长沙河西的麓山饭店（现麓山宾馆）打破。2018年开业的九龙仓国际金融中心，以452米高度重塑了湖南的“天际线”。

湖南省坚持“控制大城市规模，合理发展中等城市，积极发展小城镇”指导方针，城镇化进程明显加快，城镇化水平不断提高。

2000年，全省城镇化水平达29.75%。尽管这一数字低于全国平均水平6个多百分点，却被视为湖南城镇化的新起点。

2006年5月，在全省新型工业化座谈会上，湖南省委提出要围绕长株潭城市群建设推进城市化。在随后召开的湖南省第九次党代会上，推进长株潭一体化和“3+5”城市群建设，被确定为富民强省的一项重大战略。

橘子洲头

2016年，在湖南省第十一次党代会上，省委书记杜家毫在大会报告中强调：要大力推进长株潭一体化，深入实施“一核三极四带多点”区域发展战略，构建新型城镇体系。此后，相关政策对推进长株潭一体化的思路进一步明晰：努力打造全省经济核心增长极的升级版、中部崛起新高地、全国城市群一体化发展示范区。长株潭“三干两轨”项目（即芙蓉大道、洞株路、潭州大道快速化改造项目，长株潭城际轨道交通西环线项目、长株潭城际铁路“四完善两加快”项目）建设如火如荼。

党的十八大以来，随着新一轮户籍制度和居住证制度改革落地实施，湖南省农业转移人口市民化全面提速，城镇常住人口由1949年的236万人增长到2018年的3865万人，全省城镇化率由1949年的7.9%增长到2018年的56.02%。

目前，全省100万以上人口的城市增至5个，城市对人口的集聚能力显著提升。其中，长沙成为Ⅰ型大城市（城区常住人口300万至500万），衡阳、株洲、常德、岳阳成为Ⅱ型大城市（城区常住人口100万至300万）。

## 建设宜居“新家园”——城镇人均住房面积从3.9平方米到48.8平方米

中华人民共和国成立初期，三代人“蜗居”一室是当时普遍的居住现象，大多数家庭居住在简陋棚屋。以长沙市为例，1957年长沙市人均住房面积仅4.37平方米。

在计划经济时期，城镇居民解决住房主要停留在“等、靠、要”，即等国家划拨房、靠组织建房、向单位要房，“住房紧张”成为当时严重的社会问题。

1980年，国家提出改革城镇住房投资、建设和分配制度的总体设想，湖南老百姓的“家”，经历了从福利分配到市场购房的巨大转变。住房制度改革迈开步伐，推行“加租起步、建商品房开始、逐步过渡到货币分房”。

1992年，神州大地上掀起改革开放的浪潮，城市房地产业进入快速发展期，存量公房出售更是湖南省房改工作的重点。同时，住房公积金制度改革在全国铺开。1995年1月1日起，湖南省正式推行住房公积金制度。

21世纪初，商品房成为湖南省住房体系建设的重要组成部分。既有长沙梅溪湖、滨江新城等政府主导的片区大开发，也有碧桂园、万科、北辰等房企巨头争相布局湖南市场。

住有所居是安居乐业的起点，稳定房价是宜居宜业的关键。2018年6月，长沙出台楼市调控政策，全面打响反炒房攻坚战。同年7月，省住房和城乡建设厅发布“湘十一条”，强化楼市分类调控，省内重点城市房价得到控制。

为解决全省城镇低收入群体住房问题，2008年，湖南省全面启动保障性安居工程。湖南省住房和城乡建设厅数据显示，2010年以来，全省累计建设公租房

105.5万套，发放住房租赁补贴57.41万户，城镇低收入和中低收入住房困难家庭实现“应保尽保”；完成各类棚户区改造261.3万套，帮助近1000万居民“出棚进楼”；实施农村危房改造171.71万户，户均补助从2009年的5000元提高到现在的2.45万元，帮助超过500万农户解决了住房困难问题。

截至2018年，全省城镇居民人均住房面积达到48.8平方米，比1978年增加44.9平方米，增幅达12.5倍；农村居民人均住房面积达到63.6平方米，比1978年增加53.1平方米，增长超过6倍。

## 擦亮城市“新名片”——城乡环境基础设施建设从“小步慢跑”到“全面开花”

在城市发展进程中，大量生活污水、生产废水和各种生活垃圾一度直接排入城市内河。

长沙圭塘河河水黑臭，曾是远近闻名的“龙须沟”。经过多方努力，圭塘河以城市“双修”和海绵城市理念进行改造，2017年成功摘掉“黑臭水体”帽子，清澈的河道自然舒展，与艺术桥、湿地、绿地相互呼应，成为城市“生态河”。

城市因水而生、因水而兴、因水而美。湘江保护与治理成为湖南省“一号重点工程”。两个“三年行动计划”实施以来，湘江流域水质总体为优，80%的干流断面水质稳定达到Ⅱ类水质标准。常德穿紫河、郴州秧溪河等城市内河，由黑臭“龙须沟”变身滨水公园，杨柳依依、河水潺潺。

污染在水里，根子在岸上。近年来，湖南省先后实施“污水处理设施建设三年行动”“两供两治”“双修双改”等专项行动，污水垃圾处理率、生活垃圾无害化处理率等主要指标稳步增长，城乡环境基础设施面貌发生重大变化。

2019年4月，湖南省委、省政府召开全省推进城乡环境基础设施建设现场会，推动生态文明建设迈上新台阶，提出着重抓好安全供水、气化湖南、污水治理、垃圾治理、黑臭水体整治、智慧建设增效6大工程，城乡环境基础设施建设迈入“快车道”。

常德穿紫河综合治理工程

长沙市生活垃圾深度综合处理（清洁焚烧）项目

治理后的长沙市圭塘河

人民城市人民建，人民城市为人民。自“城市品位”和“精明增长”理念提出，传统的城市发展思维已经刷新——不再追求GDP粗放型增长，而是更加注重质量和效益，让城市成为老百姓宜居宜业的乐园。

常德老西门、永州柳子街、湘潭风车坪、郴州裕后街等老街古巷，通过有机更新，守住了城市的风貌特色，实现传统与现代的有机结合。长沙棚户区改造工程探索了一条“留、改、拆”并重的新路，拒绝“大拆大建”，改善了人居环境，都正街、高正街、百果园等历史文化街区焕然一新。

湖南宜居环境不断优化。全省城市、县城燃气普及率分别达到93.6%、76.9%，城市供水普及率达到94.31%。建成国家园林城市（县城）15个，历史文化名城名镇名村39个，全国美丽宜居小镇（村庄）38个，中国传统村落658个，全国绿色村庄1430个。

## 激活发展“新引擎”——建筑业总产值从 0.14 亿元到 9581 亿元

据历史资料记载，中华人民共和国成立初期湖南省建筑业总产值仅为0.14亿元。随着国民经济的恢复，建筑业企业数量稳步增加，企业产值规模明显提升。

建筑业的发展与区域建设紧密相关。特别是党的十八大以来，湖南省建筑业步入新的发展阶段，规模化、工业化、精细化、国际化发展态势日趋显现。

2019年，湖南省住房和城乡建设厅公布全省“建筑强企”名单，中建五局、湖南建工集团、沙坪建设等19家企业入选。统计数据显示，2018年湖南省完成建筑业总产值9581.44亿元，同比增长13.8%，即将升级为万亿元级产业，建筑业已成为经济支柱产业。

从过去的“晴天一身灰、雨天一身泥”，到如今干净、整洁的“智慧工地”，建筑业插上“互联网+”翅膀后，转型发展的节奏加快。

在工地入口，工人通过“刷脸”进入；工地内设立信息指挥中心，实时采集大量视频和各种数据，有了高科技加持的“大脑”；塔吊施工不再单纯依赖对讲机，而是在塔吊上安装了传感器，对风力、回转角、载重等数据进行采集，实现精准、安全作业……三湘大地上的智慧工地，已成为智慧城市理念在建筑工程行业的具体体现。

随着5G商用时代的来临，建筑业站在了5G应用的潮头。借助数字化BIM+AR+VR技术，三维化的设计图纸和正在建造的建筑之间，搭建起可视化的桥梁。而勘测、设计、施工、验收等建筑业全流程，也迎来翻天覆地的改变。据悉，湖南BIM技术应用和省级统筹建设智慧工地的工作走在全国前列。

立足绿色发展、推动转型升级，湖南在装配式建筑产业培育、“一带一路”建设上持续发力。湖南涌现出了远大住工、三一集团、筑友智造等全国装配式建筑领军企业，年产能和综合实力居全国前列。现有国家装配式建筑示范城市1个（长沙）、装配式建筑产业基地9

长沙滨江金融大厦

家。截至2019年上半年，全省累计实施装配式建筑项目4273万平方米，年产能突破3000万平方米，总产值突破700亿元。装配式建筑已成为继超级稻、超级计算机、超高速轨道交通后的又一张“湖南名片”。

湖湘建造更是频繁出现在“一带一路”建设中。由过去的“借船出海”，到如今的“驾船出海”，湖南省工程承揽能力明显提升。如中建五局实施海外优先战略，目前已在“一带一路”沿线12个国家有项目落地。湖南建工集团海外业务遍及亚洲、非洲、拉丁美洲的30多个国家和地区，涉及房建、公路、桥梁、电网等多个领域，其承建的塞内加尔竞技摔跤场项目，是中国在塞内加尔规模最大的援助项目。

## 加快推进“放管服”——行政审批从臃肿“大围城”到瘦身“加速度”

湖南省住房和城乡建设系统一直致力于推进“放管服”改革，向改革要效率、向创新要活力。2018年以来，湖南省住房和城乡建设厅把工程建设项目审批制度改革作为“放管服”的生动实践，在全国非试点地区率先启动改革，坚持问题导向，完善顶层设计，疏“堵点”、祛“痛点”、破“难点”，让项目落地更快、办事程序更便捷。

湖南省统一的工程建设审批管理系统2019年9月正式上线，实现了“五减”：审批事项由原来的71项压减至50项；房建市政工程建设项目总审批时限由改革前的230个工作日，压减至60~100个工作日以内；将改革前71项串联审批事项划分为4个审批阶段，各阶段实行“一家牵头、并联审批、限时办结”；全流程提交的申报材料由320余份压减至160余份；通过推动“多规合一”“区域评估”“多图联审”“多测合一”“联合验收”等配套改革，实现行政相对人整体跑动次数最简。

同时，湖南省住房和城乡建设厅主动下放厅本级行政审批权，省管项目初步设计审查、施工图审查备案、质量安全监管、施工许可证核发、竣工验收备案等行政权力事项做到“应放尽放”。自今年5月起，全面推行行政许可电子化申报和审批，基本实现企业群众从“最多跑一次”到“一次不用跑”；开展“减证便民”专项行动，砍掉验资证明、经营场所证明等不合理证明材料16项。

湖南省住房和城乡建设厅大力推进施工图审查制度改革，推出“互联网+图审”、政府购买服务、多审合一、多图联审等一系列举措。自改革以来，基本实现“零跑路、零接触、零付费”，施工图审查和备案时间从100天提速到平均9.1天，平均每年为建设单位节省施工图审查服务费3.2亿元，主管部门平均每年纠正违反质量安全标准问题823个，勘察设计监管能力是以往线下纸质审查的24.6倍。

## 提升文明“高颜值”——城市管理从“粗放型”到“精细化”

1978年，国务院召开第三次全国城市工作会议，明确“城市政府的主要职责是把城市规划好、建设好、管理好”。2002年，国务院在城市管理、文化市场管理等5个领域开展综合行政执法试点，标志着城市管理执法向“综合执法”迈出实质性步伐。

按照中央统一部署，湖南深入推进城市执法体制改革，加强城市管理工作。2019年5月8日，湖南省住房和城乡建设厅设立城市管理和执法监督局，标志着全省城市管理工作掀开了新篇章。截至9月底，全省有13个设区市和118个县市区按城市执法体制改革要求，统一设立了城市管理和综合执法局，城市管理和执法队伍“大家庭”不断增添新成员。

城市是人民美好生活的家园，城市治理事关人民群众衣食住行、安居乐业。湖南各地纷纷创新体制机制和治理方式，市容市貌焕然一新。株洲市建立200个“建宁驿站”，各方反响良好；长沙市开展城管、公安联合执法，打造了“双剑合璧”经验；郴州市制定城市管理精细化标准，全面推行精细化管理；邵阳市聚力“洗城运动”，打造干净亮丽的城市容颜。

城市管理执法行为逐步规范。全省持续开展“强基础、转作风、树形象”三年行动，各地强化执法队伍自我管理和教育培训，执法人员配发制式服装，执法队伍认同感显著增强，执法水平和业务素质明显提高，承担了诸多急难险重任务。

物业管理制度体系不断健全，业委会的“朋友圈”越来越大，小区成为了每一位业主的“家园”；垃圾分

类变成新时尚，居民参与度日常活跃，让垃圾不再“流浪”；城市微改造、老旧小区改造、加装电梯，用“绣花功夫”让城市更精致；“共谋、共建、共管、共评、共享”，“美好环境与幸福生活共同缔造”，让社区、群众日益成为城市舞台最活跃的“主角”；果皮箱、休闲座椅、公交候车亭、交通指示标志、照明设施……不断添置的城市“家具”，让户外场所像家一样方便舒适。

坚持以人民为中心，建设生态优先、美丽宜居、生活美好的新型城市，让人民生活更美好，正成为湖南省住房和城乡建设者的奋斗目标。

（湖南省住房和城乡建设厅办公室供稿，
刊登于《中国建设报》2019年11月21日4版）

河南

# 改革开放耀中原
# 河南建设谱新篇

中华人民共和国成立以来，河南省住房和城乡建设发生了翻天覆地的变化。特别是党的十八大以来，全省住房和城乡建设系统坚持以习近平新时代中国特色社会主义思想为指导，认真落实党中央、国务院决策部署，围绕统筹推进“五位一体”总体布局、协调推进“四个全面”战略布局、打赢三大攻坚战，全力推动百城建设提质工程、乡村振兴、特色小镇、放管服改革等工作。河南，已经成为开放包容、宜居宜业的“中原福地”。

## 百城建设提质　推动新型城镇化发展

2016年12月，河南省围绕新型城镇化这一统揽城乡建设的总抓手，启动实施涵盖全省105个县的百城建设提质工程，先后召开8次推进会，统筹推进城市基础设施、公共服务、生态保护和产业发展，走出了一条具有时代特征、符合河南特点的新型城镇化之路。截至目前，全省共实施百城建设提质工程项目9797个，完成投资5840.29亿元，提高了城市综合承载能力，优化了人居环境，拉动了有效投资，促进了城乡融合发展，人民群众的获得感、幸福感、安全感显著增强。

坚持做好“四篇文章”，提升城市品质。河南省统筹做好以绿荫城、以水润城、以文化城、以业兴城“四篇文章”，准确把握城市建设提质内涵。坚持硬件与软件相统一、新区与老区相统一、地上与地下相统一、宜居与宜业相统一的原则，高标准谋划和建设了一大批民生和提质项目。百城建设提质工程实施以来，全省改造背街小巷10626条、老旧小区2629个，惠及居民30余万户，生活环境显著改善。兰考县将城市精神融入城市建设，按照“红天地”模式，对火车站周边进行打造，启动休闲健身忆苦思甜主题区、20世纪50～60年代情景主题区、焦裕禄精神回忆主题区及兰仪古镇等一批具有当地特色的历史街区，展现中华人民共和国成立后的城市建设风格和兰考特色文化标识，打造“红色名城”。

坚持实现“城市四治”，加强城市管理。为有效提升城市管理工作，河南省积极开展交通秩序治乱、市容卫生治脏、生态环境治污、公共服务治差“四治”行动。全面完成119个城市在用生活垃圾填埋场渗滤液处理设施提标改造，加快推进生活垃圾焚烧处理设施建设，

推进实施城市污水处理提质增效三年行动。扎实开展城市黑臭水体治理攻坚战，首批实施百城建设提质工程的县市基本消除黑臭水体现象，其余县市基本完成建成区黑臭水体截污纳管、排污口整治任务，设市城市和县城污水处理率分别达95.7%、89.5%，市县污泥无害化集中处理率分别达95%、85%。开展“城市双修”，启动实施一批市政设施、生态建设、污染治理工程，累计打通改造道路1039条、新建街头游园2389个、新建改造公厕9457座、完成临街立面提档升级街道1151条和缆线入地8242公里。大力实施提升县级城市管理水平三年行动计划，17个省辖市、济源示范区和105个县市全部建成数字城管平台，城市精细化管理水平大大提高。焦作市通过深入开展以城市转型为重点的“二次创业”，强力推进645个、总投资1322亿元的提质项目，全面推动城市高质量发展，实现由“黑色印象”到“绿色主题”的转变。

坚持多城联创，巩固文明城市创建成果。河南省以文明城市创建为牵引，以多城联创为抓手，把文明城市、园林城市、卫生城市、节水城市、生态园林城市等城市创建贯穿于百城建设提质工程全过程，做到硬件提质、软件提标。深入践行社会主义核心价值观，不断提升全社会文明素养，文明城市创建覆盖面达81.3%。截至目前，全省已成功创建国家生态园林城市1个、国家园林城市（县城、城镇）63个，总数居全国第一。全省城市建成区绿地面积超过14万公顷，建成区绿地率34%，人均公园绿地面积超过13.5平方米，城市绿地品质明显提升，人居环境得到有效改善。2017年，许昌市成功创建国家生态园林城市，填补了河南乃至中部六省的空白，对全省城市生态园林建设起到了良好的示范带动作用。

## 以点带面　科学推进城镇建设

河南省是人口大省，也是农业大省。目前，全省常住人口城镇化率为51.71%，比全国平均水平低7.9%，城镇化发展空间较大。为科学推进以人为核心的新型城镇化，发挥小城镇建设作为促进城乡融合发展的重要平台作用，走出一条具有河南特色、符合河南省情的特色

小城镇发展路子，促进全省乡镇主导产业转型升级，以改善基础设施公共服务水平、建设生态宜居环境、提升综合治理能力、提高乡镇综合承载能力，自2016年起，河南省以百城建设提质工程为契机，以城带乡、以点带面，开展特色小城镇建设工作，15个镇入选全国特色小镇名单。2018年12月，河南省城镇化工作领导小组办公室印发通知，建立推进特色小镇和特色小城镇高质量发展厅际联席会议制度。

河南省紧紧围绕农村人居环境整治、脱贫攻坚、历史文化传承等方面，扎实推进农村生活垃圾治理、农村危房改造、特色小城镇建设、历史文化名镇名村和传统村落保护发展利用等工作，入选全国特色小镇名单的15个镇，坚持产业建镇、文化兴镇，取得了良好效果。其中，温县赵堡镇以太极文化为主导产业，实施“太极+”战略，发展休闲农业、康养、培训及旅游等，每年接纳拜师学艺的太极拳爱好者5000余人，发展太极服饰、器械、练功鞋等相关产品生产企业、销售门店，年销售额3000万元。禹州市神垕镇大力发展钧陶瓷产业和文化旅游产业，完善产业发展链条，城镇综合实力不断提升，转移就业3.07万人，全镇去年GDP已达28.1亿元，固定资产投资16.2亿元，财政税收累计3301.2万元。巩义市竹林镇是以党建引领的工业强镇，现有上市企业4家、规模以上企业16家，同时结合自然资源优势，大力发展旅游业，目前累计接待游客近700万人次，营收突破1.4亿元。林州市石板岩镇主导写生旅游，共有写生基地、农家乐304家，中央美院等283

家院校在此挂牌，去年共接待各类写生、摄影、旅游、休闲、运动体验人员220万人次。

## 扎实推进"放管服"改革 创造良好营商环境

火车跑得快，全靠车头带。2019年前三季度，河南省完成建筑业总产值8003.5亿元，同比增长11.4%；完成建筑业税收376.71亿元。建筑业已成为全省经济建设的重要引擎。

如何把"蛋糕"做大做强？河南省顺势而上、借力发力，紧紧抓住简政放权"总开关"，在"放管服"上见成效。下放权限内建筑业企业专业承包资质审批权，提高行政审批效率，为企业发展创造良好环境。进一步简化审批材料，取消不合法、不合理、不必要的"搭车"事项和前置条件，建筑工程施工许可申报材料由39个减少至7个，同时取消施工监理合同备案、安全监督备案、质量监督登记，将其与建筑工程施工许可联合办理。清理规范各类证明，取消4个证明材料和16项行政审批中介服务。

河南省坚持对标"浙江标准"，严格按照"减环节、减材料、减时限、减费用、优流程"要求，邀请省编办专家对212个子项全面深入审查，形成住房和城乡建设系统审批服务事项通用目录。按照同一审批事项省市县三级"一条线、十同一"规范标准，征求各市县意见，高标准完成"三级十同"清单，并针对审批服务事项逐项编写政务服务指南，标准化工作规程已经全部编制完成。河南省住房和城乡建设厅118个省级审批事项，100%实现"一网通办"。政务服务大厅实现"综合受理、信息共享、集成服务"，勘察设计处利用"二维码"识别，实现了省外工程造价咨询企业进豫登记"零跑腿"。

以放管结合为重点，在监管上做文章。制定《河南省建筑市场信用管理试行办法》《河南省建筑市场信用信息记录和公示管理办法》《河南省工程造价咨询企业信用管理办法》，建立和完善全省建筑市场信用信息体系，将企业信用与评优评先、资质资格审批、招标投标紧密挂钩并严格落实。

依托"河南省工程造价市场监管信息系统"数据，对工程造价咨询企业资质延续和造价工程师延续注册进行考核，逐步消除僵尸企业、企业挂靠、恶意压价、人员挂证等乱象。

供水、供气、供热工程报装时限得到进一步压缩：供水工程报装时间由原来30个工作日压缩至11个工作日，供气和供热工程报装时间由原来20个工作日压缩至15个工作日。实行承诺制度，向社会公开收费、服务及办事程序，设立抢险、抢修和服务电话，确保24小时不间断服务。

为加快推进住房公积金网上办理，河南省住房和城乡建设厅牵头起草了加快推进住房公积金网上办理实施方案，经省深化"放管服"改革推进审批服务便民化领导小组会议审议通过。通过组织召开投融资洽谈会和PPP（政府和社会资本合作）项目推介会拉动投资，先后邀请近490家央企、国企、上市公司、民营企业等社会资本方，公开发布百城建设提质工程项目1436个，投资总额8765亿元。

在改革优化外省建筑业企业进豫备案的基础上，营造统一开放的勘察设计市场，发布《关于省外勘察设计企业进豫承揽勘察设计业务企业诚信信息报送的通知》和《河南省省外工程造价咨询企业进豫登记备案管理办法》，优化外省进豫企业办事流程，实现电子登记备案"零跑路"。

## "工改"破解审批服务难点、堵点、痛点

"五个一"审批管理体系初见成效，"多规合一"实现重大突破……河南省以"豫快开工"为主题，在政务服务网开辟"工程建设项目审批"特色服务专栏，打造"豫快图说、豫快承诺、豫快提交、豫快审批、豫快解难、豫快监管、豫快服务、豫快反映"8大板块，解读"工改"政策。只要点击"豫快开工"专栏，就可直接进入地市审批管理系统办理，操作简单、方便快捷。

近年来，河南省建筑业增加值占全省生产总值比重约5.7%，年上缴税收占地方税收约14%；建筑业从业人员700万人左右，占全省从业人员总数10%。建筑业在促进经济增长、扩大劳动就业、增加财税收入等方面

发挥了重要作用，但多而不精、大而不强的现象一定程度地影响着建筑业高质量发展。围绕“工改”，河南省借力发力、顺势而为。

再造审批流程。改变过去串联审批、多头审批的模式，打破部门藩篱，以工程建设项目服务需求为导向，采取“减、放、并、转、调”等方式，对审批流程、事项和环节全面梳理、大幅调整，构建分阶段审批和并联审批的全新审批流程，全面提高审批效能。2019年上半年，全省工程建设项目审批时限压缩至120个工作日以内，郑州市、开封市压缩至100个工作日以内。到2019年年底，全省工程建设项目审批时限将全部压缩至100个工作日以内。

精简审批环节。能减就减、能放就放、能并就并、能转就转、能调就调，逐步形成全国统一的审批事项名称、申请材料和时限要求，制定省和省辖市工程建设项目审批事项清单，实行动态管理。

推进并联审批。把工程建设项目审批流程分为4个阶段，每个审批阶段确定一家牵头部门，实行“一家牵头、并联审批、限时办结”。各省辖市已印发并联审批配套文件，实施并联审批项目357个。

实行联合审验。推进联合踏勘、联合审查、联合审图、联合测绘、联合验收工作方案，积极推进相关配套政策措施出台。各省辖市印发联合审图配套文件，实行联合审图项目1249个，15个省辖市已出台联合验收配套文件。

推进区域评估和多评合一。各类开发区、自由贸易试验区、产业集聚区、工业园区、新区和其他有条件的区域，推行由政府统一组织的地震安全性评价、压覆重要矿产资源评估、地质灾害危险性评估、环境影响评价、节能评价、水资源论证等评估评价体系。由单体把关变为整体把关、申请后评审变为申请前服务，区域内项目共享评估评价结果。各类技术性评估事项由串联分散办理调整为并联集中办理，推行“多评合一”，实行“一次申请、一次告知、同步编制、集中评审”，大幅提升审批效率和服务水平。

容缺办理和告知承诺制。申报材料短时间内准备不齐全但可以容缺的，允许先行出具预审意见，让企业往下走程序，在办理施工许可时转为正式审批手续。告知承诺制则由政府告知建设单位具体建设要求，再由建设单位作出书面承诺，由审批部门作出审批决定。政府部门加强事中事后监管，对于实行告知承诺制的审批事项，审批部门在规定时间内对申请人履行承诺的情况进行检查，监督建设单位切实履行。申请人未履行承诺的，审批部门会及时撤销行政审批决定，追究申请人责任并向社会公开，情节严重的还将被列入失信“黑名单”。

河南省在实践中感到，“一张蓝图、一个窗口、一张表单、一套机制、一个系统”是“工改”关键所在，牵住“牛鼻子”，就可少走弯路。

“一张蓝图”统筹项目实施取得突破。鹤壁市作为省市协同编制空间规划国家试点，率先编制完成国土空间规划，建立空间规划信息平台。南阳市“一张蓝图”基础数据相对完善，自然资源和空间地理数据库基本建成，地理空间数据共享平台已经上线运行。平顶山市作为全省国土空间规划试点城市，完成了“多规合一”数据库建设。

“一个窗口”提供综合服务切实到位。全省各地政务服务大厅均设置了工程建设项目服务窗口，初步完成审批相关业务向“一个窗口”整合。郑州、济源、鹤壁、焦作、开封等市设立窗口咨询辅导区，建立工程建设项目审批咨询辅导机制。安阳市将涉及工程建设项目审批的单位全部集中。

“一张表单”整合申报材料落地见效。多数省辖市梳理完成了“一张表单”整合申报资料工作，8个省辖

市已经按照整合后的“一张表单”，在审批系统提交申报材料。截至目前，“一张表单”共实施项目292个。

“一套机制”规范审批运行更加完善。各省辖市正逐步加快建立健全工程项目建设审批配套制度改革，出台相关配套文件，实现“全流程、全覆盖”。

“一个系统”提高审批效率。通过建立工程建设项目审批管理系统，将统一的审批事项、统一的审批流程、统一的申报材料固化到系统中，由“企业多跑腿”变成“信息多跑路”，提高审批效率。审批管理系统的建立倒逼审批制度改革，系统之外无审批，有效解决了擅自设立审批事项、擅自增加材料清单的问题。通过在线监控审批部门行为，对审批环节进行全程跟踪督办和节点控制，杜绝体外循环，提高审批服务水平。通过加强工程建设项目审批管理系统的信息共享，还能解决信息孤岛问题，全省大力推进“最多跑一次”改革取得很大进展。

目前，全省18个省辖市已经初步建成工程建设项目审批制度框架和信息数据平台，实现与省级平台对接，顺利上传审批项目数据，已有1282个项目通过“工改”系统完成审批。

积极重构部门工作流程和规则，从项目主导向规划统筹转变，聚焦改革难点突破。向全省推广鹤壁市和南阳市“多规合一”的“一张蓝图”经验，制定全省市县工程建设项目“多规合一”业务协同平台建设和项目储备运行规则，使各地加快推进“多规合一”业务协同平台建设。

通过这一平台，在项目生成策划阶段，根据“一张蓝图”协调提出发展、空间、生态等各方意见，解决后期建设矛盾，并以此作为后期项目审批依据，加速项目生成落地，提高审批效率。

坚持放管结合，在简政放权的同时，要求各地加快建立与工程建设项目审批制度改革相适应的监管体系，推动工程建设项目审批向“宽进、严管、重罚”转变，既要审得快，也要管得好。充分利用“互联网+监管”优势，开发建设覆盖省市县三级一体、三级联动的智慧工地监管平台，实现对全省工地监管信息的快速归集，用大数据精准分析工程建设项目施工质量安全情况、企业和人员经营行为，有效加强事中、事后监管。目前，智慧工地监管平台已实现与省工程建设项目审批监管平台对接。

在全省范围内推行“双随机、一公开”监管，加大对违法违规行为的处罚力度，采取更严厉的处罚措施和市场禁入措施。构建以信息归集共享为基础、信息公示为手段、信用监管为核心的监管制度，将企业和从业人员违法违规、不履行承诺等不良行为纳入“黑名单”，并向社会公开，让失信主体“一处失信、处处受限”。

（河南省住房和城乡建设厅供稿，
刊登于《中国建设报》2019年11月22日4版）

辽宁

# 辛勤耕耘喜结硕果 全面助推老工业基地振兴

2019年是中华人民共和国成立70周年，伴随着辽宁老工业基地振兴发展，辽宁住房和城乡建设事业也走过70年的光辉历程。特别是党的十八大以来，在党中央的正确领导下，在省委、省政府的有力领导下，全省住房和城乡建设系统深入贯彻落实习近平新时代中国特色社会主义思想，以深化改革为动力，以产业转型升级和城乡基础设施提质增量为目标，坚持创新、协调、绿色、开放、共享五大发展理念，全面提升城乡建设和管理水平，进一步发挥住房和城乡建设工作在改善民生、拉动经济、促进城乡统筹可持续发展中的重要作用，书写了辽宁住房和城乡建设史上浓墨重彩的崭新篇章。

## 坚持以经济建设为中心　扶持建筑产业发展

坚持以经济建设为中心，认真落实省委、省政府提出的建设沈阳经济区、发展沿海经济带、突破辽西北三大战略决策，培育扶持全省建筑产业发展，努力降低因省内省外经济形势变化而产生的一些不利影响，住房事业蓬勃发展。

房地产业不断发展壮大。20世纪90年代全国住房制度改革，拉开了房地产市场蓬勃发展的大幕，房地产业逐步成长为全省支柱性产业之一。2018年，全省房地产开发投资2599.3亿元，占固定资产投资的35.5%；商品房销售面积3934.6万平方米，销售额2967.3亿元。房地产市场规模持续增长，市场保持平稳健康发展。2018年，房地产开发企业超过6000家，物业服务企业超过4000家，直接创造了60万个就业岗位，带动了建筑业、建材业、运输业、装饰装修业、家电制造业、中介服务业等几十个相关产业增长，成为经济发展的支柱产业。

建筑业持续做大做强。建筑产业现代化全国领先，早在2012年便被住房和城乡建设部确定为建筑产业现代化两个试点省份之一，沈阳市成为当时全国唯一一个建筑产业现代化示范城市，2017年又获评全国首批装配式建筑示范城市。2019年成功举办第八届中国（沈阳）国际现代建筑产业博览会，来自国内外的500余家装配式建筑相关知名企业参展，展出面积6万平方米，累计到场专业观众达5万人，规模和品质继续保持全国领先水平，大幅提升辽宁建筑业的影响力，众多企业达成合作或交易意向。截至目前，全省共有各类建筑业企业1.3万余家，从业人数达到130万人，其中特级企业15家、一级企业近千家、二级企业超5000家。截至2018年年底，全省累计有61项工程获中国建设工程鲁班奖，28项工程获国家优质工程奖，2099项工程、76个住宅小区和5项群体工程荣获辽宁省：建设工程世纪杯，建设工程质量稳步提升。

勘察设计业管理进一步规范。截至2018年年底，全省共有勘察设计企业819家、从业人员6.5万人、各类注册人员1.2万人，全省勘察设计企业累计完成勘察设计产值485亿元，施工图建筑面积约7800万平方米。截至目前，全省现有国家设计大师6名、省勘察设计大师70名，全省共新编、修编标准图和标准设计170余本，企业获国家级科技进步奖29项，34个项目获得国家级优秀勘察设计奖，其中含金奖、一等奖4项。

建筑市场机制不断完善。制订、修订和出台了一系列建设行政规范性文件，完善了全省建设法规体系框架，严厉打击工程转包、挂靠、违法发包、违法分包和围标串标等行为，开展了整治发包与承包违法行为专项行动。截至目前，全省各级主管部门共查出各类违法违规问题392个，其中存在违法发包、违法分包、转包、挂靠行为的项目71个，共处罚金1790.2万元；创新招投标监管方式，出台《关于试行开展房屋建筑和市政工程招标代理机构市场行为评价工作的通知》，起草《辽宁省房屋建筑和市政基础设施工程施工招标评标办法》，从源头上规范招标、评标行为，市场秩序逐步规范。积极推进诚信体系建设，建立失信惩戒机制，加快推进全省建设工程招投标管理体制改革，完善招投标法规体系建设。

## 坚持以人为本<br>以人民利益为出发点和落脚点

坚持以人为本、突出保障，把实现好、维护好、发展好最广大人民的根本利益作为各项工作的出发点和落脚点，以人民群众满意作为检验住房和城乡建设工作成效的第一标准，住房建设规模大幅增加，告别了住房严重短缺的时代，切实增强了人民群众的获得感、幸福感、安全感。

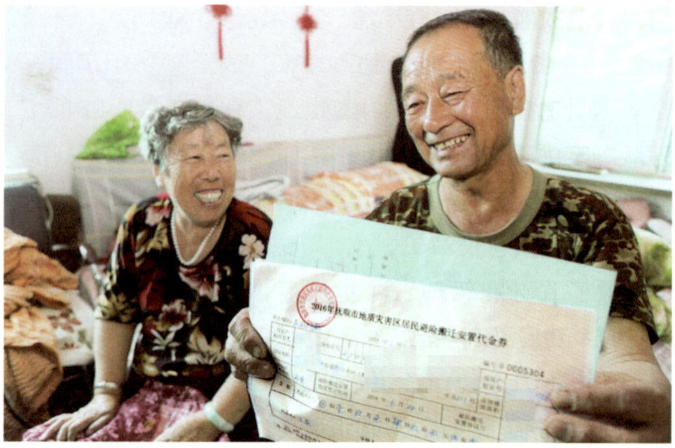

住房保障实现重大突破。截至2018年年末，全省通过公共租赁住房为34万户各类住房困难家庭提供了住房保障。2005年率先在全国开展大规模棚改，全省已累计改造各类棚户区179.6万套，500多万住房困难群众通过棚改改善了居住条件。以“抓党建、立标准、树标杆、强协同、谋五共”为主题，在全省开展“物业服务质量提升年行动”。制定《行动方案》，组织各市实施，开展“走进企业学标杆，推动行业促发展”活动，共组织大小团体100余次，参观学习8000余人次。开展全省住宅专项维修资金专项检查，对检查发现的问题进行督促整改。目前，全省城镇居民人均住房建筑面积达到31平方米左右，住宅小区物业服务覆盖面超过85%。特别是党的十八大以来，全省总投资55.7亿元，改造老旧小区4258个，涉及居民132.5万户，改造面积8838.7万平方米。

宜居乡村建设翻天覆地。解决城市居民住房问题的同时，辽宁将农村危房改造工作列为脱贫攻坚的重要内容。2012年，按照国家的统一部署，明确了实施范围，确定了4类重点对象。辽宁省人民政府出台关于开展宜居乡村建设的实施意见，开展4项整治、4项改造、6项提升和1个打造为主要内容的“百千万宜居乡村创建工程”，获国家重点镇88个、特色小镇13个，命名省级特色乡镇20个，农村“户分、村收、镇运、县区处理”垃圾处理体系基本建立，完成农村危房改造23.33万户。城镇功能基本完善，公共服务和基础设施建设水平日趋城市化，人居环境得到极大改善，乡村居民幸福感大幅提升。

住房公积金资金规模不断扩大。目前，全省约有490万职工缴存住房公积金，累计缴存总额7059亿元，提取总额4468亿元，个贷总额4089亿元，缴存余额2591亿元，结余资金409亿元；累计支持了178万个家庭使用住房公积金贷款改善住房条件，助力房地产市场平稳健康发展；累计提取廉租住房补充资金143亿元，发放保障性住房建设贷款31.98亿元，有效支持了各地保障性安居工程建设。

## 坚持健全配套设施<br>塑造城乡人居环境新形象

坚持健全配套设施，城镇基础设施水平不断提高，人居环境明显改善，城镇综合承载能力显著提高，塑造了城乡人居环境新形象，在提升城市承载能力、城乡建设中彰显了住房和城乡建设者的担当。

城市配套更为完善。城市基础设施和公共服务水平进一步提高。沈阳市被国家列入城市地下综合管廊试点城市；全省已建成地下综合管廊项目9个共计70公里，在建地下综合管廊项目10个共计60公里。供热面积由1985年的1048.9万平方米增长至2018年年底的12.87亿平方米，省辖市集中供热率达到97%。供水能力由1980年的每日291万立方米增长到每日1058.52万立方米，县级及以上城市供水普及率达到97.72%，彻底告别了“三峰供水”模式的历史。城镇燃气管网由1980年的2462公里发展到目前约33725公里，城市燃气普及率达到97%。城市生活垃圾无害化处理能力不断提高，62座城市生活垃圾处理设施日处理能力达到25962吨。持续优化城市路网结构，道路网密度不断提高、路网功能日趋完善，城市道路通行能力增强，沈阳和大连轨道交通设施建设稳步推进。2010年、2015年，沈阳、大连先后正式迈入地铁时代，全省已运营轨道交通线路总长310公里，为建设美丽辽宁、宜居辽宁提供了重要保障。

城乡建设更有品质。城市历史文化遗产保护工作建立了“点（历史建筑）、线（历史文化街区）、面（历史文化名城）”相结合的城市历史文化遗产保护体系。目前，辽宁有国家历史文化名城1个（沈阳）、省级历史文化名城7个（朝阳、兴城、大连、辽阳、北镇、抚顺，桓仁）、历史文化街区12个（沈阳盛京皇城、中山路、工人村、大连中山广场、鞍山台町建筑群、海城厝石山、营口西大街、朝阳老城区、辽阳白塔、庆化–东京陵、台子沟、唐户屯），历史建筑243个。沈阳、大连等8个城市和调兵山、开原市被住房和城乡建设部命名为“国家园林城市”；桓仁、喀左2个县被住房和城乡建设部命名为“国家园林县城”。此外，省级园林城市10个、园林县城3个、园林城镇1个。

建筑节能与建设科技工作不断取得新的进展。2019年2月，《辽宁省绿色建筑条例》正式实施，为了贯彻条例，制定了《辽宁省推广绿色建筑实施意见》等配套文件和绿色建筑施工图审查和竣工验收管理暂行办法等一系列技术规程、标准。2019年，辽宁省绿色建筑占比达到65.2%。开展“为企服务解难题”，为吸引贝卡尔特在辽增资建厂，出台全国首例钢纤维管片技术标准，并同时推进了钢纤维混凝土预制管片技术研究和试点应用；采用先进技术保护历史建筑，组织省建设科学研究院将百年建筑——义县火车站平移70米，并对其内部进行加固修复，为保护历史建筑开辟新路径。

压减工程建设项目审批时限阶段任务圆满完成。近年来，辽宁以优化营商环境为切入点，不断规范设定审批事项清单、申报材料清单和审批流程图。梳理出施工许可和竣工验收阶段46个审批事项清单；制定了审批流程示范文本，设定施工许可阶段不超过34个工作日、竣工验收阶段不超过20个工作日的要求。在全省范围内，部署住房和城乡建设系统集中清理相关法规规章和规范性文件，印发6件规范性文件、废止4件厅发规范性文件、修改7件厅发规范性文件，报请省司法厅建议修改省地方性法规1件、省政府规章1件。搭建运行省级审批系统，完成与国家和除本溪外13个市级系统对接；如期启动了省级审批系统与省直相关业务系统对接工作。沈阳、大连两市作为国家试点城市已经完成市级系统上线，并通过省系统向国家系统上传数据；丹东市审批系统正式上线；鞍山、锦州、阜新、辽阳、朝阳、盘锦市审批系统初步具备试运行条件；抚顺、铁岭、葫芦岛市处于测试阶段；本溪、营口市处于搭建阶段。召开住房和城乡建设行业推进会议，对行业改革进行指导和培训；以省审改办调研组名义对鞍山、丹东、营口、盘锦4市开展调研并反馈意见；对除沈阳、大连外12个市住房和城乡建设部门调研指导并反馈意见；组织全省住房和城乡建设系统开展企业问卷调查；召开企业座谈会，解决市场主体的难点、堵点问题。开展行业“大排查”和“回头看”工作，持续加大对市、县行业指导，加强事中事后监管。搭建运行升级审批系统，完成与国家和14个市级系统对接；如期启动了升级审批系统与省直相关业务系统对接工作。沈阳、大连两市作为国家试点城市已经完成市级系统上线，并通过省系统向国家系统上传数据。此外，还有11个市具备系统上线运行能力，目前正在深化完善系统内相应功能。

壮丽70年，奋斗新时代。在以习近平同志为核心的党中央的正确领导下，辽宁住房和城乡建设人将坚定不移地走好改革开放之路，统筹推进“五位一体”总体布局和协调推进“四个全面”战略布局，按照“创新、协调、绿色、开放、共享”新发展理念、“四个着力”和“三个推进”的总体要求，坚持高质量发展，深化住房制度改革，保护房地产市场平稳健康发展，打好住房和城乡建设领域污染治理攻坚战，推进建筑业供给侧改革，做好住房和城乡建设领域民生保障，为新时代辽宁振兴发展作出应有的贡献、书写全新的篇章。

（辽宁省住房和城乡建设厅供稿，
刊登于《中国建设报》2019年11月25日4版）

# 机构风采

# 以人民为中心 规划中国城市未来

## ——纪念中国城市规划设计研究院成立六十五周年（1954~2019年）

张忠山

10月18日，适逢中国城市规划设计研究院（以下简称“中规院”）建院65周年。中规院肩负“规划国家队”的使命与担当，其发展历程是我国城乡发展建设的一个缩影。近年来，中规院积极贯彻新发展理念，践行“致力于绿色发展的城乡建设”，为实现人与自然、文化和空间的和谐关系进行了有效探索。

中规院是住房和城乡建设部直属科研机构，是全国城市规划研究、设计和学术信息中心。1954~1957年是中规院的诞生兴旺期，承担为国家政策服务、规范科研标准、进行规划设计及提供社会公益和行业服务是中规院的4项主要职能。

中规院现有职工1082人，直属企业员工412人，在职专业技术人员占86%。其中，中国工程院院士2人、全国工程勘察设计大师1人、享受政府特殊津贴在职专家12人、百千万人才工程专家3人、有突出贡献中青年专家5人、全国优秀科技工作者2人，形成了一支专业齐全、人才荟萃、实力雄厚的城乡规划科技队伍。

多年来，中规院在为国家政策服务、为住房和城乡建设部服务以及业务拓展、技术进步、经济收益、深化改革和党建与精神文明建设等方面都取得了可喜的成绩，保持了健康、协调和持续发展。特别是近几年在科技进步、学科专业门类开拓、人才素质培养和技术手段、技术装备等方面得到持续发展，在观念、技术、方法等方面不断创新，取得新的突破。自2000年以来，承担完成了科研、规划设计、咨询、国家和行业标准规范编制等各类任务6000余项，其中，获国家和部级奖励的科研成果60余项、优秀规划设计奖300余项。目前，中规院业务已广泛覆盖了城乡规划研究、设计和咨询的所有专业领域以及建筑设计、市政工程等领域，承担的业务遍及全国各地，并已涉足海外的规划设计咨询领域。

中规院践行“求实的精神，活跃的思想，严谨的作风”的院风，为城市规划事业的发展勇于担当社会和历史责任。近年来，主动承担并出色完成了四川汶川、青海玉树、甘肃舟曲和四川芦山灾后重建的大量规划工作，承担完成了援疆、援藏、援青及大量扶贫、支边工作。中规院将继续深化改革，求实创新，努力建设成为具有国际竞争力的综合咨询机构，为促进我国城乡规划事业发展、科学引导城镇化和城市发展、建构中国特色城市规划理论体系作出更大的贡献！

中华人民共和国成立之初，百废待兴。按照中央部署，一些城市开始编制城市总体规划。1953年3月，原建筑工程部城市建设局成立，成立之初的重大工作是筹备召开全国第一次城市建设会议。1954年10月18日，原建筑工程部城市设计院（以下简称“城院”）正式成立，中规院由此发端。这一时期，城院在参与国家156个重点建设项目、承担大批城市初步规划编制或选厂工作、参加起草并修订中华人民共和国第一部重要的城市规划规章等方面作出了杰出贡献。

随着国家建设在曲折中前进，城市规划工作也随之跌宕调整。在1958~1972年，虽然城院几经变更隶属关系和名称甚至一度中止工作，但始终注重规划研究。1960年后，参与中华人民共和国第一本城市规划学科教科书《城乡规划》编写工作，开展了城市规划定额指标研究并参与编写《居住区修建方式》《城市道路规划》《城市给水排水工程规划》《城市园林规划》等一大批影响深远的技术成果。1972年，国家建委城市建设局成立，此后城市规划工作进入快速发展期。

1973年6月，国家建设委员会建筑科学研究院下设城市建设研究所。1979年3月，国家城市建设总局下设城市规划设计研究所。1982年7月，为加强科研工作，在城市规划设计研究所基础上组建中国城市规划设计研究院。1973~1982年，所（院）规划业务逐步恢复发展，并于建院后迅速成立了技术委员会，在承担诸多城市的总体规划及相关规划研究之外，还在调查研究、编写著作、承担地震灾后重建规划任务等方面取得进展和成就。

1983年5月，原国家科学技术委员会下文，同意中规院为研究院性质，明确其工作方向和主要任务是研究中国各类城镇发展战略、目标、标准、布局、方法、程序、理论政策和实施等重要问题。中规院在这一时期的主要任务是集聚人才，1984年起陆续聘请吴良镛等一批有重大学术影响力的专家担任高级顾问。1984年，中规院在深圳设立第一个分支机构“中规院深圳咨询中心”（1992年更名为深圳分院），承担沿海特区和开放城市规划形势下的大量规划任务。

伴随改革开放步伐，我国城镇化快速推进。1991年，中规院开始推行全面质量管理，院主编的《城市用地分类与规划建设用地标准》正式施行，结束了我国城市规划无国家标准规范的历史。1992年，建立“城市地理信息系统工程技术中心”，开创城市规划软件开发和相关计算机使用的技术支撑。在设立深圳分院后，还相继设立海南分院、汕头规划设计部、厦门规划设计部、北海分院、钦州办事处、惠州分院等，陆续承担起珠三角地区和海南大批城镇和开发区的规划。

中规院紧跟国家发展形势，在1997年11月主办了“迈向21世纪的城市国际会议”，围绕城市可持续发展为城市规划的跨世纪发展明确了方向。2000年，国务院批复中规院保留“科研事业单位性质，暂由建设部管理”，中规院成为原建设部最大的科研事业单位。这一时期，中规院以城市规划主业为重点，做好为原建设部和行业服务、规划设计与咨询、科研和标准规范、信息技术和国际合作交流四大任务，进一步确立了“中规院”品牌，实现了跨越式发展。

城镇化发展进入国家战略，区域协调发展和乡村振兴大力推进，中国城乡发展迈上新台阶。特别是党的十八大以来，城市发展深刻践行绿色发展理念，对城市规划设计提出了更高要求。中规院在这一时期根据现实需要及时进行机构调整和业务拓展。在支持深圳分院快速发展的同时，设立上海分院和西部分院，北京总院与深圳、上海西部三大分院在地域形态上构成“钻石结构”，更加符合国家区域发展趋势和战略布局。随着人才团队和科研力量不断增强，中规院已经成为全国顶级的规划设计单位。

党的十九大以来，为贯彻落实国家行政机构改革方案，稳步推进事业单位深化改革，持续推动行业创新发展，中规院进一步丰富了自身专业结构和机构设置，主动对接国内外优势技术团队，不断加强资源环境承载力和国土空间开发适宜性等领域的研究和实践。发展壮大了“中规院（北京）规划设计公司”，优化提升在地服务质量，立足京津冀、长三角、珠三角、成渝四大城市群，业务范围遍及全国，并辐射到亚洲、非洲许多国家。

# 牢记使命与担当
# 致力于绿色发展的城乡建设

中国城市规划设计研究院院长　杨保军

岁月不居，时节如流。中华人民共和国成立70年，取得了一系列令世界刮目相看的伟大成就。70年来，我国城市在曲折中探索发展，人们的生活质量不断提高。城市规划在城市发展中起着战略引领和刚性控制的重要作用，做好规划是任何一个城市发展的首要任务。中国城市规划设计研究院肩负“规划国家队”的使命与担当，建院65年来担纲多个国家战略和重大项目，始终致力于推进我国城市规划学科发展和国家城乡规划体系建设，在我国城市发展中扮演了重要角色。

进入新时代，面对发展观的深刻革命和发展方式的深刻转变，推动“致力于绿色发展的城乡建设”，形成绿色发展方式和生活方式，走城市建设的高质量发展之路，是我们责无旁贷的责任和使命。同时，在绿色发展理念指导下，借助大数据深度挖掘技术、人工智能、物联网技术和互联网平台等新科技，人与自然和谐共生、人与人和谐相处、人与文化相得益彰的“明日之城”必将崛起。

中规院要深入领会习近平新时代中国特色社会主义思想的精髓要义，落实习近平总书记对住房和城乡建设工作的重要批示和在中央城市工作会议上的重要讲话精神。贯彻习近平新时代生态文明建设思想，紧密结合住房和城乡建设部党组中心工作，探索以生态优先、绿色发展为导向的高质量发展新路子，建设美丽中国，更好地理解和推动“致力于绿色发展的城乡建设”目标实现。

# 坚持党建引领
# 奋力谱写无愧时代的规划新篇章

中国城市规划设计研究院党委书记　王立秋

2019年是中华人民共和国成立70周年，伴随波澜壮阔的城镇化进程，中国城市规划设计研究院（以下简称“中规院”）作为“规划国家队”不断砥砺前行，建院65年来经历了在艰难中起步、在艰辛中创业、在发展中壮大的奋斗历程。65年来，几代中规院人坚持规划为民的初心，始终服从和服务于国家建设大局，坚持将城乡规划事业融入改革开放的伟大实践中，融入实现“两个一百年”奋斗目标和中华民族伟大复兴中国梦的征程中。

城乡规划事业是党领导的事业，中规院时刻秉持城乡规划工作的政治属性。进入新时代，中规院在工作和业务中坚持党建引领，认真践行规划师的初心使命，不断推进城乡规划事业高质量发展。中规院积极贯彻落实习近平总书记的重要讲话精神，以实际行动树牢“四个意识”，坚定“四个自信”，坚决做到“两个维护”。

65年来，中规院见证了我国波澜壮阔的城镇化进程，也参与和推动了我国城镇化的发展。特别是改革开放以来，从改革开放初期作为深圳经济特区规划设计的开路先锋，到40年后主力承担引领未来城市建设发展的雄安新区规划设计，一代代中规院人坚守规划初心，将人民对美好生活的向往作为规划奋斗的目标。随着团队的发展壮大，新时代的中规院人将继续传承和发扬院史院风，不断赋予新的时代内涵。

（刊登于《中国建设报》2019年10月18日2·3版）

# 中国建筑文化中心

中国建筑文化中心（以下简称“文化中心”）是住房和城乡建设部直属科研事业单位。1997年经中央机构编制委员会办公室批准成立。文化中心始终以弘扬、传播中国建筑文化为己任，以竭诚为住房和城乡建设行业服务为目标，始终奉行诚信社会、广交朋友的原则，扎实做好每一件事，精心打造品牌。通过推进内部改革、提高自身素质、整合社会资源、开拓业务空间，在很短的时间里实现了由创业到发展的转变。到目前为止，文化中心已经形成了建筑文化研究交流、城市雕塑建设指导、建筑图书信息服务、建筑行业展览展示、建筑技术培训服务等多方位传播建筑文化、服务住房和城乡建设行业的能力。

## 建筑文化研究交流

研究交流部是文化中心业务部门之一，其职能主要是依托住房和城乡建设部，开展建筑文化研究、传播与交流工作；面向全国开展历史文化名城名镇名村、历史文化街区和历史建筑、传统建筑、特色小镇、传统村落等方面的研究、咨询、培训等；围绕建筑文化和国内外建筑技术开展课题研究及多媒体制作、图书编纂、创意产品开发等，其主要工作有以下五点：

一是党的十八大以来，以习近平同志为核心的党中央高度重视传承发展中华优秀传统文化。2018年10月11～13日，根据第十八届中国国际城市建设博览会展览方案，承办历史文化遗产保护专题展区。

二是为贯彻落实中央城市工作会议精神，2016年起，连续举办中国城市建设科学发展论坛，对当前我国城市建设事业发展趋势和热点话题进行交流和探讨，引领城市建设科学发展。

三是2005年起编纂《中国建筑设计作品年鉴》并连续多年出版，2010年以来，为弘扬传承中国传统建筑文化，研究交流部先后完成罗哲文、彭一刚、齐康、程泰宁、何镜堂等近30余位院士和建筑大师个人文集的编纂工作。

四是为贯彻落实党的十九大精神，加强历史文化遗产保护传承，部门自2016年起，围绕

历史文化保护主题，累计系统培训各级管理技术人员近5000人次，宣传普及保护理念，推动历史文化遗产保护利用工作开展。

五是发挥助手作用，为住房和城乡建设部重点工作服务。研究交流部先后承办了部建筑节能与科技司、村镇建设司、住房公积金监管司等多期业务培训，促进了相关工作的开展。

## 城市雕塑建设指导

2001年，全国城市雕塑建设指导委员会（以下简称“全国城雕委”）城市雕塑建设管理指导职能由文化部划归原建设部承担，明确了全国城雕委的指导职能：负责对全国范围内城市雕塑规划、建设进行宏观指导；负责全国城市雕塑的立项、规划、协调、论证和评估的指导工作；对城市雕塑的艺术质量进行审核，提出指导意见。全国城雕委办公室设在文化中心，负责全国城雕委的日常工作。近20年来，中国城市建设取得了非常大的成就，中国城市雕塑的发展也取得了辉煌成就。全国城雕委及其办公室主要开展的工作如下：

### 城市雕塑指导性工作

2006年，全国城雕委出台《关于城市雕塑建设工作的指导意见》。向部城乡规划司提交了修改《城市雕塑建设管理办法》的草稿。其中要求重点地区、特别重大题材、政治历史人物的雕塑作品应报住房和城乡建设部审批，必要时由住房和城乡建设部上报国务院审批。

**推动地方管理、指导机构和法规建设**

目前，在全国城雕委的帮助下，全国已有北京、上海、天津、黑龙江、福建、山东、四川、贵州、甘肃等省、自治区、直辖市陆续制定和颁布了本地的《城市雕塑建设管理办法》，部分副省级和设市城市也陆续制定和颁布本市的《城市雕塑建设管理办法》。

**建立了全国年度城市雕塑建设情况上报和评选制度**

多年来，全国城雕委组织部级重大课题的研究。包括：“城市雕塑规划编制要求和技术导则”“中外城市公共艺术建设投资政策对比”“雕塑公园建设与发展对策”、城市公共环境艺术规划编制、城市雕塑建设规范（全文强制国家标准）、公共艺术政策研究等。其中《城市雕塑工程技术规程》经住房和城乡建设部批准，已于2017年6月正式成为国家标准。

### 组织和承办国家重大活动

2004年，全国城雕委承办了原文化部、原建设部主办的第三届全国城市雕塑大型展览。2007年，原建设部、原文化部、国家文物局共同举办“城市文化国际研讨会暨第二届城市规划国际论坛”。会议期间，全国城雕委承办了“中国城市雕塑建设展”。2009年，全国城雕委承办了原建设部、原文化部主办的“中华人民共和国城市雕塑建设成就奖”评选工作，共评出大奖60项、提名奖40项，并在中国美术馆举办了“中华人民共和国城市雕塑建设成就展”。

2006年，为筹建奥运景观雕塑，全国城雕委办公室协助北京市城雕办，组织了“奥运文化与公共艺术”国际研讨会。来自英国、法国、美国等十几个国家和国内的雕塑家、景观专家200余人出席会议。随后，与北京规委联合举办了“奥运公共艺术与环境设施暨城市雕塑方案展”。2007年，全国城雕委与上海市规划局、上海世博局联合举办了“迎世博2007上海国际雕塑年度展”，旨在为上海世博会精选雕塑建设方案。2011年全国城雕委和“国际科学与和平周”中国组委会、中国市长协会共同组织开展“人·自然·和平”为主题的大型雕塑方案征集评选活动。

**推动地方城市雕塑建设工作**

全国城雕委积极组织各地交流城市雕塑规划编制工

作。包括：乌鲁木齐、杭州、石家庄、六安、徐水、太仓、魏县等城市雕塑规划。

全国城雕委还利用广泛联系雕塑家的优势，帮助了北京、长春、广州、天津、乌鲁木齐、宁波、苏州、唐山、台州、克拉玛依、本溪、宜春、滨州、日照等城市征集了城市雕塑建设方案，有效地解决了这些城市雕塑方案征集困难、艺术水准难以提高等问题。

通过积极支持由新疆维吾尔自治区文化厅主办、新疆维吾尔自治区雕塑学会承办的“《天山脚下、塑说新疆》全国优秀雕塑作品新疆巡展”系列活动，促使西部城市雕塑、城市文化建设工作取得更大发展。

全国城雕委还于2013年承办了平潭市“中国国际平潭雕塑邀请展”、福州市“2014中国福州国际雕塑艺术展”、福清市“中国·福清首届国际雕塑艺术展”等活动的组织策划和方案征集工作。

城市雕塑建设的指导工作关乎着小到一座城市，大至体现一个国家的整体文化诉求、文化价值观乃至国家文化安全。近十几年来全国城雕委工作实践证明，建立一个由“政府主导，由城市规划师、资深雕塑家、美术史家、历史学家、社会学家组成的城市雕塑专业审核机构”是十分迫切和必要的，尤其是对“重要题材、重要事件、重要人物、重点区域”的城市雕塑建设进行审核更显必要。

## 建筑图书信息服务

中国建筑图书馆隶属于文化中心，是住房和城乡建设部专业图书馆。自1958年成立至今，在历届部领导的关心和支持下，经过60多年的发展，中国建筑图书馆已逐步成为体系完整、内容丰富、与时俱进的专业图书馆。

建筑图书馆始终重视中外史籍、建筑文化艺术的收藏及古建文脉的传承，建筑类普通古籍、民国珍藏本及地方志的收藏有一定规模，形成了内容丰富、体系较完整的特色资源。在科技文献资源建设方面，注重搜集国外最新建筑设计理念、结构、施工、材料技术等资料，确保了馆藏的连续性、系统性、完整性。其中，国外原版书刊占60%~70%，文种多达33种，涵盖了中外建筑理论、建筑设计图集、各个历史时期各流派大师作品、城乡规划方案及建筑标准等方面。建筑图书馆始终坚持“传承、服务、共享”理念，为读者提供最新的科技文献检索信息服务，广泛开展学术交流，定期举办公益活动。

2009年，文化中心与北京建筑大学合作共建中国建筑图书馆，探索了住房和城乡建设部与北京市政府合作共建的新模式，中国建筑图书馆整体搬迁至北京建筑大学（西城校区），实现馆藏数据合一、资源共享，充分发挥建筑业文献建设引领作用。

中国建筑图书馆欢迎社会各界人士向图书馆捐赠图书刊等文献资料，届时将出具捐赠证书。

## 建筑行业展览展示

文化中心是建设行业最早开展展览展示工作的单位，有着60多年组织展览展示工作的良好基础和丰富经验，多次在国家级大型展览会上承担部的展览任务。先后承办了“联合国第二届人类居住区大会中国住区建设成就展”“第二十届世界建筑师大会国际建协各会员国建筑成就展”“庆祝中华人民共和国成立五十周年成就展人民生活馆”等国际性和国家级大型展览。1999年，被中华人民共和国对外贸易经济合作部授予“境内对外经济技术展览会主办单位资格”（外经贸政审函〔1999〕1003号）。2001年，被科学技术部授予“主办境内国际科学技术展览资格”（国科发外字〔2001〕621号）。原建设部曾发文规定“以建设部名义或我部与其他部委、地方政府联合举办的展览会，原则上由建设部建筑文化中心具体承办或参与承办”（建办〔2000〕240号）。

目前文化中心每年举办3个大型展览：

中国国际住宅产业暨建筑工业化产品与设备博览会（以下简称“住博会”）是经商务部批准、住房和城乡建设部支持的商业性国际博览会，1995年创办，原名“中国国际住宅产业博览会”，2014年经商务部批准变更为“中国国际住宅产业暨建筑工业化产品与设备博览会”。2009年前为住房和城乡建设部主办，自2010年改为住房和城乡建设部支持，由原承办单位住房和城乡建设部科技与产业化发展中心（住宅产业化促进中心）、中国房地产业协会和文化中心主办，经费由主办单位通过商业化运作筹集。

中国国际城市建设博览会（以下简称“城博会”）是经商务部批准，住房和城乡建设部支持的商业性国际博览会，1995年创办，前身为1983创办的“全国建筑展览会”，至今已举办了18届。2009年前由住房和城乡建设部主办，后一度停办，2017年恢复举办，现主办单位为文化中心，经费由主办单位通过商业化运作筹集。

中国国际建筑装饰展览会是文化中心与上海博华展览有限公司共同主办的商业性展览会，经费由主办单位通过商业化运作筹集。

## 建筑技术培训服务

文化中心培训中心（以下简称“培训中心”），2002年11月经原建设部人教司和北京市海淀区机构编制办公室批准成立，是具有独立法人资格的专业培训机构，也是文化中心的内设业务部门。主要负责住房和城乡建设领域培训交流工作，培训均纳入住房和城乡建设部年度培训计划。形成了集部委专项培训、业务培训、考前培训、继续教育、企业内训、资讯服务于一体的综合服务体系。

## 部委服务保障

紧紧围绕住房和城乡建设部城市建设司、建筑节能与科技司、标准定额司、工程质量安全监管司、城市管理监督局等司局开展业务培训承办、课题研究、行业调研、书籍编纂等公益性业务支撑工作。

一是在部委培训承办方面，承办了城市轨道交通、农村管道天然气、城市燃气、海绵城市建设、黑臭水体整治、城市排水防涝、住房保障、稽查执法等行业管理及业务指导培训项目。

二是在课题研究方面，牵头完成住房和城乡建设部科学技术计划项目“预制城市综合管廊的模具研发及施工工法优化”及城市建设司“城市地下综合管廊产业化模式研究”“城市生态修复理论与实践研究”等课题，参与完成部标准定额司工程建设标准实施指导监督研究课题“工程建设标准化成果宣传”、行业标准《采石宕口生态修复技术标准》编写、《城市建设统计与城市发展指标体系研究》课题等。

三是在行业调研方面，配合部重点工作，先后赴34个城市完成地下综合管廊试点城市专题调研、天然气产供储销体系建设专项督察、燃气行业经营企业从业人员培训考核情况调研、黑臭水体整治专项督察等工作。

四是在培训考核大纲和教材编纂方面，配合住房和城乡建设部城市建设司开展全国燃气经营企业从业人员专业培训考核情况调研、大纲修编等工作。

## 业务培训

围绕住房和城乡建设部重点工作，宣贯行业新政策、新规定、新标准、新技术，解读行业热点、难点问题。将专家授课、现场答疑、案例教学、实地观摩等多种模式相结合，优化培训效果，在政府和企事业单位间发挥了桥梁纽带作用。

## 继续教育

2012年，培训中心被住房和城乡建设部建筑市场监管司批复为第一批“市政公用工程专业一级注册建造师继续教育培训机构”。同时，培训中心作为“全国注册城乡规划师继续教育培训机构”，围绕城乡规划、城市设计、建筑设计、城市特色风貌塑造等重点内容，精心打造培训课程，认真组织安排继续教育培训，进一步提升了行业人员综合素质和执业能力，推动了行业队伍建设。

## 企业内训

依托权威专家团队，发挥资源整合优势，为地方政府和企事业单位定制专题式或诊断式内训，有效解决企业面临的难点问题。内训项目涉及法律法规、城乡规划、城市建设、工程建设、工程管理、工程质量安全、市政基础设施投融资、职业教育等多个领域。

## 产业服务

从服务学员向“服务企业、服务行业、服务产业”纵深拓展。

一是提供行业智库服务工作。组织有关单位及专家参与住房和城乡建设部有关司局课题研究及国家标准、行业标准和团体标准的编写。

二是推进城市技术咨询和信息服务。针对综合管廊试点城市专题调研工作中了解的问题，为白银、威海等综合管廊试点城市提供综合管廊规划建设和运营管理方面技术咨询和专家评审服务工作。

三是推进院士与地方的创新合作。邀请中国工程院院士在白银市建立“城市建设设计院院士专家工作站”，为开展白银基础设施建设工程病害诊断、技术咨询和人才培养工作奠定基础。

## 涉外培训

协助住房和城乡建设部城市建设司完成2015年日本综合管廊培训和技术交流团、2016年法国综合管廊培训团和德国瑞士冰岛供暖技术交流团、2017年美国燃气安全和应急管理培训团、2018年美国综合管廊培训团的协助组团工作，与中国园林博物馆联合组织策划“中法城市公园规划设计、建设管理及文化交流讲座”等多项外事培训任务。

（中国建筑文化中心供稿，
刊登于《中国建设报》2019年11月1日4版）

# 栉风沐雨三十余年 玉汝于成利国利民

三十载栉风沐雨，三十载砥砺前行，三十载春华秋实。

1983年，“中国白蚁防治科技协作中心”成立，1989年正式更名为“全国白蚁防治中心”。弹指间，全国白蚁防治中心已走过了30年峥嵘岁月。在各级领导的深切关怀下，在主管部门的坚强领导下，在一代代白蚁人的艰苦奋斗下，全国白蚁防治中心在一道道艰难坎坷中拼搏前行，在一次次自我超越中展翅高飞，书写了跨越发展的辉煌篇章!

这30年，是全国白蚁防治中心从无到有、从小到大的30年，它从一间既无资金又无固定工作人员的“临时工棚”，励精图治、开拓创新，成长为坐拥1800余平方米独立办公场地，配备国内国外多名专家学者技术支撑，拥有设备齐全的实验室、养虫室和野外实验基地等优秀硬件资源的行业管理单位。

这30年，是全国白蚁防治中心从弱到强、突飞猛进的30年，它从没有资金、没有专业人员，艰难起步到如今成为聘请国内外著名学者、专家担任顾问，管理和研究人员均具有高级职称，技术力量雄厚，肩负住房和城乡建设部赋予的八项主体职能，行使组

织、指导与推动全国白蚁防治和研究职能的副司级行业管理单位。

这30年，是全国白蚁防治中心开拓创新、日新月异的30年，它从默默无闻，到如今在国内具有一定影响力、覆盖全国并辐射国外白蚁防治相关行业、肩负一线白蚁防治工作的指导与提高的重任，业绩令人瞩目。

## 领导关怀

### 察实情，见证行业从无到有

曾经的中华人民共和国，新建房屋白蚁预防工作还是一项空白，缺乏相关规章、条例和规范。但随着改革开放的不断深入、城市化的迅速发展，除木结构、砖木结构外，全国各地钢混结构房屋遭受白蚁危害的案例频发。据调查，20世纪80年代仅白蚁对房屋建筑的危害，造成的经济损失达10亿元以上（以当时的价格计算），这引起了相关部门和领导对白蚁防治工作的重视。1983年10月的南宁会议是全国白蚁防治事业的起点，这次会议诞生了“中国白蚁防治科技协作中心”，并在1989年经中央机构编制委员会办公室批准，正式更名为“全国白蚁防治中心”。

为筹备全国白蚁防治中心，原建设部领导高度重视，由时任房产住宅局局长朱毅亲自负责，多次走访国内著名专家学者夏凯龄教授，听取他的意见和建议。在夏教授的建议和推荐下，经原建设部房产住宅局与原浙江省建设厅协商后，将全国白蚁防治中心办公地址设在浙江杭州，并于同年10月召开成立大会。原建设部常务副部长叶如棠为全国白蚁防治中心题词：“加强科技开发，通力防治蚁害”；时任中央组织部副部长曾志题词：“白蚁危害很大，一定要消灭。”

### 出实招，培育行业从小到大

新成立的全国白蚁防治中心起步十分艰难，无资金、无人员、无设备，甚至连办公场地也只是一间临时工棚。面对行业不被重视、白蚁危害社会认知度低的困境，全国白蚁防治中心积极组织调研，开展对全国22个大中城市白蚁危害房屋建筑情况的普查工作。根据我国蚁害分布具体情况，精心规划，走出了开展新建房屋

白蚁预防的新路子，并以浙江作为试点。结合当地情况制定具体办法后，浙江省白蚁预防工作得以全面开展，获得了显著成效。原建设部副部长戴念慈为中心题词：“祝贺中国白蚁防治科技协作中心，在白蚁防治工作上取得的很有价值的成就。”

全国白蚁防治中心将浙江试点的成功案例写成专题报告，并将浙江省白蚁防治工作开展的相关文件报至原建设部。1993年，原建设部颁布了《关于认真做好新建房屋白蚁防治工作的通知》（以下简称“166号文件”）。

166号文件颁布后，全国各蚁害省相继开展了新建房屋白蚁预防工作。仅1995年，新建房屋白蚁预防面积就达到了4800多万平方米，新增县（市）以上专业白蚁防治单位400多家，白蚁防治行业机构和队伍建设日益强大，全国白蚁防治行业的面貌焕然一新。

### 求实效，帮扶行业从弱到强

为了巩固和发展白蚁防治成果，全国白蚁防治中心在贯彻执行166号文件的基础上，强化行业管理，通过与行业相关机构共同向主管部门建议颁布全国统一管理办法，并由全国白蚁防治中心形成文件汇报至原建设部后，引起了相关部委领导的重视。1994年年初，全国白蚁防治中心成立编写小组，起草《城市房屋白蚁防治管理规定》，上报原建设部，很快，房地产业司将文稿转发至全国，广泛征求意见，于1997年经原建设部体改法规司、房地产业司在湖南韶山市召开论证会后送有关部门会签。

1999年10月15日，原建设部以部令72号正式颁布

《城市房屋白蚁防治管理规定》，这是我国有关白蚁防治管理的第一个部门规章。该文件要求，凡白蚁危害地区的新建、改建、扩建、装饰装修的房屋必须实施白蚁预防处理，白蚁预防包治期不得低于15年。各地通过全面深入贯彻落实《城市房屋白蚁防治管理规定》，白蚁防治法制化工作进一步加强。在各省有关房屋安全、装饰装修、产权管理的政策文件中，白蚁防治工作已成为重要内容之一。原建设部副部长李振东为中心题词："预防为主，治理白蚁，为民造福。"

## 自身建设

### 党建为要，白蚁防治事业发展总引擎

一个党员，一面旗帜；一个支部，一座堡垒。30年来，党的建设成为白蚁防治事业发展的"总引擎"，党旗始终在全国白蚁防治中心发展的征程中高扬，党徽始终在前行的进程中辉映，凝聚起团结拼搏、真抓实干的正能量。

近年来，全国白蚁防治中心全体党员始终坚持以党的十九大精神和习近平新时代中国特色社会主义思想为指导，统筹推进"五位一体"总体布局，协调推进"四个全面"战略布局，扎实开展党的群众路线教育实践活动、"三严三实"专题教育和"两学一做"学习教育及"不忘初心、牢记使命"主题教育，广大党员干部不断增强"四个意识"，更加坚定"四个自信"，坚决做到"两个维护"。同时，进一步强化管党治党意识，认真落实党建工作主体责任。深入贯彻落实中央八项规定精神，驰而不息反对"四风"，党风行风持续好转。坚持把纪律和规矩挺在前面，深入推进党风廉政建设，努力打造"清廉白蚁"风清气正的政治生态，做到谋实事、出实招、做实功，为全国白蚁防治中心科学发展、振兴发展提供了强有力的政治保证。

### 以人为本，打造高素质人才队伍

全国白蚁防治中心按照建设高素质专业化干部队伍要求，强化能力培训和实践锻炼，提高专业思维和专业素养，涵养干部担当作为的底气和勇气。切实加强行业培训，提高教学质量，提升从业人员素质能力，着力打造技术过硬、素质全面的白蚁防治人才队伍。

住房和城乡建设部副部长易军在全国白蚁防治中心调研指导时要求，要在部党组的统一部署下，做到领导到位、责任到位、指导到位，领导干部做好示范带头，下大力抓好行业高素质人才队伍的建设，为行业多储备人才，为行业多造就人才。

### 协调为基，发挥技术组织和社会团体的桥梁作用

技术组织和协会是政府和企业之间的纽带和桥梁，正确发挥好两者的作用，对保障行业健康有序发展十分重要。全国白蚁防治中心充分利用作为政府工作延伸载体和服务手臂职能优势，团结协作各省白蚁防治协学会，并积极吸纳全国性白蚁防治会员团体。

2011年10月，全国白蚁防治标准化技术委员会（以下简称"标委会"）成立大会在杭州召开，秘书处设在全国白蚁防治中心。第一届标委会，共有67名委员、105个会员单位。在标委会的引领下，目前白蚁防治标准体系中已颁布7部国家标准、3部行业标准以及1部团体标准。各有蚁害省、自治区、直辖市还发布了20多项地方标准和大量企业标准，初步形成了横跨建设、水利、园林等多领域，纵贯国标、行标、地标、团标、企标等多层次的标准体系，从产品标准、工程技术、服务能力、质量管理、人力资源等多方面为白蚁防治行业的发展、白蚁防治服务水平的提升，提供了有力的标准支撑，行业标准化建设日趋完善。

1992年4月，中国白蚁防治研究会（后更名为"中国物业管理协会白蚁防治专委会"，以下简称"专委会"）在杭州成立，秘书处设在全国白蚁防治中心，现已发展委员单位300余家。全国白蚁防治中心充分发挥专委会的管理优势和平台优势，指导专委会加强与全国白蚁防治机构的沟通与联系，在做好政策法规、行业标准宣传贯彻的同时，倾听一线白蚁防治机构心声，同心同德，加速构建"白蚁防治一盘棋"的理念。2018年，经住房和城乡建设部、人力资源和社会保障部批准，全国白蚁防治中心会同专委会联合各省白蚁防治社会团体、机构，成功举办白蚁防治工职业技能竞赛。技能竞赛表现突出的前3名优秀选手被人力资源和社会保障部授予"全国技术能手"称号，前16名优秀选手被住房和城乡建设部授予"全国住房和城乡建设行业技术能手"称号。

## 行业贡献

### 三大体系建成

标准体系日趋完善。全国白蚁防治中心将标准作为行业发展依托，紧紧围绕标准化建设在行业有序发展中的重要作用，激发白蚁防治机构的积极性和创造力。编制包括10项国家标准、11项行业标准和5项团体标准的白蚁防治标准体系框架，并根据框架开展相关的标准编制工作。

法规建设逐步配套。经过30多年的发展，目前我国房屋白蚁防治已形成国务院部门规章、地方性法规、地方政府规章等多种层次政策法规体系。

技术体系初步建成。根据"预防为主、防治结合、综合治理"的总要求，经过几十年的探索、研究和总结，我国白蚁防治技术体系初步建立。一是创建了以药物屏障技术为主，建筑设计、地基清理、生态防治、植物检疫等技术为辅的房屋白蚁预防技术。二是形成了以液剂药杀、粉剂药杀、饵剂诱杀和监测控制技术为主，密闭熏蒸和高温灭杀为辅的白蚁综合治理技术。三是形成了多项堤坝白蚁综合治理的新技术。

### 具体行业贡献

机构体系基本建成。在各级政府的重视下，经过多年的努力，我国省—市—县三级白蚁防治机构体系基本确立。据统计，全国白蚁防治机构约有1100多家，其中750多家为事业性质的白蚁防治单位，350多家为民营的白蚁防治公司。民营公司除了开展白蚁防治工作外，大部分公司还从事城市有害生物的防治工作。目前，浙江、广西等地的新建房屋建筑白蚁预防工作由建设主管部门下设的白蚁防治机构负责实施。在广东、重庆、福建、云南、陕西等省的新建房屋建筑白蚁的预防工作已向市场放开，主要通过招投标的模式进行。

行业发展规划引领。为更好地适应经济社会发展的新形势、新任务，白蚁防治行业需要明确今后一个时期的发展方向和主要任务。在住房和城乡建设部领导的高度重视和关怀下，《全国白蚁防治事业"十二五"发展规划纲要》由住房和城乡建设部于2012年6月正式发布。此后，全国白蚁防治中心陆续编制了《全国白蚁防治事业发展状况报告》《全国白蚁防治中心服务行业"三年行动"实施方案》等报告，以强化服务能力、提升整体实力、提高行业公共服务水平、促进行业长远发展为目标，重点在绿色发展、共享发展、创新发展、强化内功，为我国住房和城乡建设工作作出了积极贡献。

科研创新稳步推进。自成立以来，全国白蚁防治中心完成了百余项部级专项课题，完成了一系列省级和市级科研、专项项目。其中"新型白蚁诱饵剂"荣获原建设部1992年度科技进步二等奖及重点推广应用项目，《房屋建筑绿色环保控制白蚁新技术研究》获得了浙江省人民政府颁发的科学技术二等奖，另有5项研究项目获得了浙江省建设科学技术奖。

自开始从事白蚁防治药物药效的试验工作后，全国白蚁防治中心建立了能保证进行白蚁防治药物药效室内外试验的实验室、养虫室及野外试验基地，目前已累计为行业开展了新药剂及新产品的药效测试评价项目80余项，为国家农业行政主管部门对白蚁防治剂的研发、生产、销售管控提供了有力的技术支撑。同时，全国白蚁防治中心建有面积约300平方米的实验室，着力打造较为完备的野外科研基地建设，并通过行业共建设立了全国白蚁防治综合科研南宁基地和余杭区科普教育基地等；同时开展了农业农村部农药登记药效试验质量管理规范体系建设，取得了农业农村部颁发的"农药登记试验单位"资质证书，为科研实验工作提供了基础保障。

人才培训深化拓展。全国白蚁防治中心结合行业发展的需要，及时开展白蚁防治人员职业培训和继续教育培训，逐步形成了一整套较为完善的教学管理体系。全国白蚁防治中心还制订发布了《全国白蚁防治行业从业人员教育培训管理办法》，截至目前，各类受训人员超过1万人，通过多年的人才队伍建设，我国已建立了一支专业性的白蚁防治队伍。

科普宣传广泛深入。2002年，全国白蚁防治中心创办了《城市害虫防治》杂志，聘请国内昆虫学、白蚁学研究等方面专家教授担任编委、聘请全国各省信息员形成网络，扩大了刊物的影响力，成为白蚁防治工作者及相关学科不可或缺的书籍。杂志创刊以来，共计出刊70期、350万余字，刊物已被国家信息库收录。全国白蚁防治中心还编辑出版了一系列白蚁防治工具书、科普书、宣传手册，并拍摄了科普宣传片。

同时，积极推动白蚁防治科普基地建设，对宣传工作比较突出的单位分别授予“全国白蚁防治中心科普宣传基地”“全国白蚁防治科普创新暨白蚁活体展示基地”等称号，通过示范引领，提高各地白蚁防治单位宣传工作的开展水平。

全国白蚁防治中心积极参加中国物业产业博览会、浙江省房地产博览会等大型展会。通过图文展板、视频播放等全方位、多角度的形式，向各界普及白蚁防治知识，扩大行业影响力。

国际交流稳步推进。自成立以来，全国白蚁防治中心始终把对外交流作为推动白蚁防治行业可持续发展的重要内容。近年来，全国白蚁防治中心先后组织行业专家赴美国、新加坡、马来西亚、南非等地考察交流。全国白蚁防治中心组织参加第11次环太平洋地区白蚁研究组织学术研讨会。计划编制出版《白蚁防治技术及管理现状——中国、美国、欧洲、东南亚篇》，供国内外白蚁防治相关技术及管理人员学习、参考。

同时，全国白蚁防治中心积极投身服务于“一带一路”建设。2017年组织专家赴老挝金三角经济特区指导白蚁综合治理工作；2018年组织参加南宁·东盟白蚁防治技术专业人才交流研讨会。

## 履行社会责任，推动行业形象再升级

为消除持久性有机污染物的威胁和危害，国际社会于2001年5月通过了《关于持久性有机污染物的斯德哥尔摩公约》。在原建设部和环境保护部的支持下，全国白蚁防治中心作为国内白蚁防治工作的牵头组织和技术指导机构，积极组织参与我国与世界银行首批履约示范项目“中国白蚁防治氯丹灭蚁灵替代示范项目”。项目主要在江苏、安徽和湖南三省以及杭州、南昌、成都、广州和南宁五市，有计划、有步骤地推广应用环保型白蚁防治新技术，以替代氯丹和灭蚁灵等持久性有机污染物。经过五年（2006~2011年）努力，白蚁防治行业已基本停用氯丹和灭蚁灵，共淘汰150吨氯丹和灭蚁灵，新技术推广面积达5000多万平方米，获得了良好效果，得到了国家履约办和世行项目机构的高度赞赏。

人生三十而立，行业三十而兴。历史的发展，总有一些关键的节点、关键的时期。进入新时代，经过长时间的发展积累和格局的转化，全国白蚁防治中心正处于高质量发展的战略机遇期。面对新机遇和新挑战，要勇于担当作为，以奋进者的姿态披荆斩棘。

时代潮流，浩浩荡荡，唯有弄潮儿能永立潮头；历史车轮，滚滚向前，唯有奋斗者能乘势而上。站在新起点上，全国白蚁防治中心将紧密团结在以习近平同志为核心的党中央周围，高举习近平新时代中国特色社会主义思想伟大旗帜，在住房和城乡建设部的坚强领导下，不忘初心，牢记使命，继续前进，奋力谱写白蚁防治事业新篇章，开启白蚁防治事业新征程，铸就下一个30年的新辉煌！

（全国白蚁防治中心供稿，
刊登于《中国建设报》2019年11月7日4版）

# 双肩使命　一贯初衷

今年是《建筑》杂志创刊65周年，《城乡建设》杂志创刊63周年。60多年来，两刊伴随和感怀着建筑工程部向住房和城乡建设部的曲折演变，见证和记录了中华人民共和国建设事业的迅猛发展，风雨与共，苦甘备尝。

在中华人民共和国成立70周年之际，两刊办刊人有太多的故事要宣讲，有太多的感受要倾诉，但限于版面，只从三位老总编辑的记忆库里撷取部分片段，汇成一句话：办刊人应该明白必须坚守什么、必须摒弃什么！

两刊已历经几代，薪火相传，当初的建筑工程部赋予两刊的使命，言犹在耳。60多年来，两刊变化的是报道面和侧重点，不变的是使命和初心。

# 永驻记忆的历史片段

孙清华

创办于中华人民共和国成立初期的《建筑》和《城乡建设》两刊，几乎伴随了中华人民共和国的“壮丽70年”。我在原建设部建设杂志社（现建筑杂志社前身）及其两刊工作了22年之久，经历过永驻记忆的重大事件与历史片段，见证了杂志社与其两刊的成长发展历程。

1988年10月，原建设部决定整合《建筑》《城乡建设》编辑部，组建原建设部建设杂志社，为部属事业单位，负责原建设部两个机关刊的编辑、出版、发行等工作。建设杂志社成立后，各项工作逐步走上正轨，发展势头良好。两刊办刊方向正确，把社会效益放在首位，同时注重社会效益与经济效益相结合，初步创造出机关刊“厚重而不失精美、严肃而兼具活泼”的特色，内容与形式、设计与印制都有了不少新变化。《城乡建设》荣获了国家新闻出版署1990年全国期刊展览印制质量二等奖。

时间刚刚跨入到1995年，社领导班子就酝酿庆祝活动——庆祝邓小平为《城乡建设》题名、李鹏总理为《城乡建设》题词10周年。

“双庆”活动具体筹备工作从是年6月陆续展开。活动包括邀请部办公厅和与《城乡建设》工作联系密切的相关部门负责人撰写署名文章；组织在国家“七五”“八五”期间城乡建设工作搞得比较活跃的城市市长、副市长和一些省、自治区建设厅的负责人撰写文章；举办部机关司局长和部属单位主要负责人参加的小规模“双庆”座谈会。活动得到部党组的亲切关怀和各司局的大力支持。社内分工明确，相互配合，筹划在先，有序进行，按期完成。《城乡建设》从第9期开辟专栏，连续共四期刊载“双庆”系列活动内容。

长达几个月的“双庆”系列活动，在原建设部机关和建设系统与广大读者中，形成了舆论宣传的连续攻势和连锁反应，效果比较好，基本上达到了预期目的。以此为契机，建设杂志社和两刊的各项工作出现新的局面，逐渐进入辉煌发展时期。各省市通联队伍和作者队伍空前扩大，社会效益和经济效益明显提高，发行量稳中有升。两刊连续几年被评为原建设部优质期刊、原新闻出版署“双效期刊”。2000年以后，为适应国家实施第三步战略目标和建设形势的需要，两刊进行了改版和扩版。

记者站和通联站是杂志社与广大读者联系的纽带，也好比杂志社的胳膊和腿脚。杂志社的工作能够活跃起来离不开它们。因此，杂志社成立不久，便把这项工作纳入重要议程。一方面整顿两刊原有的几个记者站，一方面着手新建工作。选择改革开放和城乡建设各项工作比较活跃的省份与城市、选择建筑业大省大市先行建站。比如，江苏省有省站，也有市站。广东、山东、浙江、四川和湖北等省也各有三四个站。对边远和经济欠发达的地区也不忽视。新疆、甘肃、宁夏也各有一两个站。2000年年底，杂志社在各地已设有69个站，其中记者站35个、通联站34个。这些站多设在当地建设和建筑业主管部门，具有一定的组织力、号召力和影响力。

杂志社与各站保持着经常的工作联络。每年在9月或10月召开一次全国性的通联会议，总结当年，部署未来，并交流各站工作理念，表彰先进。从1995年开始，根据工作需要，每年增加一次小型研讨会，邀请专家和各站特约撰稿人参加，研讨行业发展难关和疑点，组织高质量的文章。杂志社与站联系密切，相互支持。总结提出“站社一家，办好两刊”的经验与要求。各站和通联队伍的大力支援，使杂志社及其两刊工作活跃，成效显著。

# 听张镈谈建筑设计哲学

顾孟潮

1989年10月19日，我们到张镈总建筑师家中请教。虽然已是78岁高龄，但他仍然在建筑设计一线工作，家中的会客室里还摆着绘图板。他兴致勃勃地接待了我们，讲述了作为建筑师座右铭与设计哲学的一席话。

张老在这次谈话中反复强调周恩来总理对其建筑设计的两次指示。一次指示是针对北京人民大会堂设计讲的，在设计中要贯彻的5条指导思想：党的建筑方针是适用、经济，在可能的条件下注意美观；以人为主，物为人用；古今中外一切精华皆为我用；“画菩萨”；要留有余地。另一次指示是针对他设计的北京饭店新楼说的，周总理强调，大家设计时要注意贯彻实践、群众、全面三个观点。

随后，张老根据亲身体会和丰富的设计经验，对以上逐条加以阐释。

建筑师搞设计必须贯彻党的政策，党的建筑方针是适用、经济，在可能的条件下注意美观。

有一种观点认为“中华人民共和国成立初期定的建筑方针过时了”。这是不对的。要说经济上困难，我们现在与中华人民共和国成立初期比，有不同的困难。注重经济因素，在我国人口众多的情况下尤为重要。当然，不同的历史时期有不同的标准。但是，由俭入奢易，由奢入俭难。

建筑使用功能上不能讲排场、摆阔气。如住宅，既然我国30岁以下年轻人占80%，独生子女是长远政策，就不应该搞那么多二室以上的户型。我认为，大部分户型应当是一室半，加上一个小的公共活动厅。北京1981年有35万对（70万人）结婚要房，而新盖不到5万户，第二年结婚人数还要增加，这个矛盾怎么解决？并不是主张搞什么“干打垒”、简易楼。如果说那么做就是经济，那是对适用的诬蔑。

建筑首先要适用，同时建筑师要注意经济。盖房子是为了用的，不是为了看的。国内也有些同志以奇为好，以怪为好，不注意适用，不注意经济，这是不好的。

现在国际国内都讲环境、建筑、人，中心还是人。建筑设计强调空间，决不要忘了空间是为人服务的，要以人为主。

千万不要闭关自守，抱残守缺，不要有狭隘的民族主义和狭隘的地方主义。要取人之长，补己之短。“皆为我用”就是民族化的过程。提到民族形式，有的人讲要神似，这个意见很好。历史时期不同，不能照搬，只能做到神似。但是如果“形”完全不似，哪里来的神似？因此，不能把形似和神似割裂开来，由形似提高到神似有一个过程。如同不写生的人，一开始就作写意画那是很难画好的。

据说，有个画家每画完菩萨像，就藏到菩萨画像的背后倾听群众对画像的议论，然后分析这些意见再去修改画像。开始画成的有胡子的观世音，后来才变成符合人民意愿的模样。旧的建筑学教育思想与群众路线格格不入，强调所谓第一构思，即坚持自己最初的想法、并不一定正确的想法，这是不好的。坚持与否要看对不对。最重要的是要异途同归。既然大方向一致，走哪条路都行，不要坚持己见。至于归不归，往哪儿归，那要讲道理，靠实践检验。我们主张设计工作走群众路线，搞集体创造，但不能做群众的尾巴。要有民主有集中，有综合、有执笔人。过去连执笔人也不讲了那不好。

我们的认识也不能停止，必须留有余地，才免得由于当时认识不全面给以后造成难以弥补的后遗症。

现在有设计哲理的提法。所谓哲理，就是立场、观点、方法，就是唯物辩证法。建筑师不能以为自己是做技术工作的，可以忽略哲学、方法论。建筑学社会性这么强，每搞一个设计都有个站在什么立场、为谁服务、持什么感情的问题。有了鲜明的实践观点、群众观点，才能前进，才能提高。搞“大本专业主义”，搞“大建筑主义”是不行的。不要总以为自己对，坚持己见。贯彻全面观点就要留有余地，吸收各方面的意见，并且准备将来修改。

张老的观点，今天仍有借鉴意义。

# 坚守初心　砥砺前行

贾衍邦

2003年2月至2015年2月，我在建筑杂志社任总编辑。12年的编辑岁月，是我最为难忘的职业生涯。在与同事们一起探索、并肩奋斗的过程中，形成了一些基本认识和工作思路。时至今日，仍然印象深刻。

## 关于杂志的初心或功能定位

建筑杂志社作为住房和城乡建设部直属的期刊出版单位，其初心或功能定位是什么？或说其存在的价值、意义是什么？可以概括为三句话：为宣传贯彻住房和城乡建设部的大政方针服务，为推动住房和城乡建设事业深化改革与科学发展服务，为住房和城乡建设系统广大读者服务。坚守这个初心，就是尽了本分，就可以持续前行。

建筑杂志社以编辑出版《建筑》《城乡建设》两份刊物作为基本方式，实现初心或履行职责。在此意义上，其功能定位可以具体表述为住房和城乡建设系统领导者和广大从业人员的工作外脑。通过杂志对本系统法律政策的权威解读，对改革发展趋势的科学研判，对行业重大的管理、经济、技术问题持续关注得以实现。

《建筑》杂志的功能定位是建筑行业管理者的工作外脑，建筑承包商的忠实朋友。工作外脑无需多言，忠实朋友需要解释。承包商是建筑市场的主角和代表人物，诚信是建筑市场的共同呼唤，建筑施工企业是《建筑》杂志主要发行对象。《建筑》杂志以其行业主流媒体的优势和良知，为承包商及时提供权威性的专业建议和忠言，成为其知心朋友。

《城乡建设》杂志的功能定位是各级住房和城乡建设管理者的工作外脑，新型城镇化的专业参谋。城乡建设工作纵向上至中央，下到村镇；横向涵盖城乡规划设计、市政公用、供水排水、供热供气、园林绿化、城管执法、垃圾收运与处理、住房建设与住房保障、房产市场与物业管理、城乡文脉传承与名城名镇名村保护等众多工作事项。惟有贯彻五大新发展理念，不断满足城乡居民对美好人居环境的要求。

## 关于杂志的市场定位

市场定位具有两方面的含义。一是市场所在，二是经营模式。从根本上说，市场定位是由功能定位决定的。

《建筑》杂志的主要市场，一在省市县的建筑管理机关和建筑行业协会，镇乡基本不设专门的建筑管理机构。二在大中型建筑业企业，具体说是特级、一级、二级建筑业企业。如中建集团、中铁集团、中铁建集团等中央建筑业企业以及各地的各类特级建筑业企业集团。从地域角度说，主要是建筑业已经成为和计划成为支柱产业的省份。

《城乡建设》杂志的主要市场是全国各地各级住房和城乡建设管理机关，主要是城市的住房和城乡建设委员会、城乡规划局、住房和城乡建设局、市政局、房地产局、住房公积金局、园林局、城市管理综合执法局、市容环卫局等。具体履行城乡建设职能的直属事业单位和直属企业也是重要的市场所在。如城市管理执法大队、城投集团、自来水集团、热力集团、燃气集团、环卫集团、公交集团、市属公园等。

实践证明，开拓两刊市场需以地级市为主攻方向。全国地级市数量众多，地级市可以直接辐射区、县和县级市。

## 关于杂志的读者定位和发行方式

《建筑》杂志的主要读者是各级从事建筑行业管理的公务员、行业协会工作者；大中型建筑企业的高级及中级管理人员，如董事长、总经理、总工程师、总会计师、分公司经理、项目经理；建造师、监理工程师等。

《城乡建设》杂志的主要读者是各级住房和城乡建设管理机关的公务员和所属企业事业单位的管理人员。或可表述为：各级住房和城乡建设工作的决策者和执行者，各类住房和城乡建设事业的从业者、研究者和爱好者。

显然，读者阅读两刊主要出于工作需要，并非为了满足个人的生活爱好。订阅行为在很大程度上是机构行为，不是个人行为。因此，读者对刊物的价位和价格变动并不敏感，而对内容的有用性更为关注。所以，发行方式应是自办发行为主，自办发行与邮局订阅相结合。自办发行如何，直接影响机构订户的订阅数量。欲求订阅数量的增长，主要手段是取得各地主管机关和行业协会的支持，在相应的机关和企业中落实协助发行的得力人员。通过邮局订阅的大多是个人读者，杂志价位及价格变动对其影响更为明显。在杂志质量和价格相对稳定的情况下，邮局订阅的数量也相对稳定，但自办发行的数量却与杂志社的发行工作力度直接相关。

## 关于杂志的质量及与发行的关系

《建筑》和《城乡建设》是建筑杂志社的核心产品，杂志作为精神产品，其质量的核心指标是杂志的内容，内容表现为杂志的文字、图片及版面。纸张是内容的物质载体，纸张、印制、装订的状况构成了载体的质量。所以，杂志质量以内容质量为核心，又是内容质量与载体质量的统一。

曾有一种比较流行的说法，“杂志编好了，自然可以卖好。”似乎理所当然，其实，只说对了一半。杂志编不好，肯定卖不好。但编好了，不一定能够卖得好。《建筑》杂志属于科技刊物的综合类，《城乡建设》杂志属于社会科学刊物的工作指导类，市场发行状况主要取决于各地主管机关和大型企业集团的价值判断、认可程度和支持力度。如果编好了，还想卖得好，至少需要具备下列条件，一是相应的读者都了解两刊的价值，要考虑杂志社的宣传力度是否到位。二是这些读者主要以杂志质量决定订阅的取舍，而不受宣传经费、上级指派发行等非市场因素的制约。三是杂志的印制和邮寄状况满足读者要求。四是读者普遍接受杂志的价位。所以，要增加杂志的发行量，必须在两个方面持续努力。

## 关于杂志的内容定位及人员定位

对于《建筑》杂志的内容定位有过数次讨论，时常有人主张将综合类改为学术类、打造核心期刊，或者改为新闻类、文化类等。经过讨论和实践，均不可行。主要原因有两个，一是杂志的内容定位由其功能定位所决定，《建筑》杂志以贯彻住房和城乡建设部关于建筑业改革发展大政方针作为使命，只有综合类最为适合。这也是《建筑》杂志创刊60多年一直坚持综合类内容定位的根本原因所在。二是内容定位由杂志社占有的优势资源所决定，刊登综合类内容更具优势。

杂志社的优势资源是行政资源，即作为住房和城乡建设部的直属单位，直接得到部领导、部机关的支持，得到各地住房和城乡建设厅、住房和城乡建设局的支持，行业主流媒体的形象和地位相对巩固。坚守综合类的内容定位既是职责所在，又是优势所在，不可舍本逐末，用短避长。

人员定位即员工的市场角色。一段时间内，曾有“谁是一线员工、谁是二线员工，谁为谁服务”的讨论。《建筑》《城乡建设》是杂志社的核心产品，编辑人员是产品的研发者、设计者、生产者和质量检验者。两刊是杂志社最为重要的经营平台，杂志的广告、理事单位都依托杂志而存在，杂志社组织论坛也主要基于刊物在行业中的市场地位和影响力。经营人员是杂志的销售者，是广告、理事单位、论坛的组织者，是杂志社经营指标的直接承担者。所以说，编辑人员和经营人员处于市场一线，而包括杂志社领导班子成员在内的管理人员处于市场二线。管理人员理所当然要为编辑人员和经营人员提供良好的服务。服务是否到位，既需要提高思想认识，更需要落实工作制度。

多年来，杂志社领导班子和全体员工努力奋斗，忠实履行职责，编辑、经营、管理工作都取得较好的成效。经过认真的市场调查，两刊进行了数次改版，达到了提高质量、增加收入的预期目标。令人特别难忘的是，依托两刊，《建筑》杂志理事会和《城乡建设》杂志理事会，经历了从无到有、从小到大、从辅助经营方式到主要创收来源的转变和跨越，有关同志负重前行，为杂志社的稳定持续发展做出了开创性的贡献。

坚守初心，砥砺前行，是建筑杂志社的精神财富，也是我的衷心希冀。

（刊登于《中国建设报》2019年12月2日4版）

# 用新思维实现出版模式优化转型

65年前，新中国成立之初，伴随着国家建设高潮的到来，中国建筑工业出版社（以下简称建工出版社）前身——建筑工程出版社宣告成立，从此开启了新中国的建筑出版事业。

六十五载栉风沐雨，六十五载砥砺前行，在住房和城乡建设部、中宣部等部门的坚强领导下，在社会各界的关怀和支持下，一代又一代建工出版人辛勤耕耘，薪火相传，始终以弘扬建筑文化、传播建设科技为己任，在艰难曲折中探索，在改革大潮中奋进，谱写了一曲创新发展的壮丽凯歌。65年来，建工出版社始终紧跟国家住房和城乡建设事业的前进步伐，坚持服务国家发展战略、服务建设行业发展、服务住房和城乡建设部中心工作，策划出版了《梁思成全集》《建筑设计资料集》《建筑施工手册》《室内设计资料集》《中国古建筑大系》《中国人居史》等一系列理论著作、应用图书、专业教材、标准规范和普及读物以及数字、网络、音像产品，累计出版各类型出版物近4万种，形成了特色鲜明、重点突出、层次多样、颇具规模的出版物体系，为培养建筑专业人才，推动建筑业科技进步，繁荣建筑出版事业、推动住房和城乡建设事业的改革与发展作出了突出贡献。

从1993年被中宣部、新闻出版总署表彰为全国首批“优秀图书出版单位”，到2009年在首次经营性图书出版单位等级评估中被评为“全国百佳图书出版单位”，再到连续四届被评为“中国出版政府奖”先进出版单位，建工出版社赢得了众多荣誉，打造了一块在读者心中闪光的出版品牌。

近年来，我国进入经济发展新常态，面对新的发展环境，新一届党委领导班子牢记初心使命，坚持以党的建设为统领，以改革创新为主线，以重大项目、重点板块为抓手，不断探索和思考，在内容创新、市场创新、模式创新等全面创新上下功夫，以新思维构建出版新生态，推动建工出版社向知识服务转型、智库服务转型。

## 突出精品意识，做好出版主业

近年来，建工出版社始终秉承“三服务”宗旨，在编辑业务方面开展了大量卓有成效的工作。一是积极围绕国家大政方针，主动融入服务住房和城乡建设事业发展需要，做好选题

建工出版社新办公大楼

整体规划，建工出版社编制了《围绕中央城市工作会议与部中心工作图书选题及出版规划》《围绕学习十九大报告选题计划》并严格执行，出版了《中国传统村落保护与发展系列丛书》等一大批重点图书。二是突出精品意识，加强主题出版、国家重点出版规划项目等的策划与落实。截至目前，建工出版社共有25个项目入选“十三五”国家重点图书出版规划项目，多个项目获国家各类基金资助。三是注重挖掘资源，巩固品牌优势，不断推陈出新，推动完成了《建筑设计资料集》等诸多拳头产品的再版更新，让传统品牌图书光辉依旧。四是不断提升行业影响力，设立“建筑科技图书奖”和“永生编辑奖”，并分别组织完成第一届评选活动。五是积极响应国家号召，大力实施“走出去”战略。近三年累计输出版权156种，《重组城市》《中国精致建筑100》（英文版）等多部著作荣获“引进/输出版优秀图书奖”。

## 网·店一体，建立现代营销体系

面对传统图书销量下滑、盗版猖獗、出版社图书库存增大，以及购买方式多元化、供需不平衡、实体书店深受网络书店的冲击等销售困境，建工出版社从线下和

2019年2月28日，建工出版社品牌工具书《建筑施工手册》（第六版）第一次编写会议在建工出版社举行

线上两条路径展开转型。线下——扶持由实体书店组成的代理连锁系统内成员的转型升级，帮助实体书店实现由销售商向服务商的角色转换；线上——探索适合自身融合发展的道路，创新传统发行渠道，大力发展电子商务，整合延伸产业链，构建线上、线下一体化发展的现代营销体系。

经过多年的探索，建工出版社已初步形成以传统代理连锁系统、新华书店、馆配及直销渠道为线下营销主体，以中国建筑出版在线、官网、官方微信及微店、官方旗舰店以及众多加盟网店为线上营销主体的，基于“网・店一体化”的现代营销体系雏形。

此外，建工出版社还推进了4个专项工程建设：搭建产品信息库的传播体系、基于ERP的发行业务处理体系、基于大数据的客户读者分析应用体系、网・店一体化与社群营销引领的现代营销体系建设。这四个体系将线上与线下、客户与读者有机融为一体，打破线上、线下传统界限，使知识服务体验更加高效、便捷。

## 创新融合发展模式，推动产业模式转型升级

为推进建工出版社数字化转型进程，应运而生的融合发展转型升级架构是：以融合发展实验室和研究院智库为创新模式和顶层设计机构，以科技与标准实验室和数字公司为具体落地实施机构开展数字转型工作，以ERP系统、行业级平台、大数据平台为技术支撑，对外运营完善“中国建筑出版在线”平台和专业知识库集群，对内进行智能编校排和POD按需印刷等生产管理系统升级改造，同时进行基于“网・店一体化”的营销体系建设。

围绕上述架构，一方面应积极争取国家支持。建工出版社在2013年被授予“数字出版转型示范单位”，评定为“国家数字复合出版系统工程应用试点单位”；2017年获批“国家出版融合发展（建工）重点实验室”和“新闻出版业科技与标准重点实验室”两个国家级重点实验室；共有10个项目入选原国家新闻出版广电总局“新闻出版改革发展项目库”，14个项目得到国家财政资助总计约1.17亿元。这些重大项目的建设运营将有力促

建工出版社领导班子

进建工出版社由内容提供商向知识服务商的转型升级。

另一方面，为进一步加快结构转型和媒体融合的力度，根据集团化发展战略和数字化出版转型战略，建工出版社成立了全资子公司建知(北京)数字传媒有限公司，不断创新数字出版的知识服务模式、产品形态、运营和盈利模式，开发了“建工社微课程”“中国工程建设标准知识服务网”等多种数字产品，获得优秀创新项目、数字出版创新作品等多项荣誉。

## 以智库建设助推高质量发展

截至目前，建工出版社已初步形成具有一定规模的专业型知识库集群，包括设计、结构、施工、标准等近10个知识库，能全天候为建设行业用户提供专业的知识服务。为提升这些资源的开发与使用效率，建工出版社于2017年11月成立中国建筑工业出版社建设发展研究院，以服务行业发展为己任，依托出版社深厚的专家和内容资源优势开展研究咨询工作。

首先，加强能力建设，积极为智库发展保驾护航。设立“中国建筑工业出版社创新发展基金”，建立了智库发展的长效机制，建工出版社每年将投入不少于500万元的研究经费，用于智库项目研究工作，联合高校等单位就出版融合发展相关的重大难题和建筑领域的重大课题开展集智攻关，努力提高智库成果对行业和建工出版社发展的促进作用。2018年批准立项了4项服务行业发展的课题，2019年另有9项课题正在申报。

2019年6月，建工出版社组织员工参观调研北京大兴国际机场建设项目

其次，在完善智库建设方面，建工出版社汇集各方智慧，凝聚行业力量，借助研究院专家委员会，搭建了十余个专业方向的智库专家库，以创新的研究机制积极开展智库活动与研究，顺利举办了“建设智库大讲堂”“中瑞建筑文化青年建筑师沙龙”等活动，为政府机构、专家学者、业内人士搭建了业务交流、互动的高端平台。

最后，建工出版社还将出版融合发展重点实验室建设与智库建设协同推进，开展专业出版融合发展实践探索和应用研究，就出版融合发展相关的重大难题和建筑领域的重大课题开展集智攻关，努力培育行业新模式、新业态。此外，建工出版社也注重对智库成果的积极转化，编制出版了《智库简报》系列产品，包括《智库讲堂》《智库书摘》《产业观察》《热点追踪》等。多期《智库简报》内参受到了主管部门、专家学者及行业高管的高度关注。

六十五载惊涛拍岸，九万里风鹏正举！站在新的起点上，建工出版人将坚守初心，逐梦前行，以传播建设科技、弘扬建筑文化为己任，以一往无前的信念坚持改革创新，以坚忍不拔的毅力提升企业价值，携手谱写新时代企业发展的崭新篇章！

［中国建筑出版传媒有限公司（中国建筑工业出版社）供稿，刊登于《中国建设报》2019年12月18日2·3版］

# 企业
# 责任

# 恒大集团
# 帮扶毕节百万贫困百姓品尝幸福滋味

陈月芹

“我们做梦也没想到能住这么好的新房子，找这么好的工作!”贵州省毕节市恒大二村014号新房主人王龙祥、饶贵云夫妻，3年前还住在路不通、水不通的深山老林里，而现在他们全家住在100平方米的新房子里，两口子还找到了稳定的工作。在贵州毕节，很多像王龙祥、饶贵云夫妻这样的贫困户，在恒大扶贫工作的带动下，纷纷搬出深山、获得稳定收入，品尝到了幸福滋味。

2015年12月1日，恒大集团积极响应党中央号召，在全国政协鼓励支持下开始结对帮扶贵州省毕节市，累计捐赠110亿元扶贫资金，派出2108人的扶贫队伍常驻乌蒙山区，预计到2020年年底帮扶毕节100多万贫困人口实现全部稳定脱贫。截至2019年10月，恒大集团已捐赠到位70亿元，协助毕节各级政府帮扶58.59万人实现脱贫，大方县、黔西县已脱贫摘帽。到2020年，恒大还要帮扶44.41万人稳定脱贫。

## “输血”+“造血”构筑长效脱贫机制

整市帮扶毕节，恒大集团坚持精准扶贫，因户施策、因人施策；坚持“输血”与“造血”并举；坚持既要“见效快”，更要“利长远”，探索出可复制、可推广、可借鉴的帮扶模式。大方县马场镇新丰村贫困户卢放林，原来家里的7亩地全部种植玉米，每亩收入800元左右。恒大帮扶后，卢放林家的地全部改种青贮玉米，亩产3.5吨左右，龙头企业按照每吨450元收购。卢放林家每亩地收入比之前增加了一倍，而且节省了劳动力。光青贮玉米一项，卢放林就比之前增收5000多元。

卢放林生活上翻天覆地的变化，源于恒大在毕节实施的产业扶贫。针对乌蒙山区独特的生态、气候，恒大无偿投入45亿元，帮助毕节打造中国西南地区两大基地——最大的蔬菜瓜果基地和最大的肉牛养殖基地，帮助20万户、70万贫困人口发展蔬菜、肉牛、中草药以及经果林等特色产业。

以恒大援建纳雍县革新村蔬菜大棚基地为例，村民以前在这片1000多亩的土地上种植土豆、萝卜、花豆等作物，耕作方式粗放。而且自然环境较差，时旱时涝。老百姓辛苦一年，

2015年12月，恒大结对帮扶大方县精准脱贫签约仪式现场

每亩地收入1000元左右，大量土地甚至被荒弃。2017年5月，恒大结对帮扶后，在该村建设蔬菜大棚1100多栋，采用以色列先进的滴灌技术系统发展生产。投产半年多后，该基地已经成为纳雍县最大的蔬菜大棚基地，不仅产量较之前大幅提高，每年还带动周边贫困户通过务工和年底分红获得收入，户均纯收入近2万元，收入比之前翻了10多倍。

毕节自古有养牛的传统，受限于当地土牛品种不良的制约，传统养牛业经济效益低。针对这一现状，恒大计划通过引调繁育10万头纯种安格斯牛和西门塔尔优质基础母牛、建设10万头饲养规模的养殖基地、引进200万枚国外优质冻精、改良50万头当地土牛等途径，全面助推毕节市优质肉牛产业发展，并以点带面迅速带动全产业链条的发展，形成良种繁育、饲料加工、疫病防治和市场营销4大体系，为全市脱贫攻坚奠定了坚实的产业基础。

截至目前，恒大已帮助毕节建设60980栋蔬菜大棚，建成36.7万亩蔬菜大田基地；已引调并繁育72945头安格斯牛和西门塔尔优质基础母牛，改良27万头土种牛；已建设36.9万亩中药材和经果林基地。同时，已引进79家上下游企业，形成“龙头企业+合作社+贫困户+基地”的帮扶模式，通过市场化手段有机连接，实现“供、产、销”一体化经营，建立起长效持久的脱贫机制，确保贫困群众持续增收、就地脱贫。

## 依托产业确保“搬得出更稳得住”

大方县安乐乡白宫村村民辛奎，因病致贫。一家4口只能挤在大山深处不到20平方米的破旧老房子里。2017年2月，辛奎一家搬进恒大新村100平方米的新房，并在新村配套蔬菜大棚里务工，一个月有2000多元的收入。同时，确权的蔬菜大棚一年分红有1600元，配套牛产业每年分红4800元。在老家种植10多亩青贮玉米，一年收入近2万元，家庭年收入从之前的4000元不到增长到现在的近5万元，生活发生了翻天覆地的变化。

恒大结对帮扶毕节以来，针对基本丧失生产生活条件的贫困群众，恒大依托县城和工业园区等，无偿

恒大在毕节黔西援建的县城移民搬迁社区——锦绣花都

恒大援建的儿童福利院

捐赠57亿元。在毕节10个县区建设了17个移民搬迁社区及50个新农村，并为每户配备了家私、家电等基本生活用品，实现贫困户拎包入住。同时在安置区同步配建教育、商业等设施，配建适宜老百姓发展的产业项目，确保贫困群众“搬得出、稳得住”，实现可持续脱贫。

截至2019年10月，恒大已帮助毕节市搬迁18.18万人。2010年7月30日前，剩余4万人全部搬迁入住，届时意味着恒大帮扶22.18万人圆了安居乐业梦。

## 授人以渔　实现“一人就业全家脱贫”

大方县安乐乡白宫村的丁学志，原来一家5口人挤在一间不到30平方米、破败不堪的老房子里。由于丁学志患有血液病，不能干重活，无法外出打工，全家收入来源仅靠种植2亩地，年收入不到2000元。他的二女儿智力残疾，一家人生活捉襟见肘。

恒大帮扶后，丁学志一家搬进了恒大援建的大方县城移民搬迁社区——奢香古镇里，丁学志也进入恒大援建纯种安格斯牛第七育种场工作，不仅包吃包住，每个月还有4000元的工资。丁学志的小女儿目前在奢香古镇配套的恒大十一小学读五年级，一家人生活越来越好。

恒大组织贫困群众进行职业技能培训，计划推荐8万名贫困家庭劳动力到恒大引进的上下游企业、恒大下属企业和战略合作企业就业。截至2019年10月，全市有113217名贫困群众参加了恒大组织的职业技能培训，75461名贫困群众被推荐到当地产业就业和异地就业，人均年收入4.2万元，实现了“一人就业，全家脱贫”。

此外，恒大在毕节市大方县实施教育扶贫和特殊困难群体生活保障扶贫。11所小学、13所幼儿园、1所完全中学和1所职业教育学院已建成投入使用，并与清华大学合作引进了远程优质教育资源。另外，1所敬老院、1所儿童福利院已竣工交付并投入使用，1所慈善医院已竣工交付。

恒大吸纳就业招聘会

## 政企合力　探索民企扶贫新路子

恒大始终坚持在党委政府的领导下开展帮扶工作，依托政企联席会议制度，各司其职、相互协作，形成强大脱贫攻坚合力，探索出政企协作、精准脱贫的新路径。

一是不仅出资金，而且出人才、出技术、出管理、出思路。从全集团系统选派2108人的扶贫队伍常驻乌蒙山区，变间接帮扶为直接参与；二是严格按照“六个精准”要求，走访采集贫困户的详细资料，建立“精准扶贫大数据管理系统”，根据大数据分析结果制定精准帮扶措施，变大水漫灌为精准滴灌；三是产业扶贫以市场为导向，建立起持久、可内生发展、互利共赢的市场化合作机制，帮助贫困群众实现稳定增收，变捐钱、捐物为培育内生动力；四是秉承企业独有的“目标计划”管理体系，远近结合、统筹兼顾，既牢牢抓住精准扶贫的“牛鼻子”——产业扶贫、搬迁扶贫和就业扶贫，又着重实施教育扶贫和职业技能培训，扶贫与扶智、扶志并举，变点式帮扶为立体推进。

恒大帮扶能取得令人振奋的阶段性成果，离不开各级党委政府的坚强领导和大力支持。政企合作是恒大帮扶毕节精准脱贫的“决定性力量”。2018年12月，恒大结对帮扶毕节市脱贫攻坚案例入选国务院扶贫办联合中国社科院共同发布的《企业扶贫蓝皮书（2018）》。蓝皮书指出，恒大扶贫团队和当地干部群众并肩作战，政企之间既有协作也有分工，各司其职，形成了精准脱贫的“强大合力”，共同做好帮扶工作，为民营企业参与脱贫攻坚探索出一条可复制、可推广、可持续的新路子。

（刊登于《中国建设报》2019年10月17日6·7版）

恒大在毕节援建的蔬菜产业基地

# 万科

# 11年坚守　照亮遵道学子圆梦路

牛慧丽

秋雨不歇，绵绵不断，润泽大地，唤醒沉睡万物，注入生长力量。

在四川省德阳市绵竹市汉旺广场上，塔钟的表针定格在2008年5月12日汶川特大地震发生的14时28分。11年过去，如今，地震当年入学的孩子已经初中毕业。距此不过10公里处，刚刚沐浴过一场秋雨的遵道学校干净而鲜亮。从校门口望去，身穿校服的孩子们朝气蓬勃、天真烂漫。漫步校园，“一二一”的口号整齐而有力，夹杂着孩子们朗朗的读书声。11年前的阴霾，如今已被眼前的美好与希冀所替代。可以感受到，在这所震后重建的乡村学校里，孩子们对未来满是憧憬。

“社会多一份关爱，孩子们就会多一份信心，我们的未来就会多一分希望。”日前，上海万科和热心的业主志愿者们带着精挑细选的书籍走进遵道镇遵道学校，与老师和学生进行了深入交流。

## “在哪里最安全，就是这里”

2008年12月31日，创办于1919年、在汶川特大地震中严重损毁的遵道学校交付使用。这是震后第一批开工并交付使用的学校，由国际著名设计师设计，采用当时世界最先进的隔震垫防震技术，抗震设防烈度达到九度。

“所有的学生都清楚‘在哪里最安全’，就是这里。”遵道学校副校长陈勇表示。这所孩子们心中最安全的校园由万科集团捐建。自那以后，万科与遵道学校的情谊之根被深深埋下。如今，这棵象征着爱与希望的“大树”已枝繁叶茂，散发着勃勃生机。

灾后重建不仅要治愈心灵，让建筑具备更强的抗震能力，才能从根本上防患于未然。据陈勇介绍，在万科集团的捐建和援助下，2008年5月至12月，遵道学校开始在学校操场及遵道镇板房安置区恢复教学。“新学校建成至今，绵竹市共经历过较大震级的余震18次。2009年6月30日，遵道镇发生5.6级余震，但学校建筑没有明显震感。”他说。

“现在整个地区方圆几百里内都知道，如果再不幸发生地震，最安全的地方就是万科捐建的遵道学校。”一位教师的话语中充满了自豪与坚定。据了解，新建的遵道学校总建筑面积9649平方米，可满足1700名师生的教学需要，并可在灾害发生时满足约3000人的临时避难需要。与传统建造方式通过在塑性范围内提高建筑结构刚度抵抗地震、单纯保护建筑自身的思路不同，万科集团这一捐建项目采用橡胶隔震支座、抗震轻钢墙体、抗震阻尼器等先进技术手段，使地震造成的建筑变形集中于隔震层，从而隔断地震能量传递，大幅度降低地震加速度反应，减小上部建筑结构变形，使建筑结构安全性较不隔震做法提高3到8倍，真正实现“小震无感、中震不坏、大震易修”。

在采用隔震技术的同时，为了保证这些“能动”的建筑的给排水设施在地震发生后保持畅通，新建的遵道学校在建筑主体与基础之间的隔震层中，特别通过柔性金属管道作为给排水管道。这些管道可以在地震时随上部建筑结构一同移动，从而避免被破坏。“当越来越多的学校参考和采用这一技术解决方案时，意味着数以万计、数以十万计的孩子将得到安全保障。”万科集团高级副总裁、万科上海区域本部首席执行官张海说。

参观完教学楼，陈勇带着业主志愿者们来到学校的田园角，入口处的牌子上清晰可见“耕读园”三个大字。陈勇介绍说，“耕读园”于去年开辟。万科对遵道学校很重要的一点要求就是学生德智体美劳全面发展。所以，每个班都有自己的菜园，老师、学生和家长都要参与劳作，一起播种、浇水、施肥。

## 走进园中，各种作物分区耕种

“这是什么？”“这是胡萝卜。”……学校参观在热烈而欢快的作物讨论中画上了句号。

除了建筑技术过硬带给孩子们满满的安全感，万科集团十年如一日在遵道学校的持续关注与支持，更让他们感受到爱与力量。“我是遵道学校五年级二班的江心

雨。今天的天气虽然有些阴冷，但是我们每个人心中都感到热乎乎的，因为迎来了带给我们温暖的客人，感谢你们对乡村教育的支持和关注，感谢你们对我们的帮助和关爱。我们一定刻苦学习，用优异的成绩来回报你们的爱心。”在现场，学生代表清澈而童真的嗓音萦绕在空气中。

当学生与业主志愿者们将一本本书整齐地摆放在书架上时，当他们收到礼物、眼睛闪现出羞涩与兴奋时，此时此刻升华出了更厚重的意义——爱与希望。上海万科员工代表感慨地说：“这是我第一次来到遵道学校。我于2016年入职，也是在那一年知道了遵道这个地方。原来，万科与遵道的情谊从2008年至今已经11年了。这11年来，郁亮（万科集团董事会主席）曾28次走进遵道，持续关注孩子们的成长以及学校的发展。今天，我们很荣幸能够与热心的业主志愿者们共同走进遵道学校，用一份爱心给孩子们送上温暖与祝福，执守梦想，相伴同行，希望万科与遵道的情谊能够天长地久。”

返程路上，当被问到此次遵道赠书之行印象最深的是什么时，万科翡翠铂樾业主徐文怡说，最难忘的是那一声“谢谢阿姨”。“第一次体会到这种不求回报的发自内心的满足，当我把礼物亲手递给孩子们时，他们那种珍惜感让我感触很深。感谢万科给我这样的机会，可以认识这些孩子，有了一次难忘的体验。”她说。

谈及与万科结缘，徐文怡说：“为了婚后有一个温馨而舒适的家，我选了万科翡翠铂樾。考虑到是婚房，我当时选楼盘时，除了地段、户型、周边配套，还有很看重的一点就是万科品牌。这次来遵道，我对万科有了更多了解，也对万科有了更深的信任。”

“最让人安心的两个字是万科。”万科西郊都会业主陈凯玲感慨道，“我觉得做万科的业主可以得到更多的东西、看到更多的东西。这次遵道之行，几天时间相处下来，大家都非常有秩序，从来没有人迟到，从这些细节可以看到万科强大的组织能力。而对于遵道学校本身，我也看到了万科11年来的坚持，这么多的投入，还带着业主一起参与。总而言之，我们的感受就一个，‘选万科，就对了’！”

## “不能仅仅留下一个建筑印记”

遵道之行短暂却充实。遵道这11年间的变化与进步让人惊叹，而一家企业为梦想注入力量更令人动容。

自2008年援建之日起，“遵道学校与万科共同成长”的信念一直陪伴着学校师生，从灾难走向希望与辉煌。11年来，万科和众多热心人士一起持续关注学校的发展、孩子的成长，为之不断注入新的动力。

郁亮曾表示，硬件的建设总有结束的时候，而学校的发展、孩子的成长没有终点。万科在学校建设中要继续加大投入，不能仅仅留下一个建筑印记。

百年大计，教育为本。多年来，郁亮亲率团队援建遵道学校，并坚持十余年作为志愿者关注支持、指导设立乡村教师计划，帮助这些学生享有良好的教育。

据了解，为促进学校的进一步发展，万科还聘请相关领导和专家成立了遵道学校发展委员会指导建设和发展，共同推动遵道学校向九年一贯制品牌学校的方向迈进。

2017年4月25日，张海带领上海万科教育团队来到遵道学校交流。上海德英乐学校校长在遵道学校上了一堂生动的英语课。课堂上，遵道学校的学生积极响应、气氛热烈，令这位校长印象深刻：“他们的潜力巨大！”他表示，遵道学校在一些设施和理念上已经不输给外面的学校，期待未来有更多的交流。

张海表示，万科对遵道学校教育的一路陪伴扶持，首先源于对生命的尊重。“孩子是我们的未来，我们不会建完学校就一走了之。在这些年里，我们一以贯之地把力气花在培养人才上，因为学校的教育可以改变孩子的未来，对孩子的教育可以改变整个遵道的未来。如果孩子们将来读书后看到外面世界的精彩，回来后能够感恩养育他们的父母、报效自己的家乡，就是对万科所做的这一切最好的回馈。”他说。

“绵竹市很多学校的学生都非常羡慕遵道学校的学生，因为每年万科都会给他们到上海等地交流学习的机会。在其他学校的学生眼中，遵道学校的学生是见过大世面的。”陈勇的脸上洋溢着自豪，“你看那些国家的国旗，就是为了让孩子们心怀祖国、热爱家乡、放眼世界。”他指着房顶处粉刷着五彩斑斓的各国国旗说。

值得一提的是，遵道学校自身清晰的战略构想、优质的办学理念和长远的发展目标，让其在短短几年内迅速成长，成为当地教育界的标杆。2018年12月5日，遵道学校举行第二届发展委员会第二次会议，明确了后十年在继续提高教育教学质量的同时，借力多方位发展、有特色发展，成为一所既全面发展又具备自身特色的德阳市名校的发展目标，为学校全面高速发展注入强大动力。

此外，为建设一支高素质的教师队伍、促进教育事业的改革和发展，2009年，万科在遵道学校设立了“万科公益基金遵道学校奖教金”，用于优秀教师引进、教师提升培训和优秀教师奖励，截至目前共进行了10次表彰，537人次被授予“学科优秀教师”“爱心班主任”“特色教师”“优秀青年教师”等荣誉称号。

在为学校不断加大教育投入的同时，万科还积极引进全新的软硬件资源，补齐教育短板，促进学校在高位发展。

思科公司帮助遵道学校建设了21世纪校园网，并捐建了整个校园的现代化教学设施；惠普公司向学校捐赠了150台笔记本电脑；戴尔公司为学校捐赠了80台笔记本电脑，并建设了“戴尔爱心计算机室”；海普瑞董事长李锂、李坦夫妇为学校捐资10万元，用于梦想空间建设；广州中山爱心企业家吴建钢成立了“吴氏助学基金”，截至目前共捐资近100万元，用于资助贫困学生的高中学费和以关爱留守儿童为目的的吴氏“筑心小屋”；爱心企业家张琪、周劲设立“小树苗奖学金”，每年捐资5万元，用于鼓励优秀学子；爱心企业家徐红兵设立“火苗计划”，鼓励遵道学校的受助学生成长为爱心播种者；万科集团监事会主席解冻以个人名义设立“松凯教育基金”，每年捐资10万元，用于资助学校教师校服及教师培训；在万科协助下，中国工程院原副院长杜祥琬多次来到遵道学校，为孩子们作科学报告，关心了解学校的发展和他们的成长；四川华朴现代农业股份有限公司董事长王贵个人出资10万元，用于创建学校特色英语课程；万科集团党委和深圳万科310位爱心员工捐资近20万元，用于帮助学校教师培训和进修；雅昌流动美术馆使学校艺术教育形式更加多元化，提升学生的艺术素养……

建筑延续价值，教育伴随公益。由“输血”向“造血”延伸，万科初心未改。11年持续而专注的坚守，让遵道学校的每一位学子都拥有了人生出彩的机会，让万科的企业文化与社会责任感更加厚重而深刻。正如此次同行的一位业主志愿者所说：“来到遵道学校，第一次实际了解到万科的人文情怀和社会责任感。这所学校建得很好，像孩子们课桌上那整齐的桌布，部分细节甚至比上海的学校更讲究。之前，我对万科的了解仅局限在产品上，比如户型等。这次，我真正感受到了万科的企业理念、责任心，让我们全家对万科感到非常安心，对万科品牌更加信赖。”

（刊登于《中国建设报》2019年11月5日7版）

# 碧桂园

# “4+X”组合拳助力脱贫攻坚

陈月芹

10月11日，中央宣传部、国务院扶贫办在北京共同召开习近平总书记关于扶贫工作的重要论述理论研讨会。国务院扶贫办党组书记、主任刘永富在会上表示，预计到今年年底，全国95％左右现行标准的贫困人口将实现脱贫，90％以上的贫困县将实现摘帽。再经过2020年一年的努力，困扰中华民族几千年的绝对贫困问题将得到历史性解决。

作为沐浴着改革开放春风成长起来的民营企业，碧桂园积极参与精准扶贫、精准脱贫。纵观20多年的扶贫之路，从单个项目帮扶，到试点驻村帮扶，再由点及面，开展大规模驻村扶贫，再到全国9省14县全面推进“4+X”模式，碧桂园集团坚持摸底排查、精准施策，攻坚克难，斩“穷根”，脱贫困，富乡民。自1997年以来，截至2019年9月，碧桂园集团累计投入超过55亿元，已助力10县脱贫摘帽，脱贫超20万人次，直接受益人数超过36万人次。为彻底摆脱救急难救穷的“一次性”扶贫，紧紧围绕“人”这个关键因素，碧桂园在探索党建扶贫扶志、产业扶贫、就业扶贫扶技、教育扶贫扶智以及健康扶贫与美丽乡村建设相结合的“4+X”扶贫模式下，推进“三个寻找”计划，即寻找一批返乡扎根创业青年、一批老村长、一批深度贫困户，从“产业、人才、文化、生态和组织”5个维度开展精准扶贫工作，激发乡村内生动力，助力脱贫攻坚目标的顺利实现，为创新社会力量参与扶贫机制贡献了碧桂园智慧和方案。

## 抓党建　扶志脱贫树正气

“帮钱帮物，不如帮助建个好支部。”抓好党建促脱贫攻坚，是贫困地区脱贫致富的重要经验。

“像建好房子一样做好企业党建工作”，碧桂园集团高度重视党建在扶贫工作中的引领作用，坚持将支部建在扶贫项目上，扶贫推进到哪里，支部就建到哪里，让党的旗帜、“红色基因”引领贫困人口脱真贫、真脱贫。

党建扶贫主要分为4个方面。

一是与贫困村党组织结对共建。集团党委下属党组织与贫困村党组织结对，举办特色党课、发展扶贫队员“火线入党”、签署脱贫《军令状》，发挥党员在脱贫攻坚中的先锋模范作用。目前已在14县建立一线党支部，开展218场党群活动，惠及群众近2800人次。

二是寻找老村长和深度贫困户。按照“言传身教、鼓足干劲、树立志气”的思路，碧桂园在14个帮扶县寻找了140位德高望重、具有带领村民发家致富能力的老村长，着力解决部分贫困群众目标不清、志气不足的问题，激发贫困户脱贫斗志，主要围绕入户宣讲关怀、开展老村长接待日及暖冬慰问活动开展系列工作，同时积极协助驻村扶贫队开展美丽乡村建设。截至2019年2月，各县老村长共组织开展入户宣讲关怀活动537次、“老村长接待日”72场次、脱贫励志报告会31场次、累计帮扶覆盖3600人次。以党建为牵引，在每县建档立卡贫困户中寻找除政府兜底的最贫困的100户，精准施策、全力帮扶。

通过老村长营造出浓厚的脱贫攻坚氛围，凝聚能量，形成“我要脱贫”的共识、凝聚“我敢脱贫”的勇气、激发“我能脱贫”的自信、点燃“我可脱贫”的希望、培养“我会脱贫”的能力。

三是举办党的扶贫工作、乡村振兴工作理论学习活动。组织帮扶县贫困村两委干部走进碧桂园，进行扶贫经验交流和调研学习；开办一批乡村振兴学习中心，为集团党员、扶贫队员、贫困村两委干部、致富带头人等讲授扶贫及乡村振兴知识。

四是开展星火计划扶贫系列旅游。挖掘9省14县红色、绿色、古色、特色资源，在当地县委县政府的指导下完成旅游路线设计，让贫困户吃上“旅游饭”。截至2019年7月，已完成首批5条扶贫旅游线路开发，约有3000人参加扶贫旅游活动。

2017年10月，碧桂园集团整县帮扶广东英德县，派驻团队进驻连樟村委会中心村开展工作，开展村企党建共建。期间，为建设广场，老村长陆志坚带头无偿拆掉了自家的十多间杂物房和猪鸡舍，主动协调有关困难和问题，以实际行动推进人居环境综合整治，促使新农村示范村建设取得明显突破。

## 兴产业　助力“造血式”扶贫

长期以来，民营企业扶贫多以捐款、捐物的间接参与为主，主要原因是缺乏直接参与扶贫的好机制。

企业扶贫对市场经济具有较高的敏感度和特殊优

碧桂园产业扶贫项目——广东清远英德树山村苗圃培养现场

势，结合自身的优势产业和当地优势产业开展产业扶贫，将“输血式”扶贫转变为“造血式”扶贫，可实现精准扶贫的可持续性，切切实实把产业扶贫“扶”出质量。一方面，碧桂园集团充分挖掘帮扶县资源，打造特色产业项目，如在广东英德推进苗木、红茶、麻竹笋等帮扶项目，在甘肃东乡着力帮扶东乡羊、东乡土豆、东乡刺绣三大产业。截至2018年年底，碧桂园集团已在12个县推广苗木种植近2000亩，带动近8000名贫困群众增收，不到一年已实现产值500万元。另一方面，发挥集团全产业链优势，推动现代农业、机器人产业、新零售、绿色建筑产业等项目进驻贫困地区，比如碧桂园智能建造产业基地落户江西兴国县，整体投产后，首批带动300多名贫困户就业，预计年纳税约4000万元。

马忠华是东乡县里典型的贫困户，家中有6个孩子，沉重的负担几乎压得他直不起腰。为了脱贫，马忠华养了200多只羊，同时还养了60多头藏牛。好山好水育一方好物，成群的东乡羊却因山高水远而难觅市场。当地产的羊只能在当地卖，养得越多，价格越低。外地人即使想买肥美的东乡羊，也没有冷链系统运出。所以大山不仅阻挡了美食的出山路径，更阻碍了当地人民发家致富的道路。

了解到这一情况，碧桂园集团扶贫工作队员进驻东乡之后，依托自有扶贫品牌“碧乡”的平台资源，为东乡羊打通线上线下销售渠道，集中解决销路问题，同时携手当地企业与养殖场，合作发展冷链系统，让优质的东乡羊走出深山。

“以前不太敢多养，怕卖不掉，现在有了碧桂园这样的爱心企业，养多少收多少，收购价还提高了，每斤羊多给了两块钱，也敢多养了，今年打算养1000多只。”马忠华高兴地说。

马忠华的故事只是碧桂园以消费扶贫帮扶贫困户的一个缩影，而东乡县，也是被帮扶贫困地区的一个缩影。

在目前一些地区，产业是扶持上去了，但“运不出、卖不掉、价不高”依然是不少贫困地区农产品在销售环节上的共同烦恼。对此，碧桂园集团建立了长期稳定的农产品产销机制。旗下新零售公司“凤凰优选”的近千家门店设立扶贫专柜，助力扶贫产品销售；创立扶贫农业品牌“碧乡”，通过电商、展会等线上线下渠道，将英红九号、麻竹笋、黑米等60多种优质农产品从田间引向市场；结合“双11”首创“消费扶贫月”，发动集团20万员工、数百万业主，大量战略合作伙伴、上下游企业、商业联盟，还有众多的社区和社群，鼓励更多人“以购代捐”，帮助甘肃东乡县销售1万余只东乡羊，销售额达1500万元，惠及3000多名建档立卡贫困人口。截至2019年9月，碧乡已转化14县产品109款，销售扶贫产品近4000万元，惠及贫困人口3万余人。集团及下属公司食堂、酒店公司、机器人餐厅等开发系列扶贫餐，助力农产品销售。

“人”是脱贫攻坚工作的关键。在产业扶贫方面，碧桂园还扶持一批返乡扎根创业青年，带动贫困农户就业增收。碧桂园提供“设基金、建工厂、造品牌、送技术、拓市场”等服务，支持有志青年返乡创业，带动贫困户脱贫奔康，打造一支“不走的扶贫工作队”；与共青团中央合作，积极参与到“扶助10万名有志青年扎根深度贫困地区创业”（即“青创10万+”）的工作项目中，并联合清华大学开展返乡扎根创业青年研修班，讲授创业知识。截至目前，碧桂园通过实地走访、乡镇政府推荐等方式，在14县已扶持2000名返乡扎根创业青年，帮扶带动超30000名贫困人员增收，涌现出返乡创业女硕士马娟等典型。

## 培教育　切断贫困代际相传的根源

“扶贫先扶智，治贫先治愚。”党的十八大以来，以习近平同志为核心的党中央高度重视教育扶贫工作。

碧桂园集团重视教育扶贫扶智在促进扶贫、防止返贫方面的根本性作用，增强贫困地区发展的内生动力，提升贫困人口素质，“切断贫困代际相传的根源”。十余年来，通过创办免费学校、设立教育助学基金、乡村教师培训等举措，改变了无数寒门学子及其家庭的命运。

多年来，碧桂园开办面向贫困群体的免费学校——国华纪念中学，每年为全国200名品学兼优的贫困家庭初中毕业生提供全免费高中教育，并一直资助其完成大学学业；广东碧桂园职业学院，为贫困家庭高中毕业生提供全免费职业教育，2014~2018年共招收1887名学生，2017~2019毕业生共计1007人，就业率达100%，

碧桂园援建甘肃东乡族自治县龙泉学校

其中48人毕业即获万元月薪。

为改善贫困地区办学条件、扩大教育规模，碧桂园在甘肃东乡县捐赠建设龙泉学校，扩大招生规模180名学生，并解决了316名学生的住宿问题。在河北对11所学校开展“3+3”教育扶贫行动，即为学校配备操场、厕所、水井“三大件”和冰箱、微波炉、净水设备“三小件”，改善学生的学习生活环境，完善配套附属设施。

碧桂园还坚持设立爱心助学基金、开展结对帮扶。2018年，碧桂园发动集团员工28002人捐款1150万余元，结对资助6724名贫困学生。鼓励员工与贫困学生结对，资助其完成学业，并给予升学、职业规划等方面的指导。2019年5月，碧桂园发起“心愿100”教育扶贫计划，计划帮助万名贫困学子实现微心愿。同时，聚焦农村“留守儿童”，计划资助共青团中央在10省建设、管理、运行100个“童心港湾”。

## 牵就业　实现“有职不贫”

“家有良田万顷，不如薄技在身”。碧桂园以农村需要、市场需求及实现就业为导向，结合当地群众意愿，为贫困户提供就业岗位，实现培训、就业一站式服务，帮助其掌握致富门路和技术。

针对有劳动力缺技术的贫困户，碧桂园集团采取集中培训、送教下乡、送技术到家门口或远程培训等形式，让贫困劳动力就地学技能，做到“生产、生活、培训”三不误，推动贫困户培训与就业无缝对接。全力调动集团内外部各种资源和网络，为贫困劳动力安排工作岗位，提供岗前培训，统筹调配旗下产业空缺岗位，积极对接外部市场岗位信息和资源，为贫困劳动力提供大量就业岗位。开展菜单式、订单式岗前培训，帮助掌握岗位所需技能，确保受培训、有意愿的就业贫困劳动力都能找到工作、胜任工作。截至2019年5月，已培训贫困劳动力51772人，其中有意愿上岗的全部实现就业。

此外，根据就业市场和农业生产新技术需求，开办残疾人云客服培训班，为贫困农村残疾人群体提供互联网和电商技能培训。2019年5月，启动“碧桂园——粤菜师傅”培训项目，预计可培训学员总数达3000余人，已开展5期培训班共371名学员，其中111名贫困户；创新实施“就业带头人”工程，鼓励和带动贫困户积极就业。挑选一批在当地有号召力、有带班工作经验的村民作为“就业带头人”和就业培训班核心骨干，并对就业意愿不强、害怕单独外出务工的贫困户开展思想工作，打消他们观望、犹豫、怀疑的念头，提高贫困户组团外出就业积极性。

除了党建扶志、产业扶贫、教育扶智、就业扶技，当地扶贫队伍还可根据贫困地区的特殊情况，开展“X”自选动作，因地制宜、因城制宜。如健康扶贫，碧桂园捐资1亿元支持国家“光明扶贫行动·白内障复明”项目，免费为患白内障的贫困户提供治疗。开展义诊下乡、基层医护人员培训，帮助贫困地区提升医疗技术水平。推进乡村振兴综合体建设，在尊重当地自然生态环境和优秀传统文化的基础上，碧桂园帮扶小组通过“三清三拆三整治”“厕所革命”“污水处理”及其他公共设施和基础建设项目等，改变农村“脏乱差”的现象，引入人文景观项目及旅游相关业态，建设特色民宿、旅游接待室、农家乐及配套设施，“把农村建设得更像农村”。

如何确保到2020年我国现行标准下农村贫困人口实现脱贫，解决区域性整体贫困问题？仅靠“输血”扶贫，而不触及贫困根源，无法治本。多年来，碧桂园一直探索可造血、可复制、可持续的长效机制，为社会力量特别是民营企业直接参与扶贫提供具体样本。

一是创新可造血的扶贫方式。碧桂园将扶贫着力点放在“造血”上，紧紧围绕“人”这个关键因素，开展“3个3”工作，即3个寻找计划（一批返乡扎根创业青年、老村长、深度贫困户），聚焦3类人群（村支书、返乡扎根创业青年、乡贤），实现3个1万目标（帮助1万名贫困大中专学生找工作、扶持1万名返乡青年扎根农村创业、资助1万名贫困学生完成学业），通过扶志扶智扶技扶富，激发造血活力。

碧桂园就业扶贫——铝膜产业工人培训

二是探索可复制的扶贫模式。碧桂园将公司化的规范管理引入扶贫工作，打造制度化的扶贫工作模式；用好扶贫“四库”（建档立卡贫困户数据库、产业项目资源库、就业岗位资源库、专家智库），为脱贫攻坚提供科学依据；通过实施“五个一”规范将“4+X”扶贫模式标准化，为广大有志于扶贫事业的企业、社会组织提供一套可操作的现成方案，带动更多社会力量参与到精准扶贫的伟大事业中来。

三是构建可持续的扶贫机制。在实践中探索可持续的扶贫机制，科学谋划、整合资源、精细管理，努力实现贫困户、政府、社会和企业的多方共赢。2019年5月20日，碧桂园集团、国强公益基金会联合各界社会力量共同发起“社会扶贫共同体”，汇聚70多家企事业单位、媒体、公益组织和个人代表的社会资源，有效对接贫困村、贫困户的“脱贫需求”，共同参与精准扶贫，助力打赢脱贫攻坚战。

（刊登于《中国建设报》2019年10月15日6·7版）

# 编后语

2019 年是中华人民共和国成立 70 周年，是决胜全面建成小康社会关键之年。根据中宣部统一部署、住房和城乡建设部党组要求，中国建设报社组织开展“壮丽 70 年·奋斗新时代”大型主题宣传报道活动，为庆祝中华人民共和国成立 70 周年持续营造良好舆论氛围。

住房和城乡建设事业是党和国家事业的重要组成部分，事关经济发展、社会进步、民生改善、生态保护和文化传承。中华人民共和国成立 70 年特别是党的十八大以来，在以习近平同志为核心的党中央坚强领导下，住房和城乡建设事业发生了历史性变革，取得了历史性成就，筑起了国家经济社会发展基石，为改善民生作出了突出贡献。70 年来，一代代建设者拼搏奉献，一张张美好蓝图变为生动现实，谱写了宏伟的时代华章。

为做好此次宣传报道活动，报社党委认真落实部领导指示精神，组织专班深入研究、精心策划、定期调度、严格审核，动员全社同志特别是编辑记者踊跃参加，经过 4 个月的不懈努力，采写形成了一系列主题鲜明、导向正确、富有特色的原创报道。

从 8 月中旬开始，系列报道以辉煌成就、人物专访、地方画卷等栏目形式集中刊发，唱响了礼赞新中国、奋斗新时代的昂扬旋律。辉煌成就设住房和房地产、城市建设管理、村镇建设、建筑业、综合等几大版块，利用全媒体技术手段创新报道，以纸媒、新媒体全方位、立体化呈现，产生了良好的传播效果，引起了热烈的社会反响。

成果来之不易，应倍加珍惜。为了总结此次主题宣传报道活动，让更多读者深入了解住房和城乡建设事业的发展历程和辉煌成就，激发全行业干部职工干事创业的热情，凝聚起同心共筑中国梦的磅礴力量，我们将此次活动的相关报道汇编出版。

住房和城乡建设部党组高度重视此次主题宣传报道活动，本书的编辑出版，得到部直属机关和事业单位、地方住房和城乡建设主管部门的大力支持，中国建筑出版传媒有限公司提供了指导和重要帮助，在此表示衷心感谢！

中国建设报作为全国住房和城乡建设行业新闻宣传的主阵地，宣传贯彻中央大政方针和决策部署，发掘传播可复制、可推广的经验做法，树立行业旗帜和样板，推动住房和城乡建设高质量发展，是我们的职责使命。我们将不忘初心、牢记使命，按照住房和城乡建设部党组部署要求，以全面、深入、鲜活的宣传报道，努力为行业改革与发展鼓与呼，助力住房和城乡建设事业高质量发展。

由于时间仓促，本书疏漏之处在所难免，恳请读者批评指正！

本书编委会